U0023443

圖說廢都文本

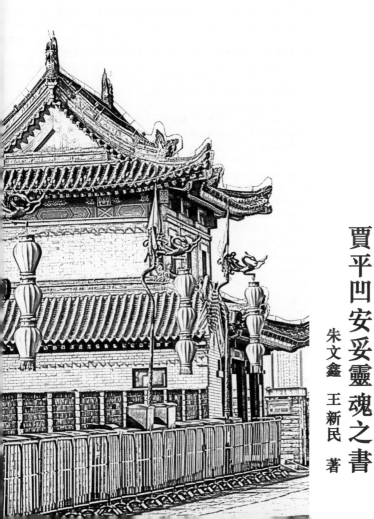

賈平凹安妥靈魂之書

朱文鑫　王新民　著

作者簡介

朱文鑫，作家，攝影師。央視《鄉約》、《喜上加喜》、《豐收中國萬里行》欄目特約攝影師。故宮專題攝影師。賈平凹作品版本研究會會長。

人民日報《民生週刊》、今日頭條、一點資訊、搜狐網、百度百家號、攜程網、途牛網等專欄作家。新華社北京分社、中國網圖片中心、央視網、中華網、北京週刊、文化部RCRA、中國網、北京晚報簽約攝影師。

足跡遍佈國內外1100多個城市。出版作品《收藏賈平凹》、《解讀賈平凹》、《鄉約中國》、《振興路上同喜同行》（合著）、《那麼故宮》、《紫禁城記》、《紫禁城秘境》等。《賈平凹年譜》及《平凹書衣錄》、《平凹書刊錄》、《平凹書畫錄》即將出版。

王新民，西北大學漢語言文學專業畢業，文學學士。陝西省委宣傳部原二級巡視員，現為陝西省新聞出版(版權)電影檢測中心審讀專家。中國作家協會會員。著有《賈平凹打官司》、《書友賈平凹》、《〈秦腔〉大合唱》、《真話真說》、《一部奇書的命運》、《賈平凹紀事》、《策劃賈平凹》、《渭河大水災》、《黃土高原上的銀鈴》，主編《賈平凹文集》（20卷）等賈平凹文集文選多種。《賈平凹年譜》、《讀懂賈平凹》即將出版。

序

韓魯華

今年五月的一天，朱文鑫再次來訪。有朋從遠方來，自然是件快事。我們幾乎是同時期開始收集研究中國當代作家賈平凹，不過他側重於收，我側重於研。因有著共同的關注物件和性情志趣，聊起來話題自然而言歸結到賈平凹創作近況及其研究上。他一邊說著一邊從旅行袋裡拿出一本厚厚的自己列印的書稿：《圖說＜廢都＞文本》，我眼睛一亮，便問：可否容我先讀為快？文鑫慨然應允並題字送我，並囑我寫個序。我未絲毫猶豫就答應下來。待到閱讀了《圖說＜廢都＞文本》，感慨良多，要說的話似乎如泉湧，卻不知該如何下筆。《廢都》的命運是坎坷的，後來聽說《圖說＜廢都＞文本》也不是那麼順暢的。這與我想像的一樣。

我對《廢都》一直持肯定態度，甚至說過這樣的話：這是當代文學史上的一個孤本，同時也是一種趟地雷的冒險寫作。不論你對它是肯定或否定，它就存在於那裡。它是一個存照，是一面鏡子，照出了一個時代，也照出了人尤其是知識份子的五臟六腑。我想，恐怕再過十年二十年甚至幾十年，也難再有這樣的作品出現。（見本人《從商州到世界——賈平凹閱讀札記》，刊《當代文壇》2020年2期。）

有關《廢都》的研究，單獨的論文集有費秉勳先生編的在香港於1998年出版的《廢都大評》，《廢都研究》作為本人主編的賈平凹研究資料彙編之一種，於去年出版。作為一種文學現象言說的有：江心編《＜廢都＞之謎》、廬陽編《賈平凹怎麼啦——被刪去的6989字的背後》、《出版縱橫》編輯部編《賈平凹與＜廢都＞》、蕭夏林主編《＜廢都＞廢誰？》、《＜廢都＞啊＜廢都＞》、王新民《一部奇書的命運——賈平凹＜廢都＞沉浮》等十種之多。專門研究《廢都》的學術著作，我見到的是魏華瑩《＜廢都＞寓言：“雙城”故事與文學考證》。就我所見到的各種類型的文章有千篇之多。對賈平凹文學創作研究的著作著述，學術專著最早是費秉勳先生的《賈平凹論》，隨後有王仲生先生的《賈平凹的小說與東方文化》，以及包括本人的《精神的映象——賈平凹文學創作論》等二十餘種，賈平凹文學傳記有孫見喜的《鬼才賈平凹》等，學術評傳年譜有李星、孫見喜的《賈平凹評傳》、儲子懷的《作家賈平凹》、張東旭的《賈平凹年譜》等。《賈平凹研究資料》有郜元寶、張冉冉編，雷達主編、梁穎編選等。在這些《廢都》及賈平凹研究的著述中，還未見一部類似這部《圖說＜廢都＞文本》的著作。

談到作者這部以圖本加文字的方式來梳理《廢都》從寫作到初版、再版的歷史，這就讓我想到目前學術研究上的一種現象。可以說從圖像角度研究文學，是近年來一個比較熱的視域。就我極為有限的閱讀而言，就看到過楊義、陳平原等學者這方面的著述。

這是一個交叉的研究視域，既涉及到版本學，亦涉及到圖志學，還涉及到社會、經濟、文化、傳播、科技甚至百姓的日常生活等，而文學藝術內涵則是這一研究的根本。從事這方面的研究，首要的自然是要收集勘視作品刊發的報刊雜誌、單行本的版本等。通過圖本的閱讀梳理，從中還原作品刊發出版的原本情形。故此，這首先也是一種歷史還原的研究。當然，從版本中所透露出的資訊，亦可窺視到當時文學創作與出版傳播的境況，甚至可以反映出社會時代的狀態。這種圖文並茂的表達方式，不僅給人以直觀的衝擊，更在於研究者所解讀出來的圖像中所蘊含的多方面的資訊意蘊。當然，不同的研究者所側重的是有所區別的，或側重於版式款式，或側重於版次印數的多寡變化，或側重於內文，甚至可以從定價、紙質等窺視到經濟、科技等視域探析出諸多方面的內涵來。由此將此研究說成是一種綜合性的研究也不為過。

從《圖說〈廢都〉文本》整體構架來看，十二章加引言與4個附錄，其中這十二章為：苦難說、責編說、平凹說、熱評說、盜版說、解禁說、版本說、評論說、研究說、地理說、專家說、藝術說等，呈現出一部《廢都》創作、出版、研究、傳播、反應的整體歷史風貌。從大的方面來看，是否可以將其內容歸結為創作、出版、傳播、反應等幾個大的板塊呢？就創作來說，作者首先簡略地陳述了《廢都》創作的社會背景。對於《廢都》的解讀，我說過不能脫離中國上世紀八九十年代的社會時代生活背景，那是改革開放向縱深發展，從社會主義計劃經濟向社會主義市場經濟轉換的歷史狀態。就賈平凹而言，他不僅非常敏感地感知到了這一歷史轉換給人們現實生活與文化精神上所帶來的衝擊，他自身的生命情感也在劇烈地裂變著，在這種內外綜合因素作用下，賈平凹寫出了這部似乎滴著血淚的長篇小說。因此，它既是一個時代的存影，也是作家生命情感心路的真實寫照。對於那段歷史，文鑫在這裡給予了簡略的還原。關於《廢都》的寫作、出版、禁版以及社會反響等諸多方面，也基本是採取這種表達方式完成的。

既然是圖說，那自然首要的是圖像。就書中所收錄的圖像而言，大體可以分為：作品版本、報刊刊登有關消息以及研究著述等方面的圖像，這些都是可以在案頭完成的。還有文鑫訪談的圖像、賈平凹寫作所居住地方的圖像等。就版本而言，有中文與外文兩大類。中文從出版角度有正版與盜版，初版與再版多種版本，還有簡體字與繁體字版本。就外文而言，有英、法、日、韓等文版本。將這些不同版本圖片組合排列起來，就是構成了《廢都》版本圖像史。讀者從中可以解讀出中國文學藝術出版發行的發展脈絡，亦可看到中國文化胸襟不斷開放闊大的歷程。當然，也可在相當程度上反映出中國文學與世界文學關聯。

談及賈平凹寫作《廢都》現實情境的圖像，我不得不說，朱文鑫是下了大功夫的。《廢都》寫作的過程也是非常艱難曲折的。就現有資料來看，賈平凹是在一種流動狀態下完成這部作品的。先到耀州一個水庫完成了初稿，再到大荔縣一位朋友家進行修改，又到戶縣一位老鄉工作的計生委，對作品進行打磨完善。在這流徙寫作的過程中又加插著回家處理私事，到單位以及市上參加活動。可以說是在家事、公事事事焦心的情形下寫完了《廢都》。要獲取這些資料照片，自然可以從已有的資料中得到。但是，親身實地考察所獲得到的與從紙質材料中得到這些資料，那真實的生命情感體驗感受是大不相同的。這不僅是第一手資料與二手資料那麼簡單的區別，更有著切實的生命情感直感巨大差異。我曾經考察過賈平凹《商州三錄》等最初商州系列作品所敘寫的生活原型實地，那是很費時費功夫的。更為重要的是，做實地考察，不論是興奮還是因時過境遷所帶來的某種失落，都會在你心靈上留下烙印。朱文鑫是深知其中之要義的，所以，他做了實地考察。他還是個攝影師，到實地考察留下了大量實景影像。雖然賈平凹寫作《廢都》所居住的場地，現在都有了不少改變，但從中依然可以感知到當時的寫作環境情景。現在，讀者可以通過本著作者朱文鑫相機下的圖片，可以看到當時真實的環境境況。其間當然亦透露出當時社會生活的狀態情景。這對於解讀賈平凹及其《廢都》無疑增添直感的材料。

那些《廢都》出版發行以及賈平凹參加與之相關活動等方面圖片，則是從另外一個角度，還原著文學創作活動的現實情景。比如賈平凹在北京、西安首發簽名的圖片，就直覺地還原了當時火爆場景。還有那些《廢都》中敘寫到的西安街道等圖片，如我經歷過西安幾十年發展變化，從中自然可以喚醒一種歷史的記憶，而未到過西安的讀者，則可從中感受到當時西安的社會生活狀態。這對理解《廢都》都應是有著極大裨益的。

還有一些作品插圖、平凹字畫以及研究著述圖片等，這又是從另外一種角度，還原闡發賈平凹文學創作。作品插圖，或者原作被改編成連環畫等，是對原作意韻解讀後的圖像視覺化表達，也是一種二次創作，這有助於對於作品的理解。平凹字畫，也是作為一種藝術形態，體現著他的藝術心性，這可以與其文學創作做互文式解讀。尤其那些平凹在寫作某部作品間暇時所寫的字或畫的畫，其實就是他當時創作心態的一種反映。這實際建構起書畫與文本勾連的關係，也可作為平凹文學創作研究的一種路徑。從研究著述圖片，可以瞭解《廢都》整體研究狀況。其實這類圖片亦透露著解讀作家作品的某種資訊。比如從封面就可以窺探出研究者著述的某種意蘊來。

既然是圖說，自然要有作者的敘述或論說。圖文並呈，實際也是一種互文關係的建構。文字是對圖像的進一步的引發與闡發。正因為有了文字的闡發，才讓圖像中所隱含的內涵更為充分地呈現出來。

就《圖說＜廢都＞文本》的文字而言，也大體可作如下分類。

一是對於《廢都》創作情況的說明文字。這類文字一般都是採取實述的表達方式。這類表述，文鑫採取的是收集、勘察、採訪過程等時序與當時平凹寫作、出版等的社會生活背景的介紹相融合的表述方式。閱讀這些文字，可以使讀者具體瞭解賈平凹寫作《廢都》的社會時代整體背景與具體的寫作現實境遇。這兩方面結合起來閱讀，就可以更全面的瞭解到平凹寫作、出版《廢都》的社會現實境況，亦可窺探出賈平凹文學創作的新路。

另一類是採訪或訪談的文字。這有對平凹創作《廢都》情況的訪談，也有對編輯或研究者的訪談。這類文字，既有朱文鑫自己採訪的，也有別人採訪的援用。尤其是對於《廢都》責編田珍穎先生（請允許我這樣稱呼責編，以表達對她的敬意。）的訪談，真實地反映出這部作品從約稿、審稿、付諸印發、出版發行，特別是後來被禁的歷史原貌。尤其珍貴的是責編田珍穎先生的審讀報告，顯現出這位女編輯的學識、睿智、膽識與職業奉獻精神。如果沒有田先生的堅持，恐怕《廢都》能否問世都是個大問題。可以說田先生是成就《廢都》出版的第一人。田先生多年拒絕談有關《廢都》方面的話題，直至《廢都》再版，她才開始接受這方面的訪談。這些文字的表述，不僅還原了《廢都》出版的原本情況，其間亦透露出社會時代與人們的思想觀念、文學價值觀念以及審美傾向的發展變化。當然，重要的還是對讀者瞭解閱讀這部作品自然有著極大的說明。

所收評論家、研究者對於這部作品的言說方面的文字，可以說基本上反映了評論界、學術界對《廢都》評論、研究的基本情況。其實，評論家、研究者與專家等稱謂，其內涵是有著交叉重疊的，但亦有著側重上的不同。作者這樣分開來進行言說，前者是對學術期刊上刊載文章觀點的集中介紹，後者是對關於《廢都》研究著作的介紹。至於專家說，則是對近百位學者、作家、讀者等觀點的集中摘錄，其中有些是文鑫近年拜訪一些人時受訪者新寫的話語。在閱讀這些內容時，不僅得到一個整體印象，可以說就是一部《廢都》接受研究史的雛形。《廢都》出版伊始，評論界就很快發出強烈的聲音，當然有肯定的也有提出質疑的，但肯定者居多。不久，批評、否定的聲音就多了起來，以致形成一種大浪滔天的氣勢。有幾年幾乎所有刊物都禁發有關評說《廢都》的文章。隨著時間的推移，從於整體論說賈平凹文學創作或整個當代文學創作時，夾雜一些有關對《廢都》評說的文字，到後來發表重讀《廢都》的專門文章，再到《廢都》再版集中刊發了一批文章，此後便進入正常狀態。

　　這裡還得提到《圖說＜廢都＞文本》關於《廢都》延伸的話題，一共是五個：一部紀錄片、一盒塤樂音帶、一場《廢都》繪展、一部小楷《廢都》和一本《廢都》評點本。這些拓寬了瞭解、研究《廢都》的視域。西安建築科技大學賈平凹文學藝術館館長木南先生，跟蹤收集賈平凹的資料近三十年，他所手機的那些影像資料實在豐富可貴。他拍攝了幾部賈平凹代表性作品的影像片，其中《廢都》是具有代表性的，它以影像的形式真實記錄了《廢都》寫作、出版、傳播、評說等方面的內容。塤樂《廢都》，對於理解作品中有關塤的敘寫意韻與整個作品的藝術氛圍格調，有著極大的幫助。塤樂是解讀《廢都》的一個法門。這裡順便說一句，自《廢都》之後，塤這一傳統樂器得以更為廣泛的瞭解。用小楷書寫《廢都》全文，實際可將其視為另外一種版本，是書法與文學有機的結合。《廢都》會展，是對《廢都》的圖本展示與解讀。在中國文學史與繪畫史上，將作品改編成連環畫，這方面很多。但將一部作品用繪畫呈現出來舉辦展覽，這還是很少見的。評點本則是遠承中國古代評點批評傳統，構成作品與評論合二為一的特殊版本樣式，評點者對於作品的評點，是其對作品所做出的解讀、闡釋，就不僅具有版本價值，更多的是一種研究。

　　這部《圖說＜廢都＞文本》所提供的言說話題，自然不止這些。其實，從這部《圖說＜廢都＞文本》的個案中，亦可窺探出中國近幾十年文學創作與文學評論、研究之間的關係建構，及其發展運行狀態，有著一滴水映現海洋的意味。上述所言，僅僅是本人匆匆閱讀《圖說＜廢都＞文本》後的一些感想體會，談的自然只是些粗淺的看法。至於這部書寫的究竟如何，我相信讀者在閱讀了之後，自然會有自己更為精準獨到的高見。若有不妥之處，還請作者與讀者批評指正。

　　是為序。

2023 年 6 月 29 日於草麓堂

引 言
Introduction

我決定，圖說《廢都文本》。

是的，賈平凹先生的長篇小說《廢都》從出版，到熱議，到查禁，再到獲獎，到解禁，到重評，再到廣泛流傳世界各地，這樣一部長篇小說，已走過了 30 年。

30 年，漫長又短暫，對於一個生命從呱呱落地到而立之年，在人生的最好的時刻，也是最重要的時期，被查禁 17 年，人生有幾個 17 年！

因此，從 1993 年的 7 月，北京出版社出版說起，不，從 1992 年的夏天、賈平凹孕育、苦難創作這部生命之書開始說起——，分《苦難說》《責編說》《平凹說》《熱評說》《盜版說》《解禁說》《版本說》《評論說》《研究說》《地理說》《專家說》《藝術說》十二章。

其實，對於賈平凹作品的喜愛，從 40 年前就開始了。20 年前的 2002 年，因為一部《收藏賈平凹》，結識了即是文友、書友、好友的王新民兄，從此一起讀賈研賈說賈而成為了摯友。目前，收藏了賈平凹作品版本 500 餘冊。又過了 20 年，我們一起修訂了一部《賈平凹年譜 70 年》。

這一次，應該說是第三次合作，還有第四次、第五次……

1993 年《廢都》的出版，至今已是 30 年，30 年來，收藏《廢都》各種國內版本、外文版本，還有大量的盜版本、研究版本，計算起來，也有 200 多部了。

賈平凹《廢都》部分國內外版本

那麼，《廢都》到底是一部怎樣的小說？

《廢都》是作家賈平凹創作的第四部長篇小說，1993 年 7 月由北京出版社出版和《十月》雜誌第 4 期同時首次全文發表。

小說寫的是 20 世紀 80 年代中國西北一個大城市裡——西京城裡一群知識份子的生活故事。小說主人公叫莊之蝶，是西京城四大文化名人之一，也是 "西京文壇上數一數二的頂尖人物"。因為小說中的涉及的 "性" 描寫，故而引起較多的爭議。小說較多地運用了意象手法，是該小說值得注意的一個藝術特點。

該書由於性描寫在中國遭禁 17 年。1997 年《廢都》獲得法國費米娜文學獎。《廢都》被禁 17 年之後，2009 年由作家出版社再度出版，並與《浮躁》《秦腔》組成《賈平凹三部》。

30 年，《廢都》歷經沉沉浮浮，是一個說不完繞不開的話題。本書力求從 30 年的創作、到封禁、再到獲獎、再版，以全面完整詳實豐富的史料角度，呈現一部結構宏大的《廢都文本》圖說。

《廢都》是中國當代文學出版、暢銷、評論、盜版、翻譯的活文本。

2021 年 10 月西安

2022 年 4 月 北京

一本奇書　30 年浮沉

目　錄
Table of contents

第一章
苦难说

威阳地外婆家，晓卡心勇心去心川工作，正好带了这两瓶酒给我的，晓卡就一定说是把酒部了师用心。你喝不得型酒，可这酒你是喝的。"牛月清说："刘晓卡，书房里三瓶什么酒，我倒拾不清哪一个？柳月在一旁听了，只是嘻嘻笑，插⋯⋯制肩心，瘦心心那个！"就舒指来董碟江心脸⋯⋯明尽胡精，心那个腿特别长心子儿。"柳月叫道⋯⋯说："柳你不知道也就奋胡说心，招聘心那⋯⋯得我也今不开心的情既好这样了，我和你庄⋯⋯笔色心一篇一后两案大了，你们拾得这心严⋯⋯江说："毯不，红帖儿第一个就写给了你们！到⋯⋯柳月也来，来了做个陪狼吧！"柳月撅了心嘴⋯⋯也不去心，我这丑样儿，你成心让我去心丑衬心⋯⋯就说柳月择了几月，说语越发有水平，轻明月出来，怕也会写了书心。三人说了一会，碟江走了，又一再叮咛那日心书，老师师用若不来，宴席就不开，死等了心。

碟江一走，牛清向柳月你老师心哪书了？柳月说孟碟以后喝酒了。牛清收拾了礼品，就独坐了思谋二十八日怎心去心宴席，该准备心心填礼。下午，庄之蝶喝得昏心沉心回来，在厕所里用挺了半天喔啵，吐出许多铁汁，牛月清让他睡了，该程说碟江心了。晚上庄之蝶睡起去书房写书，地进去把门关了，才一一说了碟江传娌了传，庄之蝶也好不惊诧，说："那个长腿女子，我心怕也是见过一两次的。当时他说是招聘店员，咱也没在意，依秦赵京五对我说他招的比招模特儿还严格，身之多少，体重多少，技肢怎样，还是符合标准心三围。"牛月清说："什心三围？"庄之蝶说："就是胸围、腰围、臀围。

第一章 苦難說

一、時代背景

要讀懂《廢都》，首先應瞭解一下創作時的社會背景。

20 世紀 80 年代末，特別是 90 年代初期，是中國由計劃經濟向市場經濟全面轉型的特殊時期，商業原則的出臺和人文基礎的薄弱，使得當時整個社會價值體系出現了前所未有的傾斜甚至是斷裂。

當時中國計劃經濟向市場經濟的轉變速度不斷加快，商品化大潮開始湧現，人們的商品意識不斷深化。在商品意識的驅動下，當代文學也開始與商品化大潮聯繫，日益顯示出商品化特徵。20 世紀 80 年代的文學雖然在改革開放的暖風中已然甦醒，不同於 20 世紀 60、70 年代文學的小心翼翼，但畢竟還是向政治經濟文化看齊，和現實、時代有著千絲萬縷的關係。1992年鄧小平南巡，改革開放再掀熱潮，1993 年是按照社會主義市場經濟體制目標進行改革的第一年，國家開始從經濟的各個方面推進改革，經濟的改革勢必波及到文學，知識份子逐漸開始從計劃經濟的束縛中掙脫出來，嚮往市場經濟，這勢必影響到文學創作。市場經濟時代文學基本沒有了一體化，沒有了政治化，有的是利益化。賈平凹的《廢都》創作於 1992 年 6 月至1993 年春節，1993 年中國的思想界正在進行"人文精神大討論"，當時的問題是知識份子問題。賈平凹在創作《廢都》時，已在西安生活了二十多年，他認為城市生活中有很多現代文明的東西與世界是相通的，對於城市生活這一領域在文學上進行探索。不惑之年，開始創作了第一部關於城的小說《廢都》。

賈平凹在談到《廢都》等作品創作時說："社會發展到今日，巨大的變化，巨大的希望和空前的物質主義的罪孽並存，物質主義的致愚和腐蝕，嚴重地影響著人的靈魂，這是與藝術精神格格不入的，我們得要作出文學的反抗，得要發現人的弱點和罪行。"賈平凹所講的"物質主義的罪孽"和他要發現的"人的弱點和罪行"，在中國步入商業社會以來最突出地表現為人的欲望的膨脹和失控，而這也可以說是人的精神生態系統發生危機的最為嚴重的禍根之一。

在創作後記中賈平凹這樣寫道："這些年裡，災難接踵而至，先是我患乙肝不癒，度過了變相牢獄的一年多醫院生活，……再是母親染病動手術；再是父親得癌症又亡故……再是一場官司沒完沒了地糾纏我；再是為了他人而捲入單位的是是非非中受盡屈辱，直至又陷入到另一種更可怕的困境裡，流言蜚語鋪天蓋地而來……幾十年奮鬥營造的一切稀里嘩啦都打碎了，

《廢都》给我产生的阴影的影响

只剩下了肉體上精神上都有病毒的我和我的三個字的姓名，而名字又常常被別人叫著寫著罵著。"

《廢都》是賈平凹站在傳統文化的觀照視角上來看待城市與鄉村、男人和女人、外界與內心的。在它豐富複雜的人情世態背後，賈平凹想要說的不僅僅是一個男人和幾個女人的恩恩怨怨。理想的坍塌、價值的失落，在這個時代的風尖浪口，賈平凹完成了他的轉型，可是這一轉變也帶來了更多的困惑和非議。根植於他思想中的傳統文化和鄉土情結與城市文明、現代文明存在著悖論，而傳統文化自身的駁雜性又一定程度上誤導了作家的價值判斷。所以，在考量城市、知識份子與女性三方面問題時，賈平凹是以作家的敏銳和擔負的時代責任，以一種新的文化視角去觀照他筆下的廢都和廢都裡的人。對現代文明的排斥和疏遠、對知識份子重返歷史地位的理想化構想、對女性形象的感性塑造，作家的《廢都》引來了一場學界的喧囂熱議。

30 年來，《廢都》的出版、再版、外文版，已達 34 種。包括港臺版、英文版、法文版、韓文版、日文版、瑞典版、越南版、阿拉伯文版、西班牙版，等等。

二、艱難誕生

20 世紀 90 年代初，在西安城裡生活了二十多年的賈平凹年近四十，將步入不惑之年，但困惑卻越來越多，除了眾所周知的社會大背景外，一是寫作上的困惑，正如他在《廢都》後記的坦言：我已是四十歲的人了，到了一日不刮臉就面目全非的年紀，不能說頭腦不成熟，筆下不流暢，即使一塊石頭，石頭也要生出一層苔衣的，而捨去了一般人能享受的升官發財、吃喝嫖賭，那麼騷禿了頭髮，掏虛了身子，仍沒美文出來，是我真個沒有宿命嗎？

二是生活上的困境：這些年裡，災難接踵而來，先是我患乙肝不癒，度過了變相牢獄的一年多醫院生活，注射的針眼集中起來，又可以說經受了萬箭穿身；吃過大包小包的中藥草，這些草足夠餵大一頭牛的。再是母親染病動手術；再是父親得癌症又亡故；再是妹夫死去，可憐的妹妹拖著幼兒又回住在娘家；再是一場官司沒完沒了地糾纏我；再是為了他人而捲入單位的是是非非中受盡屈辱，直至又陷入到另一種更可怕的困境裡，流言蜚語鋪天蓋地而來……

在上述狀況下，賈平凹開始了《廢都》的流浪創作。

2021 年秋季，我特意從北京來到西安，在新民兄、魯華兄的陪伴下，邀請了《美文》副主編、作家安黎先生，作為見證者，想聽一聽當年平凹流浪到桃曲坡水庫開始苦難寫作的具體情況——，安黎告訴我，平凹寫《廢都》的第一個字是從我的家鄉開始的，他說——時值 1992 年夏，我聯繫了家鄉的朋友和領導，賈平凹攜女兒淺淺和同事老井來到我的故鄉——銅川市的耀縣（今改稱耀州區）。這年平凹 40 歲。我問，《廢都》至今已過 30 年，我見過孫見喜、王新民、馬健濤、李連成們，都寫過平凹"流浪寫作"這段歷程，一直沒有見您寫過《廢都》一個字？安黎是本分人，也是勤奮的人，小說散文常常見諸報端，一直跟蹤閱讀過大量的美文，這次我倆是第一次見。

美文創刊號

他說，雖與平凹是朋友和同事，我不會輕易多寫他的一個字，也許以後會寫吧。他話鋒一轉，還是回到了耀縣的話題上。他說，耀縣是丘陵地帶，歷史上有唐代醫藥學家孫思邈、有陶瓷，在唐代已很有名氣，到北宋達到鼎盛。耀州青瓷曾與官（浙江）、哥（浙江）、汝（河南）、定（河北）、鈞（河南）五大名瓷齊名。另外，西晉哲學家傅玄、唐代史學家令狐、唐代書法家柳公權、北宋畫家范寬都是耀縣人。這個地區有豐厚的歷史文化積澱。

陪平凹一行到了耀縣，承蒙縣委領導和勞動局段、楊二位局長熱情接待，被安排在杏花村酒家。這是一家老店，早在抗日戰爭時期，老舍經途耀縣，曾投宿此店並為之題寫了店名。當日下午，我和耀縣朋友張院，陪平凹三人遊覽藥王山，拜訪孫思邈及歷代醫藥大師的神像。第二天，一起到縣城西北 50 公里的照金鄉參觀薛家寨，這裡是薛剛反唐時的屯兵之地。1933 年，這裡成了紅軍遊擊隊的總指揮部……第三天，我和張院，陪他們參觀香山寺。北京有香山，我們家鄉也有座香山，在縣城西北 45 公里的柳林鄉，佛教史上，香山寺和浙江普陀山齊名。是耀縣一大名勝旅遊目的地。來到山上，吃了僧人的清茶，然後進廟抽籤。

安黎說：到了耀縣逛了名山，接下來就是吃美食。「不吃三碗麵，不算到耀縣。」耀縣麵食跟蒲城的蒸饃、乾縣的鍋盔一樣名聞三秦。平凹是吃麵高手，在耀縣他幾乎頓頓都是身上冒汗，嘴上流油。他們吃窩窩麵：指蛋兒大的麵片上用筷子頭頂個小窩兒，再加入二十多種調料；他們吃酸辣麵：一根兒麵條三丈長，兩個壯漢吃一根；他們吃鹹湯麵：一米直徑的大海鍋，放上大把五香粉、白豆腐，滾湯沖麵，浮上辣油蔥花……

該看的看了，該吃的吃了，縣上領導才安排在桃曲坡水庫管理局，韓書記和吳副局長把他們接到水庫管理站。這是一座小樓，依山傍水，四周翠綠。前邊是錦陽川，川裡水波瀲灩，浮光耀金。這就是桃曲坡水庫。平凹一來到這裡，就全身心活躍起來。

平凹喜歡上了這裡。他說：「這是一個很吉祥的地方，不要說我是水命，水又歷來與文學有關，且那條溝叫錦陽川就很燦爛輝煌；水庫地名又是叫桃曲坡，曲有文的含義，我寫的又多是女人之事，這桃便更好了。在這裡，遠離村莊，少雞沒狗，綠樹成蔭，繁花遍地，十數名管理人員待我們又敬而遠之。實在是難得的清靜處。」後來孫見喜也在《廢都裡的賈平凹》等一系列紀實文學中都寫到了這段創作經歷——他和老井被分別安排在水庫管理站的兩間房裡，兩人商議了作息制度，嚴格遵守。這

《廢都》創作地之桃曲坡水庫

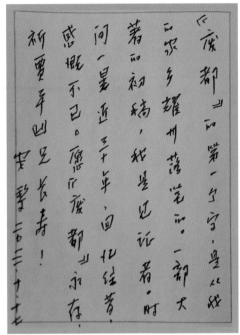

安黎說，《廢都》的第一個字是從我的家鄉開始的

裡沒有廣播可聽，沒報紙可看，沒有麻將和撲克，更沒有煩亂的來訪者和索稿者。人世間的複雜被水庫的綠風濾去，二人的心被淘得水晶般清亮。每天除了吃飯、睡覺，幾乎以十個小時投入創作。他們互不干擾，平凹寫他的長篇小說，老井寫他的電視劇，淺淺寫日記。

安黎說，平凹最喜歡吃耀縣的鹹湯麵，是俺家鄉的風味小吃。吃起來辛辣出汗，筋韌爽口。耀縣鹹湯麵歷史悠久，婦孺皆知。一天，他們從水庫上跑到街上，一人吃了一大碗鹹湯麵。回到俺家，妻子又做了一大鍋麻什，他們又吃，直吃得腰都彎不下去了。臨走，他們到街上買了許多速食麵和龍鬚麵，安黎又為他們帶了一個鋁鍋，還有一個電爐子。回到水庫，鋁鍋發揮了大作用。夜半，他們偷偷燒起電爐，煮上兩包速食麵，把白天的剩菜湯兒一澆，辣子一拌，吃得有滋有味。

安頓好他們之後，我就回了西安。

臨走的時候，我委託同去的女同學、平時要到水庫上關照他們。每一次她來了，必帶來好吃的，烙餅、菜卷、鹹蛋，還有墨水和稿紙等等。平凹回報人家的，就是從山上摘的一盒紅紅的酸棗。

至9月12日，他們來此整整一個月。平凹瘦了，卻有了三十多萬字的厚重草稿。平凹說："那間房子的門口，初來時開綻了一朵白灼灼的大理花，現在花已落。我摘下一片花瓣夾在書稿裡下山，一到耀縣，坐在一家鹹湯麵館門口，長出了一口氣，說，讓我好好吃頓麵條吧。

淺淺的日記也記載了他們在水庫有關游泳的趣事：

又過了一天，我們三個再一次來到水庫游泳，這一次，我們選了一個泥少水深的地方，老井伯伯還特地借了個救生圈。……別人是把救生圈套在身上游，他（指平凹）不走別人走過的路，偏要坐在上邊遊，想著我和老井伯伯一定要敬佩他。可是，他的屁股剛剛挨上救生圈，還沒坐平穩，就來了個烏龜馱圈翻下了水。咚的一聲，就像投下一塊石頭，發出笨重的響聲。我就站在他的身後，看得最清楚不過，那樣子真好笑，逗得我和老井伯伯直樂。他上來時，已是滿頭滿臉的水，可他還笑著說："我本不想在這兒洗頭呀！」我爸這人有個長處，就是栽了跟頭不灰心，雖然第一次出了洋相，但還不甘心，還要再試試，他一邊甩甩頭上的水，一邊說：「我不信，就坐不成！」

當然結果還是以失敗而告終。

賈平凹在創作中

賈平凹在《廢都》後記中夫子自道：再不敢去耍水，飯後的時光就拿了長長的竹竿去打崖畔兒上的酸棗。當第一顆酸棗紅起來，我們就把它打下來了，紅紅的酸棗是我們惟一能吃到的水果。後來很奢侈，竟能貯存很多，專等待山梁背後的一個女孩子來了吃。這女孩子是安黎的同學，人漂亮，性格也開朗，她受安黎之托常來看望我們，送筆呀紙呀藥片呀，有時會帶來幾片烙餅。夜裡，這裡的夜特別黑，真正的伸手不見五指，我們就互相念寫過的章節，念著念著，我們常害肚子饑，但並沒有什麼可吃的。我們曾經設計過去偷附近村莊農民的南瓜和土豆，終是害怕那裡的狗，未能實施。管理站前的丁字路口邊是有一棵核桃樹的，樹之頂尖上有一顆青皮核桃，我去告訴了老井，老井說他早已發現。黃昏的時候我們去那裡拋著石頭擲打，但總是目標不中，歇歇氣，搜集了好大一堆石塊瓦片，擲完了還是擲不下來，倒累得脖子疼胳膊疼，只好一邊回頭看著一邊走開。這個晚上，已經是十一點了，老井饞得不行，說知了的幼蟲是可以油炸了吃的，並厚了臉借來了電爐子、小鍋、油、鹽，似乎手到擒來，一頓美味就要到口了。他領著我去樹林子；用手電筒在這棵樹上照照，又到那棵樹上照照，樹幹上是有著蟬的殼，卻沒有發現一隻幼蟲。這樣為著覓食而去，覓食的過程卻獲得了另一番快感。往後的每個晚上這成了我們的一項工作。不知為什麼，幼蟲還是一隻未能捉到，捉到的倒是許多

老井撰寫的《廢都》初稿創作記

螢火蟲，這裡的螢火蟲到處在飛，星星點點又非常的亮，我們從林子中的小路上走過，常恍惚是身在了銀河的。

老井長得白淨，我戲謔他是唐僧，果然有一夜一隻蠍子就鑽進他的被窩蜇了他，這使我們都提心吊膽起來，睡覺前翻來覆去地檢查屋之四壁，抖動被褥。蠍子是再也沒有出現的，而草蚊飛蛾每晚在我們的窗外聚匯，黑乎乎地一疙瘩一疙瘩的，用滅害靈去噴，屍體一掃一簸箕的。我們便認為這是不吉利的事。我開始打磨我在香山揀到的一塊石頭，這石頭很奇特，上邊天然形成一個"大"字，間架結構又頗似柳公權體。我把"大"字石頭雕刻了一個人頭模樣在脖子上，當作我的護身符。這護身符一直繫著，直到我寫完了這部書。老井卻在樹林子裡揀到了一條七寸蛇的乾屍，那乾屍彎得特別好，他掛在白牆上，樣子極像一個凝視的美麗的少女。我每天去他房間看一次蛇美人，想入非非。但他要送我，我不敢要。

在耀縣錦陽川桃曲坡水庫——我永遠不會忘記這個地名的——待過了整整一個月，人明顯是瘦多了，卻完成了三十萬字的草稿。那間房子的門口，初來時是開綻了一朵灼灼的大理花的，現在它已經枯萎。我摘下一片花瓣夾在書稿裡下山。一到耀縣，我坐在一家鹹湯麵館門口，長出了一口氣，說："讓我好好吃頓麵條吧！"吃了兩大碗公，口裡還想要，肚子已經不行了，坐在那裡立不起來。

回到西安，我是奉命參加這個城市的古文化藝術節書市活動的。書市上設有我的專門書櫃，瘋狂的讀者抱著一摞一摞的書讓我簽名，秩序大亂，人潮翻湧，我被圍在那裡幾乎要被擠得粉碎。幾個小時後幸得十名員警用警棒組成一個圓圈，護送了我鑽進大門外的一輛車中急速遁去。那樣子回想起來極其可笑。事後我的一個朋友告訴說，他騎車從書市大門口經過時，正瞧著我被員警擁著下來，嚇了一跳，還以為我犯了什麼罪。我那時確實有犯罪的心理，雖然我不能對著讀者說我太對不起你們了，但我的臉上沒有一絲笑容。離開了被人擁簇的熱鬧之地，一個人回來，卻寂寂地窩在沙發上哽咽落淚。人人都有一本難念的經，我的經比別人更難念。對誰去說？誰又能理解？這本書並沒有寫完，但我再沒有了耀縣的清靜，我便第一次出去約人打麻將，第一次夜不歸宿，那一夜我輸個精光。但寫起這本書來我可以忘記打麻將，而起麻將了又可以忘記這本書的寫作。我這麼神不守舍地捱著日子，白天害怕天黑。天黑了又害怕天亮。我感覺有鬼在暗中逼我，我要徹底毀掉我自己了，但我不知道我該怎麼辦。這時候，我收到一位朋友的信，他在信中罵我迷醉於聲名之中，為什麼不加緊把這本書寫完？！我並沒有迷醉於聲名之中，正是我知道成名不等於成功，才痛苦得不被人理解，不理解又要以自己的想法去做，才一步步陷入了眾要叛親要離的境地！但我是多麼感激這位朋友的責罵，他的罵使我下狠心擺脫一切干擾，再一次逃離這個城市去完成和改抄這本書的全稿了。我雖然還不敢保險這本書到底會寫成什麼模樣，但我起碼得完成它！

於是，賈平凹帶著未完稿又開始了時間更長更久的流亡寫作，他先是投奔了西安郊縣戶縣李連成的家。陝西民謠說：金周至，銀戶縣……戶縣又稱小西安，是關中道白菜心一樣的好地方。李氏夫婦是賈的鄉黨，待人熱情，又能做一手賈喜愛吃的家鄉飯菜。一九八六年賈改抄長篇小說《浮躁》就在他家。

去後，我被安排在計生委樓上的一間空屋裡。計生委的領導極其關照，拿出了他們嶄新的被褥，又買了電爐子專供我取暖，我對他們的接納十分感激，說我實在沒法回報他們，如果我是一個婦女，我寧願讓他們在我肚子上開一刀，完成一個計劃生育的指標。一天兩頓飯，除了按時去連成家吃飯，我就待在房子裡改寫這本書，整層樓上再沒有住人，老鼠在過道裡爬過，我也能聽得它的聲音。窗外臨著街道，因不是繁華地段，又是寒冷的冬天，

並沒有喧囂。只是太陽出來的中午，有一個黑臉的老頭總在窗外樓下的固定的樹下賣鼠藥，老頭從不吆喝，卻有節奏地一直敲一種竹板。那梆梆的聲音先是心煩，由心煩而去欣賞，倒覺得這竹板響如寺院禪房的木魚聲，竟使我愈發心神安靜了。先頭的日子裡，電爐子常要燒斷，一天要修理六至八次；我不會修，就得喊連成來。那一日連成去鄉下出了公差，電爐子又壞了，外邊又颳風下雪，窗子的一塊玻璃又撞碎在樓下，我凍得捏不住筆，起身拿報紙去夾在窗紗扇裡擋風；剛夾好，風又把它張開；再去夾，再張開，只好拉閉了門往連成家去。袖手縮脖下得樓來，回頭看三樓那個還飄動著破報紙的窗戶，心裡突然體會到了杜甫的《茅屋為秋風所破歌》的境界。

在戶縣住了大約二十多天后，賈平凹又神不知鬼不覺的轉移到渭北的大荔縣的一個作家朋友家繼續《廢都》的寫作，這是怎麼回事呢？

大荔位於西安東北 120 公里處，隸屬渭南市，是古代同州府所在地，古城形狀如龜，寓意長治久安，據說古城門上有一副對聯概括了所管轄的縣名，詞曰：二華關大水，三城朝郃陽。二華概指華縣、華陰，關指潼關，大指大荔，水指白水；三城是韓城、澄城、蒲城的合稱，朝指朝邑，郃陽即今合陽。除因上世紀六十年代修建三門峽水庫撤銷了朝邑歸入大荔外，可見古同州管轄的地域與今天的渭南相似，因此可以說同州府相當於今天渭南市的地位，大荔則相似與今天的臨渭區，是州府所在地，換句話說，就是陝西東府的政治經濟和文化中心。

大荔地靈人傑，從遠古大荔猿人遺址、漢代龍首渠遺址、唐代金龍塔到清代豐圖義倉，古跡遍地；自縣北的鐵鐮山渭北風光、洛惠渠灌區、縣南沙苑瓜果景區到黃河濕地垂釣農家樂，名勝多多。代有名人，英才輩出，通曉儒術的唐太史嚴撰，政績卓著的宋工部侍郎李周，犯顏直諫的元中書右丞相拜桂，文武兼備的明南京兵部尚書韓邦奇，清末"救時宰相"閻敬銘，新中國人民政府委員、教育部長張奚若，等等。

賈平凹與大荔有緣。早在上世紀七十年代中後期，在陝西人民出版社工作的他深知生活之樹常青，在為他人做嫁衣裳的同時，賈平凹利用一切機會深入生活，積累創作素材，他積極參加出版社組織的支援三夏勞動，到大荔農場夏收過，幫農場龍口奪食。割麥子時，聽說晚飯喝湯，心裡嘀咕：幹這麼重的農活，喝湯能行嗎？待吃飯時卻發現不光有稀飯，還有肉、豆腐、粉條和蔬菜的大燴菜，加上足有半斤的兩個槓子饃，吃喝得肚兒圓，不禁鼓腹而歌，才恍然大悟大荔人並不是外界傳說的那樣不講情理，而是謙虛厚道，喝湯並不僅僅是喝稀飯而已。

1992 年冬，賈平凹創作長篇小說《廢都》，又一次光臨大荔。原來早在八十年代，賈平凹到商洛地區鎮安縣采風時，認識了在此工作的大荔人馬健濤，此後倆人保持著友誼和聯繫。老馬聽說賈平凹離婚後躲在戶縣寫小說，就到戶縣計劃生育委員會辦公樓上探望賈平凹，看到住所沒有暖氣，電爐子常壞，窗玻璃破了，用報紙遮擋著，賈平凹凍得手捏不住筆，便邀請賈平凹到他家寫作。於是，賈平凹來到馬健濤家——大荔城東北婆合鄉鄧家莊，開始了"流浪寫作"（前二站在耀縣和戶縣）的第三站的創作生活。《廢都》後記對此作了真實的描寫。

　　　在戶縣，住過了二十餘天，大荔縣的一位朋友來看我，硬要我到他家去住，說他新置了一院新宅，有好幾間空餘的房子。於是連成親自開車送我去了渭北的一個叫鄧莊（應是鄧家莊——筆者注）的村莊，我又在那裡住過了二十天。這位朋友姓馬，也是一位作家，我所住的是他二樓上的一間小房。白日裡，他在樓下看書寫文章，或者逗弄他一歲多的孩子；我在樓上關門寫作，我們誰也不理誰。只有到了晚上，兩人在一處走六盤棋。我們的棋藝都很奧，但我們下得認真，從來沒有悔過子兒。渭北的天氣比戶縣還要冷，他家的樓房又在村頭，後牆之外就是一眼望不到邊的大平原，房子裡雖然有煤火爐，我依然得借穿了他的一件羊皮背心，又買了一條棉褲，穿得臃腫腫。我個子原本不高，幾乎成了一個圓球，每次下那陡陡的樓梯就想到如果一腳不慎滾下去，一定會骨碌碌直滾到院門口的。鄧莊距縣城五里多路，老馬每日騎車進城去採買肉呀菜呀粉條呀什麼的。他不在，他的媳婦抱了孩子也在村中串門去了。我的小房裡煙氣太大，打開門讓敞著，我就站在樓欄杆處看著這個村子。正是天近黃昏，田野裡濃霧又開始彌漫，村巷裡有許多狗咬，鄰家的雞就撲撲楞楞往樹上爬，這些雞夜裡要棲在樹上，但竟要棲在四五丈高的楊樹梢上，使我感到十分驚奇。

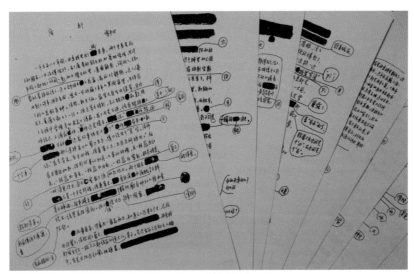

賈平凹《廢都》手跡

　　　二十天裡，我燒掉了他家好大一堆煤塊，每頓的飯裡都有豆腐，以致賣豆腐的小販每日數次在大門外吆喝。他家的孩子剛剛走步，正是一刻也不安靜地動手動腳，這孩子就與我熟了，常常偷偷從水泥樓梯台爬上來，衝著我不會說話地微笑。老馬的媳婦笑著說："這孩子喜歡你，怕將來也要學文學的。"我說，孩子長大幹什麼都可以，千萬別讓弄文學。這話或許不應該對老馬的媳婦說，因為老馬就是弄文學的，但我那時說這樣的話是一片真誠。渭北農村的供電並不正常，動不動就停電了，沒有電的晚上是可怕的，我靜靜地長坐在藤椅上不起，大睜著夜一樣黑的眼睛。這個夜晚自然是失眠了，天亮時方睡著。已經是 11 點了，迷迷糊糊睜開眼，第一個感覺裡竟不知自己在哪兒。聽得樓下老馬的媳婦對老馬說："怎聽不見他叔的咳嗽聲，你去敲敲門，不敢中了煤氣了！"我趕忙穿衣起來，走下樓去，說我是不會死的，上帝也不會讓我無知無覺地在死去的，卻問："我咳嗽的厲害嗎？"老馬的媳婦說："是厲害，難道你不覺得？！"我對我的咳嗽確實沒有經意，也是從那以後留心起來，才知道我不停地咳嗽著。這恐怕是我抽煙太多的緣故。我曾經想，如果把這本書從構思到最後完稿的多半年時間裡所抽的煙支連接起來，絕對地有一條長長的鐵路那麼長。

告诉你一个真实的贾平凹

健涛○著

平凹 在我家 写《废都》

陕西师范大学出版总社

看來，《廢都》這部榮獲法國女評委文學獎、入選建國以來長篇小說500部的千古奇書與大荔有緣，其中也有大荔豆腐蔬菜和粉條的營養，滲透著大荔的水土人情，不無渭北皇天厚土上的精氣神。

賈平凹也念念不忘大荔。2008年深秋的一天，賈平凹從合陽參加詩會路經大荔，應邀參觀縣城東16公里處的豐圖義倉，豐圖義倉是清末東閣大學士"救時宰相"閻敬銘退休回家鄉後倡修的，始修於清光緒八年（1882），光緒十一年（1885）竣工後，慈禧太后朱批"天下第一倉"，馳名天下。

豐圖義倉坐落在黃河西岸不遠處的高坡上，坐北面南，高14.89米，東西寬133米，南北長83米，實占總面積11039平方米。整個義倉全為磚砌，建築宏偉堅固，排水系統科學合理，100多年後的今天還在使用著。

賈平凹撫摸著古老斑駁的倉磚，感慨古人的仁義智慧，揮筆題寫了"義倉宏偉"四個大字。清代著名詩人袁枚有詩道：江山也要偉人扶，神化丹青即畫圖。賴有岳在雙少保，人間始覺重西湖。意即地以人而名，景因人而重。賈平凹的題詞，無疑使豐圖義倉這一名勝古跡錦上添花，必將為大荔的文化旅遊事業帶來福祉。

賈平凹在大荔寫作期間，孫見喜代表朋友們赴大荔看望平凹，並請他回答大家關心的問題：

問：聽說你最近寫的這部作品代表你對人生的最新思考，不少朋友都想先睹為快，不知何時在何地發表？

答：你看麼，正寫個長篇哩！我從鄉下到城市20年了，還沒寫過關於城市的作品哩，我一直想寫一部有關古城西安的長篇小說。我想，西安不是北京，不是上海，也不是廣州，西安有西安

的特點。為此，我醞釀了好幾年，1992年8月才正式動筆。至於何時在何地發表與出版，我還沒考慮，現在只忙著把活兒

問：你這部書叫什麼名字？你主要寫城市的什麼？

答：書名叫《廢都》。以前發表過一個中篇也是這個名兒，但那是寫一個廢棄的小城裡的事兒，而這部長篇我試圖真正地寫一下都市生活，闡述古城裡的一種“廢都意識”，內容是寫古都裡一些當代人的生活。我常常想，《金瓶梅》《紅樓夢》也寫的是城市生活，但現代人寫城市生活的作品為什麼總沒有這兩部作品裡的那種味呢？當然，封建時期的城市畢竟和現在的城市不是一回事兒，但如果能表現出現在城市人的生活，又能傳達出像古典名著中的那一種味兒，那就太好了。基於這種考慮，正是為要尋找到這樣一種感覺，我尋了幾年，遲遲沒有動筆。現在感受到，在寫作的過程中，心裡很暢美。至於到底如何，出來你再看吧！

問：找了你很久，竟不知你躲在渭北鄉下寫作，這裡的創作環境怎麼樣？靜嗎？作為已習慣城市生活的當代作家，在這裡生活能適應嗎？吃什麼？冷嗎？

答：很靜，很出活，從後窗看到農民在地裡勞動，我想我也和他們一樣。吃的家常飯，暖的煤爐子，沒電視，沒報紙，沒廣播，也沒日曆，今天是幾號啦？（這時他把門關嚴，說很冷。問他身上緊裹的羊皮褂是才買的嗎，他說是借房主家的。）

問：前一時，有關作家體制的討論很熱烈，比如王蒙有“作家不養說”，而上海一些作家又反問：養了我們什麼？醫藥費都報銷不了！對此，你有何見解？

答：我不管這些事。給了就吃，不給就尋著吃。

問：近幾年，報上不斷有某作家被寫作累死的報導，而你又說寫作是很快活的事，難道你真的寫起來不累？你每天寫幾個鐘頭？從幾點到幾點？有娛樂嗎？

答：累是累的，累的只是抄稿子的時候。人是活精神哩，作為作家，身累，累不死。作家的死不可能是寫死的吧？我沒有固定的寫作時間，能寫就寫。一天時間裡，幾乎一半時間都在娛樂，下棋呀，打麻將呀，逗房東的孩子呀，調劑過來了，呼呼呼就寫開了。

問：我接到全國各地朋友成百封來信，都希望瞭解你最近的情況。

答：是嗎？還有這麼多人問候呀？一切都正常嘛！噢，是出來時間不短啦，家裡一定來了不少信，這一本書寫得太長啦！（說著他對院子裡的女主人喊：老孫是代表好多人來看我的，中午是不是給弄些包穀攪團招待一下？）

問：你能對關心你的朋友說些什麼嗎？

答：我在這說誰也聽不著，我只有儘快把這部作品寫成功。

問：你還在做文化的苦旅嗎？據說文人“下海”已成風潮，你是否也想過下海的事？有傳言說你準備辦個“賈平凹出版公司”，此話當真？

答：“下海”，或者不“下海”，都是一種生存方式。現在，人人都有選擇生存方式的自由。我除了寫作再不會別的。我過去怎樣現在還怎樣。至於“賈平凹出版公司”的事兒，我沒聽說過。

當賈平凹所帶的稿紙用完了最後的一張，他又返回到了戶縣，住在了先前住過的“為秋風所破歌”的房間裡。

這時已經月滿，年也將盡，"五豆""臘八"、二十三，縣城裡的人多起來，忙忙碌碌籌辦年貨。我也抓緊著我的工作，每日無論如何不能少於七千字的速度。李氏夫婦瞧我臉面發脹，食欲不振，想方設法地變換飯菜的花樣，但我還是病了，而且嚴重的失眠。我知道一走近書桌，書裡的莊之蝶、唐宛兒、柳月在糾纏我；一離開書桌躺在床上，又是現實生活中紛亂的人事在困擾我。為了擺脫現實生活中人事的困擾，我只有面對了莊之蝶和莊之蝶的女人，我也就常常處於一種現實與幻想混在一起無法分清的境界裡。這本書的寫作，實在是上帝給我太大的安慰和太大的懲罰，明明是一朵光亮美豔的火焰，給了我這只黑暗中的飛蛾興奮和追求，但誘我進去了卻把我燒毀。

李連成曾以《甘亭紀事》為題在《女友》雜誌，記錄了平凹在他家創作《廢都》的那段日子。

李連成曾以《甘亭紀事》為題在《女友》雜誌，記錄了平凹在他家創作《廢都》的那段日子。

甘亭距西安約 30 公里，座落在終南山麓。東有霞色升騰的煙霧井、濕氣迷朦的高觀潭，西有道教聖地重陽宮和岑參杜甫泛過輕舟的美陂湖。由南向北而去，什王、大王、千王、馬王各王封地挨著王寺井然排列，與渭河北岸的 13 座帝王陵遙相對峙，顯示著甘亭地區濃厚的歷史文化氛圍。

平凹就駐寨甘亭的一座計劃生育手術樓裡。為了平凹能住到這人們一提起來就寒磣的單位，機關全部領導張美霞、袁桂香、姜省林親自執帚，總務科長晏民生忙前跑後……經過一番清掃佈置，擺放了木板桌，打橫了辦公椅子，一盞檯燈、一支鋼筆、一瓶墨水、一沓稿紙置於案頭，擱一隻電爐、一吊水桶、一隻暖瓶、一張臉盆於屋中。1992 年 11 月 10 日平凹開始了繼《浮躁》之後的這個地方的第二次長篇創作活動。

應該說，平凹完成《廢都》後，李連成是當時讀《廢都》第一人。

李連成說，"對於《廢都》，讀它的時候，不知不覺竟想到了《金瓶梅》的創作手法，人物設置不求面面俱到，事件描寫不見驚心動魄，敘述語言並不迴腸盪氣，於不顯山不露水中，深刻揭示了晚明時代的社會本質。

而《廢都》呢，以一場虛擬的文壇官司為構架，以莊之蝶、唐宛兒、周敏、柳月、孟雲房、夏捷數十個人物為經緯，編織了一部當代都市生活的現實畫卷。該書摒棄傳統小說的強烈懸念、離奇情節，也未採用現代派的波瀾壯闊或意識流動，只是像《金瓶梅》或者《紅樓夢》那樣把發生在現實生活中的人和事婉約平淡地敘述出來。打開書卷，使你完全忘記在讀小說，而好比置身於你現在所處的生活環境中。說書，它似乎像《金瓶梅》；說畫，它似乎像《清明上河圖》。賈平凹自己談及《廢都》說企圖通過它來傳達一種"廢都意識"。

問平凹，"何為'廢都意識'？"他卻秘而不宣。

人類創造了文化和文明，文化和文明卻在威脅著人的生存。譬如：空調暖氣的使用讓人重返自然環境時卻容易感冒；飛機或者小臥車的發明使人的步行能力漸趨退化；權力、律條的集中、完善控制了濫殺無辜，卻使更多人呼喚民主和感到約束的尷尬；婚姻家庭的確立能夠成功地阻止亂倫，卻讓人們面對試管嬰兒和第三者插足顯得慌恐不安和無所適從。在此，文化、文明和人的自然本性發生了本不該有的碰撞。其次，人們在群體生活中建立了必要的人際關係，藉以彌補個體生活能力的不足，已有的人際關係卻迫使更多的人喪失主體意識去違心地做人；追求成功和幸福本是人的良好願望，但得到的卻是不能向更高層次前進的痛苦的根源；家庭甜蜜了就孕育著隔膜和苦澀；社會繁榮了就包含著頹廢和敗亡。所有這一切，又集中地表現在文化比較發達、文明程度比較高的都市。人與人所發明的文化，總是在一個怪圈裡邊相互碰撞，社會越是進化，這種碰撞愈是劇烈。那麼，需要廢者，當是判決威脅人們生存的一切客觀事實的必然死亡。"廢"的另一層意思，自然就有著謀求新的生機的強烈欲望，這是賈平凹的創作意願嗎？

可以說，《廢都》是一部難以說清的作品。

固然，書中不少情節有著躲躲閃閃地性行為描寫，甚至某章有"□□□□（此處刪掉××字）"這般地遮遮掩掩，但也毋須像東吳弄珠客序言《金瓶梅》那樣用"效法者乃禽獸"此類的警世之言居高臨下地勸誡讀者。

是非曲直，留給睿智的讀者和評論家去闡釋吧！

大寒過後，氣溫驟降，通天徹底飄起了紛紛揚揚地雪花。恰在這時候，平凹窗上的玻璃被風揭了去。

平凹對寫作環境要求極刻薄。須密閉斗室、緊關門窗，讓布簾兒灰暗了室內的光線，讓煙草的霧氣包裹了空間，以自身為圓心、以兩眼為基點，在方圓一尺左右創造檯燈灑輝、稿紙返照、心窗洞開這樣一種三維交流的創作氣場。在整個兒房子中，凡耳朵能聽見的、凡眼睛能看見的、凡鼻子能嗅來的所有活著的東西一概排斥，然後運平了氣息，發足了意念，形成一副極有個性的創作態勢，於是就不必要擺放任何資料、任何輔助工具，桌面僅一本空稿紙一支蘸水筆"呼呼呼"（平凹語）地寫開了，日進度幾達萬字。此時若有鼠類突然吱吱鳴叫，於他卻聲若巨豹。

當"震天動地"的玻璃碎裂和狂風灌進屋中的時候，驟然就破壞了室內的一切。平凹在慌亂中竟不知該怎麼辦，比及醒悟，旋即用背部貼了窗口兒，吹得後背透涼，又搶過舊報紙去往窗上括，括了上邊括不住下邊，室內溫度繼續下降，不消多時，就像賣火柴的小女孩一樣僵了在窗子旁邊。

遠看平凹的房子成為莊稼地裡的窩棚，盡是灰垢的報紙被雪花兒打得精濕，紙角兒被風添得嘶啦嘶啦地響，連成說："你實在不應該逃離城市生活而來到這樣惡劣的環境中搞自殘式寫作！"平凹答道："你不理解，這是文人的命！"於是輕輕吟起了："八月秋高風怒號，卷我屋上三重茅，……對岸小兒欺我老無力，公然抱茅入竹去……"聲音越來越低，久久佇立在風雪中，癡呆於甘亭的天和地。

平凹喜吃家常飯，但家常飯又有十分的要求：吃豆腐不要炒；吃麵條要吃一指寬四指長的；愛吃包穀麵，不愛吃包穀糝；吃饃要烙不要蒸，烙要薄不要厚；愛吃蘿蔔，生熟都行；尤其包穀麵攪團，一天三頓都高興。他身體不好，動不動就感冒，一吃攪團病就容易好。

但平凹不吃肉。買了豬蹄，他不吃，他說豬蹄有腳氣；炸了鴿子，他不吃，他說炸鴿子太殘忍，炸出的鴿子樣子像人；他甚至不吃味精，感覺那是骨頭研磨的；菜花又覺得樣子像腫瘤；炸田雞，又說田雞是青蛙，蛙與他名字中的"凹"同音，自己不能吃自己。吃醋不吃熏醋，吃白醋，醬油哪種都不吃。這些怪毛病，常常就使人哭笑不得。平凹的飯食是否也是一種文化？

臘月廿九深夜丑時，賈平凹在《廢都》文稿上劃完了最後一個句號。沖了兩杯咖啡，連成與平凹相對而啜。

卻見平凹一言不發，喝得認真、虔誠、眼眶發濕。

平凹為什麼激動，看了《廢都》後記，連成才對他的心境有了進一步的體味。

《廢都》的創作過程是凄苦的。

僅從創作上來看，"只有暢美"，無苦可言，這是平凹在《渭北答問》透露的。全書約40萬字，從構思、創作到改抄，有效時間僅3個月，毛時間也不過4個月掛零。這種創作速度不能說不令人吃驚，怎奈1992年於賈平凹是多事之秋，繁褥的社會因素、冷峻的生活現實幾乎使他飲彈。好在平凹認準了一條公死理，在文化苦旅中有頑強執著的追求，於是也就有了一種大境界中實現的自我解脫。

"年了，長40歲、我是第一次離家過年，這部書寫得太苦太累了，但我已經看見老聃和他胯下的青牛……"

臘月二十九的晚上，我終於寫完了全書的最後一個字。

對我來說，多事的一九九二年終於讓我寫完了，我不知道新的一年我將會如何地生活，我也不知道這部苦難之作命運又是怎樣。從大年的三十到正月的十五，我每日回坐在書桌前目注著那四十萬字的書稿，我不願動手翻開一頁。這一部比我以前的作品更優秀呢，還是情況更糟？是完成了一樁夙命呢，還是上蒼的一場戲弄？一切都是茫然，茫然如我不知我生前為何物所變、死後又變何物。我便在未作全書最後的一次潤色工作前寫下這篇短文，目的是讓我記住這本書帶給我的無法向人說清的苦難，記住在生命的苦難中又惟一能安妥我破碎了的靈魂的這本書。

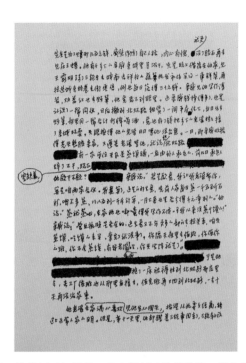

　　賈平凹的擔憂不無道理，書中諷刺時弊的歌謠，帶色的性描寫，塤吹奏出的悲涼調兒都是不大合時宜的。中國神秘文化研究會長、著名文藝評論家、《賈平凹論》作者費秉勳教授在看完《廢都》手稿後不是往常的點頭頷首，而是出人意料地搖了搖頭，賈平凹和在場的朋友急忙請教，費老師卻秘而不宣。直到《廢都》出版後，在一次電臺熱線討論時，待幾個讀者對小說提出質疑和非議以後，費老師才一吐真言。

　　後來，當《廢都》爭議蜂起並受到批評甚至批判時，作為評論家，費老師又出人意料地前所未有地主編起《廢都大評》，並由香港的出版社出版。28年後，我去西安拜見費老時，談起當年組稿、選編、出版《廢都大評》，他感慨萬千，書稿在國內幾經周折，幾個出版社最初爭相出版，因為“批評”以及後來被禁，都開始推來推去。最後輾轉香港天地圖書才算了了四年之困，《廢都大評》對引導人們正確理解這部備受誤讀的小說起了導讀作用。可見費老師不僅是一位有遠見卓識的預言家，而且是一位有膽有識的文學評論家。

第二章 责编说

咸阳他外婆家，晓卡心勇走走的川工作，正好带这西瓶酒给我们，晓卡就一定说是把酒捎了师用么。你喝不得型酒，这酒倒是很喝的。"牛月清说："刘晓卡，书房里三水仙娃，我倒猜不清哪一个柳月在一旁听了，只是嘻嘻笑，插……削肩的，瘦么的那个！"就伸指头盖诶江的脸……月尽胡猜了那个腿特别长的女儿。"柳月叫道……说："柳月你不知道也就甭胡说啊，招聘么那……得我也今不开的。事既然这样了，我和庄……笔色的一篇一后两宗大了，你们捂得这么严……江说："要不红帖儿第一个就写给了你们！到……柳月也来，来了做个陪狼吧！"柳月撇了撇……也不言的，我这丑样儿，你们么让我去以丑衬了……就说柳月样了几个月，说说越发有水平，轻明日出去，怕也会写了书啦。三人说了一会，诶江去了，又一再叮咛那日足来，老师师母若不来，宴席就不开，死等了呵。〔临走〕

诶江一走，牛清问柳月作老师喝酒了？柳月说孟就咹喝酒了。牛清收拾了礼品，就独坐了思谋二十八日喜事到此宴席，该准备什么填礼。下午，庄之蝶喝得昏缭缭回来，在厕所里用挺了半天喔哟，吐出许多钱浮，牛清让他胜了，该糟诶诶江么了。晚上庄之蝶胜起去书房看书，她进来把门关了，才一一说了诶江诶嫱了他，庄之蝶也好不惊讶，说："那个长腿女了，我恐怕也是见过一两次的。当时他说要招聘店员，咱也该注意，听赵京五对我说他招的比招模特儿还严格，身多少，传重多少，技肤怎样，还且符合标准的三围。"牛清说："什么三围？"庄之蝶说："就是胸围、腰围、臀围。〔要〕

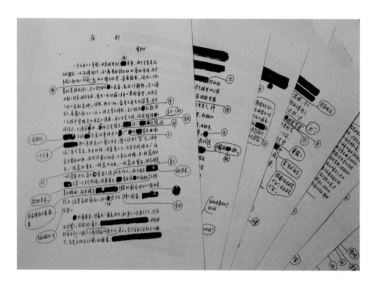

第二章 責編說

在苦難孕育中，嬰兒終於誕生。總不能讓其死於襁褓之中吧，醜媳婦總是要見公婆的。自上世紀九十年代初，賈平凹長篇小說《浮躁》榮獲美國美孚飛馬文學獎，三毛臨死前致信賈平凹對其作品推崇備至，致使賈平凹聲名大振，其著作也日益暢銷起來。所以出版界風聞賈平凹新寫了一部城市生活的《廢都》後，蜂擁而至，北京出版社、作家出版社、太白文藝出版社、花城出版社等國內十幾家出版社爭先恐後與賈平凹聯繫，表示願意出版《廢都》。

最終花落北京出版社，問其緣故，賈平凹說一是信任，二是回報，在他創作初期，北京出版社及其所屬的《十月》雜誌社伸出了友誼之手，刊發或出版過他的《臘月.正月》《雞窩窪的人家》等作品。侯琪、田珍穎等資深編輯的非凡膽識、敬業精神和嚴謹作風都給他留下了難忘的印象。賈平凹在《我所認識的幾位編輯》一文中寫他 1983 年去北京開會，當時創作處於窘境，心緒十分壞，不願見人，侯琪和同事去賓館探望他，勸他說："是是非非的議論不要管它，關鍵是自己的創作！你要下個狠勁，多到生活中去，拿出幾部作品。心裡悶的時候，可以多給我們寫寫信，說些情況，作品一時不好發，就寄給我們！"這次談話時間並不長，但"給我的印象最深，心裡感到很溫暖。返回西安不久，我就請人作了《達摩面壁圖》懸掛在書房，隻身一人去商州山地，'落草''流浪'了，後來就寫出《雞窩窪的人家》《臘月.正月》等一批商州系列小說來。"

1985 年，賈平凹進入順境，"我創作熱情高，創作處境較順利，發表了好多作品，感覺亦很良好。冬天裡將一部十五萬字的小說（《浮躁》）又寄給了她（侯琪），心想一定會很快發表的，可二十多天後收到回信，竟嚴厲批評了我，說這部小說寫得太粗，要發表是絕對可以的，但不能要求只夠發表水準，'要拿出高品質的東西來，要珍惜自己的名譽！'我當時大驚，遂將原稿又細細看了一遍，也頓覺面紅耳赤。冷靜三天後，便決定將十五萬字全部作廢，從頭再寫。我對我愛人說：'記住這個編輯，在我困難的時候她用烈火燒我，在我順利的時候她用涼水激我，此人難得啊！'"

《廢都》手跡

責編 田珍穎　　　　　　　　　　　　　　　　　　田珍穎作品之一

　　一提到《廢都》，人們總是提到賈平凹，提到責編田珍穎。

　　其實，許多讀者對於田珍穎並不瞭解——田珍穎1938年生於陝西西安。《十月》雜誌原副主編。中國報告文學學會原副秘書長，現任顧問。《中國報告文學》雜誌原編委，現任顧問。歷任"魯迅文學獎"、"徐遲報告文學獎"等全國性獎項評委。

　　田珍穎女士以編輯工作為主業，編發的多部作品皆有較大的社會影響，獲各種獎項。賈平凹長篇小說《廢都》一經編發引起國內外關注，獲法國文學大獎。後被禁17年，又於2009年由中國作協作家出版社再版，並獲《十月》文學獎。（《廢都》目前有國內外版本34種，是賈平凹作品中再版、譯文最多的文本）。

　　其全力推出八十年代先鋒派劇作家高行健《車站》等全部劇作，使作者完成了新理論創作的實踐。與白樺、葉楠、沙葉新的劇作共同排列於《十月》，推動了當時劇本創作的改革，為劇本文學化、閱讀化做出可貴的探索。（高行健旅法後獲諾貝爾文學獎，為華人獲此獎之首。）

　　編輯之余，筆耕不輟。發表中短篇小說、報告文學40餘篇，出版長篇報告文學《風雨人生》、《罪與罰》、《金色生命》、《人物紀念冊》等多部。其作品被譯成英、法等文字在國外傳播。

　　評論工作與編輯工作相得益彰地展開。其"以文本為依據"、"探索作者文學思路"等主張，使其評論相容學院派與大眾評論之長，獨具編輯的視角，被業界評為"機智獨到"的評論。出版評論多部。

　　2018年獲"中國報告文學事業特殊貢獻獎"。她為人作嫁，創作成果顯著。在幾十年中國創作的場域中，她是一個令人矚目的存在與身影。

　　在認識平凹之前，她編輯的長、中、短篇小說及報告文學、劇本等，多次獲全國優秀作品獎。許多茅盾文學獎作家的作品都是出自她的編審。

田珍穎作品之二

　　擔當一部長篇小說《廢都》的責任編輯，出版後半年，作品被禁，也終止了她的編輯生涯和 50 哉風雨人生。

　　平凹在《風雨人生》序言中寫道：苦難塑造了人生，這個女子在人生的苦難中卻充實地作為著！之後的田大姐以精彩的《金色生命》回答了一切。

　　田大姐說，第一次見到平凹是在 80 年代初，京西賓館的一場文人大會上，而真正與平凹認識，已是 1991 年十月的西安，就像是兒時記憶中走來的故鄉人，在從《<雞窩窪人家 > 到 < 廢都 >》中，他帶著淺淺而誠實的笑，平平和和的語調中，讓你尋得到一種踏實之感。在那次會上，他是被點著將發言的，大家說他攜夫人從美國剛剛周遊回來，這時我才發現，坐在不顯眼處的平凹，整個會上，人來人往，竟忽略了他這個本該最顯眼的人物。在會議的一個晚上，從文學，談到書法，再到神秘文化，人稱 “奇才” “怪才” 並非無稽，我想，他定會在尋找民族之大器，集凝和蘊育出自身的大器。這次的夜晚談訪，平凹在我心中變得愈加深厚。

　　她說，此間，我的一部長篇報告文學將出版，請他寫序，他毫不猶豫地應允。這部報告文學，是寫西秦土地上一個傳奇式的女神醫《風雨人生》（後來，又寫了續集《金色生命》），由於離故鄉太久，由於採訪的倉促，我在提筆時最感困難的，便是對這西秦大地風土人情的述寫，不想，平凹在序中，竟彌補了我的缺陷，幾筆勾出一個活生生的西秦氛圍。像那篇序中，開頭便是這麼一段：

　　在陝西的西部，或是一傍晚或是一黎明，灰濁的雲如鉛一樣厚重乃板結，怒吼的秦腔風一般地刮過來，土場上驢在打滾，樹蔭下犬在狂吠，你常常會為在田壠中檢起一片漢時的殘瓦或在荒草中撥見半截唐時的斷碑而喟然長歎於這一塊中國歷史上最古老的黃土上，你不敢輕佻張狂，虯勁蒼榆與板築的屋舍組合成的村堡裡，更不能小瞧了那一間酒館中某個默默坐喝的人，說不定這是位通天曉地衍運《周易》的大人，說不定是位身懷絕技的奇才。本分而坐吧，透窗看那遠處的地平線上湧動起的升日或落日，去體驗李賀的 “羲和敲日” 是怎樣個 “玻璃聲” 了。面對這篇序言，我深感慚愧。我竟永遠描不出我故鄉的風情鄉情。我知道，平凹那幾筆，非一時靈感，乃長期鬱結後的感悟。

　　由於請他寫序，便有了書信來往。從中得知他有了寫長篇的打算。但他又似乎行蹤不定地飄游在西秦大地上，彷彿在尋什麼很難尋到的東西，尋得很累很累。

這期間，他忽然寄給我一個寫就的中篇，名曰《晚雨》。信中稱，這是他強盜系列的最後一篇了。於是，我就倍加珍愛這《晚雨》，《十月》將《晚雨》刊於1992年第4期頭條位置。我想，這《晚雨》被當做強盜系列的結語，那一定預示著平凹創作的另一個新開始。於是，不眨眼地盯著他。

誰知，寄往西安文聯的信，久久不得回音。托西安出版界的朋友找他，才知他確實"躲"著寫長篇。於是，我尋到他在戶縣的蹤跡，又跟著他的飄泊，知道他去了大荔。我還知道，不少如我這樣職業的人，都如我一樣地苦苦地尋他。

好一個賈平凹！尋不到他時，我常這樣恨恨在心。終於，飛來了一封信。從戶縣。一頁小箋、我只匆匆瞥見：《廢都》寫完，或你們來戶縣閱稿，或我北上送稿。

再不必往下看了。編輯部的幾個人一合計，十分鐘後，我們叫通了賈平凹"躲"在戶縣的電話。無須北上南下，我們就等你賈平凹的稿子！

這之後，在電波飛傳中，我知道，賈平凹面對著出版界的一場競爭。甚至驚動了省市的領導。

他為此而焦慮，有時在深夜相通的長途電話中，能從聲調中聽出他的為難。

但，我為此而叫好。不是對他的焦慮，而是為令他焦慮的競爭——多好啊！有這麼多人關注熱心於一部文學作品，我們的文學不滅！我們的作家不滅！

當我的老鄉白燁，風塵僕僕地從戶縣把賈平凹的那沉甸甸的《廢都》，帶到我的辦公室時，我拍著白燁的肩膀說："小老鄉，你是個大好人！"於是，我們的話題就是賈平凹和《廢都》。白燁竟在行跡匆忙中翻看了一部分，我讓他講給我聽。一切都在匆匆之中，卻掩不住興奮。

賈平凹，你應當為我和白燁這一老一小的興奮，而興奮！這是一種多麼純、多麼文學的興奮。

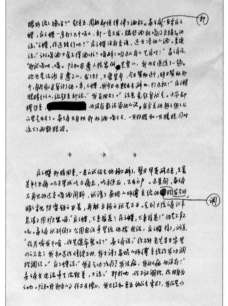

《廢都》手跡

1993 年第 4 期《十月》雜誌

我是連日連夜地讀著 40 萬字的《廢都》。平凹密密麻麻的小字，令我眼疼；平凹那厚厚的稿紙，令我捧得手疼。但我幾乎是無間歇地讀完了它，又無間歇地寫出了五六頁之多的審讀報告。

然後，我喘了口氣。心裡說：好你個賈平凹！能寫出這樣的好作品。

當政協委員賈平凹來到北京，下榻京豐賓館，參加第八屆全國政協會議時，他剛住定，就把電話打到我的辦公室，第一句話竟說：咋樣？你看了稿子覺得咋樣？我心裡沒底！

我不禁笑出聲來。想起那次在西安談他的文章、他曾說過 "文章要謙虛" 的話來，覺得這賈平凹憨厚得可以！

我匆匆趕到京豐賓館，早預料到賈平凹的房間裡，定是熱鬧非凡，但，他竟設法排除了這熱鬧，靜靜地坐著，聽我說我的《廢都》讀後感。

說了多長時間？他和我都沒顧得看錶，直到晚飯時間已到，我們才打住。其實，並非我說他聽，他時時地插進話來，就變成他說我聽。無論是誰說誰聽，說的聽的都是《廢都》。那是一部40萬字的小說，再說幾天，也說得下去。

令我意外的是，平凹說，他寫完《廢都》，腦子裡一片空白，他感到很惶惑，他不知道這部作品是否成功。我很難理解作為一個大作家，他的這種心態。我讀過許多大作家對自己作品完成後的創作談之類的文章，那字裡行間都是自信的。可，唯獨賈平凹，只剩下惶惑。

或許因為《廢都》是他的第一部城市題材的小說。可是，在他筆下那些是閒人的文人，或是文人的閒人，那麼活靈活現的，看不出他筆端的拮据，倒覺得他寫得遊刃有餘。

或許因為《廢都》是他的第一部城市題材的小說，可是，在他筆下那些閒人的文人，或是文人的閒人，那麼活靈活現的，看不出他筆端的拮据，倒覺得他寫的遊刃有餘。

或許有報載說這《廢都》是當代《紅樓夢》，惹得平凹欲煩不能！他說：可不能這麼比！我也說：沒有必要這樣比。

或許這《廢都》裡寫了個女人的群落，人人都有段委委婉婉的故事，個個都無圓滿的結局！平凹可謂字字是淚地寫了每一個女人，他對她們的認識是清醒的，他能看清她們每個人的眉眼，有何惶惑可言？

於是，我覺得，他的惶惑，是他還未從《廢都》中走出，他還未從他的人物的沉浮、愛恨、生死中擺脫。他為《廢都》傾盡了心血，他一時很難割捨拋離了它。

當他眉宇間仍凝著創作時的苦思時，我勸他：好好喘口氣吧，且不可累垮了自己。

於是，我們又談起剛剛離去的路遙、鄒志安。談到鄒志安留下的家小的淒苦……我們都沉默了。

當我意識到這話題的不祥時，我有意扭轉了話題。我告訴他，我們編輯部的幾位同志如何喜愛《廢都》，如何表示自己組來的稿子不上，也要讓出版面登《廢都》。我還告訴他，北京出版社的領導如何重視《廢都》的出版，如何作了具體的安排。他聽了，深深地點頭稱謝。

可平凹是個極仁義的人。為仁義而優柔寡斷。他的房間裡，除了記者，就是出版社的編輯，當有的出版社的同志來找他組稿，終而空手歸去時，平凹竟擔憂地說：這叫人家咋辦？我耐心地講給他：組稿成敗乃出版界常事，不勞你費心。但他仍唏噓不已。好像錯在他的身上。這仁義，這優柔寡斷，攪得他寢食不安。有一天，已近夜裡1時，他從京豐賓館打電話給我，言及某出版社向他要稿未成的難處，憫惜之情，溢於言表。我只好告訴他：那你再寫出個40萬字給人家吧。

直到他開完政協會，將要打道回府的前夕，他的稿債，仍無法還清。我對他說：這是好事，說明文學的大旗不倒！他衝我一笑，笑得意味不明，說不清是不堪稿債負荷，還是覺得實在任重道遠。

沉甸甸的《廢都》，在他離開北京踏上歸途時，已在編輯之中。我邊編稿，邊複習他關於編稿的要求，惟恐不慎有誤，辜負了他的一片苦心。他連書中的歌謠排版首末都空兩格的要求，都提得那麼具體，我敢懈怠半點嗎？

關於爭奪《廢都》的出版權及組稿過程，田珍穎說：平凹有許多著名的中篇小說，刊發在《十月》上，如《雞窩窪的人家》《天狗》《臘月.正月》等。我們對平凹的作品是十分重視的。當然，平凹的作品在許多刊物上都發表過，都產生了極大的社會效益。因此，許多刊物都關注他的創作情況。到1993年初，《廢都》成稿時，他寄我一信，我們關於《廢都》的約稿過程，才畫了一個句號。

其實，後來很多出版社仍不甘心，去找賈平凹爭奪《廢都》的出版權，當時賈平凹已經收了一家出版社兩萬元的訂金，田珍穎聞訊後，和賈平凹商談達成一致，賈平凹便把那家出版社的訂金退了。"經濟上我們沒有優勢，但我們有對書稿的理解，他就把版權交給了我所在的北京出版社。"田珍穎後來如此回憶說。

1993 年 3 月 12 日，《廢都》責任編輯田珍穎給賈平凹寫了一封長長的信——

那一日，厚厚的一疊《廢都》，平凹那密密麻麻小巧玲瓏的 40 萬字，看得我兩眼昏花，卻亢奮異常時，我把《廢都》的最後一頁重重地拍在案頭，這句話 --" 平凹，咱們聊聊 "，就猛地從我心底裡衝出，至今不肯散去。

於是，就以這家常話當題，與平凹自在地聊上一聊。

聊聊，當是在極入神的情況下，方能聊得暢快，聊得有興致。但我料定，近期平凹難有這樣的心境和環境。

我對你說：你這 40 萬字，字字沉重，又字字瀟灑。

你聽了，不作聲，只緩緩吐出一口濃濃的煙。那煙竟在你頭上，繞頂三周，不肯飄去，這樣子，令我想起《廢都》中的男主人莊之蝶。

莊之蝶不是平凹。他有平凹的沉重，卻遠不及平凹的瀟灑 -- 平凹的瀟灑，在骨子裡，如同他的沉重在骨子裡一樣；平凹的瀟灑，毫無張揚，有時甚至以大智若愚之態表現著。

不是平凹的莊之蝶，卻帶上了平凹的思考的血脈，在偌大的《廢都》中遊蕩，他負荷著龍一般宏偉的傳統文化，面對著令人驚心動魄的現實；他企望振奮如雄鷹，但他卻須時時舔撫自己受傷的翅膀。平凹狠心地用重筆把莊之蝶壓得喘息不得，只許他實在疲憊無助時，靠在廢都的古城牆邊歇歇腳，聽聽那嗚咽如泣的塤聲。然而，這歇息只在須臾間，幾筆色勒後，平凹就又揮起大筆桿，趕莊之蝶上路了。

我說：平凹，你把幾輩人苦悶，全壓在莊之蝶的心上了。

平凹說：他總被什麼陰影罩著，話說得沉沉的，還皺了一下眉，彷彿那陰影也罩著他。其實，苦悶就是生命。倘若非把苦悶看作一種情緒，它也是與生俱來，也要與生俱滅 -- 它全在生命的始終裡。

平凹，你不是就在苦悶中寫出《廢都》的嗎？那時，你的心在困境中，災難和苦難輪番地折磨你；那時，你的心，被從胸膛裡掏出來，直直地吊在你的眼前，讓你瞪著眼看它如何掙扎著"怦怦"地跳，如何痛苦地揉搓抽搐；那時，你連淚都流不出來，你神不守舍地捱著日子，你白天怕天黑，天黑了又怕天亮，你常在停電的晚上，大睜著夜一樣黑的眼睛，獨自坐到天明。你就立在這種欲死欲活的苦悶中，生生地煎熬出了《廢都》。

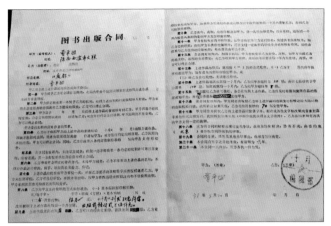

《廢都》合同

平凹，苦悶使你有了充實的生命；苦悶就是你的生命！

倘若沒有苦悶，何來你對人生的咀嚼，何來你對生命的認識，何來莊之蝶，又何來40萬字的《廢都》？

還有說莊之蝶吧？你沒有刻意地修飾他，你也不必刻意地修飾他。因為，他不是突然來到你的面前，他早在你的心裡，你用心血一點一滴地養育著他，你和他血脈相通的過了幾十年。到你40歲的時候，你終於養大了他，他幾乎和你同時達到人生的成熟。於是，你那麼流著淚或不流淚的想著他；那麼把自己關在閉緊門窗拉嚴窗簾的小屋裡寫著他；那麼一根一根抽著煙，讓煙霧重重包裹著你地寫著他……當你終於寫完他，把那支捏出汗水的筆，用力地遠遠地擲去的時候，他就那麼活生生地站在你的面前，帶著你給他的魘的雙眉，帶著你給他的智慧的覺悟，帶著覺悟後更加的基悶。那天是臘月二十九，年關在即。你為莊之蝶劃上的句號。於是，對你來說，這世界是又多了一個人--莊之蝶。

平凹，對苦悶的莊之蝶、衝撞的莊之蝶、覺悟的莊之蝶，你卻沒有給他一條出路。你一直寫他想走出廢都，你記他東衝西撞，你讓他入木三分地看穿人生，你讓他到處尋找走出廢都的緣由和力量，你甚至逼得他在偌大一個廢都中一無所有，只剩下三個字的一個名字，而還讓那僅三個字的名字常常被別人叫著寫著用著罵著，但你仍不讓他走出廢都。你吝嗇地在他想去海南闖一闖時，只讓他走到到火車站，然後你很殘忍地讓他在這時中風倒下。

我問你：不能讓莊之蝶出走，另尋一個天地嗎？

你斷然回答：像他這樣的人，去了海南，或許比在廢都更覺得糟糕。

我在聲討你殘忍的同時，卻被你這句話深深地振動了，他使我深信，你把莊之蝶瞭解的徹頭徹尾徹裡徹外，他的舉手投足，其鑿鑿依據皆在你心中。

你不走俗人俗事的套數--讓人物最後出走，這從娜拉起，至今走了多少人。生活中，人是無奈才出走，而文人也是寫的無奈才寫成出走。你熟知莊之蝶的前生今世，你果斷地讓他倒在中風之時，就不肯再延續一點點筆墨。

聊到這裡，我在悲歡莊之蝶的悲劇命運時，眼前依次出現廢都厚實的古城牆，嗚嗚作響的塌聲，廢都那永遠罩著歷史塵埃的天和地，和廢都芸芸的男女老少，他們與眼前倒在火車站的莊之蝶，有著多麼天然多麼深厚又多麼割捨不斷的如血肉般的情絲，它們不會讓他就這麼走了，如同他也難以和生他養他給他榮辱的廢都斷裂一樣。

但，平凹，你卻沒有記莊之蝶死，他只是中風了。

你說：我有個預感不能讓他死。

聽了你這話，我不禁笑了。過去，你我多次關於神秘文化的交談，又浮在耳邊。想起你說過的一句話：文章屬天地早有了的，只是你有沒有凤命可得到。也許，你是順乎"天地早有了的"，安排了莊之蝶的命運。而我卻覺得，這是你嚼透了的莊之蝶的心跡，嚼出了味道，於是，也寫出了味道--讓他中風的味道，讓他病而不死的味道。

如果，莊之蝶還會出現在你今後的哪篇小說中，他將是何種形象呢？你會讓他怎樣地中風卻活著、活著卻中風？我想，恐怕他會變成你新作品中的一個腳步--奇特的腳步。你將通過他的雙眼，靜靜地冷峻地看著繁華喧鬧的人生，沉默卻犀利地剖開眼前的每一個人的五臟六腑，那時，你又會有一篇令人難以預料的好文章。

平凹，我說莊之蝶沒有你的瀟灑。

你聽著，紋絲不動。

其實，我說的瀟灑，並非飄浮著的輕鬆--這種輕鬆太膚淺太單薄，有時它也會飄向玩世不恭。我說的瀟灑，是深藏於你心中一種悟性，一種對人生剖掘得犀利的得心應手，一種超凡脫俗的大器。

唯有這種瀟灑才能寫出真實的毫不做作的苦悶，倘若你平凹僅屬於這苦悶，僅在這苦悶的拘囿中，那反倒寫不出這苦悶了，你是在這苦悶中，苦透，悶透了，大勝於在沸水中血水中的九次的煮熬浸泡；你是從基悶中揉搓了自己後，又帶著苦悶，去超脫了苦悶。於是，廢都才有了那瀟灑那悟性那大器。

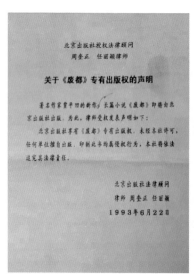

《廢都》律師函

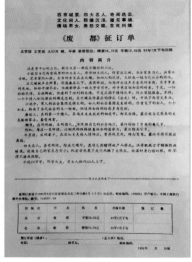

《廢都》徵訂單

你曾把寫《廢都》時的自己比作飛蛾，把寫這本書比作自己被光亮美豔的火焰所誘。你說自己傾盡心血地寫了這書，寫完了書，如飛蛾撲火一樣，自己也毀滅了。聽了這話，我覺得很有些悲壯。我理解這悲壯。

你又說，這本書的寫作，是上帝給你的太大的安慰和太大的懲罰。我從這話裡，覺出你的苦悶的昇華和你的毀滅的光燦。

或許，當你提筆寫《廢都》之始，你的靈魂是破碎的--你被生活煎熬，也被自己煎熬，你把自己的靈魂分割成40萬塊破碎的靈魂，疊起了洋洋《廢都》時，你已掬聚起了那破碎，而黏合了一個完整。只是，它不再是過去的你的靈魂，你重塑了自己，也重塑了你的文學。但，你打碎了過去，卻並不丟棄過去，你精心地重新組合了它們，給他們新鮮的血脈。否則，那《廢都》怎能讓人仍然認定是賈平凹的呢？

關於靈魂的破碎與完整，是你在《廢都》的後記中引出的話題，其實，我以為你在構築《廢都》的大樑大檁時，你破碎靈魂的凝合，常在不知不覺中，只是你太去感覺那破碎帶來的痛楚，而忽略了這凝聚這黏合的雄壯。

你記得在戶縣那間小屋裡，窗上玻璃被風訇然拍碎時，你是怎樣地迎著那猛撲進來的寒風，用報紙去抵禦，用自己的後背去阻擋，你好勇敢！而當時，你只是匆匆品嘗了淒苦，卻不曾聽到那破窗而入的大風說：賈平凹，我無奈你！大風過後，你悲壯地吟誦《茅屋為秋風所破歌》，大呼"安得廣廈"，那時，你有個多麼結實多麼飽經滄桑的胸臆，你早已不是多少年前那個苦苦的商州娃，你成了一顆蔚然大樹。我沒問你，那天大風拍窗肆虐時，你是否為自己的淒苦流了眼淚，但我斷定，但你用自己的瘦弱的脊背堵著破窗時，你是把眼淚抹到心口上，去黏合了你破碎的心。那一刻，你多麼強大！

《廢都》動筆於耀縣的熱天裡。但，卻有個叫錦陽川的涼爽地方托盛著你，使你不受溽熱。錦陽川裡的桃曲坡，漫坡的濃綠和野花，簇圍著你。你遠離了人群，卻靠近了天地，得天之靈、地之氣，你何愁沒有好文章。

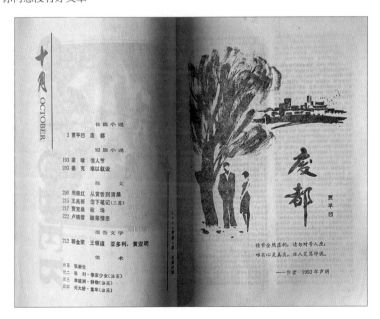

《十月》雜誌全文刊登《廢都》

你定會記著那桃曲坡的水庫，大水三千，伺候著獨獨一個你，何等氣派！曾在你的一本書的作者簡介裡，看到你是 1952 年出生，那是龍年。你來到這湯湯大水之邊，豈不應了水走蛟龍的磅礡吉言。當你跑著跳著撲進那大水時，你不覺得那本作洋洋之觀的大水，傾刻柔順如綢。它用溫暖的胸膛容納著你，用親人般的雙臂托舉著你。你是水之滋潤，千古美文已漾起在你的胸臆。不然，你何能一日七千字地筆走龍蛇，又何能有後來戶縣冬日裡的最後收成。

平凹，其實，當你動筆於《廢都》的第一個字時，你已開始在修補自己靈魂上的裂傷。這修補的過程，恰是《廢都》從寫作到完成的過程。或許，修補後的靈魂，還有傷口的裂痕，甚至，哪個部位，還未補好，或只長出了粉紅色的嫩肉。但，這又何妨！難道已到不惑之年的你，還留著一雙少有滄桑的眼睛！

你將永遠帶著一個修補了卻仍有傷痕的靈魂，終其一生。

其實，這一點，在你的理智裡，是早已明白無誤的。不信，你看看你是怎麼安排《廢都》中你的人物的 -- 你讓聲名赫赫的當代作家莊之蝶，有家不可歸，終致中風於火車站；你讓一代書法大師龔靖元，生而沉溺於賭博，死而緣起於賭博的破產；你讓頗有才華的畫家汪希眠，成為拜金狂徒，以畫售假畫而賺取暴利，而他的守空房的老婆，成了莊之蝶的情人，汪希眠則徒有其家；你讓藝術家阮知非走穴下海，於燈紅酒綠中喪失自我，當他因成巨富而被人打瞎雙眼時，只能換成狗眼聊度後半生。他們，哪個也無圓滿可言。倘若他們也要俯視自己的靈魂時，其破碎之態，堪以入目嗎？

生活自身就是破碎的。無破碎，哪來那麼多姿多彩！ -- 這話太殘酷，彷彿是讓你賈平凹安於破碎忍於破碎。但，這不是我的本意。

我想說的意思，是這樣——《廢都》，就是四十歲的賈平凹。

之後，田珍穎寫下了《廢都》審讀報告——

這是一部奇書——它不能用好或不好的簡單標準來衡量。它是作者對自己過去創作生涯的大思考、大總結、乃至大生發。這其中或許也有對過去創作中某些方面的否定。《後記》中，真實地反映了作者在寫《廢都》時的種種思考，及於思考中的掙扎和衝闖；而最終於深深的痛苦與覺悟中，寫出了他的第一部城市小說。

小說情節起落不止，但顯然它不依託於大起大落之中，這是她更真實更近地寫出了生活，而摒棄了為創作而雕飾出的虛偽。其實使這部小說光彩四射——真的人、真的事、真的社會、真的美醜、愛憎、真的情感、真的語言、動作……正由於有了這真，你讀後才覺得忘不了，才覺得被擾亂，被吸引。

小說筆觸的焦點，在文化圈中的人。作者熟悉這些人，如同熟悉自己，因而，能寫出人物的內裡，寫出平常人看不見的東西，讓你讀了，不得不嘆服，就是"這一個"！

莊之蝶，是作者筆下的風流才子。他多少帶著些"多餘人"的色彩。全部小說中的人人事事，皆因他起，皆與他相關。他無處不顯示他內心的多重層次，他的如掙扎的追求，他的悲哀的沉淪。對這個人物，作者盡力於客觀的描述，近於無褒無貶，又似亦褒亦貶。著力於展開他的真實的心的經歷，把他寫成了一個活生生的人。

在一個"性"字的標誌下，莊之蝶尤其表現了他的追求和沉淪。他期望從性中追求美，但他又在這追求中顯出醜；他意識到了這醜的出現，於是，又在這醜的展現中去追求美。如此迴圈，形成了一個真實的人物——莊之蝶。

莊之蝶之經歷，是許多人經歷階段的總和。這總和，給了這人物以份量和層次。使它作為藝術形象，而顯得飽滿而豐厚。

其他形形色色的男人，筆墨均淡於莊之蝶，但他們和他共同組成了社會之一隅，並在這一隅中共沉浮共表現，形成了一個難得的眾生之圖。孟雲房的演變，阮、龔的經歷，鐘主編的委屈求生委屈求死，周敏的人生尋隙，皆寫在真實之中。人物們牽牽連連，與莊之蝶共結成許多網扣，而覆蓋了一片真實的生活。

值得注意的是，莊之蝶的有為和無為的矛盾，恰是當前許多文人（或其他人）社會心態的曝光。這有為和無為之間，難劃界限，常是於有為中而無為。這種相悖心態的交替，正體現了在嬗變的社會形態中，人的適應於不適應，人的求適應而難適應的社會生存狀態。

莊之蝶的這有為與無為的共存，在孟雲房、周敏等人物身上，皆有不同形式的表現，可見這是一種社會心態。小說中，極為成功的是描繪了一個女人的群落，幾乎每一個鮮明的性格，這性格又寓於每人不同的經歷中，因而顯得扎實而不虛妄。其中最成功的是唐宛兒、牛月清和柳月，連出場不多的人物阿燦也是光彩四射，令人久也難忘。

女人所全系於一個"愛"字，可謂為一個"愛"字，折騰得死去活來，又各有各的愛法，各有各的對愛的解釋。各有各的愛的結局。

每一個女人，都有一個委委婉婉的故事，他們在故事中走出走進，讓你連眉眼都看得清楚。

值得注意的是，作者對筆下的女人，用筆多褒揚，又灑了深深的憐惜之淚，全無世俗的眼光。而對他所褒揚的女人的結局——亦是愛的結局，卻又都用悲筆勾勒，無一喜慶圓滿。這是《廢都》中一個值得研究的現象。

與女人的陣營比，男人的陣營則顯得強大複雜得多，但無論男女，皆勾連成社會之一隅。讓他們在社會大背景上，演出悲劇或喜劇。《廢都》的大社會背景的描繪，鋪展的極自然而宏偉，這不僅使人物無不打上社會之烙印，又始終使人物以自己之小與社會之大保持著反差。

除了人物成為主要骨骼，支撐了這部小說龐大的的框架外，作者還用自己恣肆的思考，充實著這部小說的肌肉。作者將自己的思考，分散於人物，形成這部作品中思考的主體。這還不夠，視角的多方位，使作品中的牛也成為一個思考的角度。細讀牛的心理，有許多值得品味之處。而另一個非常人——莊之蝶的老岳母，又構成一個極為特殊的視角。這個神經不正常的老人，常製造一個陰森森的氛圍，並從中透視出鬼的世界。這看來荒誕的一筆，卻大大地延展了人的社會的空間，把人鬼交融，從而引起一些異常的想像與思考。

小說中各種各樣的思考及引發的思考，都充實了小說的血肉。

小說中另一成功之處，在於歷史與文化渲染成的氛圍。這氛圍渾然而成，又顧大無比地包容了全部作品。如陣陣出現的塤聲，顯示了古都、故都、廢都的特定環境和特定歷史。人物似從這塤中走來、走出，有的人物又似最終走進這塤聲（如莊、唐）。塤聲製造了一個古遠而壓抑的氛圍。衝出這氛圍是十分艱難的，因而這塤聲又似時時提醒著這「艱難」二字。除此之外，對寺院、宗教、占卜、字畫、民俗、茶、文物的鋪敘，除了使作品厚實外，又渲染了一個大民族的特定的文化與社會氛圍。由此，一下子膨脹了古都，使它成了一個大歷史的包容，而全無了這個特定廢都的局限。

書中對性的描寫，成為人們將要十分關注的問題。通讀全篇，方知性描寫在書中絕不游離於情節之外，而全是為了顯示莊和他的女人們的心理世界，顯現莊近乎變態的心理，顯示了情感世界中的愛與恨、慈善和兇惡、寬容和抱負，乃至生與死。作者注明「刪去多少字」，已回避了最細處。作者認為，保留的部分，是為了人物、情節乃至全書的需要。

我尊重作者對性情節的處理。我認為，本書中的性描寫確非為標新立異，而是作者挖掘和表現人物的一個基點、一個區域、一個尺度。

這本書應受到充分的肯定。我希望能展眼看到它在大文學範疇裡，將要占取的位置，而不可以某些技術原因而委屈了它。

文學面臨強大的衝擊。純文學（或嚴肅文學）的範疇，不可劃得太小，太絕對。

發現和推出上乘之作，將是我們固守大文學陣地的有力舉措。

建議《廢都》刊發，並出書。

1993 年 7 月版 《廢都》 北京出版社

《廢都》在1993年7月北京出版社出版、《十月》第四期全文刊發。出版後,讚譽聲連連,批評聲也接連不斷。1994年1月遭禁,55歲的田珍穎被迫從《十月》退下來。她說,退下來的情況和情緒,只能用"複雜"二字來概括。好在我的老同事,原《十月》的一位主編,已早早向我演示過他退休的過程,他當時像是說笑話一樣,但我卻悟出了一個驚人的現象:那張退休表格原來是可薄可厚的。奈何!

那天,我騰空了辦公桌,走出出版社的大樓,站在車水馬龍的北三環路邊,忽然產生了一個奇妙的感覺,即:這一步邁出了一條分界線,在我身後的大樓裡,留下了過去的我,那是個整日壓彎脊椎埋頭於案的我,如同一頭老邁的耕牛;而大路邊的我,像什麼呢?我希望能像一棵形狀普通的樹,但它可以自由地伸展枝葉。那一刻,我預料,我面前將有一條通達的路。

果然,一個文化公司成了我的天地,這裡只需要才能,只需要辛勤。一個出版社的女同事在一年後遇到我時說:聽說你滿大街在拍電視劇。我立刻認可了,甚至來不及分辨她的話是褒是貶。

電視劇於我,確實陌生。但從資金運轉、現場拍攝,到錄音合成、機房剪輯,我全部經歷了。結果是,我覺得我還能做成我想做的事。

後來,我又為幾個出版社編書,又為兩個雜誌做顧問,但我絕沒有再重複過去辦公大樓中的狀態。我是一棵樹啦!枝葉自由地向天空伸展的滋味,是多麼新鮮、多麼欣喜、多麼暢快!

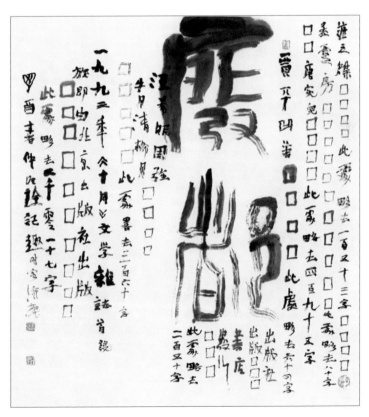

于明詮先生墨寫廢都

咸阳地外婆家，晓卡心事多，去哪川工作，正好带了这两瓶酒给你们，晓卡就一定说是把酒却了师团了。你喝不得烈酒，可这酒你是喝的。"牛月清说：刘晓卡，书房里三化什饿，我倒打不清哪一个？柳月在一旁听了，只是嘻嘻笑，插□□□□□□□□□刮鼻子，瘦么心那个！"就朝□指来羞说江心脸□□□□月尽胡精，这那个腿特别长心女儿。"柳月叫道□□□□□□说：柳月你不知道也就甭胡说了，招聘心那□□□□得我也今不开心。事既然这样了，我和你庄□□□笔色心一篇一后两宗大了，你们搭得这心严□□□□□江说：罢不，纽地地第一个就写给了你们！刘□□□□□□□，柳月也来，来了做个陪娘吧！"柳月撇了嘴□□□□□也不害心，我这丑样儿，你成心让我去心丑衬人□□□□就说柳月棒了几月，说话越发有水平，若明月出来，怕也会写了书心。三人说了一会，说江去了，又一再叮咛那日戌午，老师师团若不来，宴席就不开，死等了的。

临□

说江一走，朝清问柳月你老师哪去了？柳月说孟诗nk喝酒了。朝清收拾了礼品，就独坐了思谋二十八日要□□□□此宴席，该准备什心烦礼。下午，庄之蝶喝得昏昏沉沉回来，在厨房里用挺了半天喔哦，吐出许多秽液，牛朝清让他睡了，该程说送江心了。晚上庄之蝶胜起来书房看书，地进来把门关了，才一一说了送江钱糖了你们，庄之蝶也好不惊讶，说："那个长腿女子，我恐怕也是见过一两次心。当时他说是招聘店员，咱地该去看，在来起来还对我说他招的比招模特儿还严格，身高多少，体重多少，皮肤怎样，还且符合标准心三围。"朝清说："什么三围？"庄之蝶说："就是胸围、腰围、臀围。

雲

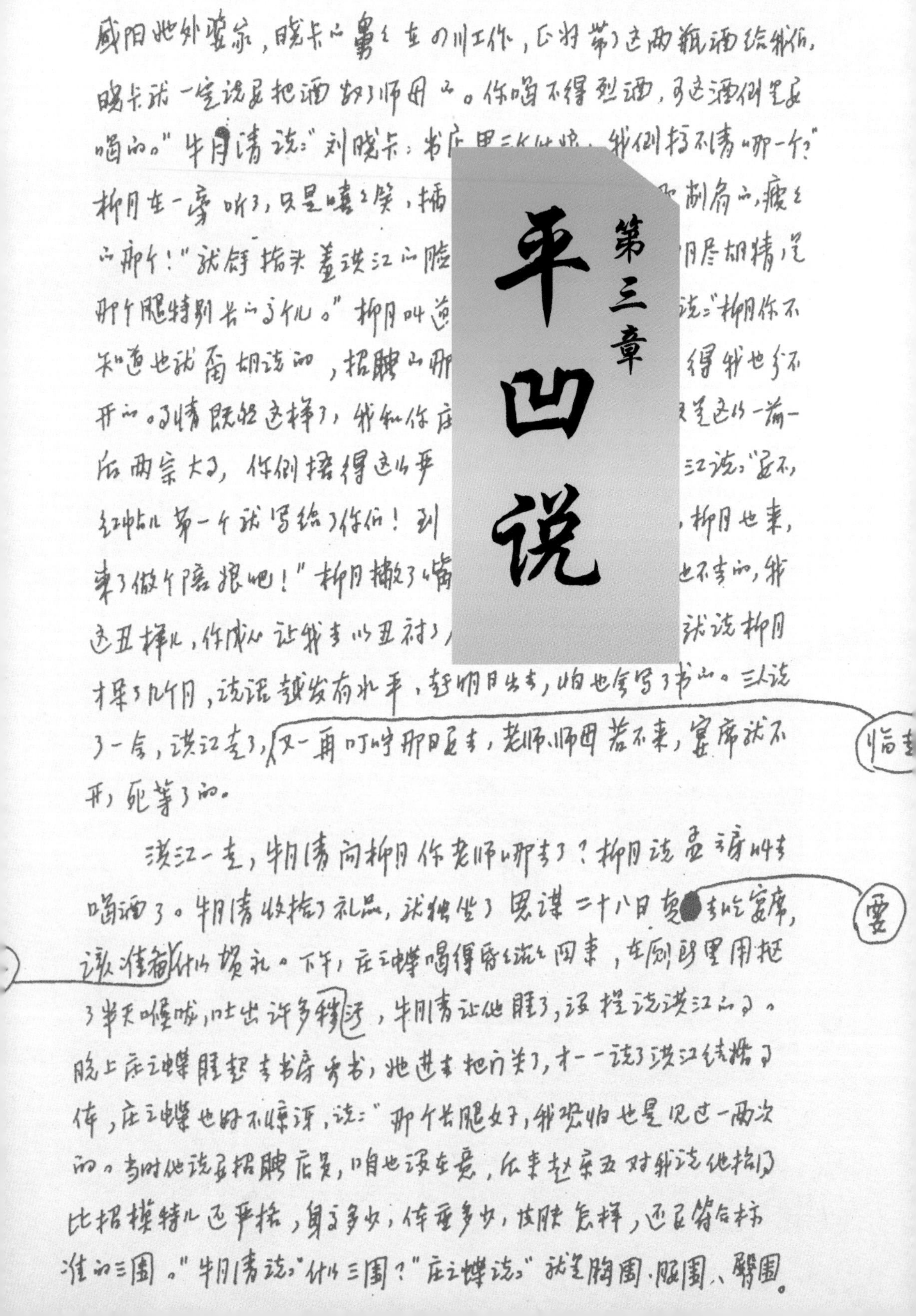

第三章　平凹說

　　1993 年 4 月 2 日晚 11 點，與王新民同住在王家巷出版社家屬院的孫見喜兄來電說，賈平凹在他家，叫新民和妻子去論閑傳。放下電話，已有睡意的王新民頓時精神大振，急忙更衣趕往對面樓上的見喜家。久日未見的賈平凹顴骨凸顯，明顯消瘦，握手寒暄後，新民打趣說：政協委員回來了。他笑了笑問：還好吧？落座，他看見筆者穿的公安褲，說新民成公安了。新民說是便衣員警。遂談起下班路上遭壞人搶劫又協助公安抓住搶劫者的經歷，平凹聽得很認真，說不定當寫作素材在收集呢。接著說起《賈平凹與〈廢都〉》徵文，馬建濤、何丹萌、金平、方英文等文友寫稿和來稿的情況。說起蕭乾先生來信，賈平凹說：那老頭是世界上最好的老人，你把他的信保存好，那是很有價值的。何海霞給吳三大的信被夾在舊書中被人買了，那信就拍賣了 6 萬元。

　　正說著，新民妻子幫見喜妻子做好麵條端來，平凹說麵條切得過長，像星條旗，應切成三角的旗花面，那樣，他能吃三碗。看來他很注重飯的型。

　　吃完夜餐，新民拿出《讀者導報》刊發的《賈平凹的讀書法》和關於費秉勳先生《賈平凹論》的書評遞給賈平凹，他看後說不錯，就收藏了樣報。

　　說起神秘現象，賈平凹說他年輕時和一個女子談戀愛時，月夜走入一片麥地，兩個小時轉來轉去才轉出來。又說在丹鳳縣城，他去買衛生紙，歸來迷了路，轉了四個小時才摸回到家。又說記得一個女討飯的長得白白淨淨，面帶微笑，後聽說叫狼吃得光剩個頭，以後他腦子裡老留著那個形象。還說他在西安有時也迷路。我說有同感。

　　凌晨兩點多，新民邀平凹、丹萌到家休息，洗漱後，仍無睡意，又聊了起來，談起《廢都》，平凹說此書三易其稿，三稿共寫了五個多月。丹萌說該作歷史沉澱不夠。平凹主要是寫日常生活，想寫出《紅樓夢》、《金瓶梅》的味道。新民說收破爛的老頭像《紅樓夢》中的空空道人，

北京出版社

謠兒像古詩。新民認為女性形象刻畫普遍成功，相對而言，男性形象薄弱些。女性中的牛月清、唐宛兒、柳月都不錯，男主人公莊之蝶當然也成功，但其他男性蒼白些。平凹說《十月》副主編田珍穎認為這是一部奇書，莊之蝶、唐宛兒、牛月清刻畫得最成功，是罕見的文學形象。新民說開頭的四朵花被燒死，一個太陽變四個太陽，太光明反而使人看不見，是否全書故事寓意或象徵？平凹同意說，成四朵花者是莊之蝶，亡四朵花者也是莊之蝶。花由他帶的楊貴妃墓土長出，最後被他不慎燙死。新民妻子說莊之蝶像平凹，平凹忙說莫對號入座，說費秉勳老師也有此擔心。平凹說知情者可能引起聯想，但讀者才不管呢。他擔心有些黨政要人對號入座，如市長、人大主任等。

　　有人插話說沒在陝西出也好，不然有可能卡殼。平凹說：就是，若責任編輯審稿拿不準，請示複審、終審，一級級上去，就麻煩啦，還是在北京出零幹。他透露說《十月》雜誌今年第四期，大約 7 月全文發表，同時北京出版社

出書。雜誌發行 10 萬冊，書已被書商包發 10 萬冊。新民說：看你的手稿挺舒服，是否有氣功？他點頭同意說：你若對某人有好感，對方的功就與你通了；若無好感，就不會有功通。新民說：你的字寫得整齊，善始善終，可出個影印本。他說可以，還能賺。新民說有收藏價值。他說要出大開本，因為兩邊有改動的。新民說這可行，這也是出版史上的創舉。平凹說他記得魯迅的詩集出過手跡本。

又說起唐宛兒，平凹說那樣的女人對男人有誘惑力，熱情好動，知道充分展示女人的魅力。男人也喜歡這樣的女人。但這樣的女人命運也慘。我看唐宛兒的心性也高，不停地追求，而她的丈夫對她不好，虐待她，家庭不好導致她私奔。

新民妻子插話說唐宛兒拋棄丈夫、兒子私奔，最後悲慘是自找的。

平凹不同意，認為唐宛兒最後被丈夫虐待有鋪墊作用，不幸的婚姻是唐宛兒悲慘命運的根源之一。

說到柳月，平凹說這是許多保姆形象的概括，說起他家的保姆，是妻子的遠親，說不得，臨走，把錶、襪子等不屬於她的東西都捲走了。他們雖然看見，也作罷未說什麼。說到書中牛月清的母親的形象，平凹說原型是中醫科大夫的母親，八十多歲了，不吃不喝半個多月，還在說話，說鄰居三口吵得她不得安寧，哪有這樣的鄰居！死後埋在他老伴的墳邊，打開墳一看，原有一家三口埋在了墳邊，大夫這才恍然大悟。新民說賣饃的那一段與整個作品缺乏有機的聯繫，平凹同意說那一段寫得不好。新民提出應該把裙帶關係反映一下，平凹認為那樣難寫出味道來，把政治鬥爭作為背景輕描淡寫，著力寫常人的日常生活。

5 月，王新民擬了 11 個有關《廢都》的問題，請平凹作答，大約半月後收到平凹的《廢都》創作問答：

一、《廢都》構思於何時？為何名為《廢都》？

打腹稿起於前年，創作欲的湧動則更早。真正決定可以動筆了，其具體構思是在去年初。取名《廢都》，基於在這之前我曾寫過一個中篇也叫《廢都》，但那個《廢都》並未能表現我對一個特定的古都的認識和思考。所以，此《廢都》不是彼《廢都》。我是陝西本土人，進城前在鄉下生活了十九年，入城卻是二十一年了，從事創作以來，一直寫鄉下的生活，沒有一部小說寫到城市。寫城市生活是我夢寐以求的事，我之所以遲遲沒有寫出，是我找不著一種感覺，即進入一種境界的角度，一種語感。在四十歲的一九九二年，我終於有了覺悟，創作欲極強烈，我幾乎越來越能看清我要寫的一切，我就精神抖擻地動筆了。廢都二字最早起源於我對西安的認識，西安是歷史名城，是文化古都，但已在很早很早的時代裡這裡就不再成為國都了。作為西安人，雖所處的城市早已敗落，但潛意識裡其曾是十三個王朝之都的自豪得意並未消盡，甚至更強烈。隨著時代的前進，別的城市突飛猛進，西安在政治軍事經濟諸方面已無什麼優勢，這對西安人是一個悲哀，由此滋生一種自卑性的自尊，一種無奈性的放達和一種尷尬性的焦慮。西安的這種古都——故都——廢都的心態是極典型的，我對此產生興趣。但當我構思時，我並不認為我僅是來寫西安的，覺得擴而大之，西安在中國來說是廢都，中國在地球上來說是廢都，地球在宇宙來說是廢都。從某種意義上講，西安人的心態恰是中國人的心態。這樣我才在寫作中定這個廢都為西安城，旨在突破某一城市的限制而大而化之，來寫中國人，來寫一個世紀末的人。

二、《廢都》創作初，有提綱嗎？或畫有結構圖嗎？

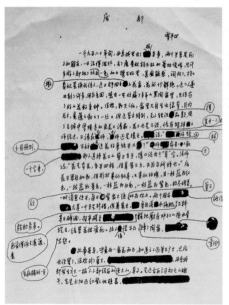

我的創作往往是不停地列提綱，不停地來鮮活人人事事，直到一切清晰，方定下最後提綱，這樣的工作比實際操作時間長數倍，艱辛成十倍。但是，這一次寫《廢都》，定下了提綱，操作時卻全然打亂了，當動筆寫到五萬字，提綱已於我毫無作用，我只按著小說中的人事往下走，我幾乎最後收攏不住了。因為我寫的是一群男男女女的日常生活，一切要平實，語言不要任何人為地修飾，不需要任何主觀性的感情渲染色彩，日常生活是無序的隨意的，所以我不能框得太死，不能人為地故意什麼故意不要什麼。河流在心中只是有一個流動的方位，沒有設計到什麼地方有山、有灣、有橋的。我曾經對一個朋友講過全部的人物關係，一邊講一邊用筆在紙上畫，講完了，紙上竟出現一個互相交往的一張圖。我喜歡對朋友說人物關係，旨在加深人物之間的關係，怕寫時搞亂了。

三、《廢都》的主人公有生活原型嗎？

我對小說中的人物十分熟悉，他們是我二十一年城市生活中所接觸過的人事，但在《廢都》裡一旦確立了具體名姓，一切都是在虛構的。如我在平日吃飯，吃過牛肉、羊肉、豬肉、蛇肉，而我並不就長了一身牛的羊的豬的蛇的肉，我身上的肉只是人肉。

四、《廢都》是否再次佐證作家要寫自己最熟悉的名言嗎？

我覺得是這樣的。《廢都》是我迄今寫的最順手最自然的一部書。我對文化圈的人事太熟悉，以至於知道十分只寫出了一二分，在寫作時常常因事情太多而不知該寫哪一件。作品完成後，曾後悔有許多極有趣的事未能寫進去。

五、書中的謠辭是你收集的還是他人提供的？謠辭在整個作品中起什麼作用？

謠辭有我收集的，也有過別人來提供。有三個朋友給我提供過七八頁紙的謠辭，我僅用了其四分之一。謠辭的運用是作為一個社會大背景來處理的。

六、有人說莊之蝶像"多餘人"，你以為呢？

有人這麼說了。我想了想，有這麼個味兒。但我寫時腦子裡沒有閃過這個詞。莊之蝶是廢都裡一個奮鬥者、追求者、墮落者、覺悟者、犧牲者。他活得最自在，恰恰又最累，又最尷尬。他一直想有作為，但最後卻無為，一直想適應，卻無法適應。

七、《廢都》塑造了一群女人，哪個你最滿意？

我滿意唐宛兒、柳月、牛月清。

八、周敏自始至終於城牆上吹塤，塤聲回蕩於作品中，是否就是作品的一種基調？

可以這麼說，塤聲是《廢都》的基調，最宜於《廢都》。它吹動的是一種人生的悲涼。廢都
裡的人不悲壯，也不淒涼，只是悲涼。

九、據悉，你寫作時，曾隨身帶著某女作家的一本詩集，是否從中汲取素材或感受什麼的？

是的。這位女作家叫范術婉，她聲名不大，但我極欣賞她的才氣。她的詩集給我許多感受，我從中得到了許多關於女人的感覺。我再次向她致謝。她的才華確實在千人之上。

十、據說在國內許多地方的訂貨會上，《廢都》被訂了幾十萬冊，中國電視製作中心和許多省市電視臺，以及許多電臺在極短的時間裡就來要求改編電視連續劇和廣播，這是否出於你的預料？

在作品寫完後，我有兩個估計，一是此書或許不得發表、出版，或許將紅火。它不是死得乾脆，就是活得頑皮，反正不會不死不活地存在。

十一、對於廣大讀者，就《廢都》你還想說些什麼？

我希望讀者喜歡《廢都》，如果來讀，我盼望讀得慢一些，細一些。這部書沒有傳奇色彩，無大的故事。但我知道現在許多人已經不能安靜來讀書了。

是的，隨著社會轉型，人們心浮氣躁，很難靜下心來讀書了，即使讀書也是一目十行，或者挑選感興趣的東西讀，難免斷章取義，看走了眼，甚至誤讀。後來《廢都》出版後的大熱與大冷甚至被禁與此不無關係。

1993 年 7 月，《十月》第四期全文刊發了《廢都》，印數為 10 萬冊，後又加印十幾萬冊，創該雜誌創辦以來發行量的新高；同時，北京出版社出版了《廢都》單行本，初版印數 20 萬冊，不久脫銷，北京出版社及另外六家出版社緊急再版或租型印製《廢都》達近百萬冊，發往全國各地，大有鋪天蓋地之勢。

那麼，《廢都》到底是一部怎樣的書？還是來聽一聽平凹說。

1993 年 7 月 5 日寫下這樣一段文字，《廢都》就是《廢都》。7 月 17 日，《陝西日報》上全文刊發。

在 40 歲這年裡我幹了幾件事—常言說四十不惑，我卻事事令人大惑之一是寫了部《廢都》。《廢都》是生命之輪運轉時出現的破缺和破缺在運轉中生命得以修復的過程。生活越來越是一把沉重的鐵錘，我不知道它打碎了玻璃後能否就鍛造了利劍。我說過，《廢都》是 "安妥我靈魂的一本書"，也說過《廢都》是我 "止心慌之作"。搞寫作的人說順了生命體驗之類的話，對我而言，《廢都》不僅是生命體驗，幾近於是生命的另一種形式，過去的我似乎已經死亡了，或者說，生命之鏈在 40 歲時的那一節是斷脫了。

寫《廢都》時，我並不刻意有什麼目標，甚至準備了不發表出版，只是在寫的過程中，初稿得到身邊一些朋友的閱讀，竟甚是喜愛，相互輪換，以至惹得許多雜誌編輯部、出版社的大編輯家紛紛來索要。直到越來越多的作家、評論家、編輯、影視製作家讀了全稿，給予熱情的祝賀和極高的評價，我驚異不已，我對他們能深切地理解這部書稿感動得雙眼潮濕，一個人獨坐的時候卻捫心自問：是這樣嗎？茫然得不知所措。好的作品真正的意義在於時空價值上，《廢都》既然上市，我注重的是讀者的反應，注重的是各個層次上的人對它的熱情到底有多少，現在如果還有人讀，以後的人呢？四十多歲的人了，是不易太大激動，是能看透榮與辱的，是應每臨大事有靜氣的，今生今世從事了寫作這門工作，面對的就該是永恆和沒有永恆的局面吧。

我不明白我怎麼就混入了名人之列，我一再說成名不等於成功，名使我得到了許多的好處，名又常常把我拋入尷尬之地。一部《廢都》，傳聞說我得了百萬稿酬，曾經令我哭笑不得，這實在是一個美麗的錯誤，如果一部作品能獲那麼多錢，這錢一定爛賤得連手紙都不如了。我是個幻想主義者，在我靜定思遊的時候，我無所不在，無所不能，在現實中卻蠢笨如豬。我的這種秉性註定了我的創造，也註定了創造的毀滅，是一個悲劇小人。我寫不了紀實作品，也從不善以生活中的原型放大後進入小說。小說家的任務是建構一個意象世界，所以我歷來討厭就事論事的作法，更反對任何心態下的對號入座。因有人喜愛了此書，讀後的印象有過《廢都》是 "當代《紅樓夢》《金瓶梅》" 之說，我聽後立即制止了，我說，《紅樓夢》《金瓶梅》是偉大的，我還不敢有那個夢想，再說，就是《紅》與《金》第二，那又有什麼意思呢？《廢都》什麼都不是，《廢都》就是《廢都》。也有人讀後說過許多話，什麼 "一部奇書" 呀，"傳世之作" 呀，"《圍城》後最好的小說" 呀，"文學上的《清明上河圖》" 呀，真誠的鼓勵我太激動了，但我也誠懇地勸告更多的人萬不要期望太高，或許這是一部平庸不堪的書，是一部糟糕透頂的書，各人讀有各人的心境和見解，但各人僅僅是各人的。如果要讀，以平常心隨便去讀，上廁所讀也罷，睡覺前讀也罷，只要讀得慢些我就滿足了。

對一部書的評價，作者最好不要出來說話，作品既然已成了社會的東西，作者的初衷並不一定就是作品真正的價值所在，而許多認識功能、審美功能都是讀者重新發現的。讀者怎麼看都是合理的，一部書的作用是作者和讀者共同來創造的，想像力是第一位。《廢都》的寫作時間並不長，但它的醞釀卻久而又久，十多遍的提綱折騰得日夜不寧，寫時提綱卻又全然拋棄，只有了一個大的趨向，然後漫筆寫去如水逝之而流。我的感覺裡，"廢都" 二字有太多的滄桑，又難以言傳，西京城如果是中國的一個廢都，中國在地球上算什麼，地球在宇宙中算什麼？時間到了一個世紀結束前，這個並非特定地域的廢都中作為人的心態如何，情緒如何？史詩並不是我要追求的東西，我沒有那個欲望（其實哪兒有所謂的史詩呢？），我只想寫出一段心跡。但我絕對強調一種東方人的、中國人的感覺和味道的傳達。我喜歡中國古樂的簡約，簡約到幾近於枯澀，喜歡它的模糊的、整體的感應，以少論多，言近旨遠，舉重若輕，從容自在，在白紙上寫寫黑字了，更多地在黑紙上寫白字。我關注現實，因為我是平民，平民並不少有悲天憫人之懷。但我又是作家，作家又稱閒人，我笑我是半忙半閒過日子，似通不通寫文章。正是關注現實，關注生命，我注重筆下的人物參差而不是人物的對比，注重其悲，悲中尤重其涼，注重其美，美中尤重其淒，在無為中去求為，在不適應中尋適應吧。

一部《廢都》原本是為安神而作，沒想卻惹得一片繁囂，我只有靜伏一隅了。今日覓得一塊偌大的渾圓白石，安放了那尊仿製的青銅獨角犀牛在上，再放一枚同樣渾圓的小白石於大石下，要欣賞一個《望月圖》境界的，不知怎麼，卻冒出了別人送我的半句聯語：假煙假酒賈平凹。咳，世上哪裡逃得掉一個假字？真作假時假亦真，假作真時真亦假。

7月19-21日　在陝西廣播電臺的錄音室進行《廢都》塤樂錄音，製作《廢都》塤樂盒帶，由劉寬忍獨奏，陝西省歌舞劇院樂隊協奏，賈平凹獨白《廢都》（見藝術篇）。

7月24日，長篇小說《廢都》在北京王府井新華書店舉行首發式。賈平凹親臨書店為讀者簽名。據書店經理講："作家簽名售書我店每年都搞多次，可賈平凹簽名售書，卻是我店自新中國成立以來，社會效應和轟動最大的一次。"中央電視臺在文化生活節目裡對此次簽名活動作了報導。

7月　長篇小說《廢都》刊於《十月》第四期，印數為 10 萬冊，後又加印十幾萬冊，創該雜誌創辦以來發行量之最。同時，《廢都》單行本由北京出版社出版。初版印數 50 萬冊，不久脫銷，

1993年《廢都》有九種印刷版本

緊急加印數十萬冊。其後記述了寫作過程和心跡：

一晃蕩，我在城裡已經住罷了二十年，但還未寫出過一部關於城的小說。越是有一種內疚，越是不敢貿然下筆，甚至連商州的小說也懶得作了。依我在四十歲的覺悟，如果文章是千古的事——文章並不是誰要怎麼寫就可以怎麼寫的——它是一段故事，屬天地早有了的，只是有沒有風命可得到。姑且不以國外的事做例子，中國的《西廂記》《紅樓夢》，讀它的時候，哪裡會覺它是作家的杜撰呢？恍惚如所經歷，如在夢境。好的文章，團團圓圓是一脈山，山不需要雕琢，也不需要機巧地在這兒讓長一株白樺，那兒又該栽一棵蘭草。這種覺悟使我陷於了尷尬，我看不起了我以前的作品，也失卻了對世上很多作品的敬度，雖然清清楚楚這樣的文章究竟還是人用筆寫出來的，但為什麼天下有了這樣的文章而我卻不能呢？！檢討起來，往日企羨的什麼辭章燦爛，情趣盎然，風格獨特，其實正是阻礙著天才的發展。鬼魅猙獰，上帝無言。奇才是冬雪夏雷，大才是四季轉換。我已是四十歲的人，到了

40

一日不刮臉就面目全非的年紀，不能說頭腦不成熟，筆下不流暢，即使一塊石頭，石頭也要生出一層苔衣的，而捨去了一般人能享受的升官發財、吃喝嫖賭，那麼搔禿了頭髮，淘虛了身子，仍沒美文出來，是我真個沒有夙命嗎？

我為我深感悲哀。這悲哀又無人與我論說。所以，出門在外，總有人知道了我是某某後要說許多恭維話，我臉燒如炭。當去書店，一般現那兒有我的書，就趕忙走開。我愈是這樣，別人還以為我在謙遜。我謙遜什麼呢？我實實在在地覺得我是浪了個虛名，而這虛名又使我苦楚難言。有這種思想，作為現實生活中的一個人來說，我知道是不祥的兆頭。事實也真如此。這些年裡，災難接踵而來，先是我患乙肝不癒，度過了變相牢獄的一年多醫院生活，射的針眼集中起來，又可以說經受了萬箭穿身；吃過大包小包的中藥草，這些草足能餵大一頭牛的。再是母親病動手術；再是父親得癌症又亡故；再是妹夫死去，可憐的妹妹拖著幼兒又回住在娘家；再是一場官司沒完沒了地糾纏我；再是為了他人而捲入單位的是是非非中受盡屈辱，直至又陷入到另一種更可怕的困境裡，流言飛語鋪天蓋地而來……我沒有兒子，父親死後，我曾說過我前無古人後無來者了。現在，該走的未走，不該走的都走了，幾十年奮鬥的營造的一切稀里嘩啦都打碎了，只剩下了肉體上精神上都有著毒病的我和我的三個字的姓名，而名字又常常被別人叫寫著用著罵著。這個時候開始寫這本書了。要在這本書裡寫這個城了，這個城裡卻已沒有了供我寫這本書的一張桌子。

在九二年最熱的天氣裡，托朋友安黎的關係，我逃離到了耀縣。耀縣是藥王孫思邈的故鄉，我興奮的是在藥王山上的藥王洞裡看到一個"坐虎針龍"的彩塑，彩塑的原意是講藥王當年曾經騎著虎為一條病龍治好了病的。我便認為我的病要好了，因為我是屬龍相。後來我同另一位搞戲劇的老景被安排到一座水庫管理站住，這是很吉祥的一個地方。不要說我是水命，水又歷來與文學有關，且那條溝叫錦陽川就很燦爛輝煌；水庫地名又是叫桃曲坡，曲有文的含義，我寫的又多是女人之事，這桃便更好了。在那裡，遠離村莊，少雞沒狗，綠樹成蔭，繁花遍地，十數名管理人員待我們又敬而遠之，實在是難得的清靜處。整整一個月裡，沒有廣播可聽，沒有報紙可看，沒有麻將，沒有撲克。每日早晨起來去樹林裡掏一股黃亮亮的小便了，透著樹幹看遠處的庫面上晨霧蒸騰，直到波光粼粼了一片銀的銅的，然後回來洗漱，去伙房裡提開水，敲著碗筷去吃飯。夏天的蒼蠅極多，飯一盛在碗裡，蒼蠅也站在了碗沿上，後來聽說這是一種飯蒼蠅，從此也不在乎了。吃過第一頓飯，我們就各在各的房間裡寫作，規定了誰也不能打擾誰的，於是直到下午四點，除了大小便，再不出門。我寫起來喜歡關門關窗，窗簾也要拉得嚴嚴實實，如果是一個地下的洞穴那更好。煙是一根接一根地抽，每當老景在外邊喊吃飯了，推開門直叫煙霧罩了你了！再吃過了第二頓飯，這一天裡是該輕輕鬆鬆了，就跩個拖鞋去庫區裡游泳。六點鐘的太陽還毒著，遠近並沒有人，雖然勇敢地脫光了衣服，卻只會狗爬式，只能在淺水裡手腳亂打，打得腥臭的淤泥上來。岸上的蒿草叢裡嘎嘎地有嘲笑聲，原來早有人在那裡窺視。他們說，水庫十多年來，每年要淹死三個人的，今年只死過一個，還有兩個指標的。我們就毛骨悚然，忙爬出水來穿了褲頭就走。再不敢去耍水，飯後的時光就拿了長長的竹竿去打崖畔兒上的酸棗。當第一顆酸棗紅起來，我們就把它打下來了，紅紅的酸棗是我們唯一能吃到的水果。後來很多著，竟能貯存很多，專等待山梁背後的一個女孩子來了吃。這女孩子是安黎的同學，人漂亮，性格也開朗，她受安黎之托來看望我們，送筆呀紙呀藥片呀，有時會帶來幾片烙餅。夜裡，這裡的夜特別黑，真正的伸手不見五指，我們就互念著寫過的章節，念著念著，我們常害肚子饑，但並沒有什麼可吃的。我們曾經設計過去偷附近村莊農民的南瓜和土豆，終是害怕了那裡的狗，未能實施。管理站前的丁字路口邊是有一棵核桃樹的，樹之頂尖上有一顆青皮核桃，我去告訴了老景，老景說他早已發現。黃昏的時候我們去那裡拋著石頭擲打，但總是目標不中，歇歇氣，搜集了好大一堆石塊瓦片，擲完了還是擲不下來，倒累得脖子疼胳膊疼，只好一邊回頭看著一邊走開。這個晚上，已經是十一點了，老景饞得不行，說知了的幼蟲是可以油炸了吃的，並厚了臉借來了電爐子、小鍋、油、鹽，似乎手到擒來，一頓美味就要到口了。他領著我去樹林子，打著手電筒在這棵樹上照照，又到那棵樹上照照，樹幹上是有著蟬的殼，卻沒有發現一隻幼蟲。這樣為著覓食而去，覓食的過程卻獲得了另一番快感。往後的每個晚上這成了我們的一項工作。不知為什麼，幼蟲還是一隻未能捉到，捉到的倒是許多螢火蟲，這裡的螢火蟲到處在飛，星星點點又非常的亮，我們從林子中的小路上走過，常恍惚是身在了銀河的。

老景長得白淨，我戲謔他是唐僧，果然有一夜一隻蠍子就鑽進他的被窩咬了他，這使我們都提心吊膽起來，睡覺前翻來覆去地檢查屋之四壁，抖動被褥。蠍子是再也沒有出現的，而草蚊飛蛾每晚在我們的窗外聚會，黑乎乎地一疙瘩一疙瘩的，用滅害靈去噴，屍體一掃一簸箕。我們便認為這是不吉利的事。我開始打磨我在香山撿到的一塊石頭，這石頭極奇特，上邊天然形成一個“大”字，間架結構又頗有柳公權體。我把“大”字石頭雕刻了一個人頭模樣繫在脖子上，當做我的護身符。這護身符一直繫著，直到我寫完了這部書。老景卻在樹林子裡撿到了一條七寸蛇的乾屍，那乾屍彎曲得特別好，他掛在白牆上，樣子極像一個凝視的美麗的少女。我每天去他房間看一次蛇美人，想入非非。但他要送我，我不敢要。在耀縣錦陽川桃曲坡水庫——我永遠不會忘記這個地名的——待過了整整一個月，人明顯是瘦多了，卻完成了三十萬字的草稿。那間房子的門口，初來時是開綻了一朵灼灼的大理花的，現在它已經枯萎。我摘下一片花瓣夾在書稿裡下山。

一到耀縣，我坐在一家鹹湯麵館門口，長出了一口氣，說：“讓我好好吃頓麵條吧！”吃了兩大碗公，口裡還想要，肚子已經不行了，坐在那裡立不起來。

回到西安，我是奉命參加這個城市的古文化藝術節書市活動的。書市上設有我的專門書櫃，瘋狂的讀者抱著一摞一摞的書讓我簽名，秩序大亂，人潮洶湧，我被圍在那裡幾乎要被擠得粉碎。幾個小時後幸得十名員警用警棒組成一個圍圈，護送了我鑽進大門外的一輛車中急速遁去。那樣子回想起來極其可笑。事後我的一個朋友告訴說，他騎車從書市大門口經過時，正瞧著我被員警擁架下來，嚇了一跳，還以為我犯了什麼罪。我那時確實有犯罪的心理，雖然我不能對著讀者說我太對不起你們了，但我的臉上沒有一絲笑容。離開了被人擁簇的熱鬧之地，一個人回來，卻寞寞地窩在沙發上哽咽落淚。人人都有一本難念的經，我的經比別人更難念。對誰去說？誰又能理解？這本書並沒有寫完，但我再沒有了耀縣的清靜，我便第一次出去約人打麻將，第一次夜不歸宿，那一夜我輸了個精光。但寫起這本書來我可以忘記打麻將，而打起麻將了又可以忘記這本書的寫作。我這麼神不守舍地挨著日子，白天害怕天黑，天黑了又害怕天亮。我感覺有鬼在暗中逼我，我要徹底毀掉我自己了，但我不知道我該怎麼辦。這時候，我收到一位朋友的信，他在信中罵我迷醉於聲名之中，為什麼不加緊把這本書寫完?!我並沒有迷醉於聲名之中，正是我知道成名不等於成功，我才痛苦得不被人理解，不理解又要以自己的想法去做，才一步步陷入了眾要叛親要離的境地！但我是多麼感激這位朋友的責罵，他的罵使我下狠心擺脫一切干擾，再一次逃離這個城市去完成和改抄這本書的全稿了。我雖然還不敢保險這本書到底會寫成什麼模樣，但我起碼得完成它！

1993 年 7 月 24 日‧北京
王府井書店簽售《廢都》

　　於是我帶著未完稿又開始了時間更長更久的流亡寫作。我先是投奔了戶縣李連成的家。李氏夫婦是我的鄉黨，待人熱情，又能做一手我喜愛吃的家鄉飯菜。一九八六年我改抄長篇小說《浮躁》就在他家。去後，我被安排在計生委樓上的一間空屋裡。計生委的領導極其關照，拿出了他們嶄新的被褥，又買了電爐子專供我取暖，我對他們的接納十分感激，說我實在沒法回報他們，如果我是一個婦女，我寧願讓他們在我肚子上開一刀，完成一個計劃生育的指標。一天兩頓飯，除了按時去連成家吃飯，我就待在房子裡改寫這本書，整層樓上再沒有住人，老鼠在過道裡爬過，我也能聽得它的聲音。窗外臨著街道，因不是繁華地段，又是寒冷的冬天，並沒有喧囂。只是太陽出來的中午，有一個黑臉的老頭總在窗外樓下的固定的樹下賣鼠藥，老頭從不吆喝，卻有節奏地一直敲一種竹板。那梆梆的聲音先是心煩，由心煩而去欣賞，倒覺得這竹板響如寺院禪房的木魚聲，竟使我愈發心神安靜了。先頭的日子裡，電爐子常需要燒斷，一天要修理六至八次；我不會修，就得喊連成來。那一日連成去鄉下出了公差，電爐子又壞了，外邊又颳風下雪，窗子的一塊玻璃又撞碎在樓下，我凍得捏不住筆，起身拿報紙去夾在窗紗扇裡擋風；剛夾好，風又把它張開；再去夾，再張開，只好拉閉了門往連成家去。袖手縮脖下得樓來，回頭看三樓那個還飄動著破報紙的窗戶，心裡突然體會到了杜甫的《茅屋為秋風所破歌》的境界。

　　住過了二十餘天，大荔縣的一位朋友來看我，硬要我到他家去住，說他新置了一院新宅，有好幾間空餘的房子。於是連成親自開車送我去了渭北的一個叫鄧莊的村莊，我又在那裡住過了二十天。這位朋友姓馬，也是一位作家，我所住的是他家二樓上的一間小房。白日裡，他在樓下看書寫文章，或者逗弄他一歲的孩子；我在樓上關門寫作，我們誰也不理誰。只有到了晚上，兩人在一處走六盤象棋。我們的棋藝都很臭，但我們下得認真，從來沒有悔過子兒。渭北的天氣比戶縣還要冷，他家的樓房又在村頭，後牆之外就是一眼望不到邊的大平原，房子裡雖然有煤火爐，我依然得借穿了他的一件羊皮背心，又買了一條棉褲，穿得臃臃腫腫。我個子原本不高，幾乎成了一個圓球，每次下那陡陡的樓梯就想到如果一腳不慎滾下去，一定會骨碌碌直滾到院門口去的。鄧莊距縣城五裡多路，老馬每日騎車進城去採買肉呀菜呀粉條呀什麼的。他不在，他的媳婦抱了孩子也在村中串門去了。我的小房裡煙氣太大，打開門讓敞著，我就站出在樓欄杆處看著這個村子。正是天近黃昏，田野裡濃霧又開始彌漫，村巷裡有許多狗咬，鄰家的雞就撲撲棱棱往樹上爬，這些夜裡要棲在樹上，但竟要棲在四五丈高的楊樹梢上，使我感到十分驚奇。二十天裡，我燒掉了他家好大一堆煤塊，每頓的飯裡都有豆腐，以致賣豆腐的小販每日數次在大門外吆喝。他家的孩子剛剛走步，正是一刻也不安靜地動手動腳，這孩子就與我熟了，常常偷偷從水泥樓梯台爬上來，衝著我不會說話地微笑。老馬的媳婦笑著說：「這孩子喜歡你，怕將來也要學文學的。」我說，孩子長大幹什麼都可以，千萬別讓弄文學。這話或許不應該對老馬的媳婦說，因為老馬就是弄文學的，但我那時說這樣的話是一片真誠。渭北農村的供電並不正常，動不動就停電了，沒有電的晚上是可怕的，我靜靜地長坐在籐椅上不起，大睜著夜一樣黑的眼睛。這個夜晚自然是失眠了，天亮時方睡著。已經是十一點了，迷迷糊糊睜開眼，第一個感覺竟不知自己是在哪兒。聽得樓下的老馬媳婦對老馬說：「怎不聽見他叔的咳嗽聲，你去敲敲門，不敢中了煤氣了！」我趕忙穿衣起來，走下樓去，說我是不會死的，上帝也不會讓我無知無覺地自在死去的，卻問：「我咳嗽得厲害嗎？」老馬的媳婦說：「是厲害，難道你不覺得?!」我對我的咳嗽確實沒有經意，也是從那次以後留心起來，才知道我不停地咳嗽著。這恐怕是我抽煙太多的緣故。我曾經想，如果把這本書從構思到最後完稿的多半年時間裡所抽的煙支接連起來，絕對地有一條長長的鐵路那麼長。當我所帶的稿紙用完了最後的一張，我又返回到了戶縣，住在了先前住過的房間裡。這時已經月滿，年也將盡，「五豆」「臘八」、二十三，縣城裡的人多起來，忙忙碌碌籌辦年貨。我也抓緊著我的工作，每日無論如何不能少於七千字的速度。李氏夫婦瞧我臉面發脹，食欲不振，想方設法地變換飯菜的花樣，但我還是病了，而且嚴重的失眠。我知道一走近書桌，書裡的莊之蝶、唐宛兒、柳月在糾纏我；一離開書桌躺在床上，又是現實生活中紛亂的人事在困擾我。為了擺脫現實生活中人事的困擾，我只有面

對了莊之蝶和莊之蝶的女人，我也就常常處於一種現實與幻想混在一起無法分清的境界裡。這本書的寫作，實在是上帝給我太大的安慰和太大的懲罰，明明是一朵光亮美艷的火焰，給了我這只黑暗中的飛蛾興奮和追求，但誘我進去了卻把我燒毀。臘月二十九的晚上，我終於寫完了全書的最後一個字。

對我來說，多事的一九九二年終於讓我寫完了，我不知道新的一年我將會如何地生活，我也不知道這部苦難之作命運又是怎樣。從大年的三十到正月的十五，我每日回坐在書桌前目注著那四十萬字的書稿，我不願動手翻開一頁。這一部比我以前的作品能優秀呢，還是情況更糟？是完成了一樁鳳命呢，還是上蒼的一場戲弄？一切都是茫然，茫然如我不知我生前為何物所變、死後又變何物。我便在未作全書最後的一次潤色工作前寫下這篇短文，目的是讓我記住這本書帶給我的無法向人說清的苦難，記住在生命的苦難中又唯一能安妥我破碎了的靈魂的這本書。

一九九三年正月下旬

1993 年 7 月，第一次與田珍穎的通信

一、"上帝無言"句，自何時始，十分欣賞？

在我四十歲的時候，我在古書中讀到此句，原句為"百鬼猙獰，上帝無言"。初讀時怦然心動，過後越嚼越有味，再不能忘。

二、"廢都意識"的含義是什麼？

我欣賞"廢都"二字，一個"廢"字，有多少世事滄桑！作為一個都，而如今廢了，這其中能體現這都中人的一種別樣的感覺，我不能具體說出，但我知道那味兒。西安可說是一個典型的廢都，而中國又可以說是地球格局中的一個廢都，而地球又是宇宙格局中的一個廢都吧。這裡的人自然有過去的輝煌和輝煌帶來的文化重負，自然有如今"廢"字下的失落、尷尬、不服氣又無奈的可憐。這樣的廢都可以窒息生命，又可以在血污中闖出一條路子。而現在，就是一種艱難、尷尬的生存狀況。我寫作常常對社會、人生有一種感悟，卻沒有明確的、清晰的判斷和分析，就模糊地順著體悟走，寫成什麼是什麼，不求其概念之圓滿，只滿足狀況之鮮活。

三、在你的筆下，莊之蝶是有覺悟的，那麼，龔、阮、汪之流，算哪一類人？

龔、阮、汪只是生存的狀態，他們是覺悟的莊之蝶的環境，他們促成了莊的墮落，也幫助了莊的覺悟，而他們更走不出廢都，他們在廢都中活得自如，也因此爛掉在廢都。

四、《廢都》無章節之序號，在結構上有何考慮？

無章節之序號是我特意處理，我的感覺中，廢都裡的生活無序，混沌，茫然，故不要讓章節清晰，寫日常生活，生活是自然的流動，產生一種實感，無序，湧動。所以，在我寫作中完全拋開了原來的詳細提綱，寫到哪兒是哪兒，乘興而行，興盡而止。

五、你有一篇中篇小說，也用了《廢都》之名，為何獨獨鍾愛這個名字？

原因在上邊之二中談到。以前的中篇《廢都》之內容與現在長篇不同。沿用此名是我對身處的時代、社會、人生之近一個時期的困惑和思考。"廢都"二字有地理意義，更有時代意義，所謂的廢都意識初看似乎不符合當今政治宣傳，但絕不是消極。我自信我有悲天憫人之情，但我不願那種概念式的圖解小說，我力尋一個角度，從男男女女事之中之後去獲得社會、人生的東西。電影界的導演我欣賞張藝謀，而歡息陳凱歌，我曾說：張藝謀二指撥千斤，陳凱歌大炮打蚊子，要舉重若輕。中國文壇向來崇尚史詩，我更喜歡心跡。

六、阿燦的出現，不細讀，是難以覺察你的用意；細讀後，也還不敢貿然結論。那麼，你寫阿燦，是信筆所至，還是有意安排？這個人物的出現，就莊之蝶的形象，有何益？

阿燦是女人群的別一種，她的出現，一是為了莊之蝶的生活的自然，而減弱莊與女人們故事之有意為之的嫌疑。更是為了莊在追求美好之時而陷入醜惡，又在醜惡中追求美好的驚悟與轉折。

我寫了她的肉香，寫時我口鼻也能聞見這種香（我寫作時常處於幻覺中。或許我是個神經質分子，往往看電視看到噁心的場面，鼻子裡就能聞著一種臭氣。所以，我對氣功界的說××帶氣寫字、作畫，看了能健身之說持否定，我認為他無所謂帶功作畫，而是一切東西都有功，悅耳目的東西都有好的氣場，醜惡東西都有壞的氣場）。

1993 年 7 月，再次與田珍穎的通信

一、為什麼《廢都》中女性多為褒揚之筆而又多為悲劇下場？

初提這問題，我有些吃驚，因為在寫作時並未刻意要這樣做，這麼一提，回頭一想，也是這麼回事。為什麼會與以前的作品不同呢？我想了想，恐怕是我在不知不覺中的一種人生觀念的變化吧。以前的作品，我對女性是崇拜型的，有評論家說我筆下的女性都是菩薩。我人到四十，世事也看得多了，經得多了，既然《廢都》是我要表現世紀末的中國人的一種真實的生活情緒，涉及女性，必然有我的人生觀的投影。書中的女性主調我依然是飽滿了激情愛她們，她們的所作所為或許在當今社會的有些人眼目中是要斜視、嗤之以鼻或作另外判斷的，但我不這樣看，我看到的是她們的鮮活的生命和她們的生存方式的本身。我不願作黑與白式的道德評價。我沒有更多的激憤，我也不想把人物依附於一定階級旨歸的政治思想。這樣，在目前的俗世裡，這樣的人物必是要處於尷尬之境，人生之尷尬能使她們下場好嗎？我在寫作時全然沒有固定某人物要寫成什麼樣子，我只是定下調子後往下寫，書中的幾個女性在隨著她們的性格走，走著走著不能按性子走下去了，不允許那麼自在自為了，她們的悲劇就出現了，為什麼走不下去？那就看看她們身前與身後。書中幾個女性反差並不大，我不願用大反差，現實中人與人有多大反差呢？

二、對莊之蝶的結局安排，為什麼如此而不讓去海南？

莊之蝶在他的人生進入一定層次後，俱來的是一種苦悶，他總被什麼陰影籠罩，他是一個有覺悟的人，但覺悟更苦悶。他是一心要走出廢都，但他走不出去，所以讓他人已到了火車站而倒下了（並未點明死。我有預感，不能讓他死）。原寫去海南，後更動。像他這樣的人，去了或許比廢都更覺得糟糕。莊之蝶是個閒人，他的一生在創造著，同時在毀滅著，對待女人亦是如此，所以他害了許多女人。他是這個時代的悲劇。

1993 年 7 月 25 日，西安簽售《廢都》現場

三、四大閒人用筆重的是莊之蝶，如果同時以四人為線索，會是什麼結果？有過這樣設想嗎？

現以莊為重筆，是一個角度，主寫他和他的女人，別的全成為背景。起先想過以四人為線索，那結構太大，字數將太大，考慮長篇太長讀者會厭煩，故只集中寫莊之蝶，我看有材料留下以後去寫。我對書畫家、戲劇家生活之熟悉，可以說比作家還要熟的。但是，作為要反映"廢都意識"，我接觸的書畫家及戲劇家反倒沒作家來得深刻，故如今以莊之蝶為線索了。

四、四大閒人，與《紅樓夢》中的四大家族，在構思中是否有結構上的關聯，即寫四大閒人，是否受《紅》之啟示？

寫時並沒作這樣關聯，寫出初稿後，有朋友看了，也提這問題，我噢了一聲，說：這不有嫌疑了？但一切都來不及了。寫四閒人，是我熟悉的四個類型，而《紅》中四大家族僅僅是個交代。"四"是中國人的一個習慣思維數字，四、六都是取"全面"的意思。八大山人取名也是"四方四隅以我為大"之意。可以說，沒有什麼關聯。初稿寫成後，我曾想避嫌，減一或增一，後又一想，一是那就得大調整，二是我用個四又何妨，難道有《紅》，我就不敢用四了嗎？

五、報載：《廢都》為"當代《紅樓夢》"，你對此如何看？

報上這消息是一個作家去看我時談到正寫作的《廢都》，他的看法，不想在一個小文章中提了出來。我的看法是：萬萬不能如此說。《紅樓夢》是偉大的。我寫《廢都》時沒有這麼想過這部作品是什麼，寫完後也沒有這麼想過，我面對的只是《廢都》，想的只是把它寫好。別的話對我毫無意義。

六、評論界目前已開始評《廢都》，你聽到哪些評論？你怎樣看待這些評論？

耳聞的評論很多，空口無憑，不便引用。看到文字的有曾鎮南的、繆俊傑的、李炳銀的等，報紙上有些報導中引用了一些評論。

對於評論家的評論和讀者的反響，我是很重視的，毀譽褒貶皆可聽取。我在《廢都》扉頁上有四句話，其中第三句是"唯有心靈真實"，這也算做我寫這本書的態度吧！

7 月，為了讀者準確理解賈平凹及其作品，孫見喜、王新民策劃並組稿由《出版縱橫》編輯部編輯的《賈平凹與〈廢都〉》、王新民編著的《多色賈平凹》由陝西人民出版社出版。

8 月 11 日，參加陝西廣播電臺和陝西省作家協會聯合舉辦《廢都》座談會。參會的評論家有王愚、費秉勳、董子竹、王仲生、邢小利。

同日　中央人民廣播電臺播出《廢都》發行引起轟動的消息。

8 月 19 日　《陝西政協報》刊登孫見喜收集整理的陝西八個評論家評價《廢都》的主要觀點，評論界掀起評價《廢都》的高潮。（八個觀點詳見專家說）

1993 年 11 月 4 日　關於《廢都》　答《生活》雜誌編輯部問

問：您的《廢都》在今年下半年即將面世，您可否透露一下創作該書的具體情況？《廢都》主要寄寓一種什麼思想？這種思想，您覺得在您自己的生活經歷中產生的原因是什麼？或者就《廢都》中某一情節談談發生在您生活中的某些人和事。

答：一本書寫出來，作者自己就不好談了。在寫作時，我並沒有單一的主題，只有一個渾茫的走向，一個整體的把握，只想真實地記錄一段生活。我沒有去寫史詩的欲望，只企盼能寫出世紀末中的中國人的一段心跡。我喜歡"廢都"二字，一個古都、故都、廢都，其中有多少蒼茫和悲涼的東西呢。我現在是 41 歲的人了，對於世事，應該說不惑，但我常常是在不適應中求適應而歸於難適應，於無為中求有為到底無為。書是寫好了，到底寫了些什麼，寫得怎麼樣，只能讓讀者去看吧，我現在只是一個廚子，在顧客吃飯時悄悄坐在一旁，靜聽笑罵評說。

問：《廢都》的寫成，您自己認為是不是問鼎諾貝爾文學獎的開始？

答：現在我最關心的是中國讀者對這本書的反應。

問：有好多外國作家早上迷迷糊糊地從被窩裡爬出來，到浴室裡沖澡，忽然電話響起：他得了諾貝爾文學獎。您是不是有這種願望，或者等待這一天？倘若有此一天，您將怎麼樣？

答：這都是上帝的事，上帝會安排一切的。

問：去年張藝謀的《秋菊打官司》沒有獲得奧斯卡金像獎的提名，國內驟然興起一小股否認《秋》的議論，而我認為沒有得到提名，是說明奧斯卡金像獎本身有局限性。從這一點上聯想，您的某篇好小說沒有得到諾貝爾獎，能不能說諾貝爾本身的局限性？您認為一個中國作家最大的榮譽是什麼？

答：我永遠不會這麼說的，諾貝爾獎是偉大的，但我對諾貝爾獎具體情況不瞭解，我不能信口議論。一個中國作家如果能贏得百分之八十的中國讀者的喜愛，那就夠榮譽了，因為全世界中國人這麼多，連自己民族的讀者都贏得不了，那是多悲哀的事。

問：在您的家庭及身邊人中對您影響最大的人是誰？請講講他的故事。對您影響最大的事情是什麼，能講講事情的經過嗎？

答：是我的父親，他的一生經歷給了我對苦難的認識和一種奮鬥的精神。對此我不願多說，因為這是我的事，我自己知道我該怎麼去做就行了。

問：您現在最需要的是什麼，愛情、家庭、一部賓士轎車，或者是某個榮譽？

答：缺什麼就需要什麼，沒有最不最這個詞。這會兒我需要的是吸煙。

問：生在陝西，您認為陝西男人最不平凡的性格是什麼？

答："死牛勁"，不服輸。

問：十多年過去，您成名了，您自認為現在的生活和從前的生活發生了什麼大變化，而您個人與從前有什麼不同？當下一個世紀到來時，您能否想像自己將生活在怎樣的環境中，您自己將是什麼樣？

答：生活是發生了大變化，我依然是從前的我，只是難得清靜。下一個世紀裡，別人怎麼過我也怎麼過吧。

問：人們稱您的作品"才子氣"極重，您自認為如何？您自己怎樣評價"才子氣"？

答：我搞不清"才子氣"是什麼。久時不見熟人，見面了，有的說：嗨，胖了！有的說：怎麼瘦了？我的眼睛看不見我的臉是胖了瘦了。

問：聽說您很會看手相，您自己是怎麼從手相上判斷自己的？

答：我使用的那套不是看手相。很抱歉，我不能講，這是秘密。

問：每個人都在尋找一種活法，而在如今生活中追求自由是一種共同的要求，您能說說自己在追求一種什麼樣的活法，以及您對自由有什麼看法？

答：我是挑著雞蛋筐子過鬧市，不敢擠人，只怕人擠了我。最大的自由是心的自由。

問：拋開您自己的特點，您以為自己什麼地方和路遙相似，什麼地方和王朔相似，他們中間，您更讚賞誰，為什麼？

答：沉穩相似於路遙，心理自在上類於王朔，如果更準確，我與他們羨慕。小的地方都相似，大的地方全不同。

問：您最喜歡和什麼性格的人共事談話？

答：無所謂最喜歡，什麼樣的人都可以。

問：從另一個角度上說，您現在最怕什麼事，最討厭什麼人、什麼事？您現在最遺憾的是什麼？

答：最怕最討厭那些以小人之心度我的。遺憾我理想的東西遲遲一般的。

問：您認為寫作是件什麼樣的事；快樂的還是痛苦的，崇高的還是理想性的還是商業性的？

答：寫作當然快樂。它使我面對永恆和沒有永恆的局面。

問：《廢都》有多少萬字，您得了多少稿費？認為稿費的多少是不是衡量作品的好壞的標誌？您想先當百萬富翁，還是想先成為諾貝爾獎獲得者？

答：《廢都》四十餘萬字，稿費極少。雖然稿費也是“一分貨一分錢”，但絕不是衡量作品好壞的唯一標誌。我並不貪財，財多了就不屬於自己了，如果能成為諾貝爾獎獲得者，那獎金就可以成為一個百萬富翁嘛。

問：您現在是“長安影視製作公司創作中心”的主要成員，您認為這個集體與北京王朔他們的“海馬”有什麼不一樣？您認為“長安”將在中國文化圈裡起到什麼作用？

答：一切等出了作品後再說，一切要別人去說。

問：您的下一部作品是什麼？

答：不知道，現在只讀書、養病、各處走走。

問：您看過我們的雜誌後，認為我們有什麼不足？最需要在什麼地方改善？希望您為我們雜誌的讀者寫幾句話，好嗎？

答：你們的雜誌很好，如果面兒再寬些就更好了，而其中的照片印刷似乎欠清晰了。我不喜歡題寫什麼，那是領導和影視明星的事。我不敢教訓別人或要求別人，我要讀者讀我的書，那我就只能盡力把書寫好。

問：《廢都》是文化人的寫照，那麼您對現在我們生活中的各種文化人怎麼看，比如張賢亮下海，王朔猛勒稿費，以及賈平凹本人。

答：各人是各人的活法，能活下去，活得好，誰就怎麼活。張賢亮下海是他能下，王朔勒稿費是他能勒下，賈平凹除了寫作再不會幹別的，寫作了又拿不了高稿費，這是活該。

問：《廢都》中的主人公莊之蝶身上在多大程度上有您自己的影子？

答：凡文學作品，必有作者的影子，或親身經歷，或心靈感受。莊之蝶身上有我的心靈上的東西，但莊之蝶絕不可能是我。《廢都》出版前，我被文壇說成是最乾淨的人，《廢都》出版後，我又被文壇說成是最流氓的一個，流言實在可怕。

問：《廢都》眾多的女性形象中，您最偏愛哪一個？為什麼？

答：沒有偏愛，我寫她們，對她們都傾注了我的摯愛、同情、傷感和哀怨。我是在作我的小說，而不是在談情說愛。

問：書中出現"口口口口口（作者刪去×××字）"。究竟是原稿中確有其字而後刪去了呢，抑或是一種寫作技巧，還是僅僅是一種商業手段，藉此促銷？如果確有其字，"全本"何時出版？

答：原稿中是有的，定稿時我刪了許多，責編也刪了許多，但因刪得多，上下文連接不起，故加了"口口口口口"，出版社怕讀者責怪是出版社刪的，所以我在括弧裡注明是作者刪的。如此簡單而已。它既不是玩花招促銷，也不是要吊讀者胃口，我用不著玩這小伎倆，只是尊重讀者，尊重自己的作品。

問：《廢都》可以說是真實地記錄了您的心靈體驗，請問您在創作之初預料到它的社會效果和成功與否了嗎？如果出乎您的意料，那麼您現在是怎樣看待上述問題的呢？

答：我在現實生活中是膽小謹慎的，在寫作時卻從來毫無顧忌，這一點知道我的人都疑惑不解，我也感到吃驚。創作之初，我知道將來有人會看這部書的，因為近多年的書一直較暢銷，但絕沒想到會刊印那麼多冊！

問：您目前的生活狀況較《廢都》寫作時有所改善嗎？現在身體情況如何？

答：比《廢都》寫作時更糟。我曾說過以《廢都》來安妥我的靈魂，但《廢都》後來未能讓我安妥，反倒處於內外交困之中，身體越發不好。這一切只有我知道，一切只有我去慢慢解決。

1995 年 5 月 29 日，創作 散文《自畫像》，自述《廢都》被禁後的遭遇和心跡：

　　現在我已經是四十二歲的人了！古曆二月二十一日哪天我吃了長條麵，民間的習俗，這種麵是長壽麵，從去年冬天就開始患病的我，吃的好大的一碗，我希望我健康，活的更好。過去的一九九三年，可能在我的一生中最值得紀念了，我的第四部長篇小說《廢都》給寂寞的中國文壇投下了一顆原子彈。它一出版，舉國上下議論蜂起街談巷議，風雨不止，正版和盜版千餘萬冊，說好的好得不得了，說壞的壞得罪該萬死，各類評說文章被編輯成十多種本書在全國各地的書攤上（銷售）。最後，政府將此書列為禁書，但到處逢人說《廢都》的熱浪還在繼續著。《廢都》造成的地震，是前所未有的，而我卻是走紅的受難者，我忍受著種種壓力，蒙受著各類謠言的困擾，住進了醫院，在病痛中度過了我四十二歲的生日，回想四十餘年走過的路，我由鄉下一名教師的兒子，在中國文化革命後期來到了古都西安，開始我的學習和寫作。中國新時期文學，從頭到尾，我是親身參與了的，當第一次設立國家文學大獎，我的短篇小說《滿月兒》獲獎，後來，中篇小說《雞窩窪的人家》又獲獎，散文集《愛的蹤跡》再獲獎。直到長篇小說《浮躁》獲得了美國"美孚飛馬文學獎"，我一直受到文壇讚揚，各類研究文章，介紹文章幾乎超過我所寫的作品；小學中學乃至大學課本參考書上，收有我的作品；電影、電視、廣播、話劇改編我的作品上映和演出；被翻譯有英、法，日、德、朝鮮、香港、臺灣等，我是出版了各類版本六十餘種，但《廢都》是最為轟動的作品，它享受了最高榮譽，也遭到了最嚴重的攻擊，它是一本易被人看走眼的書，它的真正價值不是當代中國現實所能認同的，它只好承受一九四九年共產黨建立國家以來的第一本被禁的文學作品的命運。

　　我在生活中是謹慎，但一拿筆從事寫作，我頭惱裡沒有更多的限制，隨心所欲。我是平民的兒子，我自然熱愛我的國家和人民，瞭解這個民族和供民族生存的這塊土地，在這個民族進行變革，社會進行轉型時期，我是抱著巨大的責任感和熱情寫出了長篇小說《浮躁》和《廢都》的。

　　在進行寫作的藝術過程中，我以極大的注意力關注著世界文學的動態，但又堅持著中華民族的審美，我追求的是以本民族的思維方式、表現形式來寫中國的現代人和現代生活，誠如河流，是趨世界文學而動，河床卻是中國的是真正的中國味。中國文壇，總存在著兩種狀態，一是固定的一套，不與世界文學融匯；一是忽視本民族的思維和文學傳統，生硬地模仿別的國家文學的寫法，所以，我的寫作未有什麼集團，這樣，使我具有了獨立性又同時缺乏保護力量。

我將堅定地走我的路，上帝會保佑我的。

一邊面對國內的熱評，一邊繼續長篇小說《白夜》的創作出版，又一邊面對海外版的譯著。

1995 年 9 月 1 日　作《廢都》日文版序文

由吉田富夫先生翻譯，中央公論社出版，《廢都》有幸，要與日本讀者見面了。《廢都》雖被翻譯了英、法、韓等文本，但我很看重在日本出版，因為日本國與我國緊鄰，我國有許多著名的作家都曾在日本留學過，而我初步文壇的時候，深受過日本芥川龍之介、川端康成的影響。如今，欲望成真，這對我實在是一件快事！

《廢都》是我 1993 年在北京發表、出版，毫無疑問，在中國現當代的文學史上、出版史上它是最熱鬧的了。七月份剛一出版即出現瘋狂的盜版，幾乎各省皆有二至三種，到十月底據有關資料估計，正版、盜版已達一千二百餘萬冊。到處逢人說《廢都》，仁者見仁，智者見智，街談巷議，爭論蜂起，在市面上出售的各類評論書刊成冊出版的竟達 21 本，同時又有《廢都》音樂磁帶發行，有繪畫印製，有人寫續集，有人搞評注本。很快又涉及到海外華人地區。歡呼者，讚譽之辭嚇人，說是"當代《紅樓夢》"，是"里程牌"是"奇書"，是"足可傳之後世"；攻伐者，極盡惡毒咒罵，是"道德淪喪之作"，是"淫書"，是要求"將作者繩之以法"。甚至報紙上有了以《廢都》而致死兩條人命的罪行。到了年底，即遭查禁，不准再版發行，不准改編拍攝影視，不准報刊上發表評論，處罰了出版《廢都》的出版社和包括責任編輯在內的有關人。在"《廢都》熱"的一年裡，我是極少出來說話的，一是無話可說；二是也沒有地方再說關於《廢都》的話。在那困難的日子裡，我逃往四川一個地方去隱居了。再是七個月裡化往了假名去住院治病。《廢都》使許多要名的人藉此出名，要發財的人藉此發財，我卻成了如一位文學評論家所說的是"當紅的受難者"，經歷了前所未有的熱鬧和難堪，每日接待眾多的對《廢都》欣賞和支持的人，他們要我簽名，把買來的書收藏或以禮品贈人，每日又得聽取來自有關方面的消息，承受壓力和限制。這一切的突然變化，使我始料不及，我原本習慣了靜寂的心境，安然的生活，受不得這種繁囂和折磨，但風雨不止，我無可奈何，活得非常的苦累。

《廢都》到底是一本什麼書，如何去看它？我在1993年唯一寫過一個小文章，談到"《廢都》什麼也不是，說它好也沒有好到什麼不得了的地步，說它壞也不至於壞到罪該萬死，《廢都》就是《廢都》。我要告訴讀者的只是請看慢些，再看慢些。它或許是最好看的一本書，或許也是最易於看走眼的一本書。它寫的是20世紀之末的中國現實，寫的是20世紀之末中國人的生存狀況、精神情緒以及其生命的意識。"作為一個作家，我熱愛我的民族，愈是浸淫於民族文化的傳統裡，理解愈深入，我愈是深知它的利與弊，痛苦便越巨大。在古典與現代，在中國與世界的參照系裡，覓求一席之地，在不斷攫取藝術生命的動態過程中確立自我意識及其存在價值，這是我所要努力的。我一直追求和企望著以民族傳統的表現方式，也即是東方的味，來表現現代的中國人的生活和情緒。《廢都》是我的嘗試的結果，它裡邊有我的思考，對一個民族的歷史的、政治的、文化的過去現在未來的感知和預言。我掌握的是藝術之筆，除過藝術之筆，一無所有。一部作品的正確公道地評價，是優秀的或拙劣的，需要社會的鑒定，時空的鑒定。為此我坦然。寫完了一部作品，我的熱情轉移到了下一部作品，已沒有精力、時間和興趣來對待已完成的工作，這便是我之所以在《廢都》出版後，很少說話的原因之一，在日文版出版之際說這些話，也正是為了再不去說。

當然，現在《廢都》面對了另一個國度的讀者，此書能不能被理解，被接受，被喜愛，這仍是個未知數，藉此我向日本的讀者致以問候，盼望著我們的熟悉。

1994 年 9 月 1 日下午於西安

1996 年 4 月 25 日　給吉田先生的信

因我受北京方面的指令去江南，所以不能在西安見到您，十分遺憾。日譯版《廢都》，先生付出大量的智慧和心血，現在日本出版界和文學、新聞界獲得熱烈反應，我高興，也向先生表示祝賀和感謝！

先生是日漢學界的權威，作品能得到先生的高度評價和翻譯，這是我的幸運。至於下來將翻譯哪一部？長篇有《浮躁》《白夜》和我即要完成的《製造聲音》。後一部在中國出版可能到了明年初，前二部由您定。

您是中國通，從中國政治、經濟到文學。以及有一批中國朋友。我們相信您從事翻譯的品質和速度，相信您的目光和見解。但願我們友誼長存！我一月後回西安，有什麼事您託付韓向東君，他是很認真的能信賴的。

祝先生在西安一切愉快。

另，您到西安後，讓韓向東君聯繫一下孫見喜先生，他寫我的文章很多，會將日譯本情況和您的情況寫進書裡，因《廢》被禁，故不能及時在報上披露。但寫進評著裡則可，給後人能留下資料。

致禮

賈平凹
1996.4.25 西安

同年 6 月 19 日　致中央公論社《廢都》編輯組負責人信：

中央公論社《廢都》編輯組負責人：

您好！

　　首先對貴出版社在敝書的譯、編、版的過程中所付出的辛勞表示由衷的感謝，《廢都》的日譯版的成功，可能只是貴社在中日文化交流事業中的一個片落，當然，我的作品不可能代表當今日中文學交流的整個，能有這樣好的局面，與文學道路上的各位同仁的支持是一體的，我本人也希望與貴社在不遠的將來有更好的合作。

　　我截至目前也只是片段性地得知《廢都》的日文版，較以往的作品有令人滿意的效應，但對已版的數量、再版次數均無具體告知，以及在今後的繼續合作過程中，如何處理貴社與日本綜合著作權代理公司之間的關係。

　　以上或許均屬餘贅，謹此。

　　順祝撰安！

賈平凹

1996.6.19

　　在《金色生命》的序言中，平凹寫道，田珍穎曾是一家大雜誌的大編輯，又是寫出過許多作品的好作家。論籍貫，她是我的鄉黨；論年齡，她是我的大姐；論學問，她是我的老師；論友情，她是我的朋友。我們曾因我的《廢都》有一段共沉浮的經歷，因此數年來從未間斷過聯繫，相互勉勵著要旺盛地工作和生活下去。或許以後我們還要有更多地合作，至少要一起記錄寫作《廢都》那一時期的人和事吧，那是一段歷史，歷史是需要記錄的。

　　她從雜誌社退下來後，依然成功地做著她的事情。她編了幾卷書，又拍攝了幾部電視劇，她在報刊上發表了很多作品，她的生命力也是十分旺盛的。

　　一部《金色生命》，是田珍穎大姐《風雨人生》的續篇，一個特別的女人為另一個特別的女人立傳，體會最深的寫得最到位的是什麼呢？一定是世情的炎涼和生存的頑強。

　　書中說，生命是金色的。又說，金色是取其貴重之義。

　　我想起了古人詠竹的詩：

　　虛心異眾草，勁節超凡木。

平凹答《文學的故鄉》導演問

2016 年至 2018 年，《文學的故鄉》導演張同道教授與賈平凹一起兩次走進商州，並就家鄉、父老、鄉村、文學等等，進行了專題訪談。

《文學的故鄉》是由中央電視臺紀錄頻道出品，聚焦當代文學，分別由諾貝爾文學獎得主莫言、茅盾文學獎得主賈平凹、劉震雲、阿來、遲子建、畢飛宇共同講述文學與故鄉背後的故事。《文學的故鄉》主創追隨 6 位文學大家，回到他們出生的村莊，回到文學創作的現場，還原他們的童年往事和創作歷程，揭示了他們如何將生活的故鄉轉化為文學的故鄉。2018 年 6 月 8 日至 14 日中央電視臺紀錄頻道全國首播。

賈平凹的《文學的故鄉》作為六位作家的首位播出，也是作家的個人傳記，也是一個時代的精神畫像，更是改革開放 40 年中國文學成果的影視呈現。此片不僅能為文學愛好者帶來一次視聽盛宴，也能夠推動大眾對於文學的關注。

秦嶺是中國的一個龍脈，它橫臥在中國的腹地，它是提攜了長江和黃河的，統領了北方和南方的，它是中國最偉大的一座山，也是最有中國味的一座山。當年賈平凹 19 歲的時候離開家鄉就翻過了秦嶺到西安。

賈平凹的《文學的故鄉》共分 16 篇章，其中第 11 篇章為《廢都》篇。

平凹先生說：我經常講，人有命運，書也有命運。《廢都》的命運就是這種，好像一個人遇到了大坎兒，要判刑坐獄這種命運一樣。

張同道：這段時間你是不是感受到命運的一種無奈。

賈平凹：對，因為到 80 年代後期，一直到 1988 年、1989 年、1990 年這幾年。一方面父親去世，家裡發生好多變故，自己常年的身體狀況，得了肝病，身體狀況常年不好，幾乎每年都在西安住幾個月的醫院，把西安所有醫院都住遍了，而且為了治病，採取了各種各樣的方式；當然也有很多社會原因，基本上是很苦悶，精神很苦悶，覺得不知道幹什麼。

我父親去世時，當時我是三十六七歲，在這之前，從來沒有接受過親近的人、親朋裡面有死亡現象的。年輕時候死亡這個概念離得特別遠，好像與你無關係一樣，當然經常周圍發生的死亡，但都不是自己生命裡面親近的人去世。我父親得了三年病，做了個手術。可以說那三年，兒女一直在提心吊膽，就不知道哪一天突然給你發生，好像頭上懸一個炸彈一樣，不知道什麼時候給你爆炸，所以一直懸著心。他當時去世的時候，他在老家，那個時候他沒有在我這兒住，看完病以後就把他送回去，送回去我又返回來，要在城裡這邊買藥，買好多藥。當時他屬於胃上有毛病，到晚年特別疼痛，我得在城裡給他買杜冷丁。當時杜冷丁不能隨便買，必須要醫生開證明只能買一次。但後來一次也不起作用，必須不停地買。他後來兩三天打一次，後來變成一天打一次，一上午打一次，一上午打幾次，就需要的特別多，我在城裡負責給他買藥。

等我回去，一到村口，我看見我的堂哥就穿著孝服，我就知道壞事了。我父親最後咽氣那個時候，我沒在現場。我父親去世對我打擊特別大，因為從來沒有經受過那個事情，三十六七歲，人生突然有這個，當時也受不了，當時特別悲痛。我一想起來就流眼淚，就給他寫過好多文章，寄託自己那種哀思。

現在回想起來我父親也沒有跟我享過多少福，就按鄉下人說沒有跟孩子享過多少福，因為那個時候我條件也不行。我父親最大的滿足就是我發表作品以後，他在外頭收集我在哪兒發表的作品。後來他周圍的朋友，同事一旦發現報刊上有我的文章，就拿來問我父親，給我父親，我父親一高興就開始喝酒，就討酒來喝。這是我父親晚年的時候，唯一的精神支柱，就是完全靠兒子還能寫東西，這是我父親很得意的一個東西。但生活上我確實沒有給他做更多的東西，在生活照顧上。

好多東西也隨著自己年齡增長閱歷增加以後，思考了好多東西。對社會的問題，對個人生命的問題，和以前的想法就不一樣了。你寫商州以前的作品，不管你怎麼寫，不管你寫到揭露的東西，批判的東西，總的來說風格是清晰的，是明亮的，一切都是陽光的，是這樣一種東西。這個時候就各種原因對社會問題、家庭問題、個人問題、身體問題引起好多思考，對人生的好多思考，對人的命運，人性各種複雜的東西，就有寫的一種思考。這種思考是以前很少有的，以前更多寫寫故事，這個時候就不滿足寫那些東西。

所以說在寫《浮躁》的時候，我前言裡面專門說，我以後再不用這種辦法來寫小說，這種辦法還是 50 年代傳下來的一種現實主義那種寫法，全視覺的寫法，還有典型環境、典型人物的那種痕跡，我說一定要變化。但變化在哪兒變？當時自己也不知道。但總覺得不滿意以前的，我得重新上路，重新開個路子，這就寫到《廢都》了。《廢都》的主題和之前，原來最早創作的東西，寫過好多城市的東西，亂七八糟都寫過，到《商州初錄》這一時期一直到《浮躁》這一段時期，基本上是返回故鄉，返回商州的寫法。這個時候我又返回到城市，返回城市就開始寫《廢都》，就把自己生命中好多痛苦的東西、無奈的東西、糾結的東西和當時社會上好多同樣的一些東西結合起來，就完成了《廢都》。

從完成《廢都》我自己有這樣一個體會：我說反正是寫作品，至於寫哪方面寫什麼東西，一定要寫出，當然你寫的作品肯定是些故事，這個故事具體這個人的境遇。他的命運，和這個時代和這個社會命運相契合的時候，就是交接的地方。把那個地方的故事寫出來，這個故事就不是你個人的故事了，它就是一個時代的社會的故事。

後來我也常講這個體會，這就像是我在門口栽一朵花，這一朵花是我栽的，本來我的目的是給我看，我來聞它的香氣。但是花開了以後，來來往往的路人從你門前過的時候，都看見了這朵花，都聞見了它的香氣，這一朵花就不僅僅是你的，而是所有人的。所以我還舉個例子，比如我

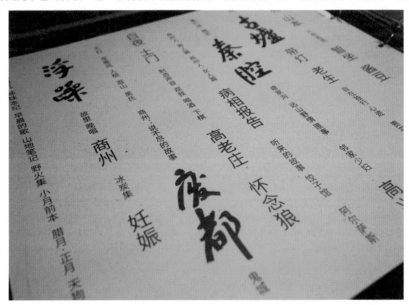

坐車要到一個地方，這一個班車裡面坐了好多人，大家都要到一個地方。按照一般規律，12點的時候，司機就要停下車來到一個地方吃午飯，吃完午飯繼續往前走。如果我在車上，我在10點鐘就喊司機你把車停下來，我要吃飯，我估計司機不會停車，滿車的人都不同意停車去吃飯。只有到12點了，你的饑餓感，同時又是大家的饑餓感，大家才能把這個車停下來。如果僅僅是你個人的，或者你早上沒吃飯，或者別的什麼情況你肚子饑餓，你僅僅寫這個東西，而不是寫大家的饑餓，只寫你個人僅有的饑餓感，這個饑餓感是境界小的，寫出的作品是境界小的，作品不可能寫好的；你的饑餓感已經是大家的饑餓感，寫出來的作品大家才能引起共鳴，你才可能把這個作品寫得好一點。

為啥說每個人都活在集體無意識裡面，大家統一一個東西，你的作品一定要刺痛那些東西，才能把作品寫好。所以在寫《廢都》的時候，當然我也不能說《廢都》寫得怎麼樣，當時確實是無意識地把自己的生命寄予這樣一個和社會時代的相交接起來，發生的故事把它寫出來，而且在這個過程中，包括它寫什麼和怎麼寫的問題。寫什麼當然考驗一個作家的膽識和他的智慧，怎麼寫，當然考驗他的技術的問題。在《廢都》裡面寫什麼？寫莊之蝶發生的一些故事，當然寫的主要是苦悶，他的無聊，他的頹廢，他好像雄心勃勃要拯救好多女的，最後女的也沒有拯救好，他反倒連自己也拯救不了，就完蛋了。在寫法上完全要突破《浮躁》的那種寫法，那種寫法還是原來學蘇聯文學50年代創作的那種路子。《廢都》基本上不按那個路子，但具體怎麼弄慢慢實驗吧，一直到後來的《秦腔》和《古爐》基本上才慢慢地走出一個清晰的寫法。就是寫生活，寫細節，寫日常，寫普通人的一些活動的東西，而不是原來要寫一個英雄人物，寫一個高大全的東西，必須要突出一個大的，大家都圍繞著這個東西來寫，就突破那個東西。

創作永遠都是自己在這兒做。別人給你的經驗，別人給你的東西只是受到一種啟發，具體還得你自己來。而往往像上臺階一樣，你站在一層臺階的時候，你根本不瞭解第三、第四臺階會發生什麼東西，你只能站在第二臺階才能體會到第三臺階，站在第三臺階才能體會到第四臺階。所以說你還在第一臺階上，別人給你說第五臺階的事情你根本不知道，你也不關心這個事情。我經常舉例子，在瀑布下面用碗接水的時候，永遠接不上水，因為它那個太大，接不上；只有溪流裡面，水龍頭下面你可能接一碗水。所以強大的思想當你還沒有達到同步的時候，你就無法進入那個東西。

寫《廢都》的時候其實是我最痛苦的時期，而且都不在城裡寫作，《廢都》是流浪著寫。先在一個水庫上寫，別人說水庫那地方有幾個人在那兒守著水庫，有一個灶，你可以在那兒吃，那兒清靜，我住在那兒。那個地方偏僻，又沒有報紙，又沒有廣播，水庫那地方只有一個電視，還是人家的電視，經常還收不到信號，基本上就沒有任何娛樂。所以說那個時候年輕精力旺盛，我規定自己每天必須寫10個小時，這10個小時除了睡覺、吃飯、上廁所，滿打滿實在在要寫10個小時。所以《廢都》還沒有徹底結束，快結束的時候，80%、90%左右，基本上我40天初稿就拿出來了。帶著初稿跑到一個朋友家，只要誰給我管飯我就開始寫。那個作品寫完以後，一出來前半年，可以說是好評如潮，都說特別好，才過了半年就全部開始批判了，就開始禁止了。禁止以後一片批判聲，大家說好的不說好了，有些不發言了，有些就反過來說不好了。竟然又發生了冰火這種的變化，當時我想起我父親打成"歷史反革命"那種家庭遇到的情況，感受到了人世間的世態炎涼，這個時候也能體會到那種，就是巨大的反差。

當時身體極端不好，我記得當時我的心就不行了。我當時住院，住到個醫學院附屬醫院有一個幹部病房，一個樓，住上去以後幾乎每一個病房裡的老幹部都在看《廢都》。那個時候《廢都》瘋狂得你無法想像當時那個情況，整天外頭盜版也亂，到處都在賣《廢都》，病房人人都有《廢都》，都能看到，都在議論。突然知道我也在那兒住著，那議論紛紛的，我是住不成的。當時我化名叫龍安，因為我屬龍的，希望能在那兒安生一點，實際還不安生。我就不住院了，和朋友到了四川綿陽，在那兒躲起來了。當時綿陽師專樓下面有一個報欄，那個時候到處都流行報欄，每天我下來看報欄。你反正下來一次，報欄上面一篇批判文章，差不多兩三天就有批判文章。有時候不看報欄，我到河邊去，河堤上去走，突然在河邊風吹過來一張破報紙，我才把報紙看來，撿到這兒坐在上面，一看報紙上還是批判文章。那個時候批判大多數是罵你，攻擊你，說的話特別尖刻特別難聽。實際上經過我剛才講的第一次受到批評，我父親來看過那個時候還特別擔心，覺得特別委屈，到後來經歷的爭議多了，尤其經過《廢都》以後，反倒不是特別強烈的反抗，或者強烈的委屈，反倒沒有。所以隨著年齡的增長，整個遇到的事情多了以後，也無所謂了。

但是你不可否認的是《廢都》給我產生陰影的影響一直持續了 12 年，那裡面其中的苦楚只有我自己知道。有些話我也不能對著人說，但卻是只有自己知道。不說你生活受到影響，不說你的工作受到影響，就從文學來講，當然它對你也有好多好多影響。我舉個例子，《廢都》之後我緊接著寫《白夜》，《白夜》可以說是《廢都》姊妹篇。《白夜》出版的時候《廢都》正遭受批判，沒有一個人給《白夜》說過一句話，所以說這一直延續了十來年這種情況，反正好事肯定沒有我。我也沒有想著有什麼好事，我想怎麼樣，沒有這種想法。當《廢都》在法國獲獎以後，獲得費米娜文學獎以後，在國內沒有宣傳這個東西的，只有一個小報，不是主流報，登了短短幾句話，說賈平凹的一部長篇小說在法國獲獎，獲得法國三大文學獎之一費米娜文學獎，就報導了這一句，都沒敢提《廢都》，就說一部長篇小說。在當時的情況，這只是從作品上，別的事情更多了，這樣的例子。這一本書給我帶來的東西，對我一生的生命和文學產生的影響是特別大的。

我經常講，人有命運，書也有命運，《廢都》的命運就是這種，好像一個人遇到了大坎兒，要判刑坐獄這種命運一樣。它的傳播完全後來靠盜版維持生命的。盜版，每一個作家來講都是特別反對特別反感的，覺得對作家對讀者都是一種傷害，但是具體到《廢都》你還得感謝盜版，沒有盜版延續不下去，它是靠盜版。那十來年，凡是別人來我家裡來請我簽字，都簽《廢都》。我一看不是原版的，我就留下了一本，我不是在社會上去收集，而是在家裡守株待兔的，別人來簽名我看到的。現在我家裡有 60 多種《廢都》的盜版本，有精裝的，有這樣的那樣的，而且還有好多一部分書是給《廢都》寫續集的，光寫後續的有三四本，都是那樣的，人物地點都一樣，把故事繼續寫的，反正挺有意思的。而且好多老闆來給我講，他怎麼發財，當年就是賣書，賣盜版書掙的第一桶金，然後開始做生意，生意做大了，來感謝我了。我說你來感謝我，你不知道我當年遭多大的罪。

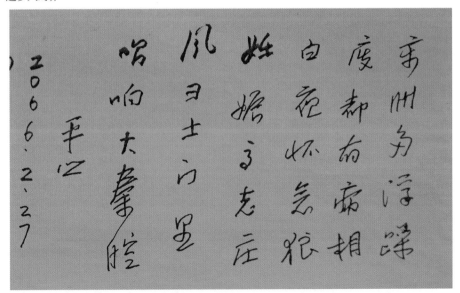

經常有人說，哪些作品是你最愛的作品？我說沒有最愛的，因為所有作品就像孩子一樣，都可愛，我在寫他的時候都盼著他是世界上最能幹的孩子，最漂亮的孩子，但是長大他不一定是那個樣，所以不管它長得醜還是漂亮，他都是孩子，對於我來講都是喜歡的。但是相比起來，有些是重要作品，有些是不重要的作品。什麼叫重要作品？就是一條路在走的時候，在拐彎的時候路邊長的那棵樹，或者是那個石碑，它給你記錄這個拐彎，這一棵樹就像作品一樣，它是重要的樹，這個作品，它的生命在創作道路上起了個關鍵的作用，從這個角度講《廢都》應該是重要的作品。從那以後創作，不說內容了，就寫法上發生變化，而且寫法變化以後，一旦走出去是走不回去的。

現在讓我寫《浮躁》以前的那種作品，很清晰的很陽光的，很明亮的，但是同樣也比較輕淺的一些東西，我也就不會寫了，就寫不了了。就像生命一樣，當我活到五六十歲的時候，我就無法再享受到 20 歲、30 歲、40 歲的青春，我只有在照片上才能看到當年的模樣。而且具體的我好像沒有變化，而實際上不停在變化，只有突然拿出 10 年、20 年的照片才看到你原來還年輕過。所以到後面作品就像年齡一樣，把好多東西看透了，閱歷增厚了，就像文物一樣包漿，它就渾厚了，不像原來那麼簡單那麼明亮的東西，現在是渾濁的，或者是厚實的渾厚的一些東西多了。

但拿現在我的想法，我喜歡我後期的作品。後期的作品都是在我的生命中，在我的生活中體會到的東西，實際是我體會的。而好多人喜歡我早期的作品，當然更多年輕人喜歡早期的作品。早期作品優美，它清新，有好多很漂亮的句子，讀過去以後可以用筆做筆記，但是那些作品太輕淺。好多是我看到一個東西，我聽到一個東西，我讀到一個什麼東西，反射過來啟發我寫出來的東西；而不是像我後來的作品，完全是在生活中，我的生命裡面我自己體會到的東西，我把它寫出來，它有這個區別。這或許是年齡大了以後想法不一樣了，對世事的看法就不一樣了。我經常在講，現在人寫作品，尤其年齡大的寫作品，不光看你的故事，不光看你裡面的思考，還會看裡面你對生活的智慧問題。活人有智慧問題，生命的智慧問題，你要把那些東西寫進去，你這個作品才產生一種厚實感，豐富感，而不單純是一個故事，或者你是批判誰，或者歌頌誰，或者你怎麼樣，那都太簡單。應該包容，應該更豐富，這裡面有各種智慧的東西都積累在裡面。

張同道：這就像季節一樣，秋天不可能再做春天的事。

賈平凹：對。

張同道：我看到一個資料，說你的心情很沉重的時候，偶然看到故鄉的人在一次社火中還記得你，這個給你精神上一些支持。

賈平凹：對。因為《廢都》之後也存在寫作問題。怎麼寫？以我的性格，平時比較柔和，比較隨和的一個性格，實際上骨子裡是一個執拗的人，凡是我認准的事一般很少能拗過來。對於《廢都》的批評，和《廢都》遇到的命運，當然自己心有不甘，但是也無可奈何，但具體你畢竟是作家，你還要寫作，下來還是寫作，我覺得也是自己思考的一個問題。當然這個時候我經常回家，當時母親還在，我說故鄉是什麼？故鄉就是以父母存在而存在的，父母不在了，那個故鄉只是一個名義上的、意義上的字眼上的一個故鄉，不老回去了，你不是整天心在糾結著。只有父母在的時候，才是真正的故鄉。父母存在，故鄉存在。母親還在，我就時常回去，後來把母親徹底接到城裡來。

我們那兒經常有社火，我們那個老家的鎮子上，社火在我們當地是特別有名的，在全縣都是有名的。小時候我就記得每一次去縣上比賽老是第一，我春節回去耍社火，老百姓開始做，社火就是戲子抬起來小孩做好的造型，有一個芯子它在下面，放了我幾本書，上面一個小孩掛了牌子說是我的名字，在我老家我還有點不好意思。一般社火的故事都變化自"三國"，尤其"三國"特別多，都是戲劇上的，比如"遊西湖""三打白骨精""三英戰呂布"這些戲曲故事扮的造型。裡面突然有一個我的造型，當然一方面感到吃驚，覺得老家鄉親父老也沒有忘記，我說下步繼續再寫老家的事情。因為寫家鄉的事情，開頭寫家鄉，又回到城裡，回到城裡再返回來寫老家，再寫商洛，表面上看是一出一進的，實際上是螺旋式的。這一次回到老家意義就不一樣了，這就像一個水煮過雞以後，雞湯熬得再清亮，和水一樣清亮，但實際上它不清亮，它已經不是原來的。

我寫作品，我在寫作過程中是給我寫的，我的真實心靈。我把它寫出來，寫完了以後，出版社才考慮這部書出來能不能賣錢，受不受歡迎。當然無形中這個意見也回饋給我。但是在寫作過程中，我也知道，這個能不能賣錢。但是我一直堅持，我寫作的時候千萬不要想這個東西。一想這個東西我就寫不成了，我完全按我的寫。寫出來以後，受歡迎就受歡迎，不受歡迎就不受歡迎，能賣多少是多少。但是往往我這幾十年下來，我的書能賣，確實能賣，後來就變成反正我相信我的書能賣，我就不管你市場不市場，我就寫我的。所以《廢都》出來的時候，好多人說我會炒作，把《廢都》炒作，我說實在是冤。我的每一部小說，我只負責把稿子所有寫完，編輯到我家把這取走，其他的我就不管了，你願意怎麼弄就怎麼弄，我就再不管了。要說炒作，那也是書商、報紙在炒作，我從來再不管的，所以我也不在乎我的書在哪個出版社出版。反正我還忙著要寫另一個東西，所以拿走之後我就再不管了，稿費多少大概知道就行了，我也不追究那麼多。當然這也帶來好多書不停地在印，也不給你錢、也不給你書這種現象，甚至出現了大量的盜版，也吃過好多苦。

作品中有些細節情結是來源於平時生活的觀察，為什麼好多作品，包括《廢都》，好多作品出來後有人對號入座，也產生過好多矛盾，在這裡面一些情節，現實生活中我經歷的和周圍人經歷的情節，運用到書上，運用的時候是真真假假，有的真，有假的。所以出來以後，別人來對號入座，我說這不是寫你。他說不是寫我，看哪件事我做過你怎麼寫？但是你寫的另外的事就不是我做的，這不是對我有意見嗎？正因為在我寫作過程中素材來源於各個地方，我寫作有一個特點，寫作人物的時候，寫作環境的時候，腦裡一定要固定一個人物，我熟悉的人物，就像蓋房子，我必須打幾個椿固定下來，然後我在蓋房的時候有個範圍。寫東西的時候我認識的是張三，我把這個人假借於張三，我要寫那個人把魂就附在張三身上。張三是我平常認識的，我以他來寫，塑造他，補充他，豐富他，他不走形；要如果沒有一個張三，外頭見的東西沒附著，集中不起來，寫寫就游離了。就像環境一樣，如果環境都是真實的環境，我移過來，我腦裡始終是那個方位，地域方位。文學裡面有地理的東西，環境一定要真實，真實以後就不游離了，故事就在這個環境裡面發生。別的東西要附在一個具體的人身上，這人不要動，我腦子老想著他，我把好多東西都描活，如果沒有這些就沒辦法寫作。所以這樣寫作缺點就是容易真真假假，容易被別人對號入座，你還沒辦法說。你說這是編造的，與你無關，這命名這個事情，明明名字是我的名字，這個事是我發生過的，但卻是另外發生的不好的事情，不是他的事情，你寫在這個人身上就說不清了。

為什麼後來一會兒寫農村，一會兒寫城市，又返回來寫農村，寫寫農村又不對了，又擴大、擴展，就是裡面一個社會責任感。比如寫《古爐》，"文化大革命"開始的時候我是13歲，我現在都已經老了，當年參加"文化大革命"的那些主力人員，有些都去世了，有些更衰老了。但是參加過的不一定寫小說，我既然能寫，我又參加過，我就有責任把它寫出來，用我的角度把它寫出來。寫得好不好是另一回事，起碼後人可以通過這個書看當時在一個底層社會是怎麼發生的，一個偏僻的村莊"文化大革命"從始到終是怎麼發生的，提供這個材料。

原來說為什麼寫作？各個時期、各個年齡段、各個寫作階段回答不一樣。有的回答是別的什麼我幹不了，我只有寫作，我愛寫；有的時候給人說，我小時候遇到的災難太多了，苦難多，我有好多記憶把它留下來；還有說我要給社會用筆做記錄，我要為這個時代留一些東西，或者有時候說我有許多要說的話，我必須把它發出來，我得給這個社會表達我的觀點、我的聲音。當然，最近好多人再來問我，我回答是：到我這個年齡，在我寫作過程中，我才體會到下筆如有神。這不是矯情，是真實的體會。有好多東西你不知道怎麼回事思維就來了，你不知道寫到那個時候寫

得那麼順手，寫完以後你都覺得奇怪，你就覺得這些怎麼寫得那麼好。突然有這樣的想法、那樣的想法，我覺得似有神助。

再一個你所謂的使命感、責任的東西，實際都不是說你強行的、故意的。我在家裡寫條幅，在那個房子裡寫過："受命於天"。你受命，受命也是責任的意思，實行的意思，受命於"天"的周密安排而沉著，因為"天"在那兒給你安排，你不要太急，你該幹你的，自然到你該幹啥了。

張同道：從《商州》到《極花》這30多年過去了，中國文學思潮，尋根、改革、現代派、新寫實，一潮又一潮，但是你一直在摸索自己的道路，你覺得你的藝術主張有過哪幾次大的變化？

賈平凹：因為每一個人的成長過程肯定要受外來的好多影響，就像一年四季一樣，春天有春天的風，春天有春天的植物，冬天有冬天的風，冬天有冬天的植物狀況，只有這樣不停地磨煉。這給你影響，這是主觀的學習影響，主觀地學習本民族的東西和吸收外來的東西，建立你自己一套想法，說大一點，你的文學觀、你對世界的看法；說小一點，你對這個事情，這個小事怎麼寫，你自己得來探索這個東西。或許在走的過程中走完了，或者沒走完，或者走得慢，或者拐彎了，這都特別正常。就像一條河一樣，不管怎麼轉來轉去，它的方向是向東邊流的，把握住這個方向。如果你整天關注這個社會，研究這個社會，整天在寫這個小說，或者研究這個小說的過程中，時間長了以後，就有一種神啟。這種神啟實際是對整個時代和社會發展趨勢有一種預感，你有一種超前。這樣文學作品寫出來，它和社會有一種張力，產生摩擦，才是比較好的作品。

所以說好多人說，你當年寫《浮躁》的時候，當年對"浮躁"這個詞不理解，後來變成整個社會公認的一個詞，這個社會就是浮躁的；《廢都》當年寫的時候，大家一片攻擊聲，過了20年一看，好像就是這回事。好多人說你的體悟裡面是不是跟某一種東西通道一樣連在一起，這是評論家說的，說你能感知好多，比如地震來了、水災來了能感知到。我說我也沒有那種功能，也沒有自覺意識到這個東西。就是對社會老研究，老琢磨這個事，你寫的是現實社會，又被你創作，幾十年就是弄這個事情，必然你對整個社會有提前的感知。

對一些創作上就慢慢積累你自己的一些想法，建立你自己的一套想法，或者自己的文學觀，對世界的一種看法，慢慢就會形成這個東西。因為文學這個東西它是靠你的天賦和你的閱歷，你生命到一定程度你就能體會很多東西。所以現在收藏這個東西，越有歲月有包漿，一看就是老東西，新東西再做一看是另一種氣息。所以你到一些老廟裡去看古人塑的塑像，唐代的、宋代的、明代的、清代的，你看那些塑像就會蕭然起敬，你到廟裡不敢說話，不敢亂說亂動，你有一種敬畏之心。而現在修的一些新廟，雕塑家塑的，一看就是現代人做出來的，你就沒有那種神的氣息，沒有那神氣。所以我說年齡和時間可怕得很，也是厲害得很，什麼東西都逃不過這兩個，作品也是這樣。

寫得好或者不好是另外一回事，我也說不清為什麼會這樣，但是突然有這種衝動和寫法，我就把它寫下來。

張同道：你作品的翻譯情況是怎麼樣的？

賈平凹：《廢都》出來之前，我有好多作品在法國、日本翻譯得比較多，但那都是短篇小說、中篇小說多一些。《廢都》出來以後，首先在法國翻譯出版，在日本，當時我看資料是，發行量是最大的外文小說，當時是魯迅之後中國在日本發行量最大的。後來這本書就開始好像要消聲匿跡了，基本上就埋頭自己搞寫作了，別的不管了，與外部就不溝通了，我後來電話也不接，別人也打不進來，就自己寫東西。這四五年來，才開始外頭翻譯的東西多了。加起來各種語言版本，恐怕這四五年有將近 30 部作品。

張同道：你已經寫了超過 1000 萬字，但現在還這麼寫，什麼時候你覺得我寫夠了，我不想寫了？

賈平凹：長篇小說，包括一個長篇紀實文學不算，還有一個綜合性的長篇也不算，純粹的長篇，截至目前才完成了 16 部長篇。這個方面，因為好多人也說過，為什麼你老寫？因為新時期文學一開始，我就開始寫了。當時寫的好多人都不寫了，自己還在寫。有時候我到北京去開會，看我講，年輕人也會講。我發感慨說，咱就覺得很不好意思，就覺得老了。年輕人得獎，你也得獎，咱就覺得不好意思。別人說你一直在寫作，為什麼老能寫？我說在《廢都》的時候，大家都在批評的時候，我確實有些不甘心，我一定要寫來證明我，所以這是一個動力。我記得當時開始寫小說的時候，我最早是寫詩歌，後來寫散文，後來別人說你散文比小說寫得好，後來我說從此以後不寫散文了，我專門寫小說。你說我啥好，我就不寫了，你說不好我才寫。後來散文基本不寫了，就寫長篇了。

再一個覺得寫作已經成了我自己的生存方式，也是我生命的表現方式，而且自己老覺得還有東西寫，也沒有感覺不行了。創作這個東西，你一旦感覺沒啥寫，一句都寫不出來，怪得很。你感覺裡面還有東西來寫，

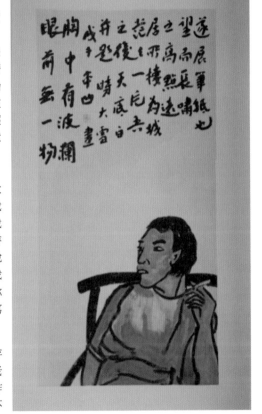

有這個衝動，我就寫了。到什麼時候覺得沒有了，不想寫了，或者是寫不了了，寫出來就糟糕得一塌糊塗，那就停止了。我說這麼多話，突然有一個念頭，我沒有說過這一段話，就像一個蠶一樣，把嘴裡的絲吐完，自己用那個繭把自己包起來。

《廢都》對我的創作來說，是一個轉振點

（2022 年第 4 期《作品》雜誌）

張英：幾十年裡，《廢都》一直和你的名字掛鉤，包括後來重新出版，也引發了一場風波。

賈平凹：《廢都》重新出版，出版社計畫和莫言的《豐乳肥臀》一起上市，書樣都出來了。

當時謝有順跟我要稿子，我剛好為新版的《廢都》寫了個序，就給他了。文章發在《南方都市報》，引起了媒介的注意，到處狂炒，就成了一個事件。

張英：放到現在的開放環境，小說裡寫 "性" 不是一個問題了。

賈平凹：對作家來說，寫什麼不寫什麼，是小說的故事、題材決定的，是塑造人物的需要。《廢都》寫的是一個老俗的故事，既然是日常生活，吃喝拉撒睡都寫到了，白天吃一頓飯、喝一點茶都可以寫幾頁，到晚上一個字不寫也不行，這就牽涉到了性，莊之蝶為了解脫自己，他要尋找女人。

寫性的過程中，只是稍微多寫了一點，未寫出的部分以框框替代。稿子給出版社，他們又刪了一部分，書上括弧內刪去多少字數，已不記得了。沒想到，寫時小心翼翼，仍踩了地雷。

1994 年和 1995 年，誰提《廢都》都不行，提了就要寫檢查。陝西的報紙，提到我名字的檢討報社就不知寫了多少次，到處都是批判。別人說我是 "流氓作家"，再努力也扭不過來。我不是對性特別感興趣的人，只是因為寫作的需要。

張英：當時也有人肯定《廢都》。季羨林說："二十年後，《廢都》會大放光芒。"馬原給予很高評價："這是一本了不起的書，我們這個時代一百年以後還會被一讀再讀的小說大概沒有幾本，《廢都》是其中之一，它寫透了文人這個階層的無聊，它是一本詮釋無聊的百科全書。"

賈平凹：我想通過這部作品寫出當時那批知識份子的悲觀、失望、絕望，失去了理想、信仰以後知識份子的一種混濁狀態，表現那個時期人的一種苦悶狀態。

對我來說，我的人生有三個重大影響：一個是上大學，改變我的命運；一個是搞創作寫《廢都》；再就是我和前妻的離婚。

那時候壓力非常大，我精神負擔非常重，大腦經常一片空白，整天不知道該幹啥好，妻離子散，父親去世，家破人亡，我又大病一場，還患上了乙肝。

現在的情況好多了，沒有不讓你寫作，可以繼續進行創作。

張英：《廢都》在國內不受好評，偏偏在法國獲得那麼高的榮譽？

賈平凹：《廢都》在法國拿了兩個獎。一個是費米娜文學獎（女評委獎），是法國的三大文學獎之一；另一個是法蘭西文學藝術榮譽獎（等於是法國政府給咱一個稱號）。

第一個獎，他們打電話給我，說我的作品入圍了，要我去法國參加頒獎儀式，我沒去。這個文學獎不像國內一些獎評好了才讓你去領。他們現場開獎，事先誰也不知道獲獎者是誰。

按照中國人的觀念，那麼遠要我去，沒有評上多沒面子？我沒去。有一天我在打麻將，法國的翻譯家打來了電話，穆濤起身接電話，一會告訴我說，恭喜你，《廢都》獲得了女評委獎。法國大使專門來西安，當面給我頒這個獎。

2022 年第 4 期《作品》

　　第二個獎，法國在"非典"前給我寄來了一封信，周圍沒有一個人懂法文，我就把它放在一邊。過了兩個月，我母親在醫院住院，我去探望時問醫生醫院有沒有懂法語的人。醫生說他有個朋友懂法語。我把信帶到醫院給了他。這封信一放又是兩個月，他懂法語的朋友出國去了。

　　收到法國文化部長和法國駐華大使的賀信，我才知道獲得了法蘭西文學藝術榮譽獎。

　　張英：有評論認為，《廢都》是 90 年代最好的讀本，它深刻寫出了那個時代文化人在上不著天下不著地的處境中真實的精神狀態。

　　賈平凹：還有人反對《廢都》，比當年少多了。沒有法子，某領導一句話，書又出不了。

　　焦點主要在性上，很容易就把你打倒；還有人說格調太灰，現在沒有人說性了，超過它的作品太多了。

　　張英：因為這本書，你成為一個暢銷書作家，因為這本書，很多評論家認為你墮落了，你有什麼看法？

　　賈平凹：它帶給我的災難是最多的，也因為它，擴大了我的讀者群。我希望成為暢銷書作家，喜歡我作品的人說好得不得了，不喜歡的人罵得一塌糊塗。隨著年齡增長，我心態平和多了，說好的或者說不好的，都不會影響我的寫作。

　　張英：《廢都》據說有盜版 2000 萬冊，你當時拿了多少版稅呢？

　　賈平凹：發表和出版《廢都》，稿費只給了我 4 萬元。以後，我一分錢也沒有拿到。

咸阳地外婆家，晓卡正勇玄回川工作，正好带了这两瓶酒给我们，晓卡说一定要把酒给了师母。你喝不得烈酒，这酒你是要喝的。"牛月清说：刘晓卡，书房里这么些酒，我倒搞不清哪一个

柳月在一旁听了，只是嘻嘻笑，插□□□□□□□□□□□□制府，瘦么□那个！"就伸指头盖渍江□脸□□□□□□月尽胡情□那个腿特别长的女化。"柳月叫道□□□□□□□说：柳你不知道也就看胡诮的，招聘的那□□□□□□得我也分不开的。□情既然这样了，我知你庄□□□□□□笔是以一前一后两字大了，你们搞得这么严□□□□□渍江说：这不，红帖儿第一个就写给了你们！刘□□□□□□□□柳月也来来了做个陪狼吧！"柳月撇了嘴□□□□也不害的，我这丑样儿，你成心让我去丑衬人□□□□□□就诮柳月搞了几月，诮诮越发有水平，赶明月出书，怕也会写了书的。三人诮了一会，渍江走了，又一再叮嘱那月底来，老师、师母若不来，宴席就不开，死等了的。

临走

要

渍江一走，牛月清问柳月你老师喝哪去了？柳月说是诮叫他去喝酒了。牛月清收拾了礼品，就独坐了思谋二十八日底要去赴宴席，该准备什么贺礼。下午，庄之蝶唱得香玄流玄回来，在厨房里用挺了半天喉咙，吐出许多秽污，牛月清让他睡了，该程诮渍江的了。晚上庄之蝶睡起去书房看书，她进去把门关了，才一一诮了渍江钱搭了你，庄之蝶也好不惊讶，诮："那个齿腿女子，我恐怕也只见过一两次的。当时他诮是招聘店员，咱也没在意，后来赵京五对我诮他招的比招模特儿还严格，身多多少，体重多少，皮肤怎样，还且符合标准的三围。"牛月清诮："什么三围？"庄之蝶诮："就是胸围、腰围、臀围。

第四章 熱 "評" 說

　　1992—1993年，面對失去親人、家庭變故、還有疾病纏身，在流浪苦難中完成的長篇小說《廢都》，對於賈平凹可謂命運多舛。一部《廢都》，未面世之前眾多出版社對它版權的爭奪、百萬稿酬，使之未被人閱覽已身價百倍，造成洛陽紙貴的奇觀。出版後，很快又面臨了毀譽兩極的評論，捧之者認為是堪與《紅樓夢》相媲美的宏偉巨著，是一本奇書。罵之者認為是與《金瓶梅》相似的另一本淫書。雖然賈平凹在書前標有 "唯獨心靈真實，任人笑　評說" 的聲明，但書出版後引起的軒然大波，尤其是一群年輕的學者不分青紅皂白的 "《廢都》熱" 評、各種 "熱" 炒，所帶來的影響和壓力使賈平凹始料不及，甚至難以承受的。賈平凹本人也被讀者重新認識了一回："《廢都》出版前，我被文壇說成是最於淨的人，《廢都》出版後，我又被文壇說成是最流氓的一個"。

　　《廢都》首先火爆了京城和西安，發表《廢都》的《十月》雜誌成了最搶手的雜誌，小書攤上的《廢都》單行本有的超出了原定價12.50元賣到了十四五塊錢。文學圈子裡人，後來發展到各行各業的人們見面也都多談的是看沒看《廢都》，怎麼看《廢都》。幾乎是逢人便要說《廢都》。王新民的大學老師張書省曾賦詩一首記述了當年《廢都》問世後的盛況：

　　癸酉夏賦《廢都潮》：

　　《廢都》出版，古都沸騰。書攤處處叫賣聲。作者動情，讀者動容，癸酉仲夏書浪湧。街談巷議任評論：有言可比《金瓶梅》，還說堪追《紅樓夢》。讀者明鑒，自有一桿秤。

　　《廢都》出版，社會震動。誰說文學無效應？作者遠群眾，信筆自多情，贗品當然冷板凳。文學亦得上市場，淺陋自當遭冷漠，力作理應受歡迎。作家諸君，縱馬任爾騁！

　　1994年春夏之交，世界盃已開賽，王新民與妻等人陪平凹去咸陽市北五縣之一的旬邑去遊覽，中午路經偏僻的淳化縣城吃飯，吃飯時竟被店主認出，拿出珍藏的《廢都》請平凹簽名，由此可見《廢都》影響之廣大和深遠。

　　隨著《廢都》的走紅，一些誤傳和謠傳不脛而走，比如關於《廢都》稿費100萬元的誤傳。原來某省委宣傳部的女幹部，也是賈平凹的熟人寫了一篇關於《廢都》出版的文章，《星期天》報刊發時校對失誤，將1000字150元的稿費中的 "字" 漏掉了，而成了稿費1000150元。如果在現在，一部40多萬字的長篇小說稿費或版費1000000元也不算什麼新聞，韓寒等年輕作家的一部長篇版稅早拿到了100萬元。但在當時卻是個新聞，因為那時給作者的大多是基本稿酬，幾萬元最多十萬元就了不得了。當時北京出版社給《廢都》的稿費僅6萬元。當時王新民組織編輯的《賈平凹與〈廢都〉》中的《〈廢都〉稿費之謎》一文就予以了澄清。

　　"平凹確實沒有賺到錢，這對他很不公平。" 田珍穎後來澄清了多年大家對《廢都》稿費的一個誤讀，很多人認為賈平凹因為《廢都》 "大賺" 的說法其實是錯誤的。

　　"《廢都》被禁後，他只拿到6萬元的稿酬，因為被禁，出版社合同就此廢棄，那個時候，作者和編輯壓力很大，也顧不得按照法律履行合同，我也是借此來公佈真實稿費，也是給平凹一個公平的說法。"　《廢都》解禁後，田珍穎對記者說。

　　《廢都》的火爆不僅在京城，像星火燎原一樣蔓延到全國各地，在西安、成都等地的熱銷勢頭幾近洛陽紙貴，據悉，在陝西，短短幾個月，就銷出了7萬冊，這種情況在純文學中是罕見的。對此《廢都》現象，著名評論家蔡葵認為：一是與在出書過程中作者得了100萬元稿酬的誤傳有關係，一個是跟《廢都》寫性有突破的傳言有關係。賈平凹本來就是在讀者中很有影響的作家，這些傳言更大大增加了人們對《廢都》的期望值。

　　著名評論家雷達認為，《廢都》的火爆有其複雜原因，要冷靜觀之，出版前的輿論聲勢，以訛傳訛，製造懸念，固然是一方面原因，更重要還在作品本身。因為現今的讀者也並非一味盲從，爭看總有爭著看的理由。依我看，一是好看，有情趣，引人入勝，把當今的人情世態寫活了；二是此書抓住了當今一部分人的典型社會情緒和心態，表達了一種深層次的惶惑、不安、浮躁和迷茫；三是毋庸諱言的大膽、直率的性描寫，招徠了不少人的好奇。所以，《廢都》"火"，不單單是出版界"炒"出來的。

　　著名評論家白燁認為，《廢都》的火爆主要原因還是在於賈平凹本人，他在讀者中具有較大的知名度和影響力。在此之前，他的許多作品已經呈現出暢銷的勢頭，人們對他的長篇新作抱有更大的期望是理所當然的。當然，另外的因素也不可忽視，那就是100萬元稿費和"現代《金瓶梅》"的誤傳和批判，給《廢都》憑添了種種神秘性，問題是，幾十萬冊的《十月》雜誌供不應求，近四十萬冊的書也都熱銷不衰，說明作品本身確有魅力，值得一讀。

　　《廢都》在西安也很暢銷，在鐘樓書店舉辦《廢都》簽名售書時，幾十米的長龍般的隊伍令人驚奇，這是1978年某些中外名著解禁時曾經出現過的罕見現象。據悉短短幾個月西安就銷售了7萬多冊，這在當代文學史和出版史上是空前絕後的。

　　風聞《廢都》將要被禁時，一些書商私自提價，從原價的12.50元相繼提高到20元，25元，

1993 年 5 月 31 日《陝西日報》

30元，甚至50元。一度連賈平凹也托王新民給他尋購《廢都》。當時筆者好不容易在一家名叫博文的書店裡找到幾本《廢都》，賈平凹見到後如獲至寶，鎖入櫃中自存。後來《廢都》被禁不久，在到賈平凹家鄉商州檢查出版物市場時，在商洛市新華書店發現《廢都》，王新民責令他們下架。不久，有用友要去北京辦事，說對方點名要《廢都》，朋友幾次求助於王新民，無奈便想起了曾在商洛市新華書店發現的《廢都》，便托商州的親友打聽，果然還有十幾本，全部收購，最終以每本80元與友成交。

隨著《廢都》暢銷而來的是對《廢都》的全國性爭論和爭鳴。1993年8月11日，在陝西經濟廣播電臺直播室裡，賈平凹、王愚（中國小說評論學會副會長，下簡稱王，特邀主持人）、董子竹（西安市戲劇研究所研究員，下簡稱董）、費秉勳（中國神秘文化研究會會長、西北大學中文系教授，下簡稱費）、王仲生（西安師範學院中文系教授，下簡稱仲）、邢小利（《小說評論》編輯，下簡稱邢）出席《廢都》大討論，由江涵（電臺主持人，下簡稱江）、王東升（電臺主持人，下簡稱東）主持。

江、東：《廢都》現在在市面上比較走紅，不僅在西安，即使在北京買《廢都》也是排大隊，據說在書店已經脫銷了，幾乎是家喻戶曉、老幼皆知了。

王：現在排長隊現象已很少見，除了過去拿票證買東西，很少見過這樣的文學現象，這種現象實在是可喜可賀。今天我們把平凹同志找來，還有這麼多評論家，都是為《廢都》寫過文章、發表過談話的專家，跟廣大讀者探討一下：《廢都》為什麼會不脛而走？為什麼會受到這麼多讀者的歡迎？為什麼能在文學界引起這麼大的反響？開篇先請作家談談創作這部力作當時是怎麼考慮的？怎麼寫出來的？這恐怕是讀者想知道的，平凹你看怎麼樣？

賈：這部書拿我自己來講，也是去年這個時候動筆的，構思醞釀的時間也是很長的。對我來講，以前都是寫商州系列小說的，但到這部小說就寫了城市了，我寫這部書的過程中，自己也是追求把現代的一段生活表現出來，就寫一個心靈史吧，心靈軌跡。這部書出來後，有幸能被廣大讀者來閱讀，幾次記者採訪時，我說對於這部書，嚴格來講，讀時希望讀得慢一些，細一些。當然這部書可能引起一些爭論，仁者見仁，智者見智吧，咋樣談都可以，今天這麼多評論家都來了，我也想聽聽他們的意見，一些高見。

王：任何一部書，如果出來任何響聲都沒有，那麼這個作家恐怕也是很苦惱的吧，聽說子竹寫了長文章，子竹先談吧。

董：我這個人以偏激出名，不過我覺得要站在世界人類文化大變革的背景上來看《廢都》，它是人類文化轉型期的一部傑作，這是我對《廢都》最基本的評價。說人類文化的轉型期，這在西方比較明確，但對我們還顯得不明了，因為我們現在人類的心態比較亂，不知到哪兒轉，不知自己從哪兒來，到哪兒去。但在西方，這個轉型期比較突出。看《廢都》要注意這麼兩個特點：第一，他寫實是個外殼，他不是寫個人的，他大包全人類，小包整個廢都地區人的心理震顫，世態人心，這是一個特點；第二個特點，他再沒有像過去的小說那麼外求，我們看過去任何一部小說，都是把誰打倒了，就好了，把誰戰勝了，我們就好了。《廢都》說：只有戰勝了你自己，你才好得了。它沒有外在的東西作為藉口，你只有戰勝你自己，因此你看這部小說，最好聯繫到自己的生活震顫，聯繫自己，是怎樣戰勝自己，怎樣在戰勝自己中適應社會進一步達到實現人為什麼是人，怎麼就能成為人，我到底是誰。回答這些問題，不用《廢都》，而是根據《廢都》提示，你來回答，這樣看就能把《廢都》看懂。不要找畫家是誰？作家是誰？越找越糊塗，因為他寫實是外殼，是借喻，若把它寫成實實在在的，它就不成為《廢都》了。所以我認為讀《廢都》要換一副眼睛，要用多重眼睛。《廢都》的作者也是給你的三稜鏡，第一個是社會層面，那個拾破爛的老頭，是社會層面的象徵；牛代表的是傳統文化，農業文化；老太太也是個象徵，是誰也說不清的人的命運，人的生命活動。這三層構成三稜鏡，然後透過三稜鏡來看這裡每個人的活動，不光是人在活動，而是一個精神在活動，一種心靈在活動，一種文化心理震顫在活動，這個時候你才能真正抓到《廢都》的要害之處。

王：我看這真可以說是石破天驚之語，說到《廢都》這麼多特點，不僅僅是你自己從裡面歸納出

來，而且可以看出來該怎麼讀，那麼看你讀的對呢，還是別人讀的對呢？請費教授來講講。

費：平凹說過這本書是安妥他靈魂的一本書。我自己認為，他在層面寫實的時候，創造了自己的意象世界，我認為這本書是宣發或泄發人生的苦悶，這在中國古典文學中也帶有普遍性，清代的紅學家在談《紅樓夢》時提到《水滸》、《聊齋》，他認為《聊齋》的骨髓是魂鬼藝術，《水滸》的骨髓是假強盜以訴孤憤，《紅樓夢》是假兒女以訴幽憤，同是一把辛酸淚啊。《廢都》也是舒發苦悶，通過意象抒發他自己生命悲涼的東西，所以寫法和咱們習慣的一些東西寫法不同，習慣的東西愛直截了當把他寫出來。而《廢都》是借男女之情的曲徑表情達意。

王：《廢都》無非是屬於廢都的背景下，一群文化人的掙扎、奮鬥、苦悶。不知王教授有什麼高見？

仲：我覺得《廢都》是平凹給我們建構的一個意象世界。我覺得這種意象世界與我們一般的文學作品還有所區別。一般文學作品毫無疑問是審美創造活動，但這種審美創造活動在現實生活中或心理心態的建構層面上，而平凹的《廢都》我覺得超越了現實生活、社會心理、社會心態這麼一個內容，已進入人的靈性，甚至撲捉到人的神性，對人生、人性的挖掘顯然要深一些、廣一些。我們一定要把作品中描寫的看作是浮在海面上的冰山，我們只看到冰山的這一部分，而在海水之下有一個非常廣大深厚的東西，使我們一般人所沒有看到的。表面上看是實，而且實得不能再實了，但你要看到作品的另一面，就是大虛、特虛，如奶牛，我覺得奶牛是不是來自一種大自然的聲音，來自一種文化的呼應；還有塤，一種古樂，是一種遠古文化的呼應，天籟地聲；還有岳母吧，使人進入一種鬼神世界，這實際上是把人生活的各個方面都涉及了，顯然已大大地開拓了它的藝術空間，換句話說，你不要把奶牛、塤、岳母僅僅看做一種氛圍，實際已有機進入作品。第二，作品所描寫的具體內容，如莊之蝶，還有幾個文化人，本身也具有形而上。

費：在結構上，這三者也有相當深的寓意，一個收破爛的老頭，一個是牛，這在結構上講，不僅僅是起了一個橋樑或連接作用，它還有深刻的寓意，如收破爛的老頭使作品立體的空間有相當大的擴展，這個老漢以及所說的諸兒，反映了時代的政治的特點，牛代表著中國傳統文化，不僅如此，牛作為哲學家所發表的議論，具有現代意識，如對城市的社會病，秩序的混亂，社會的發展等等，牛都作了思考，另外還有莊之蝶的岳母，這與近年來有關人體科學、靈魂學等有關。

仲：另一方面，從主人公，從活躍在書中的人物看，他們本身的一些思考、一些苦悶，也不僅僅是形而上的，而有形而下的意義。

邢：我對《廢都》最突出的感受是我覺得它是一本奇書，感到它有傳統小說的影子，有舊小說的感覺，但是一種全新的感受。其中寫了四大名人，主要寫的是作家莊之蝶，是名人、文化人，但也有閒人的味道，最主要的特徵還是文人，在社會轉型期，他的精神狀態。

王：在新舊文化衝撞的怪圈中，莊之蝶想走出來，但永遠沒走出來。

邢：就像陝西人說的活得很潑煩，有所適應又不適應，說有什麼理想又沒有理想，寫出了現實生活中的一種尷尬，思想上的迷茫，咱們中國文學從建國以後的《創業史》、傷痕文學、尋根文學發展到如今的賈平凹小說，使人感到世紀末文人靈魂掙扎的痛苦。

費：這在古典文學中帶有普遍性，如《聊齋》中的《秦女》等，他們的苦悶有政治上的、人生上的各個方面。

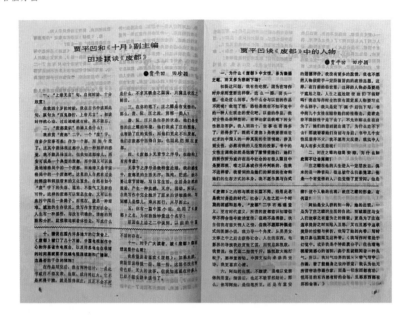

董：莊之蝶的四個女人，我分別把她們定為賢淑之女，她是傳統文化的代表。如牛月清，為什麼姓牛呢？她是牛的女兒。再一個是唐宛兒，她是野女，不知她是從哪兒來的，說是從潼關來的，你找不到她家，也不知她要走到哪裡去，她說過，她最大的願望是從鐘樓大鐘錶上跳下來自殺一回，這是當代女性的一個特點。再一個是俠女，如阿燦，阿燦是個理想的女性。還有柳月，是村女，這四個女人是莊之蝶靈魂的大活動，和這四個女人的糾葛實際上是莊之蝶靈魂大搏鬥的形象化。

邢：但是我覺得在這四個女性中，平凹對鄉下來的兩個女性還是寫的飽滿，充滿了感情，寫得非常好。

仲：馮至講過：我驕傲我的成功，實際上我否定了自己。莊之蝶的形象實際上是現代知識份子在現代文明中的焦灼和痛苦，在重重包圍中希望沖出重圍，但不能夠。

董：莊之蝶的精神可概括為書中所提到的"求缺"，他老不想圓滿，實際上人圓滿了就停止了，恰恰求缺精神是最可貴的精神，這是知識份子應該有的一種人格精神，所以我覺得這種求缺精神是莊之蝶左沖右突、左撞右殺，尋找一種新的文化，有沒有一種文化，人不像現在這樣活，我覺得如果不高攀的話，我認為《廢都》應該說是一部當代的《離騷》。

王：《廢都》中兩個從農村來的女性寫得很美，我對平凹講過，《廢都》中的主人公是他過去小說中所不具備的，是作者對文藝的一種新發現，我們讀作品時常常驚異作者在新作中給我們一種新的感受。

邢：我把《廢都》和《紅樓夢》作個比較，《紅樓夢》寫了好多女性，平凹寫唐宛兒、柳月、牛月清寫的倒很豐實，但不夠豐滿，即形象寫得豐滿，而心理寫得不夠。

董：《廢都》的女主人公既是活生生的人，還是某種形象、符號、意象，它是莊之蝶靈魂的一部分，也是人類心態的一部分，還是我們時代的某一類型人的心態，人的靈性，她不是實像、照抄現實，它是建構人類靈魂大裂變的意象性的藝術殿堂。

王：從《廢都》看出，平凹這幾年潛心於東方審美的東西，從中看出中國人的一種審美追求。

聽眾甲：想請教賈平凹先生幾個問題，我未看完《廢都》，還剩幾十頁，正在看。覺得它挺像《金瓶梅》，難怪人稱其為當代《金瓶梅》，這本書裡的一些性描寫實在也是夠直了、夠露了，也許這是寓意比喻，但看起來覺得不美。另外書中描寫的女人和文人，在我看來，文人修養應是比較高的，但莊之蝶愛上的、喜歡上的，或朋友、或情人，總之與他發生糾葛的女人沒有一個檔次高的，看了覺得怪怪的。

賈：這個問題嘛，對於作品中性的描寫，作為作家，當時不是把性純粹作為性，是把它作為描寫人物一個尺度、一個區域或一個基點，這點嘛，老董你談談吧。

董：這位同志，你作為一個女士能夠這麼敏感，我是非常同情（理解）的。的確，一般的女同志可能會對這點反感，但我認為，這是個意象世界，我提醒你注意幾個問題，一是莊之蝶最大的特點是求缺，他根本不想把自己當做文人，文人實際上是一種社會角色，他真正達到一定知名度就想擺脫社會對他的這種稱呼，他不想靠著文人這種外在的社會角色活著，而追求我本來是個人。再一個他追求女性時，並不是在追求女性，實際上是自己靈魂的一種物件化，如他和牛月清不知怎麼搞的，怎麼也搞不到一起，實際上牛月清是個賢妻良母，為什麼搞不到一塊，原因就在於他們有一種文化上的差異，如牛月清比較滿足眼前的生活，求圓了，而莊之蝶恰恰不想求圓，圓本身太苦悶了，他求缺，但求缺得來的不是靈魂的大昇華，而是靈魂的大墮落，這實際上是個怪圈。人類往往是越追求的東西，最後發現越不是。大家看是不是這種情況，人是不是這麼個心態。因此，性描寫更多的是人類心態的一種展示，為什麼要以性描寫來展示人類的心態呢？因為性生活的一剎那間，人的言耳心身意，它往往不起作用，就是那靈性的東西在起作用，實際上莊之蝶想進入一種非人化的靈性境界，但沒有達到，只有在性的一剎那，好似達到，好似沒達到，是一種人性與非人性之間的交合點，之所以對《廢都》評價這麼高，實際上現在很多現代人都不要被自己的言耳心身意束縛死了，新的世界是什麼樣？誰都不知道，但人們就要追求，追求是人類進步的一個重要動力。

聽眾乙：感謝賈平凹老師為讀者寫出了一部力作，讀了《廢都》使我們的心裡掀起了波瀾，它比賈平凹老師以前的作品更豐富、更深刻。第一遍看，覺得很平淡；第二遍看，覺得有些意義；第三遍看，簡直使我心裡放了一塊石頭一樣，說出了我心裡說不出的一種東西，我向賈平凹老師表示真摯的感謝。

賈：謝謝您。

聽眾乙：賈老師，聽說你身體不好？

●陈东捷

93.7.7 金融时报

《废都》：一部关于情事与世风的大书

在社会日益世俗化的当今，竟有许多人关注和谈论一部尚未出版的小说，且是一位认真的作家出手的一部极其认真的小说，这事情本身也可算作一桩新闻了吧？

擅长写农村村村的著名作家贾平凹，终于把他敏锐的目光切切实实地对准了城市生活。《废都》是贾平凹的第一部城市小说。城市生活有太多的喧嚣与变化，同时又太过于程式化，太容易使人空虚无聊。人一旦过于投入地融入城市，便很难逃避被湮没的命运。在「后记」中，作者称《废都》是安妥他破碎的灵魂的一部书。

就世俗的意义而言，《废都》起码有两个方面切入了当今的热门话题，文人生活和情爱描写。

小说写的是当代西京城的四大名人，亦称四大闲人，作家庄之蝶、书法家龚靖元、画家汪希眠、艺术家阮知非。他们是古都西京的文化代表，在这座城市里备受崇敬。庄之蝶更是全书的重笔所在，西京城给了他巨大的声誉，但这包含着许多功利内容的声誉，又时时成为禁锢他心灵的枷锁。他想冲出这名声垒成的重围，寻找自我的空间，却屡屡失败，在一些文学官司中，他痛苦地看到了城市的躁动不安，绝望之余，他几乎把全部精力投入到情场，希望在男欢女爱中找回失落的自我。

庄之蝶是位风流才子，他对世间的真情女子有着令人动容的天生的爱恋。他违反了传统的伦理道德，除妻子牛月清外，还先后与唐宛儿、阿灿、柳月等多情女子建立了情爱关系，这种不包含任何世俗功利内容的情爱给了庄之蝶病态的心灵以莫大的安慰，却不可为社会宽容。最后，这几位美丽多情的奇女子都未能摆脱悲剧的命运。情场的挫折最后给了庄之蝶致命的打击，他对一切变得心灰意冷，终于在挣扎出走的时候中风倒下，四大文人、奇情女子无一善终。废都的破败之气氛愈不败。

在性描写方面，《废都》确有大胆的突破，但这些性描写在小说中决不是孤立存在的，它们是小说的有机组成部分，与地摊上海淫的滥制自不可同日而语。

《废都》书稿曾引发了出版界一场激烈的争夺战，最后决定在《十月》1993年第4期全文发表，同时北京出版社将于7月下旬出版该小说单行本。由于关于该书的舆论已沸沸扬扬，北京出版社已决定采取加印防伪条形码等措施，以防止盗版书的出现。

賈：對。

聽眾乙：您的身體再承受不了打擊了。祝您保重您的身體。

賈：謝謝。

聽眾乙：聽說您擔任西安市文聯主席？

賈：是啊。

聽眾乙：您能不能辭去一切行政上的職務，一心一意搞創作，以滿足我們讀者的需要。

賈：首先感謝您，感謝您的理解，文聯主席嘛，雖然兼著，但具體事幹得不多。

聽眾乙：賈老師，您以後有什麼打算？

賈：現在還不知下一步的打算，現在還在休整階段，恐怕一時不會再寫啥長的東西。

聽眾丙：我想對《廢都》提出一點看法，我覺得它寫的是當代都市生活，但給人的感覺是寫現實的作品，還有讀的過程中，給人的跨度很大，我覺得有點不太協調。另外，作品中的女性都很可愛，但給我們的印象是穿著高跟鞋、睡袍，塗著口紅，畫著眼影，好像接待客人的模樣，給人比較低級的感覺，跟莊之蝶這樣的作家好像不是一個檔次的，如唐宛兒身上的動物屬性的東西表現得太強烈，她和莊之蝶一見面就做愛。

董：是不是愛得沒理由？

聽眾丙：是的。

董：其實，仔細探討一下，在這種狀態下，人類完全有充分的理由和充分的邏輯的愛，到底有多少？

聽眾丙：不到50%。

董：對。

聽眾丙：就像《查泰萊夫人的情人》中的查泰萊夫人，她在長期的壓抑的情況下這種性的宣洩，她又有很強烈的追求，但唐宛兒是出於什麼樣的環境呢？我看她是病態的。

董：你說她是病態的是非常正確的，她像高加林一樣衝出農村，到城市後並沒有什麼更明確的追求。從一種舊的文化剛剛進入一種新的文化，在新的文化中，她的一切都是新的。我們不要具體討論哪一個人的靈魂和具體的做法，為什麼？這部小說的目的和我們看的小說不一樣，像按過去看卡列尼娜一樣把她看成是活生生的人，因為她並不具有象徵性。至於語言問題，整個《廢都》40萬字，基本上是敘述，差不多沒有描寫，這個不知你注意到沒有？

聽眾丙：注意到了。

董：這裡就有一個未出面的人物，一個看不見摸不著的人物，他就是賈平凹本人，它和過去的小說不一樣，過去小說是客觀描述，現在是主觀敘述我和我的人類的心態變化，因而他的語言風格不見得要和它寫的現在之間構成一種等同關係，恰恰是一種不等同的差異關係，才能構成一種特殊的意象世界。不知你注意到這點沒有？

聽眾丙：對，我剛才說了我的文學修養和素質還不夠，但我覺得文學作品應給人一種美的感覺，可我覺得這部作品中的角色，特別是主角有自己的意義，我覺得他 50% 是虛的，50% 是真的。

董：我提示一下，你覺得阿燦這個人低級不低級？

聽眾丙：我覺她比較庸俗吧。

董：哦，你是這麼理解的。

聽眾丙：她還算層次不太低，好像受過教育的人。

董：而莊之蝶就希望自己成為最平凡最平凡的人，他才能認識到人到底是什麼。這裡的阿燦正是他理想的昇華，這個人物表像看來俗，骨子裡卻是一副俠義之氣，那個昇華不是一般的文雅所能代替的昇華。

王：不要忘記，作品人物處在文化轉型時期，如果要在這種背景下把人物寫得如何美若天仙，那反而使我們看歪了時代、社會。

董：這就是它與《紅樓夢》的不同，《紅樓夢》是一個在文化定型期所產生的作品，它的文化已經定型了，所以它的任務就顯得文雅、高尚、美；而我們這個時代是一個文化轉型期，你現在很難找到一個現代中國人公認的維繫人心的社會標準。美國人是個人至上，中國的道德標準在哪裡？文化轉型期，誰也說不清自己是怎麼回事。

聽眾丁：我生活、工作在陝西，為陝西作家高興，但感到《廢都》與《紅樓夢》有雷同，《紅樓夢》寫了四大家族，《廢都》寫了四大名人；《紅樓夢》有個葫蘆僧，在關鍵時候點撥一下，這兒有一個收破爛的人也經常是與世不同；最後莊之蝶坐火車要走，與賈寶玉出走也不知是否一種巧合？另外，作品中的性描寫有什麼作用？

賈：《紅樓夢》在上小學和大學時看過，當然，現在有人說《廢都》是《紅樓夢》呀，是《金瓶梅》呀，《儒林外史》呀，我認為也不能那樣類比，《廢都》嘛它就是《廢都》。《紅樓夢》寫四大家族，這寫四大名人，這樣類比恐怕就太那個了。至於那個賣破爛的老頭，當時有兩種意義，一是結構上的需要，一種調整吧，因為這部作品就沒有分章，一氣下來的，老頭啊，老太太啊，還有牛啊，用來調節結構，另外，它不純粹是結構需要，還直接進入作品。當然對於性的描寫，這部書寫到這方面了，引起爭論主要是這方面，因為這部書出來時，好多人說看不懂，總想作品要表現個啥，對於這個問題，我一時也說不清，叫王老師說吧。

仲：實際上我覺得莊之蝶是《廢都》中一個關鍵性人物，必須注意到，莊之蝶作為一個成了名的、譽滿中外的作家，在成名後，又覺得失去了自我，就剩下“莊之蝶”三個字，即使名字也被人罵著、利用著，最後就覺得失去了他自己，我覺得這是一種現代人的困境，那麼在這種困境之下，莊之蝶顯然要尋回失去了的自我，金錢本是為人服務的，但現在金錢卻控制了人，有的人成為拜金主義者，這就是馬克思講的異化現象。莊之蝶要擺脫異化，擺在他面前的選擇有幾種可能：一，全身心創作，當莊之蝶捲入一場官司後，曾痛苦地說，我要寫長篇，但最後還是寫不成；二，像其他文人一樣，沉湎

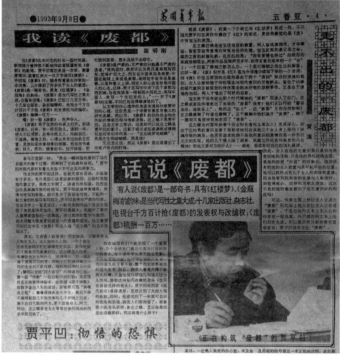

於聲色犬馬之中，但莊之蝶不願沉溺，那麼在這種精神危機中，幾個女性出現在莊之蝶的生活之中。先把這種背景搞清楚。莊之蝶追求了，失落了，掙扎了，墮落了，莊之蝶走不出怪圈，追求，失落，再追求，再失落，最後不得不從廢都中出走，但最後仍然走不出去。所以，關於莊之蝶和幾個女性的描寫，是否從這個角度考慮更合適些。

王：《廢都》的貢獻恐怕在於通過幾個文化人心態的解剖和剖析，然後使我們懂得我們的文化演變的過程，人格精神的淪喪與追求，追求與淪喪互相抵消、互相發展的過程。

仲：莊之蝶對他所愛的女人，只是一種感情的投入，他主觀想要求的，實際上沒有達到。從美的基點出發最後墮落到醜，從愛出發墮落到醜，追求了，但失落了，又不甘心，還要追求。

董：把文化轉型期人類的困境寫出來了，大家注意到了，但文化轉型時，都有一個重要的課題提出來，人到底是什麼？我到底怎麼活？人難道不按自己創造的已有文化一直活下去嗎？這時就需要新的文化。

聽眾戊：賈平凹的作品我讀過不少，《廢都》也看過了。我和周圍的朋友有另外一種觀點，即性描寫並沒有什麼可怕的，過去《金瓶梅》《紅樓夢》中也有這方面的描寫。問題是要提高審美層次。我認為《廢都》是賈平凹創作中的一個飛躍，有的人不理解，謾罵，是不太好的，希望以後多討論討論，有助於我們閱讀作品，希望評論界與論界給我們廣大讀者以引導，以使我們讀懂這部作品。我暫時雖讀不懂，但我不認為像有的人所說的不美呀。

賈：謝謝。

費：從這部書創作到出版，我有一個估計，不一定準確，我覺得平凹這部書有相當大的超前性，現代意識在中國還沒有產生，因為現代意識是科技高度發展時產生的，現代意識現在只有極少數先知性文化素質高的人才有，所以我不主張平凹發表這部作品。從聽眾反應看，這部書目前還不會被很多人所理解，所以這部書價值是有的，也許是傳世的，但出現的有些過早。

董：我覺得該出的自然會出，中國人的現代意識不是沒有，而是沒有被發現，或沒有被開掘，當然，《廢都》是有超前性的，若把這本書放在禪的觀點看，就知道它真正的弱點在哪裡，那就是太多的躁氣，看完後覺得壓抑得不得了，人生彼岸在哪裡？回頭便是岸。

聽眾戊：《廢都》了不起，站得高，他寫出了文人複雜心態，尤其是寫出了文人壓抑、不潔的一面，這是一般作家達不到的，所以可以說《廢都》是無與倫比的，至於對性的描寫，儘管比較多，但沒有游離小說情節之外，是為了人物形象的豐滿或為表現人物的心態，或壓抑、或煩悶，是為了表現這些心態而描寫性的，因而是很真實的，但讀者有各種各樣的層次，看性的層面也不同，不知賈先生寫時考慮讀者的接受能力沒有？

賈：寫的時候也有估計，各種看法是合理的，不寫嘛實在也不行，儘量刪節，但不要嘛，對表現人物又特別欠缺，寫出後，社會上各個人的環境不一樣，各有各的看法，所以有記者採訪時，我希望看得細一些，看得慢些，透過性描寫看作家所要表達的另外一種東西，寫完後我就對人說這本書很容易被人看走了眼，弄不好就看到一邊去了。

聽眾戊：費教授說《廢都》發表得早了，我不敢苟同，我同意董子竹先生的看法，若說當代人都沒有現代意識，也不對，部分人已具備了，已能理解世紀的轉變。如果到普遍都有了現代意識，恐怕這本書的意義也就沒有現在這麼大了。

董：陝北老太太的剪紙，說明中國人已有現代意識了，只是不自覺意識罷了。

聽眾戊：另外，服裝作為一種現象，六十年代若穿波浪裙，別人一定認為是怪異的，但事實證明它是先進的、超前的。所以從這個意義上講，《廢都》是能傳下去的。

次日，在陝西經濟廣播電臺直播室裡，陝西省文聯副主席肖雲儒（下簡稱肖），中國小說評論學會副會長王愚（下簡稱王），《小說評論》執行主編李星（下簡稱李），陝西師範大學教授暢廣元（下簡稱暢）接著與聽眾就《廢都》進行討論。

肖：《廢都》與當代小說拉開了距離，中國古典小說到了五四時期出現了一個大斷層，五四以後的中國小說整個是按西方小說來接替中國的古典小說。後到三四十年代，在《講話》精神的指導下，出現了革命的文藝，反過來在西方小說的基礎上民族化，但整個還是按西方小說模式來搞的。那麼《廢都》使我們看到了從魏晉《世說新語》的志人小說到唐代的士人小說，直到明清的世情小說，如《金瓶梅》，最後到清末的譴責小說。

王：也有像魯迅說的人情小說。

肖：這樣一條中國古典小說的復甦，與五四以來的小說拉開了距離，其意義很值得我們重視。還有一點，《廢都》反映了我們小說審美歷史觀的轉變，它從歷史發展的主體文化距離感，認為老百姓真正的生存狀態才是真正的歷史，而文字的歷史不見得是構成真正的中國歷史。還有一點是創作上形象觀的轉變，原來的作品，現實主義也好，浪漫主義也好，主要是寫人的二象二態，即形象和心態，或形態和心態，寫物的外部動作和內心活動，那麼《廢都》這部作品則寫了人的五象五態：形象、心象、性象、性象（與動物對話）、預象（象徵性），如拾破爛的老頭、牛等。由寫二象二態擴大到五象五態，人物的從未有過的全面深刻在讀者面前被剖開了，這對現實主義也是一種發展。總之，《廢都》這部作品在中國文學史上有它自己的地位和作用。在宣傳熱之後，我們評論界認為不能用宣傳熱代替科學的評論，但科學的評論在深刻的基礎上可以把這種熱點持續下去。

聽眾：我看了兩遍《廢都》後弄不清在寫什麼，對《廢都》比較費解，但我覺得賈（平凹）老師與他過去的寫作風格不一樣了，其實我在下邊也遇到許多朋友對《廢都》的理解問題。

李：從《浮躁》到《廢都》，賈平凹創作出現了大的轉折，賈平凹曾在《浮躁》序言中對他的創作很不滿意，對創作的結果也很不滿意，他認為《浮躁》塞得太滿，他想什麼時候能把小說寫得輕鬆一些，空靈一些，大致意思就是這樣。

肖：他想寫得暢美一些。

李：他認為《廢都》寫完後安妥了他的靈魂，自己比較滿意。小說的寫法問題也是小說的欣賞問題，過去我們習慣把社會矛盾、衝突完全具體化，像《白鹿原》、《浮躁》基本上是傳統的現實主義寫法，而欣賞《廢都》就比較難，如岡察洛夫寫的奧勃洛摩夫，寫奴隸主，寫俄國奴隸社會必然崩潰。它從奴隸主奧勃洛摩夫躺在床上寫起，寫到 200 頁，主人公還未從床上起來。

王：從床上溜到沙發上了。

肖：寫到第 71 頁第一隻襪子穿上了，第二隻還未穿上。

李：這部作品沒有具體寫奴隸怎麼反抗。咱們過去的作品也寫剝削階級怎麼腐朽、腐敗，而岡察洛夫對奧勃洛摩夫這個奴隸主的心態、生活狀態的描寫，使人覺得這個階級實在腐朽到必須打倒的程度。我覺得賈平凹的《廢都》的背景還比較清晰，當代都市生活的背景，但他基本把當代社會生活的矛盾、衝突、折射、融進、揉進了主人公莊之蝶的心理狀態中，我覺得《廢都》已超越了《浮躁》階段，到了一種讓人感到……

肖：《廢都》有一個"廢"的系列，廢都、廢宅、廢道（廢文化）、廢人由此傳達廢的意識。

聽眾：目前文藝作品對描寫性愛有所提高和增多。性愛是人類的一種追求，這些書覺得挺好的，過去個人隱私是不能登大雅之堂的，而現在書中對人物的性心理描寫得很細緻，是否就這個問題探討一下？

王：我們的社會長期處於封閉狀態，對性採取諱莫如深的態度，如小說《金瓶梅》長期被禁。現在從人類進步來看，心理承受來看，性恐怕也是人類生存狀態的一個很重要的問題，性問題不僅僅指的是官能的刺激，所以我覺得把性具體到我們文學作品中，要看性描寫能不能為小說的情節、主題來服務，為人物性格的展開來服務，而不是簡單的欣賞那些細節，這些細節講起來也沒有什麼好處，因此我覺得首先得承認性愛的描寫對目前文學創作來說是一次促進、進步，使人看到人的更深刻的生存狀態，然而這個東西有時服從作品的整個審美追求、情節發展，主題揭示，如脫離了這些，那麼這個作品就與黃色小報沒有什麼區別了。我希望我們的讀者像魯迅當年所說的：看一部小說從大處看，看它裡邊的審美追求，人物性格情節，反映社會的深度和廣度，而在這些問題上要保持比較高的審美追求吧。

肖：我提供一個情況，賈平凹跟我聊天的時候，談到他在寫《廢都》時比較真實的逼真地寫到性生活有一個意圖，即把每一家庭都存在的、每一對夫婦都存在的直接推到文字上來，產生一種尷尬，使社會、文化人產生一種尷尬。就是說他不是為寫性而寫性，他有一些想法，有他的美學追求。

李：曾鎮南在北京說過一句話：教育家跟藝術家在性問題上觀念一直不一致，教育家更多考慮的是對下一代影響怎麼樣，社會效果如何？對藝術家而言，他是為了他的審美追求，為他的大藝術追求服務，這裡邊有矛盾，須好好處理，目前總的來說是突破這個禁區。

王：曾鎮南的話當然有道理，但目前上海已成立青少年性教育學會，最近他們開了一個熱線電話，叫性教育熱線諮詢，這就是說在性問題上過去我們搞禁區、禁錮。西方某社會學家認為，長期性禁錮必然形成性神秘，而性神秘的結果只能導致性混亂和性犯罪，因為性神秘了，人就想偷吃禁果，反而不如用正式的一種美好的富於人性的內容去教育之，使其認識性是人的一種美好的追求。

聽眾：《廢都》中有些空格，括弧內說明刪去多少字，請問這是賈（平凹）老師自己的意思還是編輯別的方面的原因？

李：據我所知，這是賈平凹自己的原因，也就是考慮到讀者接受問題，他自己刪的，不是編輯刪的。

暢：要科學地評價文學作品，好在什麼地方，加以科學的概括，弱點在什麼地方，要實事求地指出。比如《廢都》，就我聽到的關於《廢都》的意見有三種，我把它概括為罵、俗、空。我們中國是傳統的禮儀之邦，所以有人一看《廢都》大量的性描寫，認為不堪入目，他就要罵。俗，比如說《廢都》，西安文化圈的有些人對號入座，看是不是寫自己。再一個是空，有些評論不從實際出發，捧得很高，如說有的作品指出了人類如何辦，將走什麼道路的問題，這樣說讓我很費解，文學作品有三個層面，如實體層面，心理層面，意義層面，上述的罵、俗、空大都是心理層面出現的問題，所謂罵，就是一看作品，就是看的性行為；俗，就是看作品中心人物像誰，心理停止在想像中，作品中的形象變成他生活中的人和事，因而他就俗了；空就是離開了心理層面，追求所謂的意義層面。如莊之蝶和牛月清過正常的夫妻生活的時候，莊之蝶得出我就像奸臣的結論，覺得沒感情、沒激情。當他和唐宛兒、柳月，那簡直……如果你僅從心理層面看，你覺得簡直不堪入目，怎麼能這樣寫，但是如果把這事意義化一下，就容易引起我們的深思，合法、符合既定倫理道德的，為什麼就沒有生氣了呢？不合法的，必須隱秘進行的，為什麼它是有生命的呢？這也不能俗看，家的什麼，野的什麼，這裡邊有深層的文化意義，我覺得這樣體味文學作品，自然就把心理層面過渡到意義層面上去了。現在我們有些讀者就脫離開具體描寫，說得很空很大，人們也不易接受，所以我覺得，像《廢都》這樣的作品，確實很詭奇，一開始講了，有一個奇花，開了四朵，最後自殘到自己手裡，有四個太陽，終於照得沒有影子，莊之蝶不就自殘到自己手裡嗎？四大名人不就自毀了嗎？從這整個過程中，我們就可思索到，每一個人，特別是文化圈中的人都要考慮一下，在自己的現實生活中，整體的感覺是什麼？從這個角度考慮，很可能就逼近了作品的真實意義，因此，我覺得不能架空來談，說它好說它壞。對於《廢都》的評價，在文學圈子裡真正要評論好，就要注意幾個問題：一個不能從簡單的既定理論出發，就拿我這個搞理論的來說，腦子裡就有過去的一套理論原則，容易從理論上出發框作品。千萬不能從既定理論出發，應該確定從作品描寫的生活包含的實實在在的意義去考慮，和自己的真實感受結合起來去思考、考慮一些問題。不能簡單。所以我對罵的、俗的、架空的態度都表示異議。

　　肖：現在這部作品面世不久，更細的評論還有待於認真地去進行，不能以熱點宣傳（這是必要的）代替科學評論。

上述討論和爭論可見專家學者和廣大讀者對《廢都》的高度關注和不同看法之一斑。

1993年7月，《廢都》一出版，洛陽紙貴，熱評不斷。有正論者，也有非正論者。僅僅半年時間，地攤上就出現了13+2種小冊子，坊間對另外兩冊知之不多，被稱為熱評13冊。

著名評論家肖雲儒先生提倡的科學評論是十分必要的，因為這個時候隨著《廢都》的暢銷全國和家喻戶曉，《廢都》成了街談巷議的熱門話題，有識之士意識或預感到《廢都》將被看走了眼或誤讀，便組織有關《廢都》的評介、評價和評論文章，以期引導讀者正確理解這部奇書。

但林子大了，什麼鳥都有。許多人一目十行或只挑著看《廢都》中的性描寫，甚至沒有看《廢都》，就人云亦云，對《廢都》亂評亂批一通。尤其是一些年輕學者意氣用事，誤讀或曲解了《廢都》，拋出一系列火藥味極濃的文章並結集出版《〈廢都〉滋味》，使不科學的任性的甚至肆意曲解的評論甚囂塵上，誤導了《廢都》的讀者。

北京大學文學博士孟繁華在《〈廢都〉滋味》一書中著文說："這是一部'嫖妓小說'。其赤裸的性描寫，在現當代文學史上大概是空前的。性的隱秘性和其他含義在這裡已蕩然無存，只剩下人生理需求的放縱和刺激，從這個層面上說，它僅僅具備了商業的品格。"

陳之初說："賈平凹是十年來中國社會不可多得的作家之一，但是，《廢都》作為他第一部城市小說，不意竟頹廢至於死，不由得叫人為他濫用才華、虛擲心血而惋惜了。《廢都》是什麼？外在的社會的'廢都化'寫內在的、人物靈魂的'廢都化'構成了《廢都》。一句話，《廢都》是寫社會衰世及人的末世心態。"

出版家伍傑說："過去看過一些賈平凹的作品，認為他有才氣，寫得不錯，印象很好。這次一看《廢都》，使我不敢相信是他寫的。改變了我過去對他的看法。以寫這些東西討好、吸引某些讀者，這是作者的悲哀。看來，他並未尊重自己過去的成就，而願意拿自己的藝術生命作踐自己。""《廢都》宣揚的正是莊子思想的消極部分。主人公莊之蝶的名字就是莊周夢蝶。莊之蝶的言行，就是要像莊周那樣，遠離生活，遠離現實。""全書淫穢描寫太多。寫性愛達幾十處之多，在性交技巧上，寫得十分具體，十分露骨。莊之蝶是一個色鬼，見漂亮女人就想玩，千方百計要把她弄到手，並不是他對她有什麼愛情，只是為了在她身上發洩。這樣露骨的色情描寫，在近年的公開出版物上是沒有的，幾乎到了登峰造極的地步，實在是忍無可忍。""《廢都》是一部壞書，不是一部好書。"

翻譯家楊憲益賦詩批《廢都》：

忽見書攤炒《廢都》，賈生才調古今無。

人心不足蛇吞象，財欲難填鬼畫符。

猛發新聞壯聲勢，自刪詞句弄玄虛。

何如文字全除淨，改繪春宮秘戲圖。

肖立軍："我感覺這小說是一種病態、蒼白、甚至陰暗的心理寫照。《廢都》的面世，標誌著中國當代文學、特別是當代小說創作，已走到了窮途末路的田地，實在令人悲哀。"

辛作良："《廢都》，賈平凹義無反顧的墮落。"李煒："《廢都》：螻蟻之歌。""讀《廢都》，多多少少是在讀平凹的白日夢。其貌不揚的'半殘廢'莊之蝶不就是那個一米六五的、貌不驚人的賈平凹的影子嗎！這種虛幻的創造，正是賈平凹自卑情緒的最明顯的表現。"

中國人民大學共產黨史系研究生 L：《廢都》是一部大黃書、淫書。從《廢都》莊之蝶那裡我看到賈平凹的形象。賈平凹與莊之蝶一樣是一個大流氓。賈平凹曾留給我美好的形象，現在全沒有了。他給我留下的新印象，是一個頭戴小禮帽，身穿長袍，手搖芭蕉扇的道貌岸然的偽君子，是一個十足的當代西門慶。

成官泯："《廢都》：雕琢的藝術和死亡的性。""《廢都》好像是悲劇，但絕不能淨化我們的心靈，因為它本不潔淨。"

北京某大學中文系 90 級女學生陳小鳳："讀了《廢都》，使不少人對賈平凹的信心大降。"

女大學生王紅："《廢都》是賈平凹的墮落之作，賈平凹從文學殿堂進入地攤文學的轉變實在令人痛心。像賈平凹這樣富有天才型的作家不應該放棄文學的精靈投入商業懷抱，這是賈平凹創作生涯中一次深刻的迷失甚至失敗。"

何東：欲望雜燴湯。"《廢都》中除去那官商兩路的種種怪狀，一群精神侏儒圍著莊之蝶整日雞鳴狗盜的情節當粗�讀外，其餘的厚厚達半本竟全是'毛片'（色情錄影帶）的旁白文字注釋，而且'毛片'還被注釋的那麼糟糕那麼拙劣，作者似乎不精於此道的主觀感覺，讓人懷疑是從哪兒摹來的。""在閱讀本書的過程中，讀者也許很有可能會產生一系列的生理反應，但然後呢？然後就像心裡塞滿豬毛驢肝一般，只留下那麼一種髒乎乎臭烘烘的心理感覺。"

讀者 L："賈平凹真是一個大混蛋、大流氓。《廢都》純粹是一本淫書。應該讓賈平凹再進一次牛棚，最好讓他坐牢。"

讀者 C："你認為作家寫性是墮落，應該對作家進行無產階級專政，那麼你明天乾脆到毛澤東紀念堂跪哭，請他老人家復活再發動一次文化大革命或'1957 年革命'。"

讀者 L："是應該再發動一次文化大革命，來教育教育中國的知識份子，特別是賈平凹這樣的作家。中國必須通過鬥爭通過運動才能有精神文明的燦爛魅力。"

《廢都》遭遇風波的關頭，很多朋友因為《廢都》被禁不敢與他再接近，但當年有兩個人力挺《廢都》，分別是季羨林和馬原。"這一老一少的評價，在我最困難的時候給了我很大安慰。"賈平凹稱，"當時季羨林說：20 年後，《廢都》會大放光芒。消息傳過來，我不信，別人更不信，有人還去北大問過季先生，證實了一下，季先生還是那麼說。"

先鋒小説代表人物馬原認為："《廢都》在中國現當代文學裡，'空前地'把當代知識份子的一種無聊狀態描寫到極致。"他説《廢都》裡呈現的知識份子困境有"預見性"："30年前中國知識份子還恥於談錢，但是今天，我見了太多作家在權力和金錢面前的卑躬屈膝。我越來越看到身邊的一些人越來越像《廢都》裡莊之蝶那一類人。"馬原説，《廢都》的當代意義仍然很強，"就像《儒林外史》裡強烈的諷喻性，《廢都》仍然可以讓今天的知識份子'照照鏡子'"。他建議每一個自認為是知識份子的文化人，應該花兩個小時重溫一下《廢都》。

早在1993年初，王新民就和孫見喜擬發徵稿信，向全國的專家學者和文朋書友徵集有關賈平凹創作尤其是《廢都》創作的文章，不到半年，就收到數百篇文章，歸納整理，先後編輯出版了紀實性的《賈平凹與〈廢都〉》，逸聞性的《多色賈平凹》，評論集《〈廢都〉啊廢都》，對賈平凹及其創作《廢都》進行了實事求是的全面科學的評介、評價和評論，起到了很好的引導作用。

1993年5月至12月，關於《廢都》《賈平凹謎中謎》的"熱"評不斷——

1993年5月22日，《中國日報海外版》康平 馬烈 《鄉土作家轉寫城市生活》

1993年5月31日，《陝西日報》健濤 《〈廢都〉一部奇書》。

1993年第6期，《女友》雜誌，《甘亭紀事——寫在賈平凹長篇小説〈廢都〉出版之前》。

1993年7月7日，《金融時報》陳東捷 《廢都，一部關於情事與世風的大書》。

1993年7月16日，《南方週末》劉爽 《廢都熱與百萬稿酬》。

1993年7月17日，《光明日報》《賈平凹 安妥我靈魂的這本書〈廢都〉後記》。

1993年1851期，《星期天》《廢都在中國》。

1993 年 8 月 7 日，《文匯報》田珍穎《簡說 < 廢都 >》。

1993 年 8 月 7 日，《金融時報》《< 廢都 > 問答——賈平凹答編輯》。

1993 年 8 月 1 日，《北京晚報》沈文愉《一部難得的世態人情小說——寫在賈平凹新作 < 廢都 > 面世之際》。

1993 年 8 月 13 日《作家文摘》田珍穎《平凹，咱們聊聊》。

1993 年 8 月 15 日，《工人日報》章亞久《< 廢都 > 讓人看了不舒服》。

1993 年 7 月 24 日，《中國青年報》連載《廢都》。

1993 年 8 月 4 日，《北京晚報》揚子《我只想寫出一段心跡》。

1993 年 8 月 5 日，《文學報》王新民 賈平凹《< 廢都 > 創作問答》。

1993 年 9 月 8 日，《黃岡青年報》話說廢都專版：陳明剛《我讀 < 廢都 >》，黃海《走不出的 < 廢都 >》，袁先行《賈平凹：徹悟的恐懼》，劉醒龍《都廢了它？》，聞志《< 廢都 > 的批評》。

1993 年 10 月 9 日《文藝報》巴波《炒和□□□…》

1993 年 12 月 3 日，《青年時報》陳朝華 李延華《賈平凹，你抄襲了嗎？》

1993 年 12 月 6 日，《西南價格報》，《< 廢都 >，我們怎麼讀》。

1993 年第 13 期，《時代文化報》，潘小平 《< 廢都 > 意識性沉淪》。

幾乎與此同時，有關《廢都》的各類圖書紛紛登場，計有如下：

《奇才.鬼才.怪才賈平凹》（井頻、孫見喜著，西安出版社，1993 年版）。

《〈廢都〉廢誰》（蕭夏林主編，學苑出版社，1993 年版）。

《〈廢都〉之謎》（江心主編，團結出版社，1993 年版）。

《〈廢都〉滋味》（多維編，河南出版社，1993 年版）。

《〈廢都〉怎麼啦》（盧陽編，上海三聯出版社，1993 年版）。

《〈廢都〉及〈廢都〉熱》（陳遼編，中國礦業大學出版社，1993 年版）。

《賈平凹謎中謎》（星明編，太白文藝出版社，1994 年版）。

《鬼才賈平凹》（孫見喜著，北嶽文藝出版社，1994 年版）。

《失足的賈平凹》（劉斌 王令著 ，華夏出版社，1994 年版）。等等，從地攤上就我收集了 15 種 "熱" 評本。

一、《賈平凹與〈廢都〉》

1993 年 6 月 12 日，由野夫、王新民策劃、《出版縱橫》出版，16 開本，印數 5000 冊。分《廢都》大觀、主編長鏡頭、誰為平凹做婚服、七嘴八舌說平凹、老少話平凹、書人品評和收藏平凹七個部分。

書前語這樣寫道：賈平凹以其高產高質的創作聞名中外，被三毛譽為 "大陸最好的作家"，同時，又因其豐富多彩而為評論家白燁稱作 "多色的賈平凹"，其作為 "奇才" "鬼才" 和 "獨行俠" 的神秘之處更是鮮為人知而又惹人欲知，特別是眾多的賈平凹迷們窺之心切，求之若渴。

《出版縱橫》編輯部應廣大讀者特別是賈平凹迷們的強烈要求，特編輯出版《賈平凹與〈廢都〉》。

　　《〈廢都〉大觀》是國內首次對即將問世的賈平凹首部城市小說《廢都》的創作、出版作全方位、多層次的介紹；《廢都》故事梗概》使讀者先睹為快，一飽眼福；《賈平凹〈廢都〉創作問答》畫龍點睛，是最權威的《廢都》解說詞；老井的《〈廢都〉初稿創作記》為人們展開了一幅絢麗多彩的賈平凹創作生活圖；孫見喜名其文為《在〈廢都〉城外》，卻分明寫出了《廢都》創作出版的內幕；辛敏的《〈廢都〉東'移'的聯想》於諷諫之中寄於出版業以關切和希望；《〈廢都〉稿費之謎》謎中有謎，懸而未解。

　　《主編長鏡頭》反映了賈平凹的《美文》及美學追求。《辦刊人》首次詳盡追記了《美文》創辦的曲折經歷，顯示了賈平凹超人的智慧和謀略及舉足輕重之作用。

　　《誰為平凹做婚服》既為人們描述了賈平凹在陝西人民出版社從事文學編輯工作的經歷，又反映了他與其他出版社、雜誌社記者、編輯的友好交往。

　　《七嘴八舌說平凹》，見仁見智，讀了馬路、金炳亮等人的文章後自會知曉。

　　見名人難，向名人組稿更難，而向行蹤不定的賈平凹約稿會遇到什麼樣的情況呢？《老少話平凹》中的兩篇文章會如實地告訴你。

　　想不到吧，《收藏平凹》的不僅是莘莘學子、芸芸書生，而且也有汽車司機，更令人驚奇的是，蕭乾、文潔若夫婦竟也喜歡剪貼平凹的作品，不信嗎？那麼就請他們娓娓道來吧！

　　賈平凹及其摯友，平凹作品及其研究著作現狀如何，請看《書人品評》。

　　山雨欲來風滿樓。用這句詩描寫1993年《廢都》出版前夕的文壇形勢是再恰當不過了。那時，書雖未出版，但個別看過原稿的評論家已寫文章並發表了，也有記者採訪的文章刊發在報刊上，於是關於賈平凹及其作品的爭論又一次拉開序幕，為了正確引導輿論，提倡健康的學術批評，還賈平凹及其作品本來面目，應孫見喜之邀，與王新民一起向全國徵文，不久便收到了一批文章，有寫人的，有評文的，也有的涉及到即將出版的長篇小說《廢都》的。其中有親眼所見親耳所聞的，也有道聽塗說的，比如關於《廢都》稿費100萬元的傳聞，鬧得紛紛揚揚，一時也說不清。鑒於此狀，便想就《廢都》的評論搞個專題。於是按計劃，王新民採訪了平凹，便有了《〈廢都〉創作問答》，又根據《廢都》原稿編寫了《〈廢都〉故事梗概》，還就《〈廢都〉稿費之謎》作了辨偽，此外還以《〈廢都〉東"移"的聯想》為題探討了出版問題。同時，也收到孫見喜先生、老井（頻）先生關於《廢都》創作過程的記述文章，這就是此書中第一輯《〈廢都〉大觀》的一組文章，同時將部分徵文編入，便有了《主編長鏡頭》《誰為平凹做婚服》《七嘴八舌說平凹》等七八個欄目。在出版印刷過程中，陝西人民出版社和陝西省印刷科學研究所給予了支持。在該書的發行中，當時的文教書店經理劉兆英先生予以鼎立相助，儘管後來因時世不濟，發行不暢，有退貨，積壓大，但劉先生是盡了力的，使得編輯部收回了成本，給印刷廠結了賬。至於個人，卻幾乎是勞民傷"前"（途），受了批評。但也沒有什麼後悔的，畢竟做了一件事，想必為出版史和文學史留點史料，為賈學研究積累了資料。

封面上的賈平凹在創作《廢都》期間的 7 幀圖片，彌足珍貴。

二、《廢都啊，廢都》

1993 年初，王新民應孫見喜之約，在全國就平凹及其作品的評論搞了一次徵文，不久雪片一樣的徵文飛來了，陸續編輯出版了《賈平凹與〈廢都〉》、《多色賈平凹》、《賈平凹謎中謎》。還有一些餘稿，其中有一些是評論剛出版的《廢都》的，棄之可惜。於是與收到的一些批評《廢都》的文章一起編為一冊。但對這種評論，不少出版社卻因經濟或政治諸因而唯恐避之不及。秋季已到，應該是收穫的季節，而書稿卻無著落，王新民心不甘，像父母為女兒找婆家一樣，王新民在尋找著下家。記得在西安南稍門的長興酒店邂逅省新華書店的張竹君女士，通過她認識了先知先生，據介紹先知是重慶的書刊發行人，一聊得知此稿，蠻感興趣，要看書稿，於是取了書稿，很快談妥。不久就出版了，但王新民卻遲遲未見樣書和稿酬，於是請張竹君督催，不久收到樣書和一部分稿酬，寄匯給作者，了了心事。

此書由甘肅人們出版社1993年10月出版，組稿：廢人，選編：先知 先實，16開本，印數30000冊。封二封三收入了賈平凹1993年7月24-25日在北京王府井書店、西安鐘樓簽售的場景圖，以及當時與責編田珍穎、評論家肖雲儒的合影照片。書中輯入了孫見喜、田愛蘭、王歌陽、田珍穎、王新民、雷達、宗誠、白燁、文波、曾鎮南、繆俊傑、李炳銀、董子竹、王仲生、膓廣元、李繼凱、韓魯華、範茂震、方越、王永生、李廷華、胡翰霖、趙世民、鬍子林、李玉浩、李宗章、王平凡、李庚香等評論、訪談、問答等。

三、《多色賈平凹》

1993 年初春，《廢都》剛剛殺青，看到原稿的孫見喜以為《廢都》出版後可能要引起爭議，為了使讀者知人論文，於是與王新民商量向全國徵文，孫提供了一個名單，王新民按名單發了徵稿通知，主要是陝西省外的，西安乃至陝西的文友書朋多以電話告知或見面時約一下。出乎意料的是，不到半年竟收到近百篇徵文，既有作家評論家的，也有編輯記者的，還有一些社長、總編、翻譯家、著名作家、記者，時任中央文史館長的蕭乾先生因忙和年事已高未有文章，卻先後寫了兩封熱情洋溢的信，表示對此舉的支持，蕭乾夫人、文潔若先生百忙之中寄來了文章，從中可見蕭乾夫婦對平凹作品的稱肯。經過篩選，從百篇文章中選出三十多篇，王新民選編，由陝西人民出版社在1993年7月出版，32開本，10000冊，幾乎與《廢都》

同步問世，有助於讀者準確理解平凹及其作品，減少了對作者的誤解和作品的誤讀。

書中輯入了白燁、方英文、李沙玲、李匈奴、蔡偉、劉斌、安黎、孫聰、騫國正、侯占亮、商子雍、金平、有令峻、惠瑞和、白建中、穆濤、楊瑩、李連成、屈超耘、田珍穎、彭匈、丹萌、文潔若、王卷倉、陳長吟、陳文彥、王新民、劉少鴻、王永生等平凹為人為人，以及有關《廢都》訪談、問答等。尤其是李匈奴、田珍穎的文中，在當時第一時間記述有關《廢都》書稿的細節，值得一讀。

四、《賈平凹謎中謎》

王新民繼《多色賈平凹》出版後編選的又一種賈平凹逸聞軼事集，或者說是《多色賈平凹》之後的遺稿。之所以這樣說，是因為1993年向全國徵集有關賈平凹及其作品的文章後，雪片一般地從全國四面八方飛來近百篇文章，而《多色賈平凹》僅選用了三十餘篇，未選的和後來者不少也寫得精采生動，棄之可惜，再說做好事就做到底，於是想方設法聯繫出版。那時，對《廢都》的爭鳴已遍及各個行業，稱讚者有之，批評者有之，但批評者似乎占了上風，也風聞要查禁《廢都》，因此在這種形勢下，編選和出版此書是要有勇氣的。策劃中的辛敏和編選者的"星明"即王新民也，既想避嫌，又不想出風頭，僅想做點好事的王新民只好以筆名和化名署名了。該書最終花落太白文藝出版社，是與社領導陳華昌的鼎力支持分不開的，也是孫見喜先生精心操作的結果。孫曾著有《賈平凹之謎》，受其影響，故命書名為《賈平凹謎中謎》，不是故弄玄虛，而是鬼才賈平凹及其作品有太多的待解之謎。

此書由太白文藝出版社1994年9月出版，32開本。印數5000冊。

五、《奇才·鬼才·怪才賈平凹》

這本書是井頻和孫見喜兩位先生合作的結果。井頻先生與平凹為同事，也是忘年之友，對平凹及其作品是很瞭解的。平凹寫《廢都》初稿時，就是由他作陪去耀縣桃曲坡水庫寫作的，該書中的《〈廢都〉與女兒的日記》就為我們記述了他的見聞，極有史料價值。如今已去世的井頻先生以此書使我們懷念著他。孫見喜先生除了工作和創作外，仍熱衷於平凹的研究，又於2004年末開辦了《賈平凹之友》網站，利用互聯網這一先進媒體與賈平凹的朋友們一塊探討著賈平凹及其作品，推動著賈平凹及其作品的研究，使人們對賈平凹之奇、之鬼和之怪有更多更深地瞭解和理解，以還賈平凹及其作品的本來面目，以免鬼化和神化賈平凹，使賈平凹從鬼壇神壇上走下來。

六、《鬼才賈平凹》

孫見喜先生在給王新民的這套贈書的第一部環視上題寫道：王新民小弟：在這部書的寫作中，得到了您的不少幫助，書印成了，雖不如意，卻還得感謝您的真誠支持。後來我背著書稿《收藏賈平凹》來西安，是由孫見喜先生陪同與平凹先生一起吃葫蘆頭、一邊商討出版事宜。此間，認識了王新民先生。當然，也得到了孫見喜的《賈平凹之謎》《鬼才賈平凹》《小河漲水》簽名本。每一次來西安，孫見喜先生都會送書又贈書法作品。1996年一起創立了全國"賈平凹收藏研究會"，他任會長我當秘書長，網路了全國一批"凹迷"。有趣的是，2021年再次來先聊《廢都》他又慷慨地把他從孔夫子網上淘到的他的簽名本《鬼才賈平凹》又補記簽名送給了我……從1985年認識孫老師，我們在北京與西安之間架起了相互以書饋贈賈平凹作品資料的橋樑，一晃也是36年的情誼。

王新民說，至今我想不起來究竟給了老孫（平時的稱呼）什麼幫助，而使老孫如此的致謝。我想無非是為他提供了一些資料。主要是1993年前後徵集的一些有關平凹及其作品的軼聞故事，也有為數有限的採訪平凹的答問錄。僅僅是些小菜，而老孫做了大量的資料收集工作，並精心構思，辛勤筆耕，為我們烹製這套大餐，不僅色香味俱全，而且從一個學者和批評家的角度上升到理論，透視了賈平凹創作事業的順利和坎坷、平凹作品的得與失以及生活、家庭方面的是非非，使我們看到了一個多姿多彩的活生生的賈平凹，也是孫見喜火眼金睛中的"這一個"賈平凹及其一系列"紀實"、傳記作品。

七、《〈廢都〉之謎》

《廢都》出版之際被人們看作謎，30年過去仍有不少謎待解，比如：為何人們對《廢都》產生那麼大的爭論？這爭論是來自興趣還是他故？是學術爭論還是上綱上線？正版及盜版數量之巨均是空前甚至絕後的，這是禁售所致還是炒作的結果？而法蘭西授予此作兩個大獎說明了什麼？僅僅是所謂的"牆內開花牆外香"的現象重演嗎？至今盜版本不絕，多達五六十種，被數十種假冒偽編的《賈平凹文集》收錄又說明了什麼？從傳播出版學講這一個案有何研究價值？2004年風聞某出版社將再版此書，之後的2009年由作家出版社再版。現在國內外出版了34種之多，書攤上、舊書網上，依舊見一種又一種的盜版本自稱是再版本，何故？此書由江心主編、團結出版社出版於1993年9月，香港天地圖書也出版了中外繁體版。書中由眾說《廢都》《廢都》梗概、《近看賈平凹》《有特殊價值的兩部作品》《賈平凹檔案》組成。尤其是《眾說＜廢都＞》部分，責任編輯田珍穎簡說《廢都》、王新民問賈平凹答，給你解讀廢都有一定的指導作用。

八、《〈廢都〉廢誰》

《廢都》廢誰？恐怕僅僅是為了出版後好發行，以吸引讀者眼球而定的書名吧，不然從書中所收文章根本找不出廢誰的答案，恐怕至今也是難以回答的哥德巴赫式的猜想。

不過，從序文看本文主編肖夏林先生是位有學養且有見地的學者，比如他認為書中的性描寫與□□（刪節符號）的運用沒有商業動機，且以為"性描寫的重大成功是性描寫繁簡精當"。不論如何，在幾乎一片聲討聲中有此發聾振聵之語，其才識和膽略是不無令人欽佩的。肖先生的序文，也是一篇好文論，可以納入《廢都研究資料》文獻中。

此書中收錄的大都是 1993 年 10 月之前，發表在各大小報上的報導和熱議，許多文論大都出自年輕評論家和小報記者之手，甚至在我跟蹤收藏的的剪報中，都可以找到每一篇的出處，尤其是一些發表在小報的報導和所謂的評論，看得出、有些所謂評論者連《廢都》都沒有讀過，就是一些跟風式的"黏貼"文字。可以說，《廢都廢誰》就是一部報刊剪輯彙編。

其版權頁——學苑出版社，主編，肖夏林，責任編輯：劉小燦，封面設計，劉百川，（京）新登字 151 號。 1993 年 10 月出版，中國人民解放軍 1202 印刷廠印刷，開本 850x1168，印數 8000 冊，LSBN 7-5077-0762-8\G.361. 定價：7.50 元。

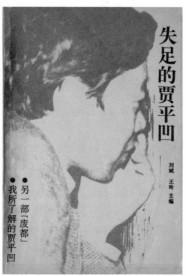

九、《失足的賈平凹》

王新民先生是我的好友，他在《失足的賈平凹》的書話中，這樣寫道：因為《廢都》尚未解禁，有待歷史老人對之作出公正的評價，所以不想就事論事，恕不妄評此書了。我要說明的是書中的《賈平凹的研究者》中的一段話，即：作家辛敏講了一句十分精彩的話。他說："平凹成名後，我的朋友賈平凹，幾乎成了一句新成語……"在此首先正名，辛敏者，筆者也；其次正言，"我的朋友賈平凹"這句話不是出自我口，而是四川文藝出版社金平社長的一篇文章的標題。發明權應歸屬金平先生，我不過是引用而已。金平先生策劃出版過《愛的蹤跡》《太白》《賈平凹短文選》等精品圖書，堪稱賈平凹的真朋友，而不是有的假朋友。

我想說幾句這本"失足"的書，認識劉斌先生的文字，最初是在陝西的一本雜誌社，看了他的有關賈平凹的幾則日記，於是就收留了下來，之後，一直在關注劉先生的文字，後來在北京的玉泉路的書攤上，買了這本"失足"，因為搬家，此書就找不到了，也許是緣分，再一次去玉泉路書攤，又遇見了這本書，書中的前主人一定是一位讀書人，書中勾勾畫畫了不少，還有評注。僅憑三點，我還是贊同劉老師的觀點，一是，他想編一本與眾不同的《廢都》評論，因此，他引用了賈平凹的話說，就是"當這個作家的作品漸漸地多了，他就不一定光愛聽好聽的話了，甚至對那些不符合實際的好話有些反感，需要的是有好說好，有壞說壞，在分析研究中受到啟發。"，這是他的立意。第二，他說，長篇小說《廢都》出版後，讚美者把它捧上了天，我們不同意這種捧，我們認為《廢都》需要的是嚴肅認真的分析和批評，於是就有他的這本集子。所收文章由於種種原因，未能更深入，但全部是講道理的，沒有"大帽子"持批評態度的文章，收入"病態的心理寫照"欄中，另有一些文章、也就是收在"尋求新的突破"欄中的文章、也是有代表性的一種觀點，自然有理由有權力堅持不變。第三，為了使研究家和一般讀者瞭解賈平凹有一本長篇小說《廢都》外，還有另一篇同名的中篇小說也叫《廢都》收入附錄中。此《廢都》非彼《廢都》也。有趣的的是，可以讀讀編者的幾篇有關寫賈平凹的短文，其觀點也就明瞭。

此書由劉斌 王玲主編，華夏出版社 1994 年 1 月出版，印數 15000 冊。

同在一城新華街，有緣一定會相逢的。

十、《〈廢都〉滋味》

曾有人說《廢都》是作者和媒體炒作後發熱發紫後暢銷的，但從實際情況看，賈平凹答記者問或創作談卻為數甚少，倒是不少所謂的學人、尤其是當時的年輕的學人不知怎麼對此書大感興趣，而且在《廢都》未出或剛出版不久，便寫出了洋洋灑灑的大文，賈平凹在答筆者問時曾希望讀者讀慢一些，讀出真味。但正如他擔心地那樣，浮躁的社會放不下一張安靜讀書的書桌，連學人們也概莫能外。這本書便是如此，在《廢都》出版僅三四個多月，就能靜下心來閱讀並品出其中的滋味嗎？心急能吃熱豆腐嗎？急和尚能趕出好道場嗎？弄不好給人以長舌男的錯覺。何況封面封底的廣告性標題有人身攻擊之嫌，豈是正常的學術爭論嗎？只哀歎年輕是資本，學識不足只能用歲月補足！

因此，富有喜劇色彩的是，當年在《〈廢都〉滋味》一書中著文批判《廢都》的兩員健將——北京大學文學博士孟繁華和中國社科院文學博士陳曉明，隨著時過境遷，後來對《廢都》的看法發生了完全的變化，並在《秦腔》研討會或別的公開場合向賈平凹致歉或說明。在《廢都》解禁前，時任瀋陽師大特聘教授、中國當代文學研究會副會長的孟繁華在為賈平凹散文集《大翮扶風》作的題為《文人的情懷、趣味與文化信念》的序文中坦言：

"無論 1993 年前後《廢都》遭遇了怎樣的批評，他（賈平凹）個人遭遇了怎樣的磨難，都不能改變這部作品的重要性。我當年也參與過對《廢都》的'討伐'，後來我在不同的場合表達過當年是批評錯了，那種道德化的激憤與文學並沒有多少關係。在'人文精神'大討論的背景下，可能任何一部與道德有關的作品都會被關注，但《廢都》的全部豐富性並不只停留於道德的維度上。今天重讀《廢都》後記，確有百感交集的感慨。"

孟繁華認為《廢都》的重新出版只是提供了我們重新閱讀和評價這部作品的機會。這種現象在中國當代文學史上並不新鮮，比如蕭也牧的小說《我們夫婦之間》高纓的《達吉和他的父親》比如《組織部新來的青年人》《紅豆》《在懸崖上》《美麗》《重放的鮮花》等等。包括意識形態、包括文學史對一個作品評價錯了都有可能。錯了就改過來也很正常。難道錯了不改正常嗎？

《廢都》再版之際，孟繁華在接受媒體記者的採訪時對《廢都》予以很高的評價：

記者：《廢都》當年所引起的爭議，只是因為性描寫過多嗎？還是有文學思想的問題？

孟繁華：《廢都》1993 年剛出版的時候，性描寫過多是最大的問題。但我覺得很多作家和批評家沒有讀懂《廢都》的豐富性，只是讀到了那些敏感的有關性的部分。《廢都》捕捉到了在市場經濟背景下知識份子的態度和命運，但是讀者沒有讀到，而只是從道德層面淺表地看。現在大家對時代有了更確切的認識，當時書裡所說的事情現在很多知識份子都已經開始經歷。

記者：《廢都》對當下生活還有觀照意義嗎？如何看待它的再版？

孟繁華：最有觀照意義的還是莊之蝶。莊之蝶是一個表意符號，在某種程度上反映了知識份子這一階層崩潰過程。莊之蝶只能通過女性來進行自我確認，除此之外他找不到自己，在精神上不知道該怎麼辦。最後莊之蝶"頭一歪，就過去了"，這其實意味深長。《廢都》不能與現實中的人物完全對應，但卻是最深刻、最誇張的一種表達。

撰稿人簡介

李书磊，北京大学文学博士，现为中共中央党校语文教研室主任、副教授。陈晓明，中国社科院文学博士，现为社科院文学所副研究员。李洁非，毕业于复旦大学中文系，现为社科院文学所研究人员。孟繁华，北京大学文学博士。韩毓海，北京大学文学博士、讲师。方位，本名刘方炜，毕业于南开大学中文系，现为莱福文化技术公司总经理。罗马，本名王舟波，毕业于郑州大学中文系，现为中国市场经济研究会理事、组织联络部副部长。邵燕君，北京大学文学博士，现为中国新闻社记者。余世存，毕业于北京大学中文系，现为自由写作者。陈旭光，北京大学文学硕士。

作品被禁，重新出版，本沒有什麼大驚小怪。我記得，1979年出版了一部《重放的鮮花》，收錄的是一些從上世紀50年代到"文革"期間一些被禁的作品。此次《廢都》再版對賈平凹個人來說，也是一朵重放的鮮花。

現任北京大學教授陳曉明曾在《秦腔》研討會上"表達一下我自己的思想變化歷程。當年我們對《廢都》提出過很激烈的批評，這都是十多年前的事情，這個批評其實有點誤會。當時我們編了一本書，我們把《廢都》作為非常重要的文學現象，一部非常重要的作品，找了一個書商去出版，書商暗地裡把書完全改變了，就變成《廢都滋味》，把裡邊編得亂七八糟，書出來後，我們大驚失色，要準備起訴那個書商了。後來，有人主張不要把事情公開，鬧得太大，沒有最後澄清，但這就對賈平凹先生不公平了。《廢都》是非常重要的一部作品，這麼多人從學術上去探討它，書卻被做成了那個樣子，我們幾乎無法來解釋這個事情了。我是一直非常敬重平凹先生，非常關注他的作品，迄今為止，我給學生上課的時候，《廢都》是指定學生必須讀的十本小說之一。當然在不同的歷史時期，我們對作品的評價會有不同的方式和不同的態度，同時，也不排除在不同的歷史時期，批評家本身的認識也有他的片面性局限性和偏激之處，因為批評存在著片面和偏激，所以，批評可以永遠構成自身湧動的活力，如果說，批評都是正確的，都是永遠的四平八穩，那麼批評本身就不可能有它內部生長的活力了。批評某種意義上來說，就是試錯的過程，所以，我特別希望跟賈平凹先生有更多的溝通和理解。"

更有意味的是，解禁後的新版《廢都》將陳曉明教授題為《穿過本土，越過"廢都"——賈平凹創作的歷史語義學》作為代序。在序文中，對《廢都》進行全面深刻的剖析後，陳曉明教授"平心而論，《廢都》比當時乃至現在的大多數小說，在文學性上，或者在敘述形式上，或者在藝術語言上，都屬於上乘之作。"

陳曉明教授和孟繁華教授的包容器識、學術勇氣和坦誠態度令人欽佩，也是值得提倡的。更是值得批評家自身的反思！

本著尊重文獻事實，將 1993 年 10 月出版的這本自詡"壓根就沒有靈魂""苦難是不能褻瀆的"！至今已經發黃的小冊子，立此存照吧。

此書，由多維 主編，河南人民出版社出版，（豫）新登字 01 號。國防科工委印刷廠印刷，印數 5000 冊。ISBN7-215-2754-6\1.343. 定價 4.80 元。

十一、《＜廢都＞及＜廢都＞熱》

作為一個收藏者，《＜廢都＞及＜廢都＞熱》出版 29 年後，我說幾句。這本小冊子，從編者的口吻看，是集納了當年（1993 年 9 月 1 日）在南京的一場《廢都》現象學術會的"專家"結集。之後的 11 月由中國礦業大學出版社出版、句容工商印刷廠印刷了 5000 冊（見版權頁）。陳遼主編 印數：5 千冊 。ISBM 7-81040-055-X, 定價：4.98 元，責任編輯 鐘誠。

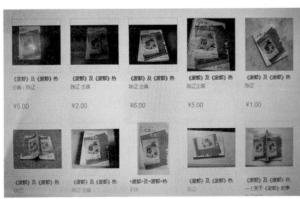

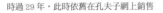

時過 29 年，此時依舊在孔夫子網上銷售

我也仔細閱讀了所謂的那些專家們的"專著"和"論說"，29年來，我沒有對此說一個字。但今日重讀此冊，我倒是十分贊同了《服務導報》石化先生的觀點。讀《廢都》要把握兩點：一是要瞭解《廢都》時的中國社會背景，二是，不要輕易的下結論！三是，對於一部作品，好有不好，要客觀地評，而不是罵，而不要去冠以一些不雅的字眼罵作者。即使年輕的學者，如當年的孟繁華，不也是自省10年後又客觀地藝術地重評《廢都》！《廢都》創作時，正值

20世紀80年代末，特別是90年代初，是中國由計劃經濟向社會主義市場經濟轉型的特殊時期，市場法則的出臺和人文基礎的薄弱，使得當時整個社會價值體系出現了前所未有的傾斜甚至斷裂。賈平凹先生在談到《廢都》時說，要讀的慢一點！

讀《＜廢都＞及＜廢都＞熱》這有的「專家」說，連夜讀了《廢都》，就來參加學術會，說心裡話，也難以消化，怎麼能讀懂《廢都》呢？我也仔細對照了一下30年前與三十年後的參加這次學術會的學者名單，說實在的，我還真不知哪一位是當代的評論家和學者，也難怪石化先生兩次撰文批評他們匆忙了一些。是太匆忙了！不會是為了市場利益蹭熱度吧？！

《廢都》1997年11月獲法國費米娜文學獎，是亞洲作家第一次獲此殊榮。2003年獲法蘭西共和國文學藝術榮譽獎。2009年解禁再版，該書問世時季羨林曾預言，20年後，《廢都》會大放光芒。《廢都》30年、國內外出版34種版本，有關客觀的藝術的評論不盡，這種熱，會持續不斷。

十二、《賈平凹怎麼啦？》

這是一本借助《廢都》炒作的書。封面以紅與黑的女性曲線，附加一段唐婉兒與莊之蝶的情事描寫，再以"被刪去的6986字的背後"吸引讀者眼球！

版權頁上這樣記載：書作者/盧陽，出版發行：上海：三聯書店上海分店,1993，ISBN及定價:7-5426-0739-1 P/5.00。印數20000冊。

"《廢都》批判"現象在1993年出現了一種非理性現象，許多年輕的學者大都把矛頭指向了主人公莊之蝶與四個女人的情史，而忽視了作家背後的寓意，這本《賈平凹怎麼啦》也附和了作品中關於男女生活的大量刪節符號。

小說《廢都》被認為是對80年代"人文精神"的公開背叛。很多人激烈使用"無恥""媚俗""商業行徑"來指責它的價值取向，而對它與社會轉型期的複雜糾纏關係則根本不予討論。"《廢都》批判"風潮後，有大量文章被結集出版。這些書的出版使出版社大賺其錢，同時也給賈平凹製造了很大社會壓力。沒有被討論的歷史層面至少包含著兩個值得注意的問題：一、作家"身份"的轉變。1949年後長期由國家包辦工資、住房的"專業作家"，將出現"書商型作家""簽約作家"等身份的分化；二、當代文學的生產方式和時代背景下的文化發生重大轉變。"如果說在此之前的當代文學的'生產'是由國家所主導的，而以《廢都》為代表，這種'生產方式'轉入了國家和書商'雙軌道'的運作體制。"如果說"性"描寫長期是當代文學的一個政治化禁忌，那麼《廢都》則將其公開打破並變成轉型時代的利潤不菲的消費物件。它成為"欲望敘事"及其文化消費的歷史起點。

如果說，"《廢都》批判"是知識界對"當代文學"權威成規的深切挽留，那麼與此同時，由上海學者王曉明、李劼和陳思和等發起的"人文精神"討論，"人文精神"討論首先包含著對王蒙為維護王朔而寫的《躲避崇高》的不滿。某種意義上，"人文精神"討論可能只劃出了一道歷史的界限，"80年代式"的文學再難進行下去，而90年代後文學的分化將會勢不可擋。

30年後，再看當時的13種《廢都》批判小冊子，卻是有點不理性、大冒進。那麼，《廢都怎麼啦》的作者到底怎麼啦？

十三、《< 廢都 > 之謎》（大開本）

此之謎非彼之謎！

是的，1993 年 9 月團結出版社出版的《廢都之謎》是客觀的，公允的。到了本年 10 月，有一本《< 廢都 > 之謎》大開本，由貴州人民出版社推出，印數 20150 冊，也是 13 本《廢都》熱評中印數最多的一本。問題是，內容毫無新意，只是把一些包括上面的所謂評論彙集而已。

唯獨 10 幅黃亞雄先生的繪製《< 廢都 > 人物群像》值得收藏。

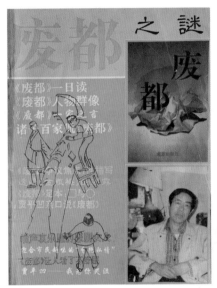 

十四、《沸沸揚揚話 < 廢都 >》

一部《廢都》，從火遍全國到封禁，再到 17 年後的開禁，沸沸揚揚的背後，到底隱藏著一個多少故事？關鍵是，這本《沸沸揚揚話 < 廢都 >》說的是那個時期（1993 年廢都出版後半年內各種報刊上的）反復炒作的事兒——書中收入了從賈平凹的《四十歲說》《賈平凹主要著作目錄》《< 廢都 > 梗概》《< 廢都 > 後記》，還有什麼七嘴八舌話廢都、我只想寫出一段心跡、《廢都》創作問答、《簡說廢都》《平凹，咱們聊聊》，還有什麼《< 廢都 > 熱與百萬稿酬》、《廢都》動古城：賈平凹簽名售書小記，等等等等，這些把早已編成以上那些小冊子、報刊上的"新聞"堆積成書，是書商所致？還是編書者利益驅動？而且，都是出版社出版，相互抄來抄去炒來炒去，可見相互之間的版權意識在當時的出版界是多麼的沸沸揚揚！

《沸沸揚揚話 < 廢都 >》版權頁：

（京）新登字 191 號，作者：十月編選，發行：中國友誼出版公司，出版：中國友誼出版公司，經銷：內蒙古新華書店，印刷：山東棗莊日報印刷廠，規格 787×1092 毫米 16 開本，1993 年 10 月第 1 版，印次：1993 年 10 月北京第 1 次印刷，印數 1—5000 冊。書號：ISBN7-5057-0629-2/C‧41，定價：3.20 元。

十五、另類三冊

我手中還收集了 1993 年三種含有《廢都》內容的刊物，一本是 1993 年 10 月，印製 20000 冊的寧夏人民出版社出版的《正大綜藝》《廢都》專刊、一本是 1993 年第 10 期的《喜劇世界》之《廢都》，一本是法制日報社的《市場法治》導刊，其內容分別為《廢都就是 40 歲的賈平凹》《廢都，當代拍案驚奇》《廢都創作之秘》，《平凹真的俗起來了》《廢都之謎》《廢都廢在哪？》等等。

這樣蹭熱度的雜誌，還有許多。不說是鋪天蓋地，也可以說小報大刊，紛紛打著"廢都"品牌不斷地熱銷促銷。我當時認識的一位元小報記者就是搜羅來幾張《廢都》消息，連《廢都》的書都沒有見過，一把剪刀，閱覽室裡一周的報紙，坐在辦公室裡粘來貼去，一篇批評就出籠了。

這就是1993年下半年至1994年上半年那個時期，許多專業的人幹著不專業的事兒，年輕的學者喊著空乏的口號舉著罵人的棍子的學術風氣！

第五章
盗版说

咸阳地外蛮宗，晓卡心勇t去的川工作，正好带了这两瓶酒给你们，晓卡说一定说是把酒却了师母么。你喝不得型酒，了这酒倒是好喝的。"牛月清说："刘晓卡，书房里三4件坎，我们打不清哪一个"柳月在一旁听了，只是嘻嘻笑，插□□□□□□□□□制府，瘦t□那个！"就舒指头盖柒江心脸□□□□□□月尽胡情么那个腿特别长的一儿。"柳月叫道□□□□□□说："柳月你不知道也就甭胡说的，招聘山那□□□□得我也今不开的。了情既然这样了，我和你庄□□□□□□是区一篇一后两宗大了，你们搭得这么要□□□□□江说："显不，红帧儿第一个就写给了你们！到□□□□□□□□□柳月也来，来了做个陪狼吧！"柳月撅了嘴□□□□□□也不专的，我这丑样儿，你成心让我去丑衬儿人□□□□□□就说柳月搭了几个月，说话越发有水平，许明日出去，伯也今写了书的。三人说了一会，洪江走了，又一再叮咛那日逗去，老师师母若不来，宴席就不开，死等了的。

洪江一走，朝清问柳月你老师哪去了？柳月说孟济咕去喝酒了。朝清收拾了礼品，就独坐了思谋二十八日去●去赴宴席，还准备什么填礼。下午，庄之蝶喝得昏绿绿回来，在厕所里用挺了半天喔哦，吐出许多秽汙，牛月清让他睡了，这程说洪江心了。晚上庄之蝶睡起去书房看书，她进来把门关了，才一一说了洪江续娟了伴，庄之蝶也好不惊评，说："那个长腿女子，我恐怕也是见过一两次的。当时他说要招聘店员，咱也说在意，在查赵京五对我说他们比招模特儿还严格，身多少，体重多少，皮肤怎样，还且符合标准的三围。"朝清说："什么三围？"庄之蝶说："就是胸围、腰围、臀围。

临主

要

第五章 盜版說

　　1994年以後，隨著社會主義市場經濟在中國的逐步建立，出版物市場也日漸繁榮起來，由於利益驅動、管理不到位等原因，書市上魚龍混雜，良莠不齊，其中也不乏非法出版物和盜版出版物。"陳谷陳糠陳忠實，假煙假酒假平凹"是時下文壇流傳很廣的一句話，它反映了賈平凹及其作品被侵犯的嚴重程度。據不完全統計，賈平凹作品被侵權的竟達二百種，幾乎占其作品總數的1／2。尤其自1993年以後，賈平凹出版的十餘種長篇小說均遭盜版，其中《廢都》盜版本多不勝數，估計《廢都》盜版本在上百種。這在當代中國出版史上堪稱奇跡，在當代作家中也是罕見的。

部分《廢都》盜版本

　　《廢都》被禁的十七年裡，盜版本卻屢禁不止，幾乎每年都有幾種盜版本拋出。據賈平凹講，他已收集到《廢都》盜版本60多種，有原版盜印的，有重新植字的；開本有小16開、大32開、小32開和普通32開；有平裝的，也有精裝的；出版社名有署原版北京出版社的，也有署人民文學出版社、作家出版社、北嶽文藝出版社等等。

　　截至到2021年底，收集了盜版原北京出版社《廢都》封面版本30餘種外，還收集了各種不同封面的《廢都》盜版本60餘種。

　　一、《廢都》（作家出版社）

　　粉色的封面，32開本。封面上赫然寫著國際版和絕無刪節的字樣。翻開扉頁，是一張賈平凹的黑白照片。廢都下是"賈平凹編著"。而且，盜版者對於成本真是絞盡腦汁的計算著每一頁的成本，連扉頁都成為了頁碼的計算之列，而且，是掃描了2009年作家出版社的平凹三書中的《廢都》，代序一《莊之蝶論》一開始的頁碼是第三頁。全書總頁碼608頁，無插頁，也無作家簡介。比原作467頁，反而多了141頁。

版權頁：

圖書在版編目（CIP）數據

廢都 / 賈平凹編著 . 一作家出版社，2009.10　ISBN978-7-80651-313-2

I. 廢… II . 賈 III . 小說 - 當代 - 中國 IV .C912.1 中國版本圖書館 CIP 資料核字（2009）第 007360 號

廢都　作者賈平凹

封面設計 風暴影色工作室 出版發行：作家出版社

印刷：亞通印刷有限責任公司 開本 880×1230 毫米 1/32 印張 19

版次：2009 年 10 月第 1 版 2009 年 10 月第 1 次印刷

書號 ISBN978-7-80651-313-2

定價 38.80 元

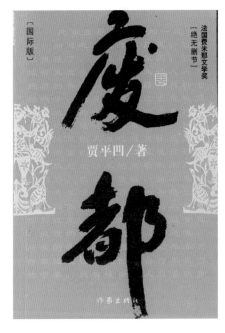

二、《廢都》（春風文藝出版社）

　　藍色的封面，一幅秋色圖，鑲嵌在一幅框架中。封面上有這樣一行文字：中國當代文壇一部驚世駭俗的力作。不論是封面風格，還是標明的出版社，尤其是，翻開扉頁，出版社竟然成為"時代文藝出版社"，一書，兩個出版社，典型的盜版本。

　　全書 446 頁，無後記。封底是一幅草甸甸雪山圖。

版權頁：

廢都 賈平凹

時代文藝出版社出版發行

新華書店總經銷

青海工人印刷廠印刷

850X1168 毫米 1/32　14 印張 360 千字

2003 年第一版 2003 年第一次印刷

印數：1-5000 冊 ISBN7-80543-582-0/I15

版權頁有趣的是，在定價後只有冒號，沒有具體的定價。

 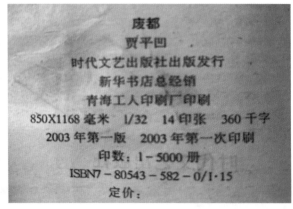

三、《廢都》（北京出版社）

假冒北京出版社《廢都》的盜版本，應該是最多的。1993 年 7 月後，到底有多少個盜版本？只有天知道。與北京出版社 1993 年 7 月正版封面幾乎無法辨認的盜版本就有 10 幾種。像這樣的以兩朵玫瑰的盜版本，孔網上也屢見不鮮。

480 頁的書，無後記，無賈平凹照片，無扉頁。

版權頁：

廢都 FEI DU 賈平凹著

北京出版社出版（北京北三環中路 6 號）

北京出版社總發行

北京百花彩印有限公司印刷

850×1168 毫米 32 開本 15 印張 400000 字

1993 年 6 月第 1 版 1993 年 7 月第 2 次印刷

印數 3700-480000

ISBN7-200-01986-0/237　定價：25.00 元

四、《賈平凹全集：浮躁、秦腔、廢都、古爐》（內蒙古人民出版社出版）

版權頁：

賈平凹全集

著者：賈平凹 責任編輯：于奎潮 胡小河

文字編輯：李玲 責任監製：卞甯堅 江偉明

出版發行：內蒙古人民出版社經銷：全國新華書店

印刷：北京中印聯印務有限公司

開本：787×1092 毫米 1/16 字數：270 千字

印張：38 印次：2011 年 2 月第 1 版 2011 年 2 月
第 1 次印刷

書號：ISBN978-7-80671-963-3

定價：98.00 元

這本書，是我在法海寺前的一位老者的三輪車書攤上購買的。攤位上，擺放著大批的各種影印盜版當代、古代名著。

標價 98 元，10 錢就搞定。16 開本，書中收入了賈平凹的四部長篇小說，608 頁，其中，《廢都》只佔了（313-408）95 頁，密密麻麻的小五號字，得用放大鏡看。

五、《廢都》（人民文學出版社）

賈平凹的《廢都》人民文學出版社版本沒有"套印"原有北京出版社《廢都》的版本。

而且，"套印"的技術走樣的出奇，不論是色彩，還是印刷，完全沒有一點兒美學的。

書中還特意搞了一個編者前言：

《廢都》曾經是一本很轟動的小說。那時的賈平凹也是最具人氣的賈平凹，比而今的星們可牛多了。

還有人說《廢都》是現代的《金瓶梅》。我不知道怎麼去評說，反正我都喜歡。初次看《金瓶梅》是在鄉下一老人那裡借得，很純粹的潔本，刪節很多。那時年輕，沒見過幾本書，知道機會很難得，我摘錄了些俗語、詩詞和對聯。那時的感覺，比較《紅樓夢》而言，我更看好《金瓶梅》。大約是生活在底層的緣故，《金瓶梅》反映的社會面更廣些，更現實些；而《紅樓夢》雅了，看不很懂吧，或者離我們底層人的生活太遙遠。

看《廢都》是因為那時炒作得很凶。在文化市場買的，大約是盜版罷。（我那時很不如意地念著書，節省早點錢，禮拜天在文化市場轉悠，每每花一兩元買本舊而未經看過的好書。）起初是獵奇，翻翻，不經意間就被那老練而不經意的文字吸引了。好的小說，不在於它寫的什麼，只在於寫得怎樣。

食、色，性也。性，也如同吃飯穿衣，是人生的一個主體內容，寫寫又何妨？

《廢都》裡面，有不少作者打的框框，以及此處作者刪去若干若干字的地方。很有些效仿張竹坡《金瓶梅》潔本的樣範。

這不免有自我炒作之嫌。看張竹坡《金瓶梅》潔本是在《廢都》後。彼框框不比此框框，框過之後，明顯就有些不通順了。而此框框，框多框少，不礙於閱讀，依然很流暢的。不能不讓人認為有故意增加賣點之嫌。而據雜誌上某作家言，渠看過賈先生手稿，根本就不存在刪除部分。再後來看了全本的《金瓶梅》，在性描寫上，才覺出《廢都》僅僅是擦邊球而已。當然，《金瓶梅》大量的具體性描寫，是與當時的社會背景分不開的。

據說，那些框框，很為作者增加了些收入。這也沒什麼，九十年代了，作家兜裡不裝幾文錢，是很難在書齋裡坐下去的。真正識貨的，也不會就只因為框框就看輕了或看重了它，有那等專只獵奇的，掏二十塊鈔票翻翻框框處，也只當看了場三級片罷（不免有些不痛快，也由他去罷）。不算罪過。《金瓶梅》是本很好很好的書，但決不是人人都可以讓他去看的。《廢都》也是很好的小說，我希望大家也都喜歡，而這喜歡不要是因為那些框框和框框周圍的字眼。

而且，還將賈平凹的《廢都》以"章節"分了25章。編者的這樣的賣力，怎麼不是企圖賣點？！

且將版權頁錄入如下，立此存照吧——

責任編輯：黃滔　封面設計：劉梁偉
廢都 賈平凹著　人民文學出版社出版發行
新華書店經銷 成都市老年事業印刷廠印刷
開本：850×1168mm1/3216
印張400千字 2005年11月第1版
2005年11月第1次印刷 印數：1-3000冊
ISBN7-5339-0851-2/.783
定價：26.80元

六、《廢都》（北京出版社）

這是一部盜版書。封面上，《廢都》二字疊加在一幅黃土高原圖。

翻開扉頁，還有作者照片，幾乎與1993年7月版一樣。只是沒有初版時的淡黃色的內襯。內文與原版的最初印刷沒有區別。我覺得，應該是印刷廠流出的最初的排版。

看看版權頁有什麼不同——

版權頁：

廢都 FEI DU 賈平凹著

北京出版社出版（北京北三環中路6號）

北京出版社總發行新華書店經銷 4751 印刷廠印刷

850×1168 毫米 32 開本 16.625 印張 400000 字

1993 年 6 月第 1 版 2000 年 8 月成都第 2 次印刷

印數 1-100000　ISBN7-200-01986-0/I‧237

定價：23.80 元

七、《廢都》（北嶽文藝出版社）

這是一部拼湊的書。《廢都》1993 年 7 月初版到 2009 年再版，再到 2021 年，沒有北嶽文藝出版社出版過《廢都》一說。說是拼湊，之一是封面，封面設計上，看似體現西北民俗之風，其實卻混搭了江南風，與《廢都》內容不搭。其二是以"青春文字當紅作家"並冠以"文學名家名作"，如此搭配，實在不知要表達什麼？其三是套用了 2009 年版的《廢都》內文與作家照片，卻將內文分了章節。

如此的拼湊，還有就是一本書，竟然出現了兩次責任編輯。一次是封面折頁上的責任編輯嚴海霞，另一次是版權頁上的責任編輯于奎潮、江偉明。哈哈，居然還有責任監製！

其五是，掃描了整個的 2009 年版的《廢都》，而且比原版多出了 11 萬字！

版權頁：

廢都 著者：賈平凹

責任編輯：于奎潮江偉明　文字編輯：李玲全文

文學責任監製：卞甯堅江偉明

出版發行：北嶽文藝出版社

經銷：全國新華書店　印刷：三河市南陽印刷有限公司

開本：880×1230 毫米 1/32 字數：560 千字

印張：15

印次：2011 年 10 月第 1 版 2011 年 10 月第 1 次印刷

書號：ISBN978-7-81109-651-4

定價：28.00 元

八、《廢都》（作家出版社）

赤裸，光頭，背景的都市，油畫版的封面的確誘人，《廢都》二字燙金勾邊，看得出，設計者的用心，然而，打開封面進入正文後，卻像是張愛玲的那句話：華麗的袍子裡面卻長滿了蝨子——這蝨子就是一本盜版書對於作者和讀者的極不負責任的文字錯誤——

開篇是這樣印刷的：

一九九三年正月下旬師說："花是奇花，當開四枝，但其景不久，必為爾所殘也。"後花開果然如數，但形狀類似牡丹，又類似玫瑰。且一枝蕊為紅色，一枝蕊為黃色，一枝蕊為白色，一枝蕊為紫色，極盡嬌美。一時消息傳開，每日欣賞者不絕，莫不歡為觀止。兩個朋友自然得意，尤其一個更是珍惜，供養案頭，親自澆水施肥，殷勤務弄。不料某日醉酒，夜半醒來忽覺得該去澆灌，竟誤把廚房爐子上的熱水壺提去，結果花被澆死。此人悔恨不已，索性也摔了陶盆，生病睡倒一月不起。

原文是：

一千九百八十年間，西京城裡出了樁異事，兩個關係是死死的朋友，一日活得潑煩，去了唐貴妃楊玉環的墓地憑弔，見許多遊人都抓了一包墳丘的土攜在懷裡，甚感疑惑，詢問了，才知貴妃是絕代佳人，這土拿回去撒入花盆，花就十分鮮豔。這二人遂也刨了許多，用衣包回，裝在一隻收藏了多年的黑陶盆裡，只待有了好的花籽來種。沒想，數天之後，盆裡兀自生出綠芽，月內長大，竟蓬蓬勃勃了一叢。但這草木特別，無人能識得品類。抱了去城中孕璜寺的老花工處請教，花工也是不識。恰有智祥大師經過，又請教大師，大師還是搖頭。其中一人卻說："常聞大師能卜卦預測，不妨占這花將來能開幾枝？"

……

對比盜版與原文，你說，你會不恨！

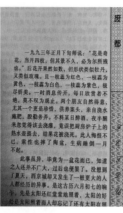

版權頁：

廢都 FEI DU 賈平凹著

作家出版社出版

浙江儌隆膠印廠印刷新華書店經銷

字數 1200 千字 開本 880×1230 毫米 1/32 印張 14

2009 年 2 月第 1 次印刷 2009 年 2 月北京第 1 版

ISBN978-7-5063-3015-6

定價 29.80 元

九、《廢都》（作家出版社）

封面上這樣寫著：一部現代《金瓶梅》。食色性也，性，也同吃飯穿衣，是人生的一個主題內容，寫寫又何妨？

這部出版於 2009 年 2 月的《廢都》，標注"賈平凹 珍藏版"的盜版本，是在《廢都》解禁前，投放市場的。封面上一張舊街的老照片，扉頁無作者照，內文是 1993 年 7 月版的影印。有意思的是，還有讀者的朱筆點點畫畫。

版權頁：

廢都　作者：賈平凹

責任編輯：王淑麗

裝幀設計：馬雲燕 祁斌 李超英

版式設計：張曉光

出版發行：作家出版社

社址：北京農展館南裡 10 號 郵碼：100026

印刷：北京乾灃印刷有限公司

開本：880×12301/32

字數：350 千　印張：14

印數：001-10000　版次：2009 年 2 月第 1 版

印次：2009 年 2 月第 1 次印刷

ISBN7-5088-5366-4/G680

定價：22.00 元

十、《廢都》（南海出版社）

被列為當代名家精品書系的這部《廢都》，2006 年 10 月炮製，印數 1000 冊，書系包括《圍城》《國畫》《長恨歌》《白鹿原》《塵埃落定》《文化苦旅》等 18 卷名家作品。

中國紅的封面，疊印著一張沙漠胡楊林的圖片，燙金的金色《廢都》二字格外醒目。

版權頁：

廢都 Fei Du 賈平凹著

南海出版社出版（海口市藍天路龍利園大廈 B 座 3 樓）

北京懷柔紅螺福利印刷廠印刷　新華書店經銷

開本 880×1230 毫米

1/32 印張 12

2006 年 10 月第 1 次印刷

印數 0001-10000

ISBN7-02-004397-2

定價 25.80 元

此書是在杭州車站買到的。封底這樣介紹說：《廢都》曾經是一本很轟動的小說。那時的賈平凹也是最具人氣的賈平凹，比而今的明星們可牛多了。

有很多人說《廢都》是現代的《金瓶梅》我不知道怎麼去評說，反正我就是喜歡。初次看《廢都》是在鄉下老人那裡借得，很純粹的潔本，那時年輕，沒見過幾本書，知道機會很難得，我摘錄了些俗語、詩詞和對聯。那時的感覺，比較《紅樓夢》而言，我更看好《金瓶梅》。大約是生活在底層的緣故，《金瓶梅》反映的社會面更廣些，更現實些；而《紅樓夢》雅了，看不很懂吧，或者離我們底層人的生活太遙遠。

十一、《廢都》 作家出版社

2009年6月，車過河南信陽時，在車站書攤上見到這部《廢都》。紅色的封面上，老居的暗影，一位女子的背影遙望遠方，與黑色宋體字《廢都》、還有一段書中的文字，形成鮮明的對比。

書中無扉頁、無作者照，也無後記。2006年7月第1版，當年12月17次印刷。

版權頁：

廢都 賈平凹著

出版：作家出版社出版

社址：北京農展館南裡10號郵編：100026

電話傳真：86-10-65930756（出版發行部）

86-10-65930761（總編室）

E-mail: wrtspub@ public. bta. net. cn

http: //www.zuojiachubanshe.com

印刷：北京乾灃印刷有限公司 發行：新華書店經銷

版次：2006年7月第1版

印次：2006年12月第17次印刷

開本：880毫米×1230毫米1/32 印張：16

書號：ISBN7-80500-676-0/G·626

定價：26.80元

十二、《廢都》（太白文藝出版社）

看到這本書的時候，是在陝西的石泉古街上。

古街的牌樓前，書攤上，這本太白文藝出版社的《廢都》有九五成新，標價22.8元，幾番討價下來，拿到手只用了5元。這些年，每到一城，走時喜歡逛逛當地的書店書屋，看看當地的關於賈平凹的書的銷售狀況。也記錄了不同城市的不同版本，也許等有一天，等及攢夠了一定的量的時候，會出版一本《一城一書賈平凹》。

話題轉回來，這部《廢都》，書攤上還有幾本相同盜版本，一看就是盜版本，一是賈平凹的書，太白出版社雖然從前出過幾本，但《廢都》是沒有再陝西出版或再版的。二是封面的裝幀的確也不是賈氏圖書風格。三是，雖然使用了幾個中國不同書體漢字的廢與都，"中國文學名著"和一幀江南水鄉的黑白小照，一下子就暴露出來"手腳"。四是，無作者簡介、無作者照、無責任編輯的三無產品。五是，出版日期為2002年，從1994年至2009年17年間，賈平凹沒有授權過任何出版社（國外除外）出版過《廢都》。其六，原作初版正文為 527 頁，此《廢都》從第一頁開始，在排版上便開始錯位出一行，一行錯行行錯，也就與原版書自然少了 9 頁。

版權頁：
廢都
太白文藝出版社出版發行
社長兼總編陳華昌
新華書店經銷
850×1168 毫米 .32 開本 16.75 印張 393 千字
2002 年 6 月第 1 版 2002 年 6 月第 1 次印刷
印數：1—5000
ISBN7-80605-842-7/I714
定價：22.80 元

十三、《廢都》（作家出版社）

一幅油畫般的裸背、帶著玉鐲的女子，坐在草地上，眼前是一捆收割的禾草杆，身後一雙繡花鞋……兩個宋體黑色疊加的廢都二字的左側，是這樣的三行文字——

一部現代版的《金瓶梅》，食、色、性也，性，也同吃飯一樣，是人類的一個主題，寫寫又何妨？

2007 年 7 月印刷的這版《廢都》，是在杭州西湖旁的一個報攤上賣的。

封底這樣寫道：《廢都》中，賈平凹寫出了一部社會風俗史，以主人公莊之蝶為中心巧妙地組織人物關係。圍繞著莊之蝶的四位女性牛月清唐宛兒柳月、阿燦是小說中著墨最多的。她們分別是不同經歷、不同層次的女性，每個人的際遇、心理都展示著社會文化的一個側面。但是這本書遭到了毀譽兩極的爭議，譽之者稱為奇書，毀之者視為壞書。

版權頁：
廢都 賈平凹著
出版：作家出版社出版
社址：北京農展館南裡 10 號郵編：100026
印刷：北京乾灃印刷有限公司　發行：新華書店經銷
版次：2006 年 7 月第 1 版
印次：2006 年 7 月第 1 次印刷
開本：880 毫米 ×1230 毫米 1/32　印張：12
書號：ISBN7-80500-676-0/G·626
定價：28.00 元

十四、《廢都》（北方文化出版社）

這是典型的盜版本。

乍看封面的顏色，米黃、大紅、灰白之類的，花花哨哨的裝幀，這樣的盜版，在賈平凹的其他作品中，經常出現在各地攤上。尤其是出現了大量的磚頭厚的盜版的合集。

這本《廢都》。是 2009 年 10 月出差山西時，在晉中的地攤上發現的，32.80 元，只需 5 塊一本。

封面上，赫然寫著"珍藏版"、"品讀大師經典作品" "逼真的再現了知識份子的生存狀態心理狀態，真是而感人！"還有，"廢都、西京，這個城市裡形形色色以及靜靜地泣血，彷彿臨近滅絕的狼群仰天抽泣，還摻雜著漸漸瀝瀝的血滴……"

被列入中國經典書系的還有《秦腔》《人生》《平凡的世界》《穆斯林的葬禮》《白鹿原》《宋詞三百首》等 12 卷。

有趣的是，也是在眾多的盜版本中，第一次出現的一種印刷模式，在扉頁之後，加了一個目錄，將《廢都》用 13 卷 96 章節分列了出來。哈哈，這也辛苦了這本書的編輯哈哈。

其實，打開書頁翻閱，也就暴露出來編者的用心多麼的無聊，這樣的編排，反而暴露了編者的無知！

這是盜版書中最不聰明的、最糟糕的一本書。

版權頁：

廢都　賈平凹著

北方文化出版社發行

（北京市西城區趙登禹路金果胡同 18 號）

郵遞區號：100035 電話：66180781

北京鐵建印刷廠印刷　各地新華書店經銷

2009 年 7 月第 1 版 2009 年 7 月第 1 次印刷

開本：1/32880×1230mm 印張：14 字數：445 千字

書號 ISBN978-7-8045-4015-4

定價：32.80 元

十五、《廢都》（人民文學出版社）

這是一本"一本萬利"的盜版書。

從封面上看，一點瑕疵也沒有，與"人民文學出版社出版" 出版的中國當代作家系列叢書中《廢都》2008 年版毫無二致。

但是，一旦翻閱內文，紙張粗糙，而且，還沿襲了以往一本以"人民文學出版社"《廢都》

的封面變換為黑白影印，是典型的穿著“人民”的外衣掛羊頭賣狗肉。

後來，我從孔網上發現，這一版《廢都》還有不少，不知欺騙了多少喜歡賈平凹作品的讀者！

版權頁：

廢都 FEI DU 賈平凹著

人民文學出版社出版 http://www.rw-en.com

北京市朝內大街 166 號郵編：100705

字數 1200 千字

開本 880×1230 毫米 1/32 印張 13

2009 年 4 月北京第 1 版 2009 年 4 月第 1 次印刷

印數 110000　ISBN7-02-004929-X

定價 29.80 元

十六、《廢都》（灕江出版社）

這本 16 開本的土色《廢都》，原本是 2012 年 8 月黑白封面。就這樣被盜版成了這個樣子！

原本 376 頁，也縮成了 336 頁，除了內文中的賈平凹手跡被影印了，其餘的文字應該掃描後重新排版的。為了節省成本，比原書整整少了 40 頁碼。盜版日期為 2013 年 11 月。

有趣的是，將原版的統籌人，改為了總策劃：李朝暉

統策劃人，改為了統籌石紹康 覃亞仄。責任編輯原是三人，只留了郭金珠、劉香玉。

封面設計：尚書堂，沒有改變。

版權頁

廢都　作者賈平凹　出版發行 灕江出版社

社址廣西桂林市南環路 22 號郵編 541002

印製北京盛源印刷有限公司開本 710×1000mm　1/16 印張 21

字數 400 千字

版次 2013 年 11 月第 1 版印次 2013 年 11 月第 1 次印刷

書號 ISBN978-7-5407-5762-5

定價 38.00 元

十七、《廢都》（中國南海出版社）

這是一部二合一混搭的盜版書！

首先說二合一，封面是借用了賈平凹原來的一部中篇《廢都》作品集的封面廢都二字，以一座老城牆的合成了一幅"臉面"。

第二是混搭，借用原來的一部《廢都》字體，將1993年版《廢都》文字，編排了25個章節，搞出了一部小16開的混搭《廢都》版。

第三，將原本《廢都》的最後一節正文與後記，搞了一個第25章，這樣的編排，也是創下了當代文學作品的笑話。

第四，以署名"石遺"作為編者，還"光明正大"的寫了一個前言：

《廢都》曾經是一本很轟動的小說。那時的賈平凹也是最具人氣的賈平凹，比而今的星們可牛多了。

有人說《廢都》是現代的《金瓶梅》。我不知道怎麼去評說，反正我都喜歡。初次看《金瓶梅》是在鄉下一老人那裡借得，很純粹的潔本刪節很多。那時年輕，沒見過幾本書，知道機會很難得，我摘錄了些俗語詩詞和對聯。那時的感覺比較紅樓夢而言，我更看好《金瓶梅》。大約是生活在底層的緣故《金瓶梅》反映的社會面更廣些，更現實些；而《紅樓夢》雅了，看不很懂吧，離我們底層人的生活太遙遠。

看《廢都》是因為那時炒作得很凶。在文化市場買的，大約是盜版罷。（我那時很不如意地念著書，節省早點錢，禮拜天在文化市場轉悠，每每花一兩元買本舊而未經看過的好書。）起初是獵奇，翻翻，不經意間就被那老練而不經意的文字吸引了。好的小說，不在於它寫的什麼，只在於寫得怎樣。

食、色，性也。性，也如同吃飯穿衣，是人生的一個主體內容，寫寫又何妨？《廢都》裡面，有不少作者打的框框，以及此處作者刪去若干若干字的地方。很有些效仿張竹坡《金瓶梅》潔本的樣範。

這不免有自我炒作之嫌。看張竹坡《金瓶梅》潔本是在《廢都》後。彼框框不比此框框，框過之後，明顯就有些不通順了。而此框框框多框少，不礙於閱讀，依然很流暢的。不能不讓人認為有故意增加賣點之嫌而據雜誌上某作家言看過賈先生手稿，根本就不存在刪除部分。再後來看了全本的金瓶梅在性描寫上才覺出《廢都》僅僅是擦邊球而已。當然，《金瓶梅》大量的具體性描寫，是與當時的社會背景分不開的。

據說，那些框框，很為作者增加了些收入。這也沒什麼，九十年代了，作家兜裡不裝幾文錢，是很難在書齋裡坐下去的。真正識貨的，也不會就只因為框框就看輕了或看重了它有那等專只獵奇的，掏二十塊鈔票翻翻框框處也只當看了場三級片罷（不免有些不痛快，也由他去罷）。不算罪過。

《金瓶梅》是本很好的書。《廢都》也是很好的小說，不要只看那些框框和框框周圍的字眼。之外的寓意才是《廢都》的本質。

版權頁：

廢都　賈平凹著

出版發行：中國南海出版社

責任編輯：苗青　回平賈

經銷：各地新華書店

承印：北京君升印刷有限公司

開本：787×1092mm

印張：20　字數：300千字

版次：2007年5月第1版

印次：2007年5月第1次印刷

書號：ISBN7-5042-3584-9/F·536

定價：28.00元

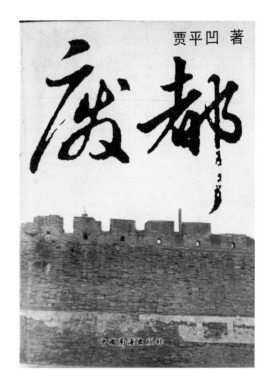

十八、《廢都》（人民文學出版社）

本書是在安徽婺源拍攝秋色時，在村裡的一座民宿的書架上看到的。那個晚上，民宿的老闆很熱情，與我喝著茶聊著天，用電腦看著秋色的婺源風景，一旁，是一個書架，滿滿的書架上除了攝影書就是文學書，看得出，民宿主人愛讀書。

就這麼回眸的一瞬，看到了她的書架說的這部《廢都》。

女主人說，是她在鎮裡的書店買的。我取過來一看，說，這是一本假書。

女主人有點不悅，我說，這是一本盜版本。你看，書的封面採用了西歐的一封油畫，洋畫怎麼能是賈老師的圖書封面的風格呢？

她認真聽著，我說，你再翻開裡面的內容，不論是紙張的粗糙、還是文字的排版，都很不講究，而且，我跟她說，2006年版的書，更是不可信的。因為，賈老師的《廢都》除了有1993年的北京版、那就是2009年的作家版，已經之後的人民版、灕江版、上海三聯版等等。

她說，我還發現了許多錯字呢！

我說，你將這本盜版給我，我回京給你寄一套精美的作家版的《平凹三書》，如何？

那個夜晚，我們喝著茶，又愉快地聊了許多賈平凹的作品……

圖
說
「
廢
都
」
文
本

版權頁：

廢都 賈平凹 著

人民文學出版社出版

http://www. rw-cn.com

北京市朝內大街 166 號郵編：100705

求實印刷廠印刷 新華書店經銷

字數 400 千字開本 880×1230 毫米 1/32 印張 15

2006 年 8 月第 1 版 2006 年 8 月第 1 次印刷

印數 1-10000 ISBN7-02-005456-0

定價 28.80 元

十九 《廢都 鬼城》（當代世界出版社）

　　將賈平凹的《廢都》與其他作品合一的作品集，《廢都 鬼城》是其中的一本，類似這樣的合集盜版書，市面上有許許多多。

　　平時出差有個習慣，機場、車站，總喜歡買一本書在飛機或火車上消磨時光。2002 年 5 月，我在湖北出差，出火車站時，發現了這部書。於是，就買下了它——原因是，這本書印刷品質還是不錯的，封面上的書名雖然排版不美觀，但賈平凹三個字屬於凸凹印刷，拿著手裡還是有感覺的。因為實在沒有喜歡的其他的書買，於是，就買了這本盜版。

　　我覺得，這本書還有不嚴謹的一面，就是把《廢都》歸為現代文學名家名作文庫，現代文學，大都指五四時期到解放時期的作品。將賈平凹列為當代名家更嚴謹。

版權頁：

賈平凹經典作品選 / 賈平凹著

責任編輯：高玉琪

封面設計：蔣宏工作室

出版發行：當代世界出版社

地址：北京市復興路 4 號（100860）

經銷：全國新華書店

印刷：北京振興印刷廠印刷

印張：14.5 字數：300 千字

版次：2002 年 3 月第 1 版

印次：2002 年 3 月第 1 次

印數：1-10000 冊書 號：ISBN7-80115-514-9/I·67

定價：21.00 元

二十、《廢都》（文化藝術出版社）

買這本書時，是在西安火車站。是2009年的事兒。途徑西安火車站，中轉中，在車站內的一個賣書的櫃檯上，赫然擺放著這本《廢都》。

文藝出版社出版的《廢都》本，是一部輯入五部中篇小說的評點本，其中有中篇《廢都》。

最早出現的賈平凹作品評定本，是長江文藝出版社、野莽主編、賈平凹做序、1999 年 11 月出版的長篇小說《浮躁》《土門》《白夜》《高老莊》四部。其中 的兩部由陳澤點評。

面前的這部已五篇中篇小說為主的評點，依舊是陳澤的點評本。原本我在 2007 年 1 月就首選購買了初版本。這本是一本典型的盜版。

原本的封面是素雅的，封面上的護封為米黃色。這一本卻是採用一幅圖片和一段文字代替了原來的護封，而且，還冠以"法國費米娜文學獎"的字樣，以中篇《廢都》欺騙讀者。

封面折頁上的賈平凹照片也不是原來的圖片，其他的如版權頁和責任編輯等一律是複製了原本的評點本。原本的頁數是381頁，盜版本變為250頁碼，明顯的在排版、字體上，進行了"濃縮"，也是為了一點點低成本獲大利的趨利行為吧。

版權頁：

廢都 著者 賈平凹

點評 陳澤 策劃編輯 唐建福 責任編輯 張勍倩

裝幀設計蔣宏工作室 責任校對 方玉菊

地址 北京市朝陽區惠新北裡甲 1 號 郵編 100029

經銷新華書店

印刷 國英印務有限公司 版次 2007 年 1 月第 1 版

2007 年 1 月第 1 次印刷

開本 710×1000 毫米 1/16 印張 24

字數 310 千字 印數 1-20000 冊

書號 ISBN978-7-5039-3170-3/1·1488

定價 38.00 元

二十一、《廢都》（北京出版社）

紫紅色的封面，一座哥特式建築滴著血滴……

這本冠以"中國當代反腐小說""賈平凹著"的《廢都》是在廣州白雲機場的書屋看到的，時間是 2008 年 3 月。

封面上，還印有這樣一段文字：官商勾結自古就是一道殘絮，女人如棋子，被貪官奸商擺佈人生際遇如棋，情懷難測，殊不知，如花的女人竟在官商齷齪的掌中……

書中無作者簡介、無作者照，無後記。478頁的文字，是掃描了另一部25章節的《廢都》盜版本的盜版本。

版權頁：

廢都　賈平凹著

出版發行：北京出版社

地址：北京北三環中路6號　郵編：100011

經銷：全國新華書店經銷

印刷：求實印刷廠

開本：850mm×1168mm1/32　字數：470千字　印張：16

版次：2006年5月第1版　印次：2006年5月第1次印刷

版數：001-5000　書號：ISBN7-201-01987-0/1‧238

定價：26.80元

二十二、《廢都》（作家出版社）

我是在去杭州飛往重慶時的蕭山機場看到的這本書。

精緻的封面，差點欺騙了我這個收藏賈平凹30多年的「凹迷」。因為，對於賈平凹老師的每一部作品，我是從1982年開始跟蹤閱讀並日日收集的。

這本赫然擺在機場書屋的貨架上的《廢都》，單看精緻的封面還以為是一本港版書，一幀水彩畫，貌似讀懂了《廢都》才有的設計。冠以「世界文壇的巔峰作品」，「他的小說總是一超出現實、不被現實所圍而高人一籌」的廣告詞。

封底，裝幀設計上也饒有趣。但，翻開扉頁，走入正文，盜版的畫皮瞬間被揭開——原來是全文照搬了2009年作家版的《廢都》！但，在編排上，卻忽略了原本的三篇代序與作者照等細節的關係，盜版本整個是打亂了原有排序，也許這就是欲蓋彌彰吧！

東施怎麼效顰，也還是東施。

版權頁：

廢 都　作者：賈平凹

責任編輯：鸞翎　林金榮　出版發行：作家出版社

地址：北京農展館南裡 10 號郵碼：100125

印刷：北京華北印刷有限公司開本：710×10001/16

字數：450 千印張：25

出版日期：2010 年 11 月第 1 版 2010 年 11 月第 1 次印刷

印數：1-10000

ISBN978-7-5063-4734-1 定價：36.80 元

二十三、《廢都》（人民文學出版社）

　　我發現，在1993年至2008年間，出現了大量的《廢都》盜版本，到底多少？根本無法統計。但有一點，這16年間，冒名“北京出版社”“人民文學出版社”“作家出版社”的盜版本最多。盜版本16年間的“層出不窮”，也說明，在五四之後的作家中，超越魯迅作品文本的，《廢都》的盜版本出現的最多、一直是一個說不盡的話題，其“盜版”文本在坊間的延續，也說明《廢都》的生命力。

　　這一本冒名“人民文學出版社”的《廢都》就是其中之一。盜版本還有一個特徵，就是在封面上，越來越花俏了，包括設計和裝幀。就像時下的滿街美女，大都是畫出來的。在這裡說明一點，正版廢都封面沒有一部是花俏的人物圖，大都是由賈平凹書寫書名或以平凹書畫藏書票為主要設計，內文印刷也是十分考究的。2009年後的正版書內插入了平凹繪畫作品和手跡的較多。手頭的這本《廢都》其內在的東西卻是經不起推敲的，內文、紙張，粗糙的想撕掉！

版權頁：

書名：廢都

作者：賈平凹

出版發行：人民文學出版社

印刷：北京印刷廠經銷新華書店

開本：910×12801/32

字數：250 千字　印張：16

版次：2006 年 1 月第 1 版　印次：2006 年 1 月第 1 次印刷

印數：1-5000　書號：ISBN7-155-02562-8

定價：35.00 元

二十四、《廢都》（作家出版社）

封面是中國紅，金色的導語，兩個突出的黑色宋體廢都，兩位悠閒的民國女子……而封底上，《廢都》獲法國費米娜文學獎…. 還有"廢都中，賈平凹寫出一部社會風俗史……" "廢都，一部現代金瓶梅……"。

……

這些都能夠背下來的"廢都廣告語"幾乎被盜版者炫了再炫，思來也是，被一次次貼上 的"廢都標籤"大都是複製了又複製。

盜版，在文案上，還有新意嗎？！

版權頁：

廢都 賈平凹 著

作家出版社 北京朝陽區農展館南裡 10 號

北京外文印刷廠印刷 新華書店經銷

字數：1000 千字開本 880 毫米 ×1230 毫米 1/32 印張 12

2006 年 9 月北京第 1 版 2006 年 9 月第 1 次印刷

印數：1-10000

ISBN7-80500-676-0

定價：28.00 元

二十五、《廢都》（文化藝術出版社）

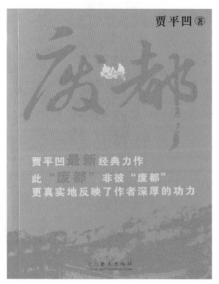

橙色《廢都》與綠色《廢都》並說。

我更喜歡原本評注本《廢都》黑白皮書。黑白皮書中兩個行書廢都之間那幅微小的剪紙畫起到了整個封面的點睛。是的，此廢都非彼廢都。因為，這是一部中篇小說評點集。也就是這樣一部評點集，在 2009 年作家出版社版本《廢都》還沒有出版前的兩年裡，這種版本的盜版大都是以不同色彩出現的。我手中收集的就有綠色、橙色、以及 16 開版的黑白色等。

版權頁：

廢都 賈平凹

評 陳澤 策劃 編輯 唐建福 責任編輯 張勃倩

裝頓設計 蔣宏工作室 責任校對 方玉菊

出版發行 文化藝術出版社

北京市朝陽區惠新北裡甲 1 號 郵編 100029

經銷新華書店

2007 年 1 月第 1 版 2007 年 1 月第 1 次印刷

850×1160 毫米 1/32

張數 310 千字　印數 1—20000 冊

書號：ISBN978-7-5039-3170-3/1　定價：38.00 元

　　橙色版《廢都》直接將原本的點評本《廢都》的護腰上文字印製到了封面上，而且，還以"賈平凹經典力作、更真實地反映了作者深厚的功力"作為"賣點"，將原本 16 開變為 32 開本。

　　藍本評點本《廢都》，是將原本護腰直接印製到了封面上，如果你是從網上下單，對於沒有看到過原本評定本的讀者根本無法辨別真偽。

　　橙色本與藍色本的印刷上非常粗糙，而綠本比橙色本缺少了 43 頁。更為甚者，橙色本還冠以"賈平凹同名新作"欺攬讀者。

版權頁：

廢都 / 賈平凹著

責任編輯 / 張勍倩裝幀設計 / 蔣宏工作室出版發行 /
文化藝術出版社

地址 / 北京市朝陽區惠新北裡甲 1 號郵遞區號
/100029 經銷 / 新華書店

印刷 / 國英印務有限公司

開本印張 /880×1230 毫米 1/3212 印張 220 千字

印次 /2007 年 5 月第 1 版 2007 年 5 月第 1 次印刷

ISBN978-7-80673-960-0

定價 /29.80 元

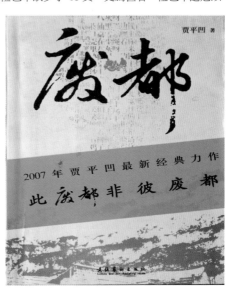

二十六、《廢都》（北京出版社）

　　1993 年 7 月版《廢都》後，打著"北京版"旗號的《廢都》版到底有多少？以百花、朝陽、鐵道、冶金、武漢等等印刷的，在"孔網"舊書網上大概能搜索出 4000 多種。聽朋友圈的朋友說，他們喜歡上舊書網上買廢都，可買到手的有幾成是原版？而且，網上銷售，一部 93 版 的《廢都》已經炒到了 500 到 1000 元，關鍵是，你買到的 93 廢都是不是原版？

　　這本《廢都》是一位好友從孔網上買到的。那天她高興地說，只花了 8 元錢（不含郵寄費）買到的 95 成色的《廢都》，晚上，我們一起吃茶，她拿出這本《廢都》讓我鑒別。我一看，就是盜版本。

　　她說，怎麼會呢？

　　我說，2003 版，越是在封面上標注年號字樣的越是假的。1993 年北京版一直到 2009 年粉色作家版，這期間，根本就沒有出版社再版過《廢都》。

後來，為了安慰她，我送了她一部 1993 年的《廢都》，換得了她的這部沒有作家照片、沒有作家手跡、沒有襯頁的盜版本。

版權頁：

廢都 FEI DU 賈平凹著

北京出版社出版（北京北三環中路 6 號）

北京出版社總發行 新華書店北京發行所經銷

冶金工業出版社印刷廠印刷

850×1168 毫米 32 開本 16.625 印張 400000 字

2002 年 10 月第一次印刷 2003 年第二次印刷

印數 1-170000

ISBN7-200-01986-0/I·237

定價：23.80 元

二十七、《廢都》（作家出版社）

2009年7月作家出版社推出了《平凹三書》，其中一部是解禁的《廢都》。被坊間成為桃紅版。目前，我手中有《平凹三書》兩套，其中桃紅版單行本《廢都》7本，分別有第一版，第二版、第8次、第20此、第29次、第31次印刷等版本。12年來，已達到了第31次印刷，可見《廢都》解禁17年後是如此受歡迎。

讀者喜歡的背後就是止不住的盜版。這一本，就是其中之一。

這本大 16 開 本的《廢都》，是 2010 年春天我在上海新場古鎮時的報攤上買的。標價 38 元，砍價後支付了 15 元，就拿到了手。

拿到手翻閱，簡單粗暴的印刷，也真是辜負了封面上"著名作家賈平凹迄今最完美的作品"，然而，冒名著還在封面上加注了一句"最新修訂原稿全文無刪節版！"

原稿原版 467 頁，縮印為 330 頁，整整少了 137 頁。而且，閱讀起來十分的勞神——如果眼神不好，不帶放大鏡，是看不清字跡的一部《廢都》。尤其是影印的作者照片簡直就是一片模糊。不論是對讀者還是對作者，都是不尊重的一部盜版書。

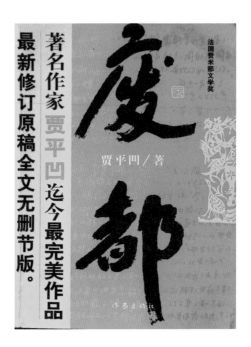

版權頁：

廢都作者：賈平凹

裝幀設計：曹全弘 責任編輯：鷥翎 林金榮

出版發行：作家出版社

社址：北京農展館南裡 10 號 郵碼：100125

印刷：北京京北印刷有限公司

成品尺寸：710×10001/16

字數：450 千

印張：32.5

版次：25

版次：2009 年 9 月第 1 版

印次：2009 年 9 月第 1 次印刷

ISBN978-7-5063-4737-1

定價：39.00 元

二十八、《廢都》（長江文藝出版社）

這本《廢都》值得收藏，尤其是對於喜歡賈平凹作品的，雖然它是一部盜版。

16 開本，拿在手裡就像當年拿著 1993 年的《十月》雜誌感覺。這種感覺，只有窩在沙發裡，在昏黃的燈光下慢慢讀書的感覺才有的。我說的不是我，是在蘇州的一家民宿裡看到一位女子在讀《廢都》時，她說出的一種感覺。

那時，是 2005 年的春天的一個傍晚。我們一行三人拍完瘦西湖的桃花開，回到民宿時，天色漸晚，一走進民宿大堂，見她就窩在一隅的沙發裡，獨自看書。

老闆說，今晚就你們四人居住，一起吃晚飯如何？

我們三人中的小雨說好呀好呀，小雨是我們的模特，她開心地換來一聲那位看書的女生，來來，一起吃飯，明天可以和我們一起玩一起去拍照吧。

女子笑著走過了，說，太好的。於是，將手中的書放在餐桌角，坐下來。

書，是中國紅，一枝斜斜的枝條下，醒目的印著金色的廢都二字。我問，你也喜歡讀賈老師的書？

她說，是的，之前特別喜歡他的散文。小說是這幾年才開始讀的。

一邊吃飯，一邊聊著賈老師的作品。她是一位語文老師，家在江西，平時也寫寫文章旅旅遊。

我知道這是一本盜版書，翻看了幾頁後，也不想打消她喜歡的興致，我喜歡的是書中收入的幾篇關於廢都的短文字。於是，就沒有說破這本盜版書的印刷品質，而是跟她說，我手裡幾乎收集齊了賈老師的各種版本，我回京後給你寄一本我寫的書再送你一本當年的初版本《廢都》，來換取你手中的這一本如何？

後來，雙方自然是相互滿足了各自讀書的喜歡。

這本標注 2004 新版的《廢都》自然不是新版。

書的扉頁後，收錄了賈平凹說廢都。還有與謝有順的問答，以及邵子華的一篇《我看廢都》評論。

但，有一點必須說明，為了吸引讀者眼球，編者在扉頁和封底分別特別標注了這樣一段文字：《廢都》1993 年出版，2004 年再版，頭尾一隔十二個春秋。人是有命運的，書也有著命運。十二年對於一本書或許微不足道，對於一個人卻是大數目，我明顯地在老了。

——賈平凹

特別說明的是，這段文字絕對不是賈平凹所言！

版權頁：

廢都 / 賈平凹著

責任編輯：李明華　封面設計：王嶽

出版：長江文藝出版社

發行：長江文藝出版社北京圖書中心

印刷：北京鑫苑印刷廠

印張：21 字數：411 千字

開本：787×1092 毫米 1/16

印次：2004 年 5 月第一次印刷

版次：2004 年 5 月第一版

定價：28.00 元

ISBN7-532A-3480-910021

印數：0001-50000

二十九、《廢都》（作家出版社）

這是朋友快遞給我的一本書，他知道我在收集《廢都》版本。

但他不知道這是一本盜版。我問他，在哪裡買到的。

他說，內蒙古的赤峰。

按照目前的收集，我完全可以做一本《一城一廢都》了。

黃色的封面，折壓在兩幅國外的油畫。"中外經典名家名篇文學代表作"和《廢都》描寫的是古城長安，本文為賈平凹的力作。獲"人民文學"1991 年度優秀作品獎，背景廣闊，用典甚多，寓意也可謂深刻。

這樣的描述，1991 年度獲獎作品不是此《廢都》。

封底還有這樣一段文字：情事、人事、鄉事、匪事，男人們至情至性，女人們溫柔如水，善良如佛.豔麗如花.嫵媚如狐，有著江南水鄉的鐘靈毓秀，秋水般的眸子裡便有了一個個小小人影！

那些如水的女子，溫柔可人，又善解人意，在等著每一位來相會！

這些是平凹先生寫得最為圓熟飽滿的小說，細緻入味，真摯迷人，真實地反映了他的藝術風格與傑出成就。

版權頁：

廢都 賈平凹 著

出版：作家出版社

印刷：北京懷柔紅螺印刷廠 版次：2008 年 6 月第 1 版

印次：2008 年 6 月第 1 次印刷 規格：880×1230

印張：12 開本：1/32

字數：400 千字 書號：ISBN7-80500-676-0

定價：28.00 元

三十、《廢都》（作家出版社）

盜版，真是無處不在。盜版，也成就了《廢都》17 年閱讀的延續。

這本列入《現當代名家精品書系》的《廢都》盜版本，是在海南三亞的天涯海角的天涯書局買到的，正是初冬時節，海南的氣候適宜，藍天碧海下，書局周圍一片滄綠，這本綠色的《廢都》也是應了周圍環境的景兒！

翻開書頁，錯字，錯頁，簡直無法閱讀。比如，93 版《廢都》的第一頁是這樣開篇的：一千九百八十年間，西京城裡出了樁異事，兩個關係是死死的朋友，一日活得潑煩，去了唐貴妃楊玉環的墓地憑弔，見許多遊人都抓了一包墳丘的土攓在懷裡，甚感疑惑，詢問了，才知貴妃是絕代佳人，這土拿回去撒入花盆，花就十分鮮豔……而這本綠色《廢都》是這樣的開篇：一九九三年正月下旬師說："花是奇花，當開四枝，但其景不久，必為爾所殘也。"後花開果然如數，但形狀類似牡丹，又類似玫瑰。且一枝蕊為紅色，一枝蕊為黃色，一枝蕊為白色，一枝蕊為紫色，極盡嬌美。一時消息傳開，每日欣賞者不絕，莫不歎為觀止。兩個朋友自然得意，尤其一個更是珍惜，供養案頭，親自澆水施肥，殷勤務弄。不料某日醉酒，夜半醒來忽覺得該去澆灌，竟誤把廚房爐子上的熱水壺提去，結果花被澆死。此人悔恨不已，索性也摔了陶盆，生病睡倒一月不起。

將原版的一頁半的內容，驢頭不對馬嘴的改寫成了這 400 多字。更為甚者，竟然有多處重複中的重複，大量的斷章取義，錯白字層出不窮。這是一本最書渣的書，真是誤人子弟呀！

這套書包括，安妮寶貝精品集、魯迅精品集、余秋雨精品集、三毛精品集 、郭敬明精品集、

小妮子精品集、明曉溪精品集、小米拉精品集 、張小嫻精品集、席慕容精品集 、張愛玲精品集、
老舍精品集 、路遙精品集、巴金精品集 、張悅然精品集、村上春樹精品集 、沈從文精品集、
饒雪漫精品集 、畢淑敏精品集。

版權頁：

廢都 作者 賈平凹 出版發行 作家出版社

社址 北京市朝內大街 166 號 100705

印刷藝苑印刷廠印刷版次 2009 年 3 月第 1 版印
次

2009 年 3 月第 1 次印刷開本 880×1230 毫米
1/32

印張 16 字數 1000 千字

書號 ISBN978-7-5063-3732-8 定價 29.80 元

三十一、《廢都》（北京出版社）

那年，去貴州，在參加完苗年盛典後的一條老街上，有一個書攤。

書攤上的書幾乎都是盜版。民俗的，文學的，歷史的，名人傳記的，各種驚豔的雜誌，比
比皆是。我問，你這裡有賈平凹的書嗎？攤主笑著說，有，有。你要小說還是散文？我問：有
幾種？她說，五六種吧。我說，你拿來我看看。她扭身從身後的一個大紙箱子裡，取出了書，
有《賈平凹散文選》《高老莊》《土門》《商州三錄》。我問：有《廢都》嗎？她猶豫了一下說：
那是禁書。我說，你拿出來我看看。她說，你等著，她喚過一旁玩耍的小兒，讓他看著書攤，
走進了巷子深處。

大約五分鐘的樣子，她拎著一個黑色塑膠袋，把我叫到一旁說，就一本，20 元。我翻了
一下書說，盜版書你還要這個價？她說：要不要？我說，要，給你 10 塊錢。她二話沒說，把
書塞給我。又看了我一眼，說：大哥還有一本《廢都》，要不要？我說：你應該一起讓我看看。
她說：不行呀，現在管得嚴，不敢拿出來。要不你跟我去拿？

於是，我跟她走進了巷子深處。那是她的家，家裡陳設很現代化。她拿出了另一本《廢
都》，我看了看品相，談好了價格。

這是 2001 年 11 月的事兒。

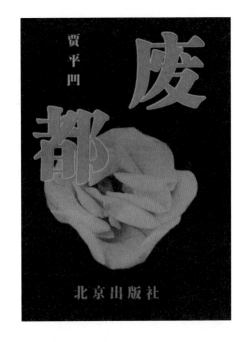

版權頁：

廢都 FEI DU 賈平凹著

北京出版社出版北京北三環中路 6 號

北京出版社總發行 新華書店北京發行所經銷

北京第二新華印刷廠印刷

850×1168 毫米 32 開本 16.625 印張 400000 字

1993 年 6 月第 1 版 2001 年 12 月印刷

印數：1 — 20000 冊

ISBN7-200-01986· …0/I.237

定價：19.80 元

三十二、《廢都》（北京出版社 ）

版權頁：

廢都 FEI DU 賈平凹著

北京出版社出版（北京北三環中路 6 號）

北京出版社總發行

新華書店北京發行所發行

北京百花彩印有限公司印刷

850×1168 毫米 32 開本 15 印 400000 字

1993 年 6 月第 1 版 1993 年 7 月第 2 次印刷

印數 37001—480000

ISBN7-200-01986-0/I·237

定價：25.00 元

三十三、《廢都》（北京出版社）

北京出版社 1993 年 7 月推出的第一版《廢都》後，市場上到底出現了多少種盜版本？僅平凹先生收集的北京版《廢都》盜版本達 60 餘種。

這些年，形形色色的不同封面的《廢都》盜版層出不窮，《廢都》近30年來，國內正版達10

種、海外版本也有13種之多。盜版到底有多少？每到一地，我都尋訪《廢都》版本，不論正版還是盜版，《廢都》作為一種文本，30年不衰，也是中國文學版本的一個奇跡。

這是一本最普通的盜版本，說心裡話，不論是從封面設計、還是內文編排，這是最節省成本的一種，也是最薄的一本《廢都》。且還分了25章節，如果你鑒別不出是真是假，一個最簡單的區別方式是，原版沒有章節。

版權頁：

廢都 FEI DU 賈平凹著

北京出版社總發行 新華書店北京發行所經銷

850×1168 毫米 32 開本

15 印張 400000 字

1993 年 6 月第 1 版 2004 年 11 月第 6 次印刷

印數 37001-480000 ISBN7-200-01986-0/I·237

定價：28.00 元

三十四、《廢都》（作家出版社）

去西安，自然是要逛逛舊市場。

西安的舊市場一般是在週六日開放。柳軍強說，舊市場有兩個，週六開大唐西市，周日開放八仙庵古玩城。於是，雖然是零星的疫情期間，還是有不少人來。這裡的舊市場，尤其是圖書舊市場不同於北京的潘家園，潘家園一般是 8.30 開門，舊書市場設在大棚裡，西安的則不同，天不亮就開市了。書商們從四面八方而來，淘書的也是來自各個地方，有拿著手電筒的，是為了聚焦自己想要的寶貝。

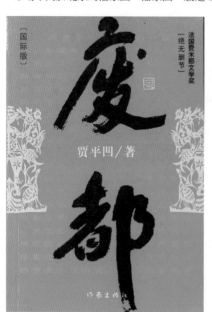

這本粉色廢都，一看便是盜版本，32 開本。真版是大 32 開，顏色也沒有這麼紅豔。翻開一看，更是暴露了所盜之道，不僅無深藍色襯頁，也無作者簡介，作者照由正版的彩色變成了黑白，原版是 467 頁變為了 422 頁。是地地道道的 2009 版的盜版書。

版權頁：

廢都 作者：賈平凹

責任編輯：鬱翎 林金榮 裝幀設計：曹全弘

封面題字：賈平凹 出版發行：作家出版社

社址：北京農展館南裡 10 號 郵碼：100125

印刷：北京京北印刷有限公司

開本：880×1230 字數：450 千

印張：16 版次：2009 年 7 月第 1 版

印次：2009 年 7 月第 1 次印刷 ISBN978-7-5063-4734-1

定價：39.00 元

三十五、賈平凹作品集《廢都》（新疆人民出版社）

去四川成都出差，在去往三台縣的途中，服務區休息時，在各種商品旁有個小書攤，各種美豔的雜誌琳琅滿目，其中也夾雜著一些所謂的"名著"，這本《賈平凹作品集》就是其中之一。

賈平凹作品集看過許多，也見到過許多。尤其是在一些縣級市的圖書市場上，幾乎都會買到盜版的賈平凹作品集。作為一個當代作家，50年的文學創作中，出版了各種文學作品版本500餘種，各種盜版幾乎覆蓋了2600多個縣的書攤報攤，到底養活了多少盜版書商？不敢想像。

這本作品集不用細看，典型的流行在各個書攤的盜版書，書中收錄了賈平凹的長篇小說《廢都》《高老莊》《浮躁》和中篇小說《雞窩窪人家》。822頁，小六號字，即使視力好一點的也得用放大鏡閱讀，印刷、紙張之劣，不敢目視。標價46元，賣20元。大都在火車車站、汽車站買賣，流行之廣之大可想而知。

版權頁：

封面設計：旺忘望 責任編輯：曹利群

賈平凹文集 賈平凹著 新疆人民出版社出版

各地新華書店經銷

航空工業印刷廠印刷

850×1168 毫米 32 開本 28.5 印張

1999 年 11 月第 1 版 1999 年 11 月第 1 次印刷

印數：1 － 10000 冊

定價：46.00 元

三十六、《廢都》（賈平凹作品集）（華夏出版社）

此盜版書與上圖中的作品集如出一轍，只是內容稍稍做了調整，版權頁也換成了《白夜》的版權頁。像這樣的流水線作業組合盜版本，在大街上只要是書攤比比皆是，不在多述。

版權頁：

中國當代作家文庫 / 陳澤順主編

ISBN7－5080-0757－3

華夏出版社出版發行（北京東直門外香河園北裡 4 號）

新華書店經銷北京第二新華印刷廠印刷

850×1168 毫米 32 開本 28 印張

1998 年 7 月北京第 1 版 1998 年 7 月北京第 1 次印刷

印數：1 － 5000 冊

定價：44.80 元

三十七、《青銅市長》版《廢都》（中華工商聯合出版社）

必須說一說這個盜版本！

2012 年 10 月 17 日，乘坐國航廣州中轉，在鄰座的一位“官員”模樣的男子，三個小時的行程孜孜不倦的讀《青銅市長》，他間歇就餐時，書放在了我倆之間的座位上，我瞄了一樣，在他允許的情況下，我翻看了一下，驚呆了——書名的右側赫然書寫著賈平凹著四個字，書中內容竟然是全文《廢都》。

我試探性地問：這書在哪裡買的？他頭也沒抬一邊吃一邊說，在廣州機場買的。

四天后返京從廣州機場轉機時，我還真的在機場內的書屋看到了這本書。我當時想，這本盜版書也是做得有趣，書的封面上這樣書寫——長篇反腐小說，實權人物的底線掙扎……而且，還有“第四屆網路原創文學大展最高獎，《大哥，中國版教父》作者最新力作”！

封底的“推薦語”更是大膽——市長就沒有憤怒的權力嗎？在一連串觸目驚心的事件面前，青州市長林雲拍案而起掀起一場震動青州官場的權力戰爭。在這場不期而遇的權力對決中，精英男人的智力交鋒，官場權謀的機巧殘酷，人性的拷問與良知的守衛，凝結成精彩絕倫的情節，更有個性美女風雲際會，傾情演出，讓這一場大戲更加壯美而淒絕。

我本無意想收集這本書。——一千九百八十年間，西京城裡出了一樁異事……！432 頁，密密麻麻的竟然全是《廢都》的原文，還是買了下來。

這樣的盜版《廢都》文本，還是第一次見！看來，盜版市場，無所不能，花樣繁多。不是沒想到，只是沒看到。

版權頁：

長篇反腐小說　作者：賈平凹

出品人：成與華　策劃：李征　責任編輯：趙兵 李文慧

責任審讀：孟波　裝幀設計：季群

出版發行：中華工商聯合出版社有限責任公司

印　刷：北京畫中畫印刷有限公司

版次：2012 年 7 月第 1 版　印次：2012 年 7 月第 1 次印刷

開本：880mm×1230mm1/32　字數：640 千字　印張：13.5

書號：ISBN978-7-80249-991-1　定價：29.80 元

三十八、《廢都》臺灣版

福建的平潭是一定要去的。平潭，距離臺灣島最近。在平潭的石頭厝一家民宿裡的大堂裡，發現了這本書，雖然是盜版本，老闆娘見我喜歡賈平凹的作品，還是送給了我。我並沒有告訴他這是盜版本。但，這樣的盜版還是第一次見。不知外文版會不會也有盜版？奪了人所愛，我問老闆娘，《廢都》還有嗎？她說，我會找到的。國家對於臺灣年輕人來大陸創業實現減免稅，因此，在平潭有許多臺灣人在這裡開店。

於是，在這家民宿小住了一天。翻閱著這本盜版本，我想，憑印刷、看裝幀和排版，一定是內地所為。我收集的香港版、臺灣版都是繁體豎版，這一點盜版做到了，但，他們忽略了一個關鍵問題，就是，港臺版都是右翻閱，而不是左翻閱，更關鍵的是，即使影印本，在裝訂上也是犯了常識性的錯位，按照內地版的裝訂，閱讀起來十分彆扭。

三十九、《一號別墅》（長江文藝出版社）

來一起看看這些盜名版，只紀錄封面與版權頁，立此存照。

版權頁：

1 號別墅

出版發行 長江文藝出版社

經銷全國新華書店

印刷 北京上工印刷廠版次 2006 年 9 月第 1 版

2006 年 9 月第一次印刷規格

開本 /880×1230 毫米 1/32

印張：13 字數：130100 千字　印數 5000 本

書號 7-80576-518-7/1·3537

定價 28.80 元

四十、盜版、盜名本還有許多。立此存照。

版權頁：

舞城 賈平凹著　責任編輯 / 蕭曉紅封面設計 / 章雪

出版發行 / 群眾出版社電話（010）67633344 轉

社址 / 北京市豐台區方莊芳星園三區 15 號樓

經銷 / 新華書店

印刷 / 利森達印務有限公司

850×1168 毫米 32 開 14 印張 350 千字

2004 年 1 月第 1 版 2004 年 1 月第 1 次印刷

印數：0001 — 5000 冊

ISBN7-5014-2848-4/1·1201 定價：28.00 元

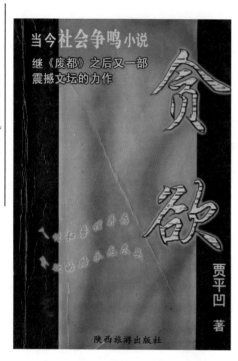

版權頁：

貪慾 作者 賈平凹

責任編輯 成方

裝幀設計 冬雨

出版發行 陝西旅遊出版社

地址西安長安路 32 號　經銷新華書店

印刷陝西地質印刷廠

版次 2004 年 1 月第 1 版 2004 年 1 月第 1 次印刷

開本 850×1168 毫米 1/32 印張 14

字數 400 千字

書號 ISBN7-5418-1855-0/G·120 定價 26.80 元

版權頁：

血慾 賈平凹 著

春城文學出版社出版發行 新華書店經銷

2005 年 4 月第 1 版 2005 年 4 月第 1 次印刷

開本：850×1168 毫米 1/32 印張 16.5

定價：29.80 元

ISBN7-066-06622-8/I·1169

版權頁：

裸城 賈平凹 著

責任編輯：田珍穎

封面設計：李芸

總體策劃：黃成坤

北京出版社出版發行

新華書店經銷 北京第二新華印刷廠印刷

開本：850×1168mm 1/32 18 印張 570 千字

2004 年 5 月第 1 版 2004 年 5 月第 1 次印刷

印數：1-5000 冊

ISBN7-201-01987-0/I·238 定價：36.80 元

版權所有 翻印必究

版權頁：

廢都大院

原著：賈平凹

封面設計：王傑　責任編輯：洋雷

出版發行：東方出版社　經銷：全國新華書店

印刷：北京市兆成印刷有限公司

開本：880×1230 毫米 1/32

印張：14.5　字數：964 千字

版次：2006 年 8 月第 1 版

印次：2006 年 8 月第 1 次印刷

印數：001-15000

書號：ISBN7-218-02523-5　定價：32.80 元

版權頁：

素男 賈平凹 著

出版：時代文學出版社

發行：新華書店總店發行

開本：850×1168 毫米 1/32

印張：16.5

版次：2005 年 4 月第 1 版 2005 年 4 月第 1 次印刷

書號：ISBN7-80171-429-6/G·54

定價：29.80 元

第五章 盜版說

127

版權頁：

書名：野草坡

作者：賈平凹

出版：作家出版社

經銷：全國新華書店印 刷：北京中印聯印務有限公司

開本：880mm×1230mm1/32

印張：14

版次：2009 年 3 月第 1 版

印次：2009 年 3 月第 1 次印刷

書號：ISBN978-7-5399-2673-5

定價：28.80 元

圖書若有印裝錯誤可向承印廠調換

版權頁：

荒欲 賈平凹 著

責任編輯：田珍穎 裝幀設計：李芸

北京出版社出版發行 850×1168 毫米 1/32 印張：17

2003 年 8 月第 1 版，2003 年 8 月第 1 次刷

ISBN7-5416-1852-0/G·103

版權頁：

廢城 / 賈平凹著

北京出版社出版（北京北三環中路 6 號）

北京出版社總發行 新華書店北京發行所經銷

北京第二新華印刷廠印刷

850×1168 毫米 32 開本 17 印張 570 千字

2003 年 7 月第 1 版 2003 年 7 月第 1 次印刷 印數 1-5000

ISBN7-201-01987-0/11·238

定價：38.80 元

版權頁：

腐色 賈平凹 著

社會文學出版社出版發行 850×11681/3217 印

2005 年 1 月第 1 版 2005 年 1 月第 1 次印刷

印數 0001-20000 冊

ISBN7-5254-1635-8/·I624

定價：29.80 元

這樣的盜名、盜版還有許多。

在西安尚武門外的書攤上，筆者看到這種盜版本，封面色調偏藍，印裝粗劣，遂揀了一本，一邊翻閱一邊佯問：最低價多少？答：13 元。又問：10 元咋樣？答：不行。又說：正版本才 12 元半，你這盜版還賣這麼高。答：那你買正版去，看你在啥地方能買到正版。口氣硬硬的，使人無言以對，心裡蠻不是滋味。

更使人哭笑不得的是《廢都》被改名為《城人花心》《城市痞子》喬裝一番後儼然賈平凹的新著招搖書市，矇騙讀者。近年不法書商炮製的風行書攤的數十種《賈平凹全集》和《賈平凹文集》是背著賈平凹私自編印的，幾乎每種都收有《廢都》。筆者收集的同名的《賈平凹文集》就有 3 種，一種彙集《廢都》《懷念狼》《廢城》《浮躁》4 個長篇小說；一種封面要目為《懷念狼》《廢都》《白夜》《浮躁》《高老莊》，實際上只收了前兩部長篇，其他為中短篇，還有《我是農民》；另一種彙集了《病相報告》《廢都》《懷念狼》和中短篇小說及散文。

最新上市的盜版本的定價已非昔日可比，一本署名北方出版社出版的《廢都》版權頁上標的是 2009 年 7 月出版，應該是最新的《廢都》盜版本，目錄將全書分為 13 卷，每卷若干章。高達 32.80 元，幾乎達到正版原價的 2 倍，但可以砍價，10 元甚至 8 元就能拿下。

列舉一組收集的《廢都》盜版本及有關的假冒書，從中可窺其一斑。

《廢都》〔盜版本〕

傍晚，散步路過尚武門內市場，在惟一的書攤上發現了此書。這是最新的《廢都》盜版本，也是最大開本的、品質最好的《廢都》盜版本。《廢都》自出版 11 年、被禁 10 年以來，盜版不斷，幾乎每年都有幾種盜版本。開本有原大的大 32 開，也有窄 32 開，還有普通 32 開，多為平裝，也有精裝本。封面多與原版相同，唯精裝本、平裝本的一種綠皮和此種紅皮有異，分外醒目。尤其是此種 16 開本鶴立雞群，除開本大外，封面也很有特色，即標有"2004 新版，長江文藝出版社"。去年底至今年初，風聞《廢都》開禁，曾詢平凹，他說正運作，未定。今年初的一天，看到新聞出版總署的內部簡報關於《廢都》暫不宜再版的新禁令，又證之平凹，平凹曰：都讓媒體攪黃了，漏氣了，饃未蒸成。昨晚我以 8 元購此書後，打電話與平凹對證，正在看戲的平凹話很明確：假的，全是假的。扉頁前後所謂的平凹語錄，平凹序，與謝有順的對話及書尾的評論文章以及封底的名人專家關於《廢都》的評點，均有欺騙性。特此說明。

《廢都》〔盜版本〕

在學術書店查繳《朋友》盜版本時發現了這種堪稱最新的《廢都》盜版本，封面品質用紙不亞於正版，但金玉其外，敗絮其中，或俗話所說的驢糞蛋外表光，原版所有的特種環襯紙沒了，作者創作照和作者手跡沒有了，扉頁的彩色銅版紙被普通凸版紙取代了，內文紙也比較粗劣。此外，版權頁也與正版《廢都》不同，出版、印刷時間改為二〇〇四年，定價也提高為 26.80 元，比正版原價高一倍左右，但在書店裡卻放在五折的書架上，也就是說，10 元可以買走，即使如此，書商仍有利可圖，這種不付作者稿酬、不給國家交稅，粗製濫造成本極低的盜版本成本在 5 元左右，仍有對半以上的利可圖。封面上之所以有 2004 年新版的廣告性文字，固有以新招徠讀者的用意，也與近一二年來風傳《廢都》開禁，將出新版有關，媒體一炒導致再版流產，而為不法書商大肆盜版造成可乘之機，嗚呼！禁君子禁不了小人，豈不悲哀。

《廢都》〔盜版本〕

此書自 1994 年被禁已有 5 載，正本（版）書早已售缺，但盜版本卻禁而不止，且有氾濫之勢。據書商反映，《廢都》盜版本印數已逾千萬冊以上，品種難以統計。平凹收藏有 50 多種，有大 32 開，普 32 開的，也有窄 32 開，小 32 開的。去年之前的盜版本一般為照貓畫虎，版權頁，包括定價一般未變（也有 11 元的小開本）。今年以來，下班途中在尚武門外發現兩種盜版本，前不久發現一種，定價已漲至 26.5 元，幾番砍價，對方咬定最低價為 13 元，且口氣挺硬，未成交。今日又過此地，購《散文精品》時發現此版。定價又漲至 28.80 元，品質極差，不如上種，莫知其故，原為彩照，此為黑白照，當為節省成本牟取暴利之佐證。也許幾經歲月的侵蝕，風雨的洗刷，塵土的蒙罩，平凹兄昔日風采不再。潛龍看飛，平凹已在蠢動，從今年《文集》等系列著作出版及媒體報導的頻繁日增可看出，平凹再次騰飛、再度輝煌之勢已彰矣。

不知是風聞此書獲獎，還是平凹近年聲譽再起，抑是物價上漲，人民幣貶值之反映，盜版書的定價不斷調高，這本《廢都》盜版本定價已達 28.80 元，比當初正版《廢都》高出一倍以上。不過，經侃價，終以 10 元成交。據攤主說這是最後一本。問還有別的版本嗎？答曰：沒，進一批售完後再進一批。以後還會有新版本嗎？《廢都》經久不廢，不由想起古詩：「兩岸猿聲啼不住，輕舟已過萬重山。」如此現象引人興趣和思考，值得研究，將來可寫一本《廢都》出版前後。現在則著手收集材料（已有一些，但不夠），作為寫作出版史上的一個個案和現象加以評析，當有現實意義和史料價值。

《廢都》〔盜版本〕

這是一種明火執仗的盜版本，首先張冠李戴，將原出版者北京出版社改為人民文學出版社，其次取掉原版書上的插頁——作者寫作照、手跡、聲明及出版者的「版權所有，嚴禁翻印」的聲明；此外，版權頁也舊貌換了新顏，竟有出版人曹利群的署名。此人名熟，傳說是北京一個發了橫財的書商，已辦了公司，有幾輛車，僅賣平凹的作品就編盜過不少。這種盜版本印數不會少於版權頁上的三萬六千冊，若按其第三版第十一次印刷，當在五十萬冊左右，牟利在百萬元以上。從這個盜版本可看出，書商已撕下遮羞布，赤裸裸地趁火打劫，趁《廢都》被禁而又有市場的機會公然盜版，公然向作者、向出版社、向政府管理部門挑釁。但願我們的作者、出版社和政府有關部門聯手向盜版者宣戰！

《廢城故事》〔假冒本〕

這是一部混編的欺世盜名的非法出版物，全書由《廢城故事》和《廢城笑話》組成，前者是老故事，後者是新故事，二文真實的作者不詳，也許是襲用他人的，也許是書商雇的槍手炮製的，反正不是賈平凹寫的，之所以假冒賈平凹之名，無非是借其名牟取暴利。當然也是打《廢都》的擦邊球，《廢城故事》易使人與《廢都》裡的故事聯繫起來。這就叫跟風出版，比如《國畫》出版後，便有《省畫》《市畫》《縣畫》《村畫》之流的書紛紛出籠，無非是想借"畫"化緣。但這類書粗製濫造，是蘿蔔快了不洗泥，書名字特大，用以招徠讀者，沒有環襯，打開封面便是扉頁，像沒有穿襯衣的光身漢，版權頁也是胡編亂造，從作者、出版者、印刷者到印數、書號，沒有一個是真實的，可謂"真正的假書"（賈平凹語）。時下流行民謠："陳谷陳糠陳忠實，假煙假酒假平凹"，假煙假酒害人不淺，假冒陳忠實、賈平凹的非法出版物不亞於假煙假酒的危害，它是精神鴉片，務必清除。

《廢城》〔假冒本〕

這是我所看到的又一種《廢都》擦邊書，也是第二種《廢城》版本，所謂的 2003 年最新版。第一種即 2001 年出版的假冒北京出版社的，此種假冒作家出版社。是假冒賈平凹之書中寫得較有水準的一種，從所寫的內容（反映出版發行界的現實生活之作）看，作者很可能是出版發行行業的人，或者就是有一定文化水準又多年在發行業內摸打滾爬的書商。從這點看，顯然不是賈平凹等業外作家所為。儘管封、扉均有"賈"不假，文化為名性做馬的廣告宣傳語，但縱觀全書或橫比 2001 年版《廢城》，此書的性描寫還算節制，是情節發展所需，也較符合人物的性格，亦能被讀者所接受。再一看版權頁上的在版編目亦發現此書原為周新京所著《書商》，因此該書既侵犯了賈平凹的姓名權，又侵犯了周新京的著作權，同時侵犯了作家出版社的出版權。是徹頭徹尾的假冒侵權圖書。

《腐都》〔假冒本〕

這又是一部假冒侵權之作，也是又一部搭乘《廢都》餘熱的偽劣之作。從封面的"繼《廢都》之後隆重推出 ——"便可看出。扉頁上類似封面的廣告語及前書舌上的作者簡介，後書舌上襲用《廢都》的作者聲明均可佐證。

該書的內容如其簡介所道："展現官場的人生百相，俗世風塵，金鐘與瓦釜齊鳴，金錢與美女共舞。掌權者的昇華與墮落。"從內容上看也不是賈平凹所擅長的，除《廢都》中側筆涉獵官僚外，賈氏的其他作品幾乎與官場無關，那麼既然描寫官場不是賈氏所長，不法書商為何要打著賈氏旗號炮製這部官場小說集呢？當然不排除假借平凹之名，也不否認搭乘《廢都》餘熱之車。但為何不假冒寫官場小說出名的王躍文呢，或其他寫反腐作品的名作家呢？這恐怕與賈平凹較早涉筆官場有關，也與賈氏的平民意識與批判精神有關。

這幾年，大浪淘沙，寫官場小說的作家一批又一批，但真正長盛不衰的沒有幾個，究其因由，除筆力不逮，水準有限外，恐與平民意識較弱和批判精神不夠有關，有的抱著觀賞的態度，寫得津津有味，但卻缺乏深度和力度。那麼為何出現這種現狀呢？除作家的修養等主觀因素外，恐與客觀環境也不無關係。

首先，國家對官場作品出版政策較嚴格，這類圖書出版要經嚴格審查，層層報批，所以作家對此望而生畏甚至望而止步（筆）。王躍文《國畫》被禁就是說明。但《國畫》的盜版本及假冒仿製的《省畫》、《市畫》、《縣畫》等圖書卻紛紛出籠。

其次，腐敗現象屢禁不止，在有些地方還有愈演愈烈之勢。文學就是生活的反映，有腐敗就會有寫官場小說的作品，而作品寫出後很難出版，於是書商便盯住了這些作家和作品。

再次，有市場有讀者，中國老百姓和知識份子（讀書人）自古就有"天下興亡，匹夫有責"的使命感，對國家、政治極為關心，因而就千方百計瞭解之，而圖書就是一種媒體和載體。"風聲、雨聲、讀書聲，聲聲入耳；家事、國事、天下事，事事關心。"有市場有需求，而正版書極少，於是盜版、假冒、私編的官場作品集就趁虛而出，乘機而入。

《腐欲》〔假冒本〕

這是又一部假冒賈平凹的偽劣之作，也是又一部搭乘《廢都》餘熱之作，其封面、扉頁上廣告性文字"繼《廢都》之後隆重推出……"即是證明。前書舌上作者簡介中的"《腐欲》是繼《廢都》之後又一部震撼文壇的力作"和後書舌上《廢都》書影及"情節全然虛構，請勿對號入座；唯有心靈真實，任人笑　評說"的抄襲語均為佐證。

此書出籠於 2004 年，距《廢都》出版已 11 年，可見《廢都》影響深遠。儘管《廢都》正版已於 1994 年被禁，但禁君子禁不了小人，此後至今，每年幾乎都有幾種《廢都》盜版本，同時打《廢都》擦邊球的假書亦紛紛出籠，計有《廢城》（兩種）、《廢城故事》、《腐都》、《裸都》、《城人花心》、《鬼城》等近 10 種，成為一種"賈（假）平凹現象"。

從此書內容看，寫的反腐敗，夾雜著一點色情描寫，也可以說是《廢都》的變異之書，它無疑迎合了讀者的新的需求。這也說明正版圖書不去佔領圖書市場，假冒偽劣之書就會佔領之。

《腐城》〔假冒本〕

腐者，廢也；城者，都也。從書名便可看出，這又是一本模仿《廢都》之偽作矣。前書舌作者簡介中的"《腐城》是繼《廢都》之後又一部震撼文壇的力作"和後書舌上的《廢都》書影及賈平凹在《廢都》一書中的聲明"情節全然虛構，請勿對號入座；惟有心靈真實，任人笑　評說"可作佐證。當然還有《廢都》插頁上的賈平凹創作照也用在本書中。出版者也襲用了北京出版社。聯想到一幅古聯：著書成二十萬言，才未盡也；得謗遍九州四海，名亦隨之。簡直就是寫給平凹的，難道不是嗎？《廢都》之後，平凹並未如有人所預言：廢都廢了賈平凹，而是又相繼寫出《白夜》、《土門》、《高老莊》、《懷念狼》、《病相報告》、《秦腔》等長篇小說及一批短中篇小說和散文作品；《廢都》也使平凹之名從文壇播揚到五湖四海，幾乎家喻戶曉、婦孺皆知，法國女評委文學獎和法蘭西最高榮譽獎的授予，也使平凹名揚天下，或如平凹所言：《廢都》的出版是幸也是不幸，它使我的聲名在華人世界得到普及，卻也給我的生活和寫作帶來了前所未有的困境。平凹從此成了文壇上爭論最大的作者，愛者譽其為文學大師，恨者毀其為"流氓文人"，加之《廢城》、《腐城》、《腐都》、《腐欲》等一系列的偽作炮製問世，使平凹的臉越抹越花。知平凹者，謂其心憂，不知平凹者，謂其何求？而平凹唯有默雷止謗，轉毀為緣，亢龍有悔，潛龍更看飛。

潛龍看飛的同時，即賈平凹繼《廢都》之後相繼推出《白夜》《土門》《高老莊》《懷念狼》《病相報告》等長篇小說的同時，不法書商這些野龍也亂舞起來，肆無忌憚地陸續拋出《廢城》《廢城故事》《腐都》《腐城》《腐欲》《裸城》等系列偽書，尤其是後四種顯然是不法書商有預謀有策劃兩次性炮製的，從封面設計到書名，從出版時間到版權頁分析看這四種假書是2003年、2004年先後推出的，《腐欲》和《腐都》假冒內蒙古人民出版社於2004年元月出版；《腐城》和《裸城》假冒北京出版社於2003年7月問世。從此可看出，不法書商的非法出版活動已呈規模，如此大的出版投入沒有雄厚的資金支援是不可能的，另外也反映出目前非法出版的有組織、集體化，這種集束式的拋出系列假書，恐不是一二個不法書商所為，極有可能是一個組織嚴密、分工協作的黑集團所為。

《廢城》〔假冒本〕

《廢城》與《廢都》一字之差，司馬昭之心路人皆知，何況封面上不打自招地廣告：繼《廢都》之後又一部震撼文壇的力作。可惜不法書商為牟取暴利，不擇手段，太粗製濫造了，且不說內文純屬胡編亂造的花邊文章的大雜燴，粗糙的紙張、劣質的印刷簡直就是廢城裡的垃圾，也是向賈平凹潑污水，《廢都》之後，賈平凹被誤解，其文被誤讀，不法書商推波助瀾的攪渾水，使賈平凹的作品真假難辨，使讀者上當受騙。而不法書商渾水摸魚，大發不義之財，對此，務必予以打擊，不然，精神垃圾氾濫成災，城將不城，難免成為《廢城》，《廢都》中的撿破爛的老頭將生意興隆矣。

《欲城》〔假冒本〕

人欲橫流是當今社會的病症之所在，貪官貪污受賄是官欲，奸商炮製黑心棉、劣質奶粉是商欲，不法書商為牟取暴利，假冒賈平凹之名拋出"繼《廢都》之後又一部震撼文壇的巨作！"《欲城》也是惡欲膨脹的怪胎，版權頁上的責任編輯、封面設計者與封底的責任編輯、裝幀設計竟然不同，一本書竟兩套編輯、設計人馬署名是前所未聞的，而版權頁上的"版權所有，翻印必究"更是賊喊捉賊的把戲，不法書商不知把哪位作者1996年寫的此作重新包裝，推向市場。不法零售商助紂為虐，以遊擊戰式的游商地攤四處兜售，此書就是在一位老年游商處獲得的。問他為何推銷這些非法出版物時，回答說賺錢嘛。又問賺這些錢昧不昧良心？又答曰：比貪官污吏的錢乾淨些。又問：不怕有人查收嗎？再答曰：現在殺人越貨都管不來，誰還管這號事呢，放你的心吧。人心如此，何以放心？

《裸城》〔假冒本〕

書如其名，《裸城》者乃赤裸裸假冒賈平凹之偽作，也是赤裸裸的色情淫穢大雜燴。從封面上的廣告語"繼《廢都》之後又一部震撼文壇的巨作"看，也是仿造《廢都》的精神廢品。不法書商既假借賈平凹之名，又假借田珍穎（《廢都》責任編輯）、李芸（《廢都》封面設計者）之名，不僅侵犯了賈平凹姓名權，而且侵犯了田珍穎、李芸的姓名權，嚴重損害了賈平凹、田珍穎、李芸的聲譽，同時也侵害了北京出版社的權益。因此，出版社、編輯、設計者和作者應積極行動起來，與出版管理者和出版物市場監管者一道展開對非法書商的非法出版活動予以聲討，並提供線索，踴躍舉報，配合執法人員對侵權者進行打擊，為淨化出版物乃至文化市場做出應有的貢獻。

《精編賈平凹作品集》〔仿冒本〕

近年來非法出版活動已呈規模化、集團化，這種《精編賈平凹作品集》是與《精編巴金作品集》一塊兒沒收的，查繳時還發現有別的現當代名家的作品集，這顯然是一套假冒偽劣叢書、系列書，用的是一個書號，但卻無叢書名，賈氏的這本冠以《賈平凹文學精品集粹》，而巴金那本則冠以《巴金文學精品集粹》，其他名家想來也會冠以"某某文學精品集粹"的，在諸多假冒偽劣書中，這套書算是"精編"的，儘管不能與正版書相比，但還算費了些心機的。且越編越"精"，比如巴金的那本，書前還有序文之類的導讀，目錄中分為小說、散文兩大類，當然小說類中僅有巴金的代表作《家》。而賈氏的這本相比之下就名實不符，既無導讀之文，也無分類。將長篇小說、長篇傳記和散文隨筆混編，像一鍋燴菜，但主菜離不了《廢都》。在所見到的十幾種賈氏文集、作品集的偽書中，均有《廢都》，猶如《家》之於巴金，《廢都》似乎也成了賈氏的立身之作，更是不法書商的"搖錢樹"。

《賈平凹文集》〔仿冒本〕

這是一本假冒賈平凹之名私編的《賈平凹文集》，是由《長舌男》等一組散文、短篇小說和《病相報告》、《廢都》、《懷念狼》等長篇小說組成的，可謂一鍋大雜燴，但也有它的特點，一是散文、小說入選的都是有看點的，以新作近作為主，所選幾部長篇小說也是暢銷書或有爭議的新作。《廢都》儘管被禁十年，每年的盜版本卻層出不窮，而且我所看到的十來部非法編印的所謂《賈平凹文集》，幾乎無一例外地都收有《廢都》，這說明了什麼呢？且不說該書內容和品質如何，或如平凹所言，五十年後才能看出一本的生命力。僅從十餘年的六七十種盜版本和被私編入十多種選集，又兩次在法國獲獎，不難看出該書的暢銷程度和受青睞情況。入選的《懷念狼》印數為二十萬冊，而盜版本也有多種，其印數與《廢都》一樣難以統計，近年又入圍茅盾文學獎；《病相報告》是最新出版的賈平凹長篇小說，印數也在十五萬冊，屬暢銷新書，豈能不入選，無暢銷書不盜，也可以說無暢銷書不編，而且每種新版本"文集"都要收集賈氏的新長篇小說以與時俱進吸引讀者的眼球。

《賈平凹文集》〔仿冒本〕

也許子系中山狼，得志便猖狂，也許時間就是金錢，只爭朝夕，不法書商私編盜印已到了利令智昏、財迷心竅的瘋狂猖獗狀態，如若不信，這本《賈平凹文集》便是明證，封面是甘肅人民出版社，而扉頁和版權頁上卻署的是人民文學出版社（出版發行）。這不是以子之矛攻子之盾嗎？再看封面上的要目如下：《懷念狼》、《廢都》、《白夜》《浮躁》、《高老莊》，而在目錄中僅能找到《廢都》和《懷念狼》，看來封面上的廣告宣傳語：彙集長篇、精選中短篇也是名不副實；連要目都未匯齊，談何彙集，至於中短篇是否精選也是名實不符，翻遍目錄無一中篇，短篇既有小說，也有散文，是否精選，只有鬼知道。還有封面上的"珍藏本"實不敢恭維，除上述硬傷外，封面之俗豔，紙張之粗糙，別說珍藏，只要能入人眼就不錯了，那麼 46.80 元的定價則顯然是虛高定價，連砍帶殺，10 元就能拿到這本"珍藏本"，以便在未來的"掃黃""打非"陳列館裡去"珍藏"。

《賈平凹作品集》〔仿冒本〕

又是不法書商所炮製的一種假書，從《賈平凹文集》，繼而《賈平凹短篇小說全集》、《賈平凹中篇小說全集》直到這種彙集賈平凹已出版的《廢都》、《浮躁》、《白夜》、《高老莊》四部暢銷或長銷當紅的長篇小說的《賈平凹作品集》，在其號稱的《中國當代作家文庫》中幾乎囊括了賈氏的有代表性的標誌性的作品，歸根結底都暢銷於書市，能牟取暴利，正如該書"編者的話"中所言：這四部長篇小說在賈平凹的創作中佔有重要的位置，也深為讀者的喜愛，是長時期一直爭相傳閱的佳作。正版《廢都》已遭禁四五年，《浮躁》《白夜》正版在市場也脫銷了，《高老莊》剛出版不久，於是不法書商便趁機而編，乘虛而入，在書市上行銷，由此可見，對於圖書市場，正版的圖書不去佔領，非法出版物就會去佔領，市場不可坐失啊！

《精編賈平凹作品集》〔仿冒本〕

不論該書封面冠以"賈平凹文學精品集粹"，還是書名以精品賈平凹作品集自居，都掩蓋不了其假冒偽劣圖書的特徵，一是紙質低劣，二是裝幀粗糙，三是內容龐雜，以《廢都》為看點，夾雜《土門》《我是農民》等長篇小說、傳記和數篇《男人眼中的女人》之類的散文。但 1998 年至今，我已收集到的此類假書已有十幾種，而正版的賈平凹文集僅有作家出版社、中國文聯出版社和陝西人民出版社的三種，可見假冒偽劣的賈氏文集已遠遠超過正版的賈氏文集，而且使正版賈氏文集滯銷，這是劣幣驅逐良幣的又一佐證。為何形成這一局面呢，一個主要原因便是進入銷售管道時，成本低而定價居高不下的假冒偽劣書可以給經銷商和零售商以低得多的折扣，從而大受歡迎，就比同類題材、同等定價、品質好得多的好書有更多機會進入消費者的視野，於是令人可悲的是，假冒偽劣書比好書暢銷，不法書商大賺其錢，於是故伎重演，不斷拋出"假冒書"。

《賈平凹長篇小說集》〔仿冒本〕

移花接木，偷樑換柱是不法書商炮製非法出版物的慣用伎倆，這本《賈平凹長篇小說集》也不例外，幾處襲用《白夜》一書的特徵，一是出版社沿用華夏出版社；二是借用"中國當代作家文庫"為自己錢庫創收；三是書號盜用《白夜》的書號；四是版權頁上的圖書在版編目（CIP）數據也套用了《白夜》的；五是前書舌上的"中國當代作家文庫"也是從《白夜》的扉頁上抄錄的，總之，不法書商採用拿來主義，凡有用的拿你沒商量，既省了申請書號等出版手續的麻煩，又免得給出版社付費，給作家付酬，當然也逃避了給國家上交的稅，紙張也粗糙，字型大小也極小，一本書竟囊括了賈平凹的三部長篇小說，自然都是當紅或暢銷的，乘《廢都》之餘熱，搭《高老莊》暢銷之便車，趁《白夜》之夜幕，大肆牟取暴利，擾亂圖書市場，使《白夜》《高老莊》正版書嚴重滯銷，《廢都》正版雖因被禁而在市場上絕跡，但盜版《廢都》卻屢禁不絕。儘管出版管理部門和稽查大隊不斷掃打，但從一九九四年至今十年間，幾乎每年都有一二種到三五種盜版《廢都》面世，究其原因，一是不法書商有利可圖，甚至有暴利可牟。二是有市場有讀者，如果無市場無讀者，不法書商也難牟其利，而《廢都》為何能持續十年熱銷呢？恐怕有以下原因：一是持續十年爭議爭鳴，家喻戶曉，使受眾面不斷擴大，也就是說消費者和讀者在不斷擴大。二是中國傳統有"雪夜閉門讀禁書"之說，從心理學講，人們都有好奇心甚或逆反心理，越得不到的東西愈想得到，《廢都》被禁，消息傳出，平日不看書的人也千方百計地找著讀。三是與媒體輿論有關，《廢都》出版、被禁前後，各種媒體予以報導甚至炒作，越炒越熱，越熱越逗引起人們的欲望。四是《廢都》在國外熱銷、獲獎，《廢都》被譯為日文、韓文、法文等在國外出版並暢銷，牆內開花牆外香，像出口轉內銷一樣在國內無正版可購可讀的情況下，盜版和各種選本自然就會大行於市，特別是《廢都》在法國先後獲女評委文學獎和法蘭西最高榮譽獎，使其罩上一層光環，更引人矚目，當然還有將要解禁的消息推波助瀾。

《賈平凹作品集》〔仿冒本〕

時下諺曰："陳谷陳糠陳忠實，假煙假酒假（賈）平凹。""打假打假，越打越假。"這種偽制的《賈平凹作品集》就是十足的假書，粗製濫造，紙張低劣，字型大小極小，版心極大，內容極雜，既有《廢都》《浮躁》《高老莊》等長篇小說，也有短篇小說、散文隨筆，即使如此，仍貪心不足地在封底印上廣告語式的要目，竟將書中未收入的《懷念狼》也赫然列入，也許是弄錯了，將書中編入的《懷念金錚》弄混了，想來利令智昏的不法書商也不至於人和狼不分，看看版權頁上的出版時間便知是趁《懷念狼》暢銷之際，乘其東風，推銷偽書，除《懷念狼》有名無實外，書脊上的"二〇〇〇年獲獎本"也屬子虛烏有，無非炒作的伎倆，但假的畢竟是假的，其特徵如下：一、假冒邊遠出版社名，如本書的內蒙古人民出版社，還有新疆人民出版社、延邊人民出版社、青海人民出版社等，天高皇帝遠，鞭長莫及，叫你不好查；二、有爭論的作家及其作品，這些作家的作品暢銷，有利可圖；三是沒有環襯，封面打開後便是扉頁，也是和內文一樣的劣質紙，以最低成本牟取最大的利潤是不法書商從事非法出版活動的本質所決定的。

135

《賈平凹文集》〔仿冒本〕

這是又一本假冒人民文學出版社的賈（假）書，責編毛光明不知惹了哪位不法書商，又被提溜來作為假書的責任編輯代人受過糟蹋名聲。從版權頁上的出版人曹利祥分析，估計仍是不法書商假冒曹利群所為。早在 1995 年由著名評論家雷達主編的《賈平凹文集》中，曹利群就以責任編輯名義出現，此後的多種《賈平凹文集》（作品集）均有此君的大名在上，至這種假書出版已長達八年之久，可謂咬住賈平凹這棵長青樹不放，將其作品變著花樣的編纂，當然每本均有所不同，一是收集最新出版的長篇小說和中短篇名篇，或雜以膾炙人口的散文隨筆，堪稱與時俱進。二是每種文集都少不了選收《廢都》，儘管該書已被禁十年，但不法書商編你沒商量，視國家禁令於不顧，照編不誤。給人以"兩岸猿聲啼不住，輕舟已過萬重山"之感，而作者卻有幾多愁，恰似一江春水向東流。

《賈平凹作品集》〔仿冒本〕

劣幣驅逐良幣，這句經典的經濟學用語用在出版發行界，可以這樣講：劣書驅逐良書。劣書者，假冒偽劣盜版書也；良書者，優秀精品圖書也。近年來，正版圖書訂數不斷下降，圖書市場持續清淡，固有多種原因，但假冒偽劣圖書的擾亂蠶食乃是一大緣故。就說這本《賈平凹作品集》吧，囊括了賈平凹暢銷的三部長篇小說，其中《廢都》已被禁售，《浮躁》多年未再版，《高老莊》剛出版，前兩部儘管陸續在國外獲獎，卻屬"牆內開花牆外香"，國內市場已難看到這種長篇小說的正版書，《高老莊》因依託書商發行，市場也有些空白，為盜版《高老莊》和此類假書的招搖撞騙留下了趁虛而入的市場，於是《高老莊》出版不久，便有數種盜版書和假冒之書上市，使正版《高老莊》滯銷，一本《高老莊》正版本賣 20 元，而盜版的 10 元便可買到，此書定價56.80 元，但 10 元左右也可拿下，價格取決於成本，假冒偽劣書在成本和價格上首先取勝，在市場上也有讀者，於是成為圖書市場上存在的現實。

《城人花心》〔仿冒本〕

自一九九四年《廢都》被禁後，正版不再印行了（也有書店仍在偷偷地售著已訂的正版書，筆者曾在博文書店和商洛市新華書店為友求購過，商洛的《廢都》還有平凹的簽名和印章），但盜版本卻層出不絕，僅平凹不完全收藏便有五六十種。惟有這一種移花接木，改名為《城人花心》，換名不換湯，內容卻仍是《廢都》。《廢都》遭禁後，君子寒噤，小人卻得意！十餘年間，不知多少書商靠盜版《廢都》發了財，據業內人士保守估計，《廢都》盜版印數可以千萬冊計，版本達百種。不法書商巧立名目，煞費苦心，除炮製出《廢城》、《腐都》等偽書外，又改頭換面，弄出這本《城人花心》，顯然是迎合世俗口味，以牟取暴利。奸商，無奸不商，其花花腸子於此原形畢露。

《賈平凹文集》〔仿冒本〕

這顯然是一種不法書商炮製的非法出版物，似書非書，倒像流行雜誌，大紅大綠，俗豔不堪，內文紙粗糙，印刷低劣，字型大小極小，錯別字滿篇，竟敢冒充人民文學出版社，真是不知天高地厚，但這些厚顏無恥的不法奸商就敢胡作非為，且一而再，再而三地狐假虎威，這已是我看到的第三本假冒人民文學出版社之名炮製的《賈平凹文集》，責任編輯均假冒王光明，看來這是一個有實力甚或有組織的非法出版團夥私編的系列賈氏文集，據點很可能在北京，幾乎是一年編一本《賈平凹文集》，每本都收有《廢都》《懷念狼》《病相報告》《我是農民》等暢銷的長篇小說，同時夾雜一些中短篇小說名篇或膾炙人口的散文，印數不小，不止於版權頁上的三四萬冊，據業內人士估計，至少在五萬冊以上，每本以 5 元利潤計，其暴利在 20 萬元以上。

《賈平凹文集》〔仿冒本〕

今日從單位加完班回家的路上，在距北大街天橋不遠的一輛三輪車上發現了這種假冒偽劣圖書，封面冠有"名家名作精品文庫系列"以招讀者青睞，且有要目列出所選作品，但打開目錄，卻發現並沒有封、扉要目所列的《醜石》、《閑人》。封底《關於賈平凹》不知是從哪裡抄來的，也是牛頭不對馬嘴地介紹平凹的散文藝術。實際上這是一種賈平凹長中篇小說集，當然打頭的仍是《廢都》，其他的都是陪襯。該書定價 32.80 元，討價還價之後以 10 元成交，僅刪三折不到，可見非法出版物的成本之低，利益驅動是非法出版物得以橫行之主要原因。在同一三輪車上還驚人地發現了全國"掃黃"辦多次發文查繳的非法出版物《晚年周某某》，這是香港明鏡出版社所出正版書的盜版本，封底定價為 129 美元，知其底氣的我大開殺戒，最終以 15 元人民幣拿下。同時還發現了 2005 年 3 月出版的堪稱最新的政治性非法出版物《中南海傳真》，封面中間是趙某某像，兩邊是一幅對聯，上聯曰：對天地對黎民你盡力了，下聯為：看眼前看身後誰出其右，橫批為：何處招魂。書中是對已故趙某某的"專題"介紹，也附有"特別報導"、"內幕檔案"，從此書看出非法出版物的新動向，即對已故黨和國家領導人捕風捉影，胡編亂造，以蠱惑人心，惟恐天下不亂，《晚年周某某》亦如此，看來"掃黃""打非"任重道遠，堪稱嚴峻的政治鬥爭。

偽作《霓裳》

在盜版、盜用、偽稱出版社、印刷廠之名偷印賈平凹著作的同時，一些不法書商趁火打劫，一股假冒賈平凹姓名出書的歪風狼煙四起，先是署名"老賈"的《帝京》，繼之為署名"賈平凹"《霓裳》《世界不能沒有女人》《廢城》《欲城》《裸城》等等。

據查，《帝京》是廣東某部隊某作家的狗尾續貂之作，內容相當於《廢都》續集，書中人名多與《廢都》的人名相同或相似，故事情節也是沿著《廢都》結尾重推波瀾的，很容易使人聯想到這是賈平凹的作品。加之書商的刻意包裝，在扉頁上下端印著《廢都》已是過去，《帝京》在"呼喚讀者"，中間配有 3 個作家談論的照片，旁注：繼《廢都》、《白鹿原》、《騷土》後，3 位作家在商討書稿云云。該書的炮製者顯然是個老手，善於打擦邊球，署名"老賈"，既能起到以假亂真之效，又不致被抓住把柄。此案至今仍懸而未決也說明了始作俑者的老奸巨滑。王新民曾在《帝京》扉頁上批點指出：

　　東施效顰、邯鄲學步是古代中國模仿的笑話，二十世紀的末期，東施、燕人之流的徒子徒孫仍大有人在且青出於藍勝於藍，就說這本名為《帝京》的書吧，從書名到內容，從封面到扉頁，簡直就是《廢都》的翻版，扉頁上的“《廢都》已是過去，《帝京》在呼喚讀者”：“《廢都》、《白鹿原》、《騷土》三部書轟動之後，卻引出這三位作家共聚一堂，切磋文學之路，商榷《帝京》定稿”云云廣告語無非是搭《廢都》出版熱之車，推銷《帝京》，從內容上看，《帝京》就是《廢都》的續貂之作。故事情節是接著《廢都》的末尾展開的，主人公的名字稍作改動，把貓叫咪，比如將“莊之蝶”改稱為“吾從周”，“阮知非”改稱為“胡知非”，“孟雲房”改稱為“孟世君”，有些人名乾脆襲用《廢都》上的人名，如表姐、慧明等，揀破爛的老頭仍在吟唱著民謠，連“□□□（此處刪××字）”，也與《廢都》如出一轍。

　　1994年元月10日晚，賈平凹看到筆者帶去的由陝西省新聞出版局發行處收繳的《帝京》樣本，哭笑不得，揮筆寫道：陝西省新聞出版局，目前書攤上銷售的《帝京》一書，非我所著和參與。書上署名作者為“老賈”，扉頁上又以他人照片冒充我照片，故意混淆視聽，擾亂圖書市場，請你們予以查處。賈平凹。臨告辭時，賈平凹托筆者轉交致出版局的函，又讓筆者轉告有關部門，他與老村素不相識，照片也是以他人照片冒充照片中的三人，從未見過，說明文字顯然是胡說八道，根本與事實不符。可再問問陳忠實，看他知道不知道。陳忠實正在住院，後來在某次座談會上見到陳忠實，筆者問及此事，陳忠實說：“我從未知道那事，也與老村沒見過面，談何共聚和切磋？”起初曾接受《中國青年報》記者採訪的老村欲追究此事，後來因忙於創作，無暇顧及，說他沒有精力打官司，而被假冒侵權深受其害的北嶽文藝出版社的態度則顯得鮮明和強硬，在5月27日的新聞出版報上刊發了聲明：近查，部分圖書市場上出售《帝京》一書，該書係不法書商盜用我社名義的非法出版物，請各地查禁。該社社長楊副總編說：市場上《帝京》不是我們出的，絕對是盜版。真正的《帝京》還在照片車間裡，作者是廣州部隊的付某某。書販子把作者改為老賈，在北京賣得很火，可我們太原沒有一本。該社已請求北京市新聞出版局予以協助，待查出眉目後，將堅決追究侵權者的責任。時任新聞出版署圖書司司長的楊牧之指出：《帝京》文字風格、表現手法上模仿《廢都》，署名叫老賈，《廢都》作者不也姓賈嗎？他故意讓讀者去聯想書的前面還有所謂《廢都》、《白鹿原》、《帝京》（實為《騷土》）三作者的照片。《廢都》是什麼樣的小說大家都清楚了，借《廢都》推銷自己，耐人尋味。資深編輯田珍穎也指出：《帝京》的策劃人比《霓裳》要老辣得多，他們利用漢字意義的複雜性，把讀者引入怪圈，讓人以為這本書與《廢都》有關，而在語法上又有模糊性，很難揪住尾巴。

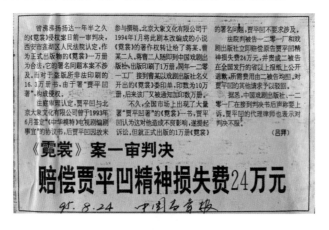

　　《世界不能沒有女人》是1994年下半年在海南書市上發現的，署名賈平凹著，版權頁上印有中國戲劇出版社出版、北京光明印刷廠印製、新華書店北京發行所經銷等字樣，定價19.80元。該書的紅底封皮印著一身睡袍的妖豔女子。書是由上海朋友給寄來的。賈平凹已委託律師同中國戲劇出版社交涉，該社答覆說此書是假冒該社社名出版的，他們也是受害者。這次出版社也嘗到被假冒的苦果。書商不假冒別社而假冒中國戲劇出版社，當與中國戲劇出版社出版的《霓裳》假冒賈平凹之名是不無關係的。

　　《霓裳》是假冒賈平凹姓名影響最大的侵權案。

　　1995年1月5日，正值寒冬臘月，賈平凹和衛全恩、羿克二位律師向西安市蓮湖區人民法院遞交了民事訴狀，狀告中國戲劇出版社、一二〇印刷廠、北京南華印刷廠侵犯其姓名權，要求賠償經濟損失48萬元，並公開賠禮道歉。同月10日，蓮湖區人民法院正式受理此案。從此，被媒體稱為“95出版界第一案”的《霓裳》侵權案開始了坎坷、曲折的訴訟歷程。

又是一個陽春3月，賈平凹和律師衛全恩、羿克踏上了赴京為《霓裳》侵權案調查取證之途。同時，西安市蓮湖區人民法院的法官們亦赴京為此案調查取證。

在京期間，賈平凹一行馬不停蹄，先後會見了有關人士，就出版印刷規定等問題展開諮詢；到海澱區人民法院調檔閱卷，掌握了大量的鮮為人知的第一手材料；向《法制日報》、《中國青年報》等報記者，介紹了《霓裳》侵權案的進展情況。

1995年4月11日，蓮湖法院開庭審理《霓裳》侵權案。初步查明：1993年6月25日，賈平凹與北京大象文化有限公司簽訂了"《中國模特》電視劇編劇事宜"的協議書，協議言明，賈平凹受聘參與該電視劇的劇本創作，後由於客觀原因，賈平凹本人僅僅參與了該電視劇的策劃工作，而未參與撰稿。1994年1月19日，北京大象文化有限公司將由此劇本改編成的小說《霓裳》一書的著作權轉讓給了蔣和欣、曹華益二人。於是，蔣、曹便將該書稿送中國戲劇出版社（以下簡稱戲劇社）要求出版。戲劇社審稿後，同意出版1萬冊，但有關出版印刷的一切事宜均交蔣、曹二人全權辦理，並認可二人為戲劇社之特約編輯。1994年2月16日，曹以戲劇社名義從戲劇社開出委託印刷《霓裳》1萬冊的委印單，承印單位為北京南華印刷廠（以下簡稱南華廠）。南華廠具體經辦人看了一眼委印單後，曹藉口將印單拿走，而交到了一二〇一印刷廠，但一二〇一印刷廠在1994年2月17日收到委印單後，印數已改為10萬冊，承印單位經一二〇一印刷廠與曹協商後，也改為一二〇一印刷廠。1994年3月1日，曹電話通知一二〇一印刷廠加印4萬冊，3月15日再次要求加印了3‧3萬冊，當一二〇一印刷廠提出再補齊兩次 加印單的要求時，3月20日，曹以戲劇社方育德的名義寫了一個"加印手續後補（10萬冊）"的便條，一二〇一印刷廠認可了該手續。同年3月25日，該書全部 印裝完畢。不久，全國的書刊市場上便出現了大量的署名"賈平凹著"的《霓裳》一書。

法院認為，《霓裳》一書的出版發行，作為正式出版物僅一萬冊，該一萬冊的署名是否合適，應由各方有關人士及單位協商處理，或訴諸法律解決，這是《著作權法》所調整的範圍，該案中並不涉及此事。而對於非法印刷的16‧3萬冊書，由於署名"賈平凹著"，這實質上就構成對原告姓名權的侵犯。

從法庭所查明的事實看，被告一二〇一印刷廠，雖然印刷該書有委印單，但在印刷手續極其不完備的情況下，又加印了7‧3萬冊，該部分印刷書籍的責任應全部由一二〇一印刷廠承擔。同時戲劇社所聘請的特約編輯蔣和欣、曹華益二人弄虛作假，將一萬冊圖書的印數改為10萬冊，且將承印單位由南華廠改為一二〇一印刷廠，本應由二人承擔責任，但由於二人是打著戲劇社的名義進行活動，直至有關部門提出異議後，戲劇社仍舊認可二人為特約編輯，故此，對蔣、曹所應承擔的一切 後果應由戲劇社全部承擔。

1995年6月上旬，蓮湖法院對《霓裳》侵權案作出一審判決，要求被告在判決生效後，立即賠償因侵犯賈平凹姓名權所給原告造成的精神損失費24萬元（其中一二〇一印刷廠承擔8萬元，戲劇社承擔16萬元）；並且在判決生效後30日內，被告一二〇一印刷廠及戲劇社在全國發行的省級以上報紙上公開刊登出向賈平凹道歉的聲明，聲明內容必須經法院核准，所需費用由被告一二〇一印刷廠及戲劇社平均承擔。

戲劇社和一二〇一印刷廠對判決不服，相繼於8月15、17日向西安市中級人民法院遞交了上訴狀，請求予以改判。

賈平凹雖勝訴，但亦對判決不服，其主要理由是：第一、侵權人出版《霓裳》非法獲利100多萬元，判決賠償額太低，不足以制裁侵權行為，亦不足以彌補原告所受的損害；第二、作為主要侵權行為責任人的一二〇一印刷廠，其中違法行為之程度和後果是很嚴重的，但是未被追究違法責任，不足以起到整頓出版印刷單位、淨化圖書市場的社會效果，遂於 10 月 5 日向西安市中級人民法院遞交了答辯狀。

1995 年 11 月 6 日、7 日，西安市中級人民法院連用兩個上午開庭審理《霓裳》侵權案。法官分別對各方進行了法庭調查。在法庭辯論中，圍繞"賈平凹 著"《霓裳》是否構成侵犯賈平凹姓名權和一審判決是否合適，各有其辭，爭論激烈。一二〇一印刷廠承認在內文（包括扉頁和版權頁）印刷上有不自覺的侵權行為， 但認為封面是侵權的主要載體，而封面不是其所為。戲劇社不承認有侵權行為，認為他們不是本案當事人。賈平凹及其代理律師認為一二〇一印刷廠是侵權的直接責任人，戲劇社和南華廠也負有一定的責任。審理中還發現曹華益並不是戲劇社的特約編輯；加印單不是方育德所開，也不代表戲劇社，而是曹、蔣的假冒之作。有些問題尚須曹華益和蔣和欣出庭對證。但曹、蔣遲遲不露面。

1996 年 7 月 11 日，西安市中級人民法院下達了民事裁定書。該院認為，原審判決認定事實不清，且不符合法定程式。依照有關法規，裁定撤銷西安市蓮湖區人民法院的判決，此案發回重審。

於是，歷時兩年多的《霓裳》侵權案陷於山重水複疑無路的境地。

《霓裳》侵權案的重審，並不是簡單地退回原地走過程，更不是賈平凹敗訴的徵兆，或法院有什麼名堂。據賈平凹及其代理律師羿克稱，所謂"原判決認定事實不清，且不符合法定程式"意指未將參與侵權的北京新華彩印廠（下簡稱彩印廠）和曹華益、蔣和欣作為被告起訴並出庭受審，其侵權事實也不易弄清楚。對此，賈平凹及其律師羿克解釋說，之所以未告彩印廠，是因為原告與彩印廠無直接因果關係；曹、蔣因"特約編輯"身份也僅與此案有間接關係。關於隨著審理和取證工作的進展，而將其追加為被告，則是後來的事了。

進入 1997 年，1 月 6 日，蓮湖法院的法官赴京向曹華益和方育德進行調查取證。

次日，蓮湖法院開庭重新審理《霓裳》侵權案。經過上午的法庭辯論和提問後，下午進行調解。賈平凹的代理律師羿克提出侵權各方在承認侵權事實的前提下， 按照原告提出的賠償數額予以賠償。侵權各方承認侵權事實，但認為賠償數額太大，精神賠償要求過高。關於誰家承擔主要侵權責任，賠償額分攤多少，彼此則互相推委，爭議不休。

5 月 5 日，蓮湖法院再次對《霓裳》侵權案作出判決：一、本判決生效後一月內，被告戲劇社、蔣和欣、曹華益、一二〇一印刷廠、新華彩印廠賠償 因侵犯原告賈平凹姓名權造成的精神損失費 24 萬元（其中戲劇社承擔 13 萬元，蔣和欣負連帶責任；曹華益承擔 8 萬元，一二〇一印刷廠承擔 2 萬元，新華彩印廠承擔 1 萬元）；二、本判決生效後一個月內，被告在全國發行的省級以上報刊上公開刊登向原告賈平凹賠禮道歉、消除影響的聲明，其內容須經本院核准，所需經費由上述各被告共同承擔。

5 月 18 日，戲劇社不服判決，向西安市中級人民法院遞交上訴書，請求改判。

春去秋來，在進一步調查取證的基礎上，9 月 25 日，西安市中級人民法院開庭終審《霓裳》侵權案。經過法庭調查和訴辯，案情日趨明朗。

1998 年 1 月 15 日，對於賈平凹和關注《霓裳》侵權案的人們，是一個難忘的日子。這一天，撲朔迷離、幾經反復、長達三年多的《霓裳》侵權案終於有了說法。西安市中級人民法院作出終審判決：一、變更原判第一項為：本判決生效後一個月內，曹華益、蔣和欣、戲劇社、一二〇一印刷廠、新華彩印廠、南華印刷廠 分別賠償賈平凹損失費 9 萬元、7 萬元、3 萬元、2

萬元、2萬元、1萬元。二、變更原判第二項為，本判決生效後一月內，曹華益、蔣和欣、戲劇社、一二〇一印刷廠、新華彩印廠、南華印刷廠在全國發行的省級以上報刊公開刊登向賈平凹賠禮道歉、消除影響的聲明，其內容需經本院核准，所需經費由上述各單位和個人承擔。

　　終審判決的一個月後，2月20日，賈平凹向西安市蓮湖區人民法院遞交了《執行申請書》，請求法院依法強令侵權各方立即履行終審判決書所確定的義務；強制執行費用由侵權各方承擔。

《霓裳》查出陰陽「印制單」戲劇出版社負責人無言以對

賈平凹於3月21日聲明：出版《霓裳》一書是侵權、非法出版行為，他將追究其法律責任。對此，掌握書號的中國戲劇出版社社長時間保持著沉默。

近日，經主管領導部門——戲劇家協會要求下，戲劇出版社不愿披露姓名的負責人才有如是說：1，我們戲劇出版社也是「受害者」，2，我們質問北京街頭出現大量盜印版的《霓裳》是誰搞鬼？3，我們手裡有大象公司及蔣××、曹××出版《霓裳》的協議，責任不在戲劇出版社。4，出版《霓裳》一書，責編××、申××，及編印排等程序都在戲劇出版社進行，是按本版書處理，我在簽發上有記載。5，戲劇出版社沒賺錢，6，蔣××、曹××不代表戲劇出版社，也不是我們的特約編輯。7，事情非常非常複雜，我們也不清楚。8，我們也告……

是謂：人人喊冤，個個都要告！

當筆者出示了不該落到書商手裡的戲劇出版社發出的印制單，並與出版社的同一存單進行核對時，發現印制單存根（上聯）上填寫的印數為：1萬冊，而落到書商手裡的印制單（下聯）在印1（萬）數字後面，又加上一個0，即印數變成了10萬，面對這明目「印制單」，筆者問：為什麼印制單落到書商手裡？誰塗改造假做鬼？為什麼該書版權頁上注明是：北京南華印刷廠印書，卻又拿到另外一家印刷廠印書？而且實際印數搞到17萬冊？究竟是本版書？還是盜書？……再三追問下，戲劇出版社負責人及出版部副主任，無言以對。

5月4日戲劇出版社負責人去佛山市，向劇協突組匯報，即「出版社有新說」，「出版《霓裳》鬧得沸沸揚揚，經過我們工作，現已經沒事了。大象公司及白×出面，去西安找賈平凹，帶去五萬塊，賈平凹打条后說：『既然都是咱文藝界哥兒們的事情就算啦！』……」

有趣的是，就在他匯報的几天前，4月30日，《文匯讀書周報》刊登，「《霓裳》糾紛激起賈平凹再作聲明」即：「……賈平凹授權律師特發表如下聲明：一、二、三（簡略）。如上要求不能滿足，賈平凹將行使訴公權利。」

一個鄭重的組織匯報，一個再作聲明，是真？是假？搞清楚事實也很簡單，就是都講真話。

（一泉摘自5月22日《中國青年報》鐘志文文）

6.5/94 的信及搞報

　　3月中旬，蓮湖法院法官和賈平凹代理律師赴京強制執行《霓裳》侵權案的終審判決。在法院的威懾下，侵權各方均已承諾經濟賠償，並將向賈平凹賠禮道歉。

後來王新民在《霓裳》扉頁上簡記了有關情況，現摘記如下以為佐證：

　　1994年3月初，西安及全國書市上相繼發現此書，平凹獲悉後在《西安晚報》上發表聲明，聲稱此書為假冒之作，但一紙聲明並未抑制省該書的暢銷，平凹氣憤，欲打官司，找我聯繫律師，並尋購該書，以作憑證，我一邊聯繫校友宜全恩律師為平凹調查此案，一邊尋購該書，也許售缺，也許書商風聞平凹打官司，藏匿此書，在單位和住地書店均未尋找到該書。一日碰見從事圖書發行的黃大姐，托她在東六路找找，過兩日催問，仍未找到。3月18日忙中偷閒，在一書攤上發現有《霓裳》及其廣告，一併購買，翻閱之後於當日草成《〈霓裳〉非賈著而是冒賈》寄《新聞出版報》等報刊。3月21日向局發行管理處王農處長反映《霓裳》問題，王說已知此事，並聽說賈與冒名者私下達成協議，冒名者付賈20萬元，又說下一部冒賈平凹的書將出。鑒此形勢，約孫見喜等人夜訪平凹，談及《霓裳》，平凹說他在北京開政協會期間已接受《北京青年報》記者採訪，予以澄清。建議他再寫個聲明，和我寫的消息一併發表，平凹寫了聲明，發了我的消息。次日，與王農和版權代理公司王澤泗經理談《霓裳》之事，王農講已在西安書市上查出《霓裳》5000冊，據悉，西安書市共有此書15000冊，分兩種版本，一種封面上署「賈平凹著」，另一種封面上署「賈平凹等著」，版權頁上另署有其他幾位作者名，據說這幾位作者也準備打官司。當晚，在孫見喜家會賈平凹，他正式委託我當律師代理他打《霓裳》官司，並寫委託書。我將隨身攜帶的《霓裳》拿給他看，待他看完，我請他題字簽名，他揮筆寫道：「真正的假書，平凹，九四.三.二十三」。

著書聲援

　　大約是 1994 年秋，隨著《霓裳》案的真相浮出海面的同時，意識到該案具有典型意義的王新民開始了《賈平凹打官司》一書的寫作，以貫串始終的《霓裳》案作主線，《帝京》《鬼城》《廢都》"抄襲"諸案作輔線，適當插寫有關的平凹活動，作為虛線，同時注入我的思考和評論，權作點綴。

　　當年 11 月 27 日子夜，寫完《賈平凹打官司》（以下簡稱《官司》）初稿，或叫草稿更合適。之後細改增刪，穿靴戴帽，同時根據案情的進展續寫，還加寫了有關版權保護方面的內容。

　　在請律師、文友看過部分稿件後，與五環書店經理黃毅協商封面設計和廣告設計；關於開本，黃極想搞 16 開本，又擔心以刊書被查處，有些優柔寡斷。

　　在安排陝西人民出版社美編徐秦生設計封面和廣告後，作為與西北大學出版社工作的同學張養年聯繫，攜書稿交他審閱。不久以後，張養年約王新民會談，對稿件提出修改意見，並以此案未結、尚待發展為由退稿給王新民，囑王新民續寫。這其中不排除出版社領導的擔心，害怕《官司》的出版引起官司，寧願不幹事也不願意惹事。

　　1995 年 4 月 7 日，悲喜交加的日子，儘管《官司》以暫名《中國版權保護暨中美智慧財產權談判紀實》獲得陝西版權 2 號被重點保護，但發行人急流勇退，半途而廢。《官司》的出版發行形勢嚴峻，王新民進退維谷。

　　4 月 10 日，經陝西省新華書店張竹君介紹，文明書店經理劉光欽前來索要《官司》書稿，給其部分書稿。4 月 14 日，劉光欽退稿。

　　不久，抱著試一試的想法到單位一樓的西安圖書發行公司找到肖小成（又名秋成）洽談《官司》的發行，肖很感興趣，要求看稿，隨後分兩次交稿給肖，肖看完 後予以肯定，同時提出修改意見，並從該書的市場定位、廣告創意、裝幀設計、發行方式等方面提出了自己獨到的見解。原封面和廣告被推翻，作者付設計者徐秦生 400 元設計費。

因案情進展緩慢，導致《官司》續寫一度中斷。此後兩年間，《霓裳》侵權案又兩進兩出人民法院：被告不服西安蓮湖區人民法院判決，上訴到西安市中級人民法院，中院審理後發回蓮湖區人民法院重審；蓮湖區法院再次判決後，被告人不服上訴到中院，中院再審。終於在 1998 年 1 月 15 日，西安市中級人民法院對《霓裳》侵權案作出終審判決，賈平凹勝訴，獲賠償金 24 萬元。

三年終於等來了潤臘月，從律師處得知消息後，作者甚感欣慰，續寫《官司》的興趣"春風吹又生"。時值春節前夕，作者一邊搜集整理資料，一邊出頭緒構思打腹稿。春節一過，即動手續寫。因為只有晚上或節假日時間可以利用，所以續寫得較慢，斷斷續續，兩個多月時間過去了，終於完稿。餘興未盡，又從有關報導文章等資料中整理輯錄出《賈平凹打官司前後期間紀事》和《賈平凹被侵權的圖書目錄》，作為全書的附錄，提供一個梗概和線索，僅供讀者參考。

為確保書稿品質，避免法律糾紛，聘衛全恩和羿克律師為該書的法律顧問，請他們審稿，並根據他們的審稿意見作了刪節和修改。同時請部分當事人審稿，根據其意見對《廢都》"抄襲"案予以刪除，個別人名作了適當的處理；個別書名根據出版者的要求予以適當的處理。

發行策劃人秋成對修改後的書稿比較滿意，當然最滿意的是挖出了有關中美智慧財產權談判等版權方面的內容，不甚滿意的是將《廢都》"抄襲"案全部刪除了。這也是無可奈何的事，否則，女詩人范某揚言要打官司。

《官司》的出版又提到了議事日程。某大學出版社害怕《官司》引出官司已免談了。與太白文藝出版社選題倒對路，但該社領導卻提出要北京的當事人審稿並寫出同意出版的意見，這不是為難人嘛。罷了。又與陝西旅遊出版社聯繫，對方的條件居高不下，還是不成。

作者雖在出版管理機關工作，但不想以權謀私，所以在發行人預付作者一定的稿酬後，作者因忙於工作，又被公派將赴滬進修，故委託秋成全權洽談出版事宜，賺多賺 少隨他去。但秋成也出師不利，還是請作者幫忙聯繫出版。作者本不想再管，不管也可以，但感念秋成於作者困難之際伸出援助之手，並等待三年，忠心不改，一如既往地策劃發行《官司》。再說《官司》是作者四五年心血凝結而成，也希望圓滿地結果，尤其隨著赴滬進修日子的逼近，這種願望愈來愈強烈，擔心赴滬前該書出版萬一流產，所以便不再顧慮，也沒有更多地為自己打算，便與出版管理機關和陝西人民教育出版社的領導和編輯聯繫，帶秋成一塊磋商《官司》的出版發行事宜。在此要感謝的是出版管理機關和陝人教社的領導和編輯為《官司》的出版發行開了綠燈，提供了方便，也簡化了手續。在作者赴滬前就基本辦妥了《官司》的出版手續。發行的手續由秋成負責辦理，本來就全權委託了秋成以西安圖書發行公司名義去辦理，只是出於友情特事特辦，沒想到從此埋下了麻煩和苦惱的伏筆。這是後話，屆時再敘。

這期間，作者或協助或參與了《官司》的封面、扉頁、版式和廣告的設計，提供了所需的資料，審閱了封、扉、版式和廣告效果樣，設計費用也付了一部分。還根據出版社的審稿意見又一次對書稿進行了修改，簽訂了出版合同，文責自負，萬一引起糾紛與出版社無關，即因書稿內容引起的官司找作者。還忙中偷閒採訪了賈平凹。

下面是賈平凹與筆者關於官司的答問。

問：你是個息事寧人的人，按你的話說就是“該忍的忍了，不該忍的也忍了”，而這次一反常態，是否忍無可忍？還是出於別的考慮？

答：實在是忍無可忍！我吃盜版和侵犯名譽權的事的虧太多太多了，我得以法律來保護我一回，使盜版者的瘋狂有所收斂。

問：據知《霓裳》侵權案始於1994年3月。而到了次年的元月才向法院起訴，何故？

答：我起先曾希望能得到朋友們從中私下調解，但我的善良一次次被出賣和戲弄，我才憤然向法院起訴。

問：向法院起訴時你交訴訟費嗎？法院是否對你減免訴訟費，或對你有什麼優惠嗎？名人有特權嗎？

答：當然按規定交訴訟費。法院沒有給我任何優惠。官司打了三年，可想其中是多麼艱難！名人在某些時候解決麻煩比麻煩還麻煩。

問：你聘請律師付費嗎？他們外出調查的費用是你支付的嗎？共支付了多少？

答：我聘請了律師，先後因律師個人原因更換了數次。開頭是他們以支持我而提出免費為我辯護，但後來也有以別的名義讓我付了一筆款。在三年中，我支付了律師和法官六七次赴京調查取證的費用。我大略算了一下，總計花去五六萬吧。

問：幾次開庭，你都未出庭，何故？

答：有律師就用不著我了，反正事實是明白的，只是被告人總在那裡糾纏，我不願意看到他們，見了煩！

問：起訴以後，你一直保持沉默，是出於對法庭的尊重，抑或信任？或別有他因？

答：我習慣沉默，而法律是莊嚴的，我更該沉默等待結果。

問：西安市中級人民法院曾駁回《霓裳》侵權案的一審判決，讓蓮湖區人民法院重審，何故？當時有人悲觀，認為要輸官司了，你當時的想法和態度呢？

答：這案件誰看了誰都知道誰該贏誰該輸，我的想法是不管怎樣，我肯定贏的，所以我連過問也沒過問。

問：你曾敗過一次官司，和解過一次官司，這次打贏了，有何感慨？

答：我沒有敗過一次官司，那一次是一椿官司牽連了我，後來法庭法律的有關規定取消了我被告人這一身份。是和解過一次官司。這次是贏了。我的總體感覺是打一場官司太難，太費神費時費財，但也太有瞭解這方面的生活的收穫！

問：雖贏了官司，但賠償額與起訴的標的相差一倍。你服嗎？你怎麼看待精神賠償？

答：賠償額太少，不足以懲罰那些盜版者和侵犯名譽權的人，他們官司上輸了，也大大獲了錢，可能使他們以後更大膽。現極需有這方面具體的法規。

問：據說是強制執行賠償的，結果如何？

答：我還沒有得到賠償費。

問：對方在報紙上向你公開道歉了嗎？清除影響了嗎？

答：沒有！

問：聽說還有假冒或盜版你的書，對於新的侵權案，還打官司不？

答：繼續有假冒和盜版的。在這以後，我的每本新書除過兩本外，其餘都有盜版。更惡劣的是市面上出現三種假冒書和私編的書。如署名為中國文聯出版公司版的《賈平凹小說全集》。我正在為我的權益而工作著。

問：打官司會成為你創作的素材嗎？或於將來寫入自傳中？

答：這是肯定的。

9月15日，是個秋高氣爽的日子，即王新民赴滬進修的前兩天，在西北大學賓館會議室召開了《官司》座談會。會前，王新民來到平凹在西大的寓所，適逢來自田王的文友馬士錡請平凹看他近期的書法作品。得知要開座談會說：你老弟也不通知我一聲，見外了。王新民說：這是策劃發行人一手操辦的，不過是幾個文友聊聊，你住那麼遠，不想驚動。好，你既然來了，有緣相會，那就一塊過去聊聊。於是與平凹和士錡邊聊邊向西大賓館走去，不到十分鐘便來到校園南端的賓館會議室。作家孫見喜、孔明，律師羿克，責任編輯李碩、耿明奇、陝西版權代理公司經理王澤泗、《共產黨人》記者李丁，西安音樂電臺記者林海已在座，秋成和歐陽正忙活著看茶倒水，大家見平凹我們三人到會，起立鼓掌歡迎。我陪平凹與會者一一握手後落座。

秋成作為主持人先講了幾句開場白，他說：平凹是我們崇敬的作家，這麼馳名的作家竟得不到應有的保護和尊重，人常常受到攻擊，作品常被盜版侵權，令人十分氣憤。新民很有正義感，筆也很勤，自始至終跟蹤報導平凹被侵權及《霓裳》等官司和糾紛的經過，後又精心構思並創作出《賈平凹打官司》。現在這本書已付樣印刷，即將出版。因新民近將赴滬學習，所以請大家來，都是文友或官司的參與者，一塊座談座談，也算話別，給新民餞行吧。下邊就請書中主人公賈平凹先生講話。

平凹一直低頭抽煙，聽到要他講話，他在煙灰缸上撚滅了未抽完的香煙，喝了一口水，清了清嗓子，看了一眼與會者，聲音低沉（略感沙啞蒼老）緩緩地說道：

這本書我沒有具體詳細讀，也用不著讀，因為新民寫這一本書，寫我打官司，主要是《霓裳》這本書的事，打的官司還多了。這件官司，從頭到尾新民也熟悉得很。這本書之所以牽扯上我自己，是因為它寫的是《霓裳》假冒我姓名這一案前前後後的事情。要說這一本書的意義麼，並不是在某一個人、某一件案子的啥事情。因為這些假冒書、盜版書等違法印刷出版的書，在中國出版界，多少年一直困擾著，沒辦法。這裡把你整得一點脾氣都沒得。就拿這個案子來說吧，打了三四年官司。這案子就叫一般人一聽，連三歲小孩都覺得咱肯定贏咧。就這還是拿三四年的時間在熬這一件事。光打這個官司，我就花了七八萬塊錢。官司贏了，但有些錢到現在還沒有追回來。你看，這還越打越多，市面上現在又出現許多我的盜版書，而且發展到私自編輯出版。過去是盜版，現在人家自己編咧，自己編，自己印，你還沒法打官司，連依據都沒有了。但是，編書、盜版，我分析還是《霓裳》這一千子人。好多跡象都表明，還是那一夥人，因為有好多資料，還在那些人手裡。不光是掛你名的，還有徹底是自己編的，簡直沒辦法。

新民他是站在出版界、出版人這個角度上寫的。他關於盜版人和盜版書的定義比別人清楚，和一般人寫下的就不一樣咧。針對性、政策性、法律性就掌握得很好。我在打這個官司中，和我的律師這幾年都是一塊戰鬥過來的，酸、辣、苦、甜都嘗過了。今天，我的律師也來了，就是羿克先生，年輕，也很能幹，已經是著名律師了！

一件很簡單的事，鬧起來就複雜得很，所以說一般人就不打官司。頭疼，我打官司真頭疼。後來我說，這盜版為啥治不住哩，還不是國家的法律措施不得力。不是說治不住，咋能治不住嘛？只要公安人員一介入，馬上就治住了。咱又不能把誰叫來問，一問一下線就斷了，你又不能審問他。又沒有別的措施，你就沒辦法。但是，只要公安機關一進入，他一下子就能拉出來。鋌而走險的人多、漏洞多，你把他拉住，罰了，他也划得來。罰個小頭，他拿的還是大頭，所以，這本書現在出來，產生社會效益，讓更多人瞭解這一情況。社會監督，民眾輿論，起這個作用。現在呢，讓有關部門儘快立法，想出有力的措施，能起到這作用。

在中國盜版方面的書，這恐怕是第一本吧？《霓裳》這個案子，當時在全國也是比較典型的一個案子。打擊盜版，這也是一個案子。自己寫一本書，掛別人的名，這也是第一個案子。這個案子，它有幾個第一，是吧？這本書恐怕也是系統地寫這一案子的第一本書。羿克也是第一個打這種案子的律師，我也是第一個受害者。剛開始打，也複雜得很。因為這牽扯到出版上的法律法規，一般人也搞不清。在打的過程中，才慢慢弄清這些政策法令。平常看這些法律條文你還鼓搗不清，只有具體牽扯到裡邊，你才能把這些條文弄清。這本書牽扯到我本人，對王新民同志出這本書表示感謝，表示祝賀。作為一個作家，一個寫作人，這本書出版後，對保護權益也有推動作用，我向出版社表示感謝咧。

好像賈平凹定了基調一樣，接下來的羿克律師、王澤泗經理和耿明奇編輯相繼作了肯定性的發言。

（因篇幅所限，請詳見王新民《賈平凹打官司》一書）

鬼才打鬼

1994 年 6 月以來，西安、西寧、長沙、鄭州、武漢等許多城市的大小書店、書攤和報刊亭相繼出現了一本賈平凹著的《鬼城》，並配有彩色大幅廣告，廣告曰：

> 繼《廢都》之後賈平凹又一力作。《鬼城》原名《故里》，是賈平凹得意的力作，曾獲出版社"十月文學獎"。小說以作者故鄉為背景，有一定的自傳體成分。如主人公之一美人兒趙怡進城當了演員，嫁了一個青年作家；漢江水手吳七領作家鬼城尋幽探秘等。小說中許多人和事後來均在《廢都》中出現，其中關於山民野蠻蒙昧的性描寫，如一絲不掛吊在松下的女人；窪地蒿草叢中男女野合；傻子難保大白天纏著趙玫要"雀兒進窩"等，開了《廢都》性描寫的先河。

如此極盡書中性描寫渲染之後，最後又說該書堪稱"《廢都》前傳"。既是"《廢都》前傳"，又是"《廢都》之後又一力作"。前言不搭後語，甚至前後矛盾，弄得讀者莫名其妙，不識《鬼城》真面目。

賈平凹聞訊《鬼城》出現，愕然之後是憤然。本想通過律師訴之公堂，弄清緣由，澄清是非，但念起與該書出版者中原農民出版社曾有過友好合作，故和律師商談後，於 7 月 18 日先修書一封給該社總編，鄭重聲明如下：

> ①從未交付過和簽約過合同出版名叫《鬼城》的著作。
>
> ②如果此書是以前《故里》再版，那麼，自從有了著作權法後，再版任何書，出版社必須與作者補簽合同或重簽合同，而貴社從未有過此種行為。據我知。《故里》在出版較長時間後再版過一次，沒有通知我，沒有樣書，沒有再版費，我知道念念及當年與貴社曾有友好之情，便未追究。而現在，竟背著我又印，且私自改動書名。又全國各地印有廣告宣傳單，上邊寫著"自《廢都》之後賈平凹又一力作"，這種行為嚴重侵犯我的著作權，又嚴重損害我的聲譽。
>
> ③對於這一事件，我與我的律師（西安天平律師事務所白保群、衛全恩先生）交換了意見，我保留訴之法律的權力，但念及我們曾合作過，我先向你們提出，請你們提出解決事情的方法。我平生最怕麻煩，一貫息事寧人，但若事情做得太過分，太欺人，我則是難以忍耐的。《霓裳》的事件、《帝京》的事件，大概你們也知道一些。
>
> 我等待回音！

賈平凹在書信中很少使用感嘆號，也很少如此大動肝火，看看不堪入目的廣告詞，再比較一下《鬼城》和《故里》的不同處，即書商的肆意改動處，就不難理解賈平凹的心情了。王新民曾將《故里》(1992年7月第2次印刷)與《鬼城》進行比較發現：除書名改變外，封面也舊貌變了新顏，《故里》以綠做底色，紅色書名居於上側，左下側是村姑和田園風光的素描，一派鄉土情調，而《鬼城》封面卻紅、黑、黃、綠、藍，五彩斑斕，而以大紅大紫做基調，書名、作者名和出版者名稱的排列顯然是《廢都》一書的模仿。兩書的扉頁也不相同，《故里》的扉頁在書名上方印有"賈平凹人生愛情小說集"，而《鬼城》捨而未印，《鬼城》無書舌，《故里》的書舌上印著"美好的侏人、連理桐、針織姑娘、故里、核桃園、情"等要目，惜無"鬼城"列入其中，這也許是書商略去書舌及要目的緣故吧。《故里》的內容提要雖然寫得中肯文雅，但沒有《鬼城》的內容提要的誘惑力大，時代性也不夠，沒有獲獎情況介紹，沒有《廢都》、《浮躁》鋪墊，怎能吊人胃口，逗人購買欲呢？在大同小異的作者簡介文字裡，《鬼城》僅加上了《廢都》二字，其良苦用心不道自明。兩書封底也有相異之處，《故里》封底標有"中國鄉土小說叢書"字樣，而《鬼城》將其略去不印，免得土裡土氣，難得城裡人的青睞。印上的是模仿《廢都》封底的標誌和責任編輯、裝幀設計者姓名，連窄窄的書脊也能看出《鬼城》東施效顰的伎倆：除書名、作者名、出版社名依次排列外，書脊上端也模仿《廢都》的大雁塔標誌印了個龜甲似的標誌。

也許是賈平凹的強硬措詞的作用，也許是不久前全國人大常委會關於懲治侵犯著作權犯罪的決定的震懾，8月17日，中原農民出版社社長鄭榮和《故里》責任編輯李明性冒著酷暑專程來西安拜訪賈平凹，問候、寒暄、致歉之後，鄭、李二人向賈平凹介紹了《鬼城》出籠的過程：今年初，該社發行部某人向社領導說，湖南某書商想租型印《故里》。經社委會研究，同意租型，商定按1萬冊印，收了書商5000元租型費。沒料到，某書商趁《廢都》餘熱為了迎合市場，牟取暴利，竟擅自將《故里》書名、封面、扉頁、內容提要、作者簡介肆意改動。更出乎意料，令人吃驚的是，某書商竟炮製出那樣語言粗俗、自相矛盾、誇大其辭、肆意渲染、 不堪入目的廣告宣傳單，使我社聲譽和形象受到影響，也使賈先生的名譽蒙受損失。同時也侵犯了賈先生的著作權，雖然我們也是受騙上當者，但我們難辭其咎，這次來西安負荊請罪，特向賈先生致歉，並商談解決的辦法。

經過兩次協商，中原農民出版社和賈平凹簽訂了《關於處理＜鬼城＞(原《故里》)侵權一事的處理意見》：

一、出版社主動承擔責任，向賈先生賠禮道歉。

二、出版社保證督促租型一方必須儘快在《新聞出版報》上發表聲明一則，就此事在社會上造成的不良影響予以澄清，公開向作者和出版社道歉。

三、補償作者稿酬壹萬元。

四、雙方合作，進一步查證書商對此書的印數，得到超過壹萬冊的確鑿證據後。對書商進行罰款。待此項落實後。根據罰款數，再對作者進行補償。

中原農民出版社：鄭　榮

作者：賈平凹

1994 年 8 月 17 日

從上面協定內容看，賈平凹對中原農民出版社是相當寬容了，表現了大家風範。若按兩次再版稿酬計，從賈平凹的名聲和有關出版社、報刊社支付給賈平凹的稿酬看，壹萬元的補償稿酬顯然是很低的。據賈平凹講，當出版社的領導和責編一再向他致歉、賠情，並訴說出版社的艱難後，他的心軟了，基本上是按對方提出的處理辦法辦的。至於協議中的登報聲明，消除影響，向作者致歉，至今未兌現。關於繼續查證，進行罰款，再對作者予以補償也形同空文。這種缺乏監督執行的和解令人失望，只有有關部門的協助和支持，局面才會為之改觀。

《鬼城》的出現，也引起了陝西省新聞出版局和版權局的關注，他們不僅從《鬼城》的封面、扉頁、內容提要、作者簡介的變化上懷疑《鬼城》有鬼，而且從版權頁上看出《鬼城》還非一般的租型書。按有關規定，租型書應該記載原出版者及重印者名稱，但《鬼城》的版權頁上僅有原出版者的名稱，而無重印者，即租型者的名稱，為什麼隱而不印呢？其中必有名堂。經有關同志聯繫，7月28日，陝西省版權局的齊相潼處長、王澤泗副處長和筆者等人應約到賈平凹的寓所商談《鬼城》侵權案代理等事宜。互致問候後，賈平凹介紹了有關《鬼城》及《故里》的情況。齊相潼認為，中原農民出版社和租型的書商未給賈平凹打招呼，擅自將《故里》改變書名、封面、扉頁和內容提要，並印發彩色廣告肆意渲染，侵犯了賈平凹的著作權和名譽權，應予追究，陝西版權代理公司願代此案。王澤泗也說："平凹是我省版權研究會理事，我們理應聯手維護你的著作權和名譽權。"賈平凹遂即提筆寫了委託書："茲委託陝西版權代理公司作為我的代理人，全權處理《鬼城》侵權問題。賈平凹。"

齊相潼接過委託書，高興而充滿自信地說："我們一定請陝西版權代理公司認真負責地代理你的著作權利，維護你的權益。"賈平凹也笑著說： "那以後請你們做長期代理人。"

陝西省版權局經研究，決定先派人對《鬼城》一書進行調查，辦案人購買了《鬼城》，找來了《故里》，進行了對比分析，先後郵發《關於＜鬼城＞（＜故里＞）作品著作權問題的調查函》給湖南省版權局、河南省版權局和中原農民出版社，其中給出版社的函中寫道："今年 7 月底，《故里》一書作者賈平凹通過陝西版權代理公司到我局投訴稱，你社在未取得作者本人授權許可的情況下，將其作品《故里》改名為《鬼城》予以出版發行，嚴重侵犯了作者的著作權。為此提請查處。經審查，並根據有關法律規定，我局已正式受理此案。現要求你社及時給我局提供《鬼城》的出版情況、印製數量、銷售數量和發行折扣等。……"

與此同時，辦案人深入書刊市場進行調查，在調查中獲悉：《鬼城》一書是長沙某雜誌社編輯部副主編周某發行的。至於《鬼城》的實際印數是多少？除在長沙鐵道學院印刷廠印刷，是否還在其它廠印製？等等，尚待進一步調查，需做大量艱苦細緻的工作。

據悉，調查中遇到了不少困難，主要問題是地方保護主義，湘、豫兩省版權局的回函均未提供什麼線索，出版社也無回音。因此辦案人認為應速赴湘、豫調查。雖然困難重重，但辦案同志還是表示，將從西安書刊市場入手，設法查清《鬼城》的實際印數，以此為突破口，打進《鬼城》，探其隱秘。可以說：實際印數證據掌握之日，即是《鬼城》之"鬼"原形畢露之時。

後來還出現了新仿冒版《鬼城》，並冠以2003年經典文學的幌子，對此王新民在新仿冒版《鬼城》的扉頁上寫道：

該書係假冒偽劣之作，從書的內容看是中原農民出版社出版的賈平凹《故里》的翻版，但書名、包裝、出版社均更換了。其實這已是我見到的第二種《鬼城》了，早在十年前的 1994 年，趁《廢都》餘熱，不法書商就炮製了《鬼城》，且有彩色大幅廣告曰："繼《廢都》之後賈平凹又一力作"，云云。賈平凹曾致信給中原農民出版社質詢，後經協商，該出版社賠償賈氏 1 萬元，並願與作者一道追究不法書商的責任。後不了了之。不料，不法書商十年之後又拋出新版《鬼城》，並冠以 2003 年經典文學的幌子，矇騙讀者，特此揭露。

第六章 解禁说

咸阳她外婆家，晓卡的舅舅在四川工作，正好带了这两瓶酒给我们，
晓卡就一定说是把酒给了师母的。你嗜不得烈酒，可这酒倒是好
喝的。"牛月清说："刘晓卡的书店里说什么，我倒打不清哪一个？"
柳月在一旁听了，只是嘻嘻笑，插……剧角的，瘦瘦
的那个！"就伸指头羞洪江的脸……月尽胡猜，是
那个腿特别长的高个儿。"柳月叫道……说："柳月你不
知道也就甭胡说的，招聘的那……得我也分不
开的。事情既然这样了，我和你庄……是这么一摊一
店两家大了，你倒显得这么平……江说："要不，
红帖儿第一个就写给了你们！到……，柳月也来，
来了做个陪娘吧！"柳月撇了嘴……也不去的，我
这丑样儿，作成的让我去以丑衬了……就说柳月
来了几个月，说话越发有水平，赶明日出去，怕也会写了书的。三人说
了一会，洪江走了，又一再叮咛那日是去，老师、师母若不来，宴席就不 [临走]
开，死等了的。

洪江一走，牛月清问柳月你老师哪去了？柳月说孟云房叫去
喝酒了。牛月清收拾了礼品，就独坐了思谋二十八日要去吃宴席， [要]
该准备什么贺礼。下午，庄之蝶喝得昏昏沉沉回来，在厕所里用指
了半天喉咙，吐出许多秽污，牛月清让他睡了，没提说洪江的事。
晚上庄之蝶睡起来书房看书，她进来把门关了，才一一说了洪江结婚的
事，庄之蝶也好不惊讶，说："那个长腿女子，我恐怕也是见过一两次
的。当时他说是招聘店员，咱也没在意，后来赵京五对我说他招了
比招模特儿还严格，身高多少，体重多少，皮肤怎样，还是符合标
准的三围。"牛月清说："什么三围？"庄之蝶说："就是胸围、腰围、臀围。

第六章　解禁說

一、《廢都》獲大獎

　　《廢都》在國內遭禁後，卻陸續被翻譯成外文相繼在海外出版，據不完全統計，《廢都》在海外被翻譯成日文、法文、俄文、英文、韓文、越文、捷克等10多個版本。《廢都》在日本出版後，給日本出版界帶來一股清風，日本一位著名人士，號召到華做生意的人，人手一冊《廢都》。

　　1997年，法國司托克出版社出版法文版《廢都》精裝本和口袋本兩種。

　　同年11月3日，《廢都》獲法國最具權威和盛名的三大文學獎之一費米娜文學獎，這是亞洲作家第一次獲得此獎。

　　據賈平凹回憶說：十月二十（或二十一）日，原本還暖和的天，突然氣溫下降，老弱病殘者大多感冒，母親感冒了，孩子感冒了，而最容易感冒的我竟然倖免。傍晚，我站在那尊釋迦牟尼的石頭像前祈禱，盼望母親和孩子的感冒儘快過去——母親是七十歲的人了，而孩子的病因感冒而加重的。這時電話鈴響起來，一切就開始了，是法國的安博蘭女士在巴黎的那頭通知我：《廢都》的法譯本已經出版，給我寄出了數冊，不知收到否，而此書一上市，立即得到法國文學界、讀書界極為強烈的反響，評價甚高，有人稱是讀中國的《紅樓夢》一樣有味道，有人驚訝當代中國還有這樣的作家，稱之為中國最重要的作家、偉大的作家。並說此書已入圍今年法國費米娜文學獎的外國文學獎，出版該書的司托克出版社委託她邀請我去巴黎參加十一月三日的揭曉及頒獎大會，問能不能來，政府能不能讓來？突如其來的消息使我一時不知所措，我慌亂地在電話裡說：《廢都》法譯本是出版了嗎？這太好了，我感謝你，感謝司托克出版社，有人那樣評價我，這太過分了，我是一個普通的作家，中國優秀作家多的是，那樣評價我消受不起。安博蘭女士是法文版《廢都》的譯者，數年前代表法國司托克出版社與我簽訂翻譯合同，但以後再未聯繫，鑒於臺灣、南韓等地因《廢都》版權發生過欺騙我的行為，未能付酬或少付酬，對於法譯本事我已淡然。安博蘭的消息令我意外而興奮，但她聲音尖銳，中文說得緊急，我只會說陝西話，許多話她聽不懂，就反覆講譯本在法國的反響如何如何的強烈，追問我十一月三日能不能趕來。我說我沒有護照，要辦護照，法國方面來個邀請函，這邊才能申辦，而申辦手續複雜，不是一天兩天可辦理完的，且還得去北京簽證，這樣時間就來不及了。當然，我心裡還有個小算盤，想，入圍只是入圍，真的去了，揭曉會上揭曉的不是《廢都》，那我去的意義就不大。因身體不好，生性又不大善應酬，這些年美國、加拿大、日本和臺灣皆邀請我去訪問或開會，我都一一謝絕了的。至於在法國的反響，我是還有些自信的，因為此書在中國，於九三年十二月份有人做過調查，不到半年時間，除正式或半正式出版一百萬冊外，還有大約一千多萬冊的盜印本，這些年盜印仍在不停，日譯本曾在日本極為轟動，年初時已再版再印數次，發行到六萬四千多冊，所有報紙都有消息和評論，以致日本公論社欲連續出版我的作品。韓譯本亦是如此。港臺版更是幾乎發行到全球所有的華人區。但能在東方之外的法國得到這樣的反應並有可能獲獎，這是我沒有想到的。我最後告訴安博蘭：讓我再考慮考慮，明日我們再聯繫。放下電話，我沏了茶喝，門又被敲響，我的門常被人敲的，一般是不開的，今夜卻開了門，原來是外地來的幾位雜誌社編輯，他們一是得知我六月份到十月份又住了院治病來看看，二是約稿，女士們帶來的禮物是一抱鮮花。我暗想，這花來的好！正坐下說話，孫見喜和穆濤兩位文友來聊天，他們還在取笑我前日麻將又輸了錢，說，你內戰內行，外戰外行，對你的輸錢深表同情和慰問。我當然要回擊他們，說錢宜散不宜聚，我是故意輸的，不輸那一場麻將哪能有法國的好事呢？隨之告訴了剛才的消息。他們聽我說後，竟比我還高興，嚷嚷這麼大的好事，你倒拿得穩！喝酒呀，拿酒讓大家喝呀！我已經多年不動酒了，家裡自然不存酒，僅有幾瓶別人拿來的"金太史"啤酒，窗外的風呼呼地響，冷啤酒又沒酒杯，就以粗瓷碗盛了，舉之相碰，齊聲祝賀。有個編輯說，明日我寫個消息寄給報社去，應該讓更多人知道此事，我趕忙擋了，獲獎八字還沒見一撇，萬萬不敢對外說。"金太史"啤酒是司馬遷家鄉的酒，今晚喝之，特別有意義，編輯們都是帶了相機的，當場照了相。這照片後來送我，上邊寫了五個字：清冷的祝賀。

第二天約好安博蘭再來電話，但因孩子的病我去詢問一個名醫，回來晚了，未能聯繫上，家裡的電話是市內電話，無法撥通巴黎，只好作罷。事後得知，安博蘭未能與我聯繫上，就找北京的呂華，呂華是中國文學出版社的法文部主任，與安博蘭熟悉，也是法國認同的幾個中國法文翻譯家之一。呂華也不知我在哪兒，從該社編輯、作家野莽那兒得知了孫見喜電話，孫見喜又找我，又找穆濤，穆濤辦公室有傳真，呂華將邀請函傳給了穆濤，並約了我與安博蘭通話的時間。再次與安博蘭通話，距十一月三日時間又縮短了三天，我是無論如何也去不了巴黎了。這樣，我只有等待十一月三日的揭曉消息了。

等待是熬煎人的。十一月三日，沒有動靜，四日晚，我在《美文》編輯部玩麻將，到很久的時間了，穆濤從他的房間出來，讓我接電話，說呂華通知《廢都》獲獎了！我說：你哄我吧？穆濤說：真的，你接電話。電話裡呂華說："剛剛得到消息，《廢都》獲法國費米娜外國文學大獎！我向你祝賀！"我朝空打了一拳，說：好！返身再去玩牌，已視錢如糞土。痛快玩到肚饑。幾人去水晶宮飯店吃夜宵，當然我請客。我把消息告知家人，又通知孫見喜，讓他也來吃飯。飯畢，又去編輯部，孫、穆主張寫一小稿，將消息報導出去。我說：自己報導自己消息？！穆濤說：這是特殊情況，你不說誰知道，萬不得已啊！可憐他二人從未寫過消息報導，寫了幾遍都不滿意，更要命的是，《廢都》在國內被限發行，多年來新聞界見"廢都"二字如見大敵，少是拒不宣傳，多是避之不及，明哲保身，誰肯發表呢？費盡心力將小稿寫出，又反覆給呂華撥電話，進一步查證有關資料，以免稿子內容有誤，最後形成文——

據十一月三日法國巴黎消息稱：中國作家賈平凹的一部長篇小說（《廢都》）榮獲"法國費米娜外國文學獎"。這是賈平凹繼一九八八年獲"美國飛馬文學獎"之後又一次獲得重要的國際文學獎。"費米娜文學獎"與"龔古爾文學獎"、"梅迪西文學獎"共為法國三大文學獎。該獎始創於一九〇四年，分設法國文學獎和外國文學獎，每年十一月份第一個星期的第一天頒獎。本屆評委會由十二位法國著名女作家、女評論家組成，賈平凹是今年獲得該獎項"外

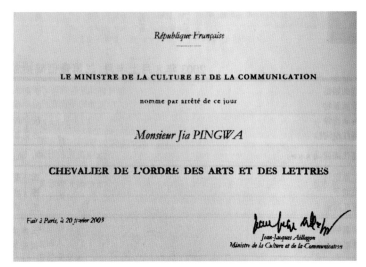

法蘭西共和國文學藝術最高榮譽證書

國文學獎"的唯一作家，同時也是亞洲作家第一次獲取該獎。

　　國內刊登消息的報紙有《文藝報》、《文學報》、《作家報》、《文論報》、《文匯報》、《解放日報》等，陝西的報紙僅《三秦都市報》。這期間，法國國際廣播電臺連續一周報導此事，美國之音也作了報導，並且法國國際廣播電臺電話採訪了賈平凹，也聯繫了陝西幾位元作家作了電話採訪。此後，有人寄來臺灣《聯合報》，上邊也發了消息。國內發表消息的多是文學專業報紙，一般人多是收聽了法國台和美國台後得知的，於是十多天裡，賈平凹不斷收到一些報刊社、作家、讀者來信來電的恭賀，在寒冷的天氣裡感到了溫暖。

　　法國文化和聯絡部部長卡特琳‧特羅曼的賀電，電文是：

　　謹對您的小說《廢都》榮獲費米娜外國文學大獎表示最熱烈的祝賀。相信這部傑出的作品一定能夠打動眾多的讀者。

法國駐華大使致賈平凹的賀信

　　法國駐華大使皮埃爾‧莫雷爾的賀信，信文是：

　　欣喜地獲悉您發表在司托克出版社的長篇小說《廢都》榮獲費米娜外國文學大獎。費米娜文學獎創立於一九〇四年，是法國最有權威和盛名的文學獎之一。在此我謹以個人的名義，對您獲得的殊榮表示祝賀。其實在評委尚未表決之前，評論界已經廣泛地注意到您的作品。相信它無論在法國或在世界其他國家都能獲得青睞。我希望您的小說能由於您在法國取得的成功，得到更多中國讀者的喜愛。我非常希望能在法國駐華大使館接見您，以便使您的光輝成就得以延續，並通過此開創法中文學交流的新局面。謹請賈先生接受我崇高的敬意！

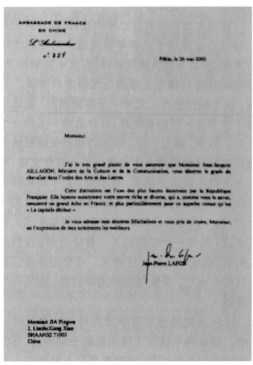

法國文化部長致賈平凹的賀信

對於法國文化和聯絡部部長和法國駐華大使的賀電賀信，賈平凹不知怎麼辦，除了分別給予他們回信感謝外，覺得法國政府如此重視，不給組織說不是，給組織說也不是，考慮再三，還是給中國作協領導寫信說明了情況。幾天後，中國作協書記處書記張鍥來電話說：翟泰豐（時任中國作協黨組書記）同志因病住院，讓我給你覆信，但信無法寫，故打電話，主要講兩層意思：一、表示祝賀。二、你不知怎麼辦，我們也不知怎麼辦，你自己處理。最好向當地領導請示一下。這樣的答覆即是朋友式的祝福，又是一級上邊領導為難而讓領導尷尬，倒不如不去請示了，就自我處理。

於是賈平凹給法國駐華大使去信說明自己一時去不了北京。幾日後，大使館來了電話，通知說大使十二月十五日來西安，希望賈平凹能在西安接受大使的接見。法國是文學藝術大國，法國人如此客氣地對待一個普通的外國作家，這令賈平凹幾多感慨而深深地表示敬意。

十二月十三日，法駐華大使皮埃爾·莫雷爾來到西安，同時，呂華從北京來拜訪賈平凹，談了許多法國方面的事，她講她曾在法國兩年，平時與法國文學界、出版界打交道多，法國歷來是看不起中國文學的，法國的書展上，日本文學的櫥窗占地頗大，給中國文學留的門面極小，這次獲獎，是為中國作家出了一口氣，爭了大光。

這期間，賈平凹數次與安博蘭通電話，她對賈平凹講："您在法國幾乎是人人都知道的人物了！我近來特別忙，每日有記者採訪或作家來詢問您的情況，談對《廢都》的感受。"並告訴賈平凹，法國的《新觀察》雜誌每年評世界十位傑出作家，並一起在該刊十二期寫同一題目的短文亮相，今年賈平凹列入其中。但要述寫的小文名為《我的控訴》（沿用左拉的一篇文名），賈平凹擔心國人對這個文名產生異議，故寫了《我的話》，文章也反覆考慮修改，以免引起不必要的誤解。而法國方面堅持用《我的控訴》為文名，強調歷來都用這個文名，所以賈平凹重新又寫，寫得十分謹慎，算交了差。其文如下：

《廢都》是我的一系列小說中的一部，它描寫的是本世紀之末中國的現實生活，我要寫的是為舊的秩序唱的一首輓歌，同時更是為新的秩序的產生和建立唱的一首讚曲。不幸的是，我的憂患和悲憫被一些人視而不見和誤解，在《廢都》正式出版百萬冊後竟被禁止了再版發行。這猶如你正當眾謝謝，突然一隻手捂住了你的嘴，讓你變成啞巴！被禁後，《廢都》雖然以千萬冊的數量在民間私下印刷，雖然流傳到海外被譯成各種文字出版，但在中國的書店裡再也見不到一本正式版本，我是很沮喪的。被禁止後引發的一系列生活與創作上的困境使我步履艱難，而我仍在堅持寫作，支撐我寫作的動力是我擁有千千萬萬的讀者，我堅信我的寫作是忠於時代和藝術的。當《廢都》在法國出版並獲得"女評委外國文學獎"時，這無疑又一次增強了我對文學的自信。一個作家，最欣慰的就是其作品能得到不同民族不同語言的讀者的認可和喜愛啊！

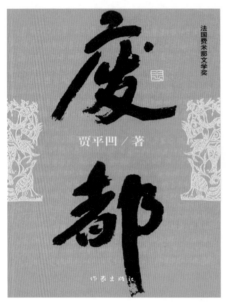

十一月十四日，西安地區文學界的朋友百多人，以民間的形式在市北郊的桃花源休閒山莊召開了"賈平凹小說創作座談會"。這次會議，是一些文友提出的，賈平凹曾反對，認為太張揚了，朋友們不讓賈平凹管，便由企業家也是鄉黨的章功孝出資，籌辦一個"賈平凹榮獲法國費米娜文學獎慶賀酒會"。後聽說，有人擔心起這個名字無法在報上發消息，又太刺激有關方面，遂改名創作座談會，來的人皆不論行政職務，僅依朋友身份。沒想原準備二三十人，得到消息後人來了百多位，幾乎是陝西的評論界、作協、大學中文系、各報文藝部的全部頭面人物，來者皆十分激動，發言熱烈而極有水準。

會議的承辦者章功孝首先致辭，他說：在這個收穫的季節，在這天高氣爽的日子裡，我以朋友的身份、個人的名義邀請諸位共聚桃花園山莊，座談平凹的小說創作，用友誼的力量為藝術的崇高加油鼓勁。我一直有一個夙願，希望能為咱平凹的寫作提供某種服務；剛好在前幾天，我聽到消息：平凹榮獲了1997年的法國費米娜文學獎，藉此喜訊傳來之機，請朋友聚敘，我想應該是很愉快的事情。二十多年來，咱們平凹像農民種地一樣踏踏實實、辛辛苦苦勞作，賠進去了親情和健康，這種獻身藝術自我犧牲的精神值得每個奮進中的人借鑒。不管別人怎麼看，我一直認為，平凹是一個勞動模範。來的都是朋友，諸位朋友在各自的崗位上都是重要角色。今天能恭聽各位朋友坐以論道在我是一件非常榮幸的事情。在此我代表我們史志印刷廠的全體員工感謝諸位接受邀請，我們歡迎大家光臨我廠參觀指導並進行業務合作。朋友們、鄉黨們，桃花園是個好地方，平凹是我們的好朋友，我希望通過這次活動使大家的友誼更加加深，希望平凹的創作取得更輝煌的成就，希望大家把會開好，中午把飯吃好、把酒喝好。

接著，穆濤介紹了該獎項的歷史沿革及此次獲獎的有關背景情況，宣讀了各地發來的賀電，宣讀了《廢都》的責任編輯田珍穎的書面發言：

法國之獎是平凹之大幸，我等朋友之輩也為之高興，也為平凹之光彩所籠罩，不僅擊節而歌。文學是個時而出現壯烈之色的東西，平凹對此尤應感悟至深。但壯烈是需要時間的，需要耐心的，我們難道不能等到下一個世紀嗎？我與平凹和鄉黨們、朋友們同樂同賀，萬里之途，難表萬里之情。

接下來，賈平凹母校西北大學副校長余華清講話，他說：中國足球衝不出國門，而平凹的小說衝進了法國，這很有意義，說明越是有民族特點的東西越容易流傳。

來自賈平凹家鄉的商洛地區文聯主席胡萬成回憶了平凹從苗溝水庫的小民工成長為著名作家的曲折經歷，說明生活底子的厚實對一個作家來說多麼重要。

西安市文聯副主席馮明軒代表文聯向平凹表示祝賀，說這是西安的光榮，這個會必將對西安的文學創作起到促進作用。

主持人肖雲儒說：咱們還是老規矩，作品直面人生，評論直面作品。

參加會議的專家學者，在《廢都》出版當初，都為《廢都》寫過文章或發表過意見，現在重新評說《廢都》，又有新的感受和話題，陝西省作協副主席、《小說評論》主編王愚說：前年我和肖雲儒、暢廣元教授、王仲生教授在《中外論壇》雜誌上“重讀廢都”的專欄裡坦率的寫了我們的觀點，這次獲獎不能說我們有什麼遠見，但我仍然希望，領導同志對文學藝術的看法無妨公允一些、科學一些、歷史一些。1993年時我就在電臺的直播節目裡說對這部作品不要急，讓人思考一下，不要作簡單化的處理。對精神領域的產品，領導也罷，一幫子也罷，最後還得由歷史來定，歷史無情。

《小說評論》執行主編李星說：個人命運的蒼涼，改革的蒼涼，《廢都》是這兩個蒼涼背景上的憂憤之作，莊之蝶的自殘表現了中國社會歷史變遷中文化知識份子的精神命運的變遷，新版《新華字典》對“凹”字多了一個“娃”字的注音，賈平凹的升起沒有大小權力的背景，全靠讀者和評論界把他托出水面，前幾年的爭論有非學術化的傾向，學術在非理性的喧囂中被淹沒了。山西作協主席焦祖堯對我說，《廢都》恐怕不能否定啊；天津教授、作家湯吉夫在蘇州會議上在對《廢都》的謾罵聲中忍不住衝上臺發言談這部作品的藝術價值；不管怎麼說，《廢都》是中國二十世紀最重大的文化事件，這在民間意志日益上升、社會進步、民主化步伐加快的時代背景上，一些道德化的讀者和非道德化的批評家卻顯得驚慌失措，彷彿一個什麼信念倒塌了，哭天搶地的罵娘，總之這個事件包含了豐富的文化內涵，分析這個事件對今後的文學鑑賞和批評很有意義。對平凹來說，現在不要利令智昏，獲獎有意義但終是身外之物，要以平常心待之。

陝西師範大學資深教授暢廣元說：文學史上很多優秀作品都有坎坷經歷，當時我主張不要急著做結論，不要急著寫評論，消化消化再說，消化不了拉出去嘛，中國是個倫理大國，衝突不可避免，但後來就那樣簡單處理了，爭論雙雙都覺得憋氣。優秀作品屬於世界，不是能捏得住的。平凹是在求異的思維上前進的，很有研究頭。我們一個項目叫《二十世紀陝西文學》，《廢都》在裡邊獨佔一章，越是難題越要研究嘛！平凹平時淡泊名利，切近平民，重鄉情，這好，但這二年平凹身上好像有了俗氣，在報上和市政領導談文學，是你給領導教文學還是領導給你教文學？你要警惕保留自己獨立的藝術人格，領導的關心是好的，但這常和藝術發展規律有矛盾！賈政打寶玉是要兒子回到老子的軌道上去，有的報紙愛弄這，但作家不要說話，你能說清嗎？文章憎命達，詩窮而後工，得意時冷靜平淡，失意時泰然處之。

西北大學費秉勳教授說：生命苦悶會引發藝術巨變，《廢都》是平凹極苦極鬱之後產生的一種孤憤，寫出中國文化在一段時間裡，大苦悶、大變異的前夜的種種精神症候。

西安師範學院王仲生教授說：我牙都沒有了，是無齒之徒，非文學因素導致文壇蒼涼，荒謬叢生。道德的評價影響了人們的藝術評價，我主張將道德判斷延期。《廢都》藝術上直接接軌於中國話本小說，這個話題什麼時候展開談一次。誰都想看《金瓶梅》，誰都要背著人看。這是眾人文化心理的特點。

西北大學中文系主任劉建勳說：我寫的《作家素質論》一書裡提到平凹創作中智慧的生成過程，其中的變異是研究點。我希望同仁們注意一下。

青年評論家李國平說：賈平凹獲得法國女評委文學獎的時候，中國文學界並沒有引起太多的驚訝，這是一個成熟的反應。以賈平凹的創作實績，他再獲得這樣的獎也不會令人感到意外。參照近年來我們獲得的常識性資訊，賈平凹已無可非議的成為一個具有國際影響的作家。陝西作家中具有國際影響的作家不多，十年前路遙的《人生》有法譯本、俄譯本問世，後來陳忠實的《白鹿原》有日語本、韓語本等。以前，和世界文學的交往被京津滬一些活躍作家所壟斷，現在愈來愈多的有價值的文學現象正在中國內陸腹地產生。勤奮樸實的陝西作家已經開始用自己的創作向異國的讀者顯示中華文化的魅力和真正的文學征服力。他們通過自己的體驗和寫作，通過對具體的民族苦難和歡樂的描摹也在表達著這個時代人類共同關心的課題。賈平凹的創作呈現出了前所未有的文化色彩和生命色彩。其整體意向已不是過去的闡釋所能概括。深重凝重不僅僅是對單純、明朗、秀麗等詞彙的取代，顯然，這個過程滲透著深深的生命、心靈和閱歷的投影。賈平凹對自己曾經鍾情的東西已有冷落，他不止一次表示過對蒼茫勁力的境界的嚮往。他談自己的創作說，"早期的雖清新可愛，但人生的體徵不多，有了體徵的作品，似乎沒有章法，卻句句都在自己生命之所得所悟，文學的價值恰在這裡。"這個信號的分量人們通過賈平凹的作品可以感覺，他近期的創作瀰漫著厚重的滄桑感和悲劇感，顯示著藝術家的勇氣，也顯示他由才子向大家的邁進。許多人都注意到了賈平凹藝術人格方面纖弱、內傾、自卑的一面，但實際上的賈平凹的心靈發生著前所未有的衝突，這個食欲不振、不敢喝酒，時常去醫院打點滴的孱弱之軀，心靈是追求獨立的，性格是倔強的、桀驁不馴的，賈平凹的創作是這個時代圖景的一個悖論，是文學話語的一種反動。陝西作家群的創作始終保持著自己的精神品位，在經歷了許多衝撞之後，真正的視文學為生命的作家，會愈來愈重視自己的精神成長。我們應該祝福這些底層勞動人民出身的知識份子在更廣闊的空間顯示自己的力量，讓我們理解他們的謙卑，讓我們認識他們的高貴。

賈平凹最後發言，他說：這個茶話會，在幾個朋友要辦時，我是謝絕的，我的想法是，雖然聚會的緣頭是《廢都》得了法國女評委文學獎，但獲得這個獎對我來說，大體無所謂。因為作家寫出的書還有讀者在繼續看就可以安慰了，而我已大致慢慢從陰影中走了出來。但我拗不過朋友們的好意，大家以民間的形式，朋友的身份聚於休閒山莊，我也就來了。我現在的想法是，這個獎在法國，法國又是小說大國，它畢竟對校正這本書的誤讀有好處，為更多的一層人去讀，使作者產生一份寫作的自信，但我也不主張說獲獎不獲獎的事，以此時間談談文學藝術，談談我近年創作的長短，這樣的聚會就更有意義了。我已經是人進中年，一時的得失看得並不如以前那麼嚴重，也正是如此，我仍在寫作，而且更能心平氣和。我寫作是我的生命需要寫作，我並不要做持不同政見者，不是要發洩個人的什麼怨恨，也不是為了金錢，我熱愛我的祖國，熱愛我們民族，熱愛並關注我們國家的改革，以我的觀察和感受的角度寫這個時代。但我這種憂患常常被一些人曲解或先入為主的去閱讀我的作品。這是我的悲哀。但我堅信，文學是講大道的，需要時空的檢驗，而產生的一切不盡人意處，首先我要點檢自己，是我的能力弱小，只能繼續去努力，除此之外，別無選擇。我幸運的是我活在中國發生偉大變革的年代，活在世界變得越來越小的時期，活在西安。今天來的各位朋友，有作家、評論家、學者、教授、編輯、記者、家鄉父老、母校老師和從事別的行業的專家，感謝大家，正是你們一直關注著我的創作，才給了我生存和創作的力量。春來池塘鴨先知，樹有包容鳥亦知。這是我終生要銘記的。在我年輕時，常常為名利而產生張狂意和挫折感，現在回想起來覺得發笑，世事的經見，使我不敢說我已成熟，但起碼，我學會了理解和包涵，無論以什麼目的、方式曾經麻煩甚至受傷的人和事，我並不記恨，我理解了各人有各人的生存環境，各人有各人的思維方法，不管是正面的還是反面的，不論其順耳和逆耳，對我都是一筆財富，作為人生活在世上，我都要快樂的享用。我母親對我講，她懷我的時候，先是夢見一條巨蟒纏腰，再是夢見滿地的核桃，他撿了又撿，撿了一懷，如果說迷信的話，我的命裡有核桃運的一部分，核桃是砸著才能吃的，所以，我需要方方面面的敲打才能成器，我沒有什麼可以回報各位，唯有繼續寫作品，不讓大家的期望落空。

會議一直開到中午近兩點才結束，主持人蕭雲儒先生也感慨好久沒開過這般高品質的座談會了。會後，數家報紙作了報導，《西部文學報》集中了大半版發了報導，又刊登了法國文化和聯絡部長、駐華大使的賀電賀信，賈平凹的發言，李國平的《賈平凹：一個具有國際影響的作家》一文。此報出版後，外地來電來信祝賀者更多，而陝西的《軍工報》《社會保障報》等以特稿形式披露了獲獎內幕，山東、四川等地報紙也作了專門採訪。

十二月十五日晚，賈平凹在呂華、穆濤、袁西安的陪同下，來到西安東大街的五星級凱悅大酒店一樓音樂廳裡，在輕柔如水的鋼琴旋律中，會見法國大使皮埃爾·莫雷爾一行，呂華作法語到中文的翻譯，大使帶的翻譯把賈平凹的話翻譯成法語，同時在座的有文化參贊和秘書。

雙方交談了近二個小時，大使首先向賈平凹榮獲法國（費米娜）外國文學獎表示祝賀。

賈平凹說：「謝謝，法國讀者能接受並喜歡這本書使我高興。」

大使講：「費米娜文學獎在法國是有盛名和權威的文學大獎。這個獎在歐洲有廣泛的影響。您是亞洲作家第一次獲得該獎。法國出版社都樂於出版您的書，我想知道賈先生出版過多少著作？」

賈平凹說：「到今年底吧，我出版的作品有七十多個種類，包括小說、散文、評論和詩歌。」

大使講：「法國人通常買獲獎書送禮，如果賈先生的七十多部著作都能介紹到法國，也是法國的榮幸。 在法國，您不但是人人都知道的作家，而且是很有地位的作家，您沒有親自去領獎，這非常遺憾，我歡迎您隨時去法國，我們會在一個小時內給您辦好簽證，法國的文學界、出版界都樂於接待您。我知道您這部費米娜文學獎的《廢都》在1993年出版後受到批評，您怎麼看待這件事？」

賈平凹說：「一本書受到批評和讚揚都是正常的，一個作家出版了書最可怕的是沒有反應。我寫作以來，一些作品引起過幾次爭論，就是您說的批評的意思，和前幾次比較，這次好多了，《廢都》出版後，有人說好，有人說非，但基本都是在文學界內。前幾年有關我的傳聞很多，說我怎麼怎麼了，國外的國內的朋友常打電話問我，事實上我一直好好的，我仍在照常寫作。」

大使問：「您的生活是否因此而受到某種影響？」

賈平凹答：「沒有。可以這麼說，在中國當代作家裡，我的稿酬收入可能是最豐厚的了，我的書在《廢都》出版之前就銷得比較好，報刊的稿酬和出書的版稅收入不少，另外我的字畫也賣錢呀。」

賈平凹笑了，大使也笑了。

大使又問：「您收聽過法國國際廣播嗎？《廢都》獲獎的消息公佈已經一個月多了，法國人現在還在熱烈的談論這件事，法國讀者非常喜歡您這本書。」

賈平凹說：「我很少收聽廣播，國內的國外的。不過法國國際廣播電臺通過電話採訪過我，我的一位作家朋友也就《廢都》獲獎一事接受這家電臺的採訪。」

大使又問：「您這本書講述了一座有傳統的老城在現代生活環境裡的狀態，您怎麼看待中國目前的改革？」

賈平凹說：「談到對中國當代社會的看法，政治家有政治家的眼光，經濟學家有經濟學家的眼光，史學家又有史學家的態度，而藝術家有藝術家的方式，就像中國古畫《清明上河圖》裡畫的宗教與《宗教史》裡寫的宗教有區別一樣。」

大使講："我最近正在學習中國書畫，中國書畫的藝術境界是很獨特的，也是很高的。"

賈平凹說："那好嘛，用中國的一句老話說，我們可以切磋技藝了。"

大使高興地說："非常好，非常好，我今天要送給您的禮物就是一部很大的畫冊。我還想知道您在《廢都》之後是否中斷了寫作？"

賈平凹說："作家證明自己唯一活著的方式就是寫作。《廢都》之後我出版了兩部長篇小說《白夜》和《土門》，還出版了幾部隨筆集。我是在寫作中獲得快樂的那種人，除了寫作，我可以什麼都沒有。"

大使講："法國給您這部書得獎也不是因為您這部書在中國受到某種批評，法國的文學傳統證明法國可以對世界文學發表意見。"

文化參贊介紹說："費米娜文學獎在 1904 年初設時名為 '婦女幸福生活文學獎'，獲獎作家不限女性，但評委為清一色的女評論家和女作家，從以往的獲獎者和獲獎作品看，女評委們是頗有眼光的，羅曼羅蘭的《約翰·克裡斯朵夫》和聖·太克斯佩里的《夜航》都曾獲得該獎。"

大使詳細問了賈平凹生活、創作方面的情況後，又談了他讀《廢都》一書中一些人物、情節的感受，以及法國的文學界、出版界方面的事。熱情而又幽默的大使令賈平凹倍感親切和感動。

賈平凹說："司托克出版社已來信準備繼續出版我別的作品，法國文學是高貴的，我的書能得到法國文學界、讀書界的認同，我很高興，也深表謝意，請您一定轉告我對評委會的敬意和問候。"

最後，大使送賈平凹一冊精美的中法文對照的《從中國到凡爾賽》畫冊，在扉頁上寫道："贈送此書給賈平凹先生，以作為我們今晚的親切會見的紀念，並向您表示崇高的敬意！"又拿了他自己的法文版《廢都》讓賈平凹簽名。賈平凹回贈了大使一本中文版的《廢都》和自己的一幅書法。

法國的文學藝術在世界上是極有地位的，法國人浪漫而重藝術，《廢都》的獲獎，又如此受到重視，使賈平凹一方面感到欣慰，但也同時感到一種悲涼。賈平凹的一位朋友，移居北京，她當年是賈的忠實讀者，曾為《廢都》常與人辯論，她得知《廢都》獲獎消息後給賈平凹打電話，說："這太棒了！那天夜裡我幾乎無法睡著，我無聲地哭了，我心裡有說不出的一份痛苦。"她的話也令賈平凹心酸。但賈平凹笑了，說："其實這已經很好了，是是非非我經見多了。只要我還能寫作，只要有讀者還讀我的書，一時的榮與辱都無所謂的。"

此後，《中華讀書報》刊登了一九九七年法國各文學大獎的獲獎書目和作家介紹，說到《廢都》只一句，但這卻是國家級報紙第一次披露了獲獎的書名《廢都》。再後，《文學報》約孫見喜撰寫了長文《賈平凹，九七文壇獨行俠》，分兩期刊出，詳細敘寫了獲獎的經過。

無獨有偶，好事成雙，六年後的 2003 年，法國文化交流部授予賈平凹 "法蘭西共和國文學藝術榮譽獎"。"法蘭西共和國文學藝術榮譽獎"是法國最高的榮譽之一，授予那些在文學藝術領域做出創造性貢獻的人。法國駐華大使在給賈平凹的賀信中說："您的作品在法國影響很大，這項榮譽是授予您作品內容的豐富多彩性與題材的廣泛性。"

賈平凹在得知此消息後非常高興，他在給法國駐華大使的回信中說："法蘭西是偉大的，法蘭西的文學藝術是高貴的，巴黎就一直是世界文學藝術的中心，而我自 1997 年《廢都》在法國獲得費米娜文學獎後，今年又獲此項獎，我深感榮幸。"

附：

我的話——應法國《觀察家》雜誌作

賈平凹

當我得知《廢都》在巴黎獲"法國費米娜外國文學獎"的消息後，心情是難以平靜的。那天晚上，天氣很冷，我帶了塤——《廢都》中寫到的那種中國最古老的樂器——一人到野外吹奏。塤發出的是一種土聲，低沉悠遠，我感到了難以抑制的激越，遂之是無以言說的寂寞，抬頭看天，一輪明月正靜靜地照過長空。在中國的西北部，有連綿不絕的黃土高原和一座歷史文化悠久的古城西安，命運將我降生在那裡並從此生活在那裡，長江文化和黃河文化的雙重薰陶，儒教、道教和佛教的交匯影響，使我成就為一名作家。我在這裡讀到了世界上優秀的文學作品，當然其中有我崇敬的法蘭西文學，而二十餘年裡我反覆在寫著我的故鄉商州和古都西安，那裡有我寫不盡的東西，也有說不盡的故事，我為這一塊土地而自豪。

本世紀的最後二十年裡，中國發生了巨大的變革，在這場變革中我是滿腔熱情地關注著和參與著。愈是浸淫於傳統文化裡長而久，愈是感到一種深深的痛苦，愈是要起來反叛和鬥爭。正如此，我以我的筆在寫這一時期傳統文化中腐敗的東西如何一步步走向崩潰和衰亡，新的文化又如何艱難地產生，從而傳導出世紀之末中國的社會態勢和人的心跡。我創作了一系列作品，《廢都》就是其中的一部。我曾經說過，西京（《廢都》中的城市名）對中國來說，是一座廢都，中國對於地球來說，是一座廢都，大而化之，地球對於整個宇宙來說，何嘗又不是一座廢都呢？廢都意識是為舊的秩序唱的一首輓歌，同時是為新的秩序的產生和建立唱的一首贊曲。

不幸的是，我的憂患和悲憫被一些人視而不見和誤解，甚或產生恐懼，在《廢都》正式出版近百萬冊後被禁止了再版發行。書是寫給讀者看的，當以種種原因被禁止出版發行的時候，作家是難堪的，這猶如你正在當眾說話，突然一隻手捂住了你的口，你是個啞巴，吃了黃連，有苦說不出。但中國的政治氣候畢竟比以往好出了幾倍幾十倍，出版社和責任編輯受到行政處分外，而我並沒有被剝奪寫作權。從被禁止到今日，此書的地下印刷仍在瘋狂地進行，據我收集到的就有四十三種版本。再是它流傳到了香港，臺灣，在那裡得到大量印刷，幾乎發行到了全球所有的華人社會。後譯成韓文，在韓國大受歡迎，又譯成日文，在日本初版即印刷六萬四千冊，轟動巨大。當在法國出版發行，並能獲獎，這無疑又一次增強了我對文學的自信。多少年來，我之所以還能繼續寫作，支撐我的就是我擁有千千萬萬的讀者，一個作家，還能有什麼比其作品能得到不同民族不同語言的讀者認知和喜愛更欣慰呢。

這些天來，《廢都》在法獲獎的消息在中國引起強烈反響，相當多的作家、讀者、報刊雜誌社在收聽了法國國際電臺的廣播後，紛紛打電報、電話向我祝賀。中國的報紙上開始有了報導，雖然在報導中僅僅提到獲獎的事，卻絕口不提獲獎的書名。我理解辦報人的難處，這已經是不容易了，我感到了溫暖和欣然。在西安召開的祝賀和研討作品的會上，六七十人的作家、評論家、學者、教授，闡述著多年來他們一直堅持著的對於《廢都》的極高評價，呼籲著"重讀《廢都》"。

中國在進步了，正在更大的進步。

我的創作一直追求在作品的內涵上境界上向西方優秀文學借鑒，趨人類先進的文明來反思吾國吾民之現實，審視人的本質，生命的意義，而在作品的形式結構語言情調上堅持本民族的做派，力圖傳達出東方的味道，中國的味道。我熱愛我的祖國，熱愛我的民族。我將繼續寫下去，忠於現實，忠於藝術，無愧於我是一個中國人和一個中國的作家。

（一九九七年十一月十四日於西安）

二、《廢都》再版

當年《廢都》被禁不久，聞訊後的國學大師季羨林先生說：二十年後，《廢都》將大放光彩。如今先生雖逝，其言猶聞，使我們感懷和欽佩先生的高瞻遠矚。

自從1997年《廢都》獲法國女評委文學獎，隨著國家文化出版政策的逐步開放，要求解禁《廢都》的呼聲就時起時伏，一浪高過一浪。

2009 年 作家版《平凹三部》

2004 年，北京某出版社經過努力，準備再版《廢都》工作就緒，請賈平凹寫序。2004 年 1 月 1 日，賈平凹寫了《廢都》再版序：

《廢都》1993 年出版，2004 年再版，一隔十二個春秋。人是有命運的，書也有著命運。十二年對於一本書或許微不足道，對於一個人卻是個大數目，我明顯的在老了。

關於這本書，別人對它說的話已經太多了！出版的那一年，我能見到的評論冊有十幾本，加起來厚度超過它十幾倍，至後的十年裡，評論的文章依然不絕，字數也近百萬。而我從未對它說過一句話，我挑著的是擔雞蛋，集市的人都擠著來買，雞蛋就被擠破了，一地的蛋清蛋黃。

今年今月今時，《廢都》再版了，消息告訴我的時候，我沒有笑，也沒有哭，我把我的一碗飯吃完。書房的西牆上掛著的"天再旦"條幅是我在新舊世紀交替的晚上寫的，現在留著，留了許久。然後我尋我的筆，在紙上寫：向中國致敬！向十二年致敬！向對《廢都》說過各種各樣話的人們致敬，你們的話或許如熱夏或許如冷冬，但都說得好，若冬不冷夏不熱，連五穀都不結的！也向那些盜版者致敬，十二年裡我差不多在熱衷的收集每年的各種盜版本，書架上已放著五十多本，它們使讀者能持續地讀了下來！

十二年前，《廢都》脫稿的前後，我是獨自借居在西北大學教工樓三單元五層的房間裡，因為只有一張小桌和一個椅子，書稿就放在屋角的地板上。一天正洗衣服，突然停了水，恰好有人來緊急通知開個會，竟然忘了再關水龍頭就走了。三個小時後，搭一輛計程車回來，司機認出了我，堅決不收車費，並把我一直送到樓下，剛一下車，樓道裡流了河，四樓的老太太大喊：你家漏水啦，把我家都淹啦！我驀地記起沒關水龍頭，撲上樓去開門，床邊的拖鞋已漂浮在門口，先去關水龍頭，再搶救放在地板上的東西，紙盒裡的掛麵泡漲了，那把古琴水進了琴殼，我心想完了完了，書稿完了，跑到屋角，書稿卻好好的，水僅離書稿一指遠竟沒有淹到！我連叫：爺呀！爺呀！那位司機也是跟我來幫忙清理水災的，他簡直是目瞪口呆，說：「水不淹書稿？」我說：「可能是屋角地勢高吧。」司機說：「這是地板，再高能高到哪兒去？」事後，我也覺得驚奇，不久四川一家雜誌的編輯來約稿，我說起這件事，她讓我寫成小文章發在他們雜誌上。但他們雜誌在已排好了版後又抽下了，來信說怕犯錯誤，讓我諒解。我怎能不諒解呢？也估摸這個小文章永遠發表不了了，索性連原稿也沒有要回。一年後，我從那間房子裡搬走了，但那間房子時時就在我夢裡，水不淹書稿的事記得真真切切。

昨天，我和女兒又去了一趟西北大學，路過了那座樓，樓是舊了，周圍的環境也面目全非。問起三單元五層房間的主人，旁人說你走後住進了一個教授，那個教授也已搬走了，現在住的是另一個教授。但樓前的三棵槐樹還在，三棵槐樹幾乎沒長，樹上落著一隻鳥，鳥在唱著。我說：「唱得好！」女兒說：「你能聽懂？」我說：「我也聽不懂，但聽著好聽。」

但由於一家報紙提前登出了《廢都》再版的消息驚動了高層，時值下半身寫作風起雲湧，擔心《廢都》再版起到推波助瀾的作用，於是制止了某出版社再版《廢都》。新聞出版總署為此發了《廢都》暫不宜出版的通知。

賈平凹寫了關於《廢都》再版的申訴書呈交給中央宣傳部及有關部門，闡述了《廢都》被禁後的遭遇和專家學者對其的肯定，希望儘快予以再版。

在將《廢都》再版序文收入 2007 年湖南文藝出版社出版的散文集《混沌》時，賈平凹在文後加了說明：

2004 年，《廢都》再版一切就緒，卻又停止。我當年害大病時，多方求醫，治療效果不明顯，人就很浮躁，如此折騰了數年過去，人就疲遝了，心態也好了許多，說：既然上天還不讓我病好，那就是苦難還沒有磨夠，那我便安然的承受和享受吧。所以這本書也把這篇文章收進來。

2007 年 6 月 25 日，賈平凹曾在一首名為《等待的石頭》的詩中寫道：

河水一萬次的催促

我偏在沙裡逆走，

終於站在這裡等你

等你已經很久

相信愛不僅是追求

等待更是一種愛的享受

雖然並沒有口

模樣也樸素得簡陋

熔漿變成的石頭

熱能燙手

冷也能燙手

只要你能撞我一下

我也會有我的韶樂悠悠

請讀那點點苔斑

正寫滿了關於你的記錄

可你不肯停留

默默地看著你走

等待你能再回首

即使有一日風化了

風化了也是石子

不是泥土

世上的沉默者

都把相思守

這首《等待的石頭》反映了賈平凹在沉默中等待的心緒，不無悲愴。

賈平凹是幸運的，趕上了一個好時代，這個時代不斷改革開放，文藝政策和出版政策也不斷調整開明，在這種大形勢下，在廣大讀者和文學工作者的千呼萬喚中，被禁17年的《廢都》終於迎來了解禁的一天。

2009年元旦春節期間，見到賈平凹時就聽說《廢都》將要再版的消息，就像狼來的故事那樣，大家經歷了2004年再版流產的教訓，似信非信。

著名作家、作家出版社社長何建明作為策劃出版人後來道出了《廢都》複雜而又平常的再版內幕：

有人說2009年賈平凹的《廢都》重新出版是一大文化事件。我認為可以算得上。關於《廢都》一書的重新出版引發了不大不小的一陣喧鬧聲，有人說好，有人稱它簡直是"出版商在炒作"。其實，作為該書的出版人——我想在年末時可以藉此機會向大家透露一下此書出版的整個內幕吧——

平凹先生在我們當代作家中，是具有重要影響的一位，我個人認為他是屬於那種大師級的作家。雖然我們是同行，但絲毫不影響我對他的崇拜和尊敬，因為在當下的社會裡，各種人都在盡力地表演，表演他們的能耐——許多人都在想著法子一夜成名、一夜暴富。作家和藝術家中也有相當多的人在這樣表演，他們寫的作品一般，但他們的表演和炒作能力是非凡和一流的，因而他們獲得了許多"粉絲"。其實許多擁有"粉絲"的人是由某些機構和經營團隊操作出來的——他們的目的非常清晰：為了共同得利！然而賈平凹不是，他用不著別人炒作，他以自己的實力在壘築自己的文學和文化地位。這樣的人是真正的大師。當代中國文壇像他這樣的人不多，似乎數不出十來個！

平凹的《廢都》是他十幾年來心頭的一塊"心病"，他這個大師因此當了十幾年"流氓作家"，對他來說這是非常不公平的。《廢都》就像一個烙印深深地烙在他的人品和人格之上。為此，我

2009 年 8 月 8 日，賈平凹文學藝術館，
《平凹三部》首發。木南攝影

知道平凹這些年沒有少給中央領導寫信反映這方面的問題。他是個嘴很拙的人，早該解決的問題
一直沒有解決。

2009 年春節假期的某一天，歷史重新翻開了新的一頁：有關人士給我打電話，說可以考慮出
《廢都》了。我們作家出版社的編輯們知道此事後更是興奮不已，其中有跟平凹交情很好的幾位
女編輯，更是激動萬分——主要是為自己的朋友和尊敬的作家獲得某種新生而高興，同時也希望
獲得這部爭議了十幾年的作品的出版權。

我作為作家出版社的社長和平凹的同行與朋友，自然很願意成全此事。

"不炒作！不單獨為出《廢都》而出《廢都》"，這是我們把握的原則，也是我們整個出版
平凹作品的運營方案。

接下來的工作並不太順利，因為如何處理平凹作品的出版方式是需要認真研究的，目的是怕
一些人因此做文章。其實我們遵循的原則是，出平凹這部作品有一個特別好的機會——平凹的另
一個代表作《秦腔》剛剛獲得了茅盾文學獎，這部作品是我們作家出版社出的。他與我們出版社
有著長期的友好關係，有多部作品在我社出版——比如還有一部代表作《浮躁》。與編輯商量的
結果是把平凹的三部代表作一起推出。

開始責編起名為《平凹老三篇》，我給否了，覺得會讓人聯想起毛主席的"老三篇"。後來
定名為《平凹三部》，並得到了平凹本人的贊許，他還特意為此套叢書題了名。

之後的問題是：到底原封不動地出版，還是將□□□改了？這是需要認真研究的。從市場效
應來看，不改動是最好的，因為當年此書最大的亮點就是平凹發明的□□□。這□□□引發的聯
想實在太多、太藝術了！然而正是因為這□□□，使《廢都》有了十幾年"封殺"的命運。時代
不同了，讀者對《廢都》的認識恐怕也會有所改變。而從出版的社會效果和風險角度看，這是最
焦點的問題。徵詢各方意見的結果是：還得動動□□□，否則……可這會涉及到平凹本人對此的
意見到底如何。平凹到底是個識大體的人，他竟然同意把□□□改一下。

何建明在《編書記》在中詳細闡述了《廢都》解禁的過程

　　可到底怎麼改呢？是刪掉還是用其他什麼替代？還是讓平凹"續寫"出來？這是一個重出《廢都》的焦點。如何來解決，最好的辦法還是由平凹先生來解決。結果是：平凹選擇了用省略號處理的方法。其實，包括平凹本人在內的行家們都認為，當年《廢都》的□□□裡到底裝的什麼東西，這是廣大讀者最關心和關注的。

　　裝的什麼？□□□像一個四方的門框，又似一個封閉的四合院，更像一個中國傳統的緊閉的世界——這就是男人與女人之間的性慾問題，它神秘而深不可測。當年賈平凹先生在自己創作具有"國家高度"時，向這個禁區大膽地進攻一下——用文學的手法，哪知惹來一場軒然大波！那個時候中國還不那麼開放，除了城裡人能夠從小販手裡偷偷買幾張"黃色影碟"看看之外，對"色"仍然是有些羞答答的，不好意思敞開來談論。然而來自黃土高原的著名作家賈平凹先生洋洋幾十萬字的一部《廢都》，竟來了一次赤裸裸的公開談論和描述，這不是大逆不道嗎？更何況，平凹兄對那些性描寫最關鍵時刻來了個□□□表述，弄得讀者的胃口吊到天上去了！而那些反對者更是群起而攻之，於是"流氓作家"的帽子就這樣戴到了我們親愛的平凹先生的頭上，且一戴就是17年。

　　17年對一位作家的創作年限可是個漫長的歲月。平凹因此心存一股永遠難釋的"惡氣"。現在，《廢都》重新出版，無疑對平凹來說是一種"解放"。他為此也歡呼過，並對我們作家出版社深表感謝。這一點可以理解。但作為出版人，我想重新出版《廢都》的意義，既非有些人認為的它是一個"政策性"問題，比如什麼"出版禁區獲得解放"；也非有人罵此舉"傷風敗俗"。在我和諸多讀者看來，這僅僅是文學回歸本位而已。它既沒有什麼了不起，又是非常正常的事，因為畢竟今天的中國與17年前的中國變化和差異很大了，讀者的視野和識別能力，包括我們的出版管理部門的政策水準都大不一樣了。我們可以獲取的資訊和知識以及對事物的辨別能力也大大超乎於17年前了。

　　時代的變化令我們欣喜的地方很多。

在中国作协大楼的办公室里，坐在一堆书后面的何建明跟以往一样，还是那么儒雅可亲。何建明曾三次获得鲁迅文学奖，今年3月底新任中国作协副主席，其当选也有作协试图改变"官员普遍不懂文学"现状之意。最近在接受本报记者独家专访时，他更直言"文学是自己的生命"，"职位可以不要，但写作绝不可以放弃"。何建明是著名报告文学作家，谈及当下报告文学存在的缺陷，他禁不住痛心疾首；提起《废都》解禁重版、《失乐园》全译本出版，他不由感到自豪，笑称这是人性的回归和社会进步的表现。

-别以为作协干部就会拿工资

在中国作协七届五次全委会上，何建明当选为作协副主席。对于此次当选，他表示自己很平静，只是觉得肩上的担子更重了。"我以作家身份进入作协，承担了某种管理职能，我把自己定位为作协的工作人员，主要是为大家服务。"何建明坦率地说，别人以为自己当了一个官，但就个人而言，他宁愿当一个作家也不愿做官。

不少作家身兼职务后就创作剧减乃至绝产，这已成为外界对作协的一大诟病。但何建明表示自己不是这类官员作家。"我不能放弃自己的写作，放弃写作就是弱化作家身份，写作是我生命中最重的部分，写作可以不要，职位不能放弃。"现在他时间太少，只能周末抽空创作，没有专业作家那么潇洒，可

一切變得平靜和理性了！《廢都》新版就是在這樣的形勢下完成的。我們既不要太把它看成一件什麼"事件"，也不要以為一部曾經的"禁書"的所謂"開禁"而緊張得窒息——這個世界的空氣再不會因為某某人的一句話、一本書、一個觀點而鬧得天翻地覆了。

我們就是在這樣平靜而正常的心境下完成了《廢都》新版的出版工作。

但在新版《廢都》走向市場前，我們的責編仍然有些緊張，怕一旦書出來後太張揚造成不好影響，所以在設計封面時有意弄成了灰色的。我一看這太不像樣了，於是趕緊讓美編重新設計。美編問用什麼顏色呢？我說粉色一點，這《廢都》不是有人認為內容有些"黃"嘛，那麼我們就給它披上粉色的外衣，讓它更具"特色"。大家一聽都笑了。此書編輯過程中，責編張懿玲和林金榮做了大量工作，她們的責任心令我和平凹都感動。

就這樣，新版的粉色《廢都》橫空出世了！

平凹本人看了新書也十分滿意，還在西安開了一個首發式，影響不小。

這就是《廢都》重新出版的整個內幕，既複雜，又平常。半年下來，《廢都》賣了二十來萬冊，是個既不錯又平常的銷售量，這就是成熟了的中國對一部文學作品的認知水準。作為出版人，我對此感到欣喜而平靜。

7月28日，《華商報》刊發了題為《〈廢都〉解禁賈平凹：為它一痛17年》的長達兩版的長篇報導。賈平凹在接受記者狄蕊紅採訪時說："文學有文學自身的規律，文學有文學的大道理，要堅守文學的品質。作家是社會的觀察者，永遠要觀察這個國家和民族前進的步伐和身影，永遠要敘述這個社會的倫理和生活，更要真實地面對現實和自己的內心，盡一個從事作家職業的中國人在這個大時代裡的責任和活著的意義。"

據報載，解禁後《廢都》大變身，概括為三變一不變。

一是"□□□□"變"……"。舊版《廢都》"□□□□（此處作者刪去××字）"是無論哪個盜版版本都不曾改變的標誌文本，但是在新版《廢都》中，這些"□□□"變成了"……"，翻開新書，再找不到那些"有刪節"的段落，很"低調"地變為"……（此處作者有刪節）"。

二是封面變鮮豔。十七年前的舊版《廢都》封面素雅而耐人尋味，廢都兩個大字斜排於書封上方，封面灰色與白色漸變，中間為一團揉皺的白紙。相比舊版的沉穩，新版《廢都》為豔麗的桃紅色封面，賈平凹書寫的兩個黑色大字廢都豎排著，幾乎填滿了封面，兩個大字既是裝飾也是書名，大氣而不失妖嬈。

三是價錢"漲了"。十七年前，一本40萬字、500多頁的《廢都》定價12.5元，但是時隔多年，物價的上漲早已否定了當年的定價，記者從作家出版社瞭解到，新版《廢都》單本定價為39元，《平凹三部》一套的定價則在116元，三本成套出售，另有《廢都》單行本單獨出售。

木南攝影

內容沒變。北京出版社的舊版《廢都》和解禁後的《廢都》在文字內容上並沒有區別，也未做文字的刪減，字數和頁數基本一致。

記者報導說"它始終是作者心中的一個痛。"賈平凹這一痛就痛了十七年。2009 年 7 月，被禁十七年的長篇小說《廢都》獲准再版，重出江湖。近日，《廢都》由作家出版社再版，與賈平凹的《浮躁》《秦腔》組成《平凹三部》，昨日已向全國鋪貨，不日將與讀者見面。賈平凹就此接受記者專訪。

再版心情： 既有喜悅，也有惶恐 。

1993 年《廢都》被禁止出版，主要原因是大量性描寫引發了爭議，賈平凹敏銳地捕捉到了社會出現的最新變化，以及知識份子的迷茫、失語等精神狀態的變化。《廢都》的再版，對賈平凹來說，既有不盡的喜悅，也有惶恐。"寫的時候，大概是 20 年前了，書中有對社會的觀察和對社會的前瞻，20 年後，現在看這本書，書中描寫的那些情況，已經在社會上出現了。"《廢都》被禁一直是賈平凹心中的一個痛，他說："一本書的命運也是一個社會前進的軌跡。"說"它"的時候，賈平凹的語氣像在說自己的孩子。"現在能再版，首先說明了社會的進步，社會環境的寬鬆，和文壇關係的回暖。這些年來，社會價值觀已經漸漸發生了改變，人們對文學的認知度提高了，對文學的評價也不僅僅像 90 年代初那樣，道德評價、政治評價占主流，而是回到文學本身。"賈平凹稱。

當年影響： 在海外被翻譯成多種文字 。

木南 攝影

"《廢都》之前長篇是不紅火的,很少有長篇走進街頭小巷,大家關注的都是中短篇,而《廢都》之後,長篇開始興盛。"他說。

他介紹了《廢都》當年面世的情況:"一出版,就占盡風光,紅火得很,幾乎所有的評論家都寫了評論文章,很快就結集成七八十萬字的《廢都大評》,但因為書下半年就被禁了,沒人給出版了,後來香港出版,被刪去很多,因為書太厚了。下半年,就遭到全國大批判,可以說在全球有華人的地方就有《廢都》,有朋友到非洲去,那裡也有。"

全國都在爭議《廢都》,後來禁止出版、禁止拍影視,但這期間,《廢都》在海外卻被翻譯成日文、法文、俄文、英文、韓文、越文等多個版本,現在美國又在重新翻譯《廢都》。

被禁遭遇: 最困難時,季羨林挺賈。

1997 年,就在正版難覓、中國的盜版書攤上《廢都》"猖獗"時,從遙遠的法蘭西傳來了消息:《廢都》獲得法國三大文學獎之一的費米娜文學獎。

喜訊傳來,卻出現了奇怪的現象,國內大多數媒體在對此事進行報導時,措辭均為"賈平凹的一部長篇小說獲得法國費米娜文學獎"。

賈平凹回憶,在前一天晚上和幾個朋友擬寫新聞稿時就很頭痛,想了一晚上,不知道該不該提《廢都》的名字,最後只能寫成"賈平凹的一部長篇小說(《廢都》)",他說:"這就是準備著讓人家刪呢。"

那個時候，這位正當紅的作家突然遭遇了人生最困難的時期，很多朋友因為《廢都》被禁不敢與他再接近，賈平凹記得當年"頂風"肯定《廢都》價值的人：季羨林、馬原。

"在我最困難的時候，兩個人說過話，先鋒小說鼻祖之一，作家馬原先生和剛剛去世的季羨林先生，季老在北京說，'《廢都》20年後將大放光彩'，當時，人們都不相信這是季老說的，還問過他到底是不是他說的。本來說，這次書出來，給季先生送一本，沒想到……"

馬原這樣評價《廢都》：讀今天我們見到的小說，會有哪本書讓孫子重孫子們有興趣讀呢？也許有十本、一百本，也許只有兩三本。但我有把握，其中有一本是《廢都》。我深信不疑，這是一本卓越的書，而且好讀，可讀，必定付諸後世。

對己影響：學會隱忍，要不服氣地寫作。

《廢都》被禁的時候，正是賈平凹生命的最低潮，正是他遭受重病折磨、身體最不好的時候。

"這十幾年，《廢都》讓我要隱忍、要不服氣地寫作，所以才出現《白夜》《土門》《病相報告》《懷念狼》《秦腔》《高興》等一系列作品。"賈平凹說這話時似乎還帶著當年寫作的勁兒。

"人一生有幾個十七年？兩個十七年三十四，三個十七年五十一，四個十七年六十八了，這十七年，不是《廢都》，我不是現在這樣，當然《廢都》給我帶來的是，'譽滿天下，毀滿天下'，自《廢都》後，我從原來的純情作家，變成了爭議作家、變成了'流氓'。"因為此次《廢都》再版，他才吐出了多年來苦衷："十七年一肚子苦水給誰說過？啥好事都輪不到我了。""文學有文學自身的規律，文學有文學的大道理，要堅守文學的品質，再一條，作家是社會的觀察者，永遠要觀察這個國家和民族前進的步伐和身影，永遠要敘述這個社會的倫理和生活，更要真實地面對現實和自己的內心，盡一個從事作家職業的中國人在這個大時代裡的責任和活著的意義。自己是普通作家，越發要努力寫作，不敢懈怠和虛妄。文風就是國風，文學藝術方面的風氣就是國家的風氣，國風決定文風，文風也影響國風，文運的成就是國家強大與自信的必然結果。"

"感謝"盜版："沒有盜版，就延續不下來"。

1993年上半年，由北京出版社推出了《廢都》第一版，半年後即遭禁。

從1993年至今，《廢都》的盜版從未間斷過。

"正版、半正版、盜版總共加起來大約一千二百萬冊左右。這十幾年盜版不斷，僅我收集到的盜版就有六十餘種版本。"賈平凹介紹。

至今在城牆門洞盜版小商販的三輪車上，仍然不乏《廢都》的身影，在孔夫子網上可以檢索到千餘冊《廢都》。在網路搜索《廢都》，其電子版的下載也隨處可見，讀者並沒有忘記《廢都》。"最想說的是，要熱愛讀者，感激讀者。平常都說要反對盜版，對盜版義憤填膺，但這本書要沒有盜版，可能就延續不下來，讀者一直在說這本書，一直都有盜版。十七年裡，《廢都》話題一直沒斷。除了《廢都》的盜版，還有人給《廢都》寫《廢都》後續，僅'後續'就有十幾個版本。《廢都》的評論也一直在出，可以有評論文章，但是報紙上不准出現，曾經有幾個刊物開闢過‘重讀《廢都》’欄目，話題一直沒斷。發自內心地說，我應該感謝讀者，感謝溫暖。”賈平凹感慨地說道。

2010年，白燁編輯的《中國文學文情報告》中，這樣記述了《廢都》解禁——《廢都》再版出書！8月8日，曾經備受爭議、遭禁17年的賈平凹的《廢都》，與其《浮躁》《秦腔》組成《賈平凹三部》函集首發式暨賈平凹文學藝術館網站開通儀式在西安舉行，賈平凹到現場為眾多賈迷和讀者簽名售書。《賈平凹三部》中的《浮躁》曾在1988年獲得了美國美孚飛馬文學獎，《廢都》在1997年獲得了法國費米娜文學獎，《秦腔》則在2008年摘取了中國最高文學獎的桂冠——茅盾文學獎。

從出版，至今30年間，各種正版本、譯本第一版，達34種之多。

《廢都》解禁17年平凹有話說

2009年9月11日（中華讀書報）報導說——被禁17年之後，賈平凹的《廢都》再度出版，並與《浮躁》《秦腔》組成《賈平凹三部》。這部有爭議的作品再版後大家關注的焦點，是傳說中的“口口口”是否得以恢復？還是文學價值本身？1997年9月3日，賈平凹在接受記者專訪時，表達了自己無奈、無謂或者無可言說的複雜心情。

1993年，賈平凹的《廢都》在《十月》雜誌連載。這部被賈平凹稱為“生命的苦難中唯一能安妥我破碎了的靈魂”的作品，在由北京出版社出版第一版時，首印50萬冊。不過半年時間，《廢都》被“廢”。北京市新聞出版局圖書出版管理處根據新聞出版總署的指示，以“格調低下，夾雜色情描寫”的名義查禁《廢都》，並對出版部門做處罰。

《廢都》的影響並未因此被遮蔽。在海外，《廢都》被翻譯成日文、法文、俄文、英文、韓文、越文等多種文字，並於1997年獲得了法國費米娜文學獎。據賈平凹透露，俄文和英文當年被譯，但譯不下去。現在重譯影視版，而且版權已賣。

《廢都》的寫作是流浪寫作

《廢都》當年的編輯田珍穎回憶說,《廢都》是賈平凹在一個縣城裡寫的,寫作條件非常艱苦。但賈平凹卻覺得,《廢都》的寫作雖然是流浪寫作,跑了三個地方,條件艱苦,卻因那時干擾少,心能靜下來,寫得順手。他說,自己的任何作品,寫得好與不好是另一回事,但寫作時絕對是無拘無束的。"每部作品動筆時作家都是充滿激情的,完成後又都感到遺憾。具體寫得怎樣,這是讀者的事,作者說話已不起作用了。"

當年寫《廢都》期間,賈平凹回西安參加了古文化藝術節書市活動。"書市上設有我的專門書櫃,瘋狂的讀者抱著一疊一疊的書讓我簽名,秩序大亂,人潮翻湧,我被圍在那裡幾乎要被擠得粉碎。幾個小時後幸得十名員警用警棒組成一個圓圈,護送了我鑽進大門外的二輛車中急速遁去。"在《廢都》的後記中,賈平凹這樣描寫當時的盛況。然而這並沒有給他帶來喜悅:"離開了被人擁簇的熱鬧之地,一個人回來,卻寥寥地窩在沙發上哽咽落淚。人人都有一本難念的經,

《中國文情報告》2009-2010 卷收錄了此文

我的經比別人更難念。對誰去說?誰又能理解?這本書並沒有寫完但我再沒有了耀縣的清靜……"

此後他又帶著未完稿開始了時間更長更久的流亡寫作。先是投州了戶縣李連成的家,又去了渭北的一個叫鄧莊的村莊。寫完後,他也覺茫然:"這一部比我以前的作品優秀呢,還是情況更糟?是完成了一樁夙命呢,還是上蒼的一場戲弄?一切都是茫然,茫然如我不知我生前為何物所變、死後又變何物……"

1993 年,《廢都》被禁的消息傳來,賈平凹知道,"事要壞了""當時書賣得到處都是、到處都在說這本書,什麼消息都有,那情景現在無法想像。"賈平凹說,那時不比現在,書禁止再版可是不得了的大事。"一本書惹得國內那麼大的議論,我就知道事要壞了。而周圍人及家人都緊張了,害怕了。"

十幾年來,《廢都》的遭遇帶給賈平凹在寫作方面的影響,"多多少少是性的描寫注意了",他說,自己還是寫想寫的東西。

"《廢都》出版一年後,別人來告知我,季羨林先生評價《廢都》20 年後將大放光彩',事後也有人去查證過。"賈平凹回憶說,這一評價給了他很多安慰。但他與季先生素昧平生,一直沒有見過面。在季羨林去世前一個月,還在醫院給賈平凹簽過一本書讓人捎來,書是《我的學術人生》。

再看"被禁"

"我挑著的是雞蛋,集市上的人都擠著來買,雞蛋就被擠破了,一地的蛋清蛋黃。"數年前,《廢都》要再版時,賈平凹對於這部命運多舛的作品打了一個形象的比喻。然而那次也沒能再版成。

"對於社會，能瞭解社會的進展，對於作者，是壞事也是好事吧。" 在問及如何看待 "解禁" 一事時，賈平凹的回答很客觀。"17年裡，啥說法都有呀。" 賈平凹感概頗多。談到對於書的再版，他說：

　　"我希望回歸書的本身，不願成為一個事件。它曾經鬧得那麼大的動靜，17年，安靜平安著為好。"

　　對於書中的性描寫，《人民文學》主編李敬澤在再版《廢都》中作序，明確表示："我依然認為《廢都》中的 "口口口" 是一種精心為之的敗筆。" 他甚至猜測當賈平凹在稿紙上畫下一個個 "口" 時，或許是受到了佛洛德《文明與禁忌》的影響，那本書20世紀80年代的文學人幾乎人手一冊，通過畫出來的空缺，他彰顯了禁忌，同時冒犯了被彰顯的禁忌，他也的確因此受到了並且活該受到的責難。"但是，在我看來，那些空缺並不能將人引向欲望──我堅信這也並非賈平凹的意圖，那麼他的意圖是什麼呢？" 李敬澤也心存疑惑：難道僅僅是和我們心中橫亙著的莊重道德感開一種 "躲獵指" 式的狹邪玩笑？

　　那麼，當年框框中的內容是賈平凹故意為之，還是確實是為出版時需要刪掉？賈平凹回答說："有寫的也有沒寫的也有刪的。"《廢都》再版後內容基本沒變，有讀者認為沒必要再版，把框框去掉，代之以 "此處有刪節"。之所以做這樣的處理，賈平凹表示，是 "不願意讓人把注意力放在那上，這樣會誤讀這本書"。

　　《廢都》17年後重獲出版，當年40萬字500多頁的《廢都》定價為12.5元，《賈平凹三部》函集的全套定價是116元，老版的《廢都》已有人炒到500多元。

　　"當賈平凹讓莊之蝶從那些 '口口口' 中溜走時，他和他的批評者們一樣，是把人的責任交給了他的環境和時代，但當他在無著無落的火車站上把莊之蝶賦與痛苦的無言、賦與生死時，他又確認了莊之蝶的 "存在"，而把存在之難局嚴峻地交給了我們。" 李敬澤以詩意的語言表達《廢都》的再版──勇敢地表達和肯定了我們的生活和我們的心，勇敢地質疑和批判了我們的生活和我們的靈魂。

　　8月8日上午10時，《平凹三部》函集首發式暨賈平凹文學藝術館網站開通儀式在賈平凹文學藝術館舉行，中國工程院院士、西安建築科技大學校長徐德龍致辭中說：

　　《平凹三部》，是賈平凹先生三十多年文學創作、三個年代最有代表性的作品，它們不僅在中國當代文壇和當代社會上產生了廣泛而強烈的反響，而且得到了國際世界的充分肯定和高度評價。1988年，《浮躁》榮獲美國美孚飛馬文學獎，這部長篇小說，深刻而形象地描繪出中國80年代社會變革的歷史命運和艱難進程，揭示了這一歷史進程中所蘊含的文化思想內涵，以 "浮躁" 二字高度概括了社會時代特徵。1997年，《廢都》榮獲法國費米娜文學獎，這部歷經磨難的長篇絕唱，非常敏銳而深刻地揭示出，我國剛剛開始建設社會主義市場經濟，一代知識份子的困惑、迷茫、尷尬與抗爭，進而呈現出我們整個社會時代的文化精神映射。《秦腔》在獲得香港紅樓夢文學獎等多項獎項之後，終於眾望所歸，在去年榮獲第七屆茅盾文學獎。進入21世紀中國在城市化歷史進程進入快車道，鄉土文化被痛苦地解構著，《秦腔》便唱出了一曲鄉土文化消失的歷史挽歌，也為我國社會發展與進步豎起了一座藝術文化的豐碑。

　　現在，這三部作品集函出版，可說是對平凹老師三十多年文學創作，做了一次藝術經典性的檢視。尤其是這部生動而深刻揭示了現代知識分子精神狀態，進而寫出了人類自身生存進入世紀之交的困境，被翻譯成多種語言出版的《廢都》，在禁印17年後，今天得以重新正式出版，這既說明這部作品的藝術魅力和思想價值，不僅沒有因為時間的流逝而減弱，反而在不斷地被發現，被豐富，而且昭示著我們的文化思想、我們的國家民族、我們的社會時代，更加開放、更加進步、更加自信、更加強健，也更為睿智！藉此機會，讓我們祝福我們的文學家平凹老師！祝福我們的國家民族！祝福我們的社會時代！

作家出版社《平凹三部》責任編輯懿翎、林金榮也專程赴陝出席了此次首發式，林金榮介紹了《平凹三部》的編輯出版情況。

陝西名醫張宏斌吟誦了他於 1999 年作的詩：

一

海外折桂見報端，
信是早蔔未譁然。
劇憐病骨如秋鶴，
猶如銀絲效春蠶。
文緣悟性分高下，
友因神交自金蘭。
金瓶紅樓曾遭禁，
詎料當今成文獻。

二

若論文壇首屈將，
唯數平凹非說項。
驚世駭俗震京畿，
毀譽褒貶費評章。
盜印曾罄洛陽紙，
爭閱如參北斗光。
傳世之作鑄公案，
自待後人論短長。

三

不惑著就警世文，
石破天驚泣鬼神。
千古撰史頌明主，
百姓口碑仰賈生。
常聞深山隱玄豹，
始信丹水藏蛟龍。
大作等身筆未輟，
疑是文曲下凡塵。

四

書山攀涉苦未休，
蹈身文海喘吳牛。
自古聖賢皆寂寞，
從來名士厭封侯。
煉句每擬賈島瘦，
立言常懷杜陵憂。
恩澤千人青史垂，
後世猶誦岳陽樓。

五

學如滄海筆若椽，
遺世曠代絕空前。
飽嘗人間百味苦，
力拔環宇萬仞山。
妙手尚尊一字師，
鐵膽猶礪十年劍。
脫盡凡骨即是仙，
從來文理可參禪。

六

蜇聲域外獨行俠，
仗筆四海任天涯。
屈子行吟悲寂寥，
陶令荷鋤遠喧嘩。
仙客片時能煮石，
狐禪三味亦爍沙。
醜石千劫終羽化，
青史彪炳當平凹。

《廢都》《浮躁》《秦腔》是賈平凹三部最著名、最重要的長篇巨著，其中，《浮躁》曾在1988年獲得了美國美孚飛馬文學獎的殊榮，《廢都》在1997年獲得了法國費米娜文學獎，《秦腔》則在2008年摘取了中國最高文學獎的桂冠——茅盾文學獎。《平凹三部》的這種組合方式，標誌性地展示了賈平凹三十餘年創作中的三座里程碑。

　　賈平凹文學藝術館館長木南特將自己珍藏的二十本1993年老版《廢都》免費贈送幸運讀者，據瞭解，老版《廢都》在賈迷收藏過程中，十七年來一路升值，現單本價格已達500元。《廢都》的價值由此可見一斑。

　　可以預言甚或斷言：《廢都》屬於藏之名山，傳之後世的不朽之作，其價值將與日俱增，必將在中國當代文學史和出版史上留下濃彩重墨的一筆，佔有不可抹殺和無可取代的重要位置。

　　《廢都》的解禁，賈平凹沒有忘記17年前出版《廢都》的責任編輯田珍穎大姐。在《廢都》再版後的2009年9月25日，他給田珍穎寄去了一部解禁後的《廢都》新書，並寫下這樣一段感恩而意味深長的話——

　　田珍穎責編、老師、大姐：十七年前為此書，你傾注了心血，也受到了委屈，成為了我們心中的一個痛。十七年後解禁再版，最想告知最要感念的是您。十七年歲月過去了，我們隱忍而堅強著，那麼往後的日子，盼您健康快樂。不管怎樣，我們幹了一件事。

咸阳地外婆家，晓卡心勇之在○川工作，正好带了这两瓶酒给你们，晓卡说一定说是把酒却了师用了。你咱不得型酒，这酒倒是么喝的。"牛月清说："刘晓卡，书店里这化作啊，我倒扮不清"哪一个"柳月在一旁听了，只是嘻嘻笑，插○○○○○○剧肩心瘦心那个！"就舒指头盖谈江心脸○○○○○○月尽胡请还那个腿特别长心子化。"柳月叫道○○○○○○说："柳你不知道也就南胡请心，招聘心那○○○○○○得我也今不开心。○情跌拾这择了，我和你庄○○○○○笔区心一篇一后两家大了，你们搭得这心要○○○○○○江说："忌不，红枕心第一个就写给了你们！到○○○○○○，柳月也来来了做个陪狼吧！"柳月撇了嘴○○○○○○也不肯心，我还丑样心，你成心让专心丑衬○○○○○就说柳月样了几月，话语越发有水平，轻柳月出专，怕也今写了书心。三心说了一会，谈江去了，又一再叮咛那月呈专，老师师用若不来，宴席就不开，死等了心。

汉江一去，朗请问柳月你老师哪专了？柳月说孟谤心专喝酒了。朗请收拾了礼品，就独坐了思谋二十八日专●专心宴席，该准备什心贺礼。下午，庄之蝶喝得昏绦绦回来，在厕所里用挺了半天喔咐，吐出许多钱泮，牛朗请证他睡了，该程说汉江心了。晚上庄之蝶睡起专书房专书，地进去把门关了，才一一说了汉江钱糖了你，庄之蝶也好不惊评，说："那个忠腿女子，我觉怕也是见过一两次心。当时他说是招聘店员，咱也没在意，在专赵京五对我说他招心比招模特儿还严格，身子多少，体重多少，技肤怎样，还互等合标准心三围。"牛朗请说："什心三围？"庄之蝶说："就是胸围、腰围、臀围。

第七章　版本說

一、國內篇（含港臺）

（一）1993《廢都》（北京出版社）

　　《廢都》是作家賈平凹創作的第一部城市長篇小說，1993 年 7 月首次發表出版。小說寫的是20 世紀 80 年代中國西北一個西京城裡一群知識份子的生活故事。

　　我在《＜廢都＞紀事》中記錄到，賈平凹的長篇小說《廢都》問世後，立即成為人們和社會關注的焦點，《廢都》成了人們談、讀的話題，其效應之轟動，影響之深遠，大大出乎作家賈平凹意外。《廢都》究竟何書？媒體又是如何"炒"作的，賈平凹本人及評論家們又是如何看這部書的呢？

　　賈平凹的長篇小說《廢都》是由北京《十月》和北京出版社於 1993 年 7 月以一刊一書印刷出版的。7 月 24 日下午時，在北京王府井書店進行了《廢都》首發式。我親歷了現場。我趕到王府井書店時的時間是下午 1 點鐘，書店一樓已排起了長隊，遠遠地從書店門口排到了書店臨北的皮貨商店前。人們手裡大都先付款購買了《廢都》一書，依次排隊邊翻看著《廢都》邊等候賈老師的到來。隊伍中有 20 幾歲的年輕人，也有 60 多歲的長者。每人手裡持二、三本的多，許多是為朋友代購。大約下午 2 時半許，賈平凹在許多人的簇擁下走進書店開始簽名售書。一些攝影記者和一些分不清職業身分的人將他團團圍住。

　　我最早讀到賈平凹長篇小說《廢都》的消息是 1993 年 6 月初，在一份 5 月 22 日中國日報英文版上，文章的題目為〈鄉土作家轉寫城市生活〉，作者康平、馬烈。文章說："賈平凹終於決定以自己的職業為賭注，進行新的文字創作探險。在賈平凹面前擺著的是自己的新作——40 萬字的小說《廢都》。當他拿起這部書時，他的手在微微發抖，因為這是他從酷夏到寒冬裡的創作心血……"。之後，又讀到了《陝西日報》署名健濤的《廢都——一部奇書》的報導。

7月7日，《金融時報》發表署名陳東捷的文章，"《廢都》一部關於情事與世風的大書"；93年6月號《女友》雜誌發表李連成的《甘亭紀事》一寫在《廢都》發表之前一文，詳細評價和記錄了賈平凹創作《廢都》的全過程。93年第7期《美文》月刊發表了《廢都》責任編輯田珍穎讀《廢都》筆記《平凹，咱們聊聊》。也大概就是憑藉這份6000字筆記，賈平凹在十幾家出版社爭搶《廢都》書稿中，最後將它委託由評論家白燁自戶縣背回京城，交給了北京出版社田珍穎編輯。連平凹的好友陝西人民出版社編輯孫見喜肩負的為出版社拉稿之使命也成了泡影。

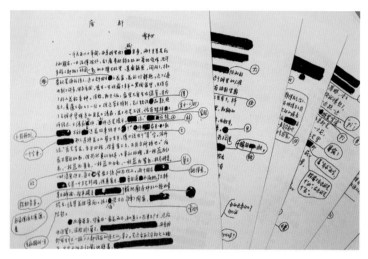

《廢都》手跡

1993年7月15日，《北京日報》在書界新聞欄目中刊登了這樣一則消息：《廢都》賈平凹的又一部力作，寫當代西京城四大名人——作家莊之蝶、書法家龔靖元、畫家汪希眠、藝術家阮知非的矛盾糾葛，性格命運的發展。四人的沉浮，織成一幅當代社會的網路。四大名人，各有所終。莊之蝶中風於火車站，龔靖元因賭博破產而猝死，汪希眠致力於製造假畫賺錢，致使自己的家庭名存實坊亡，阮知非熱衷於走穴而賺了大錢後，被謀財者打瞎了雙眼，不得不換成狗眼……小說以龐大的陣勢，將40多個男女人物編織在一起。這是作者第一部城市題材的小說。

7月16日，《南方週末》報發表署名劉爽"《廢都》熱與百萬稿酬"一文。

7月17日，《光明日報》週末文萃版以三分之二版面刊發了"《廢都》後記"。

1993年7月24日下午，在王府井書店舉行《廢都》簽名售書後，據書店經理講，這次盛況是近些年的簽名售書沒有過的。兩個小時的簽名售出《廢都》近千冊。

7月25日，平凹返回西安。此前，西安有關部門和個體書商，已從北京用數輛卡車日夜兼程運回八萬冊《廢都》。一到西安，平凹又被人拉到書店簽名售書。西安的八萬冊《廢都》一星期內又售罄。《廢都》銷售的越多，加諸於作者心裡負擔就越重。因為《廢都》並非一本通俗小說，不是一般消遣讀物。"它是在文人日常生活形態和心態的白描之中所包孕的哲理思考與文化批判，深而不浮，隱而不露，是需要細讀和多讀才能體味出來的（白燁語）"。賈平凹在後記中及《廢都》創作問答中希望讀者去慢慢品味它。

然而，事與願違。《廢都》的火爆卻使賈平凹成了"走紅的受難者"。出版社在半個月內推出了一本《廢都之迷》，十位學子也紛紛口誅筆伐撰書《廢都滋味》。賈平凹一時成了人們指罵、議論的物件。

1993年8月9日，賈平凹致信白燁先生：“西安的《廢都》熱實在空前。但對號入座嚴重。仁者見仁，智者見智說好的特好，說不好的罵流氓。”賈平凹寄希望於嚴肅的文學評論能對廣大讀者閱讀《廢都》有所引導；但大報大刊又不發有關文章，他希望能開一次《廢都》討論會，聽一聽各方面意見，但主管部門又沒有錢，會開不起來。除《廢都》問題外，身體不適和生活不順的苦痛又始終跟隨著他，他在致白燁的信中說“我身體極不好，心情極不好。家事、國事、文事、身事，百事交加，心力憔悴……我實在該休息了。我太累了，心身皆累，一切一切，包括家庭身體、創作，都是危難之時，我無法應酬，也應付不了…

白燁讀完信、長久地無法使自己平靜下來。之後、他深深地陷入了深思：誰人能如道一個身心全交給了文學，幾乎發表了等身的著作、又在讀者中享有盛名的平凹，生活是如此的窘迫、心情是如此的抑鬱、命運又是如此的乖蹇呢？

我當時統計並收集了9種93年《廢都》版本，分別為：北京第二印刷廠印刷，20萬冊；北京百花彩印有限公司印刷，11萬冊；冶金工業出版社印刷廠印刷，17萬冊；成都美術印刷廠印刷，10萬冊；武漢大學印刷廠印刷，10萬冊；朝陽新華印刷廠印刷，10萬冊；華中理工大學印刷廠印刷，10萬冊；廣東番禺市印刷廠印刷，10萬冊；東南大學印刷廠印刷，10萬冊；另有武漢美術印刷廠印刷，10萬冊精裝版。共計118萬冊。

之後，不到半年時間，《廢都》爭議不斷，還陸續收集到各種“評論”《廢都》書刊13種，詳見“熱評”篇。

1993年北京第二印刷廠《廢都》版權頁（北京王府井書店簽售版）

（京）新登字200號

圖書在版編目（CIP）數據

廢都／賈平凹著—北京：北京出版社1993.7

ISBN7-200-01986-0

I. 廢… II. 賈… III. 長篇小說—中國—現代 N.I247.5

廢都 FEI DU 賈平凹著

北京出版社出版（北京北三環中路 6 號）

郵遞區號：100011 北京出版社總發行，新華書店北京發行所經銷

北京第二新華印刷廠印刷

850×1168 毫米 32 開本 16.625 印張 400000 字

1993 年 6 月第 1 版 1993 年 7 月第 1 次印刷

印數 1—200000

ISBN7-200-01986-0/I·237

定價：12.50 元

其實，還有一個精裝本《廢都》，我在田珍穎大姐給我的當年的徵訂單上，看到了這個版本。《廢都》的封面，一張被揉皺的紙稿，淡粉色的背景，廢都兩個宋體字佔據了封面的一半，灰白黑與淡粉色，簡潔中透出意象，令人慢慢參悟。同時刊出的《十月》1993年第4期的封面，也是粉色背景設計，40萬字190頁全文與單行本同步全文刊發。這在當代作家的作品中，也是不多見的。可見《十月》編輯部和出版社對這部作品之重視。

（二）2009 年版《平凹三部》（作家出版社）

17 年後，賈平凹《廢都》解禁。作家出版社推出《平凹三部》包括《浮躁》《廢都》《秦腔》。書名由賈平凹題寫、封面以西北剪紙和分別以橘色、粉色、紅色，大 32 開本。《廢都》有李敬澤、陳曉明、謝有順文論作序。

李敬澤的推薦詞這樣寫道：賈平凹是《紅樓》解人，他在《廢都》中的藝術雄心就是達到那種《紅樓夢》式的境界：無限地實，也無限地虛，越實越虛，越虛越實。

一部《廢都》是一張關係之網。《廢都》一個隱蔽的成就，是讓廣義的、日常生活層面的社會結構進人了中國當代小說。

賈平凹復活了傳統中一系列基本的人生情景，基本的情感模式，復活了傳統中人感受世界與人生的眼光和修辭，它們不再僅僅屬於古人，我們忽然意識到，這些其實一直在我們心裡，我們的基因裡就睡著古人，我們無名的酸楚與喜樂與牢騷在《廢都》中有名了，卻原來是古今同慨。比如樂與哀、鬧與靜、入世與超脫、紅火與冷清，浮名與浮名之累……

勇敢地表達和肯定了我們的生活和我們的心，勇敢地質疑和批判了我們的生活和我們的靈魂。此即《廢都》。

謝有順在序言中說，賈平凹以其《廢都》等文學作品，創造出中國當代文學寫作與商業的神話，並且這種神話越來越顯露出了其複雜的面貌。於今天重新審視賈平凹的創作，我們會發現它具有當代中國文學建構與發展歷史的意義：背負著精神重負，貫徹著文學整體觀，同時，還在建構起了一種新的敘事倫理。

2009 年 8 月 8 日，《平凹三部》的首發式在賈平凹文學藝術館舉行。1993 年，《廢都》出版時，季羨林曾預言："20 年後，《廢都》會大放光芒。"現在僅過了 17 年，季大師的預言就已經提前實現。據孔夫子舊書網獲悉，舊版《廢都》現在升值 40 倍，單本價格已達 500 元。賈平凹沒有為新版再多寫一個字，"不寫新序，也沒寫後記，至於會不會針對這個書再版寫點感想，也是以後再說的事情了。至少眼下沒有想過。"

雖然如此，新版《廢都》的序言部分仍比老版厚了不少——李敬澤、陳曉明、謝有順三人分別以《莊之蝶論》《穿過本土，越過廢都》《賈平凹小說的敘事倫理》為題，為賈平凹寫了代序。

與舊版封面中間為一團揉皺的白紙，整體為灰藍的漸變色相比，新版《廢都》封面更為豔麗，卻也更簡潔：桃紅色封面上，只有賈平凹所寫"廢都"二字。書的右上角有 "法國費米娜文學獎獲獎作品" 字樣。

舊版中□□□□在新版中變成省略號，其他文字一字不變。

　　多年來，《廢都》中的"□□□□（此處作者刪去××字）"這樣的做法讓這部作品爭議不斷，甚至有盜版者將"□"進行填字，號稱"完整版"。再版時，出版社徵求賈平凹意見，建議他把原文中的框框去掉，換成省略號，賈平凹同意了，"因為不影響內容。"整部書文字新版與老版並沒有變化。

　　《廢都》裡呈現的知識份子困境有"預見性"，我們身邊的許多人越來越像《廢都》裡莊之蝶那一類人。作家馬原建議，每一個自認為是知識份子的人，都應該重溫一下《廢都》。

2009 年作家出版社《廢都》版權頁

　　圖書在版編目（CIP）數據

　　廢都 / 賈平凹著 . 一北京：作家出版社，2009.6

　　ISBN978-7-5063-4734-1

　　I.①廢… II.①賈… III.①長篇小說 - 中國 - 當代 IV.I247.5

　　中國版本圖書館 CIP 資料核字（2009）第 076024 號

　　廢都　作者：賈平凹

　　責任編輯：鷟翎 林金榮

　　裝幀設計：曹全弘

　　封面題字：賈平凹

　　出版發行：作家出版社有限公司 郵編：100125

　　社址：北京農展館南裡 10 號

　　電話傳真：86-10-65067186（發行中心及郵購部）

　　86-10-65004079（總編室）E-mail:zuojia@zuojia.net.cn http://www.haozuojia.com

　　印　刷：北京京北印刷有限公司

成品尺寸：152×230　字數：450千　印張：32.5

版次：2009年7月第1版 2009年7月第1次印刷

印次：2021年6月第31次印刷 1SBN978-7-5063-4734-1

定價：39.00元

備註：截止到2021年6月，《廢都》印刷如下：

三河市紫恒印裝有限公司

印次：2021年6月第31次印刷

定價：50.00元

（三）《廢都（彩插匯評本）》（文化藝術出版社）

　　文化藝術出版社曾出版過賈平凹中篇《廢都》評點本。如今的《廢都》彩插匯評本不同的是，畫家吳冠英20幅彩繪圖與賈平凹的簡短評語，並以專家學者和評論家簡甯、雷達、李敬澤、馬原、李銳、王德威、王一燕、李星等互動點評相結合，不僅使讀者更深入地解讀《廢都》，也給版本增色不少。

喜馬拉雅廣播《廢都》　　　　　　　　　　　　　　《廢都》封面

　　《廢都》表現了世人的無奈和浮躁的對社會現狀，對現實心態，對人性的刻畫，和思想轉型時期的波動都有深入、廣泛而且深刻真實的刻寫和揭露，活生生展現了一幅中國國情畫，一幅當代百態圖，一張關係之網，哀與樂、紅火與冷清、浮名與浮名之累……因為貼近生活，貼近社會，貼近現實，讓人有身臨其境，就如親身經歷親眼目睹。

　　《廢都》是作者賈平凹寫出的一部反映80年代的中國社會風俗史。小說採用了中國古典的草灰蛇線手法，而融入了西方的意識流和精神氣質。《廢都》也創造了一種新的語言形式，這在當代文學史上是不可多得的。

（四）平凹四書《廢都》（人民文學出版社）

《平凹四書（套裝共 4 冊）》由 2013 年 8 月 1 日人民文學出版社出版。

《平凹四書》是將著名作家賈平凹重要的四部長篇小說結集而成的一套叢書，分別是《浮躁》《廢都》《秦腔》《古爐》。作家進入文壇四十年，以豐厚的文學成就蜚聲這個時代。在他眾多的作品中，有四部長篇作品最為璀璨。這四部長篇及特點分別是：《浮躁》：獲得美國美孚飛馬文學獎；《廢都》：有爭議的長篇小說，迄今發行幾百萬冊，獲得法國費米娜文學獎；《秦腔》：獲得第八屆茅盾文學獎，首屆香港世界華文長篇小說獎"紅樓夢獎"；《古爐》：作家為看重、且市場反響好的一部小說，上市當年獲得各類文學獎項。

本套叢書為折疊函集，封面古樸，平凹四書以印章"加蓋"在賈平凹手書廢都二字之下，與賈平凹手跡相呼應，牛皮紙色下 "廢都"以圖凹版顯現，簡約大氣，設計之精美、做工之精緻、用料之精良，精裝版限量發行，具有很高的收藏價值。本套叢書內還附贈了一幅作家的墨寶作為藝術藏品，另有一張根據作家賈平凹的繪畫作品精心設計的藏書票，是叢書出版中的藝術精品。

《秦腔》，在這塊土地上，有著神聖的不可動搖的基礎。凡是到這些村莊去下鄉，到這些人家去做客，他們高級的接待是陪著看一場秦腔，實在不逢年過節，他們就會要闔家唱一會亂彈，你只能點頭稱好，不能恥笑，甚至不能有一點不入神的表示。他們一生崇敬的只有兩種人：一是國家領導人，一是當地的秦腔名角。即是在任何地方，這些名角沒有在場，只要發現了名角的父母，去商店買油是不必排隊的，進飯館吃飯是會有座位的，就是在半路上擋車，只要喊一聲：我是某某的什麼，司機也便要嘎地停車。但是，誰要侮辱一下秦腔，他們要爭死爭活地和你論理，以至大打出手，永遠使你記住教訓。每每村裡過紅白喪喜之事，那必是要包一台秦腔的，生兒以秦腔迎接，送葬以秦腔致哀，似乎這人生的世界，就是秦腔的舞臺，人只要在舞臺上，生，旦，淨，醜，才各顯了真性，惡的誇張其醜，善的凸現其美，善的使他們獲得美的教育，惡的也使醜裡化作了美的藝術。

《廢都》，一個隱蔽的成就，是讓廣義的、日常生活層面的社會結構進入了中國當代小說。賈平凹復活了傳統中一系列基本的人生情景，基本的情感模式，復活了傳統中人感受世界與人生的眼光和修辭，它們不再僅僅屬於古人，我們忽然意識到，這些其實一直在我們心裡，我們的基因裡就睡著古人，我們無名的酸楚與喜樂與牢騷在《廢都》中有名了，卻原來是古今同慨。比如樂與哀、鬧與靜、入世與超脫、紅火與冷清、浮名與浮名之累……——勇敢地表達和肯定了我們的生活和我們的心，勇敢地質疑和批判了我們的生活和我們的靈魂。此即《廢都》。

《浮躁》，以農村青年金狗與小水之間的感情經歷為主線，描寫了改革開放初始階段暴露出來的問題以及整個社會的浮躁狀態和浮躁表面之下的空虛。

小說裡的主人公金狗，歷經了務農、參軍、復員回鄉、州報記者、辭職跑河上運輸幾個人生的大起落，商州的芸芸具象便隨著他的生活際遇而漸次展開。那是上個世紀最後 10 多年間一幅真實的社會畫卷。當時改革作為一個關鍵字，無時不在牽動著中國政治高層和普通百姓的思維與心態。各種探索正處在起步期，各種機遇正在給人們帶來希望。如同大河響起了冰淩碎裂的聲音，人們敏感到新生活的浪潮已撲面而來。從金狗最初出發點的那個小村仙遊川，到兩岔鄉，到白石寨縣，乃至整個商州，出現了打破封閉後的亢奮與躁動。

《古爐》，一個人，一個村莊，一個國家，一個民族，一段不可回避的歷史，賈平凹首次直逼二十世紀六十年代中國歷史文化運動。亦是當代作家中少有觸及文革話題的作品。

（五）《廢都》 宣紙本 （作家出版社）

《廢都》1 函 3 冊宣紙本簽名鈐印，由作家出版社推出。這是賈平凹作品版本中最具厚重大氣古樸的一種。首版限量、編號發行。

在第一時間，先得一套。《廢都》以歷史文化悠久的古都西安當代生活為背景，記敘"閒散文人"作家莊之蝶、書法家龔靖元、畫家汪希眠及藝術家阮知非"四大名人"的起居生活，展現了濃縮的西京城形形色色"廢都"景觀。作者以莊之蝶與幾位女性情感的糾葛為主線，以阮知非等諸名士穿插敘述為輔線，筆墨濃淡相宜。在諸多女性中，唐宛兒、柳月、牛月清為他塑造最為成功也最傾心的鮮明人物。在這些充滿靈性、情感聰慧而富有古典悲劇色彩的人物身上，體現出作者至高的美學理想。小說較多地運用了象徵的手法，是該小說值得注意的一個藝術特點。該書遭禁 17 年後，先是 2009 年作家出版社推出《平凹三部》函集，之後，2017 年 8 月又推出宣紙簽名鈐印版《廢都》1000 冊，捧讀手中，有一種回歸五四時期讀線裝書的陰柔之感。1997 年賈平凹憑《廢都》獲得法國費米娜文學獎。

翻看上卷，扉頁上，一枚鈐印"廢都"宣紙藏書票，另一面是賈平凹手書"上帝無言""悅讀書友會"藏字型大小（手寫編號），而且，扉頁上還印有紅黃兩枚"廢都"印章和平凹簽名。真是賈平凹 50 年文學作品中最具收藏價值的一部作品。

著名學者季羨林曾說："《廢都》20 年後將大放光芒。"著名作家馬原認為"《廢都》在中國現當代文學裡空前地把當代知識份子的一種無聊狀態描寫到極致"。

學者溫儒敏甚至把《廢都》和艾略特的《荒原》相比，認為：“《廢都》的命意和《荒原》何其相似！兩者同樣有著對於傳統文明斷裂後的隱憂和悲劇感，《廢都》也許可以稱為東方式的《荒原》。”

詩人周濤說：“《廢都》的構架和語言，承繼了民族文學傳統之血脈，吸收當代生活之情味。凡開卷者，莫不受其牽引，甩不開，放不下。”

文藝批評家鐘良明認為：“《廢都》的主要情節，就是以莊之蝶為線索的現代中國人出於‘壞

185

的信仰' 和自我欺騙不斷做出錯誤的選擇，然後在它們造成的惡劣環境中承受煎熬。作品中表現出來的他們的痛苦、思索和懺悔，是作品道德力量的源泉。將《廢都》放入二十世紀國際文學的大體系，我們發覺它超越了狹隘的民族文學的概念。"

如今，重讀《廢都》，賈平凹復活了傳統中一系列基本的人生情景，基本的情感模式，復活了傳統中人感受世界與人生的眼光和修辭，我們無名的酸楚與喜樂與牢騷在《廢都》中有名了，卻原來是古今同慨。比如樂與哀、鬧與靜、入世與超脫、紅火與冷清、浮名與浮名之累……賈平凹是《紅樓》解人，他在《廢都》中表達了《紅樓夢》式的境界：無限地實，也無限地虛，越實越虛，愈虛愈實。

（六）《廢都》（譯林出版社）

《賈平凹作品(譯林版)(套裝共20冊)》，是目前《賈平凹作品》系列叢書中最浩瀚的一套，可以說，編輯版本之多，僅次於文集的數量了。

《賈平凹作品(譯林版)(套裝共20冊)》由譯林出版社出版。《賈平凹作品：商州、白夜、浮躁、廢都、妊娠、土門、高老莊、懷念狼、秦腔、高興、病相報告、二月杏、雞窩窪人家、天狗、五魁、滿月兒、清官、王滿堂、我是農民、醜石、坐佛、五十大話。

版本的紅色封面下方一條褐色書腰上這樣寫道：賈平凹1997年11月獲法國費米娜文學獎，是亞洲作家第一次獲此殊榮，2003年獲法蘭西共和國文學藝術榮譽獎。

首印50萬冊，兩年內正版與盜版超過1200萬冊。當代文壇頗受爭議的作品，一部毀譽參半的奇書。該書問世時，季羨林預言：20年後，《廢都》會大放光芒。

《廢都》勇敢地拷問了那個年代知識份子的靈魂。

賈平凹是《紅樓》解人，他在《廢都》中的藝術雄心就是達到那種《紅樓夢》式的境界：無限地實，也無限地虛，越實越虛，愈虛愈實。一部《廢都》是一張關係之網。《廢都》一個隱蔽的成就，是讓廣義的、日常生活層面的社會結構進入了中國當代小說。賈平凹復活了傳統中一系列基本的人生情景，基本的情感模式，復活了傳統中人感受世界與人生的眼光和修辭，它們不再僅僅屬於古人，我們忽然意識到，這些其實一直在我們心裡，我們的基因裡就睡著古人，我們無名的酸楚與喜樂與牢騷在《廢都》中有名了，卻原來是古今同慨。比如樂與哀、鬧與靜、入世與超脫、紅火與冷清、浮名與浮名之累……"

（七）原本《廢都》‧賈平凹長篇小說系列（灕江出版社）

灕江出版社在 2012 年 8 月推出了《原本賈平凹》系列，包括原本賈平凹長篇小說系列共十二本：《廢都》《白夜》《懷念狼》《秦腔》《高興》《病相報告》《高老莊》《浮躁》《商州》《土門》《妊娠》《我是農民》。在筆者寫這篇書話時，《古爐》《帶燈》也相繼出版。原本系列，插入了多幅賈平凹的創作手稿，其中，《廢都》
達 30 頁。編輯推薦語說，“原本賈平凹”系插配原始手稿的賈平凹代表作品的選本。“原本”不是通常意義的“全本”，也不是“未刪節本”的概念，它是採用部分原始的手稿與現在的成書相應映襯，讓讀者能夠在參照中讀出文學創作的原生態即文學創作最初的萌動與直覺，領略作者語言藝術的錘煉技巧，還可以在手稿的字裡行間感受作者書法藝術的氣韻流動、觸處生春的一種特別的版本形態。

於當今文壇、書苑，賈平凹可謂兩棲聖手，但現有已付梓的文本讓我們只是看到經典文本的結果，而看不到經典文本具體形成的過程——“原本”則讓我們既看到結果還能看到這個結果孕育的過程。原始手稿是粗糙的模糊的，原始手稿與現在的成書也不完全對應契合，但原始手稿是經典作品的胚胎和溫床，手稿裡的塗改增刪潛藏著作者內心宇宙的丘壑萬千、波詭雲譎。

因此，慢慢走，欣賞啊。

（八）《廢都》賈平凹長篇小說典藏大系（安徽文藝出版社）

賈平凹是中國知名作家，多次問鼎國內國際文學獎項，他的文學作品極富想像力，通俗中有真情，平淡中見悲憫，不僅在中國擁有廣大的讀者群，而且得到不同民族文化背景的專家學者和讀者的廣泛認同。他以中國傳統美的表現方式，真實地表達了現代中國人的生活與情緒，為中國文學的民族化和走向世界做出了突出貢獻。

安徽文藝出版社 2010 年 9 月推出的“賈平凹長篇小說典藏大系”共收錄賈平凹長篇小說《廢都》《秦腔》《我是農民》《白夜》《商州》《高興》《妊娠》《高老莊》《浮躁》《懷念狼》《土門》《病相報告》共 12 冊。同期還推出了精裝本。

《廢都》為賈平凹的長篇小說力作。著名評論家李敬澤、陳曉明、謝有順三人的長篇評論做序，也是對《廢都》最好的解讀。其中陳曉明和謝有順的文章回顧賈平凹整個創作生涯的心路歷程，論及賈氏創作何以從數量、品質到風格語言超越文壇起落、政治風雲以及當代文學史的偏頗。陳曉明看到賈氏鄉村敘述中對“性情”的執著，看到《廢都》如何演示了知識份子的失落和蛻變，但並不為 90 年代的讀者接受，因而成為“文化上的另類”。陳曉明還看到隨著中國城市化的飛速發展，本土鄉村文化被城市化加全球化快速取代，賈平凹卻能夠榮辱不驚，堅持書寫本土，在全球化時代使漢語寫作不被馴化。謝有順非常看重賈平凹的寫實能力，極其欣賞賈平凹能夠以平常之心寫作，用漢語、用中國式的思維，叩問存在的意義，創造出“無解”的現實並附之與豐富的精神維度。謝有順認為賈平凹是當今中國為數不多的具有文學整體觀的作者，筆者非常同意謝

有順的看法，正是這種對普通人日常生活的關注，正是這種希望讀者能跟他一起體驗雞零狗碎的潑煩日子的願望，令賈平凹的寫作能夠超越統領了中國文壇多年的宏大敘事，進入文學的終極目標——描述人生，順便也探討一些哲學問題，如人生之意義，等等。

李敬澤題為《莊之蝶論》的文章，從莊之蝶的一舉一動深度解讀這位在 90 年代很多人、尤其是知識份子口誅筆伐的文學人物，並將《廢都》與《紅樓夢》的敘事與人物塑造細緻比較。僅此一舉，足可見李敬澤對《廢都》及賈平凹如何的讚譽非凡。李敬澤的《莊之蝶論》是筆者迄今見到的，也是中文文學評論中極少的，基於細讀文本的深度人物分析。李氏的討論擊中要害，其最為精彩的論點是：《廢都》是簡體橫排的《紅樓夢》和《金瓶梅》，莊之蝶乃簡體橫排的明清文人，好一個簡體橫排！一語道出了傳統與現代錯綜複雜的關係，也說白了《廢都》書裡書外的是是非非、情長愁短。

《廢都》的確是中國當代小說中借鑒明清敘事傳統最為成功的文本。莊之蝶的形象代表了傳統的衰敗以及隨之而來的個人的、內心的、不可逆轉的失落。謳歌個人內心的失落和靈魂的孤獨，這在橫排簡體字文學裡是首創，屬於"陽春白雪，和者蓋寡"。

書中還收錄了賈平凹的繪畫《教授》《黎明喊我起床》《花天酒地》《傍晚的河灣》和《昨夜西風凋碧樹》古詩書法作品，在閱讀《廢都》的同時有助於理解作者筆下的"廢都"意象。

（九）《廢都》（臺灣麥田出版社）

90 年代初，一部《廢都》，賈平凹對現代知識份子的拷問。承襲了明清小說以及到《圍城》的傳統，但更深更廣，也更重視生活細節。當年此書一出，舉國譁然。是作家的責任和擔當，這部書無疑加速了我們對現代人心態的認知的進程，也標誌著一種文學可能性的發端。

（十）《廢都》（臺灣風雲時代出版公司版）

臺灣風雲版《廢都》封面上這樣寫道：現代《紅樓夢》？現代《金瓶梅》？一部引起華人世界大震盪的情色文學！

封底印著這樣一段話：莊之蝶空出口來，喃喃地說：唐宛兒，我終於抱了你了，我太喜歡你了，真的，唐宛兒。婦人說：我也是，我也是。竟撲撲簌簌掉下淚來。

莊之蝶瞧著她哭，越發心裡愛憐不已，用手替她擦了，又用口去吻那眼淚，婦人就吃吃笑起來，掙扎了不讓吻，兩隻口就又碰在一起，一切力氣都用在了吸，不知不覺間，莊之蝶的手就蛇一樣地下去了…

這是列入臺灣風雲現代系列叢書中的賈平凹《廢都》。其中，還包括王蒙《紅樓啟示錄》、王朔《編輯部的故事》《頑主》、梁曉聲《浮城》、劉再復《漂流手記》、高建群《最後一個匈奴》、江心《廢都之謎》。

陳玉書在《寓莊於諧 寓意於性》序言中說，《廢都》在大陸的印數遠遠超過二百萬冊，在近年大陸小說排行榜上已經名列前茅。《廢都》一時風靡大陸，席捲東西南北，不是偶然的。它的書名就引人入勝，寓意深長，令人玩味不盡。廢都，顧名思義，是寫中華大地上一座廢棄的古都。在這個古老的都城中，新的生活浪潮和傳統的社會模式，人的欲望和理念，主觀的追求和客觀的條件，發生激烈的對抗和碰撞，演出了一幕又一幕生動的可歌可泣的活劇。

《廢都》是一部市井的、言情的、民俗的小說。它從市民生活的各個面上，展開了對於大陸當代民情世態的描繪，成為狀寫時尚和社會風俗的畫卷。從省、市一級舉足輕重的官僚到社會最下層出賣勢力的傭人，從大名鼎鼎的藝術家到大字不識的農婦，從高雅的文化機構到脫俗的佛堂以及入俗的俚街陋巷，不同人的不同頭臉，不同人的喜怒哀樂，不同人的行為，都被刻畫得淋漓盡致，令人拍案叫絕。

我所以要出重金把《廢都》移梓臺灣出版，是應了臺灣同仁、同好們的約請而進行的。奇文共欣賞，疑義相與析，除了這個目的外，餘皆無所求。在這稿小序的末尾，我想說，讀廢都同讀所有的書一樣，不同的人會有不同的收穫，也會有不同的結論。所謂仁者見仁，智者見智也。但是文學畢竟是社會的一面鏡子。

男主角莊之蝶，如莊周之夢，是被型造得異常謎、異常畸型的人物。從莊之蝶的身上，人們不難發現現存的痛疾，足以引起療救者的注意。由莊之蝶串演的《廢都》之所以被喻為新的《金瓶梅》，不僅在性行為的描寫刻畫上，而且主要是在它的總體傾向上。

眾所眾知，《金瓶梅》並非是一部淫書。它相當深刻、相當全面地暴露了當時社會的腐朽和黑暗。它以西門慶為貫穿人物，刻畫了上自封建社會高層權力機關，下至市井無所構成的魑魅世界。市井勢力同封建統治機關勾結，權私、交易、名利、肉欲結合，已全然撕下虛偽的教義和「法」的外衣，赤裸裸地過著荒淫無度、為所欲為的生活。這樣暴露整個社會機制的墮落和國家機器的腐敗，加上恣意描繪的性生活，成了《金瓶梅》的主要特色。

《廢都》的主要特色亦復如此。它在觸及大陸社會各個層面的腐敗方面，以及在性生活的細微的描寫上，是大陸幾十年來允許公開出版的第一部。可以說，自一九四二年延安文藝座談會毛澤東發表著名的講話以來，整整經歷了半個世紀的新民主主義文學和社會主義文學，終於爆出了《廢都》這樣一個大冷門。《金瓶梅》在中國小說發展史上具有一定的地位；而《廢都》則將在大陸小說發展史上佔有一定的地位。它的出現和不斷地再版、重印、究竟意味著什麼？現在一時還看不清楚，道不明白。

（十一）《廢都》（香港天地出版社）

1993 年，香港天地圖書"天地文叢"推出了賈平凹《廢都》，文叢還包含劉賓雁《自選集》、王蒙《活動變人形》、《堅硬的稀粥 》、《紅樓啟示錄》、劉再復《尋找的悲歌》、《漂流手記》、劉心武《鐘鼓樓》、賈平凹《浮躁 》、古華《爬滿青藤的木屋》、《反叛者》、林斤瀾《句點年月》、張燎《秋天的思索》 、張潔《上火》、梁曉聲《浮城》、王朔《頑主》、《編輯部的故事》、張瑋《九月寓言》。

比較看好天地圖書，也購買了許多國內優秀作品的"天地圖書"。賈平凹的《廢都》印刷品質和設計裝幀都十分到位，一捆廢舊的報刊，隱約的人、欲、鬼、"頹廢"圖，設計者很好的理解了作家和"廢都"的寓意。透過"廢都"領悟舊城市的象徵，即人們舊的觀念、精神文化的象徵。一座新城的建構必須以"廢都"的坍塌為代價，一種新的觀念的產生也必須以摧毀舊的物質舊的思想觀念為前提。

（十二）白版《廢都》（作家出版社）

到了西安，發現了一套《當代陝西文藝精品》，一共三輯，包括小說、影視、民歌、書畫等現當代陝西作家、書畫家、藝術家的名作 30 部。這是值得收藏的一套精品集，包括，柳青《創業史》、杜鵬程《保衛延安》、路遙《平凡的世界》、陳忠實《白鹿原》、賈平凹《秦腔》《廢都》

《古爐》《帶燈》、陳彥《裝台》、莫伸《一號文件》、葉廣芩《青木川》《狀元媒》、高建群《最後一個匈奴》《統萬城》、紅柯《生命樹》以及陝北民歌、西部影視、長安畫派、三秦書風以及黃土畫派等。可以堪稱陝西70年文藝精品彙集。

從這套精品中可以看出，賈平凹的作品占了四部，《廢都》列入第二輯，被收藏者譽為"白版"。

白色的封面，黑色宋體書名，一隻墨綠色的彩蝶，寓意莊之飛蝶破蛹而飛。

唯一的遺憾是，93版之後，32種中外版本都遵循了最初版開篇之"一千九百八十年間……"，這陝西精品的白版《廢都》開篇卻改成了"1980年，"這"年間"與"年"一字之差，不僅失去了原有的語感，也丟掉了作家原本的寓意。

（十三）平凹四書之《廢都》毛邊書版（灕江出版社）

灕江出版社推出了一套平凹四書：《浮躁》《秦腔》《廢都》《高興》毛邊書版，對於版本收藏者是一件福音。

作為茅盾文學獎得主、最具影響力作家賈平凹的版本，從1983年開始跟蹤閱讀和收集，已達500本。近幾年，國內幾家出版社先後推出了幾種（幾本）賈平凹作品毛邊書，也是對於出版史的一份貢獻。

精美書盒，彰顯成功氣質，深厚內涵的毛邊書，成為了熱門收藏新寵。所謂毛邊書，就是印刷的書裝訂後，"三面任其本然，不施刀削"，閱讀時再逐頁裁開，那種閱讀過程中的感覺只有厚愛書的人才有所體會。有一毛三毛之區別。另外，在書的"天""地"及三周，要多留空白。這是一種別具情趣的裝幀方法，起源於歐洲，盛行於法國，五四時期中國也開始"引進"毛邊書，魯迅愛毛邊書，自詡"毛邊黨"。毛邊書現已成為收藏界熱門。

《平凹四書》中有一本《廢都》毛邊書，一邊讀，一邊裁開一頁，那種讓你"慢一點讀的欲望"漸漸引你暫坐暫頓中有了一種思考著再翻開一頁，之後，又停頓慢慢裁開打開一頁，這個邊裁邊看邊停頓的間隙就像是你在欣賞一個美人的身著開叉的旗袍漫步在雨巷裡背影慢慢遠去。

賈平凹的寫作，既傳統又現代，既寫實又高遠，語言樸拙、憨厚，內心卻波瀾萬丈。他的著作，以精微的敘事，緊密的細節，成功地仿寫了一種日常生活的本真狀態，並對變化中的鄉土中國所面臨的矛盾、迷茫，做了充滿赤子情懷的記述和解讀。他筆下的喧囂，藏著哀傷，熱鬧的背後，是一片寂寥。而且，同樣是讀同一部作品，時間不同，情緒不同，年齡不同，讀出的味道也不相同。尤其是讀《廢都》毛邊書，其實是考驗一個人的閱讀心性，看一頁裁一頁，連勁風也翻閱不動。它是與世人叫嚷的'資訊時代的閱讀'背道而馳的東西，貴在安心，講究沉潛，融入的是人的情意，鑒賞的是書的韻味。捧讀毛邊《廢都》，那是一種真正書與人、物與我、與欲、與利益、與情與意的交融，甚至於可以"兩忘"的閱讀境界。

慢一些，再慢一些，在人與性，與命，與世事中，讀出一種佛意來……

（十四）精裝毛邊書紀念版《平凹四書》（灕江出版社）

精裝毛邊書紀念版《平凹四書》，灕江出版社2013年10月出版，包含《浮躁》《秦腔》《廢都》《高興》。全國限量3000套，封面以陝西民間紅色剪紙與襯托墨色宋體字書名和草綠色平凹手書二字，古色牛皮紙做襯底色，大量留白，給人一種"三毛作品是寫給一般人看的，賈平凹的著作，是寫給三毛這種真正一生的時光來閱讀的人看的"拿起來放不下的意趣。

收入了中國文壇"鬼才"賈平凹的長篇小說代表作，每一部作品的誕生都受到讀者與媒體的關注，榮獲了國內外各種重要文學獎項。其中，《秦腔》，一部"反史詩的中國當代鄉土史詩"，獲得第七屆茅盾文學獎、首屆紅樓夢獎，第四屆華語文學傳媒大獎、世界華文長篇小說獎；《廢都》一部讓賈平凹"譽滿天下、毀滿天下"的作品，榮獲法國費米娜外國文學獎；《浮躁》"商州系列"的開山之作，獲得美國美孚飛馬文學獎。《高興》痛並快樂著，苦且生活著，賈平凹把《高興》寫成一份社會紀錄留給歷史。

（十五）紅版《賈平凹作品集之廢都卷》（上海三聯書店）

朋友知道我喜歡收藏賈平凹作品版本，從西安寄來一套上海三聯書店2012年12月出版的全20卷精裝限量珍藏版。是的，這也是繼2009年再版"桃紅"版之後的一套紅色版。封面一改原來的機械印製，而是中國紅布面上一張手工貼制的賈平凹手繪"藏書票"，具有收藏價值。精裝收藏版共印3000套，毛邊本僅200套，彌足珍貴。

　　20卷本中的第4卷是《廢都》。小說以歷史文化悠久的古都西安當代生活為背景，記敘"閒散文人"作家莊之蝶、書法家龔靖元、畫家汪希眠及藝術家阮知非"四大名人"的起居生活，展現了濃縮的西京城形形色色"廢都"景觀。作者以莊之蝶與幾位女性情感的糾葛為主線，以阮知非等諸名士穿插敘述為輔線，筆墨濃淡相宜。在諸多女性中，唐宛兒、柳月、牛月清為他塑造最為成功也最傾心的鮮明人物。在這些充滿靈性、情感聰慧而富有古典悲劇色彩的人物身上，體現出作者至高的美學理想。

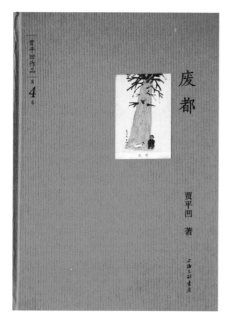

（十六）《賈平凹文集 廢都》珍藏版 （陝西人民出版社）

　　這是陝西人民出版社出版的《賈平凹文集》。我手中有四套《賈平凹文集》。其中三套是由陝西人民出版社出版。

　　平凹原本就是陝西人民出版社的編輯， 1975年的金秋季節，賈平凹從西北大學中文系漢語言文學專業畢業時，提著那只綠色舊箱，走向一個新的環境——陝西人民出版社，由一名大學生成為一名文學編輯。

　　在出版社工作期間，賈平凹在西安北大街十字東北角出版大院。南邊的五十年代建造的俄式老樓上辦公，與文藝編輯部主任陳策賢、邢良俊（後任三秦出版社副總編）、馬衛革（後任未來出版社總編）一個辦公室。在編輯之餘，賈平凹仍癡迷於文學創作。為了有一個相對獨立安靜的環境，他趁同事搬離出版社住宅樓——紅樓之際，搬入5樓僅有6平米的小房子，欣喜之餘，命名為鳳凰閣。賈平凹在編輯之餘創作了許多短篇小說，出版了如《兵娃》《山地筆記》《早晨的歌》《野火集》《冰炭集》等等。直至成為專業作家。《賈平凹文集》14卷（2004年續為18卷）、《賈平凹文集》（20卷）《賈平凹文集》（21卷）由陝西人民出版社出版也是一種結緣。

　　二十卷新版《賈平凹文集》，是前十八卷的延伸、補充和完善。陝西人民出版社對《賈平凹文集》情有獨鍾，一是，作為公益性出版社，出版陝西優秀作家的文集責無旁貸；二是，在賈平

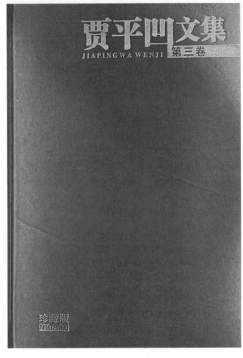

凹的文學輝煌路上，陝西人民出版社是他人生轉折的地方，這是倍感珍惜的緣分所在，他的作品也是出版社視為得天獨厚的出版資源；三是，與賈平凹先生有著良好的合作關係，早在上世紀的 70 年代，就出版了賈平凹的小說集《早晨的歌》，其後，相繼出版過賈平凹的作品集近十部，故此，對賈平凹先生一直保持著深深的敬意。透過《賈平凹文集》的出版來表達繁榮社會主義文學的赤子之心，來展示弘揚出版主旋律的信念和實力……

陝西人民出版社於 2010 年 10 月又推出了《賈平凹文集》精裝版 21 卷，將長篇小說《廢都》作為第三卷收錄，也是歷次文集中的首次。該文集是賈平凹各種文學作品的彙集，包括長、中、短篇小說和散文、序跋、文論等。截至 2009 年底，逾 800 萬字。就國內著名作家作品數量、品質、份量而言，《賈平凹文集》鮮有可以比肩者，不但顯示著賈平凹個人文學創作的雄厚實力，而且代表了陝西文學創作的輝煌成就。所收作品多以改革開放為背景，記錄了改革開放時代陝西獨特的地域文化與風土人情，堪稱陝西人省情的活標本，其文化生態上的良性回饋價值與反哺意義不言而喻。

2010 年 10 月 16 日《賈平凹文集》珍藏版首發儀式 16 日在西安舉行，這套涵蓋賈平凹目前創作生涯所有作品的文集將採取限量印刷方式，確保其收藏價值。

賈平凹文集珍藏版 21 卷 2980 元　絲綿封套單冊價格翻 5 倍。也是目前國內最重的文集，16 開本，精緻中國紅燙金絲棉封面，帶封套，燙銀書名。

賈平凹文集堪稱 "文學貴族化" 文集。 和前兩套總價只有幾百元、單本只要二、三十元的文集不同，賈平凹這次想來一個 "大手筆"。文字雖然還是過去那些鄉土文字，鮮紅的絲棉封面，蓋上 "賈平凹文集珍藏版首發印" 的專屬印章。

賈平凹敢推天價文集，也是他對個人 "金字招牌" 的一種自信。

首次印刷 2000 套，每一套都有編號。在 1998 年和 2008 年各出版過一套平裝版《賈平凹文集》，定價分別是 500 元和 846 元，但這兩套文集都不包含《廢都》，賈平凹文學藝術館館長木南認為，這套 2980 元的珍藏版也有其特定價值。

陝西人民出版社編審、該書的責任編輯張孔明告訴記者，在策劃這套書的時候定位是高端市場，因為此前出版的平裝版《賈平凹文集》被很多人當做禮品贈送，於是他們便萌生了做一套禮品版《賈平凹文集》的想法。"現在送煙送酒,為什麼不能送書呢?"張孔明說。

這套書的高定價還包含了賈平凹的親筆簽名,因為每套書扉頁都留有簽名檔,購買時他們會邀請賈平凹簽名,加上每套書都有編號,有其唯一性,所以有收藏價值。

(十七)《廢都 》(浙江文藝出版社)

由果麥文化出品《廢都》《浮躁》《秦腔》《山本》四書,2021 年 10 月浙江文藝出版社出版。果麥始終秉持"以微小的力量推動文明"的使命,致力為當代讀者提供"價值和美"的文化產品,果麥文化的市場總碼洋佔有率排名第八,古典文學、歷史、戲劇詩歌、散﹨雜文、少兒文學及繪本的碼洋佔有率均在市場前五。依託獨特的果麥方法和"價值與美"的產品核心價值觀,幾乎每年都能為書業帶來不少特別而出彩的案例。《廢都》等 4 書便是其中之一。

封面以粉色灰色中,兩個墨色宋體字廢都貫穿上下,也是目前在國內版本中最醒目的獨特設計。與 93 版重量相同,厚度增加三分之一、國際無光、進口瑞典紙,輕型 60k 內文紙。也是國際流行版本紙型,手感輕盈,是我目前看到的最喜歡的紙型版本。

書中收錄了賈平凹畫作《祥雲》《花園裡》《鄰家少婦》《花樹下的女人》《鄉下少年》《傍晚的河灣》《高原》《古松》。

此版《廢都》,也是自 1993 年來的第一次修訂新版 。

（二）國外《廢都》版本 12 種及其他

　　《廢都》引發了許多話題：知識份子、頹廢、性、與中國古典小說的關聯、文學與現實生活，還有文學的傳播等，不一而足。莊之蝶的名字源於莊周夢蝶的典故，出自莊子的《齊物論》，是一種"物化"。但在《廢都》中，莊之蝶則是一個迷失了自我的知識份子，在即將離開西京遠行時，因突發疾病而死，是這個時代的悲劇。賈平凹通過這個人物截中了時代的痛點，所以這部作品遭遇了毀譽參半的命運。一方面，《廢都》與《白鹿原》、《最後一個匈奴》等作品被看作是"陝軍東征"的代表性作品；另一方面，莊之蝶成為批評的對象和爭議的焦點。一些評論家把莊之蝶看成了必須對決的一個物件。《廢都》出版不到半年，被北京市出版局以"格調低下，夾雜色情描寫"為由查禁。其後盜版《廢都》不絕，據統計，累計的盜版數量超過一千萬冊。一直到 2009 年，《廢都》才被允許再版。《廢都》在被禁期間，出版了多種外文版本並於 1996 年獲法國費米娜外國小說獎，2003 年獲法國最高榮譽獎之一的法蘭西共和國文學藝術榮譽獎。

　　截至到 2021 年底，出版外文版《廢都》12 種。

1、《廢都》（韓文）漢城文化社 1994 年版

2、《廢都》（日文）日本中央公論社 1994 年版

3、《廢都》（法文）法國伽利瑪出版社 1995 年版

4、《廢都》（法文）法國斯托克出版社 1997 年版

5、《廢都》（法文口袋本）法國斯托克出版社 1999 年版

6、《廢都》（瑞典文）

7、《廢都》（越南文）越南文學出版社

8、《廢都》（阿拉伯文）

9、《廢都》（西班牙文）墨西哥 21 世紀出版社

10、《廢都》（英文）University of Oklahoma Press(奧克拉荷馬大學出版社)2015 年版

11、《廢都》（西班牙文）2019 年版

12、《廢都》（捷克文）捷克出版社 2020 年版

孫立盎教授對於賈平凹作品的海外傳播與影響的研究，在諸多報刊、書籍中圍繞賈平凹作品多年來在海外傳播如數家珍。據統計，目前賈平凹的作品已經被翻譯為英、法、德、日、韓、越等多國語言文字出版，其中英文譯本16種39部作品，包括單行本和文集（獨立文集與多人合集）；法文譯本4種7部作品；德文譯本3種7部作品；日文譯本3種4部作品；韓文譯本2種2部作品；越南文譯本13種30餘部作品。

　　英文版《幫活》《滿月兒》《端陽》《林曲》《七巧兒》《鴿子》《蒿子梅》《醜石》《月跡》《一棵小桃樹》《天狗》《雞窩窪人家》《火紙》《晚雨》《美穴地》《五魁》。《白朗》《老西安：廢都斜陽》《浮躁》《古堡》《人極》《木碗世家》《水意》《即使在商州，生活也會變》《月跡》《讀山》《秦腔》《弈人》《醜石》《春》《黑氏》《五奎》《美穴地》《餃子館》《獵人》《高興》、節選《古爐》、節選《廢都》。

　　法語作品：《野山《古堡》《廢都》《土門》《五魁》《白朗》《美穴地》。

　　德語作品：《天狗》《太白山記》《月跡》《讀山》《秦腔》《醜石》《弈人》。

　　日語作品：《鬼城》《野山》《廢都》《土門》。

　　韓語作品：《廢都》《高興》。

　　越南語作品：《浮躁》《廢都》《我是農民》《故里》《鬼城》《短篇小說選》《懷念狼》《病相報告》《秦腔》等等。

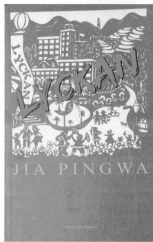

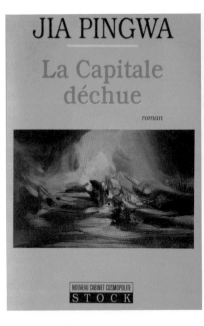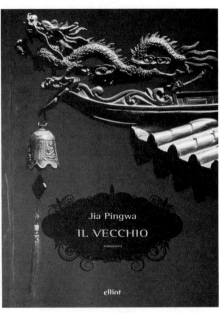

從譯介方式看，孫教授概括為，賈平凹的作品主要通過以下四種方式譯介傳播海外。一是國家對外宣傳機構主持的譯介行為，以中國外文出版發行事業局（中國國際出版集團，簡稱"外文局"，前身是"中央人民政府新聞總署國際新聞局"）主辦的《中國文學》與之後中國文學雜誌社翻譯出版的"熊貓叢書"為主要陣地。

《中國文學》創刊於1951年10月，不定期向海外發行，直至2001年停刊。它是自新中國成立後國外讀者瞭解中國文學藝術的唯一官方刊物，較為全面地向國外讀者介紹中國的文學藝術。自1978年第3期至1993年第2期，《中國文學》共刊載賈平凹作品11篇，是陝西當代作家中作品被《中國文學》翻譯介紹最多的。"熊貓叢書"出版始於1981年，已出版外文版圖書200餘種，其中賈平凹的7部作品分別被收錄兩部作品集專輯出版。

二是由國內作家協會、翻譯家協會及其他出版機構組織編譯出版向海內外發行的作品集，其中包括陝西作家協會2010年推出的俄漢對照版的《情繫俄羅斯》，收錄有賈平凹、陳忠實、雷濤、高建群、葉廣芩等陝西省作家的散文作品40餘篇；2011年與2014年又分別出版了《陝西作家短篇小說集》的英文版和西班牙文版；此外，外語教學與研究出版社於1999年出版了《賈平凹小說選》的英漢對照版，收錄作品《五魁》和《美穴地》。

三是海外出版社或報紙雜誌出版刊登的、由漢學家、國外譯者選擇篇目、翻譯的作品集或作品節選。如《人極》《木碗世家》收錄朱虹編譯的《中國西部：今日中國短篇小說》中；《水意》收錄蕭鳳霞編譯的《犁溝：農民、知識份子和國家，現代中國的故事和歷史》中；《即使在商州，生活也會變》收錄漢學家馬漢茂與金介甫選編的《當代中國作家自畫像》中；《秦腔》《月跡》《醜石》和《弈人》收錄德國著名漢學家吳漠汀選編的《20世紀中國散文集》中；散文《春》收錄英文版"鄉土中國"系列的《故鄉與童年》中；《餃子館》《獵人》收錄長河出版社推出的中國小說作品選中；此外，《衛報》（Guardian）和紙托邦（Paper Republic）分別於2008年和2011年刊登了賈平凹的《高興》和《古爐》的節選。

四是國外出版社翻譯出版的單行本中長篇小說。如《浮躁》《廢都》《青木川》的英文版；《廢都》《土門》的法文版；《廢都》《土門》的日文版；《廢都》《高興》《白鹿原》的韓文版和《浮

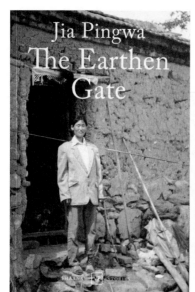

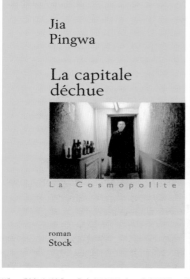

躁》《廢都》《懷念狼》《病相報告》《秦腔》《白鹿原》等的越南文版。

在研究上，以賈平凹為研究物件的英文專著，即王一燕的《敘述中國：賈平凹的文學世界》，研究物件主要集中於賈平凹的《浮躁》《廢都》，其餘長篇小說《古堡》《秦腔》《土門》《高老莊》《懷念狼》等。在研究內容方面，可以看出研究者較多採用政治審美視角，更傾向於主題與政治、社會變革相關的作品，將文學看作是瞭解神秘中國社會變遷發展的途徑。如認為《浮躁》為“西方讀者提供了一個關於中國巨大變革的視角”，中國“鄉村的經濟改革顯然受制於傳統的中國政治的運作方式，現代性與傳統的激烈衝突，陝西南部的山村毫無疑問成為當代中國的縮影。”通過《浮躁》解讀“中國鄉村在後毛澤東的改革時代中風雲激盪的十年生活”。認為《廢都》的“出版、發行及其引發的一系列事件透視了特定時期中國的社會和文化心理”“知識份子在承擔社會責任中的沮喪，以及對於國家復興的潛在焦慮”等。不多的研究成果

探究了作品的悲劇意識、兩性問題等。

姜智芹教授對於賈平凹在英語世界的譯介與研究也做了概括，賈平凹是新時期以來在國外影響較大的作家，其作品"走出去"的步伐早，譯成外文的數量多，國外對其創作的研究既有寬度和廣度，也不乏深度與厚度。賈平凹以獨特的視角，向世界講述著獨具特色的"中國故事"，其《浮躁》於1988年獲美國的"美孚飛馬文學獎"，《廢都》於1997年贏得法國的"費米娜文學獎"，賈平凹本人於2013年榮獲法蘭西金棕櫚文學藝術騎士勳章。

據不完全統計，賈平凹目前譯成英文的作品有40餘篇／部（包括節譯），涵蓋小說、散文，以小說為主。賈平凹的作品主要通過兩種方式走向英語世界，即本土推介和域外譯介。

賈平凹的作品首先由本土推介走向英語讀者，英文版《中國文學》雜誌、"熊貓叢書"築起賈平凹通向世界的橋樑。

英文版《中國文學》（Chinese Literature）雜誌先後刊登了賈平凹的《果林裡》（The Young Man and His Apprentice，1978.3）、《幫活》（A Helping Hand，1978.3）、《滿月兒》（Two Sisters，1979.4）、《端陽》（Duan Yang，1979.6）、《林曲》（The Song of the Forest，1980.11）、《七巧兒》（Qigiao'er，1983.7）、《鴿子》（Shasha and the Pigeons，1983.7）、《蒿子梅》（Artemesia，1987.2）、《醜石》（The Ugly Rock，1987.2）、《月跡》（Moontrace，1993.2）、《我的小桃樹》（A little PeachTree，1993.2）、《太白山記》（Tales of Mount Taibai，1996.3）等。

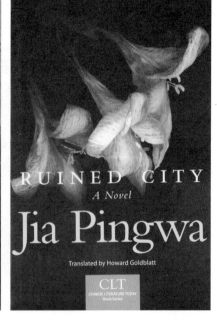

我手中收藏的一本最早的外文版是1983年英文版中國文學收入了賈平凹的作品。後來的"熊貓叢書"推出了賈平凹的兩部作品集《天狗》（The Heavenly Hound，1991）和《晚雨》（Heavenly Rain，1996），前者收錄了《天狗》《雞窩窪人家》《火紙》；後者收錄了《晚雨》《美穴地》《五魁》《白朗》。之後，外文出版社推出了他的英文版散文集《老西安：廢都斜陽》（Old Xi'an：Evening Glow of an Im perial City，2001）。英文版《中國文學》雜誌作為官方對外譯介中國文學的重要視窗，在20世紀80年代蜚聲海外，賈平凹的作品借助這一管道走近了英語世界的讀者。"熊貓叢書"在世界上一百五十多個國家和地區發行，進一步加深了國外讀者對賈平凹作品的瞭解。姜智芹教授在《賈平凹在英語世界的譯介與研究》做了詳細考證——除英文版《中國文學》雜誌和"熊貓叢書"外，賈平凹的作品還收錄在國內出版的一些英文版小說選中。比如1989年出版的《中國優秀短篇小說選》（Best Chinese Stories：1949—1989）收錄了《火紙》、1991年的《時機還未成熟：當代中國最佳作家作品》（The Time Is Not Yet Ripe：Contem porary China's Best Writers and Their Stories）同樣收錄了《火紙》、1993年的《當代中國文學主題》（Themes in Contem porary Chinese Literature）收錄了《天狗》，2011年的英文版《陝西作家短篇小說集》（Old Land，New Tales：2 0 Best Stories of Shanxi Writers）收錄了《黑氏》，外語教學與研究出版社1999年出版了英漢對照的《賈平凹小說選》。

域外對賈平凹的譯介既有作品單行本，也有收錄中國當代作家作品選集的單篇零章，以及英語世界的報紙雜誌上刊登的賈平凹作品。目前，英語世界出版了三部賈平凹作品單行本，分別是葛浩文翻譯的《浮躁》和《廢都》、羅少驊翻譯的《古堡》。相對於賈平凹數量龐大的創作來說，英語世界對賈平凹單行本的譯介顯得不足，不過很多中國當代作品英譯選集收錄了賈平凹的作品，彌補了對他單行本譯介不充分的遺憾。賈平凹的《人極》和《木碗世家》收錄於朱虹編譯的《中國西部：當代中國短篇小說選》，《水意》收錄於蕭鳳霞編譯的《犁溝：農民、知識份子和國家，中國現代小說與歷史》，《即便是在商州生活也在變》收錄於漢學家馬漢茂與金介甫編的《現當代中國作家自畫像》，《秦腔》《月跡》《醜石》《弈人》收錄於漢學家吳漢汀編的《世紀中國散文譯作》，《春》收錄於英文的"鄉土中國"系列中的《故鄉與童年》，《餃子館》收錄於《〈羅

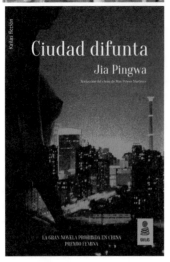

扇〉及其他故事》,《獵人》收錄於《〈歇馬山莊的兩個女人〉及其他小說》。另外,譯成英文的《高興》(節選)刊登在英國《衛報》上,《黑氏》刊登在美國《新文學》雜誌上。

通觀賈平凹作品在英語世界的譯介,20世紀70年代末到20世紀90年代是一個高峰期,90年代以後有近十年的時間,儘管他的新作不斷出版,但英語譯介卻幾乎陷於停滯狀態,直到2016年《廢都》英譯本出版。而他的其他優秀作品,如《高老莊》《秦腔》《病相報告》《老生》《懷念狼》《帶燈》等,都還沒有英譯本,期待不久的將來這些作品能以英文形式出現在世界讀者面前。

從英語世界的接受和研究來看,域外譯介更受關注。葛浩文等人翻譯的《浮躁》《廢都》《古堡》出版後在英語世界引起較多評論。

《廢都》中文版1993年發行後不僅在國內引發了地震般的效應,在國外也引起了熱議,尤其是它在國內被查禁的經歷更成為國外評議該小說的噱頭,甚至由小說本身旁及其他。小說的英譯本之旅也是一波三折,先是一位在美國大學任教的中國學者向賈平凹毛遂自薦翻譯這部小說,但其翻譯據葛浩文所言遠遠沒有達到出版水準,並建議他找一位以英語為母語的人合作修改,但最後不了了之。後來,西北大學的胡宗鋒和英國學者羅賓合作,將《廢都》譯成英語,但一直沒有問世。直到2016年,葛浩文翻譯的《廢都》與讀者見面,這部小說才有了一個落地的英譯本。葛浩文將《廢都》譯為 Ruined City:A Novel,而在葛浩文譯本出現之前,英語世界的評論中將《廢都》翻譯成不同的英文名字:Ruined Capital,The Abandoned Capital,Capital in Ruins,Fallen City,Deserted City,Ruined Metropolis,Abolished Capital,Defunct Capital,Decadent Capital 等,各取其意,理解成"廢都、空城、廢墟上的都城、消失的都城、被拋棄的城市、陷落的城市"等,而對其的評論也是眾聲喧嘩,各抒己見。

《廢都》的懷舊主題是英語世界讀者和研究者關注的焦點之一。2016年,葛浩文的《廢都》英譯本問世後,《紐約時報書評週刊》及時發表書評,認為"在小說中,比性更能引起讀者興趣的是賈平凹對過去濃濃的懷舊情緒,這種懷舊情緒鑲嵌在小說信馬由韁、乘興而寫、不刻意關注結構的敘事之中。一件件日常瑣事串起了整個故事,友人相會、聚餐、交談、偷情、小惡行、小衝突,緩緩推動著故事的發展"。對懷舊主題探討更深入的是美國杜克大學教授羅鵬(Carlos Rojas),他發現以往對《廢都》的研究多集中在"性變態和文化墮落"上面,因而另闢蹊徑,以賈平凹的散文集《老西安:廢都斜陽》的懷舊主題為視點來解讀、闡釋《廢都》,透過小說色情、墮落的表像,發掘隱含在深層的歷史懷舊意

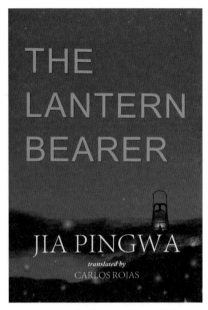

識及其現代意義。小說的主人公莊之蝶迷戀女性的腳和鞋子，音樂名人阮知非收集了大量的女式皮鞋，趙京五喜歡收藏銅錢、銅鏡，並送給莊之蝶，而這些銅錢、銅鏡成了把莊之蝶和幾個女人聯結在一起的紐帶。此外，周敏喜歡退居西安城牆孤寂的一隅吹塤，而莊之蝶有著收集城磚的癖好。如此，城牆、古磚、塤、歷史、懷舊，構成女人之外的另一種關係，相較於肌膚之親，這是一種更接近靈魂的追問。《廢都》中的戀物癖承載著作者對現代的思考：「從女性的腳和鞋子，到銅鏡、銅錢、硯臺和城磚」這些在《廢都》中佔據核心地位的意象，表明歷史幽靈般的回聲始終迴蕩在現代的場景之中。這樣一來，《廢都》中帝制時代西安的輝煌映照著西安今日夕陽殘照般的頹敗。莊之蝶之流倘若抱著戀舊的心態不放，滯留在歷史的驛站上，遲早會變成被他們收藏的文物。賈平凹的「戀舊」情結蘊含著深沉的民族憂慮，二十多年後回望《廢都》，可以說賈平凹有一種先知般的預見。

　　焦點之二是對男性氣質的探討。紐西蘭華人學者王一燕將主人公莊之蝶身上男性氣質的衰落追溯到中國傳統中的才子佳人，認為他「本人以及他的各路朋友都極為接近中國傳統小說中的舊式文人」，小說提供了一個「中國當代社會一直在尋找的『真正男子漢』的對立面」，「廢卻的都城隱藏著中國文化歷史的集體記憶，又為中國文化史提供了空前『真實』的場景」。加拿大英屬哥倫比亞大學的 Jincai Fang 亦從男性氣質的角度，對《廢都》裡的男女主人公進行了深入剖析。她認為：「《廢都》可視為中國男性知識份子尋找失去的男子漢氣概的心靈旅程。」主人公莊之蝶在「才子佳人」模式中尋找理想的男性氣質，小說隱含著「才子佳人」類小說中一夫多妻的影子，因為莊之蝶既有妻子，又有三位情人，「實際上，性和女人象徵著莊之蝶對男性氣概的追尋」。莊之蝶試圖借助女人和感官的滿足來維護男人的威權，但征服弱者算不上真正的男子漢。因而，莊之蝶儘管有征服女人的快樂，但又時常陷入深深的恐慌和悲哀之中。Jincai Fang 最終得出的結論是：以莊之蝶為代表的中國男性知識份子對男性氣概的尋找無果而終，「《廢都》不過是一曲感傷中國男性知識份子失去男性氣概的輓歌」。

　　焦點之三是時代突變引發的道德和倫理層面的困惑。Ming Fang Zheng 指出：「《廢都》主要刻畫了一群生活在都市裡的文化人，時代突變引發的價值體系變化令他們在道德和思想上都有無所適從之感…在時代巨變的狂瀾中，他們失去了倫理和道德依傍，走向墮落的泥淖，並在自身墮落的過程中傷及他們所愛的人。」

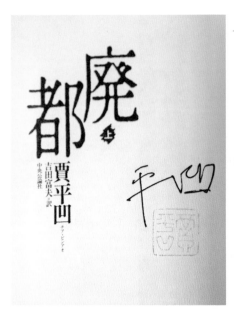

　　還有的研究給英語世界的讀者送上了古都西安的傳說、賈平凹寫作《廢都》的經歷、小說出版前後鮮為人知的故事。華人學者查建英以作家的敏銳感受力和實地踏訪，撰寫了一篇研究《廢都》的長文，名為《黃禍》，喻指小說中的性描寫在中國被視為"黃色"，其實在英語中"黃"與"色"無關。該評論文章介紹了《廢都》的出版過程和出版後中國文學界對小說的爭鳴，並以親歷的形式披露了一些銷售與評論細節。查建英認為，該小說以"現實主義的筆觸，一步一步痛快淋漓地揭開了一幅在各方面都走向腐敗的舊都城生活畫面，這個昔日繁華的都城到處充斥著貪婪、墮落、虛偽，迷信盛行，色欲湧動，權力肆虐"。

　　對於小說中為評論者所詬病甚至感到震驚的性描寫，賈平凹承認"能幫助讀者將這一部厚厚的作品讀完，但認為這些描寫沒有出格的地方，性是他唯一出於'商業考慮'的描寫"。並說："莊之蝶沒有權力、錢財和影響力，性成了他空虛生活中唯一的安慰，因此，他沉浸其中，難以自拔，既毀了別人，也毀了自己。"但英語世界的評論者對小說中的性描寫並沒有大驚小怪。查建英援引一位歐洲漢學家的評論："這是小說，不是政論文。女性主義者指責小說中的性和性別問題，她們的話不無道理。但性描寫是小說中最不吸引人的地方，賈平凹對性行為所知甚少，只是從中國古典小說中獵取了一點皮毛。小說最吸引人、最有光彩的部分是它無情而又詳細地揭露了中國社會體系從內到外的運作——日常生活中的權力交易，庸常生活下的暗箱操作，行賄受賄、人際關係、互相利用，人們在生活的泥淖中攪作一團。""表現的是大家都十分熟悉的生活，裡面有各種各樣的潛規則和心照不宣的行為規範。人們知道他們無法逃脫這種生活環境，也知道他們能在這種環境周旋。這就是中國！到目前為止，中國當代作家中沒有人能像賈平凹那樣把這幅圖畫描繪得這樣好。"

　　從對《廢都》的研究可以看出，英語世界對小說中的性描寫並沒有給予過多關注，而是透過"性"看到了賈平凹懷舊心緒下對現代西安乃至整個中國知識份子的憂患，對男性氣質衰落的慨歎，對時代巨變給人們帶來的精神困惑的警示。性在他筆下"絕不是單純的謀取快感的消費品，而是歷史與文化的多重象喻"。《廢都》英譯本的出版，特別是譯者為聲譽卓著的葛浩文，有可能會進一步帶動對《廢都》的研究以及對賈平凹其他作品的翻譯與觀照，打破《浮躁》之後很長一段時間賈平凹在英語世界的沉寂局面。

　　1993 年小說出版之後，1995 年就有留學海外的華裔學者在美國西北大學的一個文學學術期刊 TriQuarterly 上面撰文，發表自己對這部小說的看法。

　　2019 年彭青龍主編的《比較文學與跨文化研究》賈平凹專刊中，孫會軍的《賈平凹小說 < 廢都 > 在海外的翻譯與接受》、高方、王文宇的《賈平凹在法國的譯介與闡釋》都進行了很好的歸納。

　　尤其是 1994 年《廢都》在國內被打入冷宮，但之後仍然被翻譯成日文、韓文、越南文、法文在國外出版，而且還在法國獲得文學大獎。海外學者對於這部作品的反應相對於國內及海外華裔學者而言迥然不同。小說被京都大學的教授翻譯成日文發表之後，在日本引起了廣泛關注。《廢都》在日本一版即印六萬四千部，所有的報紙都發表了報導或評論。《廢都》在法國的接受與其在日本的接受是有過之而無不及。就在《廢都》被禁期間，法國學者安博蘭女士代表法國斯托克出版社與賈平凹簽訂了翻譯合同，1997 年推出了這部小說的法文版，并榮獲法國最重要的國際性文學獎項之一——費米娜外國文學大獎。根據安博蘭女士的描述，“此書一上市，立即得到法國文學界、讀書界極為強烈的反響，評價甚高，有人稱是讀中國的《紅樓夢》樣有味道，有人驚訝當代中國還有這樣的作家，稱之為中國最重要的作家，偉大的作家。”

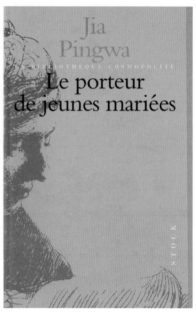

　　日本學者在《廢都》這部文學作品中看到了真實的人物心理和中國人的生存境況，而日本商人則希望通過閱讀這部小說掌握進入中國市場的金鑰。對法國人來講，《廢都》是對人性的真實反映、對人物的刻畫是吸引他們的一個重要因素。那麼美國人呢？美國一直處於世界文學場域的中心，英語文學場域在一定程度上就是世界文學場域，對於處於邊緣場域的其他文學基本都不太關注，除非其積極主動向英語文學場域移動。《廢都》英文版出版之後，The Complete Review2 網站的創始人 MAOrthofer 三月份在他自己的網站上發表了關於《廢都》英文版的書評："《廢都》是一部強有力的小說，是一部振聾發聵的作品。小說取得了驚人的成功。"

　　2016 年 11 月 25 日通過 www.worldcat.org 網站，檢索了《廢都》英文版在國外圖書館的收藏情況。結果發現，這部小說在美國的 103 家圖書館、加拿大的 14 家圖書館和德國的 3 家圖書館都有收藏，另外荷蘭、新加坡、泰國、馬來西亞、澳大利亞、新加坡也都有圖書館館藏。

　　2016 年 1 月，《廢都》英文版終於和英語讀者見面，最終獲得賈平凹授權並由美國奧克拉荷馬大學出版社推出的是葛浩文譯本。其實西北大學胡宗鋒教授與該校的一位英籍教師羅賓在 2013 年已經完成了《廢都》英文版的初稿。相比起來，葛浩文曾經師從美國著名漢學家許芥昱、柳無忌，具有印第安那大學的中國文學博士學位，而且已經翻譯出版了幾十部現當代中國小說，其中包括賈平凹的另一部小說《浮躁》，在國外漢學界佔有舉足輕重的地位，無論是在文化資本、社會資本還是象徵資本方面以及最終可能帶來的經濟資本都不是別人可以比擬的，被稱為中國現當代文學翻譯領域的首席翻譯家，因此賈平凹最終授權葛浩文翻譯此書也在情理之中。葛浩文在序言中闡述了幾個要點：首先，他指出《廢都》作為批判現實主義小說所具有的價值，從而展示翻譯此書的意義。在他看來，有些作品擅長捕捉時代的精神和情緒，向當代讀者乃至後代讀者描寫小說涉及的特定時代，向人們展示那個時代的生活百態，超越美學特點而為社會樹立起一面自我審視的鏡子，而《廢都》正是這樣一部作品，生動反映出"文革"結束之後不久那個特定歷史時期的中國改革初期的境況。

　　第二，譯者強調《廢都》在中國曾經是一部禁書，禁書總是更容易引起讀者的好奇和興趣，國內如此，國外尤其如此。強調小說是禁書，是西方譯者常用的推銷手段，也是葛浩文作為譯者

　　　圖說「廢都」文本

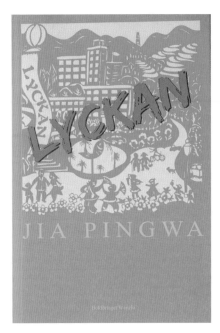
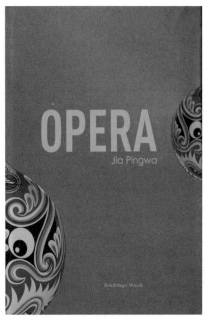

的一個慣習。譯者指出，《廢都》被打入冷宮 17 年之後才獲得解禁，是改革開放以來最有爭議的作品。第三，譯者翻譯時依據的底本是 1993 年的版本，積極呈現小說的本來面目。《廢都》原文在大陸主要有新舊兩個版本——1993 年版和 2009 年再版。"較之舊版，新版《廢都》內容上沒有任何改動，連字數和頁數也差不多。如果非要說有什麼不同的話，那就是舊版中的"□□□□（此處作者刪去××字）"，在新版裡變成了"…（此處作者有刪節），顯得低調了很多。"第四，葛浩文介紹了《廢都》被禁後地下偷運、盜版的情況，雖然在將近二十年的時間裡不能公開發售，但小說仍然有很多地下讀者，從而告訴英語讀者，《廢都》是一部深受讀者喜愛的作品。第四，譯者提到小說 1997 年在法國翻譯出版獲得費米娜文學獎以及後來賈平凹被授予文學騎士勳章一事，從側面展示小說的國際水準及其對普遍人性的揭示。第五，譯者對賈平凹本人進行了介紹，將其定位為"中國最受歡迎、最具有爭議"的作家，認為賈平凹興趣廣泛才華出眾，執著於中國傳統文化，但是不避諱對陰暗面進行描述。譯者是中國現當代文學翻譯領域的領軍人物，被譽為首席翻譯家，他不僅翻譯技藝嫻熟，而且在推廣譯作方面付出了積極的努力。

　　《廢都》是美國 Chinese Literature Today 期推出的"系列中國文學圖書"中的一部，叢書編輯是期刊的副主編 Jonathan Stalling。現在這系列已經推出六部作品。六部作品中有兩部小說集、兩部短篇小說集和兩部長篇小說單行本，賈平凹的《廢都》就是這兩部小說中的一部；另一部是諾獎得主莫言的作品《檀香刑》。《廢都》出版之後，該期刊在 2016 年的第二期上對這部譯作進行了宣傳和推介。該系列叢書的顧問委員會陣容強大，除了 Chinese Literature Today 的副主編，還有美國最有影響的文學期刊 World Literature Today（《當代世界文學》）的主編 Daniel Simon 及其執行主編 Robert Con Davis-Undiano、國內最有影響的文學期刊《人民文學》的副主編、中國作家協會副主席李敬澤，另外還彙集了中國文學研究領域富有影響的多位中美知名學者，其中有美國聖母大學退休教授、漢學家、翻譯家葛浩文（Howard Goldblatt）、耶魯大學蘇源熙（Haun Saussy）、加州大學的葉維廉（Wai-lim Yip）、奚密（Michelle Yeh）、黃運特（Huang Yunte）、斯坦福大學的李海燕（Haiyan Lee）、康乃狄克學院的黃亦兵（Huang Yibing）、華盛頓州立大學的 Christopher Lupke，以及來自奧克拉荷馬大學的葛小偉（Peter Hays Gries）、Ronald Schleifer 和 Paul B.Bell 三位教授；國內學者則包括北京大學的陳曉明、四川大學的曹順慶、中國人民大學的程光煒、清華大學的格非、瀋陽師範大學的孟繁華和北京師範大學的劉洪濤、張健、張甯、張清華

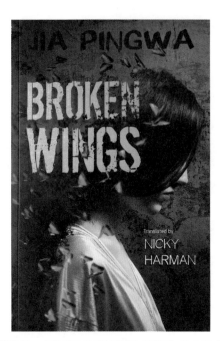

Bide a While

JIA Pingwa

Tr. HU Zongfeng & Robin Gilbank

1. Eva. The Western Capital

High in the mountains above Hangzhou there stands a Buddhist temple, the architraves of which are adorned with a poetic couplet:

Travelling to the north and south, so many people jostle so fast.

Clambering low and high, why not be seated, come enjoy a repast.

Why should any of us sit down? To sip tea, of course. It is no great wonder that tea houses are to be found dotted everywhere under the heavens. The Western Capital is no exception, for there one such establishment actually does business under the name *Sit Here a While*.

Chinese Version of Bide a While

It was the year 2016 and Eva, a Russian girl, arrived in the Western Capital with a twinge of déjà vu. It was early spring according to the calendar, yet the whole city was shrouded in smog.

If truth be told, the smog had first put in an appearance five years earlier, though since that was just a light and diaphanous mist nobody took it very seriously. Dark clouds above the Qinling Mountains were not uncommon and residents would remark in jest: "Ha. Looks like Beijing sharing a bit of its smog with us?!" The floating mass was little more than a thin gauze-like film which vanished after a short interval. But now, the air was infused with smokier, milkier and brownish hues. At first this had a fuzzy texture and merely hampered visibility. Gradually it became dense and opaque, obliterating depth and distance. Eerie entities and monsters might be imagined to haunt the

01

等教授。李敬澤和陳曉明都是《廢都》的支持者,2009 年《廢都》再版時二人曾經為其作序。從這個強大的顧問委員會的陣容可以看出,小說無論在中國還是在美國的中國文學研究界都受到推崇和認可,這些著名學者的支持為小說英文版的出版準備了條件。上述機構和學者為什麼如此積極推介這部作品?小說被翻譯成英文出版,首先是小說本身的藝術水準高。其實小說被翻譯成日語的時候,就有人懷疑小說被積極翻譯成日文,並受到日本讀者的歡迎,是因為小說中的性描寫。性描寫內容是其中的一個原因,但並不是唯一的因素。有學者指出,"《廢都》在日本的盛況不能理解為性描寫的功勞……;從前看中國小說都是在說教,暴露人的心理很拘謹,總要回避骯髒,這本書的最大突破是藝術性地表現了特定時空裡一群人的心理真實。以前中國小說都是回答社會問題的,而《廢都》不議論什麼道理,只寫生存狀態,日本讀者這回真正把小說當內心世界來看了,賈是真正的作家,有真正的藝術追求。"

　　賈平凹作為為中國當代文壇中堅力量、其作品自上個世紀 80 年代被譯介到法國、受到法國研究者和譯者的持續關注,截至到 2017 年 12 月,《古爐》法譯本由法國伽利瑪出版社推出、為賈平凹在法國出版的第三部長篇小說。

　　高方、王天宇概括說,1978 年,賈平凹以《中國文學》為媒介開始走出國門,逐步進入英語國家讀者的視野中。作家的法語譯介與英語譯介幾乎同時展開,1979 年,《中國文學》法語版第 4 期登載了其獲獎短篇小說《滿月兒》,1983 年,該期刊第 4 期刊登《七巧兒》。1987 年,法國著名漢學家、文學翻譯家安妮·居裡安(Annie Curien)在《今日中國》雜誌上發表了小小說《老人與鳥兒》譯文,在譯文導言中,居裡安稱賈平凹為"中國最具潛力的青年作家之一","他善於描繪在現代化和根深蒂固的傳統中無所適從的鄉村世界"。

　　1990 年,北京外文出版社推出了賈平凹法譯中篇小說選《野山人家》(La Montagne sauvage),其中收錄了《雞窩窪人家》和《古堡》兩篇"反映當代中國鄉村日常生活"的小說。國內有論者認為,90 年代隨著改革開放的深入,"緊貼社會現實、與社會同步的'改革題材小說'受到政府部門的重視和提倡,文學翻譯界也傾向於選擇'譯出'那些承載著'改革元素'的文學作品,'譯出'選材側重對外傳播'改革中國'的形象,蘊含一定的政治意味"。值得指出的是,

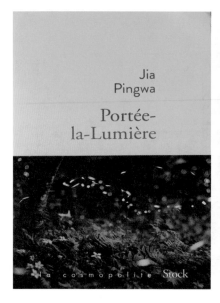

由《雞窩窪人家》改編的電影《野山》於 1988 年在法國獲得南特三大洲電影節大獎，當時在國內也引發廣泛關注和討論，外文社趁勢推出這部法文小說集，跟在法國獲獎也不無關係。但因發行管道及選材取向，該小說集的主要受眾仍局限在法國漢學界。1994 年，由居裡安主編的《中國當代短篇小說集》（Anthologie de nouvelles chinoises contemporaines）在伽利馬出版社出版，該文集收錄了汪曾祺、宗璞、張承志、史鐵生、賈平凹、韓少功、馬原、莫言、張煒、格非、紮西達娃等作家 80 年代中期的代表作，可謂是對 80 年代當代中國小說創作的全面總結。居裡安選取了賈平凹的短篇小說《火紙》（Le Brasier），她捕捉到該篇小說在語言特色及抒情書寫方面與沈從文作品的相似性，委託沈從文研究專家、文學翻譯家何碧玉（Isabelle Rabut）擔綱翻譯。1995 年，法國斯多克出版社出版了作家中篇小說集《五魁》（Le Porteur de jeunes mariées），其中收錄《美穴地》、《白朗》、《五魁》三篇小說，由三位中國譯者呂華、高德坤、張正中翻譯（呂華翻譯的《五魁》最早刊載於《中國文學》法文版 1994 年第 1 期，後經修改被斯托克出版社收錄）。

該小說集發表後，《世界報》發表書評《來自中國的兩位年輕作家》，將賈平凹與格非進行對比，稱"這些故事有魔幻和超自然的色彩，讓人聯想到中世紀的一些經典文學故事"。由此，作家進一步走入普通法國讀者的視野。這一時期，《中國文學》對賈平凹的譯介也一直在進行，1993 年第 2 期刊載了作家《醜石》、《月跡》、《秦腔》等六篇散文，1994 年第 1 期發表中篇小說《五魁》。1996 年《中國文學》法文版第 3 期又推出了一輯魔幻故事特刊，其中收錄了賈平凹的三則魔幻故事（《太白山記三則》），之後，該期刊登載過作家的創作隨筆《我討厭我自己》（1999 年第 4 期）和散文《進山東》（2000 年第 1 期）、《老西安》（2000 年第 2 期）。《中國文學》法文版自 1979 年起，一直到 2000 年停刊前，對於賈平凹作品有著持續的譯介，因期刊性質，選材多為中短篇及散文，雖然刊載篇目不多，但內容豐富多樣，總體上能夠體現作家創作在各個時期的代表作品。

隨著中國社會變革日益加劇，中國當代文學創作受到了社會變革的極大衝擊，呈現出不同的價值觀與創作理念，法國漢學界一直緊跟中國文壇的新進展，尤其關注作品的反叛性、轟動性。1993 年，《廢都》出版後不久在中國國內被禁，因其造成的爭議卻在不斷發酵。在這一背景下，1997 年，由斯多克出版社推出的《廢都》法譯本一上市便吸引了法國各界目光。得益於安博蘭

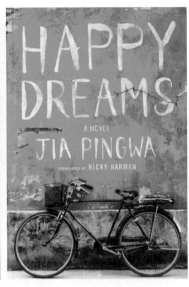

（Genevie velmbot-Bichet）女士的傾力翻譯以及北京大學法語系教授董強的細緻修改，該譯本深受法國讀者喜愛，當年銷售逾8萬冊，首開亞洲文學譯介先例，榮獲當年"費米娜外國小說獎"。同年，作家被法國《新觀察家》雜誌評為當年的"世界十大傑出作家"。各大報刊媒體紛紛著筆評論，將這部小說類比為"茅盾、巴金式的描寫社會的宏偉著作""是一位為揭露社會墮落而奮鬥的作家的一部力作"。自此，賈平凹在法國知名度顯著提升，受到普通大眾的廣泛關注。作家人氣的上漲也激發了法國讀者對其以往作品的興趣：1998年，斯多克重版了小說集《五魁》，次年，《廢都》口袋書版本出版，進一步推動了該書在法國的傳播。2000年，斯托克出版社推出長篇小說《土門》法譯本，同樣由安博蘭女士翻譯。2003年，賈平凹獲頒"法蘭西共和國文學藝術榮譽獎"。2004年，斯托克出版社再次重印《廢都》，作家及其作品在法國的影響及受歡迎度不言而喻。

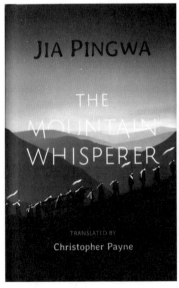

在《廢都》《土門》接連推出，作家與譯者、出版社合作正酣的勢頭下，賈平凹在法國的**翻譯**卻中斷了 13 年。直至 2017 年末，伽利瑪出版社才出版了作家的第三部長篇小說《古爐》。法國中國當代文學研究專家布麗吉特·杜贊（Brigitte Duzan）曾就賈平凹法譯出版階段性的沉寂做出解釋，"一個顯著原因是他的作品紮根於陝西農村，其中使用了大量方言，對**翻譯**造成了阻礙；另一個原因則有可能是中國近年'更加現代化的'青年作家輩出"。確實，作家的創作彰顯民族語感，浸潤著民族精神和民間氣息的語言表現出一定的抗譯性。安博蘭曾表示，賈平凹"很有才華，也很有靈性，不光他的小說，他的散文我也非常喜歡。不過把中國的作品**翻譯**成法文，語言方面太難了。中國小說我全都能看懂，完全沒有問題，可用法文表述，有的時候就不知道怎麼表述了。"

由於語言傳譯方面的困難以及時間限制，安博蘭最終放棄了《古爐》的**翻譯**，該譯本後來由年輕的譯者夫婦張莉和貝爾納·布裡（Bernard Bourrit）連袂完成，該書的出版得到了人民文學出版社的資助，這是賈平凹作品在新時期譯介模式的一個很有成效的探索。

值得關注的是，**翻譯**的暫時沉寂並不代表法國圖書市場對賈平凹的忽視，期間相關閱讀、研究仍在進行。2013 年，作家還被授予法蘭西金棕櫚文學與藝術騎士勳章，正如法國駐華大使白林（Sylvie Bermann）女士在頒獎詞中所說，"他的作品在中國和法國都很受歡迎……賈平凹先生的作品為我們描述了一個當代中國，記述了當代中國是如何地適應現代化的種種變化的"

安妮·居裡安、何碧玉、安博蘭等法國當今最富活力和影響力的漢學家、譯家在對賈平凹作品的發表、**翻譯**、研究方面功不可沒，她們對於作家作品的理解和闡釋對賈平凹在法國大眾及文學批評界的接受產生了重要的影響。居裡安在其主編的《中國當代短篇小說集》中對作家創作的鮮明地域文化特色。語言及敘述風格進行介紹：賈平凹的作品描繪了改革時期鄉村世界民眾的精神變化，風格優美抒情。他對地方語言極感興趣，小說形式多樣，從古典以情節為中心的敘述模式到結構更加鬆散的散文式均有涉及。對於《廢都》，安博蘭稱其為"足以與古典小說《紅樓夢》和《金瓶梅》媲美的一部內容極其豐富的巨著……。莊之蝶因其可悲的情感經歷和自身存在問題造成的墮落正呼應著'廢都'無可抑制的衰敗"，其觀點與中國國內批評話語有相合之處。北京大學陳曉明教授就曾撰文，認為《廢都》是"時代精神"的反映，"書寫了這個時代的文化潰敗史"，此外，他還提及了《金瓶梅》《紅樓夢》等古典小說對作家創作的重要影響，"只有《金瓶梅》才是《廢都》的母本"。另一部描寫了"中國鄉村不可抑制的現代化進程"的《土門》，安博蘭從中譯出了作家"幽默又粗獷的語言風格"以及"政治以發展為名對鄉村的入侵"，並在此理解基礎上，採用創造性叛逆的譯法，將原書名譯為"被侵沒的鄉村"（Le village englouti），直接點明小說中心思想，也切合了世界對鄉村城市化問題的關注。在新近出版的《古爐》中，譯者

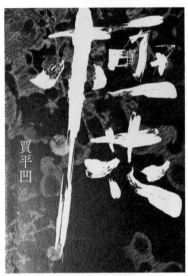

在"譯後言"中突出了小說"文革背景""諷刺""時代精神研究"等幾個重要特徵,也與國內
"《古爐》要對中國鄉村歷經現代政治的衝擊作出表現,這回是尋根究底"的批評聲音相呼應。

在《廢都》法譯本出版前,《中國視野》雜誌即為該小說專闢欄目,發表了漢學家歐陽因和
居裡安的兩篇評論文章。前者《我們時代的〈金瓶梅〉?》對賈平凹的生平及《廢都》的創作因
緣及內容進行了全面介紹,作者從"被禁"著手,通過對比《金瓶梅》《紅樓夢》兩部著作,指
出這是一部"內容豐富大膽、具有重要意義的當代作品",她認為"《廢都》事實上是一部批判
性作品,充滿世界末的悲傷氛圍,展現當今中國無視知識、藝術、道德的現狀";居裡安所作的《文
壇震動》則立足中國國內關於小說的研究及評論,從知識份子形象、女性形象、性描寫及藝術特

色等四個方面全面展現了當時中國文壇就《廢都》展開的論戰，由此明確在"正在經歷快速轉型的混亂中國社會中，這部小說是一個重要的討論之源"，為法國讀者提供了看待、理解《廢都》的眾多視角。兩位漢學家憑藉自身的學術自覺性與前瞻性，依託原文本及中國國內相關研究成果，對《廢都》進行了深入客觀的描述、評介，為之後法國的"《廢都》熱"打下了良好的理解基礎。除了緊跟中國學界相關批評話語，法國漢學家還時刻關注其他國家的賈平凹研究。

2015 年，美國中國當代文學研究者陳晨（Thomas Chen）針對《廢都》解禁重版後將原先作者自我審查的方框改成省略號這一現象，結合方框在文學史中的使用，展開了公共審查及公共空間的思考，其文章《有待填充的空格》一發表就引起了法國漢學界關注並於同年被譯成法語發表在《中國視野》雜誌。該篇譯文的發表並非偶然，法國漢學家與評論界對《廢都》中的方框以及"此處作者省略 ×× 字"一直很感興趣，相關文章時常提及此。與中國評論界"通過畫出來的空缺，他 [賈平凹] 彰顯了禁忌，同時冒犯了被彰顯的禁忌，他也的確因此受到了並且活該受到責難"不同，法國評論界通常將其視作一種幽默反諷，是《廢都》構建的一部分，是對社會政治的一種揭露。

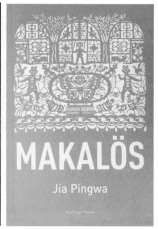

賈平凹作品的法語譯本就其數量而言並不多，但在眾多漢學家的共同努力下，其作品的影響力不容小覷。法國研究者和闡釋者紮根文本，對作家的創作流變、書寫個性及獨特價值有一定深度的解讀，其研究成果構成世界賈平凹研究的重要組成部分。法國讀者對作家及其作品形成了自己獨特的理解認知，從域外視角豐富了賈平凹作品的闡釋可能，對於中國當代文學"走出去"具有重要的參考價值與借鑒意義。

正如賈平凹所言，"每個作家都希望自己的作品走得更遠一些，使用不同語言的讀者都能讀到它，這是我的心願。世界文學其實就是翻譯文學，如果不翻譯，誰也不知道你。"我們相信通過作家本人的積極參與推廣，依託中外學界、翻譯界及評論界的雙向互動，中國當代文學文化的對外推廣將會迎來一個嶄新的局面。

《廢都》之後，賈平凹的長篇小說幾乎以每兩年一部的高產速度，保持著一個作家極強的社會責任感。2022 年 2 月，年近 70 歲的賈平凹，又一部筆記小說《秦嶺記》，也是他的第 19 部長篇小說在《人民文學》全文刊發，而且 50 年來的文學創作已超 1000 萬字，這在世界文學大師創作量上，首屈一指。《秦嶺記》由人民文學出版社 2022 年 5 月出版單行本。筆記小說古已有之，魯迅曾將這種內容較為駁雜、寫法較為自由的文類大致分為"志人"和"志怪"兩種。《秦嶺記》兩者兼有。行文貌似實訪照錄，本事趨於志異奇談。閱微雜覽間，隱約可見生存的時變境遷之痕、風俗的瀘濁澄清之勢，以及山地深處的人生底細和生活況味。

我覺得，年已古稀的賈平凹先生的小說創作將越來越旺盛。

威阳地外婆家，晚卡他舅主在的川工作，正好带了这两瓶酒给他，晚卡说一定说是把酒却了师用心。你喝不得型酒，可这酒倒是良嗜的。"牛月清说："刘晚卡，书店里☐☐☐☐，我倒拈不清哪一个"柳月在一旁听了，只是嘻嘻笑，插☐☐☐☐☐☐☐刷眉心瘦心那个！"就舒指头盖谈江心脸☐☐☐月尽胡精心那个腿特别长心了化。"柳月叫道☐☐☐☐☐说"柳你不知道也就备胡说心，招聘心那☐☐☐得我也今不开心。了情既好这样了，我和作庄☐☐☐☐☐这是是心一篇一后两家大了，你们接得这心严☐☐☐☐江说"宏不，红帖儿第一个就写给了你们！到☐☐☐☐☐☐，柳月也来，来了做个陪狼吧！"柳月撇了嘴☐☐☐☐☐☐也不青心，我这丑样儿，你成心让我去心丑衬☐☐☐☐☐☐就说柳月揍了几月，谈话就发有水平，轻明月出去，咱也会写了书心。三人说了一会，谈江走了，

又一再叮咛那日早来，老师师囝若不来，宴席就不开，死等了心。

谈江一走，牛清问柳月你老师心哪书了？柳月说是请心时喝酒了。牛清收拾了礼品，就独坐了思谋二十八日☐☐☐☐到心宴席，该准备心以顺礼。下午，庄之蝶喝得昏结心回来，在厕所里用抠了半天喉咙，吐出许多钱汴，牛月清让他睡了，该程说谈江心了。晚上庄之蝶睡起去书房看书，她进去把门关了，才一一说了谈江结婚了件，庄之蝶也好不惊讶，说："那个告腿女了，我咒怕也是见过一两次心。当时他说是招聘店员，咱也没在意，后来赵京五对我说他招的比招模特儿还严格，身高多少，体重多少，皮肤怎样，还要符合标准心三围。"牛清说："什心三围？"庄之蝶说："就是胸围、腰围、臀围。

第八章　評論說

《廢都》的解禁受到各界的廣泛好評，首先受到媒體、文藝界和學術界的好評。

2009 年 7 月 28 日，《華商報》記者王鋒採訪了著名評論家李星，作為當初最早看《廢都》手稿的極少數人之一，著名評論家李星覺得問心無愧的一點就是，多年來，他力挺《廢都》的姿態始終未變，"起碼證明我老李的眼光沒有錯"。

李星認為，《廢都》當年確實在勇闖"禁區"。他說："當時看手稿時，我就認為很有價值，賈平凹在這本書裡投注了太多的生命資訊。"李星毫不掩飾當時的閱讀震撼。"我多年來始終認為，這是賈平凹一部非常重要的作品，可以流傳下去。如果有讀者只是糾纏於性描寫，那很遺憾，確實是讀偏了這部小說。"這本書真實地表現了上世紀 90 年代初知識份子的生存狀態，有失望、有沉淪。李星用"灰敗"這個詞來概括知識份子那種普遍的挫敗感，"這些灰敗的情緒，被賈平凹敏銳地捕捉到了，並寫在了《廢都》裡，知識份子自認為有能力改造社會，但實際上已不同程度地被拋棄，在現實中被無可奈何地邊緣化了，因為之前自我感覺太良好，於是落差面前，有人就沉淪於女色，沉淪於對這個社會的無可奈何，大家心知肚明，但沒人點破，這就是《廢都》的厲害之處。"

對於陳曉明認為"如果不禁《廢都》，賈平凹會寫得更自由"，李星提出了不同看法。他認為，《廢都》之後，賈平凹其創作量更大，所觸及的問題也更深，所關注的社會面也更寬了，更為難能可貴的是，賈平凹一直保持了《廢都》的精神氣質。"可以說，《廢都》被禁後，賈平凹其實從未自我禁止，他在藝術上一如既往地大膽探索，他一直有自己的情緒場、精神場。"

李星指出，解禁《廢都》，是一個重要拐點。他說："我倒覺得，與被查禁相比，《廢都》當年出現，本身就是個拐點，因為它和當時整個社會生活，和陝西文學是緊緊連在一起的，當然，現在解禁，無論如何是一個重要拐點。"

至於查禁對賈平凹的影響，李星也坦言，據他所知，當時其實也沒扣什麼"帽子"，是"保護為主"，重點"對出版社不對作家個人"，相反，領導和大家還不停安慰賈平凹，提到時就說"有才氣，寫了不好的作品，藝術是個探索，允許失敗"等等。"我感覺，《廢都》事件應該在某一點上推動社會進程，這不僅僅是賈平凹個人的事情，變成中國文化、知識界的一件大事，要給一些有不同意見的作品有討論的餘地，而不是採取禁絕的辦法，要真正實現百家爭鳴、百花齊放。"李星呼籲。

《廢都》的解禁，受到文學界和評論界的歡迎和好評。

作家李春平著文《賈平凹的〈廢都〉解禁說明了什麼》指出：現在《廢都》在 17 年後解禁了，對賈平凹和中國文學界來說，都是一件幸事。我為此表示祝賀。它至少說明了幾個方面的問題：一是《廢都》的文學價值得到了社會的認可。《廢都》雖然涉及大量的性描寫，但它依然是賈平凹最好的一部小說，作為敘事文本，它的文學品質超過了他後來的所有小說，當然也遠遠超過了《秦腔》。老實說，將來賈平凹能夠寫進文學史的，可能不是《秦腔》，而是《廢都》。二是《廢都》解禁說明中國社會的進步。一個時代應該有一個時代的文學語言，很大程度講，社會對文學的包容程度，體現著社會對文化的包容程度。三是《廢都》解禁是知識界的功勞。《廢都》被禁後，各種盜版層出不窮，各種冒充賈平凹的《X 都》《X 都》都出現了。我之所以說知識界的讀者喜歡，這是因為，《廢都》被禁後，真正發出聲援之聲的，恰恰是中國知識界的有識之士，是知識界肯定了它的價值，對它作出了客觀的評價與分析。北大大學者、剛剛去世的季羨林先生便是其中之一。在被禁的十七年裡，專家學者從未停止過對《廢都》的研究。一邊被禁，另一邊卻用對它的研究來評職稱。這說明，作為文學文本的《廢都》，它確實具有研究價值和研究必要。四是一個作家或一本書要迅速走紅，最好的辦法是查禁這部作品。賈平凹就是最好的例證。十七年來，賈平凹挨夠了罵，受夠了捧，且一直走在中國明星作家之列。五是《廢都》的解禁，它的意義遠遠不在《廢都》本身，似乎是一種文化開明政策。

17年過去了，社會在變革中發展進步，人們的文化心理在反思中不斷成熟、健康、辯證和陽光，文化認同更為多元、包容、自信和大氣，文化環境也更為寬鬆、民主、平等和自由。人們對《廢都》現象也多了一份平常、平和心態，對《廢都》作品本身文學價值的理解，也在歷史與現實、回味與期望、文學與審美、直面生活與領悟作家的憂思等層面上，不斷加深；越來越多的讀者也透過作品混沌瑣屑的世俗化敘事，體悟到作家文學憂思的力量和沉重的主旨。特別在迎接共和國60年大慶之際，人們普遍以1978年為界標，將前30年和後30年整體對照反思，尋求真理的思考中，自然從《秦腔》對農村改革生活的思考，聯繫到《廢都》對都市改革生活的思考。《廢都》應時順勢而解禁再版，這可謂市場認同與文化認同的殊途同歸，天然默契。當然，再版刪去了惹眼惹禍的"□□□"，我以為小說刪去了"□□□"，再版之舉也刪去了人們心頭束縛的框框。這不僅是賈平凹的幸運，也是整個文壇的幸運。

值得稱道作家出版社，抓住了文學走向產業市場的命運與文化認同心理重建的時代結點，取兩個效益並獲之策，將《賈平凹三部》合盤托出，不僅給文學作品產業化趨市場之路；而且也為文化精神現代化拓疆擴境。

還是賈平凹說得真切，"一本書的命運也是一個社會進步的軌跡。現在能再版，首先說明了社會的進步，社會環境的寬鬆，和文壇關係的回暖。這些年，社會價值觀已經漸漸發生了改變，人們對文學的認識度提高了。"

中山大學教授、著名文學評論家謝有順說，《廢都》對現代知識份子的空虛無聊的刻畫細緻而深刻，有超前性和預見性，它的調子可能過於灰暗了，但是它作為知識份子一個精神側面的反映，還是很真實並令人震撼。它的再版，表明我國出版界開始以更開放的姿態來面對歷史、面對讀者的各種閱讀趣味。

《廢都》的解禁也受到出版發行界和廣大讀者的歡迎。

那麼，30年來，各報刊刊發了各評論家、學者的各種評論達上千篇，老評論家始終堅持和肯定《廢都》是一部當代文學奇書，當年的年輕學者們又理性的開始重評《廢都》。

2021年的11月，我專門到西安拜訪了李星、費秉勳、韓魯華、孫見喜、何丹萌、安黎、王新民、魯風、張敏和電話詢問了在江西的董子竹等老師。考證了當時對於《廢都》的評說。如肖雲儒所提出的它是中國古典小說的復甦；王仲生認為《廢都》是一部奇書，是形而下與形而上哲學的結合，是廢都意識與意象主義的契合；王愚所認為的著眼於一批文化人文精神的建構和演變；李星"作品寫得大膽"，藝術表現形式是民族的、東方的和中國式的，但同時思想觀念又是非常開放和現代的。見到費秉勳教授時，他說，《廢都》當時讀完手稿影本後，我建議不宜出版，因為在當時的某些敏感內容上，很難被理解、尤其是被讀者接受。

評論界也出現不同的聲音，甚至是有的評論家在前後20年間，也發出來先是謾罵後為讚譽的兩種聲音。

作為國內的文學評論專業刊物《當代作家評論》，在1993年第6期專門開設"賈平凹評論小輯"《廢都》專欄,包括 雷達的《心靈的掙扎——〈廢都〉辨析》,李潔非《〈廢都〉的失敗》,陳駿濤、白燁、王緋的《說不盡的〈廢都〉》,鐘本康的《世紀末:生存的情緒》,韓魯華的《世紀末情結與東方藝術精神——〈廢都〉題意解讀》等。

那麼,30 年來,老中青文學評論家是如何評價《廢都》的呢?

雷達說——

　　1993 年盛夏已經過去,書攤上的 "《廢都》熱"卻還不見降溫,《廢都》的暢銷甚至悄悄地把王朔從書攤上擠了下來,同時似乎不無諷刺地告白著,文學的轟動效應並沒有過去。據不可能準確的統計,此書發行已逾百萬,盜印本也四面出沒,至於讀過這本書的人究竟有多少,那就誰也說不清楚了。這可真是新時期以來,甚至整個當代文學史上的一大奇觀。

　　奇觀之奇更在於,人們不但爭相閱讀,而且意見決不一致,其分歧之大,爭執之劇烈,也已激昂得空前。在讀者和評論界,有人說它墮落,有人說它變態,有人說它是明清豔情、狹邪小說的仿製品,並無創新價值,有人說它是狡猾的商業策略,一筆早就預謀好的賺錢生意,當然,也有人對它推崇備至,視為深沉之作,傳世之作…….

　　《廢都》在賈的創作中前所未有,這倒不在他首次描寫了都市知識份子的生活,而在於剖露靈魂的大膽……以及那透骨的悲涼,徹底的絕望。這些都不是真實的賈平凹,真實的賈平凹確實被痛苦的重負折磨著,無法解脫。

　　其實,這些終究只是外在的,直接的誘因,真正深刻的根源早就存在於他複雜的創作個性中。他的創作從來都在兩種傾向之間擺蕩,《廢都》不過是其中一種傾向的走向極端罷了。這兩種傾向是：積極進取與感傷迷惘，注重社會現實與注重自我精神矛盾，審美與審醜，溫柔敦厚與放縱狂躁，現實主義的執著與現代主義的虛無等等的對立。寫《廢都》的賈平凹比寫《浮躁》的賈平凹要更真實，更接近他的本來面目。事實上，《廢都》式的悲涼和幻滅，早就在他的心胸中潛伏著，若注意他的散文《閒人》、《名人》、《人病》諸篇，可發見《廢都》的雛形和胚胎。當他晚近的創作中出現了以生存意義的追尋為核心、以性意識為焦點、以女性為中心的突出特點以後，其悲劇意識和幻滅感就愈發濃重，終以《廢都》的方式來了個總爆發。所以，平心而論，《廢都》的創作實為賈平凹創作發展的一種必然。

《廢都》，最初一個重要的意圖是：毫無諱飾地展示這個光怪陸離的浮躁時代、暈眩時代的生活本相，尤其是世俗化、民間化的本相，留下一部珍貴的世情小說。從穿插其間的那個唱民間謠曲的老頭，可以見出此種意圖。作者未必不知道今天的人看這些謠曲並不怎麼新鮮，但後世人看它們，就大有興觀群怨的喻世價值了。可是，寫著寫著，主調發生了微妙變化，主觀化壓倒了客觀化，自剖靈魂的傾向壓倒了展現世情的傾向，多少沖淡了它作為世情小說的品格，也縮小了它對社會歷史內容的涵蓋。

《廢都》關於世情的描繪仍是極為出色的。魯迅先生言及"世情小說"時說："這種小說，大概都敘述些風流放縱的事情，間於悲歡離合之中，寫炎涼的世態。"《廢都》的寫法，正複如此，《廢都》的結構很巧妙，貌似信筆所之，漫無邊際，實乃精心結撰，細針密線，它以莊之蝶為中心，如蜘蛛結網一般地，展開一層層世態風景；且聯絡自然，渾整一體，無生硬鋪排，人為壘砌之病。莊與其他幾個"文化名人"，鐘主編、景雪蔭諸人，形成文化圈子；與孟雲房、夏婕、京五、洪江、周敏諸人，形成社交圈子；與牛月清、唐宛兒、柳月、阿燦、汪希眠老婆等，形成男女圈子；與市長、秘書、農民企業家、人大主任等，形成政治經濟圈子；與牛老太太、劉嫂、惠明、阿蘭、黃鴻寶老婆等，形成民間圈子。這些"圈子"其實是我們劃分出來的，在作品中，你中有我，我中有你，如流水般無法分切。

作者寫世情，一不是孤立地寫，而是完全將世情化入藝術肌體；二不是冷靜的旁觀，而是帶著濃厚的廢都意識來看世情，往往看得深刻。

賈平凹寫街景，寫市風，寫女人勾心鬥角，寫閒漢說長道短，真是著墨無多，躍躍欲生，他確是取了真經，得了神韻。他寫黃鴻寶家的庭院小景，能讓人想見一切鄉村暴發戶的氣焰，他寫"鬼市"的人影幢幢，交頭接耳，能讓人想見西京古都正在被"商品"這個怪物鬧得夜不成寐。這樣的世情，這樣的氛圍，才會有莊之蝶這樣的人，否則，廢都也就不成其為廢都了。

在小說的敘事型態和風格類型上，《廢都》與我國古典小說確有極密切的血緣關係，它不止在表述方式上，語感和語境上，而且是在內在神髓上，美學精神上，完成了令人驚歎的創造性轉化。

古人評《紅樓夢》還說它"深得金瓶壺奧"，至於一些傑作脫胎於前文本的事，更不鮮見。在我看來，《廢都》是屬於我們這個時代的獨立創造，它表現的是我們時代特有的某種情緒，它寫的是當今的日常生活，它的語言，主要是採自日常生活中活潑潑的語彙。

作者把古典小說中有生命力的東西與當代生活巧妙化合，把敘事藝術提到了一個新高度。說它爐火純青，說它渾然天成，說它接近大手筆，並非溢美。

《廢都》是一部這樣的作品：它生成在 20 世紀末中國的一座文化古城，它以本民族特有的美學風格，描寫了古老文化精神在現代生活中的消沉，展現了由"士"演變而來的中國某些知識份子在文化交錯的特定時空中的生存困境和精神危機。透過知識份子的精神矛盾來探索人的生存價值和終極關懷，原是本世紀許多大作家反覆吟誦的主題，在這一點是，《廢都》與這一世界性文學現象有所溝通。但《廢都》是以性為透視焦點的，它試圖從這最隱秘的生存層面切入，它暴露了一個病態而痛苦的真實靈魂，讓人看到，知識份子一旦放棄了使命和信仰，將是多麼可怕，多麼淒涼；同時，透過這靈魂，又可看到某些浮靡和物化的世相。

曾鎮南說——

賈平凹的長篇新作《廢都》一問世，便在讀者中引起強烈反響。

像這樣一部內容豐富複雜，藝術又堪稱文林獨步的大作品，不同的讀者從中所見不同，推重之點各異，這也是很自然的。

在我看來，《廢都》的卓異奇絕之處有二。

一是它對當前都市生活中異常廣泛的社會現象毫無諱飾的真實描寫。

《廢都》所敘的生活故事發生在西京，這是一個廢弛的文化古都。在改革開放的時代潮流推動下，它也在力求振作，如舉辦古都文化節，進行舊城改建等等。但作者所著眼的，並不是廢都復興的活力和銳氣，而是廢都現實生活沉滯、猥劣、怪誕乃至頹靡的一面。對這一面的反映，作者是直陳而無顧忌的，峻急而不寬貸的。儘管他用了幾乎不動聲色的客觀繪狀的寫作手法，但仍掩抑不住他的憂時憤世之心。描寫世情，刻畫頹俗，是全篇的顯旨和主調。

作者以西京四大文化閒人之一的作家莊之蝶的一段由盛而衰、由榮而辱、從聲名顛峰跌落、掙扎、沉淪直至中風於漂流途中的生活為故事的主線，以莊之蝶被捲入的一場文壇官司的緣起、展開和結束為中心事件，展開了古都現實的各個層面。書中描寫了一位遊弋於廢都各處的落魄教師，不時哼唱出諷時譏世的謠曲；又描寫一頭有悟性的奶牛，托牛之思考寫盡都市人的退化和劣

2005 年第 5 期《當代作家評論》推出賈平凹專輯

跡。還描寫潦倒窮愁的小文人周敏常常登廢都之城垣，吹陶壎，發悲聲。凡此種種藝術上的安排，都可見作者揭示社會病態以警世人的良苦用心。作品的現實品格、地域色彩和時代氛圍也凝結於這種種社會現象的描寫之中。

直面現實，不諱時弊，把一個斑駁陸離的艱難時世活畫出來，使讀者認識自己所處的社會的真實面貌，打破一切脫離現實的主觀幻想和有意無意的粉飾，這正是現實主義文學作品應有的嚴肅立意。

二是《廢都》對一個當代文化人的人生悲劇和精神悲劇的深刻描寫，《廢都》主人公莊之蝶，是一個文名遠播的作家。他不善應世，但世事卻不斷纏繞著他；他潔身自好，但無聊的官司降臨頭上；他追求愛情，企求新生，但卻屢屢沉入肉欲，空虛痛苦，自懺自責，始終處於精神煎熬之中。他的性格，原是脆弱而多感的，但有時又恃才逞強，倔頭倔腦他的天性，是躁動不安，尋求刺激的，靈魂始終在漂流中，但他的處境，卻是多所拘牽、礙難變更的。他的心志，似乎頗為廣遠，但他的行蹤，卻瑣瑣於文友聚散情場邂逅、家庭糾葛之間。總之，這是一個當今文場中頗具典型性的人物，在這沉悶而變動、新舊雜糅、異狀紛呈的廢都中俯仰沉浮；求索一個安放自己靈魂的地方；但是他沒有找到，卻被都市放逐了。這從客觀上說，是現實的濁流席捲了他；從主觀上說，是他的種種性格弱點、靈魂垢跡害了他。他的好處，是他對自己的悲劇處境，尚有幾分清醒，故在聲名鼎盛，慕者如雲的時候，就有"求缺"的念頭，與盲目自大、驕矜自得者不相類。但他的缺失，卻也正在於他知缺求缺而不能補缺，在現實中找不到拯救自己靈魂的健康力量，也找不到振作起來的熱情之源。在莊之蝶精神世界的蒼穹中，輝映著群光熠熠的女性之星。這裡有美色妙態、綺思翩翩、執著纏綿、風情萬種的唐宛兒，有嬌娜鮮麗、伶牙利齒、機敏慧貼的柳月，有迅忽如慧星、燦爛如閃電的阿燦，也有懷有精神苦戀卻謹行自律的汪希眠老婆。她們社會地位不同，用教養個性各異，但都以不同方式愛著莊之蝶。她們與莊之蝶的感情和肉欲的糾纏，是《廢都》最為文采飛揚的篇章，可謂煙霞變幻，靈光激射，讀來歎為觀止。

董子竹說——

廢都，生活原型乃西安市。這個十三朝古都，早因中國經濟、文化、政治中心的東移而廢置，故可稱之為"廢都"。

平凹個人生活的困頓，為《廢都》的成功，提供了極好的契機。這種痛苦契機在一旦進入文學創作中，便得以昇華。個人心態覷映著社會文化——心理模態，個人苦痛昇華為荷負著民族文化心理的"原罪"痛苦，個人的奮鬥昇華為民族文化雙重轉型的突圍，個人的自審昇華為對民族文化現有氛圍的"求缺"與反省。甚至在深層達到了對人性的終極拷問與終極關懷。

以莊之蝶為代表的求缺者，對傳統，是剪不斷，理還亂。對現代，又擋不住誘惑，不甘心承受覆頂之災。在這兩種心態的交鋒中，廢都的文化閒人們惶惑、恐懼、衝動……整個的"不安其位"的浮躁著。這群人的現實心態呈典型的"偽現代"特色。"現代"在這裡成了一種時髦，一種遮羞布，骨子裡是傳統文化中善與惡、美與醜、真與假的大交鋒。所羅門瓶子裡的魔鬼出來了。即便有如鍾唯賢這樣的固守"老儒"特色的，也超不過一貫僵屍的價值。這樣，美的不美了，善的不善了，真的不真了。社會文化——心理模態，呈一堆"破爛""垃圾"狀。每種文化都會有的核心價值觀，在這裡沒有了。各吹各的號，各唱各的調，誰也理不清人們是什麼口味。只有貪財、貪色、貪玩……成了被廣泛認同的東西，披著"現代"外衣的時髦貨。

其實，透過這個表層，你會看到多少人在夢醒時自責，多少人在沉醉時自審，在迷惘時自譴。莊之蝶便是一個典型，他幾乎是希望自己荷擔起所有人的罪過，也便是荷負起民族文化裂變的"原罪"。事實上這便包含了對人性的終極拷問。

這樣，廢都，便超越了現實時空，而成為傳統與現代大碰撞、大交融、大改組，乃至"偽現代"大氾濫的一個符號化了的象徵性的虛擬環境。極類魯迅筆下的"未莊"，瑪律克思筆下的"馬孔多"，但廢都虛虛實實，實中有虛虛中有實。外殼還是古城牆圍定的"清明上河圖"。

可以說，《廢都》，是中國文化雙重轉型期，社會文化——心理模態裂變的"史詩"。

承包破爛的"老頭"是社會表層浮躁心態的象徵，他的民謠民諺不無偏頗。

"牛"是傳統文化的象徵，滿嘴"綠黨"式的現代哲學，事實上是充滿了對傳統田園詩般的村社文化的留戀。

"牛之母"是生命奧秘，出世入世混淆不清的象徵。在這裡，《廢都》似乎沒有完全超越"巫文化"層面，真正科學地尋找到人的"本來面目"；雖大量的端倪已經顯露。莊之蝶心目中的人的本來面目最多不過是莊之蝶詩中說的那個"遠方的她"。也許正是由於這個層面極不清晰，莊之蝶給人的更多的是灰色的沮喪，而不是蔚藍色的瀟灑。我們反覆強調的超越東西文化的新文化也處於"燈下黑"的狀態，很難辨認。只是從莊之蝶的"九死不悔"的精神奮進中，我們隱約可見未來新文化的光芒。

渾沌為一架《廢都》三稜鏡，不管《廢都》意識流任意遊到哪裡，切入角度不斷變換，終是這三層次中的一個層面，透過這個層面我們都可以看到另兩個層面。

這個三層面也可以說是立在漢唐文化遺土上的三根支柱，構成了《廢都》這部巨匠製作的基本骨架，也同時構成著廢都人，乃至人類社會文化——心理模態的骨架。

這個骨架在當代，也便是在《廢都》中，有一個明顯的特色，那就是"非理性"。瘋老漢似乎滿嘴哲理，但他作為傳媒，作為象徵：傳的是一段時間民間的激憤之言，象徵的是所羅門瓶子中的魔鬼飛出之後，披上了"現代"外衣的人類身上最無理性的東西。"牛"似乎亦是充滿理性的"哲學家"，但它的哲學是逃遁的哲學。真理性決不逃遁，它承認現實、導引現實、改造現實。逃遁不但是無能，也是不現實。莊之蝶的可貴之處便在於，雖困頓至極，決不逃遁，而是進擊。莊之蝶雖然自稱抱著牛尾巴不放，對牛充滿敬意，感謝牛乳對自己的養育。但是，他不會讓自己作為一頭"牛"，他希望繼承的是牛的富有野性的"進擊"精神。這也是他永生永世戀著阿燦的緣故，阿燦精神才是莊之蝶的理想。可是話又說回來，莊之蝶反對牛的退縮，也只是一種好似"本能"的東西在激勵著他，而不是建立在扎實的理性思考之上的永遠進擊的精神。總而言之，這是理性貶值的時代。

說到牛月清之母，上邊說過她象徵的只是巫鬼層面的生命奧秘，雖時時僥倖言中，亦是理性喪失狀態下的東西。牛月清父在出世之後的所作所為與在世間幾乎沒有區別。作鬼亦是一個自耕農的鬼。說明這種出了世的生命亦是合理性的。

在《廢都》中有串人物名字是很有趣味的。莊之蝶、周敏、孟雲房、孟爐，組成起來便是"莊周夢蝶一場空"。周為莊之蝶影，周敏是莊的小一號，低一層，是縣級文化閒人。夢與蝶，即孟與莊，莊尚情，幾乎是準備為情而死，是一個泛情主義者；孟則尚理，這理當然都是中國文化之理，孟雲房一心想利用古老理性座標闡解清社會、文化、生命三層的奧妙，在此同時又不排斥西方的人文理論，希望西方的人文理論、科技理論，與東方的術數理論特異功能大綜合，以有貫天道地的"理性"。而正如莊之蝶對其的貶謫："雲山霧沼，好為人師"。假理性是如此的一場夢，真理性又找不著，只有寄希望於一個未知結局如何的孩子——孟爐。是夢的完結後，我們清醒起來，還是在夢中化為灰爐呢？不可知。

原來這三根支柱是歪歪支在髒唐皇漢的土壤上的。中國社會文化——心理模態大傾斜著，人性大傾斜著。從這個意義上講，《廢都》是一種比薩斜塔效應，與莎士比亞、貝多芬作品所傳達的那種愛菲爾鐵塔效應之美，是完全不一樣的。

正是在這座比薩斜塔上，有一組精美的雕塑裝飾，那便是"一蝶四花"永相戀，另有三花繞塔飛。這一關係在前面的《〈廢都〉社會文化——心理模態示意圖》中已交待明白，這"一蝶四花""一蝶七花"中的四花、七花都可謂是莊之蝶個性中四種乃至七種色素的對象化。反回來講，莊之蝶個性正是在他與這四女乃至七女的糾葛關係中全面展開的。這一切留待後文談。這裡只是希望讀者在想像中將《廢都》結構立體化、圖畫化。這是不是一幅有創意的，大有長安畫派之風的現代中國畫、中國雕塑？

於此，可見《廢都》美學追求之不一般。

《廢都》中開篇的兩段看似荒誕不經，又有極強的隱喻性的文字是值得注意的。

這麼大的一部長篇以兩段隱喻小文入手，似乎是學了《紅樓夢》，但沒有去組繪另一幅天外之天的"太虛幻境"。可以說是《紅樓夢》手法的活用。以虛幻色彩起筆，就是提醒人們讀書時，不易墮於實地。"整個故事都是虛構的，人物亦是虛構的"。這不是怕人們對號入座，而是怕人們不能從寫實外殼中"抽象"出社會文化——心理模態的"心靈真實"。

平凹在許多談話中，希望讀者讀細點，讀慢點，也是這個意思，讀這本大寫理性貶值的社會心態的書，正需有幾分理性，有個一健康的心理距離。

第一個隱喻小段，我以為至少隱喻這樣兩點，時代的大文化背景：漢唐文化為其巔峰的中國文化在今日。第二，從馬嵬坡土壤上生出蓬蓬蒿草及四朵異花，都是短命的。不僅像唐宛兒、柳月這樣的偽現代是"短命"的，牛月清這種的舊時代"賢女"也長不了。阿燦更是"曇花一現"的人物。

第二個隱喻更深刻了。我們這種文化——心理模態，數千年只有一個"太陽"，人們都習慣於它，甚至忘了天陰下雨，堅信它是永恒存在的"一個"。現在"太陽"一下子多了起來，這本應是好事，卻反而造成了人們的恐慌。這正如在政治上，過去，人才的單位所有制、鐵飯碗，大家都認為不好，束縛人的創造性。現在搞市場經濟，把知識份子、工人都放到市場上去任你競爭，人們在心理上反倒承受不了。不少人開始追戀過去雖窮但人人有飯吃的"鐵飯碗"了。"葉公好龍"心態在當代社會極為普通。正如書中所說："完的黑暗人是看不見了什麼？完的光明人竟也是看不見了什麼嗎？"

真正撕開這種人人不安其位浮躁的社會情緒的表層，看看內裡到底是多麼複雜，這便有了"一蝶四花"，以至"一蝶七花"的設計。

"一蝶四花"是撕開當代中國人文化——心理模態深層真實的架構，是一個成功的創造。

莊之蝶可以說是當代中國文學史上最複雜、最豐富，亦是最現實、最深刻的一個人物形象。但是，莊之蝶又絕不同於于連、梁生寶、沃倫斯基、貝姨……那樣純個體的藝術典型，他是中國當代人文化——心理模態多層次多向度真實的具象化、意象化。他是典型個性，同時又是具有符號性、象徵性的特點，這便與阿Q及《百年孤獨》中的人物形象類似了。這也應是當代文學創作的一個大特色。

莊之蝶是"典型個性"，亦是"典型心態"。這樣，他不僅是當代人心，即偽現代心態的典型也是極具穿透力的個性。從他的個性，你可以看到中國傳統文化怎樣轉化為今天這個樣子，也可以看到中國文化的明天又可能是什麼樣子。

"一蝶四花"，《廢都》說這些花是一紅、一黃、一白、一紫，解析再說，應是一賢、一野、一俠、一村。牛月清是中國文化所謂的賢淑之女；還以中國文化為座標，唐宛兒便是野豔之女，阿燦可謂俠義之女，柳月則是永難褪了"村氣""村味"的女性。細心的讀者會發現牛月清的身世被介紹得最清楚。柳月的結局寫得明白。唐宛兒是主角，可卻來也不明不白，走也不明不白。阿燦則召之便來，揮之便去，來也偶然，去也無蹤。這是極富深意的安排。

真正該是從"夢"中醒來的時候了。

真正令莊之蝶開始醒來的，不是哪個女人，而是現實生活。

《廢都》寫莊之蝶"入夢"的篇幅很短，與"夢中"的時間加在一起，花了五分之三的篇幅。這裡還夾雜著對廢都"清明上河圖"的繪製，牛文化的追蹤，生命奧秘的探尋。而"夢醒"則花了五分之二的篇幅。

這是從鐘唯賢之死開始的。

《廢都》對於死人的安排是頗有深意的。第一個便是鐘唯賢的死，這是一個可憐的"老儒"，也可以說是中國土地上的"最後一儒"。作為最後一"士"的莊之蝶對於他的死寄予了無限的同情。

莊之蝶以為是自己剛剛蛻去那個"魂"的死，所以哀思懇切，而不單是同情。莊之蝶認為鐘唯賢是不該死的，因為他恪守傳統美德，而未美麗過一回，死在此時太冤了。為了悼自己的過去魂，他要將那假情書編一個集子。牛月清反對，他一句"懂什麼？"，道出千般苦萬般情，是對傳統的敬慕之情，也是對傳統的惋惜憐憫之情。他再不能老到他的"無憂堂"去了。

莊之蝶垮了，連唐宛兒也無法解開他的深深的對傳統文化，對同類的憂思。

第二個死是龔靖元之死，這本來應說是死有應得，但兔死狐悲。

"生比你遲，死比我早，西京自古不留客，風哭你哭我生死無界。""兄在陰間，弟在陽世，哪裡黃土不埋人，雨笑兄笑弟陰陽難分。"

這裡完全是把龔靖元引為手足同類。莊之蝶不以為龔靖元是死有餘辜，而是主動荷擔這個土財主式的儒子的罪過與痛苦。

莊之蝶是主動荷擔民族的"原罪"，所以才會對鐘唯賢、龔靖元之死，與已死一般地傷痛，因為他沒有找到真正擺脫民族"原罪"的路。這樣下去，同類與自己都會死得更慘。這種陰謀正是一個求缺者的胸襟。也正是這些同類的慘死，使這位荷擔民族文化的"原罪"者，在突圍中"九死而不悔"。

"柳月，你說得對，是我創造了一切也毀滅了一切！"這話正是最痛切的自我懺悔。是他令唐宛兒、柳月從原來的生活向前跨了一步。但也正是這一步，因為是無根無依託的"偽現代"，永遠也踏不到實地，令這兩個女人，也包括牛月清，汪希眠妻毀滅了自己。甚至也是他為了促成鐘唯賢的"現代夢"，毀了這個"老儒"，他是這一切的"始作"蛹者，他願意承擔一切的罪責，也便是承擔民族的"原罪"。

也只是不希望自己造罪太大，他雖不再愛宛兒，但從不拒絕這個可憐的女人。可是這也救不了唐宛兒，生活殘酷之手又把這個"偽現代"捏了個粉碎。

莊之蝶最後一點贖罪的希望破滅了。

為了盡可能挽回自己的罪惡，他求閒人、求巫術、求神佛……一切都無濟於事。

早就在鐘唯賢死時，就將自己的名聲置於度外，根本不指望官司贏。現在更高呼"我不要這名聲！"

最後死的是那頭牛。《廢都》細膩描寫了牛死的場面，一牛死百牛狂，這和鐘唯賢、龔靖元死時的場面何其相似乃爾！牛留下了"牛黃"，那黃金般的牛黃，然而莊之蝶最想要的是那張牛皮。牛皮掛在他的牆上，紀念他對生他養他的文化的無限哀思。

最後他毅然將牛皮送給阮知非去蒙鼓了。在我們民族的習慣裡，鳴金收兵，"鼓"則是進擊的象徵。

莊之蝶不死，莊之蝶還是要進擊的。

臨近再次起步求缺突圍時，莊之蝶還在拷問自己："是不是我吃五穀想六味了？"

最後一次麻醉的殘夢不是刀削麵中的大煙殼，而是一場富貴榮華奢侈夢。他與景雪蔭夢婚也同時夢離。他看清了這女人的一切之後，為她蓋上了一片破瓦。此時的他，對於這富貴榮華，別人求之不得的東西，棄之為瓦礫。

最後，風震動著那牽動莊之蝶無限情思的牛皮蒙的鼓，他又碰上了他的影子周敏，這個第一次突圍徹底失敗的小一號求缺者，又要開始新的突圍了。

"咱們又可以一路了。"這是一個極富深意的"又"字，他們又要一起突圍了。

莊之蝶倒下了，醉眼歪斜了，"出師未捷身先死"了。

他的影子卻沒有死，帶著血告別了那個只會作"現代夢"而決不行動的女人。

那麼，下面的路，不該是夢了。因為"孟"已經雲遊去了。

《廢都》展開了一幅"偽現代夢"。具體的生動的入木三分的描述太豐富，除了個別地方尚有激憤的痕跡，顯得偏頗之處，其他各處，尤其是寫文人圈，實在是鬼斧神工，維肖維妙，我甚至懷疑作者描繪是否有"神助"。

展示當代中國人處於雙重文化轉型期的浮躁感的書不少，平凹自己的《浮躁》便是其中之一。但是抓不住一個有穿透力的典型藝術個性達不到對文化的深層底蘊的剖析，對生命奧秘的探尋，也就是說不對"人"進行終極關懷、終極拷問，便不是什麼傑作。

《廢都》正是通過莊之蝶這個形象達到了這個目的。

你不是說"莊周夢蝶一場空"嗎？既然全"空"了，還有什麼新文化呢？

三人（陳駿濤，白燁，王緋）說——

白陳王三人從五個方面，即：一、《廢都》的總體評價；二、關於莊之蝶的形象；三、關於性和性描寫；四、《廢都》的文化意蘊；五、結構、語言、形式……客觀理性地解說了《廢都》，即使當時有些觀點還不夠統一。本來，任何作品的觀點也不會思想觀點統一。

陳駿濤：《廢都》出版以來，社會反響很大。對這樣一部大反響的作品，採取完全回避的辦法，恐怕並不可取。今天我們三個人聚在一起，對《廢都》評頭論足，說長道短，意見可能會很不一致。但在《廢都》是一部有說頭的作品這一點上我們統一起來了，如果《廢都》是沒有說頭的作品，我們又何必聚在一起談它呢？我覺得，有說頭就說明了它的價值。現在社會上和文壇上對《廢都》的看法很不一致，有的認為好得不得了，有的認為糟得不得了。這跟《金瓶梅》和《紅樓夢》出世時的情景有些相像。

《廢都》的總體評價

白 燁：對這部書要慢慢讀，尤其要超越作品裡既炫人耳目又不大精彩的性描寫，去從全域、整體上理解這個作品。用我現在的眼光來看，我以為《廢都》是一部寫世態、人性、心跡的文人小說，這無論是從它所反映的內容上看，還是從它採取的表現形式上看，都是這樣。它不僅撩開面紗寫了城市的角角落落，而且敞開心扉寫了自己的憂憂怨怨，這在賈平凹的創作中是第一次，在當代長篇小說的創作中也不多見。

賈平凹曾在一篇答問中說他在《廢都》中主要"追求狀態的鮮活"。這狀態包括了生存的狀態，也包括了生命的狀態和意識的狀態。應當說，他的這樣一個追求在作品中得到了很好的實現。我們在作品行雲流水般的敘述所展示的生活畫卷中，看到了社會生活的紛繁湧動，也看到了民俗文化的交融雜陳，更看到了文人心態的微妙剖露。尤其是作品通過莊之蝶這個人物，把當代文人在傳統與現代、理想與現實的糾葛與衝撞中的尷尬處境和潑煩心境，表現得真切實在，淋漓盡致，令人時有入木三分感，觸目驚心感。文人常常得不到應有的待遇，往往被無端地捲入各種紛爭，無力也無法把握自己的命運，基本上處於一種自生自滅的狀態。這種現狀揭裡頭，顯然包孕著主體反省、文化反思和社會批判的多種內涵，很值得人們咀嚼和玩味。

　　作品在寫法上，基本上是一種有感悟、無判斷，有梳理、無雕琢的方式，用作者的話來說，就是"順著體悟走"，差不多是由著莊之蝶的興致順流而下，碰到什麼寫什麼，寫到哪裡算哪裡。真實而又順興，便使得《廢都》在意蘊上呈現一種"混沌"狀態。從這一點上說，《廢都》是反史詩的。這種小說做法在當代的小說創作中可說是獨樹一幟的。

　　我覺得，《廢都》誕生了，同時也把他過去的創作超越了。

　　陳駿濤：這是一部文人小說，不是史詩式的作品，而是一部寫文人的心靈的作品。就像賈平凹在題頭中說的："唯有心靈真實"。它主要表現當代文化人的一種生存狀態和生命狀態，他們的心靈發展的軌跡。在如實地表現生命狀態這一點上，它可能超越了當代所有的長篇小說。它表現了當代文化人的矛盾和彷徨，困惑和思索，頹唐和沉淪。賈平凹把這些文化人置放在80年代急劇變動的社會文化背景中，反映了急劇變動的時代大潮中一些失卻了精神支點的當代文化人的一種世紀末的情緒，這是一種有代表性的時代情緒。《廢都》是賈平凹第一部寫城市的長篇，在這部長篇中，他通過當代某種文化人的心靈軌跡，反映了當今社會（主要是城市）的深刻變革。因此，這是一部很有時代感的作品。

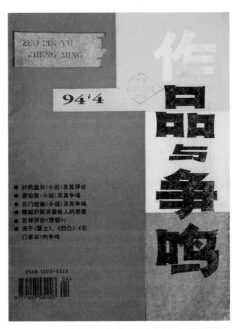

1994 年第 4 期《作品與爭鳴》刊發張燕《怎麼評價廢都》

從藝術上說，我覺得這部小說是賈平凹傾其心力之作，成就是比較高的。藝術成就是比較高的。它繼承了中國明清以降的古典小說的現實主義傳統，對當代的城市生活作了不加雕飾的嚴苛反映。這部小說是現實主義的，但在總體寫實的基礎上，又融進了一些靈奇怪異的色彩，表現出一種亦真亦幻的特點，這是對中國傳統小說表現手法的繼承。

王　緋：《廢都》所引起的社會關注並非完全是作品本身所決定的，與這部書未出來之前的社會輿論和文化包裝很有關係。因為在沒有看到書之前社會輿論已經通過新聞媒介造出來了，這樣，大家自然就產生一種不同尋常的閱讀期待，看過小說之後自然也就有了要對比最初接受的文化資訊說說話的願望。《廢都》是賈平凹站在土地的立場上以類似於西方小說中外省青年找外省人的眼光來審視城市的一部帶有強烈的厭惡城市和逃避城市情緒的作品，從另外一個意義上說，它也是賈平凹對於城市所有混沌感覺的拼合。長篇小說按照規律講該是一種向後反看的東西，像《金瓶梅》、《紅樓夢》這樣的作品都不是它當代的人可以準確地作出評價的，《廢都》所展示的內容與我們當今的時代距離貼得太近，而當今的批評家、當今的讀者很難從自身超越出來，而且我們也很難確實地按照我們的願望對作品作出準確評價，即便有些東西我們確確實實感覺到了，也很難直接地表達出來，因為涉及到政治、涉及到經濟、涉及到當今社會的複雜狀況。

白　燁：莊之蝶是個具有多重側面的典型形象。他是渾渾噩噩的文人，忙忙碌碌的閒人，浪浪蕩蕩的男人，更是一個不甘沉淪又難以自拔因而苦悶異常的文人。他本身就是集美與醜於一身，淡泊名利又拋不開名利，重情尚義又重色貪欲，老是吃著碗裡的，又看著鍋裡的；他不時感到「潑煩」，又不時招引著「潑煩」；總說「我還是要寫長篇的」，又總撥不開冗事、瑣事的紛擾。他比龔靖元、阮知非、汪希眠更清醒、更深刻地感到了「廢都」文化氛圍的桎梏人、戕害人，又總是無力超越和擺脫，因而又更深刻地陷入苦悶。他在成名中沉淪，又在沉淪中掙扎，終未能走出「廢都」，是一個走紅不走運的受難者。

陳駿濤：客觀地說，這個人物形象的塑造，還是相當成功的，主要是對這個人物的生存狀態和生命狀態的表現，小說是客觀真實、淋漓盡致的。這是一個失卻了精神支柱，處於矛盾彷徨、陷入頹唐沉淪中的當代文化人形象。

王　緋：作者創作《廢都》時的那種混沌狀態，直接影響到他對莊之蝶這個形象的把握，使這個人物的來龍去脈、意識狀況、精神主旨等，讓人覺得混混沌沌，你弄不明白，僅看到他隨著作品社會表層面的運作忙忙亂亂且風流不盡，雖然能使人看到當今一個名人或一個人的社會之累、他人之累、自我之累，但是把他作為當代文人典型的心態和存在境況，這個人物是賈寶玉式的感情加西門慶的行為方式的一種綜合，恰恰難以看到一代知識份子、文人對於女性、愛情，哪怕僅僅就是性的態度。

陳駿濤：《廢都》是一部有很濃厚的文化意蘊、文化氛圍，表現了當今社會的某些文化現象的作品。這部作品的價值很大程度上是體現在它的文化價值方面。一是小說中的人物都受到一定文化的制約，有深刻的文化烙印，而表現出自身的特點。其二是民間民俗色彩和濃郁的陝西地方特色。不看書名，也知道這是寫陝西西安的作品，因為這裡面所寫的東西太有地方特色啦。。其三是靈怪色彩。如牛的反芻、牛的思索；牛月清母親的神神怪怪；孟雲房的走火入魔……既表現了古代靈怪文化在當代的復甦，又使小說具有一種亦真亦幻的文化氛圍。其四，政治背景退居幕後，文化背景推居幕前。

白　燁：《廢都》寫出了不同人的不同活法的文化背景。《廢都》在一定程度上表現了民間文化的形成與壯大，以至與權威意識形態相分離的趨向。

陳駿濤：寫文化是賈平凹的所長。賈平凹其他作品的價值很大程度上也體現在它的文化價值方面。這也是賈平凹的作品為什麼有嚼頭，能夠經得起時間檢驗的原因。古往今來許多優秀作品之所以能夠流傳下來，也是因為文化涵蘊比較豐厚的緣故。

王緋：《廢都》所展示的正是當今時代的文化狀態，同時它的涵蓋面也是比較廣的，既有傳統文化的當代復甦，譬如清虛庵、孟雲房的形象都能看到這一點，還有喝紅茶菌、甩手、練氣功這種民間的文化狀態，賈平凹都寫得很地道。這部小說散點式的、散發式的結構，使賈平凹把感覺到的城市文化各個方面的狀態幾乎都涉及到了，所以讀了《廢都》，真正感覺到的是作品所提供的當代文化狀態的資訊。如果這部小說可以留下來的話，那麼，展示 20 世紀末的文化狀態或文化風貌才是它的價值所在。

白燁：《廢都》在藝術形式上最為顯見的特點，大概一是結構的散文化，二是語言的話本化。

它的結構不像一般的長篇小說那樣刻意雕飾，而是信馬由韁，行雲流水，無序無跡，實際自然。時時讓你感到是在深入生活。

《廢都》的語言也有特色。它平實靈秀、富於韻致，既是口語化，又經文學加工，文白相間，半文半白，雅俗相容。

韓魯華說——

賈平凹的長篇小說《廢都》，可以說是他這十多年來藝術追求的一個總結。《廢都》的認識價值和審美價值，集中表現在對具有現代人類意識世紀末情結的深刻揭示，和在傳達這種世紀末情結中所體現出來的東方藝術精神。用傳統的審美方式，來表現現代人的生活情致、思想感情和現實心態等，為中國文學走向世界，提供了一條可資很好玩味的途徑。

所謂的世紀末情結，在我們看來，它是人類歷史在發展運動過程中，社會生活、政治經濟、文化模態、本體生命處於世紀之交，所蘊蓄起來的一種情緒的總體概括，它是一種各層面的立體建構。對於世紀末情緒，一般人容易以西方現代派文學的模子進行框套，認為這是一種消極、頹廢甚至墮落的情緒，表現為對世界、對社會的失望乃至絕望。而我們則不這樣認為。我們認為世紀末情緒，作為人類生命運動階段的外化顯現，其間包涵了一種歷史文化和生命的悲歡、失望乃至絕望的情緒。這是人類生命苦悶、壓抑以及由此造成的焦慮與憂患。但這僅是問題的一方面。我們還應看到，在這種失望乃至絕望中孕育、產生的一種新生的希望與信心。舊的生命體的死亡，預示著新的生命體的誕生。正像古茨塔夫‧勒納‧豪克所言："焦慮和希望被推向極端。一方面是焦慮轉化為絕望；另一方面，我們又驚異地看到'純粹的'希望還轉化為信心。"

這是人類生命的兩極。只有這樣去審視《廢都》，才不致於將人引向歧途。

中國的藝術精神，根源於儒、釋、道三家的哲學思想。它們三者既各自成為獨立的哲學思想體系，又相互滲透，而這三家之中，道家思想最具備藝術精神內質。對賈平凹來講，他在藝術上對儒、釋、道三種藝術傳統均有所吸收，但在主體上則是承續了道家哲學思想和藝術思維傳統中的精華。具體到他的文學創作上，他一貫的藝術追求就是："藝術家最高的目標在於表現他對人間宇宙的感應，發掘最動人的情趣，在存在之上構建他的意象世界。"這一點，在他的《廢都》中有著很好的體現：將世紀末情結融會到具體的意象世界創造之中。

賈平凹的小說創作，始終沒有忘記中國的歷史，在他的許多作品中，傾注了對於歷史的關注與思考。《廢都》不僅對中國歷史從哪裡來發出了尋覓的探問，還對中國走向哪裡去進行了質詢。人類社會發展到 20 世紀末，歷史在這裡形成了一個紐結，生命在這裡淤積為一種情緒，體現在當代人的現實心態中。因此，社會現實生活的芸芸眾生圖及其心態剖視，就是《廢都》所構築意象世界的第一種境界。

歷史和現實在《廢都》所創造的意象世界中，僅是一個意義層面。歷史感和現實心態的觀照，也是一種切入整體意象世界的視角。《廢都》首先為我們創造的是處於形而下的具體的物象世界，這就是客觀物件——人類社會中的人和事，莊之蝶等芸芸眾生的日常生活和他們所賴以存在的生存環境。而作家將作為形而上的思考結果，歸結為這種世紀末情結，也就化解在莊之蝶們的生活和現實心態之中。

為了創造"廢都"這一意象世界的社會現實境界，進一步剖視世紀末情結，作家在藝術氛圍上將視野伸向兩翼。一翼是向歷史的縱深發展。我們在解讀《廢都》時，不會忘記牛月清的母親這個人鬼世界顛倒的人物。她除在藝術上造成一種神秘感外，還有一個重要作用，就是把人們的審美視野帶到過去的歷史。作家審美視野的另一翼，是深入到現實世界，對於莊之蝶生存現實環境的關注。這主要是通過無時不在，而又行蹤不定的收破爛老漢實現的。收破爛老漢是一個神奇人物，作為藝術形象顯然不夠豐滿。但作家並不想著力塑造這個人物形象，他在《廢都》中的審美功能，是為了傳達一種社會生活資訊，創造一種現實性非常強烈的藝術氛圍。

《廢都》所揭示的文化情結與憂患意識，首先表現在文化的衝突與碰撞。中國傳統文化發展到 20 世紀末，處在裂變的巨大痛苦中。西京作為一個將被遺棄的中國的廢都，象徵著中國文化傳統面臨著危機。西方現代文化，商品經濟文化，向中國的農耕文化提出了挑戰。中國文化要生存下去，得以繼續發展，必須吸取新的文化素養。處在這種文化背景的中國人，特別是文化人，面臨的是一次文化人格的重塑。

作為一種文化氛圍，《廢都》在創造意象世界的文化境界時，還描寫了另一種文化傳統。這就是清靜淡泊、平和虛懷的道家文化和神秘詭譎的神鬼文化。

《廢都》是賈平凹生命的一種心靈造影，為我們提供了當代人生命運動的真實心跡。西京（這裡說的是它作為一個歷史的古都），作為中國的一個廢都，作為一種生命的集結體，將要被遺棄，一種新的生命體無可避免地將要代替它。這實際上象徵著一代文化人生命的結束與新生。從作品實際來看，主要展示了舊生命體的死亡過程和新的生命的孕育。如果說莊之蝶是以廢都一代文化人的代表出現，他生命的苦悶與焦慮，作家剖析得淋漓盡致。但是，周敏則是文化人一種新的生命體的象徵，對於他的生命運動過程，作家還未能更為充分地展現出來。但是，不管怎麼說，作家還是為我們創造了一束生命之光。

賈平凹在《廢都》中所創造的意象，最深層次和最高境界，是對生命的超越和超越中的哲學思考。但是，這種形而上的哲學思考，又不是孤立的純理性。它和廢都整體意象融為一體，滲透在歷史現實、文化、生命等各個層面，是一種形而上與形而下的共體建構。作為一種意象世界的築構，各個內涵層面也不是界限分明的理性顯現，而是你中有我，我中有你的渾然整體。

　　對於歷史與現實等問題的哲學思考，主要表現在莊之蝶身上。莊之蝶發出的"我是誰"的叩問，是對現實人生命運和價值的一種探尋。

　　首先是對人類歷史的思考與探尋。人是從哪裡來？又要向哪裡去？牛對人是猴子變的提出了疑問。認為人與牛是同一本源。人類之所以成為萬物之主，那是因為人背信棄義。人類創造了文明。

　　其次是對人類生存環境的思考。這主要表現在牛對廢都的觀察與反芻。人類文明高度發展，創造了現代化城市。但同時也與大自然隔絕了。一方面是舒適的環境，高樓、電視、小臥車等向高科技發展；但是另一方面，人類生存環境的危機卻一天天嚴重。當今人類面臨的災難是："饑荒、環境污染、能源消耗和熱核使人類面臨的自殺危險"；特別是"在我們的地球上，海洋與河流在遭受嚴重污染，森林在大片毀滅"；還有人口問題，生態失去平衡問題以及社會治安、色情、毒品等等問題。人類已經開始覺醒，但對生存環境的嚴重性，顯然重視還不夠。

　　《廢都》中所表現出來的哲學思想，是對於中國古典哲學精華的繼承吸收和對世界現代哲學思維成果的借鑒，在此基礎上，建立起自己的哲學觀念。人類生命既要積極創造，又要順乎自然。而宇宙是更大、更高層次的自然。站在整個宇宙來俯瞰人類，將會得到一種新的認識。從西京看西京，它是一個古老的文明大古都。從整個中國看西京，則是一個廢都。舊的正在消失，一個新的市城正在誕生。擴而大之，從世界看中國，從宇宙看地球，那又是怎樣一種感覺呢？這恐怕是《廢都》整體意象世界的內核。

陳曉明說——

　　在當代中國作家中，賈平凹的寫作，無疑是漢語文學的奇觀，如此龐大的作品數量，如此卓異的文字風格，無不令人稀奇。不用全盤性地梳理他的全部作品，只要從他的《浮躁》到《廢都》再到《秦腔》，所喻示的路徑，賈平凹幾乎是中國當代文學史內在變異的見證。

　　在賈平凹的寫作史中，最繞不過去的就是《廢都》，它不只是理解賈平凹創作的軸心，也是理解中國當代文學的關鍵作品。它所彙聚的矛盾，它所引發的爭論事件，實際上就是上世紀九十年代初中國文學面臨的困局，也是九十年代社會轉型、知識份子重新出場的標誌性事件。今天重讀賈平凹這"三部"作品，也是重新進入當代思想史和文學變革史的一種努力，如同是做一次歷史義學的闡釋。歲月如上荒涼，只有從歷史碎片裡攫取微言大義，我們才能勉強保留一份歷史譜系，或許可以從中看清面向未來的道路。

　　賈平凹有相當一段時間深藏不露，既是隱忍不發，也是潛心修煉。1993 年，賈平凹還是突然出現，讓文壇猝不及防。賈平凹說想避開現實也許是真，但現實由不得他的意願。他的作品來到現實中，現實中的人們就會依據現實來讀解它的意義。《廢都》這樣的書名其實還是與《浮躁》如出一轍，還是在應對現實，還是要對現實宣判診斷。

　　他也確實抓住了某種歷史情緒，他顯然也是為 20 世紀 90 年代的現實所觸動又一次偏離了原來的位量，他試圖轉過來描寫城市中的"知識份子"。平心而論，他有歷史的敏銳性，90 年代初的要害問題之一就是知識份子問題，這是 80 年代終結的後遺症。90 年代初的知識份子不僅茫然無措，也處於失語的困擾中。王朔的調侃替代了知識分子話語真空，但卻替代不了知識分子的位

置，知識份子還是處在那個尷尬的位置，他們對王朔進行了集體的圍攻。知識份子的話以毫無歷史方向感的形式第一次獲得了表達，那就是對現實強烈不滿的表達，王朔不幸成為雜語喧嘩的對象。失語後的復活沒有別的方式，只有強烈的批判性，矯枉必須過正，下一個物件是賈平凹，他顯然是一個更合適知識份子重新出場較量的物件，因為賈平凹喚起的是文化的和道德的記憶、道德話語是知識份子最熟悉的話語。

賈平凹實際上帶著文化想像，帶著他對當代文化現實和文化傳承的評判來寫作《廢都》，他要找到超越當代文化潰敗的另一種更為本真的"性情"文化，並且在文化的傳承脈絡中，在九十年代浮出地表的傳統文化復興運動中找到根基。這種文化即使在歷史傳統也是非主流的，被壓抑的；正因為此，賈平凹可以設想它更具有人性的本真性。知識份子還是要基於時代的精神重建，要在現代性的語境中來讀解賈平凹和莊之蝶，這就出現了嚴重的錯位。

莊之蝶在九十年代初出現，全然是一個文化上的另類。人們看清了他來自那些古籍，但卻並不打算瞭解和認真對待賈平凹的意圖。在"廢都"背景上出現的莊之蝶確實難以辨認。他作為西京城裡的名人，他的曖昧的知識份子身份，他的深厚的傳統文化素養，與中國當代小說中慣常的知識份子形象相去甚遠。莊之蝶有一種專注與沉迷的氣質，這就有轉向自我內心的潛能。而進入內心要事先身體的某個器官，不想這個器官出了問題，這就使進入自我的內心會長久地停留於身體的這個器官上。因而賈平凹要通過身體進入靈魂，這才能觸動他所理解的"精神廢墟"問題。而身體與賈平凹所擅長的性情自然是一枚硬幣的兩個面，於是，賈平凹就可以傾注筆墨去表現莊之蝶的"性"。

賈平凹本來是要對這個時期的知識份子精神狀況作出描寫，這種狀況總是要在知識份子的歷史中來寫。但這種狀況實在不是久居秦地的賈平凹所熟悉的——他熟悉的是山野風情、傳統典籍和民間文化。賈平凹顯然是把"現代知識份子"這個命題做了置換，他要寫出的或許並不是當代的"精神廢都"，而是傳統至今的那種文化精神的頹敗。賈平凹把知識份子的頹敗史，把對一個時代的精神"廢都"的描寫，還是改變成對傳統文人的性情的描寫。

賈平凹把一個本來是指向當代現實及其精神的敘事，其實是轉向了古典傳統在當代的命運的主題上——他當然是試圖以此來回答當代頹敗的病根所在。這樣的診斷當然有賈平凹的獨特性，但也未嘗不是偏激與片面（片面的深刻？）。這樣的主題，其實是賈平凹在九十年代初的感悟，一直處於西學潮流中的當代知識份子並沒有這樣的經驗，不管是沉迷於傳統，還是逃離傳統；不管是肯定還是拒絕，這彷彿都是八十年代的倉促緊迫的任務，九十年代其實只有實用主義，並沒有深遠的追思和未來的構想。賈平凹到底是太落後還是太激進？這二者在賈平凹身上達成一個奇怪的統一，這就造就了莊之蝶這樣奇異的人物，他無法在當代文化語境中被識別，他是一個整全的"他者"。於是，莊之蝶的身體和精神只能在獨特的語境中釋放，那就是在性欲的放縱中與對文化典籍的尊崇中來展現莊之蝶的"廢都"世界。

《廢都》抓住了時代潛意識，又遠離了時代，如此之當下，實際又如此超出時代。那彷彿是一部放逐和逃離之作。或許賈平凹過於大膽，他在莊之蝶向上注入的很可能是反現代的思想；莊之蝶只有沉迷於性欲，那是他逃離現代而無可作為的苦悶，那是因為他斷了傳統卻又與現實無緣。賈平凹對一個時期的診斷不可謂不尖刻，但他根本上是超出和疏離這個時代，他寫的不是這個時代的知識份子的心靈史，而是古典時代在當代的沒落史。這就不是九十年代初的"儒教經典"所能擔當的道義，只能是野史筆記或"美文"才能扛起的重任。然而，他最終還是失敗，他淪落為被拯救者。就此而言，賈平凹還是看清了真相。他寄希望於莊之蝶，他在肉體上可以重振雄風，但在文化上卻只頹敗。只有在這一個意義上，才能真正理解《廢都》的真實意圖。

《廢都》比當時及至現在的大多數小說，在文學性上，或者在敘述形式上，或者在藝術語言上，都屬於上乘之作，但毫無辦法，誰也拯救不了《廢都》。《廢都》就像一張招貼畫，被牢固地張貼在歷史之牆上，誰也揭不下來，無法還其純粹的文學之身，只要揭下來，它就破碎不堪。它已經與那段歷史緊緊地黏附在一起，那是它的葬身之地，它是它（歷史）的碑文，只有在銘刻著自己的死亡時它的意義才能全部顯現。

《廢都》在很多方面都表示著終結與開始，它以"有"開始，這個"有"被歷史狙擊，被歷史俘獲，恰恰說明歷史是多麼需要它的給予，它的無私贈予。賈平凹經歷過九十年代的磨練，那是煉獄般的磨練，他要逃離《廢都》的記憶和陰影，他甚至不敢正視它。作為"純文學"最後的大師，賈平凹在這一個階段沒有正視《廢都》之死，在《廢都》裡死去這個事實。而《廢都》之死是一場意外傷亡，從歷史來看雖然並不冤枉，但從賈平凹來看，他難道沒有冤屈？他不想鳴冤？他不想報復？他內心的仇恨怎麼才能公諸於世？看看那個老李爾王是怎麼刺瞎自己的雙眼，在曠野裡喊叫？他為什麼不呼叫？他要把怨恨全部轉化為一個怪誕的動作，大師，真正的大師只要一個動作就行了，這個動作看似不經意，看似無所謂，然而，一個動作就可以表露全部的內心隱憂，表露全部的怨氣和仇恨。點到為止啊，這就是高人一籌的動作。這個動作我們在等待賈平凹做出的，這不是什麼高難度的動作，但是一個出人意料的動作。

直到 2005 年，賈平凹才做出這個動作，就一個動作就化解了自己心中的冤仇，就把一個過往的不可解開的歷史死結打開了，就能夠輕鬆自在地向前看。這段歷史怨恨只有自己能夠解開，只有自己才能超越。其超越的方式只有在文本中，在真正具有破解性的文本建制中，在有貫穿自己歷史的美學創生中才有意義。這就是《秦腔》的出現，那個閹割動作的出現，那是懷恨在心的閹割，那是解開歷史的閹割，那是重新展開的美學追尋的閹割。

這個割捨是把《廢都》作了徹底的了結，在了結的同時，也把《廢都》冤屈作了了結，"現在割掉了它，還有什麼可說的呢？"這是終結，也是開始，它們帶著復仇式的快意糾纏在一起，就像引生一樣，他幾乎是自豪地宣稱：我把 × 殺了！我真的把 × 殺了！現在《廢都》的恩怨可以一筆勾銷了吧？

《廢都》是九十年代初中國城市的廢都，

而《秦腔》則是 21 世紀初中國鄉村的廢墟場景。前者是精神與文化，後者還是文化與精神。

越過廢都之後，賈平凹終於輕鬆自如地穿過本土——更加自在本真地對待本土性。這顯然是在越過《廢都》之後，他可以隨心所欲，如此老實巴交地唱起"秦腔"，真正是長歌當哭，迴腸盪氣又令人不可忍受，在全球化時代使漢語寫作具有不被現代性馴服的力量。

何西來說——

一部作品之所以產生爭議，大致有這樣一些情況：一種情況是，作品結構複雜，頭緒繁多，內蘊豐富，主題又呈複調，而遠非單一。這樣，讀者便很難用直奔主題的辦法去進行解讀，仁者見仁，智者見智，彼此不易認同，爭議就難免了。第二種情況是，由於作家的敏銳，在作品中提出了新的問題，或對生活中司空見慣的現象作出了新的評價，而這種評價又與占統治地位的主流觀念相悖離，於是叛逆者雲合相應，衛道者群起反對。這時的爭議，往往會以論戰的方式進行，表現出強烈的感情性，甚至尖銳的政治性，顯得你死我活。第三種情況是，作家所描寫的題材，在生活中本來就存在著不同的看法，公說公有理，婆說婆有理，即使他能超然於兩造之外，提出新見，也會眾口難調，避免不了爭議。第四種情況是，作品在思想上、藝術上的成就和不足，呈糾結狀態，何處為妍，何處為蚩，難以確指；或儘管優缺點都比較明顯，卻因讀者的好惡不同，標準各異，你覺這裡好，我覺得那裡好，也可能你覺得過癮的地方，他卻偏偏看不上眼，這也會產生爭議。也許還有別的一些引起爭議的情況，但以上四種卻是最為常見的。

《廢都》不是一本專寫情欲的書，其中有關情欲的描寫，主要集中在主人公莊之蝶和牛月清、唐宛兒、柳月、阿燦等幾個女人的性愛糾葛上。這類描寫，有些是必要的，有助於人物內心生活與性格層面的立體展示；有些則不那麼必要，顯得可有可無，甚至給人以撒胡椒粉的感覺。在全書中，與情欲有關的筆墨固然不少，但相比較而言，卻是比較弱的部分。

出現在《廢都》裡的人物，差不多都有各自的困惑，但我這裡所指的首先是莊之蝶的困惑。

這不僅因為他是主人公，而且因為他的困惑直接關乎作家的困惑。

讀完《廢都》全書，你會悟出，莊之蝶的名字，既暗示了浮生若夢的惆悵，也包含了巨大的困惑。而且，這困惑固然是人物的，更是作家自己的。

從人物來說，莊之蝶對自己，對周圍的環境和人、事，都有說不完的困惑，因而不斷發生錯位，顯得進退失據。他的靈魂浮躁不安，飄飄如無根之雲，惶惶如喪家之犬，總也找不到歸宿。該首先把莊之蝶作為一個藝術形象來分析，但也未始不可通過這一分析來把握創作主體的複雜心態和思想脈息。我甚至覺得，平凹一方面是無情地撕開人物的靈魂，赤裸裸地揭示出深藏在裡面的隱秘，同時也就是在更嚴格地解剖著自己，把自己的潔白和不潔，歡樂和痛苦，通通袒露給讀者。從這個意義上來說，《廢都》比平凹已往的任何作品，都更多、更豐富地為我們提供了對他的主觀世界進行剖析的材料與可能。這也是我對這部作品比較肯定的重要原因。

在《廢都》中，莊之蝶的困惑不是孤立的，個人的，而是作為一種普遍存在的社會情緒和社會心態被描寫的。說普遍，一方面是指這種情緒和心態，在類似於莊之蝶這樣的文化人身上具有某種典型性，另一方面也是指活動在莊之蝶周圍並與他發生聯繫的三教九流，各色人等，也都或多或少處於這種情緒和心態之中，而且為其所困擾。由於作為作家的莊之蝶，具有特殊的身份，特殊的聲望和特別廣泛的社會聯繫，就有可能使他成為作品結構的中心，許多人物和事件都往他這裡集中，在他這裡交叉，各種情節和衝突有多從他這裡輻射開去，從而盡可能廣泛地展開當代都會生活方方面面的複雜圖景。而普遍存在的困惑情緒和心態，則造成一種特定的藝術氛圍，審美色調，強化著作品的整體感。

《廢都》貼近當代人都會的現實生活，根據有二：其一，平凹通過與莊之蝶有直接、間接聯繫的人物關係網絡，向我們展開的城市生活場景，只能出現在本世紀末處於歷史轉型期的中國，而根本不帶有濃厚的流氓潑皮勁兒。其二，作家對他所描寫的生活不是冷漠的，無動於衷的，而是"像憂亦憂，像喜亦喜"，感同身受的。以包括作家在內的各色人物的困惑心態來說，也是社會轉型期才會有的特殊歷史現象。這種心態的出現，是當前許多深刻的歷史條件促成的，不是哪一個個人的罪過。

王富仁說——

《廢都》出版兩個月後，評論家王富仁這樣寫到：賈平凹《廢都》中的西京，是一座廢都。我這個山東人到了西安這樣一座古都，開始感到樣樣新奇，但久而久之，便覺出了一種怪怪的說不清的味道。我總覺得，它有一種甜甜的發酵的氣味，像喝著低度的葡萄酒讓你怪舒服，有些醉意，但又渾身懶洋洋的，沒有多大力氣。至於我在西安的時候，它幾乎沒有一處能讓你感到一種生氣勃勃的美，到處是一片荒涼、頹敗、殘破的景象。這裡不是說它沒有現代的高樓大廈和交通工具，而是說一被組織進它的整體畫面中，他們便帶上了荒涼、殘破的意味。"廢都"——是一個不容被忽視的文學意象。

《廢都》裡的人們是活在過去的夢想裡中的，是喜歡精神的撫慰的，它只要還沒有能力制服這些邪惡，也就不願讓人提起它，更不願讓人把它說得過於強大。

《廢都》的文章傳統集結為一句話就是要照顧社會的面子，讓人在心裡上都樂於承受，從而也便心安理得，舒舒服服地過自己的日子。

通過《廢都》，作家的賈平凹和作品的莊之蝶。看"透"了，看"破"了。所謂"透"，所謂"破"，就是：沒真事！

就在這個時候，賈平凹變成了莊之蝶。真實的世界消失了，真實的我也觸摸不到了，一切都是真真假假、假假真真、亦真亦假、亦假亦真，失去了確定的標準。他成了莊子夢中的蝴蝶，不知是本真的還是虛幻的了。人們說賈平凹的《廢都》是對《金瓶梅》的拙劣模仿，這完全是無稽之談。賈平凹一開始就意識到莊之蝶不是西門慶。西門慶是入世的"英雄"，是這個世界的主人和佔有者，他的淫濫是過剩精力的奢侈宣洩，而莊之蝶則是出世的，是這個社會的失敗者，他的性追求是由於性委頓而要尋找新的刺激力量。西門慶像剎不住的一輛車，莊之蝶像發動不起來的一輛車，二者都開動著，但情形卻截然相反。在小說的結尾，他再一次想逃離"廢都"，但他沒有走。

賈平凹與"廢都"的關係是：他生於廢都，長於廢都；他曾依靠對廢都的想像而在精神上超越了廢都；廢都的現實毀滅了他對它的幻想；他重新在精神上返回廢都並企圖在廢都像一個普通人一樣生活，獲得自己應獲得的東西；但廢都接納的是另一個賈平凹，他已無法像原來一樣進入廢都。

他又一次想逃離廢都，但已無可能。

為什麼賈平凹最終也沒有逃離廢都呢？因為廢都塑造了他，他的生活在那裡，他的價值在那裡；他的立身的根本也在那裡。他已經不可能在別的地方獲得自己的存在價值。

但是，寫作《廢都》時的賈平凹已經不完全等同於小說中的莊之蝶，至少我在《廢都》中感到，賈平凹對自己這種不可擺脫的、荒謬的存在方式有一種極度的懊惱，它表現了賈平凹幾乎是以自殺般的勇氣在毀滅過往的賈平凹形象。他感到了被廢都所塑造、所改鑄了的那個賈平凹越來越蠻橫地強姦著他的意志，把他真實的自己踏在自己的腳下，佔有了他應該佔有的一切。即使他自己因而失去了一切，他也要毀滅掉在社會上代表他說話的那個賈平凹。

人們對《廢都》中的賈平凹失望了。賈平凹在這種失望中感到大歡喜。

他抓破了自己，也抓破了廢都的面皮。

《廢都》的這種沒有結構也是一種結構，它讓你在沒有頭緒的地方勉強理出一點頭緒。就整體，它沒有頭緒，但到了每一個小小的細節中，你都能找到頭緒。這裡正像一個鬧市，記者隨意抓住一個人，問他為什麼來這裡，他都能說出一個明確的理由，一個具體的目的，但你問清了所有人的目的，弄清了所有具體的頭緒，你還是理不清這個鬧市的總的頭緒。這就是"廢都"的結構，也是《廢都》的結構。

溫儒敏說——

《廢都》的封面構圖很有意思：幾團揉得皺巴巴的紙隨意丟棄在那裡，充斥著整個灰沉的畫面。這似乎帶點禪味，很難確定其含義，但又會勾起種種聯想。

那揉皺了隨便丟棄的紙團就是"廢都"的象徵，"廢都"可以"對號入座"地認定是西安，擴而大之，也可以認為是中國，乃至整個現代社會；古文明顯赫地位的崩落，傳統人文精神的廢棄，豈不如同丟棄了的紙團。看來小說取名《廢都》，包含有對傳統文化斷裂的隱憂，有失去人文精神依持的荒涼感。70 年前，英國詩人 Ｔ·Ｓ·艾略特寫了題為《荒原》的長詩，以死亡和枯竭的意象，來表徵被工業文明所裹脅的現代西方人的生命貧瘠。《廢都》的命意和《荒原》何其相似！兩者同樣有著對於傳統文明斷裂後的隱憂和悲劇感，《廢都》也許可以稱為東方式的《荒原》。

賈平凹的《廢都》卻對傳統與現代的碰撞交匯所形成的人文景觀進行了深入的思索，或者說，是以矛盾痛苦的心情去體驗當今歷史轉型期的文化混亂，表現現代人生命困厄與欲望。

莊之蝶和他的文友們都有些“名士派”，本質上仍然是中國式的文人，他們的種種精神追求和清高的生活姿式都還挺“傳統”，血管中流動的更多還是傳統的精神因數，但在現代城市社會生活的擠壓下，他們又都紛紛脫軌、淪落。處在歷史轉型期，傳統的崩潰與新變必然伴隨精神的混亂與迷惘。書中對傳統文明的崩落表示出半是輓歌的無奈。而所寫的文化混亂中的城市眾生相，構成一幅幅荒謬灰色的圖景。

《廢都》的意蘊豐厚，盡可以從不同的層面去讀解。成熟的讀者可以從中得到許多哲理性的啟迪，例如，可以讀出某種人生的宿命感，讀出名利場背後的虛無，象牙塔里頭的凡俗，等等。莊之蝶聲名顯赫，年青人稱之為導師，社會擺弄他成了重要的代表文化品位的“角色”，按說他已經是很成功的有名有利的雅人。可是莊之蝶老是覺得“浪”了個虛名，實在是不堪重負，苦楚難言。他想方設法要衝出聲名疊成的重圍，另尋事業的天地與自由的人生；卻非但衝不出去，反而將幾十年所營造的一切都稀里嘩啦打碎了，落人意想不到的狼狽結局。在眾人眼中很“神”的莊之蝶，其實又是凡俗而又真實的人，他不滿自己那表面圓滿其實壓抑的婚姻，卻又沒有勇氣痛快地擺脫；功利的無情加上家庭的乏味，使他沉溺於情場，和一個個情人演出心勞神悴的悲劇。最具反諷意味的是作為小說主幹情節的一場文字官司，莊之蝶完全是被動捲入，對手竟是他初戀的情人。當他不無善意地力圖使官司出現對各方都有利的轉機時，卻發現願望早已被事實扭曲而導致荒誕的錯位。

這樣一個平凡的故事，由賈平凹寫來卻帶有宿命感。他筆下人物那種失落的況味是在成功輝煌的頂點體驗到的。在那些“成功”的男人和“幸運”的女人生活中，讀者總是感觸到一種遍佈的悲涼之霧。這就使人不能不領悟到：生命只是不斷的追求，說到底，沒有圓滿的人生，沒有可以永遠把握的價值。莊之蝶茫然地承受了命運所給予的莫名重創，最終雙眼翻白嘴角歪斜地躺在候車室裡。讀到小說這灰暗的結尾，看官的思緒大概會久久盤旋於“生命”這基本命題，並感到賈平凹那種力圖超脫看取人生的佛家觀念。近幾年賈平凹歷經母病、父亡、婚姻破裂、官司糾纏以及自己大病一場等災難，他是在成了大陸文壇巨星，而又自感肉體與精神都飽受“病毒”折磨的情形下，寫成《廢都》，其生存感悟正出於作者的實際人生體驗。

這樣一種對生命的理解和觀照，在大陸的當代小說中並不多見。《廢都》寫了許許多多的人生苦惱，和許許多多的醜惡社會現象，但並非抓住不放痛加批判，也不多加洞穿深究，而是以調侃、幽默和灑脫的姿態，使種種苦惱和醜惡層面化，化為冷靜的有距離的故事陳述，使讀者並不局限於沉迷體驗，而是超越種種社會規定性的預設去思索人生。

　　《廢都》比較深層的哲理性的意蘊，一般讀者可能更留意其生活描寫層面，因為賈平凹寫得非常真切，凡俗。他似乎有意換一幅筆，不再像往常那樣追求詩味的意境，也不求清雅，而寧可讓人直面瑣屑紛囂逼真的生活氛圍。書中寫的是市井庸常，但涉及深廣，對當今大陸變革中的各種民情習俗的剖析尤為真切。

　　《廢都》是一部難以簡單索解的奇書，是一部肯定會引起持久爭論的書，因它展現了20世紀末的華麗與廢，隨處透露著人總是拒絕接受的"荒原"感。其實這種"荒原"感，也是我們所處的歷史轉型期的產物，不過像《廢都》這麼坦然地將它展示並提醒人們正視和品味，難免讓人不那麼痛快。當然也可能含有讀評習慣的不大適應的緣故。重要的是不要讓既定的閱讀和批評目標來左右我們對這麼一部奇書的接受和理解，那麼見仁見智，都會讀出《廢都》的奇，都會引發出現代人文化困境的嚴峻思索。

丁帆說——

　　作為世紀性的陣痛，改革給中國人，尤其是知識份子心靈帶來了巨大的衝擊。從這個意義上說，賈平凹的《廢都》的批判意識就顯得更為突出了。可以說，平凹是在描述當今社會文人在變革大潮中的一片心靈廢墟上的悲慘景觀。雖然平凹沒有以具有強烈反差效果的"反諷話語"來結構全文，而是以貌似純客觀的視角來描寫事物和人的心理。然而，那種對知識份子心靈無情的曝光就足以構成了人們對事物的批判性審視，儘管作者往往飽含著無限的同情和禮讚的情感，倘使以此為閱讀視角，《廢都》當然有"新儒林外史"的意味。但是，就整個小說呈現出的西京社會文化景觀來看，它的描寫觸角已然涉及了社會的各個防層：尤其是官場、文場、商界、學界……它描寫人物的數量和力度雖不及《紅樓夢》那樣闊大和深刻，然而，就主要人物，尤其是莊之蝶的心靈世界的展示看，卻更具時代性和歷史的必然性。就單個人物來說，莊之蝶的描寫和賈寶玉的描寫相比照，前者心靈世界的複雜性與後者比更具有社會的廣義性。如果說《紅樓夢》是以多個點彩主義的藝術手法勾勒出那個時代上層貴族的全貌，而《廢都》則是以著重解剖一個豐富的心靈世界並將其放大變形來鐫刻出這個時代的本質特徵。

國家社科基金資助期刊

文学评论

LITERARY REVIEW

3

2014

　　《廢都》作為當今文化人的心靈悲劇，它是通過對人物行為和心理的變形和誇張來加以證實的。問題就在於許多人都看不到這心靈悲劇後面隱匿著的作者真情。我以為，這部皇皇巨著，是平凹經過了十多年的藝術準備，用血和淚寫成的自我心靈史，這並不比曹雪芹對時代的哲學體悟和藝術感覺差。一個時代有一個時代的文學，一個時代亦有一個時代的批評標準，其美學意義並非是一成不變的。《廢都》作為賈平凹全部作品創作歷程中的一個里程碑，它是"前無古人"的；它作為一部耗盡了作者全部創作心血和藝術體驗的傑作，或許也是"後無來者"的

　　《廢都》的全部悲劇意義就在於作者寫出了莊之蝶們在這個時代精神逃路被堵塞後的"文化

休克"的無奈之舉。或許，這種休克是暫時的，然而，這一母題的呼喚正恰恰承繼了"五四"時代哲人們的"喊"——救救中國文化，包括救救被異化了的文人騷客，他們自身需要"二次啟蒙"。《廢都》喊出的正是義大利作家皮蘭德婁在現代文明包圍中闡釋的那種現代人的直覺："我是誰？我有什麼證據來證明，我是我自己，而不是我的肉體的延續？"作為一次心靈的震顫，現代儒生的分裂和精神崩潰正隱喻著一種新的文化心理機制，轉換將是歷史發展的必然。

　　《廢都》的思想特徵是否與"新小說"派有著內在聯繫呢？不管作家意識到否，不管人們肯不肯承認，兩種事實擺在我們面前：一方面作者是以人為本，寫盡了人欲充盈的世界的可怖；另一方面，作者又不得不認同人受著物質世界的根本制約，"文本主義"致使人處於無能為力的地位。賈平凹的這種"天人合一"的寫法中滲透著中國佛和道的色彩，這佛和道的精神與西方"新小說派"的創作精神又有著何等的默契啊。《廢都》並不能埋葬古都的一切舊有文化，使它成為一個真正的文化廢都；更不能把莊之蝶們送上精神的斷頭臺，讓他們的精神灰飛煙滅，而重新"蟬蛻的'新蝶'難保不帶有舊的文化基因。莊之蝶能否獲得'新生'"呢？新生以後又是一個怎樣的情狀呢？這正是《廢都》難以訴說的，也是不可訴說的盲點。莊之蝶原是無路可逃的，他不可能像賈寶玉那樣"出走"。那麼，他只能逃離"都市"而返回"鄉土"，而"鄉土"並非"淨土"，他同樣受到了現代文明的衝擊和薰染，在沒有"淨土"的無奈中，作家只能安排莊之蝶暫時"文化休克"——從本質上揭示出當今中國儒生們的尷尬和窘迫、自嘲和自虐。

　　在賈平凹的《廢都》中，我們碰到了這樣一種背反的命題：一方面，作為性欲描寫，它整體地象徵著多義多層面的文化內涵，尤其是對人的病態異化心理的顯示，將小說更加具有社會功利性，性欲描寫並不是孤立的存在物，它具有社會屬性。另一方面，作為一種作家的人生體驗的宣洩，作為一種美的形態的視知覺再現，性力的衝動確實將作家導入一個"忘我"的藝術情境："本我以滿足本能衝動和被壓抑的欲望的滿足為目的，它不受道德的約束，不受意志的支配，不考慮後果，不計代價，也不管能否實現，它唯一的目的就是快樂，本我的活動遵循快樂原則。"然而，關鍵所在是《廢都》並沒有完全遵循佛洛德的本我的快樂原則，這一美的快感對賈平凹是不適用的。正如作者在《〈廢都〉後記》中所說："我便在未做全書最後一項潤色工作前寫下這篇短文，目的是讓我記住這本書帶給我的無法向人說清的苦難，記住在生命的苦難中有唯一能安妥我破碎了的靈魂的這本書。"

　　有人認為賈平凹的《廢都》又一次顯示了現實主義創作方法的藝術魅力。我不想就現實主義的概念和內涵再做一番解釋，但我以為這是一種誤讀。不要以為大家都能讀懂的東西，就是現實主義的，這也太損現實主義了。問題是現代小說在於讀者在閱讀過程中，研究讀懂了多少，讀到了哪一個層次？作為一部典範性的現代心理小說，賈平凹的《廢都》外在形式是雅俗共賞的，但如果脫離了心理小說"擬人化"的原則，只用些客觀的方法看待它，就不能造成閱讀的更深層次的突進。《廢都》雖不能說是曠世奇書，但它明顯是一部可入史冊的傑作。尤其是小說的結尾寫得很精彩。莊之蝶到肉店裡買豬苦膽吃，就連苦膽都買不到，於是就恍恍惚惚進入了幻境，值得注意的是，這幻境基本上是取消了"指示代詞"和轉換標記的。

　　《廢都》不是20世紀小說的"絕唱"，但它是一部載入史冊的巨著！它是20世紀小說的最後輝煌。

黨聖元說——

　　《廢都》是一個說不盡的話題。"山有山鬼，水有水魅，城市又是有著什麼魔魂呢？"黨聖元說，一部《廢都》所要表現的正是這個"城市魔魂"，並藉以抒洩作者自己在這一"魔魂"糾纏下的孤獨、寂寞和無名的浮躁。毫無疑問，作者對現代城市文化持疏離態度，在文化上"沒有註冊於這個城市"。因此，《廢都》中對西京城市文化景觀的描寫、渲染可以說是既真切而又不無毒意。《廢都》中多次通過這頭奶牛來傳達作者對城市文化的"反芻"的心理獨白，則集中代表了作者對於當下存在狀態的質詢和文化價值選擇意向。作者將自己的孤獨、寂寞和無名狀的浮躁歸因於這裝扮著城市的繁榮美妙的"魔魂"在作怪。應該說，《廢都》對於這一"魔魂"的刻畫是成功的，小說中從以莊之蝶為代表的"四大名人"到眾多的形形色色的人物，無不是這一城市"魔魂"的道具，其間所發生的一切都是按照這一"魔魂"的導演而進行著的，俱是一座現代城市所包孕之文化內涵的必然呈現。不管作者有意與否，《廢都》在客觀上反映出了處於世紀之交、社會和文化轉型時期的當前中國城市文化的面孔。

賈平凹中篇《廢都》刊於 1991 年 10 月《人民文學》

《廢都》是一部"洩憤"之作，如果我們能真切領會作者在《後記》中所傳達出來的意旨，將更加堅信於此。雖然在此《後記》中，作者僅敘述了一些個人生活際遇和心靈歷程，但是這些都發生於當代社會、文化轉型階段這一特定時空之中，與時代精神文化氣候息息相通。《廢都》所要抒洩之"憤"，到底還是對當代城市文化的一種悲怨、失望之情，而愈益反襯出作者的鄉村、自然、田園情結之濃烈。

讀《廢都》，確使人有這是一部椎心泣血之作的感覺。書中如果失去了作者的那種無言之悲，無名之痛，那麼《廢都》倒真的成了"徑直投合大眾文化陰暗而卑微心理"的低級趣味的通俗小說，亦說明作者"墮落"了。然而，批評《廢都》，如果不能夠感受到作者的那種悲愴的情懷，以及全書字裡行間所具有的那種憤懣氣象，並且深入領悟作者的這種心理體驗的歷史意涵，而僅據書中出現了大量的性描寫即大作罵樣文字，那麼不是《廢都》，倒是這種批評成了"徑直投合大眾文化陰暗而卑微的心理"的批評。

問題在於如何解讀《廢都》之"憤"。說它是作者不幸，哀怨鬱集，吐之不能，吞之不可，搔抓不得，而發為悲號，藉以自洩，從而悲其志，憫其心，並不能完全窮盡其底蘊，而更應該從社會心理的層面來認識之。也就是說，《廢都》之"憤"，體現了作者對現代城市文化的抵抗心態，而且作為一種文化心態，其具有時代的典型性。張煒的《柏慧》也是一部"憤"書，但張煒之"憤"，"怒"的色彩太強，是一種挑戰，而賈平凹之"憤"，則屬哀怨型的，類於《金瓶梅》之"含酸抱阮"。這反映出作家主體類型之差別，但是至少從美學的角度來看，《廢都》更具有小說的魅力。

在藝術手法上，賈平凹對傳統文學之學習頗為虔誠，然而亦無不明顯地表露摹仿痕跡之處。這倒不是指《廢都》摹仿《金瓶梅》《紅樓夢》，有論者這麼認為，筆者並不以為然。《廢都》對《金瓶梅》《紅樓夢》有學習借鑒之處，有神髓相通處，但並非摹仿，書中對六朝志怪小說以來的中國小說藝術傳統資源是一次很好的借鑒利用。總之，藝術趣味亦反映出一個作家的文化心態，而《廢都》《白夜》所體現出的小說藝術本土回歸，正反映了賈平凹一種文化價值選擇。在"尋根"小說展覽中，賈平凹楞被批評界拉壯丁，幫人"尋"了一把"根"。一些批評家"以文化之昏昏，使文學之昭昭"，在沒有弄明白平凹筆下的商州屬於長江流域還是黃河流域的情況下，便許平凹為在關中平原或黃土高原上揮汗"尋"根的勞動模範，遂成笑柄。事實上，《廢都》、《白夜》才真正具有"尋根"的意味，而且是為西京城裡的文化尋根。他觸及到了西京城現在時態文化的兩條根系。

賈平凹中篇《廢都》刊於 1991 年 10 月《人民文學》

白 燁說——

白燁先生我是熟悉的。20 年前，在得知我的《收藏賈平凹》出版時，欣然為我做序。賈平凹的《廢都》手稿也是他從戶縣親自一路"護送"到京城的。因工作原因，他也是最早讀到《廢都》一審稿的。印象中，他始終是帥氣而理性的，包括對廢都的閱讀和理解，廢都出版後，他曾有個一篇三人談，之後，又寫出了《善惡並拋任人評說——三讀《廢都》。

今年三月，我因事去西安公出，到戶縣看望了賈平凹。正巧賈平凹剛完成了《廢都》的定稿，託我把書稿帶給北京出版社。趁在西安小住的兩個晚上，我翻閱了《廢都》的手稿。當時，有兩個印象給我最為深刻：一個是莊之蝶總是陰差陽錯的坎坷際遇和事事願違的失落心態，讓人看到了名人在失去自我之後，無以安置身心的深深的悲涼；我感到這是以前的當代文學作品中所沒有見到過的一個獨特形象；另一個是作品中許多處打了方框的性愛描寫，無拘無束地率直又有聲有色地眩目，似乎是凡能涉筆寫性的地方，作者都沒有輕易放過；這種寫法在當代小說創作中也未曾有過。對這些既多且露的性描寫，我確心存疑慮，甚至懷疑賈平凹那不夠正常的生活狀態是否直接影響到了他的小說創作。諸種感受交織在一起，使我對《廢都》的看法在說不清、道不明中，不得不抱取一種低調態度。

因評論工作的需要，我在《廢都》成書之前，有幸得到了一份校樣，又第二次閱讀了《廢都》。這次靜下心來從頭再讀，我發現《廢都》在文人生活情態的狀描和文人內心世界的剖解上，以素樸顯其，以細瑣見微妙，樁樁件件都訴述著名人在被"捧"中被"炒"、被"炒"中被"吃"的幸與不幸，作品頗顯沉鬱而凝重。細細讀來，在那日常生活場景的如實白描中，也包孕著作者冷峻而蘊藉的哲理反思，那就是在名人之"累"的內中時隱時顯的文化與時代的錯位，理想與現實的悖逆。可以說，正是這種繁複難解的矛盾造成了莊之蝶等人的"潑煩"、惶惑與悲劇。從這樣一個全域去看作品中的性描寫，那實際上是莊之蝶想要擺脫煩惱與痛苦刻意尋覓的一塊"綠洲"，但實際上，卻又在另一個層面上陷入不幸，並連累了牛月清、唐宛兒、柳月等諸多女性。由此，作品裡的性描寫讓人在熱烈的表像之中讀出了內在的淒涼。第二次閱讀《廢都》，我多少掂出了這部不同凡響的作品的內在份量。

當年，賈平凹《廢都》手稿是由白燁帶到北京的。1993 年《十月》第4期雜誌全文首發《廢都》。

《廢都》在《十月》發表和正式出書之後，從出版社和平凹處得到了一刊一書，我又第三遍

閱讀了《廢都》。因這次閱讀不同往常，我不得不認真梳理人物的相互關係，細切把握人物心態的發展演變。下過這樣的一番功夫後，我對《廢都》有了較前更為深切的體味。我感到作品實際上是寫莊之蝶在幸運表像中裹隱的人生之大不幸的，而且經由這種不幸，作者嚴厲拷問了包括自身在內的眾多文人的靈魂，也對桎悟莊之蝶們的社會文化氛圍進行了含而不露的鞭笞。莊之蝶們（包括汪希眠、龔靖元、阮知非）從內在心態到生活形態都亂了章法，其因在於他們賴以存身的環境和氛圍"出了毛病"。這便是與改革潮流所並存的在一些地方和階層所流行的附驥攀鴻、幫閒鑽懶的惰散時尚和念古懷舊、坐享其成的"廢都"意識。置身其中的莊之蝶，無法避免被人利用，無法潛心本職創作，無法獲得真正的愛情，在官場、文場、情場接踵失意，由名人變成"閒人"，又由"閒人"變"廢人"，臨了身心淘虛得連出走都沒有了可能，這樣的悲劇難道不令人觸目驚心嗎？正是在這個意義上，《廢都》是驚人、醒人之作，而決非媚人、惑人之作。

　　三讀《廢都》，我在步步深入的領悟中，深感這部作品題旨之繁複、內容之深沉、描寫之大膽、語言之樸茂，絕非賈平凹以前的作品和當代小說的一般作品所能比擬。看來，賈平凹在四十歲之後的文學反思中所表白的，寫"天地早有了的""少機巧""不雕琢"的作品，決非一時戲言。擺在人們面前的《廢都》就是這樣一部飽帶自我作古、自然天成意味的探索之作。

張志忠說——

　　《廢都》的總體氛圍，是作家的心靈獨白，是作家通過他筆下用力最多的人物莊之蝶的所見所聞、所歷所感，勾勒出一幅幅白日夢，千古文人的風流夢，在滿紙荒唐言中，灑一掬辛酸淚，寄寓了作家的無盡哀思。

　　書中諸人，皆沉溺於古色古香的文化氛圍之中，皆留戀於這歌舞繁華之地、溫柔富貴之鄉，唯一的具有危機感和自省意識的，便是莊之蝶。魯迅在評價《紅樓夢》的時候指出：悲涼之霧，便被華林，然呼吸而領會之者，獨寶玉而已。我們亦可以說，悲涼之霧，便被廢都，然呼吸而領會之者，獨莊之蝶而已。

　　最深刻的悲劇在於，感受到這一失落和頹敗的趨勢，卻無力扭轉它，只能是眼睜睜地看著它裹挾著眾人也裹挾著自己傾瀉而下，勢不可遏。在廢都中清醒地眼睜睜看著這昔日曾經壯麗輝煌的故城最後傾圮，要比在廢都的古色古香中沉醉、昏昏沉沉地睡夢而亡，更令人痛苦萬分。

　　儘管莊之蝶在痛切的自省中看破了自己也看破了文人的虛幻的光環，儘管他在社會活動中看破了政治、經濟、文化諸領域中的醜陋和污穢，但廢都的精神氣質卻早已滲透在他的骨子裡，即使是用刮骨療毒的辦法，怕都是無濟於事的。

　　廢都的精神氣質，便是指傳統的文人文化、名人士氣。在農業文明的時代，西京這著名的漢唐古都，曾經在城市史上寫下它最輝煌的一頁，如今呢，卻是黃鶴已遠，帝王之氣已消，只有城郊原野上那一座座巨大的墳堆，以及彌散在西京城中那久聚不散的傳統文化氛圍，卻像夢魘一樣盤踞在人們的心頭，統治著人們的心靈。

張亞斌說——

"廢都文化心態"（以下簡稱"廢都心態"），是賈平凹談論他《廢都》的一個重要概念，它是我們解釋《廢都》、理解《廢都》的一把鑰匙。賈平凹說廢都心態有三層意思：一是"自卑性自尊"，我認為，這是廢都心態的文化現象表現層；二是"無奈性放達"，我認為這是廢都心態的文化行為表現層；三是"尷尬性焦慮"，我認為這才是廢都心態的深層文化心理表現層。尤其是這第三層才是廢都人廢都心態現象和行為背後的本來文化面目。

廢都心態的文化內容包括以下三個方面：

1. "名"的幻想與"名"的毀滅

《廢都》的第一個文化主題，是表現莊之蝶與周敏等人想成為"文化名人"以及他們成"名"的幻想與"名"的毀滅。莊之蝶曾經為"名"奮鬥過，但是"名"得到了，他卻失掉了自己，失去了生活的目標、方向和動力。因為名，他多了一些有關"名"的應酬；因為名，他陷入了一個莫名其妙的愛情筆墨官司。所謂"成也蕭何，敗也蕭何"，這裡，"名"的確成了蕭何，成了他，敗了他，最後又毫不留情地淹死了他。而周敏，也是這樣為了成"名"才闖入這廢都中的，莊之蝶的今天就是他的明天，他才出了點名（寫了篇有關莊的報告文學），沒想到卻陷入一場筆墨官司危機中，他剛嘗到了"名"的甜頭，接踵而來就嘗到了"名"給他帶來的各種苦頭，名毀滅了莊之蝶，也差點毀掉了他，他不甘於被毀，不得不逃向南方。

2. "愛"的幻想與"愛"的毀滅

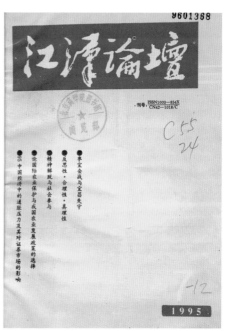

《廢都》中的第二大突出主題，是傳達了莊之蝶、唐宛兒、柳月、牛月清等人“愛”的幻想與“愛”的毀滅。莊之蝶在與牛月清的家庭生活中感到缺少愛，這位善於將愛對象化為現實的作家，無奈之中，將他的愛對象化為性，顯現到唐宛兒、柳月等人身上，其結果是他得到了“性愛”，卻失去了真正意義上的“情愛”，他對唐宛兒和柳月的需要主要停留在肉體上，否則，他就不會在唐宛兒被抓走之後泰然處之，他就不會在佔有了柳月之後，又坦然將柳月送到了大正身邊。唐宛兒和柳月是兩位敢愛敢恨的現代女性，她們從農村闖蕩到西京就證明了她們的勇氣，但是作為一種生活女性，她們到廢都的目的註定只有一個，就是找到“愛”，找到“愛”的物件和“愛”的棲息地。但是，廢都的現實決定她們永遠不可能找到愛，即使找到了也不可能佔有。她們找到了莊之蝶，自以為找到了“愛”的物件，但實際上她們找到的是一種虛幻的“愛”，她們愛莊之蝶，很大程度上，她們愛的是莊之蝶的“名”，莊之蝶的才氣，莊之蝶善解女性的多情性格。應當承認，她們的這種“愛”中有很大的真正愛的成分，但是，分析《廢都》我們就會發現，她們對莊之蝶實際上缺乏相濡以沫伴侶一生的真正的愛的真髓，她們錯將性愛當作情愛，對愛的不切實際的幻想註定了她們愛的毀滅。唐宛兒深知她和莊之蝶愛不能長久，柳月大大方方地出嫁，很容易使人懷疑二人“愛”的真實性，她們在幻想中甦醒過來，重新回到了缺乏愛、毀滅她們愛的廢都生活中，這無形中又增加了她們愛的“幻想”毀滅的真實性。

當然，在《廢都》中還有另外一類人，如汪希眠老婆和牛月清她們屬於另一種追求“愛”的人，她們將“性愛”和生活中的“愛”分得很清楚，她們將“愛”的幻想與“愛”的現實把握得很準確。因此，她們與“愛”保持一定距離，以免自己被“愛”的激情所淹沒。

3. “理性”的幻想與“理性”的毀滅

《廢都》的第三大主題，就是點出了莊之蝶等人“理性”的幻想與“理性”的毀滅。他們的“理性”存在決定了他們現實中追求名、追求愛，但是，當現實中他們用“理性”無法獲得真正意義上的“名”和“愛”之後，他們只好訴諸非理性，以擺脫現實中客觀存在的因為得到“名”而失去名，因為得到“愛”而又失去愛的令人尷尬的煩惱，他們試圖用非理性的性行為來滿足他們理性的幻想，結果是這種非理性非但未能滿足他們理性的幻想，卻增加了他們的尷尬和焦慮，並且徹底毀滅了他們理性的幻想。

廢都人的命運和《廢都》作品的產生進一步說明了“藝術就是反抗”這個真理，廢都人用自己廢都人式的“幻想與理性”，完成了對廢都“古老的過去的保存”（瑪律庫塞語），廢都孕育著廢都明天的希望和解放，廢都精神將成為激勵廢都人前進、反抗的巨大文化力量。我們在“廢”，因為我們熱切地渴望著“立”。

李星說——

一開始，小說就通過天示異象，提綱挈領地對這個時代作了感悟式的抽象：這是一個希望與危機並存的，劇烈變革與社會文化轉型時期。楊玉環墳土在盆中長出了旋開旋謝的四色奇花，天上出了四個太陽。在後文中它又通過原為民辦教師，後為“上訪痞子”，最後成為西京走街串巷的收破爛者口中的一系列民間歌謠，雖然不無誇張，卻也絕非撲風捉影地唱出了現實社會的種種荒誕現象，直指社會的不公。又以文化閒人孟雲房，“四大文化名人”、市長、企業家、寺院女住持的所作所為，為他的歌謠作了生動的注釋。文史專家裝神弄鬼，畫家以作假暴富，導演以女色斂財，名作家成為官員的幫閒和吹鼓手，官員們拉幫結派，換屆會成為權力的戰場，企業家造假成風，市民不敢喝乳製品，僧人們結交世俗權貴，女住持視打胎為尋常，傳媒為私利所用，黑社會承包了城市，打官司成了權力背景的角逐……這是一個物質和欲望在城市瘋長的年代，是

一個古都成廢都、文化傳統斷裂的年代，什麼都可能作假的年代。賈平凹以一部《廢都》為它攝了像，畫了魂，直指這個繁華、民主、進步時代的文化精神軟肋，以致在將近 20 年後閱讀，更加覺得它深刻的真實。體現作者對這個時代致命缺陷的超常敏感和對社會文化滑落的預見性。

《廢都》對這個城市和它的時代的種種觀察和感受，主要是通過名作家莊之蝶的眼睛和生命、心理體驗來完成的。他是一個深受讀者擁戴、有許多男女崇拜者的名作家，被市長稱為"市寶"，出門"前呼後擁"著。然而也正是這日隆的名聲，成為他墮落的淵藪。首先成為一枚官員權力鬥爭的棋子；其次，行行色色的企業家不惜花大價錢，請他寫吹捧文章，就連一些街道企業也請他當顧問；再次，一群社會上遊蕩的閒人、混混，以他的名和關係進入文化界，辦企業、拉贊助，"吃"上了他；還有在別人或許沒有任何事的事，一沾上了他，就成了社會和媒體的大事，成為攻擊的口實，貫穿全書的與景雪蔭的官司，就是一個叫武坤的人挑起來的；再就是如唐宛兒、阿燦、汪希眠妻、柳月這些女性崇拜者都以與他有染為榮，從而破壞了他的原本和諧的家庭。以上這些使他心靈陷入了無盡的尷尬，道德選擇的兩難。儘管如此，他還保留著做人的良知和同情心，殘存著人格的尊嚴。他理解著老主編鐘唯賢對身在異鄉的女同學的愛的幻想，在她去世後，為了安慰他，莊之蝶又以她的名義給鐘寫信；他同情阿蘭和阿燦的不幸，也同情農民企業家黃鴻寶被遺棄的妻子；即使在激烈的官司中，他也不願捏造事實置景雪蔭於絕境，為此不惜得罪利益圈的朋友；對於唐宛兒、阿燦、汪希眠妻這些愛他的女人們，他也以愛報之，視之為人生知己、異性親人，臨病發，他的眼前仍出現汪妻的形象。同時，對於髮妻牛月清，儘管鬧到要離婚，但在以莊之蝶為敘述視角的《廢都》文本中，始終給她以充分的肯定，她極盡為家庭的犧牲，她處人處事的得體大度，她在外人面前對丈夫"面子"的維護。

標誌著莊之蝶在欲望社會中沉淪和墮落的，不是他與唐宛兒等女人的性，因為她們其實都是以愛和真誠為基礎的，而是他乘龔靖元入獄之危，利用其子龔小乙的嗜毒成癮和救父心切，與名門之後趙京五精心策劃，以極少的代價，詐騙了龔的許多名貴收藏，並導致了朋友龔靖元之死，以及為了借市長之力，打贏官司，設局將柳月嫁給其殘疾公子，並在其戀人趙京五面前，將責任全部推給柳月。時代成就了莊之蝶的事業和名聲，社會及人與人之間赤裸的利益關係又造成了莊之蝶的自私和墮落。他對同鄉周敏的幫助和寬容是仗義的，對阿蘭、阿燦的同情、憐憫是真誠的，對鐘唯賢的關心和悼念是感人的，但對龔靖元之死的痛悼就有些曖昧：是作秀以遮人耳目，還是以淚寬恕自己的罪？半是天才，半是凡人；半是君子，半是小人，莊之蝶也是一個如老子一樣 "神龍見首不見尾"（孔子語）的神秘的靈魂。他生活在充塞著物質和欲望的世界中，表面上看似如魚得水、風光而瀟灑，但內心卻十分恐慌痛苦、焦灼。他擔心自己已經失去了創造能力，又擔心社會怎麼評價自己，一再向唐宛兒等人發問："我是不是個壞人？" 他與唐宛兒等崇拜者頻頻做愛，既是情緒的渲洩，也是對自己生命力量的證明。儘管在情場上他證明了自己，但內心的恐懼卻絲毫未減。他喜歡近乎絕跡的塤聲，是因它那 "哀不兮兮"、"怨鬼嗚咽" 的情調，哀樂本是為葬禮而奏的，卻成為他悲傷情緒的渲洩。他書房懸掛的 "百鬼猙獰，上帝無言" 恰是他最無奈的社會人生體驗，總覺得自己被一個巨大的陰影 "壓著"、"罩著"，災禍隨時要降臨到頭上，然而卻找不到解脫的出路。魯迅曾經以 "悲涼之霧，遍佈華林" 來形容榮寧二府的氛圍，而莊之蝶的人生處境卻有過之而無不及，完全可以用 "愁雲慘霧" 來形容。陳寅恪先生在談到王國維之死時說過，對一種文化浸淫愈深，當這種文化面臨崩潰時，其痛苦也就愈深。莊之蝶的痛苦、孤獨、悲傷既來自於王國維式的對變革的恐懼、失望，又來自於對自己日漸沉淪的精神狀況和生存方式的厭惡，自我拯救之難。

《廢都》被某些批評界精英斥之為 "偽都市" 小說，不知是說西京殘留的民俗風情，舊院、破牆和文化人的生存方式，還是說它沒有表現出都市的現代性，還是批評莊之蝶自外於西京市的 "山林" 性格，對作家創作的苦心和小說的主題，如此熟視無睹真令人不可思議！這種誤讀，只能以沒有讀懂小說，或者望文生義來理解，是沒有任何思想藝術價值的！

湯先紅，孟繁華說——

歷史是一個鏡像，1993 年大眾傳媒和市場經濟的內在勾連幻化了《廢都》的熱銷，一時間評論浩如煙海，更有學者把它稱之為 "市場的狂歡儀式"。綜觀種種評論，有人認為它 "主要表現了當代文化人的一種生存狀態和生命狀態，他們心靈發展的軌跡"。有人認為它體現的是一種廢都意識，是心靈的掙扎，是 "被傳統文化浸透了骨髓的人們，無法擺脫因襲的重擔，無力應對劇變的現實，在絕望中掙扎的那種心態"。以及 "作品反映了社會轉型期知識份子自我身份認同的危機，以及他們在欲望的衝擊下價值的崩潰、信仰的失落以及人格的分裂與自棄"。也有人從文化的角度去解讀《廢都》，認為它是一種 "文化黃昏意識"，陳曉明則認為《廢都》是 "一部百科全書式的文化潰敗史，一個全景式的後現代的精神現象學空間"。

時隔 16 後重新審視《廢都》，不僅能夠凸顯社會轉型期文化表層話語的代換之景，更能賦予《廢都》以深層次的籲求和幻化背後的真實存在。

《廢都》中西京作為一個虛幻的生存空間，時間上線性的發展觀（西京的演變以及莊之碟名譽官司始末為支撐）和死亡與重生的循壞觀（牛的生死以及月清母親的怪異行為）一起架構存於時代轉型之際的時間話語；而在空間上，以莊之碟為中心的四大名員圈亦即知識份子的精英文化圈；以市長和收破爛的老頭為中心的政治文化圈；以周敏趙京五為中心的社會交際圈；以牛月清唐婉兒為中心的女性文化圈；以民俗風物為中心的民間文化圈等等編織出現代文明空間中的文化矩陣。巴赫金在《小說的時間形式和時空體形式》寫道 "文學中已經藝術的把握了的時間關係和空間關係相互間的重要關係"。在這些時空相連的神啟式意象中，作者以四色花、四個太陽、棺材、牛和破爛共同勾畫出了西京特有的浮世繪：天象的混亂，人事的無序，迷信的四起，政治的腐敗等等，展現了一個文化轉軌時代的虛脫之景，形成一套潛在的隱喻系統。

作者通過《廢都》的時空對應體完成一套完整的隱喻系統，通過對這些神啟式意象的轉喻，作者描繪出了社會轉型期文化矩陣的變幻現實。而其中西京作為社會歷史進程中的一個縮影，它既是個體生命的洞穴之地，又是作者試圖參與"民族國家"和"個人主體話語"的載體。古希臘西緒弗斯神話中，石頭，作為符碼的存在，它擠壓了西緒弗斯生命的全部，推石上山，不只是一種命運的模態，更是社會進程中個體無力逃脫歷史的潛在預設。西緒弗斯存在的軌跡恰恰就是在這種既定模態下生命力張揚的自控過程。從這一點上說，《廢都》正是賈平凹建構民族國家和個人主體話語的有力嘗試。西京，似乎就是石頭的類像，在歷史的境域場中，它的起點和終點永遠都是一個具有生成性的和動態感的卻又靜止的悖論場域，西京既是作為個體生命（莊之蝶等）的生存空間，同時又是神啟似的關乎文化轉型期民族國家話語的真實鏡像。作為個體生存的空間，一方面它作為異己的力量擠壓或物化了個體的生命，在低速旋轉的過程中，個體生命的重量或符碼隨著時間的流逝而一點點消失殆盡，四大名人的頹敗和放蕩、唐婉兒出走與歸去的模式等等無不照射出了社會轉型期人類精神沙化的悲哀現實；另一方面，它又是一個凝固的靜態空間，作為民族國家的話語載體，它是全球化浪潮中建構民族自我存在的有力確證，又是全球化語境中民族文化自我認同的模擬摹本。

2018 年第 5 期《當代作家評論》刊發
房偉《＜黃金時代＞＜廢都＞與 90 年代》

　　賈平凹的《廢都》正是展現了這一群體在主流文化與多元文化混雜圖景中的心靈掙扎。整本書彌漫的是一種文化閒人之氣：責任感的消失，精神的逐步侏儒化，虛名的牽絆……他們在多元文化生成的動態歷時中，一任社會歷史的規約和千年積習的薰染，身與心被迫分離，精神貧困的"圍城"消解了他們生命的熱度和激情，個體只能物化為"空心人"動物性的遊蕩在塵世之上，順著時序和年輪進行著一次又一次的麻木蛻變。凱西爾認為人是符號的動物，賈平凹筆下的莊之蝶儼然是一個寫意化的符號，他深陷三位一體的文化衝突之中，是一個歷史的中間物，以"零餘者"的形象延展了社會轉型期的知識份子譜系。

　　《廢都》是一份豐盛的歷史檔案，是一部寓言化的本土性文本。撲面的鄉土氣息、熟悉的風俗文物、濃郁的莊禪餘風、潛在的儒家心理等等無法掩飾《廢都》的歷史神韻。傑姆遜認為"第三世界的文本，甚至那些看起來好像是關於個人和力比多驅力的文本，總是以民族寓言的形式來投射一種政治：關於個人的命運故事包含著第三世界的大眾文化的社會受到衝擊的寓言"。賈平凹正是通過自己的寓言化寫作展示了在世界歷史進程中，中國這個特殊的文明空間：滯後的時間、衝突的文化圖景，混雜的心靈世界。作者一方面對知識份子掙扎的心靈世界進行了淋漓盡致的書寫，一方面又是對納入現代性進程中民族國家的審視和關照，是知識份子啟蒙話語的再次合一。

　　透過這一文本，更重要的是，莊之蝶身上潛在的"舊文人氣息"，從"五四"運動到1993年，中國現代知識份子誕生已經七十多年，如果莊之蝶這個形象成立的話，那麼我們需要疑問的是，這個階層的思想、情懷和內心要求究竟發生了怎樣的革命性變化？《廢都》再次將知識份子的靈魂暴露於光天化日之下，使我們有機會重新審視這一階層在大時代的心底波瀾。

王仲生說——

　　廢都它是賈平凹創造的一個意象，而小說《廢都》則是賈平凹以廢都這個意象為基點營構的一個意象世界。

　　《廢都》是賈平凹意象主義審美觀的對象化；而意象主義，只有把它放在中外文學史的大背景上，放在東西文化比較的大背景上，才有可能講明白。

　　《廢都》，為我們提供了當代社會都市生活的世相圖、世態圖，因此有人喻之為當代《清明上河圖》。《廢都》也大量反映了，甚至說主要反映了當代都市人，特別是文化人的心態、心靈世界、精神世界，這使得《廢都》獲得了當代《儒林外史》或《圍城》的美譽。還有不少熱情者，

2018年第1期《陝西文藝界》刊發王亞麗《老西安、
古典傳統與招魂寫作——論賈平凹的西安城市書寫》

稱《廢都》為當代《紅樓夢》，當代《金瓶梅》。所有這些比附，不能說全無道理，沒有絲毫的合理性。但是我認為，這些都是一種錯覺，一種審美誤區的陷入。造成這種情況的原因，除了古典或現代名著的強大藝術生命力給一般讀者帶來了閱讀定勢，使得一般人很難擺脫名著陰影的支配外；還是因為，有相當一些人並沒有從藝術精神、藝術底蘊上真正把握《廢都》。文學史已經證明一部真正的，有價值的作品，總是要經歷一段時間的沉澱，才有可能被讀者理解、接受。

《廢都》就是《廢都》。它不是《紅樓夢》《金瓶梅》，也不是《儒林外史》《圍城》……，我們看到，《廢都》除了對都市世俗生活與都市人心態、心理的描繪外，作家還寫了一些以往文學作品中不曾或較少涉及的內容。作家進入了人的精神世界的新的層面，從而大大地擴展與深化了小說的藝術空間。人的精神世界，按照佛洛德的區分，包括了意識、前意識與潛意識三個層次。《廢都》對他筆下人物的這三個層次都進行了藝術掃描；但又有他自己的發現。以東方人的觀念來看，平凹不只寫了人的性格、氣質、秉性，而且開掘了一個新的領域，這就是靈性、神性。這是一個至今仍神秘莫測卻又難以無視、難以拒絕的神秘世界。

《廢都》是由諸多意象聚集而成的意象世界，它是意象群落的集合。

《廢都》寫的很實，這一點，一般讀者看得很清。小說實到難以再實的地步了。無論是食，還是色，都是如此。細緻的描述表明了作者對生活的逼進，對真實的大膽追求。但，我們往往忽略了作品的另一面，這就是虛。正如前面分析的，無論是塤、奶牛、牛母、拾破爛的、還是作品中的每個人物，它（她）們無一不是符號，不是意象，構成了一個超越於經驗的虛幻世界。大實與大虛的結合，可以說是《廢都》的總體特徵。充斥於作品的就是諸如食色這些形而下的日常生活細節，它們來自於經驗世界。但是塤、奶牛、牛母及形形色色的人物，特別是性，又具有形而上的意味。他們或者來自超驗世界，如鬼神；或者來自遠古的回音，如塤；或者來自大自然的呼應，如奶牛的思考與盤詰；或者來自靈與肉的衝突與廝殺，如性愛。藝術原本就是真與幻、實與虛、美與醜、善與惡在臨界線上的奇妙契合。而《廢都》則更將形而下與形而上、經驗與超驗、可知與不可知、可言說與不可言說有機地糾纏於一體，滲透為一體了。構成為《廢都》的所有藝術部件已經不只是物象、形象、具象，而提升為意象了。《廢都》是意象主義的結晶。廢都意識因意象主義而呈現，而敞亮，而對象化；意象主義承載著廢都意識異軍突起般地昂首翹立於當代文學的原野。

平凹不是學者，而是藝術家。他對中國傳統美學，傳統文化精神的理解主要是圍繞審美創造這一中心，他緊緊抓住了傳統思維方式的特點即天人合一的整體性、直覺性等，抓住了傳統藝術表現的特點，諸如重表現、重意象等。他在這個攝取、融匯過程中並不十分強調系統性，往往顯得較零碎，龐雜。他畢竟不是在整理這些遺產，不是搞學術研究。而且他常常不是從原來的意義上去理解經典，他更多情況下採取的是一種誤讀。正如錢鍾書所說：恰恰是誤讀，創造性的誤讀，成為了一種聖解。

李銳說——

在莊之蝶初到西京的時刻，中國文化中的立功、立德、立言這三大生存價值觀念，依然是中國人的“集體無意識”，緊緊攞住中國人的心靈，並構成一種活出名堂來的“統攝原則”。莊之蝶既無作官立功的興趣，也無潔己立德的偏愛，剩下的選擇便只能是加入迷漫於整個西京的“文學熱”潮流中，憑籍自己的才氣，苦巴巴地發表一篇又一篇文章，在西京站住腳跟。

從此，莊之蝶活的既清淨又得意，有別人送東西也不缺錢花，"只是在家寫他的文章圖受活"。孟雲房不無艷羨地說："世上的事就是這麼蹊蹺，你越不要什麼，什麼卻就盡是你的。"

莊之蝶經過艱苦的探求並沒有形成符合當今時代發展的生存價值觀念和審美理想，相反，他使自己退回到原始的古代社會，成為一個古樸審美理想的孤獨守望者。莊之蝶的悲劇也就由此開始。

首先，作為古樸審美理想的孤獨守望者的莊之蝶，是現實文化規範的背叛者。他的生存價值觀念、審美理想、以及為此他所採取的行動，根本上無法得到現實文化規範的認同。他從唐宛兒、柳月、阿燦等女子身上所體驗到的生存意義和審美激情，顯然只能被現實文化規範視之為無意義的不正當的兩性關係。作為現實文化規範代表的妻子牛月清，就持這種看法，並堅決要與他離婚，弄得莊之蝶"落得一個淒淒慘慘的孤家寡人"，以致於不得不"把哀樂的聲放到最大的音量，方能靜靜地躺下來思想。"

其次，作為古樸審美理想的孤獨守望者，莊之蝶所守望的東西也許對於提高他自己的美意識還有點啟示作用，但卻絲毫沒有增添他改變現實生存境遇的能力。"每當意識超過了能力，特別是當時主要欲念意識超過了滿足它的能力的時候，悲劇便會發生。"莊之蝶可以把唐宛兒、柳月和阿燦薰陶為合乎他的審美理想的女子，但卻不能改變她們現實的生存境遇。他所鍾情的唐宛兒，最終被丈夫綁架回潼關，"剝了她的衣服打，打得體無完膚"，還受盡了丈夫的性虐待。柳月到頭來被莊之蝶介紹給市長的跛兒子大正，雖換來了城市戶口，也有了富裕的生活條件，但失掉了往日的清純，也沒有理想的追求，並且愈來愈世俗化了。阿燦本來是為妹妹阿蘭報仇而設計挑逗王主任，咬掉他的舌頭，但卻被世人編造為兩姊妹吃醋的結果。一個正直美麗的女子，被潑了一身髒水。而對上述這一切，莊之蝶只能垂淚嘆惜，沒有能力解救她們。柳月說得好："是你把我、把唐宛兒都創作成了一個新人，使我們產生了新生活的勇氣和自信，但你最後卻又把我們毀滅了"，一語道破了她們悲劇的根源。

再次，作為古樸審美理想的孤獨守望者，莊之蝶在與現實文化規範的衝突中，是不會輕易放棄自己追求的。他決心對抗到底。可是，他個人能力畢竟太弱太小，結果患了嚴重的精神分裂症，造成了毀滅自己的悲劇結局。莊之蝶不是現實文化規範的效忠者，而是一個背叛者。他沒有尋覓到富有時代意義的生存價值觀念和審美理想，而是形單影隻地守望古代那原始的生存價值觀念和審美理想。用古樸的理想來超越現實的文化規範，就如同用兒童的思想來處理現實的複雜問題一樣，本身就是一種天方夜譚，註定了以悲劇而告終。

儲兆文說——

《廢都》是一部關於城的小說，故事中的人和事都與這座城有關。這座城既是現實的、歷史的、賈平凹住罷了二十年的西安城，"恍惚如所經歷，如在夢境"，又是虛幻的、變形的、賈平凹藉以安頓精神廢墟的西京城。"生產的各種社會關係具有一種社會存在，但惟有它們的存在具有空間性才會如此；它們將自己投射於空間，它們在生產空間的同時也將自己銘刻於空間"。"廢都"的這一隱喻性的符號，是通過人與城的關係而生成的。

西京是一座老態龍鍾的古城，它是曾有的各種社會關係的產物，也是城裡人的城，在現代化的進程中，都市中形成的新的人際關係、新的道德價值觀、新的生活方式無論其合理與否，都面臨著新對舊的侵蝕，而對於來自鄉村，有著濃厚懷鄉情緒的賈平凹來說，當他在城裡獲得成功之

2016 年第 4 期，刊發魏華瑩
《我與廢都：田珍穎口述》

後，卻既無法衣錦還鄉，又無法融入城市，在荷筆獨彷徨的疏離中，通過隱喻和嘲諷的方式來悼念城市的失落，而生活於其間的莊之蝶們自然便有 "不知周之夢為蝴蝶與？蝴蝶之夢為周與" 的恍惚與迷失。所以，莊之蝶感慨："十多年前，我初到這個城裡，一看到那座金碧輝煌的鐘樓，我就發了誓要在這裡活出個名堂來。苦苦巴巴奮鬥得出人頭地了，誰知現在卻活得這麼不輕鬆！我常常想，這麼大個西京城，於我又有什麼關係呢？這裡的什麼真正是屬於我的？只有莊之蝶這三個字吧。可名字是我的，用得最多的卻是別人！"

這是莊之蝶的困惑，但又何嘗不是賈平凹的困惑呢？在《廢都後記》裡，我們看到了幾乎同樣的表述。

《廢都》的結構，在人與城的關係構建中，總是以人與人的關係來展開情節的，小說一開始便隱喻了全書人物譜系的大脈絡。一隻收藏多年的黑陶盆，盛著從楊貴妃墳頭取回的土，竟莫名其妙地長出四朵顏色各異的奇花。這四朵奇花隱喻著小說中與莊之蝶有著肉體關係的四位女主人公——牛月清、唐宛兒、柳月、阿燦；而西京上空正午時出現的四個太陽，"白得像電焊光一樣的白，白得還像什麼？什麼就也看不見了，完全的黑暗人是看不見了什麼的，完全的光明人竟也是看不見了什麼嗎？"則隱喻著西京城裡的所謂四大文化閒人——莊之蝶、汪希眠、龔靖元、阮知非。小說中主要人物居住環境的建築意象，不僅是人物性格生成的背景和原因，也是作者通過人物來感知城市的主要通道。

四大文化閒人的宅第小說裡皆有描寫。莊之蝶的宅第有兩處：一處在散發著僵屍般陰森晦暗氣息的雙仁府；一處是北大街文聯大院——這是一個機關大院，鐵柵欄大門旁的傳達室裡，看門老太太的麥克風傳出的是 "莊之蝶下來接客"，活脫脫的舊時妓院的老鴇，那麼文聯大院不就成了妓院，何況人們還常把 "作協" 誤聽為 "做鞋"。從這種後現代的戲謔式的敘寫中，可以看出作者把一向被認為很高雅的文化事業處理得毫無崇高可言，幾乎是在自我作賤和自我嘲諷。

汪希眠的家在菊花園街。他是畫家，有錢，又好女人，公開說作畫時沒有美人在旁磨墨展紙，激情就沒有了。他靠做假畫發了財，對外面的女人易動真情，很少回家，留下孤獨病弱的老婆守著他們淒美而陰冷的小樓。

龔靖元的宅第有兩處。一處是抽得三分人樣七分鬼相的敗家子——龔小乙所住的麥莧街二十九號，骯髒零亂如狗窩，散發著尿騷味；一處是保存得很完整的舊式四合院，後來成了他的靈堂。龔靖元是書法家，愛收藏名人字畫，好與女人逢場做戲，最大的特點是嗜賭成性，因賭被抓成了家常便飯，最後龔小乙變賣了他一生收藏救他出來，他悲涼至極，萬念俱灰，自殺而亡。死後的宅子沒人哭喪，不像靈堂，讓活著的三位名人不寒而慄，兔死狐悲。

阮知非的家，裝飾豪華，壁紙是法國的，門窗玻璃是義大利的，吊燈是日本的。但那一張碩大的席夢思軟床上，並枕睡著兩個人：一個是阮夫人，一個是位男人，不認得。阮知非說：那個是我吧。他臥室的壁櫃裡盡是各式各樣大小不一的女式皮鞋，每一雙鞋子都有一段美麗的故事。阮知非是戲劇家，歌舞團團長，人馬分為兩撥，一撥由城市轉入鄉下，一撥在西京城裡開辦四家歌舞廳，在西京城人模狗樣的人物，原來是日鬼搗棒槌，他沒有千古留名的野心，他是活鬼鬧世事，成了就成，不成拉倒，要穿穿皮襖，不穿就赤淨身子。

四大文化閒人的人物形象和他們宅第的建築意象是交互契合而又具有反諷意味的，人物形象和建築意象的相互映襯，立體地凸顯出廢都裡知識份子的沒落頹廢和廢都文化的暮氣沉淪。

《廢都》除了總體的城市意象和主要人物住所的建築意象具有明顯的隱喻性之外，散落於作品中的眾多細節中的建築意象同樣具有或明或暗地隱喻效果。

城市的亂象和功能的異化，使得我們關於建築的夢想——作為身體的庇護和靈魂的棲所——幻滅成滋生肉體和精神雙重疾病的溫床。然而，拂曉始於黃昏，《廢都》發表16年後的今天，"城市曾經是疾病的最無助和最淒慘的受害者，但是它們後來成了疾病的最大戰勝者"。雖然城市的現代病有望康復，但這絲毫不影響《廢都》作為病情診斷和病歷記錄的存在價值。

達理克說——

《廢都》不是匆匆看後就可以發言的，……要冷靜觀之。

《廢都》中的女性人物，一位叫牛月清，是莊之蝶之妻，是一位恪守傳統道德的東方淑女，

新社會的思想教育和婦女開放的文化幾乎沒有在她身上留下任何痕跡。她的丈夫是她的精神支柱，是她生活中的太陽。為了照顧他"事業要個名望"，兩次放棄了生孩子的機會。

牛月清的確是有傳統婦女的優點。她樸實而又善良。但是，牛月清的世界和傳統的思想觀念中也有一些裂縫，她的樸實她的善心以及她的忙忙碌碌，使她忘了這些裂縫。幾乎處處都是問題。她很少注意為自己打扮。當柳月勸她用心打扮自己時，她說："我不喜歡今天把頭髮梳成這樣，明日把頭髮梳成那樣，臉上抹得像戲臺上的演員。你莊老師說我是一成不變，我對他說了，我變什麼？我早犧牲了我的事業，一心當個好家屬罷了。如果我打扮得像個妖精一樣，我也像街上的那些時興的女人，整日去逛商場，浪公園，上賓館，喝咖啡，進舞場跳迪斯可，你也不能一天在家安心寫作。"牛月清的理由當然令我們有些肅然起敬，但是她的丈夫卻不這麼看。

牛月清對唐宛兒的天生麗質自歎不如，而她的美貌在唐宛兒看來，雖然五官沒有一件不是標準的，但又"總覺得這夫人的每一個都標準的五官，配在那張臉上，卻多少有些呆板，如全是名貴的食物不一定炒在一起味道就好"。

牛月清是小說中的傳統文化薰陶下的民間女性，她代表著所有的傳統美德，是被時代拋棄了的那一類人，牛月清的形象是賈平凹對民間唱的一曲無可奈何的輓歌。

唐宛兒是《廢都》小說中介於傳統與現代之間的女性。我們從她的身世中，可以說，她的存在似乎就是傳統思想與現代文化的衝突。她的第一個男人是個工人，因為那個人佔有了她，她也就只好草草地與他結了婚。她給他生孩子、洗衣服、做飯，"婚後的日子，她是他的地，他是她的犁，他願意什麼時候來耕地她就得讓他耕，黑燈瞎火地爬上來，她是連感覺都沒來得及感覺，他卻事情畢了"。她認為這是一種令人窒息的生活，就向傳統的家庭生活發起了挑戰。

從唐宛兒對傳統的家庭生活的挑戰中，可以看到唐宛兒現代文化與傳統思想觀念之間的矛盾和衝突。當她與丈夫的感情幾乎破裂時，她對傳統的家庭生活的挑戰開始了。她遇上了周敏，認識之後一拍即合，回家試圖離婚而又不成後，她就隨著周敏奔到西京。

　　唐宛兒為追求情感生活所進行的挑戰，表現出她是屬於聰明的不易對生活滿足的那類女人。與周敏相比，莊之蝶更適合唐宛兒。在唐宛兒所追求的感情生活中，莊之蝶不僅能欣賞她的美，也消受得起她的熱情和夢想。正如她所感受到的："以前在潼關縣城，只知道周敏聰明能幹，會寫文章，原來西京畢竟是西京，周敏在他面前只顯得是個小小的聰明罷了！"莊之蝶的出現，不能不說是給唐宛兒的情感生活帶來了一線光明，唐宛兒與莊之蝶的關係是一次更大的冒險。

　　唐宛兒處於現代與傳統的矛盾和衝突之中，使她失去了平衡，因而只有墮落。

　　《廢都》中，另外一個女性人物形象，就是柳月。她是中國 90 年代民間女性物質化的化身。我們從她身上可以看到 90 年代中國社會生活中新一代的新人生觀，從她的生活經歷中，也可以說她的生活哲學中，看出每個人都會有很多機會，失敗的機會，成功的機會，關鍵在於你有沒有勇氣去承當它，和為之付出代價。

　　作品中的柳月是一個在都市生活裡到處都可以碰到的農村來的保姆。她是一個漂亮而聰明的小女子。她不只想在西京城裡混口飯吃，擺脫苦日子。她的夢要遠比這些精彩而又大膽。所以她一來西京城就意識到自己生活將會發生很大的變化。

　　柳月屬於那種非常清醒而又務實的人，所以她從不放過任何一個對自己有利的機會。從柳月的人生經歷中，我們可以看到她的愛情、婚姻和生活中的有利可圖的人生信條。當上層社會把柳月當作玩物時，柳月也利用她所能利用的東西——身體——換取她自己的需要。她根本無視道德律令，這是因為她對上層社會的這一套看得太透。她從來沒有過什麼幻想，這是因為她清楚地瞭解自己的身份，明白自己永遠不能堂堂正正地成為上層社會的一分子。然而，當她終於嫁給市長的殘廢兒子時，她勝利了，她在形式上擺脫了"民間"。可是這難道不是另一種悲哀嗎？它表明了民間社會畢竟不能獨立存在，而只能成為一個謀求上層社會承認的亞結構。民間社會的物質性在嘲弄上層的時候也嘲弄了自己。

　　阿燦是《廢都》中的另外一個女性人物形象。她是作家理想中民間神話女性，她基本上生活在一種自己勾畫的"理想王國"裡。阿燦年輕時心比天高，成人後卻命比紙薄，是個小人物。她認為自己在世上沒有任何的價值，她認為把金子埋在土裡雖然也是金子，但是沒有什麼用的金子，鐵不值錢，鐵卻做了鍋能做飯，鐵真的倒比金子有了價值。所以她對生活沒有什麼希望，她一見莊之蝶就決定離開現實生活跟著莊之蝶去理想王國生活下去。從作品中，可以看到阿燦在"理想王國"裡不僅受到了"理想王國"的文化影響，而且把現實生活的思想觀念忘得一乾二淨，她的思想變成一個玻璃人。阿燦在"夢想實現的世界"裡，她追求的是身體滿足和心靈滿足。

　　阿燦這一形象可以說是賈平凹想像中的民間神話女性，在傳統的中國民間傳統中像田螺姑娘、七仙女這樣的人物代表著一種神話的譜系，當人們在城市的世俗生活中感受到現實的惡濁時，往往會轉向他們所不瞭解的下層民間社會去尋找一種理想的人性。這時，民間是一切善良、美麗的化身。然而。它是作為對現實的一種虛幻的補充出現的，本身僅具備神話意義，與其說它是"民間"不如說它是存在於人們心靈深處的遙遠的家園。

　　從小說中的 4 個女人對莊之蝶的愛情觀念和崇拜來看，可以說牛月清以傳統眼光來看自己的丈夫和家庭。她代表傳統文化薰陶下的民間女性。唐宛兒崇拜莊之蝶的性格和名聲，從而二人的關係是欲之上亦有情，她代表在傳統與現代之間矛盾狀的女性。柳月崇拜他的地位和名聲，從而二人關係僅限於欲望。我們從他們的關係中，可以說她是代表 90 年代民間女性物質化的化身。阿燦代表"作家"理想中的民間神話女性，我認為讀者從這 4 個女性的思想觀念和人生觀中，可以看到中國社會中的各種女性，這使作品充滿著民間性的特色。

每個女性特徵，可以看出，進入 90 年代的中國現代社會在轉型過程中，文學對女性思想觀念的重塑有著十分鮮明的傳統與現代思想文化衝突的特徵。

2013 年第 6 期《東吳學術》刊發史國強《廢都 20 年》

許明說——

《廢都》的靈魂在於它深刻地白描了這樣一個重大的社會現象：當前社會變動期間一部分知識份子的精神生活的歷程——雖然，這種歷程不是那麼令人喜悅，令人激起崇高感的，但它卻是實實在在的歷程。1994 年的人文精神討論，其間關於“渴望墮落”的話題，都無一例外地映證了《廢都》的先見之明。我在解放軍藝術學院作家班，魯迅文學院作家班等地的講學中，一再呼籲作家們要重視《廢都》現象，“春江水暖鴨先知”，賈平凹憑著作家的敏銳，深刻地感覺到了我們這個變革的時代一部分知識份子的人格危機和價值失落。《廢都》是“立此存照”，是“警世鐘”，是一部值得社會學家、政治學家認真閱讀的認識當代社會的本文。

莊之蝶，不管賈平凹本人對他抱有什麼態度，他已經是一個分析的客觀物件了。傳統的文論告訴我們：作家的傾向性越少，作品中人物的活力就可能越大。莊之蝶作為一個獨立的藝術形象活躍在《廢都》全書中。從他身上見到的是“文人階層英雄主義和理想主義的喪失”，但難道是《廢都》之錯嗎？賈平凹難道不正是要將這種“喪失”捧獻給讀者嗎？我感到奇怪的是：生活中，在文學界、知識界，英雄主義與理想主義的喪失已成為尋常之事，甚至一些猛烈攻擊《廢都》的批評家在別的文章中也一再鼓吹這種喪失和嘲弄“英雄主義”，然而又為什麼要對作品中所表現的知識份子的這種喪失感到不可理解呢？《廢都》更強烈、更生動、更典型、更鮮明、更藝術地反映了當前一部分文人的理想主義的喪失，何等血淋淋，活生生，令人掩卷沉思啊！真正令人震驚的是：為什麼對我們的小說中出現莊之蝶這樣的人物不感到令人痛入心肺的沉思？！

知識份子的人格危機是 20 世紀 90 年代後認真討論的題目。批評家們不是在談論 "邊緣化" 嗎？莊之蝶，就是 "邊緣化" 的一個活生生的典型。他 "邊緣" 在火熱的社會生活之外，"邊緣" 在重大的生活事件之外，"邊緣" 在當代中國的社會文化思潮發展之外，他對生命本身採取了 "消解" 的態度。莊之蝶，老莊，夢蝶，逍遙，避世，自然，肉欲……在作品中，白描式的冷峻的敘述使莊之蝶 "日常化" 了，使他的這種生活態度蒙上了一層淡淡的偽裝色。莊之蝶成為一個 "平面" 的人，對自己的生活、歷史、人生失去痛苦、失落、惆悵感。只有在最後，作家才讓莊之蝶表現出一種無可奈何——讓他躺在車站的長椅上不知所終。作家這樣讓敘述日常化，平面化，從技巧上來講，很巧妙地將莊之蝶的麻木襯托了出來。一個作家，特別是名作家的麻木是經歷了痛苦後的麻木，經歷了思想後的麻木。所以，我們說，莊之蝶是自覺地選擇了這種生活方式，而且，在潛語言中，莊之蝶已經放棄了什麼。這就是問題之所在。

莊之蝶現在是一個以寫作為生的人，是作家，他要去表達和傳達一些東西，他靠思想和精神活動為生，但他卻麻木了，無任何精神生活可言了，無傳達的焦慮、痛苦和激動了，他只對性有興趣。這種徹底的沉淪非常典型地反映了 20 世紀 80 年代以來，特別是 90 年代中，市場經濟大潮到來以後的知識份子心靈的分化狀態。

從這個意義上講，《廢都》是反映 20 世紀 80 至 90 年代知識階層人格危機的一個範本。

對《廢都》的真實意義上的批評應當認真研究 "廢都" 現象，應當研究莊之蝶們的生活軌跡，研究他們價值失落的深層原因，研究他作為知識份子一員而走向沉淪的教訓和啟示。——這就是《廢都》的滋味。

2020 年第 4 期 刊發馮麗娟
《賈平凹小說海外譯介——
廢都英譯文本分析》

王愚說——

年已八秩的老評論家在得知《廢都》的被禁與解禁，如骨鯁在喉，尤其是在解禁後，便在2010年第1期《延河》上說出了自己的想法。

報紙上披露了賈平凹的《廢都》經過17年的風風雨雨，由禁止發行到解禁，引起了報刊媒介和廣大讀者的強烈反響，實在是一大幸事。所謂"一大幸事"，引起反響，是這不僅關乎到一部長篇小說的禁止與解禁，而是關乎到社會文明的進步與否和民主法治的發展與否。

其實，《廢都》的出版，當時也曾引起過一些議論，那本是文藝評論的正常現象，如果因此而進一步對作品的討論，也未嘗不可以深入解讀作品的內涵。大約90年代，文學作品，尤其是長篇小說，有些疲軟，而陝西的文學作品，有幾部長篇小說，同時推出，包括《廢都》和《白鹿原》《最後一個匈奴》《八裡情仇》《熱愛命運》，引人注目，還曾在北京開過研討會，會中尚有京中的評論家提出"陝軍東征"的現象，引起文學界和廣大讀者的反響，還被認為是對疲軟文化注進了一股清風。而事過不久，《廢都》被禁止出版，使人感到困惑。很快就出版了一本批判《廢都》的小冊子，大有"黑雲壓城城欲摧"的形勢，其中也不乏撻伐之聲，實在是一種不正常的文化現象。現在，事隔十幾年，《廢都》終於還歷史的本來面目，足見輕率的禁止作品和文章，完全是不符合歷史的規律。

《廢都》的被禁和解禁，又會由於被禁在文化界形成一種浮躁而粗暴的風氣，不利於"和而不同"互動的和諧社會，而且會使正常的文學評論形成畸形，容易出現一哄而起的批評，就像過去那種大批判一樣，引導輿論的一邊倒，缺少以理服人的嚴肅學風。

在"陝軍東征"的時候，《廢都》的評論，讚揚者、批評者都有，對《廢都》的評論，多半是讀出"廢都"的文化內涵，非議的多半是對"性"的道德譴責，本來是一樁好事。對《廢都》公開禁止發行後，許多評論，基本是一窩蜂地批判，並沒有多少學理和分析。20世紀90年代，我在蘇州參加全國文學研究會的年會，就碰到責難的聲音，雖然我和陝西的評論家，還是談了自己

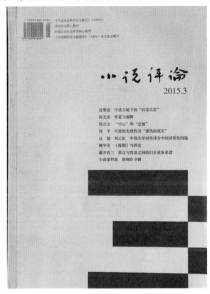

2015年第3期《小說評論》
刊發 魏華瑩《廢都》與西安

2018年第4期《美文》刊發
紅柯《天上腳下讀廢都》

的意見。我就曾經說過："《廢都》確確實實寫出要廢棄的文化，要廢棄的文人，然而他們不甘心自我廢棄……在追求著，這種追求形成了他們靈魂的、精神的悲劇。"其實，在會中也不乏認真的聲音。此後我又去上海，參加全國文學理論學會的年會，雖然年會主要是談文藝理論的發展，也碰到對《廢都》的責難。這次《澳門日報》的特約記者廖子馨女士與會，專門採訪陝西師大的暢廣元教授和我，談陝西文學的發展，而主要的內容是談《廢都》。我不能不談到《廢都》的意義，認為這部作品是一批文人痛苦地掙扎，並談到"性"並非是作品裡的全部內容，而且"不存在過分與否的問題"。暢廣元教授也說了，"《廢都》是一部非常嚴肅的作品。"但就是這樣一篇專訪，也只能在《澳門日報》上發表。而我曾寫過一篇較為詳細的文章：《〈廢都〉：廢棄的文化廢棄的人》，剖析了《廢都》的意蘊。當時也只能在一本香港的刊物上發表，可見輕率地禁止作品和文章，是如何的不夠慎重。不僅文化界是如此，有些有正義的領導，也不可能暢所欲言。至少陝西的宣傳部門，就非常慎重，沒有對《廢都》一棍子打死。我記得，當時宣傳部門的領導同志，花費了一個整天，專門找一些評論家開會，而且一開始就言明，暢所欲言，言無不盡。在這個討論會上，不少領導同志還傳話給賈平凹，要繼續寫作，不要受到壓力，可見，單純依靠權力，輕率決定一部作品、一篇文章禁止發行，是不可取的。時隔十餘年，今天又重新出版，實在是順應歷史的潮流。這或者又是通過《廢都》的禁止與解禁，應該取得的另一點啟示。尤其，《廢都》的被禁與解禁，還涉及到改革開放後不斷改善法治的問題。對一本作品和文章的禁止發行，到底是個別領導的權力所為，還是依法治國辦理，看來在文藝界的立法現在還是一件大事，對文藝界的法規、法律能否堅決實行，應該提上議事日程，否則一言九鼎，憑個別領導就決定一本書、一篇文章的命運，不通過一定的法律，會像"文革"中的浩劫，造成社會的混亂，有悖於大局的穩定，在改革開放的時代，實在不應該出現。

時隔十幾年，《廢都》的解禁，足見法律的進步，時代的發展，但痛定思痛，不能不看到以法治國確有加強的必要。

張新穎說——

重讀《廢都》，最深的感受是，這是一部中年人寫的書，寫的是中年的經驗和心境。

如果說《廢都》寫的是一個中年人的"頹廢"經驗和心境，其實是中肯的。賈平凹寫莊之蝶這麼一個名作家的日常生活，筆觸很少伸到這個人的心靈深處，偶有指涉也趕快移開，似乎有意避免碰觸；但越是躲避著，就越顯出問題在那兒。在這一點上，我覺得小說的處理是非常成功的，它不寫這個人精神上的問題，寫的都是庸常的瑣事，有心的讀者卻應該能夠不時地感受到這個人物精神上的茫然與危機。小說寫性，這是最引人爭議的了，如果和這個人物的精神狀態結合起來看，其實就沒有多麼難理解。十年之後，賈平凹和人聊天時說，《廢都》寫性，“只是寫了一種兩性相悅的狀態，旨在說莊之蝶一心要適應社會到底未能適應，一心要有作為到底不能作為，最後歸宿於女人，希望他成就女人或女人成就他，卻誰也成就不了誰，他同女人一塊毀掉了”。

這種“兩性相悅”，就是精神上的茫然和危機的一個出口吧，後來證明這個出口並不就連著一條出路。

王一燕說——

《廢都》不僅是賈平凹個人的傑作、代表作，也是當代中國文學中獨具特色的作品，更是中國當代小說裡屈指可數的突出個人內心世界的文本。

《廢都》自2009年解禁以後，評論界重讀《廢都》，眼界顯然拓寬許多，先前對《廢都》很是憤憤然的批評家很多轉向對《廢都》及作者倍加讚賞。

賈平凹的長篇小說有好幾部是以西安為背景的，除《廢都》之外，《白夜》《高興》中人物活動的主要場所也是西安。《廢都》裡的西安跟《白夜》和《高興》裡的又不一樣，《廢都》裡的西安不僅是敘事的背景，也是敘述的核心所在。該書稱西安為“西京”，直接影射其作為許多朝代都城的歷史，只是往事卻不堪回首，西京如今只是一“廢都”耳！

“廢都”西京的城市圖景是通過賈平凹本人熟悉的文化符號實現的，這些文化符號並非為讀者、抑或是西安本地人所認可，但卻是有效的文化在地敘事，是賈平凹本土敘事的有機組成。

對於賈平凹而言，陝西的本土文化傳統正是“本真”中國之所在，西安則是中華文明的淵源。根據賈平凹自述，他想表達的是“廢都意識”：

2014 年第 1 期文藝爭鳴 刊發 張濤
《錯位的批評與知識份子話語重建》

我欣賞 "廢都" 二字。一個 "廢" 字，有多少世事滄桑！

許多學者認為《廢都》是對文化傳統與社會變革之間矛盾的適時思考，反映了傳統行為準則的壓抑特質與個人欲望的碰撞，吳國璋的評論便是此中代表。與吳持相同觀點的還有文學批評家白燁、《廢都》的編輯田珍穎以及賈平凹的研究者、學者費秉勳。他們都承認《廢都》通過對文人角色的性描寫，深入探究了中國知識精英在當前社會變動中的失落感，亦對社會進行了大膽抨擊。

《廢都》是賈平凹首次構建市井環境。促使產生這一轉變有多種原因，但主要是源於賈氏城市生活體驗的不斷積累，以及 20 世紀八九十年代之交快速發展的市場經濟給文化傳統與知識份子所帶來的巨大威脅。《廢都》不同於在此之前的商州系列，不僅在於敘述背景與人物造型的改變，也不僅是先前充滿活力、清新喜人的山野鄉村的消失，更重要的是賈平凹本人人到中年，從樂觀走向了悲觀。雖然將陝西作為中國文化精髓的初衷並未改變，但是市場經濟對傳統文化的衝擊，對知識份子身份的顛覆和瓦解，帶來了賈平凹對己、對人、對社會、對文化、對政治等等的疑慮和重新思考。

《廢都》書寫了兩種並存的歷史時刻：商業物化的現時，傳統輝煌的昔日，"廢都" 乃時間與空間的雙重隱喻。借助時空的不可分割，並將二者刻意交錯，《廢都》成功地將過去與現在交織於同一空間，既表現了傳統在當代環境中的存在，也強調了與之俱來的複雜性。一方面，傳統無孔不入，現代化進程中處處可見傳統的足跡，傳統的頑固又加劇了現代化的迫切。另一方面，現代化不僅發明許多 "偽" 傳統，還毀掉很多寶貴的 "本真" 傳統。如此反覆，無數的過去在現代空間重現，現代又興起於過去的碎片之上。《廢都》人物在過去與當今之間穿梭，現代感與歷史感交相展現，只是不可逆轉的衰敗始終佔據上風，現在常被過去蒙上一層陰影，使全書敘事沉浸在輓歌般的悲涼氛圍之中。

《廢都》最重要的文學意義是塑造了莊之蝶這樣一位不合時宜的人物，並通過這個人內心的潑煩、糾結深刻地展現了社會變化於個人的衝擊。《廢都》不只是有聲有色地說出社會變了，有些人變富，有些人變窮，舊的去了，新的來了，《廢都》的深刻是用莊之蝶的失落提出了思想者價值取向的重大問題。從前，這樣的問題在橫排簡體文學裡是不存在的，不僅是因為不准有這樣的問題，關鍵是作家們傾向於思考國族敘述的重大問題，因此太多的小說總是言說國家民族街坊村鄰如何受苦受難受欺負。莊之蝶的出現提出的問題是：面對市場經濟，全球化，意識形態的多元化，國家有國家的對應，自己個人的選擇是什麼？有了自由，怎麼使用？或是更確切地說，豐衣足食之後，生命的意義何在？這些問題也許沒有答案，至少莊之蝶、周敏、孟雲房都沒有找到答案。但是如果一個民族的文學對這些問題無人問津，那就太可悲了。

王堯說——

2014 年第 6 期文藝爭鳴刊發郭冰茹《廢都與中國古典小說敘事傳統》

《廢都》把賈平凹散文中的 "閒人" 形象 "擴大化" 了，《廢都》就是從 "閒人" 這裡寫開的。

書寫 "我們是病人，人卻都病了" 這樣的苦難，不僅對賈平凹，恐怕對很多人來說都是一種痛苦和矛盾。在《廢都》 "後記" 的最後部分，賈平凹這樣寫道： "對我來說，多事的一九九二年終於讓我寫完了，我不知道新的一年我將會如何地生活，我也不知道這部苦難之作命運又是怎樣。從大年的三十到正月的十五，我每日回坐在書桌前目注著那四十萬字的書稿，我不願動手翻開一頁。這一部比我以往的作品能優秀呢，還是情況更糟？是完成了一樁夙命呢，還是上蒼的一場戲弄？一切都是茫然，茫然如我不知我生前為何物所變、死後又變為何物。我便在未做全書最後的

2014 年第 6 期文藝爭鳴刊發郭冰茹
《廢都與中國古典小說敘事傳統》

一次潤色工作前寫下這篇短文，目的是讓我記住這本書帶給我的無法向人說清的苦難，記住在生命的苦難中又唯一能安妥我破碎了的靈魂的這本書。" 這段文字差不多寫出了《廢都》這部小說的幾個關鍵字：茫然、苦難、破碎和靈魂。我們要追問的是：為何茫然？為何破碎？又如何安妥？

賈平凹有兩部書是帶著茫然寫的，一部是《廢都》，一部是被人稱為 "廢鄉" 的長篇小說《秦腔》。我們通常認為賈平凹熟悉鄉村而不熟悉城市，他總是站在 "土門" 口眺望 "城市" 的。在談到寫作小說的狀態時，《廢都》說："我知道一走近書桌，書裡的莊之蝶、唐宛兒、柳月在糾纏我；一離開書桌躺在床上，又是現實生活這紛亂的人事困擾我。為了擺脫現實生活中人事的困擾，我只有面對了莊之蝶和莊之蝶的女人，我也就處於一種現實與幻想混在一起無法分清的境界裡。"《秦腔》則說："我的寫作充滿了矛盾和痛苦，我不知道該讚歌現實還是詛咒現實，是為棣花街的父老鄉親慶幸還是為他們悲哀。那些亡人，包括我的父親，當了一輩子村幹部的伯父，以及我的三位嬸娘，那些未亡人，包括現在又是村幹部的堂兄和在鄉派出所當員警的族侄，他們總是像搶鏡頭一樣在我眼前湧現，死鬼和活鬼一起向我訴說，訴說時又是那麼爭爭吵吵。我就放下筆盯著漢罐長出來的煙線，煙線在我長長的吁氣中突然地散亂，我就感到滿屋子中幽靈漂浮。" 賈平凹的矛盾和痛苦就在於他一方面確認農村變革的成績，另外一方面他又不能不憂心 "故鄉啊，從此失去記憶"："舊的東西稀里嘩啦地沒了，像潑去的水，新的東西遲遲沒再來，來了也抓不住，四面八方的風方向不定地吹，農民是一群雞，羽毛翻皺，腳步趔趄，無所適從，他們無法再守住土地，他們一步一步從土地上出走，雖然他們是土命，把樹和草拔起來又抖淨了根鬚上的土栽在哪兒都是難活。" 在這種狀態已經成為現實時，賈平凹意識到，"故鄉將出現另外一種形狀"。

如果我們由《秦腔》所表述的這一層意思再回到《廢都》，不難發現從《廢都》到《秦腔》貫穿了賈平凹的一條思想線索，即對現代化背景下的 "本土中國" 的憂思。如果說《秦腔》書寫了農民在鄉村變革中的 "拔根" 狀態，那麼《廢都》則敘述了知識份子在文化轉型中的 "無根" 狀態。

賈平凹作為作家的敏感顯然不輸學者。"在四十歲的一九九二年，我終於有了覺悟，創作欲望極強烈，我幾乎越來越看清了我所寫的一切。我就精神抖擻地動了筆，'廢都' 二字最早起源於我對西安的認識。"　"西安在中國來說是廢都，地球在宇宙來說是廢都。從某種意義上來講，西安人的心態也就是中國人的心態"，即"一種自卑性的自尊，一種無奈性的放大和一種尷尬性的焦慮"。和邏輯的表述不同，《廢都》對精神世界的構建是以隱喻的方式進行的，"廢都"也就成了小說的總體性的隱喻。對於《廢都》的隱喻意義，論者並無大的分歧。曾有論者把"廢都"與"荒原"做比，我認為是非常精當的："看來小說取名《廢都》，包含有對傳統文化斷裂的隱憂，有失去人文精神倚持的荒涼感。七十年前，英國詩人T.S.艾略特寫了題為《荒原》的長詩，以死亡和枯竭的意象，來表徵被工業文明所裹脅的現代西方人的生命貧瘠。《廢都》的命意和《荒原》何其相似！兩者同樣有著對於傳統文明斷裂後的隱憂和悲劇感，《廢都》也許可以稱為東方式的《荒原》。"我一直思考《廢都》究竟寫什麼，如果說是寫"頹廢"，可能比較接近莊之蝶這個人物形象的內涵以及這部小說的精神氣息；但是，如果把它的"主題"定位在"頹廢"上，我們又可能無法明白賈平凹為什麼說《廢都》是部"苦難之作"，甚至會認為賈平凹如此之說不僅矯情、牽強而且自欺欺人。因此，我以為《廢都》是寫"我們是病人，人卻都病了"。這正是我們這個時代最大的苦難。

無疑，《廢都》是一個充滿了矛盾的文本，無論是它的隱喻、理性，還是作者的身份都呈現了種種複雜性。

馬原說——

小說，讀今天我們見到的小說，會有哪本書讓孫子重孫子們有興趣讀呢？

也許有十本、一百本，也許只有兩三本，但我有把提，其中有一本是《廢都》。我深信不疑，這是一本卓越的書，而且好讀、可讀，而且必定傳諸後世。

《廢都》，讀它的人中文化層次較高的多說它無聊，或許它的確無聊，但我看重的恰好就是它的無聊。這是一本寫無聊的書，專門寫無聊，寫的就是無聊的人們津津樂道的那些無聊的事。但賈平凹寫得好，流暢、鮮活、有趣；最要緊的是精準之极，惟妙惟肖是也；更要緊的，作者竟在自賞中忘了深刻——我相信他一定陷在得意中不能夠自拔，所以把它寫成他唯一一部只有形態，沒有思想深度的書。古往今來，也許還沒有一本專門寫無聊寫到極致的小說，現在有了。它可以和那些寫貪婪、寫嫉妒、寫惡毒、寫吝嗇的傑作放到同一個書櫥裡，而且絲毫不比其中任何一本遜色。它是一本寫無聊的大書，非常到位。

同樣讓我看重的是它的背景，它是今天的故事，它就發生在你和我的昨天、今天、明天。他是勇氣十足的人，直接面對自己那個群落的實體生活，一點兒不閃爍其辭，一點兒不做矯飾。它必定是這個時代這個國家中這群人的真切寫照，是這個世紀末留下來的最具參照價值的檔案。

全炯俊（韓國）說——

重讀《廢都》就很有必要。這種重讀將考察《廢都》作品整體，並將對部分的探討與這種考察相聯繫，在部分與整體的關聯中對作品進行分析、闡釋。對既往討論中成為問題的諸論點進行再探討，進而闡明《廢都》的文學、文化意義，為對其文學和文化價值進行再評價助一臂之力。

為了對作品進行整體性考察，首先必須把握其敘事結構。長達40萬字的長篇小說《廢都》以全知性第三人稱視角為基本敘述方式，按時間順序對故事作線性敘述。這種敘述方式，一方面可以看作是對現實主義小說的傳統小說技法的忠實，另一方面，也與明清的章回小說敘述方式有相通之處。從《廢都》的線性敘述中發現了四個不同的故事（官司的故事，事業的故事，性愛故事，寫作的故事）。這四個故事一方面相互區別，一方面又相互糾結，這是《廢都》敘事結構的最大特徵。

四個故事中，官司的故事構成該作品的主導線索。事情發端於《西京雜誌》發表《莊之蝶的故事》。該文章講述西安知名人士——作家莊之蝶的生涯時，講述了"莊之蝶當年還在一個雜誌社工作時如何同本單位的一位女性情投意合，如漆如膠，又如何陰差陽錯未能最後成為夫妻"。正是這個愛情故事惹來了亂子。

與其他故事相比，事業的故事相對而言不處於前臺位置。但它對整體意義網的構成卻起著不可或缺的作用。

性愛故事既為《廢都》銷量突破千萬冊作出了最大貢獻，也是為賈平凹招致汙名的罪魁。

四個故事中最重要的是寫作的故事。莊之蝶雖是知名作家，但當時已寫不出作品。整部《廢都》中，只有一處寫到他寫作的場面，即第 201 頁寫到他說要寫"魔幻主義"小說，並寫了三頁稿紙。莊之蝶寫不出長篇小說，卻寫了各種各樣的其他文章：為農藥工廠寫宣傳性報導，假扮鐘唯賢死去的女友給鐘唯賢寫情書，替阮知非寫論文，給景雪蔭寫信闡明自己立場，向法院提交答辯書，最後，是化名撰文宣佈退出文壇。

這四個故事的共同點是：它們都是關於墮落和破滅的故事。四個故事巧妙地糾結在一起，有時互為原因、動機，有時同步進行，起到相輔相成的效果。

雖然《廢都》顯然是關於墮落和破滅的故事，但我們要重視的不是故事中墮落和破滅狀態的細節，而是那種狀態所顯現出的自我意識的動向。可以說，作家莊之蝶就是向著墮落和破滅飛奔的都市西安的自我意識。

可以說，《廢都》的敘事節奏就是自我意識的節奏。在履踐墮落與幻滅之路的整體潮流中，對其步伐的自我意識以及由此而來的痛苦四處出沒，而對自我意識之痛苦的克服，更進一步，為回歸本來之自我而做的搖擺掙扎就在其間展開。這種節奏最初徐徐展開，繼而逐漸加快，在鴿子事件中達到一次頂峰，在與唐宛兒的最後一次情事中又再次達到頂峰，此後便急轉直下，抵達崩潰。這種節奏，正是這部小說的本體。

鐘良明說——

《廢都》為比較文學研究提供了一個機會。

一、現代主義社會中藝術對道德不屈不撓的關注

現代主義文學的道德背景

現代主義者對現實問題表現了熱切的關注。這是現代主義社會的必然現象。

F・M・許弗（Ford Madox Hueffer，1873—1939）是英國現代主義文學的一位前驅，他對他那個時代幾乎所有公眾感興趣的問題都發表過評論：從愛爾蘭問題，婦女運動，巡迴圖書館，一直到紅衣主教的服飾；他不僅抨擊藝術的庸俗和功利化，也哀歎傳統工藝的衰敗和商品的偽造。他認為自己屬於歐洲以福樓拜、莫泊桑和屠格涅夫等為代表的文學傳統。他稱這些作家為"第一批真正有意識的作家"。

1911 年，在寫畢他的回顧性質的文集《古老的正義和新的思索》（Ancient Rights, and Certain New Reflections）後，他是這樣描述他的心境的：

當我重新審察這些書稿時，我發現我寫完了一個悲哀的故事。現在這本書就擺在我的眼前，但我感到沒有任何東西比它更遠離我的思緒。

對現實同樣執著的關注，幾乎使賈平凹將《廢都》寫成了當代中國的弊端大全。出於令人驚駭的歷史巧合，1993 年元月，賈平凹在《廢都》書末記下了這樣的心態：

多事的一九九二年終於讓我寫完了，我不知道新的一年我將會如何生活，我也不知道這部苦難之命運又是怎樣。從大年的三十到正月十五，我每日回坐在書桌前目注著那四十萬字的書稿，我不願動手翻開一頁。這一部比我以前的作品能優秀呢，還是情況更糟？是完成了一樁夙命呢，還是上蒼的一場戲弄？一切都是茫然，茫然如我不知我生前為何物所變、死後又變何物。我便在未全書最後的一次潤色工作前寫下這篇短文，目的是讓我記住這本書帶給我的無法向人說清的苦難，記住在生命的苦難中又唯一能安妥我破碎了的靈魂的這本書。

顯然，這是在多年處於"一種現實與幻想在一起無法分清的境界"並寫畢"一個悲哀的故事"時特有的心境。

道德權威的喪失、科技專家的興起、以及大眾藝術和新聞媒介，它們在道德領域的綜合效果是：現代人在精神上的平庸化、小人物化。即，"我們正在使我們大家符合一個唯一的標準，正在去除一切傑出的東西"，"我們把一切按等級地降格了"。

《廢都》總的道德背景與上述情況驚人地類似。作品一開始就展示了西京大街上眾多生靈的生態：在只有一個太陽照射時，眾人如何"不痛不癢"地踏著別人的影子前進，在四個太陽普照天下時，他們又如何"胡撲亂踏"、"被寂靜所恐懼"、"哇哇驚叫"和各處"瘋倒"。並且，還"不見了指揮交通的警察"，而取代他的，是給予自己以充分民主，以"承包"破爛和說謠兒以博眾人一樂為己任，且為眾人所傾倒的老頭兒。一句話，眾人混沌，且沒有了頭領，但有了"民主"。

《廢都》書名也完全是一個道德的概念：西京在什麼意義上"廢"了呢？顯然它不是在物質上，而是在精神上"廢"了。它表達了西京人的一種精神狀況——"魂不守舍"。用西方人的話說，叫"靈魂出了竅"。即，這是一批行屍走肉、一批幽靈。幽靈在什麼地方出沒呢？在荒廢了的場所。西京儘管物質繁華，但有了這一批幽靈，也就無異於"廢都"了。

二、現代主義的道德反應

現代主義的道德反應，針對的就是文學氣氛中的這種怯懦和死象。具體說來有如下反應：

1. 以冷靜的個人觀察抗衡強大的"事實"

在一本書的前言中，許弗寫到，"我由衷地鄙視事實。我努力要做到的是向你描繪出我所見到的一個時代、一個城市和一場運動的精神。要做到這一點，我們不能訴諸事實。"他還宣稱："這本書充滿著事實的不精確，但就印象而言，它具有絕對的精確性。"

這也就相當於《廢都》中的"情節全然虛構……唯有心靈真實"吧。

2. 以實驗和冒險的精神代替文學的保寧和怯懦

正如艾略特所言，文學的冒險和實驗，首先就是冒"未劃入已有名目"的新思想之險，就是實驗"公眾還未曾見過的東西"。在艾略特作出這番評論時，他正寫畢他的《荒原》，正處在和賈平凹寫畢《廢都》時一樣的心境：一個"不知道這部苦難之作命運又是怎樣"，一個"擔心公眾將以何種暴烈的嚎叫來迎接他的這一新作"。因為在《荒原》裡，20世紀的人類文明被描繪成了"不再提供陰涼"的"死樹"，人類則出沒在"老鼠洞裡"（第115行）。而在《廢都》裡，閃耀著道德之光的渴望也就是艾略特所渴望的"新的思想和新的主題"。關於公眾對他新作的態度，艾略特的估計大體上是對的，他未能估計到的是，《荒原》將成為20世紀文學的經典。

體現新思想、新手法的作品被憎惡的情況絕不是一時一地的現象。文學家可以引為欣慰的是：

時代可能顛倒是非，但文學史迄今還未冤屈過這一類"心靈真實"的作者。

文學勇氣的一個突出表現是為陳述真意而不避眾人之諱。進入20世紀後，中等階級是文學的主要讀者，是"公眾"的主要成分。冒犯這一部分人，風險自不待言。但現代主義並不猶豫。龐德稱讀者為"頑固不化"（bulletheaded）。艾略特不遜地將讀者稱為"體面的中等階級的烏合之眾"（the decent middle class mob）。顯然，這與無條件迎合讀者的"世故"形成了生動的對照。

文學實驗和勇氣另一個重大的表現是寫那些不愉快的事情。《廢都》裡就充滿了這樣的不愉快的事情，它是一個徹頭徹尾不愉快的故事。

三、從"反面英雄"到"我們都是有罪的！"

《廢都》就包含了早期現代主義的激烈和後期現代主義（20世紀中葉的存在主義）的深沉。我們可分別用"反面英雄"和"我們都是有罪的！"來代表它們的特徵。

毫無疑問，《廢都》也是反應，也是抗衡。在一段很長的時期，我們的作品是"中間人物"也無由問津的英雄的領地。終有一日，英雄們被請了出來。取代他們的，是比中間人物還要灰暗得多的莊之蝶和唐宛兒們。他們的名目的"反面英雄"（anti-hero）。他們抗衡的文學現象是英雄狂熱（hero-worship）。

一般說來，反面英雄並不等於傳統的反面人物；它只是英雄的對立面和抗衡物。它卸下了英雄輝煌的外衣，成了被人歎息和憐憫的對象，而不再是眾人爭相效法的榜樣；它成了被拯救的物件，而不再具有拯救別人的能力。

莊之蝶就是這樣的反面英雄。

《廢都》裡面無好人！這是讀者的第一印象。設身處地，必然的結論：我們都是有罪的！

"我們都是有罪的！"這是《廢都》的道德內涵。為此，中國讀者特別需要首先區別兩種截然不同的罪。現代漢語沒有這樣的兩個字，英文倒是有的，即crime和sin。前者大致可理解為違反他人或（和）社會利益，為法律所不容；後者一般表現為過失，違背的是人人心照不宣的良知，社會難於干預。但這並不意味後者比前者具有較小的危害。有時剛好相反。對區區小罪可以大事懲戒，而對深重的罪孽竟無能為力，這是人類社會，特別是現代主義社會的極大悲哀。

法國存在文學大師加繆（Albert Camus，1913—1960）在小說《墮落》（The Fall）中通過主人公說："我們無法聲稱任何人是無辜的，但我們可以肯定所有人是有罪的。每個人都能證實所有其他人的罪孽——這是我的信仰和希望。"

《廢都》的主要情節，就是以莊之蝶為線索的現代中國人出於"壞的信仰"和自我欺騙不斷作出錯誤的選擇，然後在它們造成的惡劣環境中承受煎熬。他們有罪於他人和社會，而社會無法干預他們，但他們自食惡果。作品中表現出來的他們的痛苦、思索和懺悔，是作品道德力量的源泉。

"人人有罪"的實質是人人愚昧。這裡涉及到柏拉圖哲學一個簡單的命題：知識就是美德，無知就是罪孽（"Knowledge is virtue，ignorance is evil"）。克服罪孽的一條途徑就是從無知或虛假的、片面的知識過渡到有關世界、社會、歷史和哲學的比較全面的知識。而作為過渡的第一步，就是意識到自己處在愚昧的狀況，即承認"我們都是有罪（愚昧）的"。從哲學的觀點看，這是良好的精神狀況。

生存在《廢都》裡的就是這樣一批愚不可及的人們。他們愚昧的重要表現形式，就是將虛假、轉瞬即逝（即肉體、感官）的幸福，誤認為真正、長久、高尚的幸福。從莊之蝶到黃廠長，無不如此。這十分符合近年的現實。物質欲有如一瀉千里的黃水，修築大堤嚴加防守尚且不能萬無一失，一旦加以"疏導"，其勢必不可擋。這種縱欲的必然結果是加速和加劇愚昧。

《廢都》和許多現代主義文學作品的重要特徵是思想和表現手法的極端化傾向。根據亞里斯多德提出並為歷代眾多哲學家接受的一種觀點，當出現了一個極端，並從而激發了另一個極端之後，真理就不再在任何一個極端，而在兩個極端的中央。這樣的真理是兩個極端的"中值"（the Golden Mean）。這裡體現了一個深邃的思想：現代主義不旨在表述真理，或者，充其量它只表述半個真理。其餘半個真理屬於讀者，屬於那些善於在兩個極端之間進行思索和權衡，並取得一個中值的人們。這就是為什麼有人說文學作品不是終端產品，而只是一個"過程"，一個由讀者在部分真理的基礎上發現全部真理的過程。簡言之，真理屬於每一個人，唯獨不屬於作者。

現代主義不是真理：它是極端，一個嚮往真理的極端。

將《廢都》放入二十世紀國際文學的大體系，我們發覺它超越了狹隘"民族文學"的概念。它不是生硬模仿的作品，不是在溫室營養池中培植的產物（比如，不是幾十年如一日，在幽靜的環境裡，在廣為提供的檔案中寫就的"史詩"），它純屬一個"偶然的事件"。它長自一片真實的土地，在本民族擁有空前的（淺薄和不淺薄的）讀者。在這一意義上，它又是不折不扣的民族文學。這樣，它既符合文學的一般品質（令人感興趣、誠摯，等等），又具備文學的特異性（如民族性），所以充分具備"存在的理由"（raison detre）。借助比較文學的視角。我們發現它是20世紀一個文學大潮在遠山岩壁激起的回聲，它加了一個文學的轟鳴。這是一個跡象：我們的文學也有可能成為國際文學大體系的一個部分，我們在無意中靜悄悄地加入了一個文學意義的"總協定"。

丁淑英說——

賈平凹的長篇小說《廢都》從主題、材料和藝術手法三方面與《百年孤獨》做比較，以探討世界文學現象中比較複雜的具有歷史性的相互影響的關係，以及在客觀的文學流變規律中互相偶合關係。

一、"孤獨"和"失落"都是一種特殊的民族情緒

《百年孤獨》的主題是"孤獨"。《辭源》上把幼而無父和老而無子的人稱為孤獨，即孤單沒有依靠的人。《漢語成語小詞典》解釋"苦心孤詣"中"孤詣"時指出，"別人所達不到的"就是"孤詣"，從事某種研究，達到了他人未至境地。瑪律克斯的"孤獨"具有以上所講的具象與抽象雙重含義。布恩地亞家族為了擺脫落後、愚昧、貧窮的困境以及因近親通婚會生怪胎的厄運，遠離故鄉定居馬孔多，去過原始部落似的生活。這個家族的夫婦之間、父母兒女之間以及兄弟姐妹之間皆無信任和理解，缺少情感溝通。家族成員同鄰居之間也沒有友誼與合作，因此儘管經過七代人百年的探索、奮鬥，還是以失敗告終。孤獨感是20世紀後半葉乃至拉丁美洲人的普遍心態。一種特殊的民族情緒。是一種被西方文明甩在後面，對世界物質文明與精神文明的渴望，而又望塵莫及。瑪律克斯認為，孤獨的反義是團結。這部小說啟迪人們，要想讓自己的民族跨入世界文明進程之列，必須團結起來，走出孤獨的困境。

《廢都》的書名隱含著失落感。"失落"即"遺失""丟失"的意思。掉隊、落伍、被棄的人都容易滋生失落感。在中國歷史上，有不少城市曾是封建小國的京都，如南京、洛陽、開封、

西安等。它們曾一度是一國的心臟，風光、繁榮過一番。可是，被無情的歷史列車扔掉的京都皆變成"廢都"。賈平凹筆下的這座"廢都"是西京——西安。它曾"是十三朝古都，文化積澱深厚是資本也是負擔，各層幹部和群眾的思維趨於保守，故長期以來經濟發展比沿海省市遠遠落後。" "城市文化旅遊業的大力發展，使城市的流動人員驟然增多，就出現了許多治安方面的弊病，一時西京城被外地人稱為賊城、煙城、暗娼城。"這種改革開放激發出的現代意識同傳統的內地古都意識混流的西京古土上，便產生了兩個毒菌般的失落群體：一個是以作家莊之蝶為代表的西京文化界男性知識群體；一個是以唐宛兒為代表的女性性奴隸群體。賈平凹在書名上用"廢"字暗示出對這兩個失落群體的生活態度、價值取向的扔棄。這應該是《廢都》的主題。

孤獨與失落是內涵相近的特殊的民族情緒。哥倫比亞與中國都是發展中的國家。在歷史上都曾是西方發達民族的殖民地或半殖民地。傳統的愚昧、落後、貧窮的生活狀況與舊意識和現代工業、科學進步、物質文明、精神文明並存的社會現象是產生孤獨感和失落感的根源。

二、用神話和夢幻展示"孤獨"與"失落"的社會風貌

《百年孤獨》被稱為現代神話。馬孔多鎮一個世紀的興衰史像一部神話故事展現在讀者面前。神話本是人類童年時代的意識，面對威力無窮的自然界，當時人類只能用想像和借助想像去解釋周圍的一切變化。越是經濟文化落後的民族，神話故事越多。這是因為只有在神話世界裡才能走出現實"孤獨"的困境。《廢都》是當今中國文壇上不可多得的奇書，裡面寫了許多千奇百怪的神話和夢幻。開卷有三奇：一奇，20世紀80年代，莊之蝶和孟雲房從楊玉環墓地取來的土，盛在盆裡，自然生出四支奇花，一日夜半，被莊之蝶用熱水澆死了。二奇，同年夏天，古曆六月初七的晌午天上出了四個太陽，大小一般，聚在一起，組成"丁"字形，像電焊光一樣的白光照得人什麼東西也看不見。這樣的怪異現象持續了半個小時。三奇，有一日雨後，西天邊出現七條彩虹交錯射在半空。三奇之外還有一怪：奶牛的哲學思維及他慨歎城市居民的退化，發恨要在某一天夜裡，闖進西京城的千家萬戶，將所有的女人強姦，使人種強起來，野起來。還有同《百年孤獨》相似的四情節：其一，女人的自然幽香。烏蘇娜的曾孫女雷梅苔絲身上散發的幽香能激發男人的欲望；莊之蝶的情婦阿燦身子下部也有一股誘惑男人的幽香。其二，怪胎兒現象。兩部小說的結尾處都出現了怪胎兒。莊之蝶在火車站途見小報上看到的胎兒有首無肢，肚皮透明，五臟六腑清晰可辨，雖無豬尾巴，但仍是愚昧的父母創造的畸形生命。其三，生死無界。馬孔多鎮上沒有死者

與活人界線，阿瑪蘭塔‧布恩地亞為死人送信如去活人家串門；莊之蝶的岳母同死去多年的丈夫朝暮見面、說話，陽世與陰間相通。其四，淫雨成災。馬孔多慘案後連下了四年十一個月零兩天的雨，火車在暴風雨中翻車，牛車輪子往下陷，颶風掀走房頂，吹倒屋牆，連根拔起了種植園裡的最後一批樹苗。這場雨後，十年內，馬孔多再也沒有下過雨，這裡變成一片廢墟。西京城也因連降三天大雨，造成牆倒人死之災。莊之蝶的岳父竟因雨天女婿不去看岳母，用鞭子抽傷他的背。莊之蝶岳母的鄰居順子娘被雨沖倒的牆砸死在茅坑旁。這四近似和上邊的三奇一怪諸現象是自然力的化身。愈是生產力不夠先進的民族，被自然力控制得愈重。擺脫不掉自然桎梏的國家，群眾的神話與夢幻愈多。

變現實為神話，變現實為夢幻，是《百年孤獨》和《廢都》所共有的特色。

三、在“魔幻”的藝術氛圍裡宣洩“孤獨”感和“失落”感

用象徵和誇張的手法創造“魔幻”的藝術氛圍，在這種氛圍中宣洩“孤獨”感和“失落”感，是《百年孤獨》和《廢都》所共有的藝術特徵。

莊之蝶與孟雲房從貴妃墓地上取回來的土中生出四枝奇花，象徵著與莊之蝶有過性行為的四個女人：牛月清、唐宛兒、柳月、阿燦。奇花被莊之蝶在酒醉後用熱水澆死，又象徵了四個女人不幸的結局。像柳月所講的："……是你把我，把唐宛兒創造成了一個新人，使我們產生了新生活的勇氣和自信，但你最後卻又把我們毀滅了！而你在毀滅我們的過程中，你也毀滅了你，毀滅了你的形象和聲譽，毀滅了大姐（指莊之蝶之妻牛月清。筆者注）和這個家。"整部《廢都》幾乎是莊之蝶的風韻史、淪喪史和失落史。柳月把莊之蝶與她們的性行為看做是把她們造成"新人"，使她們產生了"新生活的勇氣和自信"的動力。男女之間的亂倫、畸形的性行為反映了社會的封閉、落後和孤獨。第六代奧雷良諾·布恩地亞和姑母的亂倫行為，生下有豬尾巴的怪胎兒，導致這個家族的滅亡絕種。瑪律克斯把這種"孤獨"情緒宣洩得淋漓盡致。唐宛兒、柳月和阿燦與莊之蝶的畸形性行為促成她們自身甦醒，自我發現，這種甦醒與發現僅僅是傳統女人處於性奴隸地位長期積累的釋放及失落。

《廢都》"把現實翻轉過來，展示現實的另一面。"（瑪律克斯的話）對現實另一面的理解當然是仁者見仁，智者見智。這部小說，雖然同《百年孤獨》有如上所述諸多相似之處，但筆者尚不敢確認它就是魔幻現實主義作品，只能說明在客觀藝術規律中，二者是相互偶合的現象，或是賈平凹受到了瑪律克斯創作的影響。

魯曉鵬說 （季進 譯）

《廢都》沿襲了《金瓶梅》、《紅樓夢》等古典小說傑作的修辭與敘事方式。它沒有跟從時髦的後現代的文學技巧，而是更多地採取了民族化的策略。它的寫作手法絕對是本土的。它再現了世情小說的某些特點，這種文類開始於《金瓶梅》，而鼎盛於《紅樓夢》。作為明清時期建立起來的悠久傳統，這種文類的小說，用魯迅的話來說，描繪"離合悲歡及發跡變態之事……又緣描摹世態，見其炎涼"。

作者強調了小說的虛構性，小說的扉頁上鄭重聲明，"情節全然虛構，請勿對號入座；唯有心靈真實，任人笑罵評說"，提醒讀者不要信以為真。在《後記》裡，賈平凹談到了寫作的技法問題，對中國文學經典的藝術大為嘆服："姑且不以國外的事作例子，中國的《西廂記》、《紅樓夢》，讀它的時候，哪裡會覺得它是作家的杜撰呢？恍惚如所經歷，如在夢境。"同時，賈平凹還以一種寬泛的符號理論，或者說符號學 / 語義符號學（semiotics/semiology）來解說關於寫作的觀念。他說：

藝術就是虛構的東西。我就是要在現實的基礎上建立自己的一個符號系統，一個意象世界。不要死扣那個細節真實不真實，能給你一種啟示，一種審美愉悅就對啦……儘量在創作時創造現實，在那另創造一個虛構的現實。

世紀末意識與通俗城市小說

《廢都》改變了1993年的文學場景，它的流行表露了90年代普通中國人思想中流行的觀念、價值和立場。表面上，這部小說以繪畫般的精細，描繪了主人公莊之蝶與其情人之間的豔遇。正如有人所指出的，小說對性行為精細、反覆的描繪與中國現代文學史很不相稱。讀者對性的興趣恰恰是中國社會長期壓抑的結果，閱讀這本小說也就成為對政府禁忌的變相反抗。更為重要的是，普通百姓對性的興趣，也與1989年之後去政治化、去意識形態化、商品化與消費主義的大氣候密不可分。這種窺淫癖的沉湎/性之昇華正顯示了一種政治的落敗。小說商業上的成功也得益於精心的銷售與包裝策略，它被市場定位為事關禁忌話題（比如性）的作品。大街的書攤上都標上了誘人的標貼"當代《金瓶梅》"。讀者都被引誘去一睹為快。《廢都》成為90年代初期印刷媒體的通俗文化大獲成功的典型案例。

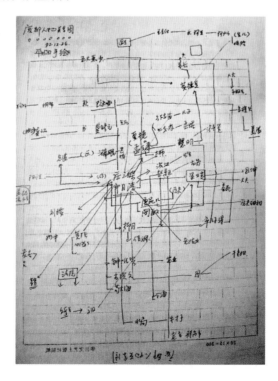

附錄：

丁帆主編《中國新文學史》

　　由教育部中文科教學指導委員會編、丁帆主編的《中國新文學史》，以新的文學史觀，全面廣闊的研究視野，人性的，審美的研究立場以及獨特的研究方法，展現出其突破以往文學史撰寫模式的鮮明個性，走出一條"個性治史"的新道路。確立一九一二年為新文學史的起點，大陸、香港、臺灣、離散寫作既獨立又相融的文學史秩序。堅守"人性的，審美的，歷史的"入史標準，以文學的事實構建"文學史。《中國新文學史》既科學、真實地表現了這一百年來作家作品的區別性和相關性，又展示出著史者的個性思想理念同時兼顧了高等教育的發展需求，是一部具有建設性意義的優質之作。

　　書中的《賈平凹：〈廢都〉》等章節這樣敘述，賈平凹的創作以1993年出版的《廢都》為界，分為兩個時期。前期多寫社會變遷所引起的鄉村變更；《廢都》以後，賈平凹考慮現代文化帶給鄉土社會的惶惑與焦慮。前期代表作有《雞窩窪的人家》《臘月·正月》《天狗》《商州》《浮躁》等，後期代表作有《廢都》《白夜》《土門》《秦腔》《懷念狼》等。

　　《中國新文學史》中這樣記載：1993年，《廢都》問世。從金狗到莊之蝶的變化，體現出一個知識者的敘述主體靈魂復甦的過程：賈平凹已不滿足於對客觀文化困厄的有限表述。在《廢都》中，他通過莊之蝶這個人物的描寫，實現了更為強大的對於文化危機的表述功能。

　　西京的文化亂象，借莊之蝶的行蹤得到了從物質表像到精神內在的立體展示。莊之蝶的靈魂淪喪和自我放逐既是西京文化亂象的一部分，又是這種亂象的照鑒者。敘事者通過莊之蝶既記述了發生在社會各階層的種種文化醜態，也間接折射出城鄉生存以及人性的困局。莊之蝶將靈魂救贖的籌碼投注於一頭終南山的奶牛，其中人生悲哀、無奈、絕望被展現得無以復加。曾經在王一生（阿城《棋王》）身上體現的文化根基，在糜爛的西京城已經失去了強大的精神治療功能。賈平凹多次試圖喚醒在文化廢墟面臨滅頂之災時沒落文人的肉體與靈魂，但難覓出路，處於一場精神困厄之中。這種帶有喚醒功能又有肉體麻醉效果的文化危機，與前期商州敘事中靈肉和諧的商州形成鮮明對比。《廢都》中的女子，都變成某種文化的浮標，成為文人趣味的避所和焦慮緩釋的工具。賈平凹只能讓莊之蝶的生命終止在一個不知來向亦不知所終的車站上。《廢都》對莊之蝶的生存環境有較為豐富的書寫，在莊之蝶的文化沉淪與欲望迷途中，都有世俗嘈雜的聲音，並提供了文化危機中混沌而豐富的社會線索。

　　賈平凹通過對莊之蝶人生困頓和自我沉淪的描寫，完成了對90年代初期人文困境的立體寫照。莊之蝶在性欲場景中的窮形盡相，引領西京的文化困局向最深邃的圖景靠攏。不過，莊之蝶並不是唯一的沉淪者，在他身邊還有一個文化人的群像：周敏、鐘唯賢、龔靖元等。同時，賈平凹也預見了《廢都》在文化廢墟時代所必然面對的困局，並提前進行了嘲諷。"一個虔誠的文化守靈人，卻又不得不高歌縱欲者之歌，以此來祭奠經典文化的死亡和招徠街頭書攤的匆匆過客，這本身就是一幅令人觸目驚心的來日景觀。僅此而言，賈平凹雖然不值得稱道，卻無疑令人肅然起敬。"這指出了他存在的意義。賈平凹基於文化憂思的欲望書寫，沒有將審美的境界引領到靈魂言說的層次。在無道則隱的傳統士大夫情懷的釋放中，依然帶一種實在的社會承擔。除此之外，只剩下一種士大夫題味的深度沉迷。小說在出版半年後就遭禁，直到2009年才獲准再版。

　　《廢都》之後，賈平凹又寫了《白夜》《土門》《高老莊》《懷念狼》《秦腔》《古爐》等長篇小說。《白夜》中，他塑造了一個空靈縹緲、夢游於現實的玄秘人物夜郎；《土門》則將對鄉土世界文化困厄的感觸託付給女性人物梅梅；《高老莊》通過教授子路及妻子西夏來揭示現代社會鄉土生態和傳統文化的消隱造成的人性戕害。《白夜》中梅梅的"人和狗都不配有什麼故鄉"的撕心裂肺的呼喊，《懷念狼》中傅山的生命力與他獵取物件的依存關係，都解讀出了文化和環境雙重惡變中的社會現實和靈魂圖景。作者試圖在自然與野性力量中尋找人類在文化廢城上的生存依據，他在《懷念狼》中"懷念勃發的生命，懷念英雄，懷念著世界的平衡"，在《秦腔》、《古爐》中，賈平凹重新回歸商州非物質的客觀文化存在，希望通過民俗性的靈魂載體，穿透歷史迷霧，發掘一個新的精神和文化家園。但這些作品都沒有超越《廢都》的藝術高度。

特別指出的是：

在我收集的關於賈平凹研究資料中，有一篇《廢都》20年後，丁帆教授撰寫的《動盪年代裡知識份子的"文化休克"》，丁教授說，20年前他曾撰寫過一篇評論，《廢都》發表已20年，但是重讀這部作品，本文認為它更具備了文學史的意義和價值，其理由有三：一是大凡能夠流傳下來的著名長篇巨制應該是截取動盪時代社會生活圖景的歷史大架構之作；二是必須折射出那個時代人性驟變的思想特徵，而其性描寫恰恰為《廢都》展現轉型期劇烈的思想動盪穿上了刺眼的商業化外衣；三是其一切的形式的運用與技巧的雕琢均應服從於思想內容之需求，而《廢都》雖然採用了多種藝術形式技巧，但是其方法都歸結於此。所以本文認為：《廢都》正是在滿足這三個條件的前提之下，深刻揭示了知識份子的自我啟蒙不能完成，中國的改革將會面臨思想的迷途。緣此，《廢都》才成為了20世紀能夠在新文學史上立得住的描摹靈魂救贖風俗長卷的一部作品。

賈平凹先生讀過這篇評論後說：

這是我第一次讀，讀得很快，停不下來，手一直在抖，我讀得激動。我覺得寫得好，一是他站得高，以一個文學史家的眼光，從中外古今的文學中來展開論述，立意高，故有極強的說服力。二是文章的本身，充滿激情，無枯滯和硬寫之痕，很有雄辯味道。三是其中許多觀點是20年來評論《廢都》的文章中未出現的，獨到深刻。此文雖是評我的《廢都》，我讀出了對我的諸多啟示。感謝丁帆！也認識了他這樣一個大評論家、文學專家的真正厲害。

平凹 2013.12.12

第九章 研究说

咸阳她外婆家，晓卉的舅舅在四川工作，正好带了这两瓶酒给我们，晓卉就一定说是把酒给了师母的。你喝不得烈酒，可这酒倒是要喝的。"牛月清说："刘晓卉的书店 我们都不清哪一个？"柳月在一旁听了，只是嘻嘻笑，插 削肩的，瘦瘦的那个！"就舒指头羞洪江的脸 月尽胡猜，是那个腿特别长的了么。"柳月叫道 说："柳月你不知道也就甭胡说的，招聘的那 得我也分不开的。事情既然这样了，我和你庄 就是这么一前一后两宗大事，你们接得这么 江说："是不，红帖儿第一个就写给了你们！到 ，柳月也来，来了做个陪娘吧！"柳月撇了嘴 也不去的，我这丑样儿，作践人让我去以丑衬了 就说柳月才来了几个月，说话越发有水平，赶明日出去，怕也会写了书的。三人说了一会，洪江走了，临走又一再叮咛那日是去，老师、师母若不来，宴席就不开，死等了的。

洪江一走，牛月清问柳月你老师哪去了？柳月说孟云房叫去喝酒了。牛月清收拾了礼品，就独坐了思谋二十八日要去吃宴席，该准备什么贺礼。下午，庄之蝶喝得昏昏沉沉回来，在厕所里用指了半天喉咙，吐出许多秽物，牛月清让他睡了，没提说洪江的事。晚上庄之蝶睡起去书房看书，她进来把门关了，才一一说了洪江结婚的事，庄之蝶也好不惊讶，说："那个长腿女子，我恐怕也是见过一两次的。当时他说是招聘店员，咱也没在意，后来赵京五对我说他招的比招模特儿还严格，身高多少，体重多少，皮肤怎样，还是符合标准的三围。"牛月清说："什么三围？"庄之蝶说："就是胸围、腰围、臀围。

第九章　研究說

　　1993 年《廢都》出版後，歷經了"推崇—批評—反批評—查禁—解禁—重讀—再研究"的沉浮過程，大眾、學界、資本、官方等多方話語的交織纏繞，使《廢都》在不同的評論聲中，默默延續了一批研究者，有費秉勳、孫見喜、王新民、雷達、郜元寶、韓魯華、謝有順、王一燕、溫儒敏、儲兆文、段建軍、程華、魏華瑩、……截至到成書之前，筆者收集了但凡有研究《廢都》專著或著作中涉獵《廢都》章節的研究版本 40 餘種。

　　費秉勳《< 廢都 > 大評》

　　費秉勳先生是最早跟蹤閱讀研究賈平凹作品的研究者之一，1990 年他出版的專著《賈平凹論》在業內影響較大。《< 廢都 > 大評》是研究賈平凹《廢都》的第一部專著，這本專著的出版，幾經周折，才在香港得以付梓。2021 年 10 月 21 日，我特意從北京來到西安，在收藏家王扣牢的陪同下，一起拜訪了 82 歲高齡的費老先生。

　　費老一身樸素便裝，身邊的幾冊古舊書籍其中一本還是打開狀，他博學、儒雅、慈愛、中庸且慈悲，或駐足於古剎寺廟裡，或暢遊於古籍瀚史中，或行走於秦巴山水間，不斷地傳播著儒、釋、道文化精粹。先生在歷史、哲學、文學、書法、易經、戲曲、民俗、舞蹈、古琴等諸多領域，研究造詣之精深皆令人驚歎！難怪賈平凹讚譽費秉勳先生為"貫通老人"。

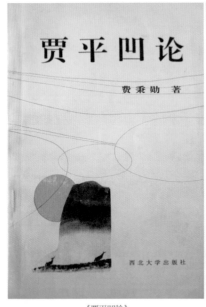

《賈平凹論》

《< 廢都 > 大評》

　　先生的藏書大都是些古籍。他深厚的傳統文化學養融入書法藝術，形成了厚重融通、雅健蒼勁的風格。雖書寫不便，還是為我講述了令人感慨萬千的關於《廢都大評》書中收錄了雷達《心靈的掙扎》、王富仁《廢都漫議》、何西來《世紀之交的困惑》、張志忠《夢幻與毀滅》、徐兆淮《文化的尷尬文化的墮落》、鐘本康《世紀末：生存的焦慮》、於可訓《一幅古老文化落日的斑斕景象》、丁帆《萎縮變異文化型態的歷史鐫刻》、溫儒敏《剖析現代人的文化困擾》、韓魯華《世紀末情結與東方藝術精神》、丁淑英《孤獨與失落》、董子竹《莊周夢蝶一場空》、王仲生《廢都，意象主義的對象化》、郜元寶《意識形態、民間文化和知識份子的世紀末哀緒》、李銳《古樸審美理想的孤獨守望者》等評論家的評論 21 篇的往事。

與費秉勳先生聊到與《廢都》命運相關的一件事。《廢都》出版，在全國引起的關注、談論、爭辯之熱烈，是中國現代文學史上少見的現象，也使先生產生了一種使命感，出於對賈平凹的保護，也出於應當讓歷史留下這一熱潮中最嚴肅、最有深度的聲音，先生向一些評論家約稿編一本評論《廢都》的書，幾經周折，被出版社取名的《〈廢都〉大評》得以問世。

他說， 平凹欲動手寫《廢都》，時在一九九二年夏。那天他和我去邊家村吃漿水麵，路上他談了他的想法，總的意思是要寫城市，說這樣才能走向世界。暑假期間他在耀縣一個水庫寫成三十萬字的初稿，被接回來參加藝術節的書市活動，我和他坐在書市安排的報告會的講臺上，胡亂講了些話，就坐車逃離開擁著他的人流，到人民大廈吃飯。一路，兩個人心情沉重，都很少說話。在書市上，他面帶笑容謙恭地向每一個認識的人欠身打招呼，但我知道他心裡其實很惶惑，很痛苦。平凹是一個充滿矛盾的人，矛盾之一就是藝術上富於大才與生活上處事的笨拙和幼稚。

《廢都大評》手跡 　　　　　　　收藏家王扣牢談收藏

秋季以後，李連成關照平凹住到戶縣計生委修改這部長篇，其間，我去看過他兩次，順手也翻過幾頁正寫的書稿，因為行止匆促，心緒煩亂，並沒有看進去。

記得第二次去看他，已經是臘月二十七，從計生委所在的西街到連成居住的南街，街道兩旁擺著五花八門的年貨，活動著熙熙攘攘的人流。

在連成家裡吃過妙味無窮的糁子麵，平凹要我占卜一下《廢都》的前途。搖出的卦是什麼，現在已經記不得了，只記得財爻頗旺而父母文書克世，所以我判斷說："這本書的經濟效益會很不錯，但會給你帶來損害。"當書出來興論鼎沸時，平凹還慨歎說："你那一卦是算對了！"

《廢都》竣稿後，第一個閱讀全稿的是李連成第二個就是我。以我的年紀和性情論，不會有超凡脫俗的膽識，我總認為，一部書的絕對價值固然可以超越時空作獨立的評估，但如果把它帶給作者的功利效果算作活的價值的話，就不能無視世俗意識、社會習慣等現實人文環境。我曾對平凹說，《金瓶梅》不能不算作傳世之作，但它的作者卻不敢亮出自己，直到現在，蘭陵笑笑生究竟系何許人，仍然是一個難解的謎；而且此書已誕生四百餘歲，它的讀者仍要控制在小範圍內，並且，這樣做的合理性得到著人們的認可。

我問費老師，《廢都》已出版近 30 年，現在您怎麼看這本書？他說，我從《廢都》出版後，就沒有怎麼說話，對《廢都》研究和評論，要科學地、深入地、客觀地、藝術地去研究評說《廢都》。他又說，《廢都》剛剛出版時，在世俗的理解中，出現了貶責平凹的聲音，所以早在《廢都》出版之前，我就決計不寫文章。說到底，我沒有無視蔑視世俗的膽識。

在談到出版《＜廢都＞大評》以及出版問題上曾遇到了一些不順暢，他說，《廢都》出版發行所產生的新聞效應以及在全國各行各業讀者中引起的關注、談論、爭辯的熱烈，在中國現代文學圖書史上是少見的，這使我產生了一種使命感覺得應當讓歷史留下這一熱潮中最嚴肅、最有深度的聲音，於是就向全國的評論家發出誠摯的約請，希望他們就《廢都》寫出科學的、有深入分析的文章，所幸，得到他們的回應，這就有了這本《＜廢都＞大評》的出版。

書稿組完之後，陝西的一家出版社就放棄了出版，後來，又被兩家出版社拒絕，再後來，就聯繫了香港天地圖書。《廢都》的功罪得失，自有歷史會去評說，《＜廢都＞大評》因其產生於《廢都》問世的同時代的 1998 年，且是有權威的聲音，所以到任何時代都將不能被忽視，而成為重要的參考文獻。

《＜廢都＞大評》是在廢都出版 5 年後由香港天地圖書公司出版。編輯人說，《廢都》引起的文壇震盪已經過去多年，但這部驚世的作品，仍留下種種令人迷惑的疑問。

多年來關於《廢都》的流言不絕，但對作品本身的認真而深入的評論，卻於海外罕見。本書搜集了近年對《廢都》的部份評論文章，其中既有對這部作品不同角度的科學分析，也包含對賈平凹本人內心世界的解剖。

韓魯華《精神的映象：賈平凹文學創作論》

賈平凹是新時期以來最有影響的作家，韓教授是繼費秉勳之後，最具代表性的圍繞賈平凹文

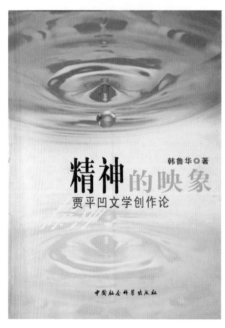

學作品跟蹤閱讀、及時客觀地評論家。他始終持一種批判的學術眼光考察賈平凹創作的方方面面，尤其是提出的"意象說""新鄉土敘事說"在業內獨樹一幟，《廢都》出版後，他及時捕捉住賈平凹的審美意象和精神現象進行深刻論述。韓教授一心撲在賈平凹的文學作品裡，不言作品之外之聲，甚至不"接受"媒體採訪，全身心撲在立論上清晰，分析公允，既有社會歷史的眼光，又有細膩的審美體驗和高深的藝術批評觀，是一位當代難得的批評家。

2021 年深秋的一日，在韓教授的辦公室裡，從平凹聊到莫言，再聊到當代文學研究。對於賈平凹研究，深得韓教授指點和厚愛。聊到《廢都》的意象，他說，如果說從《滿月兒》到《浮躁》為賈平凹意象世界的探詢確定階段，那麼之後的《五魁》等作品的創作，一直到《廢都》的出現，則是賈平凹意象世界創造的豐富完善階段。《廢都》之後，則為他意象世界的發展變化階段。

韓教授從賈平凹意象的創見、發展，文學的意象形態，構建，審美，以及神韻美趣味美等等進行深入深刻的論述。賈平凹在寫實性、浪漫性、魔幻性、心理性、表現性等等他都試驗過，最終將自己定位於意象世界的創造，致力於自我主體精神的表現。1986 年以後到 1992 年《廢都》的出現，可以說他都在進行著意象建構藝術模式的創造，以期使之更為完善。《廢都》之前，賈平凹只有長篇小說《商州》《妊娠》《浮躁》問世，其餘的都是中短篇，這些創作從總體上看有兩種傾向，一種是更具魔幻與超現實的創作，純粹是自己精神境界、主觀意識的表現，以此來折射形而下的現實世界。一種是以實寫虛，藉現實之形而構自己精神境界之意，前者側重於主觀情感的抒寫，後者注重於對現實的摹寫觀照。藝術上，賈平凹意象世界的建構，也趨於成熟筆法自然，結構流暢。中國古典藝術中散點透視與整體把握，流觀式與混沌感，心物合一虛實相生等等美學思想得以體現。這一時期確立了賈平凹文學藝術的基本觀念與基本模式。此後，20 世紀 90年代，是賈平凹對意象世界創作模式的一種豐富和發展。

從社會接受效應來看，《廢都》將本來就非常受人關注的賈平凹拋向了大紅大紫的巔峰，推向了極致，形成了中國 20 世紀 90 年代文壇上的一次軒然大波。處於大波巔峰的賈平凹，被鋪天蓋地而來的種種批評、非議、詆毀乃至謾罵，衝擊的面目全非，遍體傷痕。

是的，如果讀懂《廢都》，首先要瞭解賈平凹在創作《廢都》之前至創作《廢都》期間的心路歷程。從 82 年，我一直跟蹤收集閱讀賈平凹出版發表的每一篇文字作品，如果讀者、尤其是當時的評論家，尤其是一些青年評論家，讀一讀《人跡》和中篇《廢都》，再結合他當時所處的生

活狀態，去閱讀《廢都》，也許是另一種結論。寫《廢都》時，他的家庭裂變所造成他生命情感上裂變及其裂變中的痛苦，還有人事上了一些變故，如果僅有社會時代，甚至他所處的社會生存環境上都處於苦難境遇，還不足以使賈平凹陷入如此巨大的尷尬與痛苦的深淵。家庭或者愛情上的裂變，最直接最深刻地造成他精神情的痛苦。瞭解賈平凹的人都知道，愛情與寫作，是他生命中一個都不可缺少的兩大支柱。也正因為如此，《廢都》才成為他"生命運轉時出現的破缺和破缺在運轉中生命得以修復的過程"。甚至在《廢都》出版後與17年後解禁後一位評論家的判若兩人的前後評論，就說明一點，有個別評論家，尤其是學院派評論家的理性批評觀也出了問題。直至今日，仍有人不肯原諒。這部作品對於現實生活的警示、對於人生命本體尤其是生命苦悶、焦慮等等的解析，以大膽的性描寫為表現，達到了警世駭俗的地步。就此而言，在現代文學史上，恐怕只有郁達夫的《沉淪》有過相似的遭遇。

其實，《廢都》的意義指向並不在於性。但是為何會出現如此情景呢？韓教授從文本的多義性建構與歧義性進行解讀，賈平凹在這部作品中進行著意象建構的新探索。他在建構著多重意義的複合結構，以非常實的具象化的實境去表現虛境的精神追求，將自己理性的思考滲透於原生態的實寫之中。但是，人們習慣於將解讀的視野停留在現實層面上，而不去探究現實層面背後或者下面所隱含的深層意義。如此一來，怎能不讓人們解讀出一個漂浮於生活平面之上的賈平凹呢？

在創作《廢都》時，賈平凹陷入極大的生命困頓之中，他的精神世界遇到了新的危機。婚姻面臨解體，過去所建起來的價值與情感美境，如今卻要轟毀了。不僅如此，面對中國歷史轉型期的精神裂變，世紀末的情緒等等，他不得不從人類生存的困頓與尷尬上去思考問題。尤其是他作為具有中國傳統文化心理結構的文人，面對新的文化衝擊，必然要發生精神的裂變錯位。這是一個痛苦的自我否定、自我嬗變、自我超越的過程《廢都》就以心靈物件化的藝術形態表現出來。正如他所說，這是一部安妥他"破碎了的靈魂"的作品。因此，作品表現的就是他"生命之輪運轉時出現的破缺和破缺在運轉中生命得以修復的過程"。問題正出在人們只看到顯示生命裂變中的賈平凹，而未去認真探索這現實生命存在更深層的文化人格、精神追求等層面的賈平凹，自然也就無法看到賈平凹精神裂變所包含的歷史文化、人類生存困境以及更深的對於生命終極意義的哲學思考。這種思考在此後的《白夜》《土門》《高老莊》《懷念狼》等作品中是貫穿始終如一的。

從《廢都》到《白夜》《土門》《高老莊》顯示著賈平凹精神裂變與重構的心跡。我們從作品中可以明顯地感覺到，他經過《廢都》時期痛苦的精神裂變，在創作《白夜》時心態開始趨於平和。到了〈土門〉已經從現實的個性化的生命困頓中超脫出來，而以平和的心態審視中國歷史轉型期現代化與傳統的衝突，以及這種衝突在人們心靈與精神、情感上所產生的痛苦。《高老莊》與其說表現的是傳統與現代的衝突，不如說是賈平凹對於人類在文明進展過程中所引起的生命焦慮的思考。

圍繞意象說，韓教授認為，對於《廢都》中的古城"西京"，也是一個整體象徵意象。"西京"在作品中，首先是一個地域上的空間，它是莊之蝶等各色人等活動的一個舞臺。同時，它又是一個時間的概念，因為在它這裡，是一個歷史的積澱。莊之蝶們的生命存在，總是和"西京"的歷史相聯結的。"西京"更為重要的是作為一個文化與生命的概念而存在的。"西京"這個名詞作為一個整體意象，它蘊含了深厚的文化意蘊，形成了一種文化場，而莊之蝶就生活於其中，又與它融為一體。"西京"所發生的一切事情，都與它所蘊含的文化有關。從結構上來講，"西京"的意義，滲透在整個故事的敘述過程之中，並從更為概括的意義上講，它又是中華民族的一個文化意象。所以說，"西京"不僅超出了一般意義上社會背景，人物活動背景的意義，而成為一種作品整體構架的總體意象，成為一種整體象徵。

《廢都》這部賈平凹審美意象創造上的標誌性作品，這部作品，以"廢都"為中心意象，將人、事、物，自然的天象與人的活動等組合在一起，構成了一個渾然的意象群體。這個意象群體，從不同側面、層面傳達著作品的意蘊。

另外，韓教授還提出了賈平凹的主體精神論，人們在面對自己，面對自己內心世界時，卻往往表現出懦夫之氣。人很少敢於像魯迅那樣將自己撕裂了讓人看的。人們常常眼饞禁果，卻缺乏吃禁果的勇氣。因為人不願讓別人看清自己，進入自己的內心世界。盧梭《懺悔錄》中大膽剖示自己的膽略和勇氣。尤其在中國，缺少盧梭這樣的精神勇士。賈平凹在中國當代作家中是少有的誠實者和文學勇士之一。當初在西安的幾位朋友中看過《廢都》手稿時，就有人建議 50 年後再發表，單就《廢都》的創作與出版，就足見他的藝術勇氣。其實，《廢都》中性描寫等，可以見仁見智，讚揚批評，甚至批判都可以。但是，你必須承認，在中國當代作家中，能寫到《廢都》這種程度的人是有的，可就是誰也不願第一個站出來吃這個禁果。《廢都》是賈平凹截至目前為止，主體精神表現最為充分的作品，也是當代文學中，自我生命表現得最為淋漓盡致的作品。

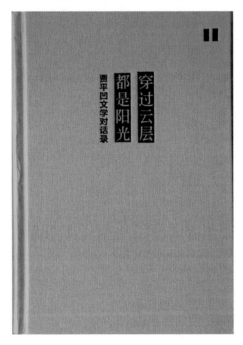

90 年代初的《廢都》是賈平凹藝術體驗的"廢都"式，因而《廢都》就像母體孕育的新的生命一樣，到時必然要分娩，即使帶著劇痛也要把這個"生命"分娩出來。主體精神高揚的賈平凹，有了什麼樣的生命體驗，就有什麼樣的創作。這也說明當時一位評論家說的"《廢都》50 年後再出版"，適宜於 50 年後的《廢都》，賈平凹卻於今天創作出來了，證明他的文學創作是具有超前性的，這也是一位作家的敢於擔當與歷史使命。

孫見喜《廢都裡的賈平凹》

要讀懂《廢都》必須知道人性是什麼？要知道人性是什麼，必須瞭解中國當代文學史，這樣才可以知道《廢都》在當代文學中的位置，這是第一；第二，要進一步解讀《廢都》還必須瞭解中國現代文學史以至瞭解中國全部的小說史，你須知道中國本來的小說是什麼樣子，或者說中國小說的美學傳統是什麼？要從外國小說與中國古典小說進行比較，從中找到差異；？第三，要瞭解當代工業文明及其文化形態，瞭解中國目前社會轉型期人們的心態和行為模式，從而定準莊之蝶與四大文化名人及幾位女士所背負的符號學意義，並由此切割中國社會隱秘的一角作標本，以存照後人，體證"史"的真正聲音。

1992 年逢改革開放，讓一部分人先富起來，膽子再大一點步子再快一點，在這樣的背景下，賈平凹開始創作《廢都》，93 年 7 月面世了。不少專家拍案稱奇，說想不到集人性之大成的工程由賈平凹完成了。他舉重若輕，玩之於股掌，將人性諸元素那麼嫻熟地消融在一片有厚重文化的土地上，滲潤在一群文化人的足跡、心跡和靈跡中。賈平凹不愧為新時期文學史上一位貫穿性的作家。

幾十首穿插全書的民間時政歌謠不時灼亮讀者的眼睛，中國轉型期社會獨特的時代背景給人留下難忘的印象。或者可以說後世人要瞭解這段歷史，讀這些民謠便活生生地看到完整的社會情緒和人層生態。蕭雲儒說在主流文化被改造得面目全非的情況下在民間在野史中保存著歷史的真正聲音，那麼這些歷史的真正聲音，歌唱和塑造的不僅是一個由民辦教師變成的拾破爛老漢，而是一個混沌時代的整體形象，其他所有人物都蠕動在其中。由此，賈平凹便將人的綜合屬性當作酒缸盛容了《廢都》的所有故事和人物符號。

同樣，一群文化人在其形象的逆向呈示中，凸現了廢都地域上的文化骨殖和腐屍意味。他們是楊貴妃墓土栽出的漢唐後裔，有貴胄習氣；他們又是四個太陽災異映照下的怪胎，有敗家子的荒唐；他們在物質上活人活到了頂點，但在精神上，廢城、廢人、廢魂使他們在非文人化的演變中奏響了世紀末的哀歌。天上沒有了權威，地上沒有了英雄，在理性貶值的混沌中他們身上散發著嬉皮士的味道。雖說中國現在還不存在後現代生長的一撮沙土，但文化人的敏感地球村的形成使這些人類的末梢神經一疼俱疼。這一點有人說《廢都》的創作思想與現代意識有了成功的對接；其實，在人類向高智慧進化的前夜，中國社會文化形態在舊的喪失新的尚未形成之際，在人的無意識衝撞背後，便是文化的惶惑和遊移。破缺的城牆，悲涼的塤聲，尋錢的男人，糊塗的女人，這一切織成一幅生動的廢都世相圖。這是一種風景，也是一種氛圍，彷彿發酵用的母曲，有了它，整城的人用這母液勾兌各自的家釀，於是便有酸有苦有甜有辣，諸多味道，皆是西京的獨有一這便是廢都人的文化屬性。

《廢都》的故事不可能發生在五六十年代或"文革"中，也不可能發生在域外的其他華人文化圈，而只能發生在八十年代的中國西京城。這裡有一個特定的時代背景，就是舊體制破滅新體制未定。這期間的社會組織特點是：個人非單位人、單位非行政化、生活非政治化。書中寫書畫家的兒子盜賣字畫就直接折射著市場經濟的諸多色味，西京四大文人沒有小單位的制約而於大環境中浮游，直接說明了個人與單位之間的從屬依附關係的淡化；人們不必終生投附一個單位，從而顯了個性、強了自主、大了天地，這正是莊之蝶在絕望之中可以出走並能夠出走的"人事"背景。即便在"單位"，非行政化的時尚之光照耀著《廢都》人物的諸多行動，他們開畫廊、辦書店、搞沙龍無需顧忌行政級別，縣團級、地師級、省軍級等等，往日那種一切社會單位歸統於一個行政序列的舊體制在此淡化如水墨，從而涸潤成《廢都》故事的時代特色；更重要的，莊之蝶們的行跡之所以為時代所容，還在於當代生活的非政治化因素。在舊體制中，整個社會生活高度政治化，莊之蝶們的文藝創作絕對要為政治服務，但在八十年代特別在確定市場經濟之後，每個人，每個機構或組織皆歸元於本始的社會角色而從事財富創造，做工的多出產品，務農的種好莊稼，文藝家搞好創作，批判家搞好批判，官本位現象日益淡化，一個"創造"將所有社會細胞安放妥帖。如果在五六十年代，收破爛老漢是絕對的現行反革命；在"文革"中，"七億人民都是批判家"，莊之蝶是絕對的落後分子；然而在八十年代的社會轉型期，莊之蝶的行跡、心跡、靈跡只能成為折射時代的一面鏡子而引起人們的諸多思考。

曾有不少專家談過《廢都》與《金瓶梅》的異同。以愚見，二者不可類比。賈平凹也一再申明："《廢都》就是《廢都》！"這表明他對"廢金說"的強烈抵抗。《金瓶梅》與《儒林外史》、《紅

樓夢》一起代表了中國古典小說的最高成就，它在晚明心本體、人本體，要求恢復人自然本性的思想背景下，通過幾位市井人物的性故事，寫出古老封閉的社會體系中產生的種種衝擊理學蒙昧主義的新因素，也寫出了這些新因素自身傳自母體的惡性基因，如本性膨脹、人欲橫流等。《金》

的主要人物西門慶是封建末期由流氓市儈逐步發展成的奸商，是一位兼官僚、豪紳、惡霸為一體的典型人物，他野獸般的淫亂和享樂帶著暴發戶式的狂歡，這方面很像近年中國南方湧現的那些養二奶、玩女人、劣跡斑斑的百萬富翁。可以認為，無論從文化心理、經濟實力還是個人品性等方面，莊之蝶與西門慶皆不可同日而語。在具體寫作上，《廢》與《金》在敘述語言、真實記錄生活等方面，有一定的借鑒師承關係，這也本是賈平凹文化傳承的初衷；但在性描寫上，兩者有天壤之別。《金》的全本（刪節本係後人所為）因其遠離現實主義墮入客觀主義而至今成為禁書。儘管魯迅曾說《金瓶梅》的性描寫與當時的社會風尚有關，但當今的評論家較一致的看法是："近於自然主義"（李希凡）；"《金瓶梅》是自然主義的有害作品"（劉大傑）；"《金瓶梅》格調低下"（姚雪垠）等等。在《廢都》中，作者於性描寫的克制顯而易見，且小說一誕生就是"刪節"本來面目，儘管有讀者為"框框"的內容橫作設想，但那顯然不是作者的意願。就與《紅樓夢》相較，《廢都》中的性描寫無論如何超不過曹雪芹寫"女兒怨、女兒樂"那一段。至於街上書攤的招牌上寫"當代金瓶梅"，那純出於促銷的需要，與嚴肅的評價是兩回事。

因為孫見喜先生長期跟蹤紀實賈平凹先生的文創，有讀者問：賈平凹為什麼非要這樣寫？孫老師說：一、這是賈平凹的冒險精神所使然；二、這或許是賈平凹的局限，任何人都有局限，賈平凹也有自己的局限。面對局限，有人終生不可超越或不予承認，但對賈平凹而言，我相信他有氣魄面對自己的局限、有能力修補自己的局限。這是後話，餘言不贅。

王新民《一部奇書的命運——賈平凹〈廢都〉沉浮》

王新民是《廢都》創作、出版、爭論、被禁、解禁、再版的見證人之一。曾在《真話真說》《賈平凹記事》（1990-2000）等書中記述。也曾組織編輯《賈平凹與〈廢都〉》《多色賈平凹》《賈平凹謎中謎》《廢都啊廢都》等書予以聲援。撰寫《一部奇書的命運——賈平凹〈廢都〉沉浮》，詳盡記述了《廢都》從創作、出版到爭論、被禁、解禁、獲獎、再版曲折坎坷過程，書尾指出：可以預言甚或斷言——《廢都》屬於藏之名山、傳諸後世的不朽之作。其價值將與日俱增，必將在中國當代文學史上、出版社史上再留下濃墨重彩的一筆，具有不可抹殺和無可取代的重要位置。

《廢都》是茅盾文學獎得主、著名作家賈平凹最具標誌性的作品，也是中國當代最暢銷的長篇小說。自 1993 年出版至今 18 年間，經歷了發表、出版、暢銷、爭鳴、被禁、開禁、獲獎、再版等曲折坎坷的歷程，正版、盜版發行量在 1200 萬冊以上，形成引人矚目的《廢都》現象"。《廢都》開中國當代長篇小說出版暢銷書的先河，引發了當代文學創作空前發展繁榮的一個歷史時期。已故國學大師季羨林曾說過："《廢都》二十年後將大放光芒。"

王新民《一部奇書的命運》　　　　　王新民《真話真說》　　　　　《賈平凹紀事 1990-2000》

本書作者以第一手詳實的資料，真實、生動、全景式地描繪了"《廢都》現象"的全過程：有毀譽參半的爭鳴論戰，複雜難解的人事糾紛，利益交織的官司訴訟，以及形形色色的假冒盜版案件等等，典型性地反映了轉型時期中國當代文學創作的現實境遇和中國圖書出版業的發展進程。本書記錄《廢都》的沉浮，既是中國當代文學和出版事業變革發展的鮮活標本，又是過去二十年中國社會文化發展脈絡中的一個折射影像。

賴大仁《魂歸何處》

進入新千年，華夏出版社便推出了賴大仁主編的《九十年代文學批評叢書》，分別有談歌、何申、張承志、張煒、賈平凹、余華、劉震雲、梁曉聲、畢淑敏、陳忠實、王蒙、柯雲路。其中一卷賴大仁《魂歸何處》在分析了賈平凹文化心態、商州文學、文學轉型、文化尋根、城鄉歸宿、精神突圍的文學美學觀，專門利用一個章節《廢都：在哪裡安妥靈魂？》，從《廢都》現象、形而上與形而下的寫作、如何安妥靈魂等展現九十年代"賈平凹現象。"

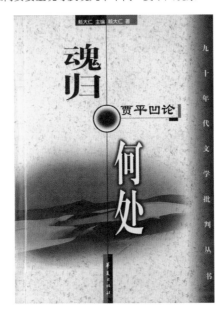

1993年7月，《廢都》出版。"《廢都》熱"迅速走紅大半個中國，"《廢都》現象"說明什麼？

《廢都》出版後，有持反對聲音的批評家，有肯定態度的評論家，當然有的說作品裡的性描寫較多較露，也承認賈平凹把莊之蝶寫得很鄙俗很墮落，但這並不是小說的本意所在。對於《廢都》，如果僅僅看到自然主義的性描寫是遠遠不夠的，只有越過性描寫的層面去讀解它，弄懂弄通貫穿於整個作品的文化密碼，才能把握領悟其中所蘊含的文化意義，賴先生說。這部小說通過世俗生活場景寫文化心態，不是把文化人單純當文化人來寫，而是把文化人當世俗人來寫，在文化傳統的廢墟上，寫一群知識人的掙扎、追求，作者不避諱知識份子人格精神的世俗性，所提出的是文化人如何超越世俗的問題；作者通過性的描寫達到對人生存狀態的探索，從而展示文化人人格精神的另一面。有評論者認為，《廢都》透過社會、文化、生命的三稜鏡，透視出社會生活的方方面面，它是一幅現代社會改革開放的"清明上河圖"，是一首民族文化大裂變的輓歌，是人類文化精英求索人性底蘊的"離騷"，因之這是一部驚世駭俗之作，也是一部傳世之作。

賴先生比較客觀的理性的分析了《廢都》現象，魯迅先生在論及《紅樓夢》的社會接受時曾說：「單是命意，就因讀者的眼光而有種種：經學家看見《易》，道學家看見淫，才子看見纏綿，革命家看見排滿，流言家看見宮闈秘事……」而一部《廢都》就更是如此。正由於整個社會缺乏必要的理性精神和文化心理的準備，因之，當《廢都》出現時，便驟然引發異乎尋常的社會反應，這種「《廢都》現象」確實耐人尋味。就出版界和書商而言，不排除他們也會看重一部作品的藝術價值和文化價值，但這要服從其經濟利益。當大家都還沒有讀到這部作品之前，便群起爭搶書稿和大量訂貨承銷，無非是把賭注押在「名人效應」上，這其中包含兩個直覺判斷：一是名人之作必有更高的藝術和文化價值；二是名人效應必然帶來巨大的經濟效益。以商業的眼光看，應當承認這些圈內人的直覺判斷敏銳而準確，這種判斷作為圖書界心照不宣的通行法則，現今仍流行著並屢試不爽。

賴先生指出，有理論家說，如今評價《廢都》為時過早。又有理論家說，《廢都》的出現為時過早。如果這個民族的文化水準再提高一些，或許《廢都》會真正地閃現出其藝術的光彩。

凡是對《廢都》比較「較真」的，不論是直斥其「靈魂墮落」，還是充分肯定和開掘其內在意蘊，儘管所持態度相對，但基本的道義立場是一致的，即努力要維護和張揚文學的文化品格和人文精神。

對於《廢都》所引起的種種閱讀現象和廣泛激烈爭論，也許是賈平凹所始料未及的。當《廢都》在社會上被炒得風風火火，議論得熱鬧非凡的時候，賈平凹卻感到了一種無以對應的寂寞。他在接受友人訪談時曾感歎說：…多年來我內心感到寂寞，一種無以對應的寂寞。要我來講，我可以這樣說：《廢都》的發行量是巨大的，但真正的讀者極少。雖不能妄言自己的作品如何，有一點卻是，《廢都》是開放性結構的作品，而不是封閉性結構的作品，即有的作品本身就完滿了作品的立意和主題，作者有對社會生活創作的超前意識在前邊走，讀者就跟著走，而《廢都》，讀者跟著作者走，在沒有真正讀懂時，走著走著就走到另岸子去了。引起像《廢都》這樣複雜的社會反應，一方面在大眾文化消費市場被炒得火爆，另一方面為主流意識形態所拒斥；一方面是文學圈內外的人們都議論紛紛褒貶不一，另一方面是作者斷言小說讀者甚眾，但真正的讀者很少，換言之，這部書被大多數人「誤讀」了。

《賈平凹研究》兩種

《賈平凹研究資料》有兩個版本，一本是邰元寶主編的 2005 版《賈平凹研究資料》，一本是雷達主編的 2006 版《賈平凹研究資料》。

2005 版《賈平凹研究資料》列入中國當代作家研究資料叢書，其中還包括《莫言研究資料》《王朔研究資料》，由天津人民出版社出版。該書分五輯，包括《賈平凹創作談》《賈平凹研究論文選》《賈平凹主要作品梗概》《賈平凹研究論文著索引》和《賈平凹創作系年》。其中，涉及《廢都》評論有陳曉明《廢墟上的狂歡節》、雷達《心靈的掙扎》、王富仁《＜廢都＞漫議》、邰元寶《意識形態、民間文化與知識份子的世紀末哀緒》、王一燕《說家園鄉情，談國身份》、張新穎《重讀＜廢都＞》、邰元寶《賈平凹創作爭鳴綜述》等。

同時，收錄了 3600 字《廢都》梗概。

2006 版《賈平凹研究資料》列入中國新時期文學研究資料彙編，由孔范今、雷達、吳義勤、施戰軍主編。本套叢書分為甲、乙兩種：甲種是關於中國新時期文學思潮、流派、文體等方面的綜合研究資料彙編，包括小說、詩歌、散文、報告文學、兒童文學、女性文學、文學史、文藝思潮、戲劇九種；乙種是中國新時期代表性作家的個人研究資料彙編，包括陳忠實、路遙、賈平凹、莫言、

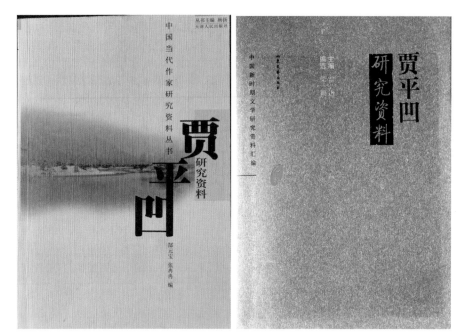

張煒、王安憶、韓少功、余華、蘇童九位作家。本套叢書資料的系統性、學術的科學性、觀點的多元性、篩選的權威性並重，既對中國新時期文學研究的歷史與現狀有一個全面、客觀的認識，又能以最快捷的方式讀到中國新時期文學最優秀的研究文章。每卷除精選各個領域最優秀成果外，還以附錄方式展現相關研究的整體索引。

　　賈平凹卷共輯入《生平與創作自述》《研究資料》《附錄》三部分。尤其是第二部分，幾乎囊括了賈平凹 30 年的文學創作研究，尤其是長篇小說的研究，涉及有關《廢都》研究的達 17 篇之多。汪政在《賈平凹論》中說，廢都關鍵不在於賈平凹寫了怎樣的城市和寫了城市的什麼，而是追問了怎麼樣的意識裡去書寫。中國農村有落後的一面，中國城市也有反人性的一面，都需要批判。謝有順在《時刻背負著精神的重擔》中，客觀地否認了許多人認為的賈平凹《廢都》後才情已盡的說法，《廢都》已經成為賈平凹在當代文學史上不可抹去的一種文本符號，也成為了賈平凹一個寫作和商業的神話，一個有著特殊含義的文學符號。在之後的十幾年裡，接連創作出了幾部長篇小說，他又顯示出自身的複雜面貌，一方面，賈平凹在這個神話效益中，獲得了盛大的名聲，以及可觀的版稅。另一方面，文學界對他的不滿和批評也是與日俱增。謝有順注意到，他試圖創新和超越自己的努力，在這一代作家中是不多見的，當大部分當年領過風騷的作家都停止了寫作，或者說以一些不痛不癢的文字在那裡自娛自樂時，賈平凹還在一部又一部的繼續一種探索性的寫作，並且讓人側目的新作問世，這種姿態本身就值得重視和研究。他的創作，遠還沒有窮盡。謝有順說，賈平凹對當下的每一個生活細節、每一種精神線條的敏感，以及他那傑出的對事實和場面的描繪能力。這首先得力於賈平凹超常的語言能力，他對古白話小說遺產的嫻熟運用，使他的小說語言獲得了驚人的表現力。凝練的，及物的，活潑的，口語化的，民間的，幾乎每一個句子每一個詞都觸及事物本身和人物的內心，這是賈平凹一貫的語言風格。它早在《廢都》中便有了整體的效果，只是《廢都》對某些頹廢細節有玩賞之嫌，過於沉重的悲涼，也大大阻礙了對人自身的想像（比如，《廢都》中的女性形象，多是附從而缺乏自我覺悟的，明顯的帶有對現代女性的精神誤讀）。可以說，《廢都》是賈平凹轉型期的一個激烈的產品（謝有順與賈平凹另有一部對話錄）。

　　韋建國、戶思社在《西方讀者視角中的賈平凹》中，較詳細地介紹了《廢都》在西方媒體中獲獎、出版反映。《廢都》出版後，日韓版本率先推出，受到空前歡迎，學術界的漢學家幾乎全部介入研究，舉行了多次研討會。在俄羅斯，賈平凹也受到高度關注，聖彼得堡大學還設立了"中國當代著名作家賈平凹的創作與生平"研究專題，由俄羅斯著名的漢學家、世界漢語教學學會理事、聖彼得堡俄中友好協會主席司格林．斯別什涅夫主持研究。一九九七年，《廢都》獲法國國際費米那文學獎。由安波蘭女士翻譯、法國Stock出版社出版的《廢都》，獲得國際費米那外國文學獎，完全是外國專家從西方文化視角審視賈平凹創作的結果。西方媒體對《廢都》獲獎反映強烈，曾競相發表評介文章。法國著名的《新觀察》雜誌每年都要評選世界十大傑出作家，賈平凹當年榜上有名。法國駐中國大使寫信向作家祝賀，並來西安與作家見面。Stock（斯托克）出版社於二○○○年以《被吞沒的村莊》為名又出版了賈平凹的《土門》的法文譯本，再次引起了西方媒體和學界對賈平凹的注視。日文版《廢都》的譯者是日本著名的翻譯家、文藝批評家、京都大學教授吉田富夫，該書在日本一版即印六萬部，這是在魯迅著作多年的累計印數之外外國文學在日本發行的新紀錄。在日本學術界，從現當代中國文學專家到先秦漢唐的漢學家，全部介入對《廢都》的研究。審視外國讀者對賈平凹一些重要作品的解讀，比較研究中外讀者對其同一作品的接受及其與作者原創思維的關係，對深入探討賈平凹、陝西作家乃至中國當代文學的"世界性因素"不無啟發意義。

　　西方讀者對賈平凹的《廢都》基本持肯定態度。法國《費加羅報》一九九七年十二月十一日刊登名為《隨落的醜聞》的文章評論《廢都》，認為"在這幅現代社會的巨幅畫卷中，賈平凹用諷刺的手法，通過對知識份子和顯貴階層的細緻分析，控訴了現代社會的精神饑荒。由於平庸、退讓或者物欲，所有的人都一點點在陰謀中沉淪、被吞噬，他們自己甚至對此毫無察覺"。一九九七年十月十七日的《世界報》發表《西安的底層》一文。文章把賈平凹與茅盾、巴金相聯繫，肯定《廢都》確實是一部大作，"是賈平凹描繪的一幅茅盾式或巴金式的社會畫卷"。小說除了描寫主人公莊之蝶"離奇地墮落了，精神上受到了極大的傷害"，"還講述了省城裡其他有影響的文人（畫家、書法家、音樂大師）的社會枝葉和愛情生活。日本學者池田先生認為，《廢都》在日本的盛況不能理解為是性描寫的功勞，因為日本書市上不少書中的性描寫比《廢都》更暴露。讀者依然默然。《廢都》最大的突破是藝術性地表現了特定時空裡一群人的心理真實。以前日本讀者接觸到的中國小說都是回答社會問題的，而《廢都》不議論什麼道理，只寫生存狀態。

　　研究資料除了雷達《心靈的掙扎》（見評論說）、王一燕《說家園鄉情 談國族身份》、曠新年的《從＜廢都＞到＜土門＞》外，鹽旗伸一郎（日）《賈平凹創作道路上的第二個轉機》一個轉機是1983年的《商州三錄》《小月前本》，另一個轉機則是《廢都》，一九九三年的《廢都》構成轉折的三個特點，一是歷史視角，二是"孤獨者"形象，三是自然體語言。《廢都》《土門》《白夜》三部長篇都以"西京"市以及周圍地區為舞臺，把這三部連在一起讀，不難看出各作品內部規律有較大的連貫性，而且有很多共同意象在裡面，才會真正讀懂了《廢都》。

　　2006版的《賈平凹研究資料》是比較詳盡的。涉及《廢都》評論的，可以說是2006年之前的所有研究版本中（《＜廢都＞大評》除外）收錄最多的。還包括，陳緒石《論賈平凹創作中道家悲劇意識》、李自國《論賈平凹小說創作的家園意識》、張曉峰《從浮躁到燈滅》、王曉音《賈平凹小說創作女性觀透視》、張川平《賈平凹小說的結構遷延及其意象世界》、李清霞《論賈平凹筆下的"性"符號意義》、李建軍《私有形態的反文化寫作》、楊光祖《賈平凹小說的創作四個階段及其文化心態論》、葉君 岳凱華《賈平凹九十年代長篇小說創作的心裡根源》等。較客觀地從學術價值角度，把賈平凹《廢都》參與到文學史的重新敘述當中。

　　2006版的研究資料與2005版比，選本的研究資料更豐富，收集相關研究成果較完整，使得整套叢書所收編的資料不僅系統全面，還具有相當的權威性，為文學研究者所必備。

《賈平凹研究》三種

在西安，在中國，喜歡賈平凹作品的賈迷已形成了一個群體。對於賈平凹作品的喜愛由來已久。記得1996年，賈平凹的研究者孫見喜先生就曾對我說，你收藏的賈平凹版本有多少？當時，我收藏賈平凹作品版本大概有119種，延續到2021年，收藏賈平凹作品達500種。當時的1996年，在全國已形成了較大規模的賈平凹迷，因此，由孫見喜擔任研究會長，我作為秘書長，網路國內26位賈迷開始了版本的研究與交流。之後，經賈平凹擔當顧問，並由賈平凹文學藝術館館長木南兼任名譽會長，在2015年8月6日，向社會公開成立了賈平凹版本研究會。此外，西安還有賈平凹文化藝術研究院等。

《賈平凹研究》之一

2011年1月13日，隨著賈平凹文化藝術研究院的成立，《賈平凹研究》刊物相繼創刊。刊號為陝新出內印字第0809號，顧問由賈平凹、余秋雨、馮驥才、張賢亮、周明、閻綱、雷抒雁、謝有順、蕭雲儒、費秉勳擔當。社長 丁祖詒，主編 李星，執行主編 王立志，編輯由田沖、賈淺淺、孫新峰擔任。

研究院是由省文化廳主管，在陝西省民政廳註冊登記，國內唯一研究賈平凹文化藝術成就的專業學術機構。賈平凹文化藝術研究院主要研究賈平凹在小說、散文、詩歌、書畫、收藏等方面的藝術成就，並廣泛開展國內外學術交流活動。研究院由著名文化學者余秋雨先生題寫院名，茅盾文學獎評委、中國小說學會副會長、著名評論家李星擔任會長。研究院以"尊重科學、注重研究、務實創新、謀求發展"為宗旨，以研究賈平凹文化藝術成就為核心，以繁榮中國當代文學創作、推動中國當代文學研究為目標，努力促進中國當代文化事業的發展。陝西省作協黨組書記、常務副主席雷濤表示，賈平凹先生是中國當代文壇的文學大師。賈平凹文化藝術研究院的成立，是陝西文學藝術界的一件大事，它對於研究中國當代文學、繁榮文學創作、促進文學藝術的大繁榮、大發展，具有非常重要的現實意義。會長李星《平凹如山》作為發刊詞，高度概括了自1978以來賈平凹的文學成就。從早期"為藝術而藝術"的否定到1982年由《二月杏》《好了歌》引起的批評風波，從1985年對《臘月正月》《雞窩窪人家》《小月前本》的懷疑，到一批新銳青年批評家對《廢都》的圍剿和官方的查禁，再到新世紀之初由《懷念狼》一書引起的對賈平凹長篇小說的通盤否定…可以說從文學理念到創作方式、思想內容、結構語言乃至作家的人格態度、文化理想，質疑不斷，批評不斷，指責不斷，有幾次甚至可以說規模空前、聲勢浩大。如對《廢都》當年就有七本批判性著作出版，如圍繞《懷念狼》一家報紙動員了上百位全國知名的作家、批評家個入，名為討論，實為文學"誅滅"。在新時期中國文壇，還沒有哪個作家享受過賈平凹這樣基本是從文學界內部迸湧的"批評"待遇，也沒有一個作家經受過如此火熱的文學"煉獄"。然而賈平凹一次又一次挺過來了，雖然不能說他沒有短暫的驚慌，一時的"失志"，但確定無疑的是他成了最大的受益者，該堅持的堅持，調整的調整，該不理的不理，堅定不移地走自己的文學探求之路，這裡表現的是他對文學的執著信念，也表現出他的強大，表現他的人格定力。一堵牆是容易被推倒的，但一座山卻是難以讓人撼動的。賈平凹已經成為一座外表土厚草深、樹木蔥蘢、百鳥喧鬧，內裡巨石穿岩、堅固如鐵的文學大山。

賈平凹文化藝術研究院的發起者顯然知道賈平凹三字的莊嚴性和歷史性，它以"院"這個包涵豐富的名字來命名它，就是一個證明。可以想像的是，它裡面包含著幾個部門，如文學館、收藏研究中心，他應該收集與賈平凹的身世生平、文學道路，筆記、手稿、文簡書信，文化藝術活動，發言、錄相及著作版本，海內外專家學人、讀者批評家關於賈平凹及其文學的所有資料資訊，建立一個龐大的網路及圖書庫；如文學研究中心，如書畫研究中心等等。還創辦了一個綜合分析類刊物——賈平凹研究，將及時向研究者披露相關資料資訊外，還將發表或摘登最有價值的研究成果，交流海內外最新研究資訊。

《賈平凹研究》創刊號還輯入了《廢都》文論，如李敬澤《莊之蝶論》，謝有順《賈平凹小說的敘事倫理》，周燕芬《賈平凹與30年代文學的構成關係》、穆濤《寫意賈平凹》等。

《賈平凹研究》之二

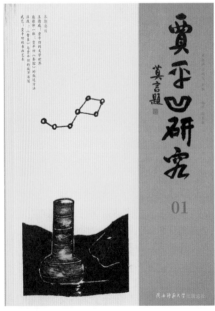

朱文鑫《收藏賈平凹》

在 2021 年 10 月 26 日去西安拜訪賈平凹先生時，他贈送我一本剛剛印刷出版的由莫言題寫刊名的《賈平凹研究》創刊號，是由西北大學賈平凹文學館主辦，名譽主編：王德威，主編：王春林 谷鵬飛，副主編：楊輝。

編委由 丁帆、王堯、王雙龍、孔令燕、白燁、朱壽桐、劉煒評、孫郁、李浩、李震、李國平、李繼凱、李敬澤、楊樂生、吳義勤、汪政、張學昕、張清華、張新穎、張燕玲、陳思和、季進、周燕芬、孟繁華、胡宗鋒、陳曉明、羅貝·吉爾班克、閻晶明、韓春燕、韓魯華、程光煒、南帆、郜元寶、段建軍、謝有順、穆濤，編委幾乎囊括了國內最知名的評論家。

哈佛大學東亞語言文明系講座教授王德威先生在特稿《賈平凹的文學世界》中說，賈平凹是當代中國文學最重要的作家之一。他的作品多以故鄉陝南農村或現在定居的西安為背景，充滿濃厚地緣色彩。20 世紀 80 年代的"商州系列"及《浮躁》等作讓他躋身尋根作家行列；90 年代一部《廢都》寫盡改革開放後的社會百態，以情色始，以空無終，引起巨大爭議。賈平凹在毀譽交加中再度出發，從《高老莊》《白夜》《懷念狼》到《秦腔》《帶燈》等作，部部饒富新意。但不變的是他對家鄉歷經巨變的關懷，以及對現實和現實主義邊緣現象——從俚俗風物到神鬼休咎的探索。近年來賈平凹將注意力轉至家鄉風土人物的宏觀紀事，《古爐》《老生》，尤其是《山本》都顯現經營地方歷史的野心。

賈平凹的世界靈異漫漶，鬼神出沒，與其說他是魔幻現實主義的接班人，不如說他是古中國那套宇宙符號系統的詮釋者。究其極，《秦腔》最實在的部分安頓了現實人生，最神秘的部分打通了原始的欲望和想像。賈平凹的風格也許不像沈從文，但他對文字的投入，還有他書法繪畫、文物收藏的愛好，在顯示他對"符號"的演練，對"象"的追求，早已超出一般現實主義的範式。他私淑大師，必定懷有雖不能至，心嚮往之的抱負吧。從商州到西安再回到秦嶺，賈平凹筆力道勁，寄託深遠，不愧為當代三秦書寫第一人。

江蘇省作家協會副主席、江蘇省文藝評論家協會主席汪政這樣評價賈平凹的作品，如果將《廢都》《白夜》《暫坐》看成"西京三部曲"，那麼在人物設置上恰好是一個正反合。《廢都》的形象主體是文人，主人公莊之蝶是他們的代表；《白夜》也有文人，如劉逸山、陸天鷹等，但主要人物已經換成非文人的夜郎；而到了《暫坐》，作品的形象體系又反轉了，雖然作品的人物形象主體是一群女性，但作為對照的羿光無論在作品總體的形象體系中，還是在作品的主題與結構中，都是舉足輕重的。從這個意義上說，《暫坐》是對《廢都》的呼應，羿光是莊之蝶們命運的延續，並由此成為西安城市精神、廢都文化的新解。

在當今世界文學界，賈平凹先生可能是唯一一位將文學中的文字描寫和形象轉化成繪畫圖像的作家，對文學理解的深度也同樣體現在他的繪畫與書法中，二者融合得非常精妙，且文學與書畫的水準達到了高度統一。

對於賈平凹的書畫，中央美術學院教授武藝先生寫道，雨果及泰戈爾也有大量的繪畫作品，在對繪畫、文學的深入理解層面上，可以說，賈平凹先生與雨果、泰戈爾達到了相同的境界。三位偉大的文學家在用不同文字敘述對人性不同見地的同時，視覺圖像表達成為他們在創作中不可或缺的重要部分，他們用智慧與靈魂給人類帶來了永恆的美。

該刊還就有關《廢都》的譯介收錄了傅悅《從賈平凹小說的譯介效果看中國當代小說的譯介與傳播》，從館藏量、銷售量的效果考量到傳播啟示做了綜合研究，截至 2020 年 8 月，美國圖書館收藏《廢都》為 122 家，電子版 27 家。銷售量分別是《浮躁》《廢都》《極花》《帶燈》和《土門》。英譯本讀者評價《廢都》5 篇。亞馬遜美國上的評價《浮躁》評分最高（4.5）、《廢都》排第二（4），亞馬孫電子書《廢都》排首位。

該刊內容分為譯介研究、綜合研究、散文研究、文本細讀、書畫研究、語言研究、傳記研究和研究綜述八個版塊。從欄目內容到編委陣容，比較看好這本《賈平凹研究》。

《賈平凹研究》之三

嚴格地說，這本《賈平凹研究》是一部書，它既區別之前的《賈平凹研究資料》兩種，更不同於《賈平凹研究》兩種，之所以作為之三，是這部《賈平凹研究》的形成與編輯思想與眾不同。

由李伯鈞主編的西安作家作品創作研究叢書由《賈平凹研究》《吳克敬研究》《葉廣芩研究》三種組成，內容分為作家論、專題研究論文和作家作品創作年表等。為讀者深入細緻地瞭解三位作家及作品提供了可貴的參考。

《賈平凹研究》2014年出版，選編了陳曉明、陳思和、雷達、李敬澤等知名評論家的專題研究論文及賈平凹作品研討會發言摘要共26篇，篇首作家論《他能穿過"廢都"，如佛一樣》，由陳曉明撰寫，論述了賈平凹不同時期代表作品的特點、聯繫以及文字背後的立意。同時，還有雷達的《心靈的掙扎——《廢都》辨析與批判》、馬原《論賈平凹》、李銳《古樸審美理想的孤獨守望者——論莊之蝶》、王德威《廢都裡的秦腔》、李遇春《"說話"與賈平凹的長篇小說文體美學——從＜廢都＞到＜帶燈＞》、謝有順《賈平凹小說的敘事倫理》、謝有順等專家學者評賈平凹之《廢都》等文論。《賈平凹研究》圍繞賈平凹1993年《廢都》《秦腔》《古爐》《帶燈》等20年間的主要作品皆有專題論述，為讀者瞭解賈平凹、理解賈平凹作品中隱含的意象及寫作意圖提供了有力地幫助。

儲兆文《文學城市：賈平凹小說的城市想像》

陝西師範大學出版社2020年10月推出的《文學城市：賈平凹小說的城市想像》，從賈平凹筆下的西京入手，專門研究賈平凹城市小說生存體驗、文化記憶、時代印痕和文化內涵。城市是人類為自己營造的龐大而複雜的物質空間和精神文化載體，賈平凹以西安城為藍本創作的城市小說融入了其獨特的生存體驗和文化記憶，映射著城市演進的時代印痕和文化內涵。賈平凹小說中的西京城是西安城難得的想像學文本。作者以賈平凹《廢都》《白夜》《土門》《高興》四部城市小說為樣本，梳理了西京城的物質空間、精神空間、社會空間的結構形態和場所精神，分析了小說情節與建築空間、人物形象與建築形象的互建關係，解析了賈平凹文學城市的建築文化內涵，以及對"傳統之城"向"現代之城"嬗變過程中城市文脈的存續與城市未來的思考。

儲教授通過以《廢都》為代表的四部都市小說，圍繞西京城講述城市故事，鮮活而真切地記錄了在幾千年農業文明基礎上建立起來的"傳統之城"—西京，在人類有史以來速度最快、規模最大的城市化進程中，所經歷的新舊交替和並存時期的歷史片段，表達了對"傳統之城"沒落的傷悼，對"現代之城"的迷茫和未來出路的思考。在4、5、6章節中，重點對《廢都》以文化名人的行蹤、視角表現了知識份子的城市體驗，以及建築意境的生成、並通過西安城的現象文本，

對外部空間、人物住宅、空間隱喻、寺院描繪進行詳盡的建築意象分析。

西京城雖然是小說的虛構，但一切景觀皆以西安城為原型。因此，從總體文化大格局來看，儲教授把以《廢都》為代表的四部都市小說當作西安城在城市化進程中新舊交替時期的文字版模型。

儲教授在書中說，它是一座古老農業文明的木石磚土和現代工業文明的鋼筋水泥拼接而成的"雙城"。《廢都》《白夜》重點展現舊城的沒落，《土門》《高興》重點展現新城的擴張及異質群體的進城。因此，以《廢都》為代表的四部都市小說，是以文學的方式為這二三十年間"雙城"的拼接過程而立此存照。

賈平凹先生的《廢都》中的西京城儘管是虛構的，但其藍本是現實中的西安城。儲教授在書中提出了這樣的觀點，小說用文字所構建的城市空間，是身城（實有的西安城）與心城（虛構的西京城）的複合體，期間映射著人對於城的生存體驗和文化記憶。作者通過現象學解析，揭示出生活在這座城市中的人對其生活的城市的建築實體和空間有著怎樣的體驗、記憶和想像。並通過從文學本體的角度研究《廢都》中西京城的建築物理空間、生活家園空間、精神信仰空間。作者把小說中凡是涉及西京城的建築物、建築空間、建築意象或場所的部分進行歸納與梳理，包括外部公共空間、生活家園空間，同時從《廢都》的建築或城市空間與意象的建築學進行了解析。尤其是四大文人的宅邸空間和幾位女人的空間環境都一一進行了考證論述。

《廢都》通過散點透視法將西京城的建築節點連綴起來，構成西京城的大輪廓之外的多處特殊場所的細描。研究者還結合《廢都》中的一些民間日市井生活、歷史文脈以及鮮活的場所，包括鬼市、當子，街巷、地名等，一一進行追述，來體現西京城代代相傳、生生不息的古意，重點體現了城市空間銘刻著人的精神頹廢、建築形象與人物形象的雙向生成以及建築意象、空間場所的文化內涵或文化隱喻，以展示西京城歷史悠久的城市文脈。

魏華瑩《廢都的寓言——"雙城"故事與文學考證》

《廢都的寓言：雙城故事與文學考證》是一部人與城的選題，也是一部目前我看到的研究《廢都》最理性最好看的一本文論，通過地域與文化研究構成了西安與西京（廢都）的雙城文本。

魏華瑩通過《廢都》寓言，用六個章節和 7 個訪談，為我們營造了一個以西京——西安為城市象徵意味的文學世界，展現了大量的都市景觀、文人生活，當之無愧是當代第一部最為詳盡、完整的有關西安城市地理以及城市文化敘述的文學作品。

《廢都》作為當代文學備受爭議的一本書，以往對於它的研究較多停留在道德批評或知識份子的身份認同問題上，而作品的文學意義並未得到有效闡釋。《廢都的寓言："雙城"故事與文學考證》試圖擺脫既往的批評話語，把作品作為文獻史料重新研讀。尤其是對照《廢都》中的人物、地域街巷、歷史遺跡進行考察，通過作品中西京、現實中西安的"雙城"書寫，考證作品故事與作者賈平凹人生故事的重合之處，從西安地理考、人物譜、文人圈子以及歷史與文學關聯進行敘述，探究了作家與都市、文學與市場經濟、世紀末的轉向等等。從一個個書中與現實的場景互換，展現《廢都》的歷史寓言，在這則寓言中，西京一西安共同搭台演繹了時代轉折的"雙城"故事，吟寫著文化守望者的悵惘心緒。

魏華瑩著的這本《廢都的寓言：雙城故事與文學考證》通過《廢都》中的西京和現實中的西安做雙城故事考察，更多地還原作品的文學意義和文化風貌。可以更好地幫助我們去還原、發現解讀 20 世紀末中國社會所面臨的巨大轉型時期賈平凹筆下的《廢都》，以一個嶄新的視角，釋放《廢都》的文學意義和文化價值。

同時，書中還走訪了當年《廢都》的見證者費秉勳、田珍穎、孫見喜、韓魯華、王新民、穆濤等，為我們提供了《廢都》成因、出版、解禁等，可以為我們很好的理解《廢都》提供了最原始的思想與史料。

之後的 2021 年 7 月，魏華瑩又推出了一部《賈平凹研究論衡》。

《賈平凹研究論集》

由段建軍主編，列入中國當代現實主義文藝譜系研究譜系、西北大學出版社2020年3月出版。

《賈平凹研究論集 / 中國當代現實主義文藝譜系研究》由評論家白燁作序，以陝西中青年研究者的研究論文為主的論集，在許多方面研討了賈平凹的新思考與新收穫，體現出了有關賈平凹研究的新拓展與新進取，也促使當代文學研究中的賈平凹研究進一步走向深入。評論家主要是以《廢都》後的幾部長篇為主，兼顧賈平凹文學創作 40 年間的散文、中短篇小說和書畫藝術論述，由賈平凹不同時期的重要作品，來探討其中蘊含的新問題新思想，從這些各有其旨又各有千秋的文章中，看到了陝西當代文學研究界中青年研究者的充沛活力與不俗實力。

段建軍《賈平凹與尋根文學》中說，20世紀90年代是賈平凹尋找寫作方法的成熟期，這一時期，受西方哲學空間轉向的啟發，他對中國古典藝術，尤其是明清小說和戲曲的藝術手法有了更深入的理解。在初寫《廢都》後記中稱讚"在閱讀中國《西廂記》《紅樓夢》時，恍惚如所經歷，如在夢中"。他認為，古代大師成功的主要秘訣，是將時間空間化，用社會人生的橫斷面，表現社會人生的本色。於是他決定在自己新的創作實踐中，進行一次大膽試驗。小說《廢都》，摒棄了情節和戲劇性，摒棄了史詩所關注的重大事件，專注於人物的日常生活及其心態。借助主人公的日常生活，特別是兩性交往，透視我們這個時代的文人和市民的精神頹廢。雖然作品中大量的性描寫和相關的頹廢內容，頗受讀者詬病和爭議，但是，藝術方面表現出的以少勝多、言近旨遠、舉重若輕、從容自在等中國式的審美特點，卻獲得了當時讀書界的廣泛讚譽和一致好評。後來，段建軍、李榮博在另一篇文論《賈平凹的現實主義探索及其創造性貢獻》中，將《廢都》與《土門》《白夜》《高老莊》《懷念狼》比較指出，他"創造心靈史和精神史"式的寫作，是從《廢都》開始的，其後的《白夜》《土門》《高老莊》《懷念狼》基本沿襲了這一思路。進一步肯定了《廢都》意象說。

1993 年《廢都》出版後，成了賈平凹最受爭議的作品，評論家李敬澤"《廢都》一個隱蔽的成就，是讓廣義的、日常生活層面的社會結構進入了中國當代小說，這個結構不是狹義的政治性的，但卻是一種廣義的政治，一種日常生活的政治經濟學：中國人的生活世界如何在利益、情感、能量、權力的交換中實現自組織，並且生成價值，這些價值未必指引著我們的言説，但卻指引著我們的行動和生活"。段文中説，莊之蝶依存於他的"日常生活層面的社會結構"，卻深以為苦：這個生活世界中的自己，並非想像和規劃中的自己，在精神煎熬中痛苦掙扎、欲海求索、迷惘沉淪、虛無頹廢。他希冀著以出走來掙脱這種煎熬。李敬澤的這種存在於任何時代的、基於永恆生存悖謬的讀解，固然能顯露主人公精神深處的衝突、分裂和煎熬。但從歷時性角度，或許更能看清其精神撕裂、破碎的圖景。

他進一步闡述了"精神無力於現實，知識份子和凡人一起，價值意義方向虛化和空無"。向傳統文化、文人情趣退守的莊之蝶最後退向床第之歡以期振作疲憊萎靡的生命感受；唐婉兒、柳月、阿燦以文化名人的臨幸，象徵性地試圖完成在僧俗人生中的精神拯救，為自己的人生增加一抹光亮；文化的熱鬧之下掩蓋的是精神的缺失、文化的荒蕪。失去意義規範和價值指向的精神和文化是"頹廢"的，失去真正精神向度的人和社會是"殘廢"的。《廢都》就是在這兩重意義上，隱喻當代的精神文化圖景，以一座城、一個文化名人，圍繞文化名人、俗人俗世的"實"，來寫當代精神圖景的"虛"。段先生說，從創作方法上看，在意象化手法的基礎上，借鑒中國古典世情小說，以此來刻畫人物、描寫場面、敘述情節。小說結構、敘事的起承轉合、人物設置、氣氛營造等方面，與《紅樓夢》保持著一種同構關係；性描寫的情趣化和詭點處理，又借鑒了《金瓶梅》《肉蒲團》等豔情小說，在技巧和神韻上，呈現出向明清古典小說回歸的趨向。《廢都》可以算是對作者自己心性和趣味情境化的審視和批判。其中的人物塑造又多為論者所詬病。其實賈平凹人物設置的寓意性，本就決定了牛月清、唐婉兒、柳月、阿燦式的人物都是莊之蝶內心的投射，都是包含救贖性、趣味化的符號性人物。這部作品在人物刻畫方面的成敗很難被評判，因為寫精神圖景、意象化的現實，本不著意人物的塑造，這與經典現實主義，以典型環境中的典型人物來達到真實，反映外在現實是極為不同的。之後的《白夜》延續了《廢都》的精神圖景，只不過將繁雜的人物和線索設置簡化，以更多的意象化隱喻，虛寫當代人的精神狀態。

韓魯華先生在《中國經驗的中國式敘寫》文論中説，賈平凹有幾部作品顯得尤為重要。如果說賈平凹於 20 世紀 80 年代後期創作的《浮躁》，具有對於此前十多年中國社會改革歷史性總結性的思考，是對中國時代精神的一種概括。那麼，他在新世紀創作的《秦腔》，則是對鄉村改革20 多年後，陷入一種兩難境地的揭示，其間既蘊含著對於歷史文化（這裡主要是對於鄉村文化）消解乃至消失的無奈的留戀惆悵，亦有著對於現代文化建構所造成的巨大傷害性的困惑擔憂。在這兩部作品中間所創作的一部極為重要的作品就是《廢都》，這部曾不被許多精英知識份子所認同的作品，在今天得到了更多讀者，包括當年不認同者的認同。這部作品其實是超前地敘寫了當代中國知識份子於歷史轉型中迷茫、困頓、尷尬的歷史境遇和文化精神的解體乃至墮落的痛苦心路。就今天的情景來看，有幾個知識份子的身上，沒有莊之蝶的影子呢？

韓魯華是懂得賈平凹的。他說，藝術是相通的，中外藝術在本質上是相通的，但是，具體的思維方式、表現方式卻是不同的。他與賈平凹在談中西文學藝術時，賈平凹曾以西方一種比喻的說法表達了這種意思，他說："穿過雲層都是陽光。"（見《賈平凹對話錄》研究篇）也就是說，文學在最高境界上是相同的，不同的是追求這最高境界的方式、路徑。韓老師說，賈平凹文學敘事對於中國傳統的回歸，還源於他對詩、書、畫等藝術的感悟。他在對中國文學藝術進行綜合考察中領悟到，中國文學藝術的傳統是表現的藝術，重在精神的表現，而不在於形式的刻繪。在於整體的把握，而不在於細緻的精描；在於意境的創造，而不在於場景的再現；在於空靈的追求，而不在於細膩的敘說；這樣，在藝術創作上，他一方面致力於整體把握，即中國文化及其心理結構，表現藝術的整體美；另一方面則有意無意地在作品中塑造富有象徵意味的意象。由此來審視賈平凹自《廢都》之後的文學創作，便不難理解其在文學敘事上所表現出的極富中國文學敘事特色的情致與韻味。

楊輝作為賈平凹大文學史研究的視角在《賈平凹與大文學史》文論中，對《廢都》這樣評述，《廢都》為賈平凹風格轉折之標誌，文章"作法"之革新，屬重要原因之一。

楊輝《大文學史視域下的賈平凹研究》

知道楊輝教授，還是 2017 年的時候。在 2001 年我出版《收藏賈平凹》之後，用了 7 年時間開始撰寫《賈平凹年譜 50 年（上卷）》，寫完年譜初稿我來了一趟西安。年譜就交到了木南和王新民手中，之後，聽說我的年譜經過了馬健濤、李星之手後，又到了楊輝的手中……後來從平凹處獲悉，年譜經過了幾人的修訂都不甚理想。再後來，就讀到了《賈平凹文論》三部和《秦嶺南北》，給楊輝打電話指出了書中關於《廢都》資料的幾處硬傷，後來又讀了他撰寫的《大文學史視域下的賈平凹研究》，這個提法在研究賈平凹領域是新穎的大氣的。他提出融通中國文學"大傳統"與"小傳統"的"大文學史觀"，意在跨越和克服慣用多年的"現代性"視域，以充分釋放被壓抑的中國文學"大傳統"的解釋資源，重新評價賈平凹及中國當代文學。通過對國內幾部重要文學史"史觀"的局限分析，認為"現代性"視域客觀上限制了對賈平凹作品文學史價值的深度探討。並在古今中西文化的宏闊視野中提出了一些具有開拓性的新觀點，被認為是賈平凹研究的重要收穫，也得到了平凹先生的認可。

以《廢都》為例，將其放置到中國古典文脈的傳統中考量，發掘出的價值，自然和在"五四"以降之新文學傳統脈絡中存在較大的分歧。這又和晚清至"五四"形成的文化及批評觀念頗多關聯。由於極為複雜的歷史原因，"五四"知識份子在較為簡單的層面上處理了文化的"古今中西之爭"問題。這種處理方式當然有其歷史合理性，但今勝於古，西優於中成為影響此後文化選擇的重要方式之後，卻逐漸產生一些"弊端"。在此過程中，自然而然地將"五四"以降之新文學，視作為在中國古典傳統之外別開一路。

《廢都》，賈平凹在接續中國古典傳統的道路上闊步前行，逐漸大不同於其時的"潮流化"

寫作而獨行於當時的"主流"文壇。如孫郁所言，以其小說中的散文筆法，自覺延續的舊式文人的精神氣脈，賈平凹引起了汪曾祺的注意。但相較於汪曾祺的"安於小"，"不動聲色的時候居多"，賈平凹的"氣概要大得多"，他"寫鄉村與都市的合奏，史詩的感覺出來了，由小而漸大。"作於九十年初的《廢都》和《白夜》，"有大場面，線索頗多"，更兼有"為天地立心的野心"，氣魄與境界，已非舊式文人傳統所能框定。一股清流流到中年，已難免渾濁。《廢都》是賈平凹的自我調適之作。進入四十歲後，他"檢討起來，往日豔羨的什麼辭章燦爛，情趣盎然，風格獨特，其實正是阻礙著天才的發展。""鬼魅猙獰，上帝無言。奇才是冬雪夏雷，大才是四季轉換"，其時他反覆強調的"求缺"，"道被重新確立之後，德將被重新定位"，沒有了對經典作品華麗辭藻的喜好，四十歲屢屢感受到的"驚恐"是生命自組織必要的陣痛。《廢都》所能安妥的，也只能是一個逐漸破碎的靈魂。

《廢都》寫作的變化，體現為他"對真切人生體驗的開放"，以及對"宏大單一主題的誘惑"的抵拒。《廢都》以莊之蝶等人物為中心，展開了更為複雜的生活世相。世紀末的情緒流貫其間，塤樂的蒼茫悲涼足以成為時代精神的真實寫照。"社會轉折、精神脫節時代的憤懣、失落、無奈的心境"因之得到釋放，知識份子從莊之蝶等人身上體會到物傷其類的痛感，他們中的大多數人以筆做投槍，對賈平凹及《廢都》展開了曠日持久的口誅筆伐。

楊輝在《＜廢都＞與1990年代的知識份子問題》章節中指出，作為1993年"陝軍東征"的重要文本，《廢都》的出現極大地激發了後文革時期知識人社會"參與意識"受挫，無奈之下被迫邊緣化卻心有不甘的複雜心理"症候"的集中爆發。所謂的具有現代意義的"知識份子"對賈平凹筆下這個"除墜入女人的溫柔之鄉"外"別無去處"的"傳統文人"的不滿甚或憤怒，某種意義上夾雜著物傷其類的被冒犯感和"介入"的無能的挫敗感，以及面對主題已然位移的時代氛圍把握的無力感。《廢都》無疑是賈平凹有意識地接續明清世情小說筆法，力圖從性靈或精神層面表達時代的精神氛圍的用心之作。在《商州初錄》《逛山》《五魁》等作品中尚處於"萌芽"狀態的"傳統性靈"在《廢都》中人格化並成長為具有傳統文化精神喻象的特殊能指。莊之蝶身上集合了文人的才華橫溢和行為上的放蕩不羈，秉性正直仁義，卻時常情迷意亂，得意時不忘感時憂國，失意時卻難免頹廢消沉。"中年人無法訴說的精神上的寂寞、茫然和頹敗""一心要適應社會到底未能適應，一心要有所作為到底不能作為，"萬般無奈之下，只能"歸宿於女人，希望他成就女人或女人成就他，"最終卻"誰也成就不了誰，他同女人一同毀掉了。"在精神的茫然和重重危機中，沉溺於感官的迷醉未必就牽引著一條自我拯救之路。人到中年，且飽受聲名及俗世之累的賈平凹，寫下這部帶給自己"無法向人說清的苦難"，"又唯一能安妥"自己"破碎了的靈魂"的《廢都》，恐怕不是"書寫他所追求的美學意味"這樣簡單。如果說在他看來"只有美學、更具體地說是美文可以充當時代空場的補充"的話，那美學和美文背後，必定還有古典思想及其開出的人生觀念的價值支撐。它和《西廂記》《紅樓夢》，甚至《金瓶梅》構成同一個意義序列，解構也重構了知識份子的歷史形象，"一種歷史的審美指向借同語言的深度空間一起被鮮明地確立起來，如同一片由黑暗所放出的光芒，在地平線上重新劃出了天空和大地"。作為歷史文化及知識份子精神鏡像的莊之蝶，也以其豐富複雜的身份資訊，成為燭照現代知識人前世今生的"風月寶鑒"。

時隔多年後重新去看《廢都》並重評其文學史意義，批評界的思想理路大致有二：其一是在清理1990年代初社會文化語境中與文學頗多勾連之"非文學"因素的基礎上，把《廢都》及其引發的廣泛爭議再度"歷史化"，以放寬了的歷史視界詳細考察作為"當代文學史一樁未了的公案"（程光煒語）的這部命運多舛的文本的文學意義；其二為以近乎文化研究的方式，考察《廢都》中的民俗及地域文化等屬文學的"周邊"的內容的歷史與文化意義，並以之重新啟動未被意識到的"問題"，從而豐富關於《廢都》的文學史敘述。

　　無論對《廢都》一書，還是對作者賈平凹，"《廢都》事件"之後，已是煙雲籠罩真相莫可辨識。也就是在近二十年幾乎是陳陳相因的《廢都》評價的話語場，李敬澤寫下了他的《莊之蝶論》。李敬澤《廢都》評論的"深層語法"。在該文中，李敬澤開宗明義地指出："《紅樓夢》是小說，是虛構。它既不是曹家的家史，也不是大清朝的宮廷史或社會史。""我們有一部偉大的小說，但是我們一定要把它讀成流言蜚語。"這便是何以《莊之蝶論》開篇，在指出90年代《廢都》的批評者，大多將該作視為知識份子自身形象的鏡鑒，並藉《廢都》批判以重新確立知識人的社會角色之後，在《廢都》中的"口口口"問題上明確表明態度的原因。這一"精心為之的敗筆"，在擊破"我們對文本的'真實'的幻覺"的同時，還暗含著兩種文本的"衝突"："簡體的、被刪節的豔情小說和原版的明清豔情小說"之間的意義和價值的張力。一如由"口口口"所形成的"廢文本"對"古代"與"現代"兩種文化與社會語境的"彰顯"。

　　楊輝在"大文學史"中"還將曹雪芹賈平凹"虛實相生"的寫作方式進行了詳實的闡述，從"無限的實"到"無限的虛"，其意義並不僅止於寫作技法，乃是一種生命意識，一種世界觀念，一種活著的的意義和根據。

　　我們期待著楊輝的"大文學史"之賈平凹研究奉獻出更多更深廣的大作品。

穆濤《平凹之路》

　　與穆濤熟悉，還是1998年去西安時。很早就知道了他，因為平凹因為《美文》。

　　穆濤的《賈平凹精神自傳：平凹之路》在1994年的冬天開始閱讀，可以說，這是賈平凹的第一部對話錄，穆濤以《七日談》的對話形式，敘述了賈平凹對作文、作畫的觀點與創作感受。

　　我讀過一些作家的傳記。出自作家之手的傳記為自傳，出自研究者之手的傳記為××傳，我手頭的這本《平凹之路》被稱為"賈平凹精神傳記"它出自賈平凹本人和他的部下《美文》副主編穆濤兩人之手。兩人在一起工作了24個月後，穆濤拋出的200多個問題——賈平凹精神傳記輯入《七日談》《述說平凹》和《平凹說文》三部分計46篇賈平凹和穆濤的作品。較為重要的應當是《七日談》中的第一天至第七天的《你為誰寫作》《再造商州》《散文就是散文》《心靈的激情》《傳統與個人才能》《女性與性問題》和《快樂人心》。也就是說《七日談》是真正意義上的賈平凹精神自傳，是賈平凹創作長篇小說《廢都》後住院期間，穆濤對賈平凹的有關創作上的7次藝術訪談錄。

在《開頭的話》中，穆濤說："我與他進行這次長談有一個直接原因，1993年7月，他的長篇小說《廢都》出版，這是標誌他的寫作風格發生變化的一本書（指文風而言）。在《廢都》之前，我是察覺了這種變化的。1991年底，我當時在河北《長城》雜誌編輯編發了他的中篇小說《佛關》。在這個中篇裡，他開始重新思考以往的一些已經思考過了的問題，他那種做法就像重新粉刷一間屋子之前，在有意識地剷除牆壁上舊有的色塊。《廢都》是需要時間去沉澱的，像某種瓶裝的啤酒一樣，較明顯地殘留著沒有過濾清的漂浮物。但是，據此我感受到了，在此之後，賈平凹的眼珠不會在昨天的眼眶中轉動了……"

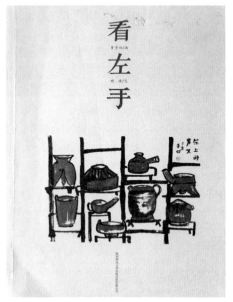

由此，穆濤將私存的十幾年對賈平凹思考的問題，在對賈氏作品又重新集中閱讀後歸納整理出了7個方面：包括詩歌、戲劇、小說、散文及文論的寫作，"所有問題的提出是純指他的精神生活，純針對他的寫作狀態。"與賈平凹進行了七次長談，並且在長談過程中，謝絕了任何外界的來訪，即使外邊的敲門聲一次次打斷他們的談話，都依然保持很好的心態，如同身處颶風中般異常平靜。

在《小說，心靈的激情》《白日的夢想》中看看他們有個《廢都》話題相關的觀點。1991年9月間，賈平凹的長篇小說《浮躁》英譯本在美國出版，首發式時，應邀訪美期間，主要走過了紐約、華盛頓、丹佛、洛杉磯，見到了相當的一批美國作家、詩人。時間短，語言不通，未能夠深入地交流，但認識了了譯者葛浩文，他是美國人，能說漢語，也就是後來的《廢都》英譯者，還認識了漢學家李歐梵，華人作家聶華苓等等。

圍繞小說——心靈的激情這個話題，穆濤發現他的新著《廢都》裡發現了一種新變化，這種變化是觀念上的，比如對"作家形象"這一問題的認識上，穆濤說，你是從"背面"去寫"作家"這一形象的，你沒有著眼於名作家的名面之舉，而是繞到背後寫一類作家的骯髒與苦痛。

作為一個民族的作家的賈平凹，在美國訪問時，他注意到東西方文化藝術比較，尋其相異處和相同處，從接觸過的人身上看他們的思維方式，看他們的境界。寫《廢都》，原因是很多的，但其中有一點，要使他的作品讓更多的人都能看懂，不至於有因太偏僻的描寫而受阻礙，寫關於人本身的事，寫當代中國人的一種精神狀態，力求傳達本民族以及東方的味道，這樣，才能引起更多人的同感和想像。如果心胸闊大，注重的是一個民族、一個社會的生存狀態和精神狀態，是針對人的，就會俯視一切現象，也不存在什麼高貴與低賤、偉大與渺小、惡與善等等一些人為規範的東西。

在《廢都》性的處理辦法上，出於兩個需要：莊之蝶雖是個作家，仍是一個閒人，他在想有為而無法去為的精神壓力下，他只有躲到女人那裡寄託感情，企圖在那裡放鬆、解脫，以此獲得精神新生；他無路可走，不可能再去幹別的，這由他的地位、環境、性情所定，結果，他想以性來解救自己，未能救了。他意識到了自己的醜惡，而再次在醜惡中還要尋找美好的東西，一步一步深陷不拔，最後毀了自己，同時毀了他的女人。

對於《廢都》四大名人，四個女人，四朵奇花的意蘊，代表著個渾沌整體。穆濤發現，《廢都》這部書是賈平凹至關重要的一部書，是尋求轉變的一本過渡書，在這部書裡，有著極強的與往昔不同的現代氣息，同時，仍保留著賈平凹往日的最基本的一些守舊東西。雖然將故事的背景從鄉下喬遷到了城市，但透過字裡行間，還是叫人聞到一股鄉居的炊煙氣味。

《廢都》一出版很暢銷，盜印本多達 20 幾種，不能從一部書發行量的大小來看一部書和一個作家的好壞。一部作品，如果能活半個世紀，那就是真正的好作品；一個作家，50 年後人們還提他，讀他，就是好作家。《廢都》是一部容易讓人看走眼的書，易被誤讀的書。

穆濤與平凹的第二次合作應該是《看左手》，平凹右手寫作，截至到 2021 年，僅我收集的賈平凹作品版本達 500 種，平時平凹喜歡畫畫寫字，主業與副業都好，而且還做著《美文》的主編，穆濤是《美文》的執行副主編，編文學雜誌，封二和封三位置重要，卻是雞肋，很難烹調出特色。通行的辦法是刊登畫、書法和攝影，但長時間堅持的話，作品的主調子不容易把握，可能多姿多彩，但會零亂。出於這樣的考慮，《美文》才定下以圖配文的樣式，圖為主，文附庸。欄目開始時確定用平凹主編的畫，有三個原因，一是多數沒有發表過。他在文壇名頭響亮，是公認的大家，沒有發表過的東西還真不多。最初他不同意，但編輯部舉手表決，他是少數。再是不用付稿酬。三是自家人，可以隨需所用。於是，由穆濤給平凹配寫文字。看《看左手》並不比右手差。

《平凹之路》若以後再版，穆濤先生仍鍾情於《七日談：賈平凹精神自傳》書名，我們期待穆濤先生來完善這部反映賈平凹藝術生命的精神傳記。

《謝有順賈平凹對話錄》

由王堯、林建法主編的《新人文對話叢書》之《謝有順賈平凹對話錄》2003 年 7 月由蘇州大學出版社出版，表達了人們在"對話"這個時代的所思所想，紀念因為思和想而擁有的痛苦和快樂。醞釀的對話人選，都是聲譽卓著的作家和學者，有馮驥才、周立民、韓少功、王蒙、李歐梵、蘇童……等。大致可以見出 20 世紀 90 年代以來思想文化界的部分輪廓，這些"人文知識份子"對思想文化問題的種種解釋，散發著各自生命的體溫，在一定意義上，對話錄叢書也是對話者的精神自敘。

第一次熟悉謝有順是在上世紀 90 年代，一位清秀的新銳批評家，經常活躍在國內的小說評論隊伍裡，那時，他雖然還不到 30 歲，睿智、理性的文學思辨，早已引起許多國內老作家老評論家的關注。於是，便有了《美文》雜誌 2003 年第 2、3、4 期上人們首先關注的《七盒錄音帶——賈平凹和謝有順的一次長談》，也就是大眾後來同年 7 月讀到的《謝有順賈平凹對話錄》。準確

地說，是在 2002 年 10 月的西安，賈平凹和謝有順的一次長談（12 萬字）。

當時的《美文》雜誌 2003 年第 1 期的封底有這樣一段話：賈平凹，一個視寫作為生命而又備受爭議的作家。謝有順，一個充滿銳氣和獨創精神的青年評論家。他們在西安相會。他們把自己封閉在酒店裡，切斷了和外部的所有聯繫。七天時間，他們無所不談。一個在兩代人的衝突和共鳴中尋找精神的突破，一個在兩代人的歧見和落差之中探索當代作家的心靈史。

從我二十歲開始寫東西，一直爭議到五十多歲在現實生活中，所有接觸過我的人，都說我是憨實的，善良的甚至柔弱，不張揚，不講任何人的壞話，但對作品的爭議就大啦。從事文學一開始，一上手，當時在陝西就引起爭論，開批評會，當時我二十來歲。在文化革命中，我父親就被打成過歷史反革命，我知道在政治上出了問題後那前途徹底就沒有了、那種恐懼和痛苦我是經歷過的。所以，文化大革命剛結束不久，我進入文壇，馬上就鋪天蓋地批判的時候，當時確實有一種恐慌感，我馬上想到我父親的命運，害怕將來我不能寫作，誰能料到以後的形勢越來越好呢，當時確實難過、記得開完批評會後，我在沒人處流眼淚。從那以後，經的事情多了，年齡也慢慢大了、再沒流過淚，堅強了！

這是一次集中了三天時間的對話，而且，這對話前，他們僅僅見過兩次面。 他們是應王堯、建法的邀請，為他們主編的 "新人文對話錄從書" 而對話的。三天的時間裡，兩個人待在賓館裡，每天五個小時的交談內容，成了七盒錄音帶，成了這本書。

在書的《後記》裡，謝有順說 "這本對話錄雖無多少深刻的思想，但我們兩個人的對話狀態頗耐人尋味。一個寫小說散文，一個寫評論；一個生於 20 世紀 50 年代，一個生於 20 世紀 70 年代；一個比較感性，一個偏理性；一個沉穩，一個激揚 ...... 同一個問題，兩個人的思路不一樣，話語方式也略有不同，但到達的幾乎是同一個地方。"

這是一場心靈的對話。賈平凹的開場白是 "從哪兒說起呢？想哪兒說哪兒吧"。沒有提綱，隨著自己的思想走。從對話中可以看出，彼此很融洽。他們的話題涉及日常生活、宗教信仰。文學與時代，疾病與哲學，散文與活著……等，主要還是圍繞文學的。這本書至少可以讓你懂兩段

"歷史"："文學的簡史"和"賈平凹的寫作史"。尤其是圍繞《廢都》的。

謝有順說，相信時間最終只會站在真理一邊。比如說你的《廢都》，我相信，在當時的批判中，你自己一定會有很多倍感困惑的東西，但你說不出來。《廢都》的寫作很清楚是和你的現實處境交織在一起的，那時，你的個人心境，生活環境，精神狀況，身體狀況，可能都落到一種很低的狀態，這很自然就會在《廢都》這樣的作品中，表現出一種頹廢的、絕望的、悲涼的情緒。一個讀者或批評家，如果無法進入你當時的那種心境，他就會從一種理想的狀態出發，批判《廢都》是不真實的，不健康的。事實上，今天（10年後）再回過頭來看，文學界對《廢都》就有了完全不同的理解。不是指責《廢都》有露骨的性描寫嗎？但現在的很多小說，在性描寫上比《廢都》要露骨多了，我看也沒事；不是指責《廢都》宣揚精神頹廢嗎？可你現在到酒吧、舞廳看看，有多少年輕人在變本加厲地頻廢著？這些在今天都不成問題了，可很多人當年卻不是這樣看《廢都》的，這也再次證明，作家的寫作是具有某種精神的超前性的。這事過了近十年了，今天重讀《廢都》，可能會得出完全不一樣的結論。我在很多個場合，都聽文學界的專家在說，《廢都》是一部重要的作品。《廢都》展示出的那種頹廢、絕望、悲涼，是一種廢墟文化的表徵，那種鬱結之氣，正是當時很多知識份子的普遍心態，《廢都》不過是將這種徘徊、困惑、迷惘、絕望的心態表現得更加極端化而已，但它確實是把知識份子骨子裡的某種東西寫出來了，忽略這一點是不公正的。現在，時代的精神語境和話語語境都改變了，很多當年屬害地批評《廢都》的人，也開始改變對《廢都》的看法，並承認它的藝術貢獻和精神真實。

《廢都》讓賈平凹受到磨難，《廢都》以前，他在文壇屬於比較乾淨的人，純潔的作家。突然一夜間因為一部《廢都》變成"流氓"作家。許多喜歡他的讀者如朋友一樣，走的走了，來的來了。

《廢都》當時引起最大的爭論，就是關於性描寫。我見證了1993年北京王府井首發式的場景，許多讀者爭相搶購《廢都》，我身邊的許多讀者看的是書中的性，而不是命！《廢都》出現在現在，性描寫不可能引起那麼大的波動。就這本書來說，我收集的不同封面的《廢都》盜版本就有50多種（見本書《盜版說》），《廢都》盜版一直沒斷，據我所知，賈平凹就能收集50多個版本。對話中，賈平凹說，今天我在西安又發現了三種版本。翻譯到日本的時候，影響非常好，中央公論出版社表示從此要長期翻譯出版我的作品，日本有評論家認為《廢都》是中國五四以來真正寫到人的一部長篇小說，是寫人性的，寫人本身的。在法國能獲費米娜文學獎，理由大致也是這樣。《廢都》在國內爭論大的時候，批評超越了文學範疇，成了一件大事，就對你的生活，你的人身有了麻煩。再一個就是《廢都》帶給我的陰影影響了我整個20世紀90年代，現在也沒有完全消除，你在一些人心目中的形象難以改變，比如提拔一下吧，重用一下吧，就不行了。非文學的東西太多了。但是，從《廢都》以後，我受了磨難也受了鍛煉，再出現什麼事情，多大的難處，都不驚慌了。

謝有順說，我覺得《廢都》對你個人來說，還有一個意外的收穫，那就是它大大擴大了你的讀者群。

賈平凹感慨地說，《廢都》後，離開了一些讀者，現在經常來簽名的，有的是從早期一直跟蹤過來的，有的是《廢都》以後的。早期的一部分走了，他們覺得我後來寫得太混濁，不明麗，不大理解，就走了。讀者如朋友一樣，走的走了，來的來了。磁鐵對鐵片釘子螺絲帽有作用，對木頭石塊沒作用。

　　謝有順說，《廢都》實現了你在文學上的斷裂。可我還注意到一個問題，那就是《廢都》的出版及其盜版的猖獗，這一現象不僅具有文學史的意義，它還為文學傳播學提供了一個重要範例。我不知在此之前，是否有另外一部當代的中國小說，能在媒體上產生這麼大的影響，並引發這麼大規模的盜版，我估計是沒有。因此，從文學傳播學的角度上說，《廢都》可以算作是文學走向大眾、走向傳媒、走向民間社會的第一個成功樣板。

　　《賈平凹謝有順對話錄》中，就讀者關心的《廢都》盜版、正版、刪節、爭論、炒作等等，進行了專題對話。

黃世權《日常沉迷與詩性超越》

　　"廢都"是小說《廢都》中的一個整體意象，賈平凹建構這樣一個意象，對小說描寫的現代城市的日常生活明顯起了一個統攝的作用。小說一開始就試圖將"廢都"的意象性質揭示出來，它從西京城的怪異現象寫起，其中最為驚人的是天上出現四個太陽天象奇觀。按照中國的文化傳統，凡有不正常天象的出現，必定預示著人世的不尋常事情的發生，這是中國的一種文化無意識的表現，也是古典敘事所喜愛的一種模式。這種敘事模式的運用，很有效地重構起一種久遠的神話氛圍，為情節的展開事先籠上了一層迷霧。在這四日並出的天象奇觀造成的奇異古老的氣氛中，賈平凹順勢寫到城牆頭上的塤聲，那種嗚嗚嗚嗚彷彿從遠古洪荒世界的地底下發出的聲音，更加深了西京城的荒廢感。也許試圖把西京也即西安處理成中國城市甚至人類居所的一個象徵，因而並沒有花過多的筆墨來寫西京的總體風貌。西安是一座保存最完整古城牆的城市。其實，西安有特徵的東西也很不少，而作者多處寫城牆更能體現"廢都"的頹廢氣息，所以才反覆出現，成為一個重要的意象。與此相輔相成的是塤聲的環繞不絕，與古老黯淡的城牆意象的反覆出現體現了賈平凹的意象建構的匠心一樣，塤聲的使用則可以說是賈平凹的一個美學獨創。這種幾乎與現代生活節奏和情調格格不入的蒼老悲涼的樂聲，給西京城罩上一種古老荒涼的時間感覺，與城牆形成的古老殘破的空間感覺相互呼應，形成一種濃重的宇宙滄桑、人世悲涼之感。

　　《廢都》寫的是現實生活的時間流程，卻試圖用一個空間性的意象進行統攝，並用這個意象來深化這種現實生活流程的超時間的意義，實行時間向空間的轉化。當許多讀者批評小說中的性

描寫，賈平凹的回應是讀者不應該只看到這些性描寫的事實層面的含義。賈平凹於此暴露了這種意象寫實的特有的藝術困境。將日常生活流程寫得那麼細緻真實，自然就難以實現這些流程向虛境的轉化，也就是在意象的統攝下趨於虛境。

與《廢都》相似，《白夜》也是採用了這種整體意象的安排。如果說"廢都"這個意象還是比較具體的一種空間意象，那麼"白夜"則是一個更奇特的時間意象。實際上，"白夜"與"廢都"這兩個意象是精神相通的。如果說"廢都"給人一種荒涼頹廢的空間感覺，那麼"白夜"則給人一種神秘眩惑的時間感覺。一個空間，一個時間，兩個意象形成和諧的對比，而它們散發的意味則是非常接近的。從意象的建構來說，這兩個意象不僅具有強烈的形象效果，而且還有令人一望而知的隱喻的含義。

《廢都》是在情節上採用自然化生的最初的嘗試，這麼一部篇幅可觀的長篇小說，用傳統現實主義的情節觀來衡量，幾乎找不到較為完整的情節。貫通全書的情節就是以莊之蝶為中心的一些生活細節，他與幾個女人的情色敘事，還有與文友的一些交往，除此之外較為突出的就是與景雪蔭打官司的情節，也是斷斷續續，並不完整。可以說整部小說並沒有較為完整的情節，正如作者所說的不再去寫有首有尾的完整故事，這個觀點的確在《廢都》裡得到了很堅決地貫徹。為了破除以往情節在節奏上的人為分割，賈平凹開始使用一種新的章節手法，整部小說從頭至尾，沒有章節，沒有標題，更沒有章回體那種對仗工整並提示每章意旨的對句。整部小說運用一種原始宇宙的模式，渾然天成，混混沌沌，接接連連，芊芊莽莽，表現出一種鴻蒙未開的原始蒼茫，彷彿自然連接的時間還沒有被人分化的遠古史前狀態，堪稱賈平凹在小說結構上的最大的創造。

《廢都》時空結構的規模不過幾個月，空間就限在西京一個城市裡，大多是在室內這樣狹小的空間單位裡展開。可以說這種時空設置，的確明顯地體現了宗白華所說的有限的特點。在賈平凹其他幾部較為成功的長篇小說裡，如《高老莊》和《秦腔》在空間上都具有這樣的特點，主要的故事發生和展開的場所都在比較狹小的空間裡進行。可以說，賈平凹始終是以鄉土敘事中的那種同質的空間感受來組織城市敘事，自然就無法表現現代城市的空間結構對於現代人生活體驗的影響。這種體驗用本雅明的話來說就是震驚體驗。這種相對狹小的空間結構，顯然體現了賈平凹的藝術傾向與追求。

在空間的結構上，賈平凹還表現出中國古典時空意識中的空白觀念，就像古典繪畫中的寫意畫喜歡將人物活動的空間省去，例如八大山人的作品畫魚不畫水，畫鳥所立的樹枝只畫簡單的一枝，而留下大量的空白。古典戲劇（包括現代京劇）裡也運用這種空白的結構方式，描寫楊子榮馳騁在遼闊的雪原上只用一個揚鞭的優美動作就表現出來了。賈平凹對於這種美學境界顯然是有深刻會心的，如果說他初期的作品還著意寫出具體的空間環境，到了意象寫實階段，很多作品裡都沒有具體的空間景象。《廢都》《白夜》裡對西京的空間景象就沒有特別鮮明的描述，《土門》雖然取了個空間隱喻作為書名，然而也沒有清晰的空間景象。《高老莊》與《秦腔》的空間景象也是很模糊的。即使像《懷念狼》這種道路時空體也沒有表現出生動的空間景象。這些都體現出賈平凹有意將空間空白化的意象處理的藝術用意。

《廢都遺事》

由賈平凹題寫書名、馮有源作序，谷木創作、中國戲劇出版社 2005 年 10 月出版的一本的《廢都》續集的書。

1993 年《廢都》出版後，坊間就有不同的聲音，並且有女縣長續寫《廢都》之說。

2003 年春的一天，谷木（朱名屹）攜長篇小說《廢都軼事》從天津來西安，找到了西北大學教授馮有源先生，馮先生與平凹交情頗深，最早在西大是同學，並一起合作創作了第一篇文章《一雙襪子》，之後，還合著出版了《平凹藝術》。谷木與馮教授是同鄉，又是西北大學中文系的校友；還是在部隊院校的同仁——一個教研室裡共事，是馮教授指導的青年教師，馮教授不僅指導過他的寫作教學，還指導過他的小說創作，這麼多的緣分和淵源關係，使馮不得不給他幫這個忙了。

《廢都軼事》是《廢都》的續篇，是他花了近十年時間的心血寫成的。

晚上，馮教授連夜看了他寫的小說的前幾章，被他的文筆驚詫了！馮教授在序言中寫道，和朱名屹分別僅僅九年，九年就成就了一個寫作人材，從小說的功力看，朱名屹這幾年真是"達摩"面壁，修成正果的。想想九年前我指導過他寫的小說，還是那麼稚嫩、單薄，看看九年後的他的第一個長篇，卻是如此的老道、渾厚，簡直不像是一個三十多歲的初出茅廬的年青人的手筆。

為他人的書和小說作續篇，總是很苦的差事。雖說從古就有，成功的有班昭為其兄班固續《漢書》、高鄂為曹雪芹續《紅樓夢》，大都嘔心瀝血，慘澹經營，真的不容易。不容易在於有如在小小的舞臺上跳芭蕾舞，限制太多，非要有很高的才能和精湛的技藝不可。

寫續篇，一定要深得作家的構思精髓和作品的神韻妙義，做到形似和神似兼備。

在讀了朱名屹的《廢都軼事》，你才會發現，他對平凹和《廢都》均作了精深地研究和解讀，這種研究和解讀，不是一般的評論家式的做派，而是以一個作家和寫作實踐者的心領神會；不是一般的審視、闡釋，而是直覺還原和頓悟，在體驗、體會中參透人生、參透作品、悟出奧妙和真諦。

馮教授說，朱屹對《廢都》的人物性格和命運逐個認識、解讀、直覺還原和體驗、頓悟，使得《廢都》中的一些主要人物升發了更為豐富的藝術情趣和藝術魅力。同時，又著力刻畫了《廢都》中的次要人物，添置了像南小曼、程夢、寧逸等行業性人物形象，使得《廢都軼事》具有了較為廣闊的社會批判內容。

續篇《廢都軼事》中的莊之蝶，是一個還未喪失良知和責任的文化人，他的文化心態裡有更多的現實思考和民族憂患意識，賈平凹在創作這個人物時，有蘭陵笑笑生寫《金瓶梅》、曹禺寫《日出》、賽凡提斯創造堂吉訶德的設想和構思，既具有寫實性，又具有諷刺意義，他無情地解剖自己和身邊的文化人的頹廢情緒和病態意識，在聲色犬馬，自我放縱，看似玩世不恭中逃避現實和自我救贖，表現了世紀末一部分文化人和知識界人群的失落、迷惘和無奈；更有盧梭寫《懺悔錄》的勇氣，在上帝面前直白自己（一部分人群）的隱私，赤裸裸地予以暴露，有現身說法，和以自身的毀滅來警示世人和照亮別人的用心和目的。

孟雲房，研究神秘文化的，亦是知識文化界的一個智慧者，他對人生世界洞悉入微，瞭若指掌；他對色空有比較透徹的認識，對物欲、人欲看破，但他並未徹底傲世獨立，六根未淨，情緣未了，依然混跡於人世。然而，他自有自己的入世出世的準則，半人半出，半出半人，發展下去，必然是遁入空門。

周敏，從劫色開始，到為色而死。當初從潼關拐帶唐宛兒進西京，入文化圈，混跡於西京文人文化沙龍，既有一些文化人的做派，又沾染了城市遊手好閒之徒的一些毛病，骨子裡依然有著質樸和善良。最終因同時玩睡兩個女人而中煤氣死去，可謂"寧願花下死，做鬼也風流"。這是中國改革開放以來，一部分盲目接受了西方思想的年青人，只知道性的解放和對自由的崇拜，而又沒有明確的人生追求和真正的生活目標，也不知道從何做起，從何奮鬥，只有和女人醉生夢死，渾渾噩噩。

柳月，窮苦出身，從打工開始，有過辛勤的勞作，有過質樸的品質，有過崇拜，有過真情，也有過無奈，有過假意，最終不得不為生活嫁人。近朱、近墨、有權、有錢、有勢，但總不忘義，對情很癡，對人很誠，心眼好，樂於助人，好人往往不一定得到好報，最終因其夫開賭場而牽連入獄。

林大正，有權有錢的林市長的兒子，是當今一些權貴和發了橫財的不務正業的紈絝子弟，貪錢、好色、戀權，驕奢淫逸，詭計多端，飛揚跋扈，善於藉其父的權勢拉攏關係，經營人事，徇私舞弊，蠅營狗苟，把金錢、權勢、女人玩於股掌之上，最終玩完了自己，真可謂機關算盡太聰明，反算了卿卿性命。

還有什麼黃秘書、甯部長、方台長、勞總，有從政的，有經商的，也有歌星，都是和林大正一路貨色，都是城市叢林的獸影，他們的獸性到處發作，為弱小者設下了重重的陷阱，連莊之蝶這些人物稍不留心就會落入其中而無可奈何……朱名屹在他的續篇裡，使《廢都》的眾多人物基本上完成了自己的性格體現和走完了自己的命運歷程。

馮教授說，神韻和藝術個性就在於自然、真實、流暢、通俗而又不同於他人的對生活的獨特感受、對生活細節的獨特把握和對敘述藝術的獨特運用，在他的敘述中，常有神來之筆，突顯藝術的誇飾和詭異，但總是誇而有節，飾而不誣，詭而不秘，異而不怪，文氣，雅氣，孤氣，清氣。他在說話的基礎上，把一般大眾的口語和具有特色的地域方言和中國古典小說的文白相雜的典雅的用詞造句雜糅一起，融為一體，用古往今來說書人的口氣，不急不火，慢慢地徐徐道來，你急，他不急。敘述是客觀的，描寫是冷靜的，作家的傾向性隱蔽得很徹底，沒有說教式的議論，也沒有簡單化的抒情，彷彿事情就這麼發生，人物就這麼生活，連環境的一切都可以在我們生活的周圍找到。朱名屹不僅掌握了平凹在《廢都》中的行文方法和遣詞造句的奧妙，做到形似，而且深得其藝術個性和風格的神韻，真正做到神似。

讀完朱名屹所創作的《廢都》續篇，馮教授先是暗暗讚歎，後是拍手稱好，最終決定帶他去見平凹，“學你的筆法很像，有以假亂真之功時”，平凹欣然命筆題寫書名：《廢都逸事》。將朱屹原定的《廢都軼事》改為《廢都逸事》。一字之改，音同而義大不一樣：逸事，謂散失淪沒而為世人所不甚知的事蹟。多指未經史書正式記載者。唐劉知幾《史通·雜述》中說：“逸事者，皆前史所逸，後人所記，求諸異說，為益實多。”

許愛珠《賈平凹的平平凹凹》

《廢都》無疑是這種思潮的產物，但是，作為一個有著深厚歷史文化底蘊，經歷過新時期啟蒙文學洗禮的作家而言，賈平凹對物質主義這種時代價值取向是深惡痛絕的，面對傳統文化與現

代文化在碰撞中暴露的雙重危機，他自身的文化價值體系遭到致命的解構，這才有了"通過性的故事，講了一個與性毫不相干、與現代人的生存文化哲學息息相關"的《廢都》。啟蒙話語在時代浪潮的衝擊下，事實上已經被暫時擱淺。賈平凹的啟蒙文學立場，在轉型之後，被迫由社會—文化層面的現代理性與傳統感性之間的對抗衝突轉化為對個人靈魂的重新審視，轉化為個體文化形態的"生命表達"。但是，從小說文本表現的文化本質內涵而言，視為一種變形的、隱在的啟蒙話語似乎更恰確一些。我們從他的創作其實能感受到一種揮之不去的關懷現實主義的可貴品格。

《廢都》作為賈平凹創作史上極為重要的一部作品，它標誌著賈平凹在文學觀念、審美情感、藝術形式上的大轉型，對當代中國文學有著極其獨特的藝術價值。現在看來，《廢都》不僅是一部有著特殊美學的文學作品，而且還具有非同尋常的社會學意義，這是由《廢都》出現時的文化語境所決定的。對文學大眾而言，商品經濟浪潮對於中國人的道德底線提出了嚴峻的挑釁，色情、暴力方面的文化乾糧成為普通大眾的文化消費代用品，這對於精英文化立場的知識份子來說，對於他們在新時期以來在文學領域苦心經營的啟蒙話語體系構成了一種反諷，隨著商品經濟結構的最終確立，世俗化、欲望化的價值立場悄然確立，它首先是在城市市民生活中呈現的，而對於精英文化代表的知識份子而言，似乎還沒有人真正觸及到他們的內心。在經濟大潮的初期，敏銳的賈平凹以作家的膽識、勇敢地揭開這個潘朵拉盒子，他使知識份子痛徹地感到了精英立場與平民文化之間固有的那道防線轟然倒塌，知識份子的啟蒙霸權在莊之蝶萎縮、墮落的生活中被無情地解構。

在批評聲中另有一種聲音在聲援賈平凹，《廢都》為單純的藝術作品，肯定《廢都》是一部奇書，寫出了莊之蝶幸運表像下面的大不幸，拷問了包括自身在內的文人的靈魂，批判了禁錮莊之蝶們的社會文化氛圍，在形而下的描寫中實現了形而上的思考，即貼近生活又將生活寫得歷史、文化、神秘、空靈，小說不追求史詩建構，注重當代文化人的心跡的揭示，它創造了又消解了傳統文化在現實生活中的神話，是一份難得的精神標本，使中國文學與世界文學對話的過程中又邁上了一個新的臺階。還有一種類型的評價則是一分為二式的，認為小說提供一個全景式的都市印象圖，對打碎名人偶像崇拜有較高的警世意義，其藝術內涵由文化、社會、個人三個層面構成，在以隱喻和象徵表現的文化層面較成功，對掩飾在現代文明面紗下的人生百態描繪得淋漓盡致，但這二者與莊之蝶的個人生活層面失去了有機的聯繫，社會批判意識和啟蒙意識被過於露骨的性描寫破壞了，而且，莊之蝶與唐宛兒等四個女性形象之間的關係沒有足夠的真實感，因此很容易讓人誤解誤讀。

《廢都》對中國文壇的影響是深遠的。一個最基本的事實是，性文化的藩籬被徹底衝垮，直接導致了後來崛起的女性主義小說如林白的《一個人的戰爭》等的大行其道，還有更後來的"新新人類"作家如衛慧們的出籠，長篇小說市場從此被啟動，徹底扭轉了文學疲軟的局面。對賈平凹本人而言，是創作的大轉型，是對於混混沌沌的藝術境界一次嘗試，用散點透視法來寫作長篇小說的相對飽滿的嘗試。

程華《商州情結 長安氣象》

早就聽說了程華的名字，商洛學院教授，從網路上知道她經常講述解讀賈平凹。2021年深秋，特意到商洛學院拜訪她時，送給了這本獲"第五屆陝西文藝評論獎的《商州情結 長安氣象》著作。《商州情結 長安氣象》從地域文化視角探討賈平凹文學創作的密碼，力圖呈現商州和西安在賈平凹文學創作中的重要性，是把握賈平凹文學個性的一個突破口，該書徵引史料，追本溯源，具體分析了商州和西安的地域文化基因不僅是賈平凹"商州情結長安氣象"創作風格的源頭，也是賈平凹作品具有民族性特徵的重要因素。

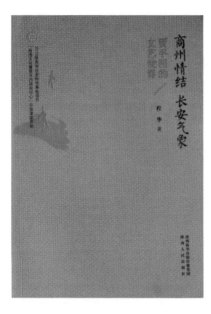

在《廢都》中的神幻象徵一章節中，她指出，《廢都》之前的商州系列小說彌漫著神幻因素，這是賈平凹地域文化意識的表現。神幻敘事從《太白山記》起直至《廢都》，在賈氏作品中發生了質的變化，從彰顯地域風俗到借崇鬼信巫風俗來寄意，賈氏作品中的神幻因素已經具有神幻象徵的意義。

從神秘敘事到魔幻象徵的視角，圍繞《廢都》之前，賈平凹創作了宏闊而龐大的商州藝術世界的積澱，特別是《太白山記》中真幻難分的"魔幻"體驗，引申到《廢都》中的魔幻敘事，她說，《廢都》是賈平凹的一部偉大作品，到了《廢都》的魔幻敘事才找到了其創作的基礎，《廢都》中的文化背景是古長安，但作者並未實寫長安文化（漢唐文化）的魅力，而是借助長安文化，營造出一個具有中國神奇魔幻特色的文化場域，模糊了時空背景，寄寓著作者的文學想像。莊之蝶的性情演繹，在這樣充滿濃郁鬼神文化氣息的時空背景下，也才具有豐富的寓意。

賈氏《廢都》中充滿魔幻的文化場域，其作品中人鬼神一體的存在是《太白山記》以來的文學遺風，是作者自覺追求的一種文學形態。賈平凹的商州系列小說中，有大量關於商州農村生活的民俗記錄，民間生活裡，原本就有濃厚的"信巫鬼，重祭祀"的巫楚遺風，崇神、信巫、畏鬼，本是民間的生活形態。"其生活形態也培育了一種精神氣質，當小說中大量書寫了這些，它就彌漫於故事之中，產生獨特的一種味道。"在《廢都》的文化場域中，也是百鬼猙獰，大有將商州民間的巫鬼文化挪移到《廢都》中的架勢，目的也是營造似幻似真的魔幻氛圍。在小說中，作者筆下的牛老太太，就如同從商州的民間世界走來，行為怪異，伏暑天氣要關著門，晚上要睡到棺材裡，能形容鬼的面目，喜歡和死人聊天。在牛老太太的世界裡，無所謂陰陽分隔。牛老太太類似於原始生活中的巫師，人鬼神的世界因此而打通。類似這類形象，在賈氏《廢都》之後的作品，比如《秦腔》中的引生，《古爐》中的狗尿苔，這樣本身具有神幻氣息的人物，連通著巫祝遺風，有助於全篇神秘性文化氛圍的營造。

《廢都》中神幻氛圍彌漫其中，作品開篇即寫了三處奇異的物象和天象。一是天上出現了四個太陽；二是那盆取自楊貴妃墳丘的土裡長出的奇花，沒下花種，卻極盡嬌美；其三是孕璜寺的智禪大師看見雷聲中"有七條彩虹交錯射在半空"。這些神幻物象如同牛老太太的神神叨叨，都帶有魔幻的色彩，陳漢雲認為不論是四個太陽還是四朵花，都與書中人物相應對，四個太陽應對西京城裡的四大文人，花開四朵又莫名凋謝互映書中四個女人的悲劇命運。賈氏借助神幻的變異，傳達著現代性的思考。"人間不易表達的存在，借著神異的事物為之，就多了展現的緯度。"

鬼神文化、神幻物象彌漫在《廢都》的字裡行間，這樣的魔幻想象與"廢都"文化聯繫在一起，共同構成了莊之蝶形象生成的文化場域。《廢都》的故事發生在西京城裡，西京城恰與賈平凹生活著的城市西安相對應，這是一個凝聚著濃厚傳統文化氣息的城市。在賈氏的另一篇作品《老西安》中，就隱約傳達了作者與這個城市的知遇情結。寫作《廢都》之時的賈氏已在西安這座城市待了20年，老西安的文化、韻味、氣度影響著賈氏的精神氣質。隨著政治經濟中心的北遷或南移，西安在衰落，商品經濟的發展，又加速了舊城改造，傳統的東西在沒落。賈平凹感受到這種沒落，不論是心神嚮往的漢唐風氣，歷史的遺跡，還是滲透在老百姓日常生活中的民俗，都在商品經濟現代大潮中，顯得無奈而無力。"廢都"淺近的寓意裡包含著在當代背景下有深厚歷史文化韻味和歷史遺跡的老城的衰落和消亡。在傳統和現代的矛盾和衝撞中，傳統的消失和沒落是歷史的必然，這在小說裡是通過破舊的古城牆以及回環在古牆上空幽怨的塤音傳遞出來的。

"塤聲的描寫在《廢都》中看似傳統的烘托之法，實則也是一種神幻的手法。" "塤聲幽怨嗚咽，如泣如訴，傳達了一種悲涼的基調"。塤的悲涼與賈氏感受中的長安城裡的文化的沒落是一致的，塤聲與廢都互為表裡，都之廢，廢在文化，曾經的蒼茫大氣、雄渾厚重已然如歷史的陳跡，只留下幽怨哀鳴的餘音。

程教授還提出 "廢都" 的神幻象徵論，20世紀80年代以來，當代作家在文學作品中重燃民間鬼魅之火，形成不同於革命現實主義典型性敘事的 "鬼魅敘事"，陳忠實在《白鹿原》中用 "托夢" "借體還魂" 和 "化蝶" 等魔幻手法表現白靈和小娥的死，蘇童、莫言、林白、王安憶及余華，也都曾 "搬神弄鬼"。《廢都》中的神幻敘事，則形成了一個文化場域，"廢都" 以及彌漫在 "廢都" 周圍的巫鬼、神幻因素所形成的文化場域，具有超越現實的象徵意義，與《廢都》中莊之蝶的人生故事形成對應。從文化到人性，文化背景、神幻敘事與人性挖掘緊密相連，這樣的文學探索和思考，讓我們看到，賈氏的《廢都》，並不像論家所言的，是當代《金瓶梅》，而是厚重的、獨特的、充滿著文化象徵的嚴肅小說。

自《廢都》之後，賈氏自覺運用意象結構小說，到《懷念狼》，賈氏對意象結構有了觀念上的明晰，直至《秦腔》，可以說意與象的完美融合。正是借助意象，賈找到了他觀照世界、表達世界的方式。

陳傳才 周忠厚《文壇西北風過耳》

——陝軍東徵文學現象透視與解讀

《廢都》關注的是人們的生活日常和文化意蘊，它所營造的文化氛圍、文化氣息更加濃郁。

《文壇西北風過耳》用一定篇幅解讀了《廢都》，作者企圖用東方文化的審美情韻表現現代人的生活、生存方式及生命活動。它不追求史詩性的結構，它首先關注的是當代部分文化人的心跡的揭示，它不僅表現了當代文化的矛盾、困惑、迷茫，也表現了廢都裡的人的生命本真狀態。全書的意旨在於寫古老文化在現代生活中的衰頹，人類創造的文明在現代物質世界的無奈與尷尬。

《廢都》出版後，讀者爭相閱讀和購買欲也是出乎出版社和作者的意料之外。一方面賈平凹是深受廣大讀者喜愛的作家，借助於名人效應，必然可以推進產品的銷售。一方面人人都知道《廢都》寫的就是我們置身其中的當代社會，反映了急劇變革的中國社會現實生活，再加上有的報刊和書攤打著當代《金瓶梅》的宣傳，無疑又吊起了讀者的胃口。再一方面，《廢都》稿酬的筆誤 "炒價" 也成為萬眾矚目的一個熱點。先是各大出版社爭搶書稿；後是新聞媒介大肆宣揚。這實在是作家的大悲哀。作家本人創作時也許想到只是文學只是藝術，但他無論如何想不到他本人以及他的產品都無法衝出經濟這個怪圈。無論陳忠實的《白鹿原》還是賈平凹的《廢都》都是如此。

1993 年的中國文壇，《廢都》的出現是中國文壇的一件不可繞開的大事。褒獎得無以復加；批判得體無完膚。但卻沒有人可以無視它。這說明《廢都》的出現，構成了一個重要的文學現象，值得我們去關注，去分析，去思考。

作品所著力表現的是在被銅臭氣和權力風毒化了的社會環境中，當代文化人的衰敗心態。

第一，理想的泯滅。在小說中，一向被嚴肅對待的社會政治，在那個說謠老頭的嘴裡成了調侃和譏諷的物件；莊嚴的人代會期間，莊之蝶卻與唐宛兒頻頻幽會；法庭之外的幕後交易，以及莊之蝶無意間捲入的政壇糾紛，這些使政治在讀者心中徹底失去了理想的光環。不僅是政治，宗教這原本是無情世界中的情感，原本是苦難者擺脫現實的避風港灣，是絕望人生的最後希望，也被作者用筆剝去了神聖的外衣。

第二，道德的淪喪。《廢都》中大量地展示了現實生活中的醜惡，把近年社會上沉渣泛起，一部分人道德淪喪的陰暗面做了充分暴露。上至官場的腐敗，下至黑社會的猖獗，吸毒、賣淫、嫖娼、欺詐、賣友、落井下石、封建迷信、殘害婦女、假冒偽劣……無所不在其中。甚至有人說，《廢都》中描寫的一切都是假的，只有鐘唯賢（《西京雜誌》的主編）的愛情是真的，但他愛的人卻早已死了，他收到的情書全是莊之蝶冒名代寫的——還是假的。這種說法或許有些過分，但《廢都》中的四大名人以及他們置身於其中的文化界的確給人們留下了無德無行的深刻印象。

第三，美德的貶值。愛情是人世間最美好的感情之一，但在《廢都》的男男女女的交往中，我們沒有看到任何正常的、健康的愛情。四大名人的婚姻與家庭都是失敗的，夫婦之間同床異夢；而與莊之蝶有過性關係的幾位女性無一不是崇拜他 "作家" "名人" 的虛名的，無一不是以 "有你這樣的名人喜歡我"（阿燦語）而自娛自慰的。

第四，理性的衰微。《廢都》主要描寫文化界、知識界，這是一個被人們稱為民族的良心，國家的靈魂的階層，它應是最充滿理性的智慧精神的。但《廢都》中卻充滿了神秘主義的霧障：那個來去無蹤跡的說謠老頭兒，那頭有著人的思維的奶牛，那位能通達陰陽兩界的牛老太太（莊之蝶的岳母），那每每由周敏在城頭吹出的如鬼哭狼嚎一般的塤聲，以及那無端而來又無端而去的四枝奇花、天空中的四個太陽、滿城亂飛的臭蟲……這些看似荒誕不經的描寫，其實正是作者對現實生活的主觀體驗與藝術折射。《廢都》表現了當代文化人的衰敗心態。

《廢都》的題材大量取自當今的中國文化市場，書中寫了書店，寫了舞廳，寫了 "走穴"，寫了字畫文物的買賣、作假與走私，寫了地下書商、買賣書號等。總之，當今文化市場上合法的、非法的、犯罪的，種種文化市場現象，在《廢都》中比比皆是。

何丹萌《見證賈平凹》

一晃，與孫見喜先生認識 33 年了。那天在含光門內的飯館約何丹萌老師，邊吃邊聊當年的平凹與《廢都》。他倆都是平凹創作《廢都》的見證者，他們也是多少年的行影相隨者。《見證賈平凹》也是用他的眼光透視賈平凹。丹萌說，故事是真實的，從平娃到平凹、到商州山地，再到《廢都》與婚變，到茅盾文學獎…每一個主要時期都如數家珍。

《廢都》給中國文壇帶來了一場不大不小的地震。這本書創造了兩個奇跡，一是單本小說的印量最高，二是單本書的盜印本最多，僅賈平凹收集到的各種盜印本就有 60 多種，正版和盜印版相加估計有近千萬冊。一時間社會上形成了"到處逢人說《廢都》"的局面。那時《廢都》還成了饋贈親友甚至巴結領導的禮品，一時間真是洛陽紙貴，《廢都》有多少就能賣出多少。貨到了就會被一搶而空，記得僅是經我手拿出讓平凹簽名的《廢都》就不下 400 多本。後來我嫌找他太麻煩，就索性模仿平凹的筆跡代他簽名。有一次我打電話約他為該書簽名，他太忙了沒有時間，我就說："你不簽我就替你簽了。"

我問丹萌老師，怎樣寫好"賈平凹"三個字，尤其那個"凹"字，他告訴我："要寫好兩個'12'，處理好第一個和第二個'12'的關係。"丹萌的鋼筆字本身就受過平凹的影響。

《廢都》在社會上引起轟動，褒貶不一，說好的說這是一本奇書，是一本描寫頹廢的大書，是創造了建國以來小說史上前所未有的寫作方法，是可以傳世的作品；說壞的則將此書說得一團糟，說是賈平凹的墮落，平凹甚至遭到了許多人的攻擊、謾罵和詆毀。北京出版局就查禁了這本書，他在給穆濤送的樣書上寫道："這部書易誤讀，它將大損於我，我洩了什麼天機若此。"

席間，我們又聊起了陝西文學界，關於對《廢都》的評說，丹萌說，不管外邊的人怎麼評價，在陝西文學界，在賈平凹的周圍，卻始終有幾位對《廢都》評價極高的人，董子竹、孫見喜、費秉勳、李星等等。尤其是董子竹，他對《廢都》的推崇，已到了無以復加的程度。

他告訴我，抽空一定去江西拜訪一下董子竹。董子竹是湖北孝感人，19 歲以後在北京讀大學。

那時正遇"匈牙利事件"，子竹與國人持不同政見，跑到某國的大使館去要求政治避難，被定為叛國罪而入獄，據說被關在河北某地與從維熙等人一個監獄，獄中通讀並研究了《資本論》，從此練就了評論家的口才和思辨能力。平反出獄後分配西安，當時任西安市戲劇研究所副所長，是陝西文藝評論界的活躍人物。他思想敏銳，觀點獨特，言辭激昂，有著很執著也易激動的熱情性格。還在《浮躁》問世之前，在《臘月正月》《小月前本》《雞窩窪人家》等中篇發表的時候，董子竹就非常看重賈平凹，二人有過很密切的交往。到了〈浮躁〉的創作階段，董子竹已經時刻以理論關照對他提出建議和進行指導了。在《廢都》問世之前，老董已經歷了家庭的許多變故，離婚，結婚，再離、再結，折騰了幾次，但他卻一直熱心於研究國學，《廢都》中孟雲房的許多影子就是從他那兒來的。那段時間他窩在家中，到了《廢都》出世，他坐不住了，禪也罷佛也罷，都暫時不顧了，一下子亢奮起來，到處遊說著《廢都》的好處，說"它是一個古老卻也疲憊的民族給世界民族的'白皮書'"，還說是"當代中國世道人心在雙重裂變轉型中的一部真正的'史詩'"。他還畫出了《廢都》社會文化一心理模態示意圖，他要大評特評《廢都》，他要寫《廢都》的批註本。然而就在此時，他的家庭矛盾達到白熱化。他躲藏到平凹新辟的陋室，被家人追了去，他走到哪裡家人就跟蹤到哪裡。無奈之下，他想起了我，想起了我的單身生活和我所住的偏僻小巷，就夾著好幾本大稿紙來到了我家。我那時在一家文化公司兼著一份職，又要在單位上班，所以白天出門，晚上很晚才回來。老董讓我每次回來時給他帶十個燒餅，把蜂窩煤爐子生好，保證有開水就行。就這樣，他每天吃燒餅、喝開水，夜以繼日地趕寫《廢都》的批註本和關於《廢都》的長篇述評。白日裡他一個人關在房子裡一聲不吭，到了晚上我一進門，他便慷慨激昂，唾液飛濺，操一口流利的普通話向我這唯一的聽眾上課。他挽起袖子蹲在床沿，大講特講，講佛，講禪，也講《廢都》和賈平凹。老董在我家很艱苦地熬過了十多天，完成了批註，並寫了3萬字的評論代序言文章，題為《莊周夢蝶一場空》。他讓我把稿子交給賈平凹或者孫見喜，然後很神秘地對我說："兄弟呀，我要走了，我要離開這座城市了。"（見附件：董子竹給平凹的信）

董子竹出家當和尚去了。

《廢都》被禁之後，賈平凹很鬱悶，他這個"核桃"又被重重地"砸"了一錘，偏就不服輸，又去寫《土門》《白夜》《高老莊》等等，幾乎是每年一本地寫作長篇。直到1998年，《廢都》獲得了法國"費米娜文學獎"，賈平凹那個孤獨的靈魂，恐怕才得到了稍稍的安妥。

穆濤在回憶文章中說："那一天晚上，我們兩人坐在美文雜誌社，一邊等結果，一邊玩撲克。我提議要帶賭注，因為沒有比等一個未蔔的結果更令人心神不安的事情了，開始他不同意，因為打牌他從來是輸給我的，結果仍如舊例，他不停地往外掏。兩個小時之後，將近九點鐘的時候，他才說過'你再贏，這獎我不要了'的話，我辦公桌上的電話就響了起來。在電話的另一端，安波蘭女士在頒獎現場激動地說，5部小說中，《廢都》勝出獲獎'。聽到這個消息，賈平凹出奇地平靜了。"

接著，法國文化部部長發來了賀信，法國駐華大使後來也發來了賀信，還專程趕到西安表示祝賀。從此，關於《廢都》查禁的事在國人中也就漸漸無人提說了。

賈平凹的靈魂是稍稍得以安妥了。

附件：董子竹給賈平凹的信——

關於董子竹

西安有個董子竹，孫見喜這樣評價他：是評論上的狂夫，又是理論上的精怪。

董子竹是何許人也？董老是戲劇理論與批評，但也不時涉足當代小說創作。

董子竹說，他是《廢都》中孟雲房的原型。

他對國學的研究深廣。出版了一系列與南懷瑾商榷的專著。《廢都》一出版，他一氣呵成了《廢都》的評注本。

為了評注《廢都》。他行蹤不定，幾次轉移。先在一位女士的化妝臺上完成總評，又在某廠工人休息室開筆評注：八月底移至孫見喜家寫作，寫了一天半因環境不寧又移居丹萌寢室。在丹萌居處每天工作十三個小時，終將工作完成。之後，留下一封書信，從西安到江西一座佛學院去做客座教授。應邀去講授邏輯學和中國哲學史。

後來，我去西安，西安的一位收藏朋友王貴強對廢都有著自己的見地。"看《廢都》得看三遍，第一遍看性，第二遍看政，第三遍看命。" 對普通讀者而言，看《廢都》往往容易在第一二層面上迷失。要麼敏感於性的放膽和奇詭，要麼津津於或憤怒於 "謠兒" 的尖銳和 "惡毒"，至於內核裡的意蘊，人們未必體味透徹或者乾脆懶於探究。於是，出版一部《廢都》的評注本實屬必要，對於大眾讀者，這是導讀，也是提高審美情趣的借助和工具。

再次拜訪孫見喜先生時說，你去見見董法師。他出家江西，現在專門研究國學，已出版 "與南懷瑾商榷" 系列哲學書 14 卷。於是，我打通了董子竹的電話，他先是給我講賈平凹的《浮躁》，又講《秦腔》，之後才把話題轉到了他的《廢都》評注本。

來，先一起讀讀董子竹評注《廢都》前言的這一封 "致平凹" 的長信。

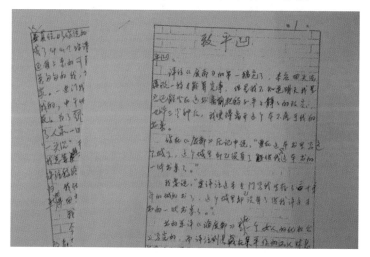

平凹：

評注本《廢都》的第一稿完了，本應回頭再改一稿才能算完事，但是我不知道明天我是否還能坐在這書桌前。把稿子平平靜靜的改完，也許三分鐘後，我便得離開這個本不屬於我的書桌。

你在《廢都》後記中說，"要在這本書裡寫這座城了，這個城裡卻已沒有了能夠供我寫這本書的一張書桌了。"

我要說，"要評注這本專門寫我生存了二十多年的城的書了，這個城裡卻已經沒有了供我評注這本書的一張書桌了。"

書的總評《論廢都》是在一個女人的化妝臺上寫完的，而評注則是藏在某單位的工人休息室裡開的筆。評了一夜一天，第二晚轉移一家幹休所，寫了一夜，一早便讓人鍍上了門，我不得不從二樓跳窗而逃。總算敷衍過去，下午接著評。晚上，提心吊膽地寫了半夜，看來實在不行，二十八日晨闖到你的臨時租房中，希望與你交流一下評注前半部分的意見，也許只說了三分鐘的話，人家就又翻牆上門了。我真擔心你是否可以把那個女人拉走，以為我沒有本事從五樓跳樓而逃走。真想不到你真成功了。那女人真信了你說的，"我屋裡有女人！"嗨！我與你成了什麼？你請我吃完速食麵，看來那女人還有上來的可能，因為她並未進門看個甘心呀。急匆匆的我，背起一提包兒稿又到了一位摯友家。一進門我便看出，摯友是咬著牙接待我的，中午他自己打了地鋪休息，我睡的是沙發。為了快趕這本評注，我裝糊塗咬牙叨擾人家一日半，半夜轉移到丹萌家。丹萌是"一頭沉"幹部，單人占了一套單元，早出晚歸。我總算靜下心來了。一天十三個小說工作，第一遍評注稿終於完了。現在已是晚九點，丹萌尚未歸，我估計不會有什麼令我驚嚇的事發生，不然他早回來報信了。

我與丹萌戲稱，我是在勝利大逃亡中評注評書。

《朗讀者》董卿，與賈平凹聊創作

今日不知明日，第一遍說什麼是完了，改不改都可以。但有些話看來不對你說是不行的。今日不寫，明日寫不成，就會終身遺憾。

掐指算來，我們相交八個年頭了。我記得從未給你寫過信，至於說見面，亦不多，尤其是1989年我一頭紮進神秘文化後，正如你在《廢都》裡寫的，我是一事無成。文學的事擱到了腦後，別的事又是一個失敗接一個失敗，我幾乎是徹底氣餒了，幾次說要宣佈告別文壇。只是《廢都》一出，我才突然振作。這是實在要感謝你的。"

"《廢都》是二十世紀世界文學的傑作，是中國文學史上僅次於《紅樓夢》前八十回的巨著。這是我讀完第一遍後認定的。看了三遍，寫了兩篇書評。這一次又一句句一行行評注，我更堅信我的評價是正確的。你知道我難得說你好，"好為人師"的毛病常令你反感。《浮躁》三稿我跟到底，否定得最厲害的也是我。《浮躁》充其量是膽子大、眼睛尖、下筆狠，金狗這種"包打天下"的人物，我討厭至極。當代中國的許多事壞在這種'偽現代'人手裡，什麼為民請命？什麼代民伸冤？請什麼命？伸什麼冤？他的文化標準還是老一套，讓他坐天下，天下不知要糟到什麼樣子。他骨子裡還是蕭長春、方海珍、梁生寶之流的翻版，只不過打的旗子不同而已。他只是由於自己的地位不好，而為民請命的。

'五·四'以來，我們搞了近百年'請命文學'、'譴責文學'、'哭訴文學'、'偽英雄文學'，頂什用？我還是那句話，中國的進步與其他任何國家不一樣，必須在人類史上再一次解決對人的'終極關懷'，也就是說要超越古人、洋人重新解釋把握'人是什麼'這個巨大的命題，中國才能進步，學西方只是權宜之計。以西方文化為標準論中國的事，尤其是評論中國文化的大轉型，決不會奏效。

《朗讀者》展示的賈平凹部分作品

我們要從農耕——宗教文化出發，踏著工業——科技文化的肩膀一下子跳上去，不掉幾身皮、不付出極慘重的代價是根本不可能的。中國人今日付出了代價，人類的下一個文化模式就會好得多。不然，即使人類進了下一個文化模式，結果可能更慘。工業——科技文化在人類頭上懸了一串核彈，下一個文化模式可能是每一個人懷裡揣一個核彈的"群魔亂舞。"

我又雲山霧罩了，還是說文學。真正的文學必須是透過作家自我生存的現實，達到對人類的終極關懷，或曰對人類終極拷問。《廢都》、莎氏劇作、《紅樓夢》、《阿Q正傳》、《百年孤獨》、奧尼爾的劇作，都是這樣的傑作。《廢都》在藝術上也許還不太精緻，你的一些美學追求還不夠圓熟，但它是屬於這個層次的作品。

《廢都》對人的終極關懷，對人的終極拷問，已經開始接觸到對人的感官功能的懷疑，它之所以要大量借助性描寫的原因，實在是沒轍的轍。與"性文學"失之毫釐差之千里。《廢都》作為文學，文學作為準宗教，達到這個水準就算夠了。

宗教，一個真正成熟的宗教，決不是以"崇拜"為核心，而是對人的終極關懷。佛學著作《般若波羅蜜多心經》便說：'是諸法空相，不生不滅，不垢不淨，不增不減，是故空中無色，無眼耳鼻舌身意，無色身香味觸法，無眼界乃至無意識界……'

當代自然科學的最高成就，不是太空船和電子電腦，而是開始懷疑人的感官功能與自己所在的速度的關係。如果說，物體接近光速時，其長度縮短，人的肉身接近光速，又會如何？眼耳鼻舌身的功能是什麼樣子？綜合上述感覺而昇華的'意義'又會如何？這樣，我們對自己的'大腦'可靠性，就必須打一個問號了。

既然，宗教文化已經對人類關懷到了這一步，科技文化對人的關懷也到了這一步，文學為什麼不？未來文化該是什麼樣子，我們不知道，但起碼是和宗教、科技、文學的現有終極關懷有關的。二百年前，什麼人能設想人可以登月？現在有了，成了事實。今日不可想像的事，二百年後可能是事實。

我是從這個大背景來思考《廢都》的價值的。《廢都》中包含著深刻的對人的疑問。莊之蝶似乎是泛情主義者，但他又是一個"求缺"者，他是從情這條路上，不斷求"缺"，以達到對人的終極關懷的。他找不到任何答案但他並不是就此停步了，這便啟示人類必須從根本上去懷疑情。莊之蝶的真正失敗並不在他愛上了唐宛兒，而是在他已經不愛唐宛兒之後還要遷就唐宛兒之情，藉性以宣洩自己的壓抑還美其名曰"最後美麗一回"。這與阿燦心底的呼喚"我要再美一次"完全不一樣。"

　　莊之蝶的悲劇是中國當代一個龐大無邊的"偽現代群體"的悲劇。他們是悲壯的，也是愚昧的，他們大半是打著現代的旗，把村社封建文化中最腐朽的東西改頭換面，在廢都、在故都、在新都、在南都、在東都……招搖過市。他們的祖先是覺慧、子君、周沖一群，人家那一群，不管怎麼說還有家族給予的"文明"，不會把村社文化、士文化、貴冑文化中最修訂本的東西公開拉出來展覽。而當代的"偽現代"幾乎是把村社文化中包含的野蠻性，'士'文化的脆弱性，貴冑文化中的腐敗性，一古腦兒當作"人的天性"拋了出來，作一次貌似悲壯的大遊行、大陳列、大展覽。

　　他們也確實是悲壯的，在中國尚未有"現代"這個東西的時候，拋棄了傳統的人群，只能是這些'偽現代'。正如當年西方創造商業文明的人，只能是葛朗台那樣的土財主一樣。可見，這一群無論如何是愚昧的，他們所謂的"人性"，莫過是"貪欲"的代名詞。

　　莊之蝶雖然也是偽現代，但他是保留著"牛尾巴"不放的偽現代，不似柳月那樣棄爹娘而不顧。莊之蝶在開始時，正是依靠這種"牛尾巴"的良知，不斷拷問自己的偽現代靈魂："我是個壞人嗎？""我還算是人嗎？"但是，最終他不但拋開了牛月清，也擺脫了唐宛兒，更擺脫了景雪蔭的誘惑，以一具乾乾淨淨的身子去嘗"苦膽"，去吃"苦膽"了。他是乘著祖宗牛皮鼓動的巨震出發的，雖然出師未捷身先死，但他常使英雄淚滿襟。此時的莊之蝶才顯示出他高於自己的其他魂一牛魂、月魂、宛兒魂的地方。莊之蝶找到了自己，找到了自己該走的路，他的影兒也隨他而行。他死了，他的影子周敏還悲愴地活著。也許給予這'影兒'的，還是一場莊周夢，但那不可能是莊周夢蝶一場空。他的另一具魂兒，已化為了熟背《金剛經》的孟爐。孟爐可能便是那空而不空的新文化人。

　　在中國文學中，乃至世界文學，能如此嚴峻地不容半點掩飾地拷問"偽現代"人皮的作品，《廢都》是第一部。但是，請注意，在西方，現代主義是與中國'偽現代'極雷同的東西。不是有不少人把"牛哲學家"的感歎說成是"現代主義"嗎？'牛哲學家'不是大有'綠黨'之風嗎？在人類新文化尚未到來之時，從農耕一宗教文化中生出的'偽現代'與從'工業——科技'文化中孕生的叛逆'現代主義'是一對兒孿生連體怪胎。莊之蝶的自我拷問，亦是對現代主義的拷問，是無回答的拷問。莊之蝶這個'偽現代'正是在拷問自我中超越現代主義的。雖然他不知自己的前途，那還是杆杖開花、石頭生尾、夢成真畫的東西。

　　《廢都》是一部針對心理模態的'現實主義'傑作，恐怕是說不盡的。

　　平凹，這一二年我們交談極少，我明白你討厭我的雲山霧罩，我自己也對自己的光說不練討厭至極。可是，我能幹什麼呢？去寫一部書？我自己在沒有得到真正的體證之時，寫出來的只能是誤人子弟。我不同於你，你是文學家，人物形象可以大於思考。我不行。文學中有了你，我是決不介入的。我還是幹啃我的理論。理論是灰色的，沒有文學形象性的優點，我只能拖著疲憊的身子去雲遊。也許一生也是潦倒，但我認了。我的現實生活處境也不允許我還在廢都的樂窩裡轉悠了。

　　我走了，我的朋友。當我還沒有真正得到"拷問人皮"的體證時，我們是不會再見面的，也許此次便是訣別。評《廢都》到底是我一生的句號，還是我一生中一個階段的句號，我不知道。不管怎麼說，我是要開始我的征程……

　　真的為你的《廢都》僥倖言中的，我是陪著我的孟爐。我完了，孟爐會接上的。老子死了有兒子，兒子死了有孫子，子子孫孫無窮匱也！讓人說我荒唐，我說怪證，說我不是人去吧！我不知道我會走到哪裡，是寺廟，是荒山……我必須要走的。

　　我也曾為自己設計過不少美好的藍圖，能否不離安樂窩的同時，作"拷問人皮"的體徵？但天公不作美，幾次都失敗了，還為景雪蔭、汪希眠的老婆，唐婉兒無法伴莊之蝶到底一樣。

　　想不到《廢都》在一年前已給孟雲房下了讖語。你是天才！

　　還想說，說不完。但紙短情長。平凹，我希望你再超越一步，不見得是模仿《紅樓夢》前八十回，那是天書。我希望你在超越自己的時候，向人類指出沒有中國人的傳統美德，未來的新文化將是極可怕的，因為人類的任何所謂進步，都是以'貪欲'為前提的，為動力的，一個果子會比一個果子更苦的，那麼，拜讀一番方高師的大作是當務之急。

圖說'廢都'文本

不說了，千說萬說不如一證。

別了，廢都的友人們！別了，平凹！我的唯一的知友！雖你是那樣討厭我。

1993 年 9 月 1 日 晨於丹萌的小單元中

注：董子竹留下這封信後，將書信和評注《廢都》十多萬字，一併交給丹萌轉交孫見喜。評注本有董先生繪製的一長幅《廢都》人物文化結構圖。書末，是他的長篇總評（見附件）。據說，這個評注本後來交給了作家出版社編輯潘婧，將以《賈平凹自選集》第七部的形式由作家出版社出版。

後來，我致電在南昌的董子竹，詢問關於《〈廢都〉評點本》，他告訴我，書稿在一位作家出版社的副總編手中審核時因病故而"丟失"了！

石傑《棲居與超越》

在眾多有關研究賈平凹作品中，給一位素昧平生的評論家做序，賈平凹還是第一次。平凹說，我讀過了石傑的一篇文章，又搜尋著讀過了三篇，我向身邊的朋友推薦說：此人不嘩眾取寵。目下的文壇，最大的媚俗並不在於商業，以長官的意志而意志，以規範的道德價值評判而評判，這一直在困擾著文學，變著法兒地困擾著文學。如何改變審美的視角，如何開闢新的維度，冒著犧牲一切地去建立真正的現代漢語上的文學，而不是需要去製造技巧或僅僅滿足於做譴責小說。

這位評論家就是石傑。

韓魯華老師這樣評價石傑的評論集《棲居與超越》，是宗教與文學，同築精神之塔。

石傑提出了這樣一個論點，痛苦中的人生觀照！文學史尋找，宗教是尋找的結果。賈平凹創作中的佛教意識，並非自《廢都》始。《廢都》以前的《太白》集和《煙》，都有濃厚的佛教思想。只是《太白》和《煙》多從"業報輪迴""靈魂不滅""諸緣無常"等佛理禪機切入，情節撲朔迷離，

作品籠罩在一片神秘主義氛圍中；而《廢都》則是由現實生活切入。從對現實人生的觀照中表現出濃厚的佛教意識，具有更為強烈的現實色彩。

石傑從宗教與文學的視角，提出了人生是苦，這是《廢都》給人的第一印象。

《廢都》的人物世界是紛繁複雜的。上自政界要人，下至社會閒人，可謂包羅萬象。這些人物以莊之蝶為核心，又大致形成了六個圈子，即莊與市長、秘書、人大主任等構成的政治圈子；與汪希眠、龔靖元、阮知非和鐘唯賢等構成的文化圈子；與孟雲房、趙京五、周敏、洪江、黃廠長等構成的社交圈子；與唐宛兒、柳月、阿燦、汪夫人等構成的男女圈子；與劉嫂、阿蘭、惠明、宋醫生構成的民間圈子，以及與牛月清和牛母構成的家庭圈子。這六個圈子又互相交織，環環相套，從而形成了一個複雜的人物群體。充斥於這一群體世界的，是人類生存的苦難。

這裡，有夫妻間的貌合神離、同床異夢，有父子間的形同路人、毫無親情，這是來自家庭的痛苦；這裡，有在官司糾紛中的多方奔走、焦頭爛額，有爭取高級職稱中的彈精竭慮，有為了事業上的成功而慘遭淩辱以至神經錯亂，有代受害者復仇反被潑了一身髒水，有官場上的層層網路纏繞，有同事間的勾心鬥角，這是來自社會的苦；這裡，有情人間的咫尺天涯、魂牽夢繞，有對空幻的愛的苦苦相思、一腔癡情，有為了心上人而忍痛破相，有眼看著意中人的離去而無可奈何，有以佩戴一枚銅錢偷偷寄託情思，有對舊情的眷戀悵惘，這是來自男女間的苦；這裡還有禮尚往來的身不由己，朋友間的互相利用，餐桌上的明槍暗箭、拉拉扯扯，以及女人相聚時的爭風吃醋、虛虛假假，這是來自日常交往的痛苦。種種痛苦交織在一起，構成了人的內在的外在的精神上的肉體上的無可解脫的苦。《廢都》中的人物幾乎無不纏繞在痛苦之中，無以自拔。

值得注意的是，《廢都》中的人生之苦幾乎不是以苦的面目出現的，而是籠罩在一片忙碌熱鬧的氣氛中，尤其是單看書的前半部分。身為名人的顯赫，性的發洩的狂熱，書房裡的幽靜，觥觴交錯中的陶醉，談說命運的超然，主僕間偷情的愉悅，把玩古董的閒適，寫一幅字畫的瀟灑，乃至把酒打牌，逗哏湊趣，無不是"樂"，而人生活在這種"樂"中也就渾然不覺其悲。他們或終日裡自由自在而忘卻了回首，如汪希眠、阮知非、唐宛兒；或終日裡忙忙碌碌而無暇回首，如牛月清、鐘唯賢，無論怎樣的情形，都給人以一種渾渾服服浮浮躁躁的感覺，而缺乏自省意識，從而也就更加凸現出人類自身的悲哀和人的苦難的深重。作為世紀末中國人的一種真實的生活和情緒的寫照，《廢都》中的人生之苦有其鮮明的時代特徵：它拋了人的生老病死和在育然面前的痛苦，而是集中在人的情感精神上的逼迫堪憂，這種精神之突出體現在莊之蝶和周敏身上。比如，莊之蝶是痛和矛盾的集合體，他與牛月清之間雖然不失夫妻間的相互關懷與責任感，但他內心深愛著的卻是唐宛兒，他割不斷對唐宛兒的情，名人的聲譽又使他不能貿然讓家庭解體，這樣他就必然處於一種煩惱之中，莊之解本無意涉足政界，然面政界卻不放過他這個名人，市長會見他，黃德複拉他去省報找關係，炮製政界鬥爭的武器，因此卻得了秘書長一邊，莊之蝶對景雪蔭一直懷著份友愛之情，本無意破壞景雪蔭的聲譽，景雪蔭卻町住莊之解不放，又把他出子善意面寫的信作為證據，一場馬拉松官司弄得他焦頭爛額，莊之蝶是個有事業心的作家，他只想安安靜靜地寫作品，而不大喜歡女人和錢。然而黃廠長拉他寫廣告式的文章，朋友們不斷找他去交際應酬，女人們糾纏他，而他又無力使自己斬斷情絲，他聽憑牛老太太讓人代他生子而無能為力，他有心成全周敏反面為周敏所害，他一心想安慰可憐的鐘主編反使他到死都蒙受欺騙，他眼看著唐宛兒、柳月、阿燦、汪夫人一個個為他所愛又為他受苦……他整日生活於一種渾渾的無可奈何之中。與其他人不同的是莊之蝶是個有覺悟的人，他不滿足於目前的狀況，他想跳出這種渾渾噩噩，改變這種無可奈何，他希望並尋求著解脫。他對唐宛兒說："我得去寫作了，寫作或許能解脫我。寫長作品需要時間，需要安靜，我得躲開熱鬧，躲開所有的人，也要躲開你。我想到外地去，待在城裡，我什麼也幹不成了，再下去我就完了？！"他確實去尋找過安靜的地方了，然而現實已經不能提供給他一個這樣的處所，他又回到了他生活的圈子，這種求解脫而不能的境況使他精神上更加苦悶。他夢見背人上山，又夢見滿屋的人腳在走，走著各種花步，四壁及天花板上就滿是密密麻麻的腳印組合的圖案。他從外層走到裡層，卻無論如何無法再走出來，驚出了一身冷汗，這種夢境正象徵著他精神上的恐懼和煎熬。莊之蝶的悲劇是時代悲劇，社會悲劇，也是人生悲劇。他最後走到車站而倒下，也正暗喻著他不能走出廢都，即不能走出人生之苦。

　　人生是苦，這是佛教人生觀的理論基石。佛教的 "四聖諦"，第一諦便是苦諦。苦諦的含義即是說眾生的生命、生存即是苦。諸如生苦、老苦、病苦、死苦、怨憎會苦、愛別離苦、求不得苦、五取蘊苦等。其中，感情上的痛苦尤其是精神上的逼迫是苦的重要內容。生老病死不僅使人肉體上產生痛苦，更給人的精神造成負擔和恐懼；與所憎者的會聚，與所愛者的別離，以及欲望的求而不得或得不到最終的滿足，都會導致人在情感和精神上的痛苦。《廢都》中的人生之苦，側重的正是這一方面。佛教還將人生之苦由現世擴展到前來世，所謂三世皆苦，苦海無邊。這一點在《廢都》中除了偶爾涉及外並沒有過多的表現，因為《廢都》所表現的是現實生活，是現實生活中人的生存之苦。《廢都》關於人生是苦的生存價值判斷，正表明了作者人生觀中的佛教色彩、《廢都》中的人生之苦來自人自身的欲望的困擾。

　　在世紀末的西京這個忙碌的世界裡，充滿著人的各種欲望，這裡有對政績的追求，有下級在上級面前的頻繁表現，有政界不同派別之間為了各自的地位的明爭暗鬥，有請客遇禮中的互相利用，有為了升為監的苦心孤詣，有追求出人頭地的百般巴結，有對高職稱的苦苦企盼，有主婦保姆的勾心鬥角，這是名譽地位之欲，這裡，還有金錢物質之欲，這裡，有男女間的性欲愛欲…《廢都》中每一個人都是欲望的集合體，每一個集合體都意味著一個人的身心同時受到多種欲望的困擾，欲望同時又構成了錯綜複雜的矛盾，從面導致了原有欲望的消長或新的欲望的產生，由此使人活得疲憊不堪。這種欲望的錯綜複雜在主人公莊之蝶身上表現得最為鮮明。莊之蝶簡直就是欲望和矛盾的化身。他熱愛事業，希望能找到一個安靜的地方，在那裡寫出好的長篇；他珍視名譽，拒絕為他人推薦亂七八糟的作品；他富於同情，一心想讓一生坎坷的鐘主編在愛的夢幻裡得到慰藉；他體諒別人，竭力在周敏惹起的那場官司中息事寧人；他不忘舊情，為此在官司風波中寫信寬慰景雪蔭；他忠於感情，在幾個女性身上表現了真誠的性愛和情愛；他同情妻子，經常壓抑著內心的冷淡儘量給她以滿足。他想逃避喧囂，他想擺脫煩惱，他想事業有成，他想活得充實，他想讓所有的朋友都能快活。他想使所有愛他的他愛的女性都得到幸福…他的欲望實在太多了，欲望構成了他對人生的覺悟，也構成了他生存的痛苦，他時時被欲望撕扯著吞噬著，無以自拔。

在人的諸多欲望中，最突出的是性之欲望。《廢都》將人的欲望如此集中在性欲這一生理需求上，並且在性欲的困擾中人又如此騷動不安。當然，與當代諸多表現性的作品不同的是，《廢都》中的人的瘋狂的性欲不是來自本能和壓抑，而是出於現代生活中人的精神的空虛，以及在這空虛中人生意義的迷失、尋找和絕望。

欲望裡本身似乎顯示了生命的一種鮮活的存在狀態，然而它給人生帶來了什麼呢？汪希眠弄假畫被有關部門追查了，龔靖元在其苦心搜集的字畫精品和自己多年的得意之筆喪失殆盡後吞金身亡了，家財萬貫的阮知非遭了搶，莊之蝶則中風躺在了候車室裡，那些深愛著莊的女人呢？唐宛兒被前夫抓回關鎖在後院一間小房裡受著性虐待，柳月嫁了個她並不愛的殘腿男人，牛月清孤苦伶仃回到了雙仁府，只有汪希眠的老婆跟到車站繼續著那愛的痛苦……人的欲望的無限性與欲望實現的有限性之間構成了永恆的矛盾，由此，人便註定陷入痛苦之中，這便是《廢都》告訴我們的。正如王國維在《紅樓夢》評論中所說："生活之本質何？欲而已矣。欲之為性無厭，而其原生於不足，不足之狀態，苦痛是也。既償欲，則此欲以終，然欲之被償者一而不償者十百，一欲既終，他欲隨之，故究竟之慰藉終不可得也。"不可得者便化為苦痛，莊之蝶伴著哀樂與唐宛兒做愛那一段正是欲與苦的形象的交融。一邊是生理的興奮的衝動，一邊是走向死亡的悲痛，喻示著生命力的性欲竟與哀樂放在了一起！這是生與死的交響，是快樂與悲傷的匯合，此時的莊之蝶真不知是陶醉在性愛的歡快裡，還是沉浸在死亡的悲傷中。作品正藉此形象地說明欲即是苦。

除了人生是苦，欲為苦源之外，《廢都》還表現出濃厚的色空思想。

《廢都》的"空"是由"色"切入的，偌大一個西京，可謂是一個"色"的世界。這裡有年代久遠的寺廟，金碧輝煌的鐘樓，有磚雕的鄭板橋的獨竿竹、銅鏡，硯臺、陶瓷、碑帖、青銅器等古代珍貴遺物，也有標誌著現代物質文明的豪華的居室、時興的洗澡間、日本吊燈和義大利茶色玻璃。有洋樓、美女、轎車、票子，也有名茶、好酒、傳統小吃、煙土、暗娼。這是一個五光十色令人眼花繚亂的世界，而生活在這個燈紅酒綠的都市中的芸芸眾生也確曾享受到了"色"的美好和歡樂，汪希眠有著畫名遠播的聲譽，大把大把的票子，溫柔嫻靜的老婆，嬌美可愛的情人，龔靖元同樣有著遠近皆知的名氣，數不清的女人和輸不完的錢財；聲名赫赫的西部樂團團長阮知非享受著雪花般飛來的錢票，裝飾豪華的居室和編成了數碼的女人；莊之蝶呢？老婆端莊賢慧，保姆聰明伶俐，情人是西京城裡難得的美人，他是名作家，有著數不清的崇拜者和廣泛的社會交往；他是市人大代表，可以和市府官員頻繁往來，和市長隨便交談：他喜歡文物，搜集了許多珍貴的古董和名人字畫；作為名人和男人，他又同時得到幾個漂亮的女人的真誠的愛。他不缺名利，不缺地位，不缺美女，不缺朋友，整天或與趙京五把玩古物，或與孟雲房談說命運，或與柳月嬉戲玩笑，或與唐宛兒陶醉於求缺屋。如果拋開他的無缺即缺的遺憾的話，那麼可以說莊之蝶的生活中幾乎是應有盡有了。就連《廢都》中的女人們，也各自擁有著生活的實實在在的賜與：汪夫人和牛月清有優越的名人妻子的環境和地位，唐宛兒擁有莊之蝶的愛，就連保姆柳月也受到男人的青睞。《廢都》雖然開篇即以"廢"始，廢都和廢都中的人生卻著實熱鬧了一番，最終人生的熱鬧倏忽即逝，剩下的是片空空蕩蕩寂寂寞寞。偌大一個都市，一時間真是"忽喇喇似大廈傾，昏慘慘似燈將盡。"

從佛教對人生的認識來說，苦較欲進了一層，空較苦更進了一層，是人對自身生存的最高的覺悟和體味。因而，這種色空思想不是《廢都》中的人物所能認識到的，而是作品的客觀顯現。汪希眠、龔靖元、阮知非們只是生活在欲望之中，對於欲望即是痛苦，是沒有覺悟的，"他們在廢都中活得自如，也因此爛在廢都。"即使是牛月清、柳月和唐宛兒們，也無不受到各自的欲望的拘限而缺乏對欲望後面的痛苦的省悟。莊之蝶是覺悟到人生的痛苦的，然而他同樣擺脫不了欲望的束縛，只是在欲望與痛苦間掙扎，他的覺悟實際上只是給他的身心帶來更大的痛苦而已。當然，在他對痛苦的體驗中也有色空的成分，比如他給趙京五寫的那幅字："蝶來風有致，人去月無聊"，他在求缺屋對唐宛兒說的那番話："我常常想，這麼大個西京城，與我有什麼關係呢？這裡的什麼是真正屬於我的？只有莊之蝶這三個字吧。可名字是我的，用的最多的卻是別人！"其中似乎都流露出色空思想，但從根本上說莊之蝶仍是痛苦的化身。他在廢都中雖然活得並不自在，但同樣走不出廢都。真正的色空意識就是在這種人生的由欲至苦、由喧鬧至寂寥中體現的。欲而至苦，苦而不能解脫，讓人終生人生如夢如煙之感。《廢都》的前邊極寫人生的五光十色，異彩紛呈，浮躁瘋狂，喧囂熱鬧，而後邊極寫人生的悲傷離散，淒涼寂寞，正是色空意識的完整的顯現。色是誘人的，實在的，然而卻是假相，是假有認假有為真有，則悲哀不免由此中生矣。可謂色不異空，空不異色，色即是空，空即是色，色之愈濃，空之愈烈。因而，《廢都》的重心實在後部，所表現的乃是一人生如夢如煙的悲劇意識。恰如唐君毅在《中西文化精神之比較》中談及《水滸傳》和《紅樓夢》時所說："二書所記，皆寂天寞地中一團熱鬧，此一團熱鬧，在《水滸》中，好似驚天動地，在《紅樓夢》中，好似繡天織地。實則此團熱鬧，乃是虛懸一蒼茫之氛圍中。"《廢都》與《紅樓夢》的相通之處，其實正在於此。《廢都》的虛幻色彩雖然不及《紅樓夢》濃重，但二者的色空意識則是一致的。書中開篇處的四花嬌美異常而倏忽即滅，內中多次寫到的假農藥，女人以化妝品掩飾真實面目，用生石灰拌柿餅，以及收破爛老者的那段"留下一把鬍子"的謠兒，都表現出色空思想。尤其是牛家趙家的由興而衰，更是色空的典型的呈現，普目牛家獨古一條巷子，開設雙仁府水局，光景何等興旺，而今那氣勢沒有了，剩下的只是幾間平房和封蓋的井臺，以及井臺青石上繩索出的鋸齒般的槽；趙家祖上官至尚書，聲震朝野，顯赫異常，而今也破敗不堪；就連潼關這個歷史上關中第一大關，舊城也已為廢墟。空消解了色，哀代替了興。作者於此絕不僅僅是在敷一段故事，而是在說明色的虛幻和空的實在，色的短暫和空的永恆。色是存不住、得不到、守不牢的，色終將轉化為空，作品結尾處莊之蝶於夢中得到的那首詩，似乎正是暗示他只有入空門才是解脫痛苦的唯一出路，那詩句是這樣寫的，"站是沙彌合掌，坐是蓮花瓣開，小子別再作乖，是你出身所在。"

我們平常只是看到了表像，日出日落，月缺月圓，生老病死，美色佳人，莫不是"有"，而"空"亦在其中。執著於"有"，便是"迷"是"妄見"，只有認識到"有"是假有，是不真，是空，才算把握了事物的真實。《廢都》中的色空思想，正與佛教相契合。只是佛教將對空的體悟看作是一美好的境界，而文學中的由色至空，卻往往表現出對人生的痛苦的慨歎，至此，我們似乎有必要簡略分析一下《廢都》中的這種佛教意識產生的根本原因了。

賈平凹在《廢都》後記中說，"這些年來，災難接踵而來，先是我患乙肝不癒，度過了變相牢獄的一年多醫院生活，注射的針眼集中起來，又可以說經受了萬箭穿身；吃過大包小包的中草

藥，這些草足能餵大一頭牛的，再是母親染病動手術，再是父親得癌症又亡故；再是妹夫死去，可憐的妹妹拖著幼兒又回住在娘家；再是一場官司沒完沒了地糾纏我，再是為了他人而捲入單位的是是非非中受盡屈辱，直至又陷入到另一種更可怕的困境裡，流言蜚語鋪天蓋地而來……現在，該走的未走，不該走的都走了，幾十年奮鬥的營造的一切稀里嘩啦都打碎了，只剩下了肉體上精神上都有著病毒的我和我的三個字的名字，而名字又常常被人叫著寫著用著罵著，這個時候開始寫這本書了。」這是一種瀕於絕望的處境和心境，也是《廢都》的成書背景。他把現實人生中的苦難寫進這本書，又在書中的人物的痛苦中寄託自身的痛苦。所以，他才在寫作中常常處於一種現實與幻想混在一起無法分清的境界裡，才認為這是一部在生命的苦難中唯一能安妥了他的破碎了的靈魂的書，（見《廢都》後記）他在書前鄭重聲明的「唯有心靈真實」，正在於他首先承認了現實中的人生之苦這個真實。他是懷著苦難意識來寫作《廢都》的，如此，《廢都》中關於人生是苦、欲為苦源和色空等佛教意識的出現，自然就不難理解了。

劉甯《當代陝西作家與秦地傳統文化研究》

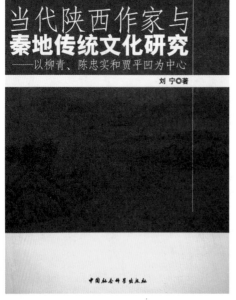

在《賈平凹與楚漢文化》章節中，對於《廢都》之頹廢見解獨到，從西安這座城 13 朝古都繁華後的落寞，有「收破爛」與文化人的交際，引出西京的「破」與「廢」。在賈平凹的創作中，《廢都》是一部具有分水嶺性質的文本，自這部作品始，賈氏文本充溢著黍離麥秀之悲。賈氏的黍離麥秀之悲首先源於心中強烈的歷史意識。在以現代眼光審視秦地的歷史文化時，他心中有難以揮去的歷史頹毀感。這種頹毀首先是一種輓歌心境的體現。自己摯愛的文化被迫退出歷史的核心領域，作為這種文化的堅守者內心必然擁有眷戀的情感，這是一種懷舊心理。

其次，這種頹毀感是對現代化的一種強烈回應。對於賈平凹來講，生活在現代社會，不僅要和過去作比較（或者確切說，因為與周秦漢唐文化比照，所以感受到今天秦人的漢唐雄風喪失），而且還要和現代社會同步。賈平凹目睹到：20 世紀 90 年代以降，四通八達的交通道路、無所不至的通信網路，打破了西部中國鄉村舊有的舒緩和寧靜，擾亂了人們安分、知足的心境，"'悠然見南山'的情境儘管高，儘管可以娛人性靈，但是逼人而來的新處境裡已找不到無邪的東籬了"。可見，賈平凹的黍離之悲既有傳統因素，也有現代因數。

賈平凹的黍離之悲源於深沉的歷史感，但同時又相容了現代主義意識。試想一個居住在中國最古老城市的作家，在現代化的推進中，感受到了這座城市的落伍與頹敗，也感受到了現代文明帶來的種種污穢，他的筆怎能不深入到那物欲橫流的社會中去，這或許就是一貫被人所詬病的頹廢書寫吧。

這個時候他寫了《廢都》。末世當然傳達的是悲涼，《紅樓夢》的末世情結，張愛玲的悲涼之感，都和賈平凹相通。劉甯教授這樣寫道，所以《廢都》與《秦腔》是可以互讀的，其中蘊含著更為深刻的一種黍離之悲，而使用的手法是頹廢的，即我們所稱的頹廢書寫賈平凹有頹廢之筆，但是並非有頹廢之精神，頹廢書寫並不是頹廢精神，他的頹廢是一種審美。

樊娟《影響中的創造：賈平凹小說的獨異生成》

樊娟以六個章節論述了賈平凹小說獨特異世界——注重對賈平凹小說的影響資源與影響路徑進行了深入研究，而且，專門論述了賈平凹《廢都》語言的影響痕跡與引申創造。在小說語言創作上，賈平凹不僅汲取譯入語等外來資源，也承繼了文人白話等傳統資源。樊文側重從古典文學《紅樓夢》《金瓶梅》做比較：在明清白話小說中，《金瓶梅》與《紅樓夢》對賈平凹小說創作的影響是最大的，而《廢都》則是落實這種影響的最佳文本，最能體現出語言影響的神韻。除此之外，接受這種影響的小說文本還呈隨意發散狀，輻射到賈平凹其他相關小說。以《廢都》為例，刻畫出明清白話小說的影響軌跡，形成《金瓶梅》與《紅樓夢》語言對位於《廢都》語言的二對一影響結構，這是核心的影響結構。而通過文本體現出的傳統語言資源對賈平凹小說語言創作的原生態影響遠比這複雜，影響源的文本呈發散狀，接受影響的文本也呈發散狀，應是多對多的影響結構。影響源的文本還有《聊齋志異》與魯迅、沈從文、張愛玲、孫犁、汪曾祺以及馬原的小說等。《聊齋志異》雖屬於傳統文人創作的文言小說，但經由從文言到白話的翻譯，對賈平凹小說語言也有影響。

樊教授首先從成語還原的承傳，比如"勞動""思想""收買""約束"等對比《紅樓夢》《金瓶梅》等進行了成語還原。另外，從諺語、歇後語、比喻的承傳也做了對比。在語言橋段上，做了深入對比闡述。同時，對於蒲松齡、張愛玲、馬原語言的影響，從賈平凹對女性的描寫中是"有感覺的"。

對於文言韻文的弱與化，樊教授這樣評述，文人白話小說不是詩歌、戲曲，散白話自然是占大部分的，但仍然有詩歌、戲曲等韻文影響的痕跡，也使得小說有韻律且雅致，從而成為不可忽視的部分。賈平凹的小說深受文人白話小說的影響，但已發生現代轉型，在散韻結合上自然也有新的樣態。在《廢都》中，孟雲房查出的牛月清與唐宛兒的卦辭是詩歌的形式，而柳月與汪希眠老婆的則是詞的體式。他的小說中依然還有文言韻文的遺存，但散體白話已取代文言韻文的位置與作用，並且佔據主體地位。一些較為固化的文言韻文形式，比如對聯、卦辭、碑文、典籍、詩贊等無法用白話轉譯或者用白話傳達不夠效果的，也融入他的小說中。散韻的比例雖然有新的分配方式，但為了打通文化血脈，增加小說的古意，他啟用與活化了文言韻文的部分。因此，這種遺存並不是無意的，而是他有意為之。對聯的應用雖然也受《金瓶梅》、《紅樓夢》等傳統文本資源的啟發，但主要還是源於民俗中的活載體，多屬於民間土語的移創，所以不歸在傳統文本資源的部分。碑文是靠石質來遺世的文化遺產，其媒介是石碑，雖然不是靠紙質文字來傳世，但還屬於傳統文化資源。

另外，還對土語的直移，諺語、民歌、民謠、民間段子移用、民間對聯的移創，尤其是說話體的運用，從《廢都》開始，才真正找到了屬於自己的語言感覺。小說是什麼？賈平凹在《白夜》後記中說，小說就是一種說話，說一段故事。以日常的白話說日常的生活，這正是他關於小說的說法，自《廢都》《高老莊》《秦腔》《古爐》等長篇小說的寫作也標誌著其說話體的形成。

宋潔《論當代文學的民間資源：以賈平凹的小說創作為個案》

宋潔教授提出了賈平凹作品的民間徵兆原型說，從《廢都》《高老莊》《秦腔》，對比《東周列國志》《三國演義》《水滸傳》，"賈平凹在《廢都》中運用了異象徵兆這一民間原型"，比如，《廢都》一開篇的異花的出現，天上出現四個太陽，都是預示四大文化閒人、四個女子的結局命運。同時，賈平凹在《廢都》中還運用了夢境徵兆說，莊之蝶岳母的"人話鬼語和怪異行為"等，以夢來暗示現實的一種徵兆對未來的預示。《廢都》中異象徵兆和夢境徵兆的成功運用，無疑使文本獲得了一種升騰力，一種靈異之氣，從而豐富了作品的文學意蘊。同時，賈平凹在文學作品中對民間徵兆原型的大量穿插和使用，也折射出作家自己的民間審美情趣。

梁穎《三個人的文學風景》

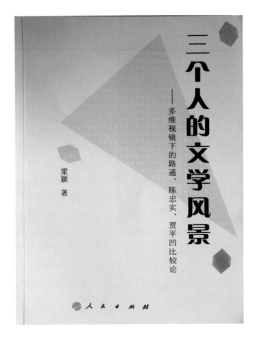

在《三個人的文學風景》中，梁教授較大篇幅地論述了賈平凹的作品，對於《廢都》，她說，《廢都》開了中國當代文學商業化寫作和男性寫作的先河。面對1993年《廢都》出版後出現的社會反應，梁教授揚棄酷評與詆評，從客觀、公正的批評立場出發，對《廢都》不作簡單的道德評價，將《廢都》放在當代文學史的流程之中考察，認為它是中國當代文學史上繞不過去的一個文學事件，《廢都》在中國當代文學史上的意義在於三個方面：首先，《廢都》率先直面知識份子心靈的掙扎，大膽裸露知識份子的靈魂原色，在知識份子精神境遇的書寫方面達到了空前的真實程度和心理深度。只有將《廢都》與"十七年"文學、新時期文學中的知識份子小說加以比較，才可能對這一問題認識得更加清楚。

90年代，中國社會和文化轉型，時代共名發生轉移，文學日益邊緣化。從人文英雄到平民角色的轉換，給很多人文知識份子帶來嚴重的失重感和被棄感。作為一個對社會心理、情緒保持高度敏感的作家，賈平凹敏感地捕捉到了這一時代病症。加之賈平凹自己當時在生活中遭遇到一系列的變故、挫折，在失意的心境中，成倍地放大了這種被棄感和荒涼感，於是就產生了這部極端化地書寫知識份子心靈掙扎的《廢都》。《廢都》的關注焦點並不止於性，《廢都》具有深刻的隱喻性、象徵性，它預見了一個時代的終結和另一個時代的開啟，還有隨之而來的在兩個時代的過渡時期理想的崩塌、道德的失範。小說中的莊之蝶，作為人文知識份子，面對傳統文化精神在現代社會的急遽沒落，沒有充分的心理準備，既不甘放棄又抗爭無門，承受著時代進步要人們付出的巨大精神代價。莊之蝶選擇了自暴自棄的、頹廢的、性放縱的方式，企圖以此進行自我救贖。與新生代一些作家作品如《上海寶貝》，沒有負累地寫墮落，筆下人物墮落得興高采烈不同，莊之蝶是真的想從精神的困境中解脫出來，但可惜的是，他的錯誤方式使他墜入了惡性循環，他的墮落給他帶來的不是解脫，而是徹底的絕望。也正因此，我們可以說，《廢都》的性描寫背後，還有作者更深層的精神指向。他關注人的孤獨、寂寞、精神困境，並把人物放在困境中思考存在的荒謬、生命的價值以及信仰喪失之後絕望、頹廢之於人的力量。而在此前的知識份子小說中，對知識份子精神病症的呈示，不能說缺無，但在靈魂裸露的大膽程度上、真實程度上和心理深度上，怕是無法與《廢都》比肩的。《廢都》對知識份子的人格弱點、精神病態進行赤裸裸地展呈，但這種展呈是沒有偽飾的原生態的裸露，因而保持了筆下知識份子靈魂的原色狀態。僅僅這份坦誠，也是需要作家付出巨大的勇氣的，而顯然，大部分作家是缺乏這種勇氣的。

此外，莊之蝶這個陷入虛無主義泥潭無力自拔，徹底墮落與頹廢的極端化的知識份子形象，在此前的當代文學史上是缺無的，它與新時期文學尤其是"傷痕""反思"文學中那些被充分理想化、崇高化因而不可避免地平面化的知識份子形象形成鮮明的反差，大膽地顛覆了此前文學中的知識份子形象，從而在知識份子形象書寫中具有里程碑式意義。

《廢都》在當代文學史上的意義，還體現在它空前地凸顯了文學書寫的男性性別立場與性意識，可稱之為"男性寫作"。梁教授提出這個觀點，是與當時的"女性寫作"這一概念相對而言的。《廢都》中的莊之蝶，作為一個男人，他觀察女人的眼光、對女人的理解、處理性際關係的方式以及他對女人的物化玩賞心理（如對女人"腳"和其他身體器官的玩賞），是充分男性化的，帶著濃厚的男性中心意識，並且不乏封建士大夫文人的"惡趣"與病態，因此，可以說，《廢都》是帶有鮮明的男性性別立場、男性中心意識和男性欲望體驗，頗具保守與後退意味的"男性寫作"。在《廢都》之前，還沒有哪部作品，如此恣肆、放縱地書寫"男人"的性活動與性體驗。在 20 世紀 80 年代，張賢亮在《綠化樹》《男人的一半是女人》等一系列作品中，開風氣之先地寫了男女之間的性活動，但這種描寫還帶有反映意識形態的目的，作家借助這種描寫，揭示了長期以來政治對人們欲望的不正常壓抑，而且，這種描寫相較《廢都》而言，還是含蓄和節制的，描寫的頻率和密度也遠不及《廢都》。

最後，《廢都》是中國當代文學史上商業化寫作的濫觴。在計畫體制時期，作家的生存方式以及作品的生產、流通，都在國家機制的統轄之下，作家如同其他國家幹部，有固定的工資和憑藉文字而來的稿酬，可保衣食無憂。況且那時作家的社會地位是崇高的，它代表社會的良心、人類的精神導師，時代共名是傳統的"重義輕利"式的，人們的商業意識處於被壓抑的狀態，因此那時作家寫作，對社會效應與作家"名望"的看重，要遠甚於對"錢"（稿酬）的追求。很多作家更傾向於把寫作看作對社會重大問題的發言與表態，具有強烈的使命感與社會承擔意識。《廢都》出版後的熱銷，促進了商業化寫作的潮流。

馬健濤《告訴你一個真實的賈平凹》

關於寫賈平凹文章的作品，陸陸續續出版了許多，尤其是涉及平凹的生活、創作過程的書。在賈平凹讀過書稿後，寫給馬老師書信中也闡述了自己的立場。在該書的第一節，馬老師開誠佈公地說，也來吃一回賈平凹。書中主要敘述了賈平凹寫作《雞窩窪的人家》之前對該小說原型地原型人物等的考察情況以及賈平凹寫作《廢都》的生活狀況，探討了小說原型與小說故事，賈平凹寫作《廢都》時的生活狀況與《廢都》的關係等。

關於《廢都》，1992 年夏天之後，賈平凹赴耀縣、戶縣、大荔流浪寫作《廢都》，馬老師在書中紀錄了那段苦難創作過程，如何評價？著名評論家李星先生對《告訴你一個真實的賈平凹》做出客觀的評介。最近，筆者又見到了另一個賈平凹的朋友、作家馬健濤 20 萬字的《告訴你一個真實的賈平凹》，可能是為了醒目，出版編輯又在書題下標了大字的《平凹在我家寫〈廢都〉》。老實說，除了最早的《賈平凹之謎》外，對於許多後來的傳記性的文章和書籍幾乎沒看，覺得它們對我的以平凹文學創作為目標的研究評論意義不大，而要知人論文，賈平凹自己的以"後記"或自傳式的散文作品則更可靠。

讀了健濤先生的書我有許多心得和收穫，擇其大者：一是，健濤不愧是一個作家型的寫家，他的書對上世紀八十年代初鎮安縣的交通、經濟、政治官場的接待文化與潛規則，山裡人貧困的生存狀態和民俗風情，以及愛情、婚姻、家庭有著詳細而生動的描繪。作為一個平凹創作的研究者，我也更理解了 "商州三錄" 《鬼城》《雞窩窪人家》《遠山野情》等作品的意義和價值。他是依良心和對家鄉的愛來寫家鄉的，卻被家鄉人誤解為 "醜化"，被城裡人讀為 "胡編亂造"。

二是，健濤的書圍繞《廢都》這部已經經歷了二十多年歷史風雨考驗的巨著的醞釀和寫作過程，真實再現了賈平凹內憂外患、疾病交加、妻離子散、無家可歸的人生經歷和心靈苦難。自《山地筆記》出版廣受關注，到《滿月兒》《臘月正月》獲得全國性大獎，居於文壇和媒體中心的賈平凹留給人們的印象是名滿天下，譽滿天下，家庭幸福和諧，誰知道他過的卻是擔驚受怕的刀尖上的日子，以至於老父病故，自己患上了讓人聞之不祥的乙肝，連生命也幾乎危殆。在與疾病搏鬥中剛剛取得勝利之後，卻又遭遇了家庭變故，他過上了無家可歸，背上紙筆、書籍幾乎流浪，靠朋友收容的日子。讀到這裡，我想起了古人所說的 "文章憎命達"，正是這種心靈的苦難，人生的不幸成就了《廢都》及此後的許多必定要進入民族心靈史和文化精神史的作品。

特別是一部與平凹個人經歷關係密切的《廢都》，更使他的情感、家庭生活不僅成為大眾，也成為研究者的關注點。中國自古就有 "知人論文" 的傳統，錢穆先生更有一反 "人以文名" 的 "文以人名" 的宏論。正如一部《紅樓夢》，使曹雪芹光宗耀祖，也成為一門顯學，而俄國文豪托爾斯泰的家庭婚姻，以至他晚年的離家出走，至今仍成為人們的欲解之謎。因此如健濤揭秘和發現，對於賈平凹及他的《廢都》的研究和解讀，甚至對他的全部人生和全部創作，都有著重要的意義和研究價值。

姚維榮 薄 厚 《一曲世紀末的都市悲歌》

《廢都》講述了以莊之蝶為中心的一群喪失了精神追求的空虛的知識份子在現代都市中尋找靈魂家園，實現自我救贖但最終走向毀滅道路的故事。可以說《廢都》是一本具有警示意義的寓意深刻的小說，寫出了上個世紀末知識份子的頹廢、迷茫、絕望，這也正是《廢都》之 "廢" 的

具體表現。這是一曲都市輓歌，更是一曲文人的悲歌。

《廢都》出版已30年，經過歲月的沉澱，如今讀者的文學觀念已發生了重大變化，許多學者、評論家重新審視和評價1993年的《廢都》現象，近幾年也出現了一批用深思的眼光冷靜的心態重新審讀《廢都》的論著，《一曲世紀末的都市悲歌》從深層挖掘《廢都》意蘊，比較客觀地進行論述，尤其是很好地理解了賈平凹所說過的："《廢都》通過性，講的是一個與性毫不相干的故事。"

書中著力描寫的第一位女性是唐宛兒，這位女性當初就是嫌棄自己的丈夫是個工人沒有出息而拋夫棄子跟周敏躲到了西京。在潼關時，周敏就是她幸福的希望，但當到了繁華的西京城時，她發現周敏不過也是一個無能無名的小卒，心生失望。當他們有機會結識名作家莊之蝶時，她覺得莊之蝶才是她幸福的所在，所以她極盡能事勾引作家，書中描寫的她和莊之蝶初次勾搭的場景完全與潘金蓮和西門慶初識的場面一樣，當然他們一拍即合。這是一個完全沒有傳統女性美德的女人，沒有家庭觀念，沒有道德觀念，沒有自立觀念，男人把她當做尤物，她自己也引以為榮，憑美色做資本來換取男人的寵愛和安逸的生活。作品對她的描寫不惜筆墨，可惜莊之蝶並非鍾情於她，而僅僅是把她作為一個激發自己欲望的物件和尋找靈感的藉口，對這個女性持玩賞的態度。

第二位是莊之蝶家的保姆柳月，這位來自陝北的保姆，身上完全丟失了農村人的那種純樸，而沾染上了城市中濃厚的物質氣味，欲望氣味。她尋找機會來到作家家裡當保姆，心裡卻有很大的目標，幻想自己某天能成為莊家的女主人。當她發現莊之蝶用情於唐宛兒時，很是失望，但是她仍然以委身作家為榮，這也是一個全無傳統美德的女性形象，非常可悲的是最後她竟然被莊之蝶當做討好市長打贏官司的工具，給市長的殘疾兒子做了媳婦。莊之蝶為了一己私欲，把愛戀他的女性當做獲取利益的工具，實在是卑劣至極。

第三位是阿燦，這個女性不同於前面兩位，她不奢望能夠從莊之蝶身上得到多少實際好處，她是真心崇拜、喜歡莊之蝶，喜歡到願意奉獻自己而無所畏懼。在處理妹妹阿蘭的事情上，我們可以看出她性格中剛烈的一面，她敢愛敢恨，敢向卑鄙的王主任報仇，這個性格是比較鮮明獨特的，但在作家筆下也讓其馴服於莊之蝶。

第四位是汪希眠老婆，這個女性是書中描寫的幾位與莊之蝶有染的女性中比較自重的一位，她愛戀莊之蝶，但是她恪守一個婦女應有的道德觀，不去破壞莊之蝶的家庭，也不給自己的丈夫抹黑，她苦苦愛戀莊之蝶，但卻不越雷池一步，這讓莊之蝶可歎可贊。可以說，他們之間是相對純潔高尚的精神之戀，書中安排莊之蝶最後出走，中風倒在火車站時，讓汪希眠老婆出現在火車站外，無疑也是有很深的寓意的。

還值得注意的是作家的妻子牛月清，這是一個傳統的女性形象，她默默無聞支援丈夫的事業，把家裡也收拾得井井有條。她以丈夫為榮，也以丈夫為自己的一切。

面對《廢都》時，我們初讀見"性"，再讀見"悲"，複讀見"優"，雖然作品許多"性"的描寫有些低俗，但整部作品卻貫穿著作家深深的憂患意識，對文人命運的思考，對現代都市人未來命運的擔憂，甚至對整個社會未來命運的擔憂。讀出一種悲劇感，讀出一種憂患意識，對於日益麻木，沉於日常享樂的現代人是一種警醒，是一種刺激，這是作家的大情懷和大手筆所包容的。"一般人只看到社會上的腐敗現象、混亂現象而看不到頹廢，尤其不能從知識分子的精神價值矛盾中發現頹廢。其實這種頹廢包含著嚴肅的悲劇性，它是歷史的必然要求與無力跟上這種要求的衝突。"

小說描寫了一幅世紀末的都市風情畫。對於現實社會"真實"客觀的刻寫和再現無疑是現實生活的小說版。官場許多"潛規則"的浮現，文化界文人的創作聚會，小市民生活的庸俗和繁瑣，人情世故的你來我往，作為暴發戶的農民企業家，熱衷交際的佛界女尼等等，讓讀者非常全面地瞭解到了廢都中豐富而真實的生活形態。

　　諷刺手法的大量運用增強了作品強烈的社會批判意識、悲劇意味。阮知非的"狗眼"，孟雲房的"一目了然"，撿破爛老頭的歌謠對於世情的揭露，古都文化節的節徽大熊貓，鐘唯賢火化時的排隊，尼姑抹生髮水以及墮胎，漂亮的阿蘭精心設計廁所，黃鴻寶老婆喝農藥等等細節描寫，給人留下意味深長的感歎和憂思。

　　小說採用的是生活化的原生態語言來展開故事，使人如入廢都，如見廢都中人在吵吵鬧鬧中生活、沉淪、墮落、毀滅。生活化的語言源於對生活的準確把握，自然流暢的生活化語言也顯示了作家駕馭語言的高超能力。

第十章 地理说

咸阳地外婆家，晓卡心勇要去四川工作，正好带了这两瓶酒给我们，晓卡说一定说是把酒却了师团么。你喝不得型酒，可这酒倒是要喝的。"牛月清说"刘晓卡书房里这么烧，我倒打不清哪一个？"柳月在一旁听了，只是嘻嘻笑，插……制局么，瘦么心那个！"就舒指头着庄江心脸……月尽胡情，写那个腿特别长心子儿。"柳月叫道……说"柳月你不知道也就要胡说心，招聘心那……得我也不开心。事情既然这样了，我和你庄……又是心一篇一后两家大了，你倒摆得这么严……江说"我不，红火心儿第一个就写给了你们！到……柳月也来来了做个陪狼吧！"柳月撇了嘴……也不吉心，我这丑样儿，你呢心让我去心丑衬人……就说柳月摔了几月，说话越发有水平，轻明月出去，怕也会写了书心。三人说了一会，谈江去了，又一再叮咛那日定要，老师师团若不来，宴席就不开，死等了的。

〔临走〕

谈江一走，牛月清问柳月你老师叫哪书了？柳月说孟云房心喝酒了。牛月清收拾了礼品，就独坐了思谋二十八日要●起心宴席，该准备什么赠礼。下午，庄之蝶喝得昏昏心回来，在厨房里用挺了半天喉咙，吐出许多稀涎，牛月清让他睡了，这样说谈江心了。晚上庄之蝶睡起去书房看书，她进来把门关了，才一一说了谈江求墨了画，庄之蝶也好不惊讶，说："那个苦腿女了，我恐怕也是见过一两次心。当时他说要招聘店员，咱也没在意，后来赵京五对我说他招的比招模特儿还严格，身多少，传多少，皮肤怎样，还要符合标准的三围。"牛月清说"什么三围？"庄之蝶说"就是胸围、腰围、臀围。
〔留〕

第十章　地理篇

　　從孫見喜先生的手中看到過一張《廢都》人物譜。人物譜是當年賈平凹先生在1992年繪製的。《廢都》人物譜中有名有姓的62人，如果仔細閱讀《廢都》，會發現，有名有姓的上至官員下到拾破爛的近90餘人，無名無姓的達200人，活生生一部西京清明上河圖。

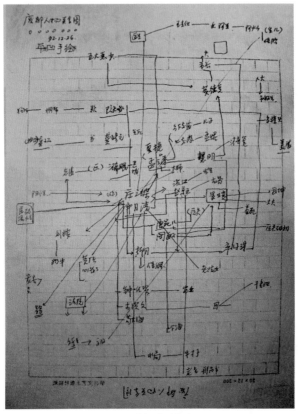

賈平凹《廢都》人物譜

　　魏華瑩博士在《〈廢都〉的寓言》一書中對人物、城市有過較系統的研究。有人說，《廢都》還是一部西京（西安）人文旅行地圖，可以圍繞莊之蝶的行蹤，可以繪製出一幅吃住行、遊購娛的全域旅遊地圖。

　　在研究賈平凹的《廢都》專著中，特別是魏華瑩《〈廢都〉的寓言》和儲兆文《文學城市 賈平凹小說的城市想像》，他們從文學與城市的角度，系統地做了深度研究，也是這幾年裡研究《廢都》解讀《廢都》較好的文本。

　　平凹筆下有四部《廢都》，一是1991年的中篇小說《廢都》，二是1993年的長篇小說《廢都》，三是1993年的填樂音帶《廢都》（與劉寬忍合作），四是長篇散文《老西安：廢都斜陽》。

　　平凹先生在1992年的《西安這座城》中說：我住在西安城裡已經有20年了，我不敢說這個城就是我的，或我給了這個城什麼，但20年前我還在陝南的鄉下，確實是做過一個夢的，夢見了一棵不高大的卻很老的樹，樹上有一個洞。在現實的生活裡，老家是有滿山的林子，但我沒有覓尋到這樣的樹，而在初作城裡人的那年，於街頭卻發現了…

　　我慶倖這座城在中國的西部，在蒼茫的關中平原上，其實只能在中國西部的關中平原上才會有這樣的城，數年前南方的幾個城市來人，以優越異常的生活待遇招募我去，我謝絕了，我不去，我愛陝西，我愛西安這座城。我生不在此，死卻必定在此，當百年之後軀體焚燒於火葬場，我的靈魂隨同黑煙爬出了高高的煙囱，我也會變成一朵雲遊蕩在這座城的上空的。舊城遺夢西安這座城當世界上的新型城市愈來愈變成了一堆水泥，我該怎樣來敘說西安這座城呢？是的，沒必要誇耀曾經是 13 個王朝國都的歷史，也不自得八水環繞的地理風水，承認中國的政治、經濟、文化的中心已不在這裡，對於顯赫的漢唐，它只能稱為"廢都"。但可愛的是，時至今日，氣派不倒的、風範猶存的，在全世界的範圍內最具古城魅力的，也只有西安了。它的城牆赫然完整，獨身站定在護城河上的吊板橋上，仰觀那城樓、角樓、女牆垛口，再怯弱的人也要豪情長嘯了。大街小巷方正對稱，排列有序的四合院和四合院磚雕門樓下已經黝黑如鐵的花石門墩，讓你可以立即墜入了古昔裡高頭大馬駕駛了木制的大車開過來的境界裡去。如果有機會收集一下全城的數千個街巷名稱：貢院門、書院門、竹笆市、琉璃市、教場門、端履門、炭市街、麥莧街、車巷、油巷……你突然感到歷史並不遙遠……

　　我看過一份資料，平凹先生在寫《廢都》之前做好很多有關西安這座城的功課，尤其是以清末民初的一份西京地圖來延伸研究老西安的地名、歷史、地理民俗等，《廢都》是一部小說，《廢都》更是一部西安地理史志。魏華瑩博士說，在一定程度上，《廢都》應是 20 世紀 90 年代西安歷史地理、城市生活的忠實記錄，是一本很好的西安"地方誌"小說。

　　那麼，《廢都》中到底涉及了多少街巷、建築、名寺、古蹟和民俗？本章按照《廢都》文本中"物"序的"出現"進行簡說。

1、 唐貴妃楊玉環墓

　　1993 年《廢都》版本中第 1 頁開篇："一千九百八十年間，西京城裡出了椿異事，兩個關係是死死的朋友，一次活得潑煩，去了唐貴妃楊玉環的墓地憑弔，見許多遊人都抓了一包墳丘的土攛在懷裡，甚感疑惑，詢問了，才知貴妃是絕代佳人，這土拿回去撒入花盆，花就十分鮮豔。這二人遂也刨了許多，用衣包回…"。

　　楊貴妃墓是唐代第七個皇帝玄宗李隆基的寵妃楊玉環的墓葬，位於西安以西 63 公里，咸陽市興平市馬嵬辦西 500 米處的馬嵬坡。距今已有 1200 多年。它以其"古塚留香，詩碑放彩"的獨特魅力而馳名海內外。歷代文人曾留下了大量的關於唐明皇的愛情故事，使楊貴妃墓聞名於世。墓塚周圍雕刻有歷代文人騷客的題詠。臨潼驪山北麓有華清池，傳為楊貴妃"春寒賜浴華清池，溫泉水滑洗凝脂"的遺跡，其中尤以"貴妃池"更為著名，傳為楊貴妃專用的浴池，故又稱"妃子湯"，池側有"晾髮亭"，傳為貴妃浴罷晾髮梳頭之處。

　　據說當地每逢農曆三月初三，成群接隊的姑娘們便來到這裡遊玩，臨走時都要在貴妃墓上抓把黃土帶走，回家後與麵粉攪和，名曰“貴妃粉”，擦了以後可以使皮膚變白，容貌變的更美。

2、孕璜寺

　　孕璜寺在書中第 1 頁中這樣描述：“盆裡兀自生出綠芽，月內長大，竟然蓬蓬勃勃了一叢。但這草木特別，無人能識得品類。抱了去城中孕璜寺的老花工請教，花工也是不識。恰有智祥大師經過，又請教大師，大師還是搖頭。”書中的第 5、7、230 頁又多次出現。

　　我去西安勘察時，當地的歷史學家告訴我，《廢都》中的孕璜寺是虛構的。平凹先生的中篇小說《佛關》中曾出現過。孕璜寺是雜糅了大興善寺和臥龍寺合為一體。那天，與孫見喜先生在含光門內吃葫蘆頭，他說，《廢都》中孟雲房的人物原型董子竹寫完批註《廢都》後出家去了江西，他當時的家就居住大興善寺附近。

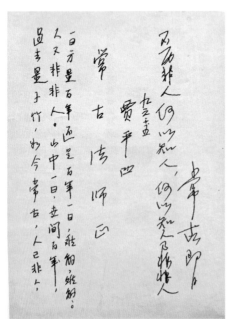

後來，收藏家柳軍強說，大興善寺我比較熟悉，他經常在興善寺買賣舊書。於是，在走訪了西安城南小寨的大興善寺，這座始建於晉泰始至太康年間的道家寺院，被譽為佛教八宗之一"密宗"祖庭，是隋唐皇家寺院，《長安志》卷七載："寺殿崇廣，為京城之最。"迄今已1700餘年歷史，是西安現存歷史最悠久的佛寺之一。隋文帝開皇年間擴建西安城為大興城，寺占城內靖善坊一坊之地，取城名"大興"二字，取坊名"善"字，賜名大興善寺至今。

臥龍寺，位於西安市碑林區柏樹林街，根據寺內的碑刻記載，創建於漢代靈帝時期，距今已有1800多年。唐朝時，因著名畫家吳道子為該寺繪有觀音菩薩像，又稱"觀音寺"。宋代時期有高僧維果入寺住持，因為他終日喜歡靜臥在寺中，人稱其為"臥龍和尚"，宋太宗趙國胤遂因此更改寺名為"臥龍寺"，"康聖人盜經案"，曾發生在臥龍寺。

3、古城牆

古城牆的一次出現是在《廢都》的第3頁："竟靜得死氣沉沉，唯有城牆頭上有人吹動的損音還最後要再吹一下"。第10頁、264頁等書中多次出現古城牆，成為一種意象和營造的一種氛圍。

來西安，是一定要走一次古城牆的，不論是沿著城牆上走，還是沿著舊城牆根走，感受那種厚重、沉寂的感覺。王貴強先生知道我來西安，為我準備了老地圖和老西安的資料，並陪同我走街串巷尋老西安的味道。現今保存的西安古城牆興建於明代洪武年間，有著600多年歷史，西安古城牆在明、清時是一個龐大、堅固、嚴密的防禦體系，是中國目前保持最為完整的古建築。古城牆是在唐皇城的基礎上建成的，完全按照防禦戰略體系，城牆的厚度大於高度，穩固如山，底層用土、石灰和糯米汁混合夯打，異常堅硬。整個城牆內外壁及頂部砌上一層層的青磚。

我漫步在古城牆上，發現了80年代維護維修時留下的字跡，每一塊青磚就像當年修長城時一樣，燒制青磚者都印上自己的名字，起到保質的警示。城牆四周共有四門，東長樂門、南永寧門、西安定門、北安遠門，均為拱券式門洞，現存青石門楣上的門名均系民國元年陝西首任都督張鳳翽楷書。

4、鐘樓鼓樓

《廢都》中第5頁這樣描述："鐘樓鼓樓上的成百上千隻鳥類就聒噪一片了"。第54頁寫道："巷口街頭，日色蒼茫。鼓樓上一片鳥躁….."

鐘樓是西安古城的標誌性建築，位於明城牆內東西南北四條大街的交匯處，是中國現存鐘樓中形制最大、保存最完整的一座。建於明太祖洪武十七年（1384年），初建於今廣濟街口，與鼓樓相對，明神宗萬曆十年（1582年）整體遷移於今址。鐘樓四角攢尖頂、重簷三滴水的高臺建築，通高36米。鐘樓建成198年後，經歷了一場整體搬遷。這次東遷是與西安城市發展的東擴有關，鐘樓二樓西牆上，嵌有一方《鐘樓東遷歌》碑，記述了這座巨大建築整體遷移的過程。

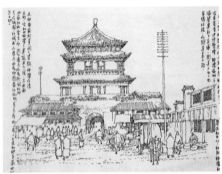

李秦隆 速寫

鐘樓在唐長安城的中軸線上，也是五代、宋、元時長安城的中心。明代鐘樓懸掛的是唐景雲年間（710－711）所鑄銅鐘。現懸銅鐘為 1995 年按景雲鐘複製。

鼓樓，位於明城牆內東西南北四條大街交匯處的西安鐘樓西北方約200米處。建於明太祖朱元璋洪武十三年（1380年），是中國古代遺留下來眾多鼓樓中形制最大、保存最完整鼓樓之一。西安鼓樓始建於明洪武十三年（1380年），比鐘樓早建4年。樓上原有巨鼓一面，每日擊鼓報時，故稱"鼓樓"。鼓樓橫跨北院門大街之上，和鐘樓相距僅200米，互相對應。

鼓樓樓南、北簷正中分別掛有"文武盛地""聲聞於天"金字藍底木匾，"文革"中被毀。

西安鼓樓是中國現存明代建築中僅次於故宮太和殿、長陵祾恩殿的一座大體量的古代建築，且在中國同類建築中年代最久、保存最完好，無論從歷史價值、藝術價值和科學性方面都屬於同類建築之冠。

5、法門寺

《廢都》第6頁中寫道："……聯想那日天上出現了四個太陽，知道西京又要有了異樣之事。果然第二日收聽廣播，距西京二百里的法門寺，發現了釋迦牟尼的舍利子。佛骨在西京出現，天下為之震驚。"

法門寺是歷史悠久的佛教名剎，又名"真身寶塔"，位於炎帝故里、青銅器之鄉——寶雞市扶風縣境內。法門寺始建於東漢末年桓靈年間，距今約有1700多年歷史，寺內因藏有佛指舍利而在唐代盛行一時。文革期間，紅衛兵欲挖地開塔，良卿法師點火自焚，用自己的生命保護了塔下珍寶。1976年8月，四川松潘發生大地震，波及到了扶風，法門寺塔西南面第二層砌磚粉碎跌落，塔身向西南嚴重傾倒。賈平凹曾著文記之。如今我們看到的法門寺，實際是1987年以後仿唐式建築風格所重建的，完全按照明代十三級八角形塔樣式修建，磚塔也被改為了鋼筋混凝土結構。因修建新塔在清理殘塔基時，發現距地表約一米多的唐代塔下地宮。唐代皇室多次迎送的佛指舍利和供奉的多種珍寶都原封不動地置於地宮。

6、潼關

《廢都》第 9 頁中，平凹寫道："西京東四百里地的潼關，這些年出了一幫浪子閒漢。"

第 45 頁中這樣描述："世事滄桑，當年的豪華莊院如今成了這個樣子，而且很快就一切都沒有了！我老家潼關，歷史上是關中第一大關，演動了多少壯烈故事，十年前縣城遷了地方，那舊城淪為廢墟。"

潼關歷史，源遠流長。東漢末年，曹操與馬超曾在潼關大戰，潼關之名，始見於史。潼關城，建於唐天授年間，明清擴建、重修。潼關的形勢非常險要，南有秦嶺，東南有禁谷，谷南又有12連城；北有渭、洛二川會黃河抱關而下，西近華嶽。周圍山連山，峰連峰，谷深崖絕，山高路狹，中通一條狹窄的羊腸小徑，往來僅容一車一馬。過去人們常以 "細路險與猿猴爭"、"人間路止潼關險" 來比擬這裡形勢的隆要。杜甫游此後也有 "丈人視要處，窄狹容單車。艱難奮長戟，萬古用一夫" 的詩句。潼關城歷經宋、元、明、清乃至民國的修葺，基本保存完好，但新中國成立後，因修建三門峽水庫拆掉了潼關城樓，但具有諷刺意味的是，人搬了，城拆了，"三門峽蓄水後的水位，從來沒有達到和淹沒過潼關古城。"

7、華清池

《廢都》中第 10 頁寫道："初到西京，兩人如魚得水，粗略購置了一些傢俱和生活用品，先逛了華清池、大雁塔"（注：兩人指周敏、唐宛兒）。

華清池，中國四大皇家園林之一。位於臨潼區，是在唐代華清宮遺址之上興建的一座皇家宮苑。始建於唐初，鼎盛於唐玄宗執政以後。唐玄宗悉心經營建起如此宏大的離宮，他幾乎每年十月都要到此遊幸。歲盡始還長安。故有 "十月一日天子來，青繩禦路無塵埃" 之名句。白居易《長恨歌》中寫道："春寒賜浴華清池，溫泉水滑洗凝脂。侍兒扶起嬌無力，始是新承恩澤時。" 描述的就是楊貴妃在華清池出浴後的醉人情景。安史亂後，政局突變，唐玄宗終於從皇帝的寶座上跌落了下來。華清宮的遊幸迅速衰落，唐朝以後各代皇帝已很少出遊華清宮。到解放前已是湯池寥落，宮殿蕭疏，一片破敗景象。現在的華清池額匾為郭沫若書寫，宜春閣內一座書牆上刻有毛澤東手書的《長恨歌》。

8、大雁塔

《廢都》中第 13 頁寫道："洋人來西京必去大雁塔，他就出售畫作，尤其是冊頁。"（注：他，指汪希眠）第 142 頁也有描述。

據《大慈恩寺三藏法師傳》載：古印度摩揭陀國曾有眾僧掩埋墜雁並建靈塔的事，雁塔之名或即源於此。唐永徽三年（652 年），玄奘法師為供奉從天竺帶回的佛像、舍利和梵文經典，在長安慈恩寺的西塔院建造了一座五層磚塔。和寶雞的法門寺因塔建寺相反，大雁塔是因寺建塔。大雁塔有五次改建，最初的建築圖樣是模仿印度著名的、也是唯一的禮佛高塔——佛陀伽耶（大覺塔），共有 5 層，高 60 米。第二次是唐高宗李治覺得這座印度式樣的建築與長安城的總體建築風格比起來有些不協調，於是進行了改建，大雁塔被加高至 9 層。

第三次是長安年間（701 年—704 年），朝廷又對大雁塔進行了第三次修建，武則天打破了唐朝佛塔業已形成的陽性奇數層高的慣例，將大雁塔加高增至偶數 10 層。 第四次：五代後唐長興二年（931 年），大雁塔再次被恢復到 7 層。後來西安地區發生了幾次大地震，大雁塔的塔頂震落，塔身震裂。

第五次是明萬曆三十二年（1604 年），在維持了唐代塔體基本造型的基礎上，外表完整地砌上了 60 釐米厚的包層。塔高 64.5 米，塔基底邊長 25 米，這便是如今看到的大雁塔。上世紀末，水位下降，塔身傾斜，曾加固過。

大雁塔是磚仿木結構的四方形樓閣式塔，由塔基、塔身、塔剎三部分組成。大雁塔與鐘樓並列為被西安的文旅象徵和標誌性建築。

9、清虛庵

《廢都》中的"清虛庵"一共出現過四次，如，第11頁："吹過了一陣塸，日子還是要過的，便出來尋掙錢的營生。發現了居家不遠處有個清虛庵，庵裡正翻修幾間廂房。"再比如，第145頁："到了晚上，周敏還是遲遲不能回來，相隔不遠的清虛庵的鐘聲，把夜一陣陣敲涼。"

小說中的清虛庵應為西五台雲居寺。位在玉祥門蓮湖路西段南側，東鄰灃金橋，西靠明代城牆，東西長約一華里。2021年10月，來此時，只見寺門緊閉，門口一拾破爛者，還有一爆玉米花者，他說，因為疫情，閉門謝客。相傳唐太宗李世民之母篤信佛教，每年數次前往終南山南五台朝山拜佛，旅途勞頓，李世民為母盡孝，便仿照南五台在宮城廣運門以西、太極宮城南牆上沿起伏地勢，築建了五座佛殿，供其瞻仰朝拜。因共有五個高臺，又與終南山南五台遙相呼應，故稱西五台。第一台名降龍觀音殿，台前有韋馱殿；第二台名五大菩薩殿，台前有大雄寶殿；第三台名地藏菩薩殿，台前有觀音大士殿；第四台名彌勒佛殿，殿前有老母殿；第五台名十二臂觀音殿，台前有臥佛殿，系明代秦王朱槐所建。臥佛殿內的涅槃佛及侍立的十八羅漢塑像，神態各異，栩栩如生，堪稱明代雕塑珍品。每年農曆六月十五日至十九日舉行法會。

10、南五台

《廢都》第13頁寫道："去年夏天邀一夥朋友去城南五臺山野遊，我也去了"。

南五台古稱太乙山，是我國著名的佛教聖地之一，位於西安南約30公里，因山上有大台、文殊、清涼、靈應、捨身五個小台，也是五個小山峰，稱為南五台。又耀縣東三裡有北五臺山。南五臺山有明清以來大小廟宇 40 多處，建築精巧，佈局別緻。隋唐時期，隋文帝、文帝之母，唐太宗、太宗之母每年都會來此地消夏拜佛，南五台譽滿京城，成為佛教聖地。

11、碑林博物館

《廢都》第 14 頁寫道："他的夫人雖也雇人在碑林博物館那條街上開著個太白書店……"（注：他指莊之蝶）。

西安碑林博物館創建於西元 1087 年，是收藏我國古代碑石時間最早、數目最大的一座藝術寶庫，陳列有從漢到清的各代碑石、墓誌共一千多塊。這裡碑石如林，故名碑林。經金、元、明、清、民國歷代的維修及增建，規模不斷擴大，藏石日益增多，現收藏自漢代至今的碑石、墓誌 4000 餘件，數量為全國之最。

12、北大街

《廢都》第 20 頁寫道："周敏心急，搭了計程車徑直去北大街文聯大院……"第 250 頁、第 428 頁也有北大街的描述。

北大街位於鐘樓北，北至北門（安遠門），是以鐘樓為中心輻射出的四條大街之一。明洪武十一年（1378 年）改修的西安城牆，除西、南兩面仍按照唐末衛建所築的新長安城（即元奉元城）的位置外，西安遠門（北門），劉鎮華"圍城"東北兩面向外擴展了約四分之一時曾被燒毀，整修後如舊時模樣。擴城時，將新長安城北牆上的原玄武門（北門）向東移，改名安遠門（明清至今未改）。從此北門和南門才相對直，也從此有了"北大街"，它與其銜接的南大街一樣，至今已有近 600 年的歷史了。自明代到"文化大革命"以前，北大街的名字沒有變更過。"文革"中曾改"延安路"，1972 年恢復原名。陝西文化廳、陝西新聞出版局、陝西省廣播電視局、西安市文聯、作協等單位曾經或仍位居北大街及其附近。

13、西大街

《廢都》第 34 頁寫道：阮知非卻取了一雙給莊之蝶，說："這一雙是前日西大街商場來經理送我的，它沒編號，沒故事的，我轉送弟妹吧，你一定要收下。"

西安西大街，東起鐘樓，西至西門（安定門），建於隋開皇二年（西元582年），在皇城中心大街第四橫街西段，唐朝最高行政機關尚書省和六部設於東段北側今鼓樓兩側並有秘書省、太常寺、左軍領衛、右軍領衛、唐朝主管外交的鴻臚寺和接待外賓的鴻臚客館也在附近。唐以後，宋、元、明、清、民國的地方首府永興軍路、奉元路、京兆府、西安府、民政府（廳）、長安縣署等重要衙署均設在此街北側 。

自古以來，西大街商鋪鱗次櫛比，商賈雲集，成為貫穿古城東西軸線的商業黃金大道。現在西安西大街已形成九大景觀廣場，整體景觀表現為傳統建築風格，將鐘鼓樓與西門串連起來，營造出一條再現盛唐風采，展現西安歷史文化，集商貿、旅遊、觀光、餐飲、文化、休閒等功能為一體的仿古商業街，具有"祥和、大氣、歡快、簡潔"為特色格調，充分展現盛唐風韻。1966 年曾改名"反帝路"，1972 年恢復原名。

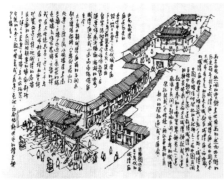 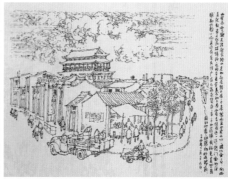

14、廣濟街

《廢都》第 34 頁寫道："莊之蝶帶了皮鞋，匆匆離開了阮知非家，摩托已經騎過廣濟街十字口了，方記得身上有一張稿費通知單，掉頭又返回鐘樓郵局領取。"

廣濟街，在唐代太極宮南牆的承天門與皇城南牆的朱雀門之間，傳說因"廣濟義倉"在此放賑而得名。在《清代西安府志圖》上有北廣濟街和南廣濟街的名字，因西大街從街中穿過，在西大街北側的一部分街道叫北廣濟街，南側的稱南廣濟街。在南廣濟街東側的"巡撫部院"即"南院"，曾是西安市委所在地。

15、唐坊街

《廢都》第 39 頁寫道："牛月清說："京五剛才給我說冤枉，他看中唐坊街一個女子，又不好意思向人家說破，見天去街口等候那女子上班、下班。"

唐坊街是糖坊街的諧音。糖坊街被譽為西安最甜的街。《廢都》中將糖以"唐"字替代，蘊含古意。東口在北大街北頭，西口在立新街。在唐代，這裡屬於唐城外，明代的時候，城牆往北擴建，這裡又在城牆裡面了。坊，一般就是小作坊。在明清時期，西安人有臘月 23 祭灶王的習俗，而祭灶王用的祭品中就有一個必不可少的東西，麥芽糖或者米糖、灶糖，而加工這些糖的地方主要集中在這條街道，最後形成了糖坊一條街。還有一種說法，在這條街上，有一個天主教堂，是西安市最早的教堂，也叫北堂，至今仍然存在。陝西人一般把天主教堂就稱作"教堂"，而其中的堂被附近的居民也常常略讀，叫著叫著就成了堂坊，最後演變成了堂坊街或者糖坊街。1966 年改名"八一街"，1972 年恢復原名。

16、四府街

《廢都》第 43 頁寫道："莊之蝶等煙散開，看看門牌，是四府街三十七號。門樓確是十分講究，上邊有滾道瓦槽，琉璃獸脊，兩邊高起的樓壁頭磚刻了山水人物，只是門框上的一塊擋板掉了……"

四府街位於西安城內西南部，北起鹽店街南至含光門。隋唐時期，四府街所在地就位於皇城裡，街上有鴻臚寺、司天監、禦史台、太史監、宗正寺這些官府衙門。明代時，這一帶被稱為"水

池坊"。相傳明洪武年間，秦王朱樉的第四子府第在此，四府街之名由此而來。上世紀六七十年代，四府街上還有龍巷、先賢巷、杜甫巷等小胡同，報恩寺街、太陽廟門、冰窖巷、五星街（原土地廟十字）、梁家牌樓、鹽店街，這些老西安們非常熟識的街道，都被四府街一一貫穿起來。傳說杜甫巷曾因唐代大詩人杜甫在此居住而得名。清光緒年間，四府街有一家湖廣會館，其橫跨五味什字南北。解放前，會館內創辦有"兩湖小學"。 陝西特色小吃在這裡薈萃，許多人大老遠慕名來吃"小南門葫蘆頭""梆梆肉"。此外，"南七餄""驢肉火燒""漢中涼皮""岐山臊子麵""粉湯羊血""老蘭家羊肉泡""鳳翔豆花泡饃"也是食客眾多。1966 年，四府街還曾被改名為"紅纓街"，1981 年恢復了四府街的名稱。四府街與城牆相交，穿越歷史，步入現實。

17、雙仁府水局

《廢都》第 36 頁寫道："因為這地方正是西京城四大甜水井中最大一口井的所在，兒子便開設了雙仁府水局，每日車拉驢馱，專供甜水了。"

我去西安時，好友貴強特意囑咐，去了雙仁府一定要找找那口甜水井。這口甜水井在唐皇城南牆西邊"含光門"內的位置。在清代，甜水井旁有座小廟叫作"無量廟"，供奉的是"無量佛"，在廟門口開有"甜水"茶鋪。1959年，修建公路時將原甜水井徹底填平。

18、終南山

《廢都》第 37 頁寫道："莊之蝶沒法，只得托人去終南山購得一副……"第 55 頁還寫道："當我在終南山的時候，就知道有了人的歷史，使就有了牛的歷史。"第 107 頁、第 136 頁、第 140 頁，等等，多處寫到終南山。

終南山，是秦嶺山脈的一段，終南山，又稱太乙山、地肺山、中南山、周南山，簡稱南山，位於陝西省境內秦嶺山脈中段，古城西安之南，"壽比南山""終南捷徑"等典故的誕生地，是中國重要的地理標誌。是中國南北天然的地質、地理、生態、氣候、環境乃至人文的分界線，橫跨藍田縣、長安區、鄠邑區、周至縣等縣區，主峰位於長安區境內，海拔2604米，"福如東海長流水，壽比南山不老松"中的南山指的就是此山。《長安縣誌》載，"終南橫亙關中南面，西起秦隴，東至藍田，相距八百里，昔人言山之大者，太行而外，莫如終南。"。李白曾寫道："出門見南山，引領意無限。秀色難為名，蒼翠日在眼。"終南山為道教發祥地之一，傳說今天樓觀台的說經台就是當年老子講經之處。道教產生後，尊老子為道祖，尹喜為文始真人，奉《道德經》為經典，於是樓觀就成了"天下道林張本之地"，有"天下第一福地"的美稱。

19、雙仁府

雙仁府並不陌生，好友孫見喜先生就長居於此。新民得知我來"追蹤"《廢都》中的地理，特意囑我多走走雙仁府。雙仁府是《廢都》中常見的地名，書中莊之蝶的岳母就居住在此街。

第 35 頁寫道："自個卻騎了"木蘭"徑直往雙仁府街的岳母家來"。第 57 頁也有記述。

雙仁府南起火藥局巷東口，北止柴家什字南口，是一條南北走向的小街道。查《西安老街巷》獲悉，此街形成於明代。相傳，街道南端有沈姓人家，仲仁仲義兄弟倆，仲義不忠，因地皮產生爭議，最終讓出一牆，開闢一條街。另有一種說法，將鄰居果樹上落入自家院中的果子如數送還主家，而主人卻又分送四鄰同食，贏得同街居民稱頌，後此街被稱為雙仁府。1966 年曾改稱"育紅街"，1981 年恢復原名。雙仁府是居民區，多是舊式老房，在南段有一條東西走向的半截巷名為"雙仁府大巷"。

20、大麥集市

《廢都》中大麥集市出現過兩次，一次是第 69 頁：周敏說："沒問題，大麥市街老賈家的灌湯包子，吃多少我買多少。"第 72 頁中還描述說："四個人於是到大麥市街吃了灌湯包子，又到茶館喝了幾壺茶……"

大麥市街，位於西安市西大街西段路北，民國時北至廟後街、南至西大街統稱為大麥市街。1966 年曾改稱前衛路，1972 年恢復大麥市街舊稱。清末時，因北橋梓口有大的糧莊，糧食的交易也多集中於此，大麥市街也因此而得名。大麥市街的美食著名。清末慈禧太后西逃經過大麥市街時，在一家叫"天錫樓"的泡饃館品嘗過羊肉泡饃。大麥市街的住戶主要以回族為主。清末按照當時的人口分佈狀況，當時大麥市街裡的大戶主要有"四大家"：丁，蘭，谷，趙"四大家族"。丁家世代書香門第，商鋪遍及各地；谷家以做旅館和商鋪生意發家；以及皮坊生意聞名的趙家和開私塾的蘭家；到了清末，從香米園遷來的楊家以"腳子幫"從事貨運事業而聞名。"腳子幫"則是清末民國初年對搬運工的稱呼。據西安地方誌記載，大麥市街的老賈家灌湯包子，為西安清真風味新秀。

21、朱雀門

《廢都》第 74 頁寫道："朱雀門街的小順子……大字不識一個……"

朱雀門，曾是隋唐長安皇城的正南門，因四象中的朱雀代表南方而得名。朱雀門外，南起青松路，北至環城南路，此街原址為唐代長安城內的中央大街，由朱雀門直通明德門，即朱雀大街，又稱天門街。2001 年陝西省文物局整修城牆勘察朱雀門為五個門道，和丹鳳門、明德門一樣是最高等級五門道。如今的明城牆朱雀門位於永寧門西邊，

城門內是南廣濟街，城門外仍是繁華依舊的朱雀大街。1985 年修整城牆時，發現隋唐朱雀

本章速寫 均為李秦隆 作

門遺址，遂於遺址西側重開朱雀門。從西元 904 年被封閉，到 1985 年重新挖開，朱雀門塵封了一千多年，它靜靜包裹在城牆裡，回憶著往昔的繁華。隨著它被重新開啟，見證了古城西安日新月異的變遷。

22、炭市街

《廢都》第 81 頁寫道：“主意拿定，連夜就給趙京五撥了電話，讓他明日一早來幫他去炭市街副食市場買了這一攬子菜蔬。”第 397 頁也有炭市街的記述。

炭市街，位於東大街中段北側，北至西一路。清朝中葉，西安生活供熱由南山薪木轉變為北山煤炭，當時此街只是一個堆放煤炭的無名小巷，後因出售煤炭、鹽鹼、副食店鋪多，得名炭市街。1927 年拓寬。1949 年後炭市消失，1954 年由上蘭鄉公所定名為炭市街，沿用至今。解放前為乾果海味市場、海味專售市場。1989 年兩端建仿古牌樓，沿街用玻璃鋼瓦蓋頂。一度為西安市乃至西北最大的副食品市場。

23、蘆蕩街

《廢都》第 81 頁寫道：“清晨起得很早，莊之蝶騎車就去了蘆蕩巷副字八號周敏家。”

蘆蕩巷，是一條南北走向的巷子，由清代到 60 年代初，名為“蘆進士巷”，在“文化大革命”中，改名“蘆蕩巷”。清嘉慶年間因巷內居住蘆姓進士而得名蘆進士巷。辛亥革命時期的女革命者蘆慧卿曾在此巷居住，去世後被葬在蘆進士巷中段路東其宅地“慧園”內，于右任曾題輓詩：“落風朝陽一再驚，東南日暮複西征。人關知歸多零落，禮罷國殤吊慧卿。”蘆進士巷內居住的富商、名人很多，這很大程度上與它臨近南院門有關。城市改造前，蘆蕩巷共有 40 個院子，其中涇陽人姚文清的老院，兼具中國園林風格和西方建築風格，還保存著南院、北院、後院三個小院，成為蘆蕩巷裡一處標誌性建築。1991年起，蘆蕩巷南段最先開始了低窪改造，1993年，巷子北段也開始改造。相鄰為大車家巷和湘子廟街。賈平凹曾在大車家巷居住過。

24、竹笆市街

《廢都》第148頁寫道：牛月清："今日清早去上班，在竹笆市街糖果店裡看有沒有好糖果兒，那個售貨員看了我半天。"

竹笆市街是西安一條有著悠久歷史的街道，位於西大街鼓樓什字南端，南起南院門，北至西大街。唐朝末年，韓建將長安城改造為新城後，這一地區就逐漸演變為居民坊巷。明代時，這段地帶商市雲集，有瓷器市、竹笆市、鞭子市、書店以及金店等，因其以買賣竹器規模最大，故得名竹笆市街。從明代起，竹笆市便逐漸形成，清代便已成為一條頗為繁華的商業街。1966年曾改名為革命街，1972年恢復原名。

到上世紀九十年代，竹笆市的竹木器傢俱市場仍然很活躍。除了竹器店，竹笆市里還有多家西安有名的老字號。賈平凹曾與友人在此購置傢俱。

25、蓮湖公園

《廢都》第90頁寫道：汪希眠老婆說："之蝶，這事可不可以給她說吧，明日蓮湖公園東興橋頭第三根欄杆下見，不見不散。"

　　蓮湖公園與平凹主編的《美文》蓮湖巷相鄰。公園建在唐代長安城的"承天門"遺址上。明代秦王朱樉取其高低不平地勢，引注通濟渠水，在此建王府花園。因開鑿人工湖，廣植蓮花，名叫"蓮花池"。清康熙七年（西元1668年），巡撫賈複漢主持疏浚池泥，並改名"放生池"。1916年被闢為公園，稱為"蓮期公題"，是西安歷史悠久的公園。公園北門為傳統建築，古樸典雅。

26、華山

　　《廢都》第95頁寫道：前個月我去華山腳下的華陰縣去講《聖經》（注：我為孟雲房）。

　　華山是中國五大名山之一，被稱為西嶽，最早見於《爾雅‧釋山》一書。西嶽這一稱呼是因華山在東周京城之西，故稱"西嶽"。以後秦王朝建都咸陽，西漢王朝建都長安，都在華山之西，所以華山不再稱為"西嶽"。直到漢光武帝劉秀在洛陽建立了東漢政權，華山才重新恢復了"西嶽"之稱，並一直沿用至今。《尚書》記載，華山是"軒轅黃帝會群仙之所"。《史記》載，黃帝，虞舜都曾到華山巡狩。秦昭王時曾命工匠施鉤搭梯攀上華山。魏晉南北朝時，還沒有通向華山峰頂的道路。直到唐朝，隨著道教興盛，道徒開始居山建觀並在北坡沿溪谷而上開鑿了一條險道，形成了"自古華山一條路"。華山還以其巍峨挺拔屹立於渭河平原，東、南、西三峰拔地而起，如刀一次削就。唐朝詩人張喬就在詩中寫道："誰將依天劍，削出倚天峰。"

27、東大街

　　《廢都》第106頁寫道："這麼一路步行走過東大街，到了鐘樓郵局門口。"

　　東大街的歷史可以追溯到隋唐時期，是以鐘樓為中心輻射的東西南北四條大街中最長的一條。隋文帝建造大興城時，這條街位於皇城東牆南門景風門內外兩側，因此被命名為景風門街，距今已1400多年。後明太祖朱元璋將奉元路改名為西安府，西安之名始見於史明太祖將次子朱樉封為秦王，鎮守西安。開始在西安營建秦王府並擴建西安城，包括拆除景風門將其東移修建東門，統稱為東門大街。民國時期，西安革命黨人最先回應武昌首義，滿城被戰火焚毀。革命領導人張鳳翙任陝西省大都督。他憑藉官府的力量，利用拆毀滿城殘餘房屋的木料和拆除滿城南牆的磚，對東大街進行了較大整修。1927年，改名為中山大街，1953年改為東大街，1966年曾一度稱東風路，1972年仍恢復為東大街。

28、城東王家巷

《廢都》第166頁寫道："洪江暗中將這筆款交給一個遠門的親戚在城東門口王家巷裡開辦了一家廢品收購店，專做鬼市上的買賣。"第167頁也有記述。

其實，現實中的王家巷在西門外，出版社家屬院建於此，賈平凹多次到住於此的孫見喜、王新民家，談文說藝，商談其作品出版事宜。

早在明清時代，西安小東門城牆根底下就形成了遠近聞名的古玩、舊貨交易市場，距今已有數百年的歷史，俗稱"鬼市"。老西安人一提到西安的"鬼市"大多還記憶猶新。"鬼市"，顧名思義不是正大光明的市場，只有偷偷摸摸地做事，神不知鬼不覺地做生意，由於多是見不得人的生意，開市的時間據說是淩晨和夜晚。"鬼市"發展得很快，從不起眼的一條小巷漸漸向北和西發展，漸漸有了門面鋪子，漸漸有了櫃檯，漸漸地人們明目張膽起來。大一點的鋪子有幾十平方米，著夥計服務員來喝叫賣。"鬼市"的開市時間是有限的，要在有限的時間內爭取最大的利益，不管東西從何而來，只要便宜就收購，人們發現了其中的奧秘，到此去買東西的人漸漸多了起來，"鬼市"慢慢成了一個繁榮的小市場。"鬼市"的存在還是西安20世紀80、90年代的事情，隨著西安市的大規模拆遷，舊貌換新顏，"鬼市"也在無聲無息中銷聲匿跡，成為西安人心目中一段永遠抹不去的記憶。

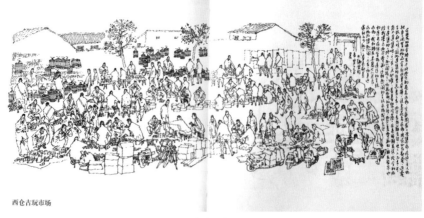

西倉古玩市場

西倉 古玩市場

29、南大街

《廢都》第222頁寫道："女人心細，先去南大街百貨大樓上選了半日，選不中，又往城隍廟商場來。"第249頁也有記述。

西安南大街是我國現存最古老的街道，建於開皇二年（西元582年）。一千四百多年前，隋文帝建造大興城時，南門就是隋代皇城安上門，南大街就是安上門大街。到了唐京長安城，由於承天門大街為禦道，這條街成了進出皇城的重要通道。當時的皇城是百官衙署集中地，是宮城前面的屏障，安上門大街兩側是六部所在地，百姓可以進入這一地區，所以非常熱鬧。安上門內的廣場是當時的鬥雞場，為歌舞聲樂之處，這裡的一條小巷叫大吉廠，就是鬥雞場音變而來。這條巷內，還擅長於唐代古樂演奏。

宋至元仍稱安上街。明初改築南門，朱元璋欽定永寧門，意為南方永遠安寧，為示不用出兵之心故今永寧門甕城外牆無正門。此街也就稱南門大街。明清時是西安最繁華的大街之一。清中期每逢雨積水成河，人不能過，戲稱滴水河。民國初年改稱南大街。1966年曾改名"反修路"，1972年恢復原名。

30、回民坊

《廢都》第209 — 210頁寫道："莊之蝶與唐宛兒一夜狂歡，起來已是八點，兩人全都面目浮腫，相互按摩了一氣，匆匆去吃了回民坊裡的肉丸胡辣湯。"

回民坊是西安著名的美食文化街區，是西安小吃街區。回民街所在北院門，原為清代官署區。90年代末，部分回民在此街租房經營餐飲，蓮湖區遂改向餐飲街發展，北院門遂成為回民街。每一次去西安，都會去回民坊吃小吃。而隔5-10年我都會從北京去一次，這裡的建築、街巷是變化最小的。回民街作為西安風情的代表之一，是回民街區多條街道的統稱，由北廣濟街、北院門、西羊市、大皮院、化覺巷、灑金橋等數條街道組成，在鐘鼓樓後。

回民坊的歷史可以追溯到唐朝時期，當時的長安不僅是國都，還是世界性大都會。大批阿拉伯人以及波斯的穆斯林沿著絲綢之路來到長安從事貿易，開設有"胡店""波斯肆""波斯邪"等，販賣著珠寶、香料和藥材等物品，史書上將這些人稱為"胡客"。此外，還有大量的外國使節和留學生居住在長安做官或留學，以及一些協助唐王朝平定"安史之亂"的西域穆斯林官兵，因在收復東西二京（洛陽和長安）戰役中有功，被允留居京城，這些人不斷地和當地居民通婚融合，現在回民坊裡的住戶多是這些先民的後裔。由於穆斯林特殊的宗教信仰，逐漸形成以清真寺為生活中心的聚居模式，即教坊制度，形成回族人聚居的"小集中"局面。濃郁的清真特色和西北風情，2002年榮獲聯合國教科文組織文化遺產保護。

31、城隍廟街

第 222 — 223 頁寫道："城隍廟是宋時的建築，廟門還在，進去如改造成一條愈走愈凹下去的小街道。"

城隍廟街位於西大街廣濟街十字路口以西。宋代以後城隍廟遍佈全國，一般以有功於地方的已故名將、重臣為當地的城隍。西安城隍廟始建於明洪武二十年（1387），明宣德八年（1433）移居現址。清順治時多次加以擴建，雍正九年（1731）大殿毀於火災，川陝總督年羹堯用拆除明秦王府的木材加以擴修重建。此後，乾隆、嘉慶、道光、光緒年間都加以修葺，故當時西安城隍廟以"規模整肅，棟宇崇巨集，基地之廣"聞名於天下。廟前臨街原有一座面闊五間、高三丈的木牌坊，前踞鐵獅子一對兒，牌坊內的青石道路兩旁店鋪相連，是明清以來地方手工業和小商品的傳統交易市場。

據文獻記載，原址的主要建築有大門、玉皇閣、樂舞樓、牌樓以及大殿、道舍、廂房等，後來多被毀掉，現在僅存有清雍正年間修建的大殿一座，琉璃瓦覆頂，門牌樓木質的枋樑斗拱構造美觀繁華，做工極為精巧華麗。門牌樓的門頂正面大區上書有四個貼金大字"都城隍廟"，背面大區同樣上書四個貼金大字"你來了麼"，據說均選自顏真卿的真跡楷書。牌樓後是一條南北走向的長通道，是商賈百工雲集之地，主要經營一些小商品，包括日用百貨、婚喪嫁娶類等小商品。

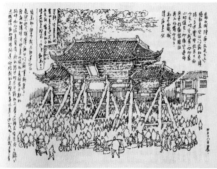

32、尚儉路普濟巷

《廢都》第236頁寫道："說得孟雲房連聲念叨莊之蝶心好，就到了尚儉路尋了那條叫著普濟巷去。"

尚儉路位於解放路東側，南起東大街，北至環城北路，1927年開拓。因抗日戰爭時期逃到西安的河南籍難民很多，大多聚居在城內東北隅已劃定的大路旁，街兩側形成許多窄巷道，其間密集著高低參差不齊的簡陋住房，居住條件很差，居民幾乎全是河南籍。

普濟巷，應為普及巷，南起東新街，北至東二路。1949年以前，巷內兩側已有私買地皮修建了矮平房，新中國成立之初，陸續有人買地修建簡陋的平房，這些地段通常是在一個門牌的大門內走道兩側住著一、二十戶人家，由於人口密集，房屋短缺，許多住戶都在人行道上搭著小廚房。

80年代的西安

33、麥莧街

《廢都》280頁寫道："莊之蝶沒了辦法，一個夜裡和趙京五去了麥莧街二十九號，幸好龔小乙在家。"

麥莧街位於西安市蓮湖區"回坊"，北院門往北，西安市政府和蓮湖公園中間，為南北向街道。古代皇城裡的帝王將相、文武大臣家裡做飯，也和鄉下人一樣燒麥莧，麥莧燒出的飯特別香甜。麥莧街就在皇城根，是皇家的柴火街，街上堆滿了大垜大垜的麥莧，從早到晚擠滿了賣麥莧的鄉下人和穿得花花綠綠的官家僕人。夕陽西下的時候，皇城裡便炊煙嬝嬝，菜香飄飄。到了清代，這條街的南端稱為麥瞥什字，民國初年，向北延長至二府街什字，統稱麥莧街，街上店鋪多出售煤炭、麥草。"文革"期間，一度改為"立新街"南段，直到1972年才恢復原名。

34、菊花園街

《廢都》第 295 頁寫道："一句話倒使得莊之蝶想起了汪希眠的老婆，便把那吃剩的幾條魚裝了袋子，出得賓館，便徑直到菊花園街汪希眠家去了。"

菊花園位於西安鬧市區的東大街中段南側，是一條鬧中取靜的幽幽深巷。南到東廳門。清《西安府圖》稱為菊花園街。菊花園街道原來由兩條巷組成，南為"參府巷"，北段才稱"菊花園"，在1949年後統稱為菊花園。

在唐朝時期，菊花園街位於長安郭城東城區的崇仁坊西部。明代擴建新城後，隨著東城牆延伸，菊花園被圈進城內，逐漸成為府城內的居民坊巷。

清代時有一座名叫"菊林寺"的寺院有關。據傳說因寺院遍種菊花，尤其到每年九九重陽節時，都會吸引四方遊人來觀菊拜佛。在佛教，黃色的菊花代表智慧，代表著一種降魔的力量，菊花也被信徒們稱為"禪菊"。這裡還坐落著陝西辛亥革命元老、大都督張鳳的老宅院，據張氏後人介紹，公館為東西兩進四合院式建築，整體院子都是磚木結構，硬山灰瓦，木制雕花格子門窗。據當地老住戶回憶，這一地段附近的大片區域，曾經都是張公館，但是隨著城市改造，早已經被陸續拆除，僅僅從殘存的牆壁上，還能看出青石雕花和昔日的繁華景象。

西安舊貌

35、正學制旗一條街

《廢都》第 346 頁寫道："莊之蝶從未起過這麼早，也不知要往哪裡去，穿過一條小街，小街原是專門製造錦旗的，平日街上也不過車，一道一道鐵絲拉著，掛滿著各色錦旗，是城裡特有的一處勝景。

這裡的小街應為正學街。北接西大街，南臨馬坊門街西口。民國時期，此街多為手工工藝家庭作坊，當時刻字、製作徽章、印刷名片、拓印字帖、旗幟印字，在西安已是相當興盛。1956

年，部分公私合營，部分組成合作社。改革開放後，變化很大，正學街的手工藝尤以制旗工藝迅速發展，個體經營者不斷登記開業。傳統的手工刻、印、制也更新為機器製作。經營品種也由單一的制旗擴大為製作各種招牌廣告、牌匾、標語與商標，是碑林區乃至西安市經營最集中、銷售最興旺的一條街。

36、興慶宮公園

《廢都》第 377 頁寫道："中秋節冷冷清清地度過，牛月清和柳月也覺得沒勁兒，百般的慫恿一塊去興慶公園看了一次菊展。"

興慶宮公園，位於西安古城外東南角，因在唐代興慶宮遺址上修建而得名，是我國最古老的歷史文化遺址公園。據史料記載，唐代興慶宮有隆慶池，傳說李隆基少年時曾在池旁的"花萼相輝樓"居住，池內出現過黃龍，是出皇帝的徵兆，後來李隆基當了皇帝，就將其改為龍池。開元初（713），李隆基將之改建，供其和楊玉環在此遊樂飲宴。1957 年，為供西安市民和從上海西遷至興慶公園南側的西安交通大學師生遊覽使用，西安市政府就在"興慶宮"遺址上興建一座公園，園中興慶湖即在"龍池"原址之上建成。湖中碧波蕩漾，百花似錦。

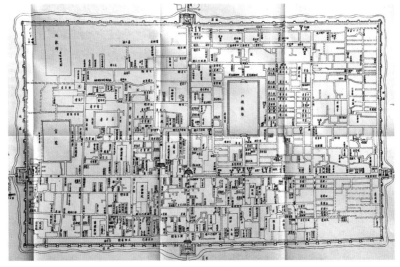

清末老西安

37、東羊市街

《廢都》第 387 頁寫道：趙京五說："去年她把一批煙殼子賣給東羊市街一家姓馬的，姓馬的開的重慶火鍋飯店……"

東羊市街是一條東西向、長約百米的小街，沿街向西走到頭就是東縣門。隋唐時期，現在的東羊市街位置在長安城外郭東城區崇仁坊裡，唐朝末年長安城以皇城為基礎改築為新城，此處被隔在了城外。到了明朝，城牆東擴，東羊市這一帶又被圈進了城內。據《長安志圖》記載，當時長安城裡已經有了一個羊市，那便是現在的西羊市。後來，城區的東而又出現了一個羊市，為了區分，便有了東、西羊市的稱法。到了清朝，東羊市地區被改建為市場，與當時的大菜市、馬廠驛站接壤，因此吸引了城東及郊縣的百姓來此買賣羊隻。歷經滄桑的東羊市如今已經看不到古老建築的蹤影，現在的東羊市是一條安靜的街道，呈現出一種緩慢的生活節奏。

38、乾陵

《廢都》第 389 頁寫道：“最後他就穿上了一雙巨大的草鞋，在廣袤的八百里秦川上奔跑，奔跑過了那一座一座足以令西京人驕傲的如山丘一樣的帝王墳塋，看見了乾陵”（注：他，指龔小乙）。

乾陵，位於陝西省咸陽市乾縣城北的梁山，是關中地區著名的唐十八陵之一，也是迄今為止中國甚至世界範圍內發現的唯一的一座兩朝帝王、夫妻皇帝合葬的陵墓，埋葬著唐高宗李治和皇后、後來稱帝的女皇武則天。乾陵修建於西元684年，歷經23年才得以完工，陵區基本仿照當時的京師長安城建造。修建在梁山海拔最高的北峰之上，因梁山南面兩峰較低，故稱其為“乳峰”。根據史書記載，陵墓本有內外兩重城牆，四個城門，城牆的四面，分別有南朱雀門、北玄武門、東青龍門以及西白虎門。乾陵的唐高宗墓碑，高達2米，最初為陝西巡撫畢源所立，原碑已毀，後在清朝乾隆年間重立。在南門外立有專門為唐高宗和女皇武則天歌功頌德的《述聖記碑》和《無字碑》。現乾陵 “唐高宗李治與則天皇帝之墓” 為郭沫若題寫的。

39、北新街

《廢都》第 474 頁寫道：“四人當下就走到街上，乘了一輛計程車直往北新街而來。”

北新街南口端對新城北門，北口在北城牆根。這條街的位置，在唐 “太極宮” 以東的 “東宮” 內中間偏南處，在明代是在秦王府北面 “廣智門” 外，在清代是八旗校場附近，隨著滿城的毀滅而消失。1928 年，原滿城區被開闢為新市區，首先開闢了東、南、西、北四條新街，溝通了新市區與城內主要大街的交通。

40、火車站

《廢都》第516頁寫道“夜幕降臨，莊之蝶提著一個大大的皮箱，獨自一個來到了火車站……”

西安火車站位於解放路（解放前一度稱為中正路）北段，始建於 1934 年 12 月，於 1935 年 6 月正式運營。1937 年，西安站更名為長安站。1952 年 1 月，恢復西安站名稱。1988 年 8 月，西安站由一等客運站升格為特等客運站。2016 年 07 月，西安站改擴建工程啟動。2021 年 12 月 31 日，西安站改擴建工程全面竣工使用

2020 年 6 月 20 日，西安站南站竣工、2021 年 4 月 26 日，西安站北側站房高架候車室和北車場正式建成使用。同年 12 月 31 日，西安火車站改擴建工程全面竣工使用，標誌著西安擁有三座火車站。

不是後記

賈平凹曾說："自一九七二年進入西安城市以來，我讚美和詛咒過它，期望和失望過它，但我可能今生將不得離開西安，成為西安的一部分，如城牆上的一塊磚，街道上的一塊路牌。" 2006年9月，"賈平凹文學藝術館"在西安建築科技大學落成並對外開放，是以全面收集、整理、展示、研究賈平凹的文學、書畫、收藏等藝術成就及其成長經歷為主旨的非營利性的文化場館。該館的建築獲得"中國建築傳媒獎——最佳提名獎"。

儲兆文從賈平凹先生文學與西安這座城的建築學角度曾進行較系統深入的研究，他說，"賈平凹都市小說中建築空間或建築意象的梳理與歸納主要論述這三個方面，一是城市空間銘刻著人的精神頹廢；二是建築形象與人物形象的雙向生成；三是建築意象、空間場所的文化內涵或文化隱喻。《廢都》是一部描寫當代社會轉型時期知識份子生活的世情小說，也是一部20世紀八、九十年代中國社會的風俗史。然而，從建築文化的視角來看，它既已成為西安的城市文化的組成部分，也是解讀西安城市文化的一個內容豐贍的文本。

2010年10月，位於西安曲江新區大唐芙蓉園旁的"賈平凹文學館"建成開館。該館是西安打造"博物館之城"的重要場館之一。

2013年，一座規模更為宏大的"賈平凹文化藝術館"在國家級旅遊度假區臨潼建成。這些實體場館的建成開放，把賈平凹及其創作當作西安的城市文化景觀錨固在古都的肌體上，成為西安城市文脈的一部分和人們觸摸西安歷史的具體可感的場所精神。

2014年9月30日，"賈平凹文學藝術館"在商於古道棣花古鎮景區正式對外開館，賈平凹文學藝術館收集了賈平凹文學創作生涯中豐富翔實的圖片、作品、影像、實物等資料，如實地反映了作家的成長歷程、生活點滴及創作經歷，令觀者深切感受到濃郁的鄉土氣息和強烈的人文主義精神。棣花古鎮是賈平凹小說《秦腔》的原型實景地，清風老街就在於此。景區位於丹鳳縣城西15公里處，曾是"北通秦晉，南連吳楚"的商於古道上的重要驛站，春秋、盛唐、宋金、當代等多種文化形態在此交織和融合。

棣花古鎮以"兩街（宋金街、清風街）、三館（賈平凹文學館、賈平凹書畫館、賈平凹音像館）、一荷塘（生態荷塘）和西部花都"為主打項目，復活了棣花古驛、魁星樓、法性寺等老景觀，

打造了歷史、人文、生態相互交融的新景點，凸顯了商於古道上的"棣花"特色。"宋金邊城、清風老街、千畝荷塘、棣花之都、賈平凹文學藝術館、萬灣中國美麗鄉村、丹江國家濕地公園、商山綠道"將成為商於古道棣花景區的八個必去景點。

　　賈平凹文學館位於西北大學太白校區校園內，於 2020 年 10 月 17 日開館，以全面收集、展示賈平凹文學作品，成為文學研究和文學創作的國際化交流新平臺。賈平凹文學館館名由當代作家莫言先生題寫。建築採用民國風格，展覽內容共分五個部分，將集中展現作家賈平凹成長、求

圖說「廢都」文本

360

學、寫作的五個重要階段：鄉間十九年（1952—1971）；西大三年（1972—1975）；從清新到沉思（1976—1983）；從探索到自信（1984—1991）；從尋求到裂變（1992—2005）；天地境界的藝術創造（2005—）。搭配館內文學文本、文獻資料、圖片影視、藝術影像文學空間的多重營造與闡釋，賈平凹先生獨特的文學個性、作品風貌和人文品質將會一一真切有力地展示在參觀者面前。

賈平凹在當代作家中對西安城市文化發展做出的貢獻是最大的。

"整個西安城，充溢著中國歷史的古意，表現的是一種東方的神秘，囫圇圇是一個舊的文物，又鮮活活是一個新的象徵。" 每一座城市都有自己獨特的記憶，每一座城市都曾綻放過獨特的風情。

《廢都》小說中的這座古城有著深深的西安城的印痕，而小說的核心人物莊之蝶身上投射集合了 20 世紀 90 年代初期生活在古老而現代都市中的知識份子複雜多面的性格特徵：學識淵博、精神豐富、不喜拘束、灑脫放浪、豪飲暢談、大俗大雅，頗具 "魏晉風度"，聚合了一個獨立而自由的文化人的優點和缺點、歡樂和痛苦。西京城是他的棲身之所，他時而融入其中，時而又游離其外，在虛無與物欲的交織中掙扎，表露出濃重而又輕佻的壓抑、孤獨與頹廢情緒。

儲兆文先生說，賈平凹先生自《廢都》始，到《白夜》《土門》《高興》，賈平凹筆下的城市雖然同是西安這座城市，但是由於體驗主體的變化，體驗主體眼中的城市也在變化。《廢都》是以城市中知識份子的身份體驗這座城市；《白夜》是以普通市民的身份體驗這座城市；《土門》是以城中村村民的身份來體驗這座城市；《高興》是以農民工的身份體驗這座城市。實際上，作者是從不同的角度來審視這座城市，體驗這座城市，上至城市中的精英，下至城市的每一條小巷，一座城市，四種體驗。賈平凹帶著鄉村的記憶走進城市，審視城市，生活在城市，慢慢熟悉城市，體驗城市，漸次融入城市，又帶著城市的記憶和體驗來表現城市，將他所生活的現實城市構建為都市文學城市。

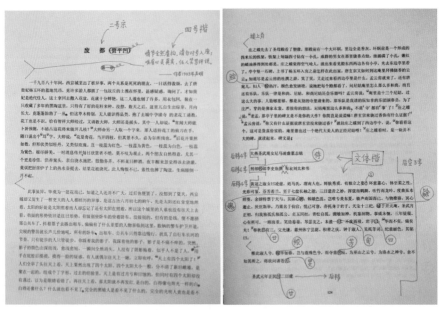

魯風先生提供的《廢都》校對稿

　　一部《廢都》，是現實中"西安"的活字版，是研究現實中的西安城的一個難得的現象學、文學的樣本。

咸阳地外婆家，晓卡的舅舅在四川工作，正好带了这两瓶酒给他们，晓卡就一定说是把酒如了师母。你喝不得烈酒，可这酒倒是好喝的。"牛月清说："刘晓卡，书房里说什么呢，我们拐不清哪一个？"柳月在一旁听了，只是嘻嘻笑，插○○○○○○剃届○瘦○○那个！"就伸指头羞洪江的脸○○○○○○○○○○尽胡精这个腿特别长○○机。"柳月叫道○○○○○○说："柳月你不知道也就胡说的，招聘的那○○○○得我也今不开的。已情既然这样了，我和你庄○○○○笔这○一篇后两篇大了，你们搞得这么严，红帖儿第一个我写给了你们！到○○○○○○柳月也来，来了做个陪娘吧！"柳月撇了嘴○○○○○○也不肯的，我这丑样儿，你们让我去丑衬了○○○○○○○○就说柳月搽了几月，话说越发有水平，赶明月去吧，怕也会写了书的。三人说了一会，洪江走了，又一再叮咛那日晏宴，老师师母若不来，宴席就不开，死等了的。

洪江一走，物清问柳月作老师哪去了？柳月说孟云房那喝酒了。物清收拾了礼品，就独坐了思谋二十八日怎么去赴宴席，该准备什么填礼。下午，庄之蝶喝得昏缝缝回来，在厕所里用挺了半天喉咙，吐出许多钱沫，物清让他睡了，这程说洪江来了。晚上庄之蝶睡起来书房看书，她进去把门关了，才一一说了洪江预搭了他，庄之蝶也好不惊诧，说："那个长腿女子，我恐怕也是见过一两次的。当时他说在招聘店员，咱也该去看，你替赵京五对外说他们比招模特儿还严格，身高多少，体重多少，皮肤怎样，还要符合标准的三围。"物清说："什么三围？"庄之蝶说："就是胸围、腰围、臀围。

第十一章 专家说

第十一章 專家說

（排序不分先後）

1、季羨林（教授）：《廢都》20 年後將大放光芒。

2、溫儒敏（教授）：《廢都》對傳統與現代的碰撞交匯所形成的人文景觀進行了深入的思索，或者說，是以矛盾痛苦的心情去體驗當今歷史轉型時期的文化混亂，表現現代人生命困厄與欲望。

3、費秉勳（教授）：晚清以後直到目前，中國小說都是提煉和選擇有典型性的事件和情節來寫的，這已經形成極厚重的創作和欣賞閱讀的積習，《廢都》的寫法則一反這種積習，非史詩地、混沌瑣屑而自然地以敘述語言體系來展現生活，這種寫法與《紅樓夢》《金瓶梅》有相通處。《廢都》的寫法和某些內容，我估計在這個時代裡很難為人們所理解和接受。它也許是傳世之作，但在這個時代裡出現為時過早，所以我不主張賈平凹發表這個作品。《金瓶梅》是傳世之作，但當時作者也埋名隱姓，直到現在還弄不清是誰，《廢都》也不宜在現在公開。我不相信積習會變得這麼快。好在平凹經得起讚頌，至於咒罵，那就更沒有什麼可怕的了。

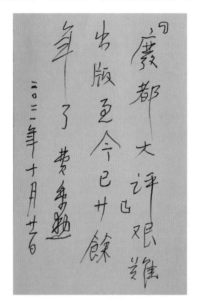

4、王小波（作家）：賈平凹先生的《廢都》，我就堅決不看，生怕看了以後會喜歡——雖然我在性道德上是無懈可擊的，但我深知，不是每個人都像我老婆那樣瞭解我。我聽說有位老先生對賈平凹先生的《廢都》有如下評價："國家將亡，必有妖孽"。不管賈先生這本書如何，老先生言重了。真正的妖孽是康生、姚文元之輩，只不過他們猖狂時來頭甚大，誰也惹不起。將來咱們國家再出妖孽（我希望不要再出了），大概還是那種人物。像這樣的話我們該攢著，見到那種人再說。……王先生說，知識份子會腐化社會，我認為是對的，姚文元也算個知識份子，卻喜歡咬別的知識份子，帶動了大家互相咬，弄得大家都像野狗。他就是這樣腐化了社會。

5、馬原（作家）：想像一百年之後的情形，比如那時還有人讀書，讀小說，讀今天我們見到的小說；會有哪本書讓孫子重孫子們有興趣讀呢？也許有十本，一百本，也許只有兩三本。但我有把握，其中有一本是《廢都》。我深信不疑，這是一本卓越的書，而且好讀，可讀，而且必定傳諸後世。

6、陳建功（中國作家協會書記處書記）：我認為《廢都》是一部極珍貴的心態史，一部分傳統文人和農民作家的心態資料。

7、張賢亮（作家）：我認為《廢都》是一部非常優秀的作品。

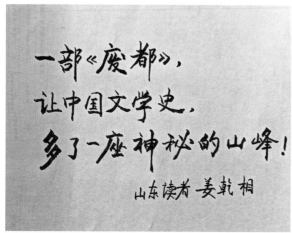

編輯姜乾相 說《廢都》

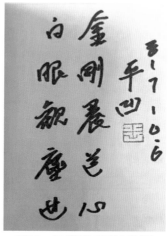

平凹在 93 版《廢都》扉頁上為讀者說

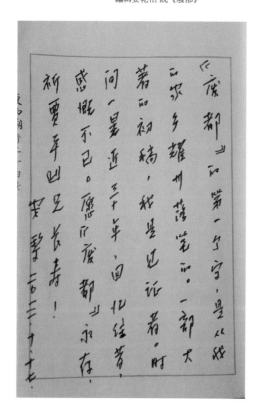

1992 年夏天，平凹《廢都》寫作第一站，是安黎幫安頓在桃曲坡水庫。

8、雷達（批評家）：《廢都》一是好看，有情趣，引人入勝，把當今的人情世態寫活了；二是此書抓住了當今一部分人的典型社會情緒和心態，表達了一種深層次的惶惑、不安、浮躁和迷茫；三是，毋庸諱言，它的大膽、直率的性描寫，招來了不少人的好奇。至於主人公莊之蝶，作品實際上通過他的際遇，寫了存在於當代社會的傳統文化如何把文人經由名人塑成閒人的看不見的過程。從這個意義上講，莊之蝶的幸與不幸，都不僅僅是他個人的。《廢都》屬於世情小說，與我國古典小說有極密切的血緣，又糅合了現代生活語彙，化合的功夫之到家令人驚歎，可說得了《金瓶》、《紅樓》之神韻。說這本小說驚世駭俗，不為過分。

9、蕭雲儒（批評家）：

一、"五四"以後，中國古典小說傳統出現了斷層。中國現當代小說大體是"五四"後在西化小說的基礎上產生的。《廢都》是第一部回到"五四"以前中國小說傳統的作品，同時又是中國古典小說美學和現代思潮的一次成功的接軌。《廢都》讓我們看到了從魏晉志怪小說、《世說新語》到唐代市井小說、明清世情小說和清末譴責小說這一傳統得到較完整較和諧的複現，使中國古老的藝術思維、形式、語言獲得現代生命，意義不可低估。

二、《廢都》屬狀態小說，如海明威那種寫法。《廢都》狀物冷靜、無溫度，回到了《世說新語》的簡潔。屬於志人小說。

三、在社會的主體文化層被改造得面目全非的情況下，在野史、民間、及各階層自下而上的生活狀態中，依舊保存著歷史的真正聲音和人民文化心態的真實成分。《廢都》即如此。作品有存在主義思想。

四、作品寫廢都、廢道、廢宅、廢人，在歷史轉型期，文化閒人是第三者，又是雕塑社會形態的參與者。他們有閒的忙碌、赤裸的性生活、自怨又自虐，欺世又厭世；他們在失去土地文化而市民化的過程中，受現代生活的壓抑、因文化而窒息、為名利所累、不被理解的苦悶等等，在這破缺的悲劇中，性是他們苦悶的最後宣洩。《廢都》寫人的異化、社會的異化、文化的異化、人的動物化、動物的人化；在描述文人非文人化的過程中，整部作品瀰漫悲劇感。

五、作者悲哀到無淚的程度，又流露出博愛與慚愧。作品可見博大的人性，作者由此進入新的人格大境界。牛是莊之蝶的另一個自我，是莊回歸自然的最後一條"胡志明小道"。

六、作者寫人物的形象、心象、欲象、性象、靈象，從而寫出了更寬泛的生命狀態。作者想消解社會理性認同的正史和主流文化，用老百姓的生態和真性去展示另一條歷史和文化的線索，求非史之史，無律之律。這部作品向人們提示：傳統文化是什麼？多餘人是什麼？現代社會是什麼？人要往哪裡去？

10、王仲生（教授）：

一、《廢都》是一部奇書，是形而下與形而上的契合，是廢都意識與意象主義的結合。意象主義表現了廢都意識，廢都意識只能依存於意象主義的藝術形態。

二、絕不可把《廢都》對號入座，因為這是平凹創作的意象世界。廢都意識是在幾個層面展開的，社會的、政治的、文化的、經濟的等等：①這個廢都不是現代化的城市，她有濃厚的歷史文化積澱，這是中國農業社會結構的一個獨特的呈示，這是鄉村的都市和都市的鄉村，這樣的形態一定要被時代所廢棄；②《廢都》展示的社會心態不僅僅是文化人的，而是整個廢都的；③對廢都中的所有人物走不出廢都的原因的探討，具有形而上的意義，這點與人類命運相通。人類擺脫不了命運，這樣就有了莊之蝶的追求、失敗，再追求、再失敗。

三、是意象主義的。這部小說說實，比生活還實，似乎是嚴格的現實主義；但這部小說又很虛，奶牛、塤、岳母，既是背景和氛圍，更是作品的有機部分，很難分辨《廢都》的真與幻、虛與實、美與醜、善與惡。平凹端給我們的不是什麼象徵，而是東方文化的藝術精髓——意象主義。

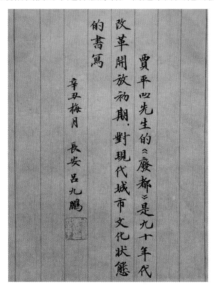

書法家呂九鵬 說《廢都》

11、王愚（評論家）：

一、十七年及新時期的中長篇小說大體上都寫時代風雲、寫大事件、寫改革開放，但從舊有的文化傳統和新時代風雲的衝撞下寫文化心態這是第一部。而且著眼於一批文化人人文精神的建構和演變，這是《廢都》提出的新層次。文化人心態的變化常常跟一個民族文化精神的演變分不開。

二、這部小說通過世俗生活場景寫文化心態，不是把文化人單純當作文化人來寫，而是把文化人當世俗人來寫，這中間表現知識份子的人格，這種人格恰恰是民族精神的折射。書名《廢都》，在文化傳統的廢墟上，寫一群知識人的掙扎、追求，作者不避諱知識份子人格精神的世俗性，作者提出的是文化人如何超越世俗，這一點十分像昆德拉的作品。

三、不能避諱《廢都》中的性描寫。作者通過對性的描寫達到對人生存狀態的探索，從而展示文化人人格精神的另一面。禁慾主義的結果是神秘化，神秘化的結果是性混亂。性上也有美醜、真假、高下之別，作者揭示了文化人全面的人格精神。

　　四、《廢都》在當前出現，是作家多年來對民族文化心態的考察、探索、揭示的結果，必將會在當代中國小說創作中佔有自己應有的地位。對《廢都》，我們也像別的優秀作品一樣可以從各個方面加以分析、研究以至做出評估，但不可作出簡單判斷。

　　12、李星（評論家）：

　　一、這是一部與時代同步的藝術精品，其藝術水準在《浮躁》之上，是能傳世的。當代社會紛繁的生活、眾多的人物、劇烈的衝突，平凹寫的有條不紊，得心應手，舉重若輕。這是平凹創作中的一個大總結。他攀上了自己藝術上的高峰，在當代文學中，這部作品不與任何人類同。

　　作品寫得大膽、奇詭，構思不一般，人物語言不一般，生活細節容量很大，藝術表現上是民族的、東方的、中國式的，其思想觀念又是開放的、現代的。在某種意義上，在對傳統觀念和思想方式的否定上，這部作品有後現代解構主義的特點。

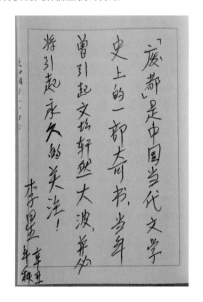

　　二、長篇小說有三種寫法：①傳記體結構；②社會歷史結構（如托爾斯泰），即史詩式；③最難的一種結構也是美學品位偏高的結構是作家把社會、歷史、心理、時代特徵全化在人物心靈中，如昆德拉的作品，把這一切凝聚在一個畸形人身上。這一點平凹很現代，他寫的細節很飽滿，筆下的生命意識很飽滿。

　　《廢都》中的人物寫得非常有內涵，莊之蝶又是主流人，又是多餘人，是社會結構的邊緣人，其心理衝突準確地折射時代主流的光輝。莊之蝶是複雜的，是有傳統的現代人，是有真情和良心的文人，又很自私，不擇手段。他身上有正人君子的一面，又有沾花惹草的一面，這個形象寫得成功。

　　三、作品中彌漫的神秘文化、東方文化氛圍很了不得，既有傳統特色，又有現代當代特色。奶牛是惟一冷靜的哲人，岳母的細節令人驚歎，比如睡在棺材裡抱著鞋子睡覺等，收破爛老漢的冷靜批判，表現作家對社會有犀利的眼光和思維穿透力。

13、曉雷（作家）：這部小說和平凹一樣四十不惑。這部長篇非常完美、和諧，是寫日常生活的。從日常瑣碎事抓人很見功力，像生活本身那樣平平常常，娓娓道來，很有藝術魅力。我一邊讀《廢都》，一邊想《圍城》，寫平常生活的細緻入微，這一點兩本書一脈相承。平常而不平淡，細膩而不瑣碎。

結構上似羚羊掛角而無跡可求，是草蛇灰線式的，隱隱約約向前發展，這樣難度更大，寫出來更見功力。讀這部作品常感到是讀《金瓶梅》、讀《紅樓夢》，寫莊之蝶一家並由此輻射當代生活，寫多種人的不幸，寫人生在破缺中磨擦奮鬥求得生存，作品底蘊深刻。《廢都》是繼《圍城》之後寫中國知識份子的一部傑作。

14、閻綱（作家）：《廢都》是一部迷失的才子書。其命意是複雜的，仁者見政，智者悲命，老者見人，少者見性。不同層次的讀者會有不同的感受，引起爭鳴是在所必然的，也是正常的，不足為奇的。在性描寫上，作者如再加克制，講求審判效果，那就會更好的。

著名評論家閻綱書“廢都坐看”贈送平凹。魏鋒 攝

15、董子竹（哲學家）：《廢都》透過社會、文化、生命的三稜鏡，透視出如下三方面：一、《廢都》是廢都地區改革開放的“清明上河圖”；二、《廢都》是一首民族文化大裂變的輓歌；三、《廢都》是人類文化精英求索人性底蘊的“離騷”。莊之蝶是世界性的小說人物典型；他時時刻刻都想撕去自己的社會皮、文化皮，求證人皮。然而，在人皮求證的掙扎中得到的是人性的更大失落。

人類文學史上，這本書第一次使性描寫進入文化哲學——生命科學的層次。書中，每一次性描寫都是人性的一次大拼搏，都是人類本有的功能的大曝光，都是人性的一次大悖論，既是人性的大昇華也是人性的大墮落。

16、張敏（作家）：（2021年10月24日盛龍國際教育城拜訪張敏先生，也就是當年與平凹一起居住在方新村，也被稱為作家村的地方）。《廢都》是一部當代經典作品，是平凹巔峰之作。後來的作品怎麼也超越不了了。一個作家的書要看他的最困難時最苦難時的作品，《廢都》在顛沛流離中的苦難之作。

17、暢廣元（教授）：《廢都》表現了作家在消解主流文化過程中的一種深思。我用一首詩來概括全書：蝶宛月柳謅唐言，塤音謠兒辛酸淚。老牛獨雲世人癡，破譯消解品其味。要對《廢都》進行認真的分析評價，可以引起文學界評論界一場不大不小的革命。作品中所追求的人生境界只有和現實生活保持健康的心理距離的人才能把握得比較準確。從創作路子看，《廢都》提示理論家更好地理解“生活是藝術的源泉”這句話。對這部著作的評論不可太急，需要作家、評論家認真思考一番之後再進行。若從既定的理論觀念出發，或從作品表面上所寫的人事出發，都不可能對作品的真諦有所瞭解。我希望緩一段時間來評價這個作品。我相信時間是藝術作品最好的檢驗者。

18、陳曉明（批評家）：我先表達一下我自己的思想變化歷程。當年我們對《廢都》提出過很激烈的批評，這都是十多年前的事情，這個批評其實有點誤會。當時我們編了一本書，我們把《廢都》作為非常重要的文學現象，一部非常重要的作品，找了一個書商去出版，書商暗地裡把書完全改變了，就變成《廢都滋味》，把裡邊編得亂七八糟，書出來後，我們大驚失色，要準備起訴那個書商了。後來，有人主張不要把事情公開，鬧得太大，沒有最後澄清，但這就對賈平凹先生不公平了。《廢都》是非常重要的一部作品，這麼多人從學術上去探討它，書卻被做成了那個樣子，我們幾乎無法來解釋這個事情了。我是一直非常敬重平凹先生，非常關注他的作品，迄今為至，我給學生上課的時候，《廢都》是指定學生必須讀的十本小說之一。

19、李敬澤（作家協會書記處書記）：一部《廢都》是一張關係之網。人是社會關係的總和，人在社會關係中獲得他的本質。馬克思的教誨，賈平凹同志是深刻地領會了的。《廢都》一個隱蔽的成就，是讓廣義的、日常生活層面的社會結構進入了中國當代小說，這個結構不是狹義的政治性的，但卻是一種廣義的政治，一種日常生活的政治經濟學：中國人的生活世界如何在利益、情感、能量、權力的交換中實現自組織，並且生成著價值，這些價值未必指引著我們的言說，但卻指引著我們的行動和生活。

20、孟繁華（批評家）：對賈平凹來說他的創作有兩部是最重要的，《廢都》和《秦腔》，《廢都》是一個欲望無邊、把男性偉大的活動想像和誇張到了極端的地步，但是在《秦腔》裡面開始引生先自宮了，這是非常有意味的。

21、王幹（批評家）：以《廢都》為代表他進入了智慧，他當時寫作的小說都是寫關於人生的智慧，人生的哲學的問題。

22、蔡葵（批評家）：《廢都》是通過莊之蝶這個中心人物，寫文人的複雜的生活形態和心態的，作者對莊之蝶等人的日常生活行狀的描寫，不僅文筆細緻、生動，而且感覺真切、微妙，讀起來真實而有味。作品中的每一個人都堪稱典型，作者對這些男女人物的描寫都準確、深刻、傳神，無可挑剔。作品充滿著濃郁的文化意蘊，無論是文人的交往、世俗的生活，還是歷史的氛圍、寺廟裡的世界，都有各自深刻的人文內容和豐富的知識內涵。

23、白燁（批評家）：我已讀了三遍《廢都》，其內容異常豐厚，題旨也頗具多義性，不同的讀者完全可能從中讀出不同的意味來。我感到作品實際上是寫莊之蝶在幸運表像中裹隱的人生之大不幸的，而且經由這種不幸，作者嚴屬拷問了包括自身在內的眾多文人的靈魂，也對桎梏莊之蝶們的社會文化氛圍進行了含而不露的鞭笞。莊之蝶們（包括汪希眠、龔靖元、阮知非）從內在心態到生活形態都亂了章法，其原因在於他們賴以存身的環境和氛圍“出了毛病”。這便是與改革潮流所並存的一些地方和階層所流行的附驥攀鴻、幫閒鑽懶的惰散時尚和念古懷舊、坐享其成的“廢都”意識。置身其中的莊之蝶，無法避免被人利用，無法潛心本職創作，無法獲得真正的愛情，在官場、文場、情場接踵失意，由文人變成“名人”，由“名人”變成“閒人”，又由“閒人”變成“廢人”，臨了身心淘虛得連出走都沒有了可能，這樣的悲劇難道不令人觸目驚心嗎？正是在這個意義上，"廢都"是驚人、醒人之作，而決非媚人、惑人之作。

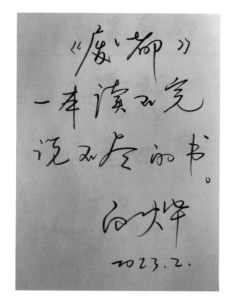

24、曾鎮南（批評家）：《廢都》是真發自作者內心，又直逼讀者心錄、一氣呵成的憂憤之作，是一部內容豐富複雜，藝術上又堪稱文林獨步的大作品，不同的讀者，從中所見不同。以我所見，其卓異奇絕之處有二：一是它對當前都市生活中異常廣泛的社會現象的毫無諱飾的真實描寫，使讀者認識自己所處的社會的真實面貌，打破一切脫離現實的主觀幻想和有意無意的粉飾，這正是現實主義文學應有的嚴肅之意。二是它對一個當代文化人的人生悲劇和精神悲劇的深刻描寫，這從客觀上說，是現實的濁流席捲了他；從主觀上說，是他的種種性格弱點、靈魂垢跡害了他。他的好處，是他對自己的悲劇處境，尚有幾分清醒，故在聲名鼎盛、慕者如雲時，就有"求缺"的念頭，與盲目自大、驕矜自得者不相類。但他的缺失，卻也正在於他知缺求缺而不能補缺。作者毫無諱飾地寫出了一個病態的時代兒的懺悔，借這個特定的典型人物寫出了現實都市生活的一個側面。《廢都》是沉浮於情天孽海中的現代文化人的最為真實無諱的靈與肉的實錄。

25、繆俊傑（批評家）：《廢都》是作家對現實生活中世人人情的高度概括和深刻表現，也就是對生活的深刻洞察和對人生體驗的高度概括，這是新時期中具有相當深度的、難得的世態人性小說。故這是一部很有價值的書。在表現手法上，《廢都》吸收了《紅樓夢》《儒林外史》和《金瓶梅》的許多東西，具有濃郁的傳統文化與現代相融合的特色。

26、李炳銀（批評家）：這是一部作者對現實社會人生的深切觀察體驗之後，採用些許怪異手法，然後又在非常生活化的描寫中，實現了形而上的理性思維的小說。它對現實、社會、人生從外到內情緒準確又深入的表現，是此前那些多流於外在瑣碎的直觀性作品遠不能比擬的。賈平凹對於我們民族現實生活及人物心靈的準確把握，使他深切地體悟到了一種可怕的歷史風浪的迴旋，意識到生活在失去公正、規則和人理想幻滅、精神無所依託時的彷徨，因此，他是帶著隱痛、重下針砭，以求這種至今仍帶著血與淚的創傷，能儘快得到醫治，使人走出這近似夢魘般的生活環境，步入明淨溫熙的天地。賈平凹把大量鮮活的生活人物及其心靈行為描繪得如此自如，把他們的性格和形象表現得準確而又分明，又使這些看似繁瑣，其實是很好的表現生活原生狀態和這些矛盾糾葛中蘊藏著的時代情緒得以整體體現，這確實表現了作者的高超才能（當然也有些許閒筆或失控描寫）。《廢都》有一種文化上的凝重積澱，又是一部表現歷史和現實的哲學與藝術的重要著作。

27、**王德成（教授）**：20世紀的中國"正在崛起"，形勢一片大好，盛世儼然來臨。在新中國成立60年的喧囂與聲色中重讀《廢都》，不能不讓我們警覺早在17年以前，賈平凹就已經做出了發人深省的觀察。他不愧是西京的子民，理解盛世的繁華——包括最世故的頹廢——轉眼就可能成空。天命消長，世道滄桑，他筆下的西京就在這樣"囫圇圇"的狀態下體現它的現代經驗。從西京看中國的過去與未來，又是如之何？賈平凹是頹廢的，也是警醒的。在這個意義下，《廢都》是後社會主義中國具有預言與寓言意義的第一本書。

28、**韓魯華（教授）**：賈平凹的長篇小說《廢都》，可以說是他這十多年來藝術追求的一個總結。因此，我認為，《廢都》的認識價值和審美價值，集中表現在對具有現代人類意識世紀末情結的深刻揭示，和在傳達這種世紀末情結中所體現出來的東方藝術精神。用傳統的審美方式，來表現現代人的生活情致、思想感情和現實心態等，為中國文學走向世界，提供了一條可資很好玩味的途徑。

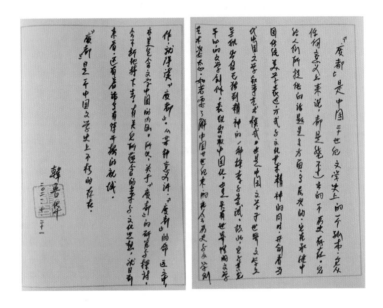

《廢都》不僅對中國歷史從哪裡來發出了尋覓的探問，還對中國走向哪裡去進行了質詢。人類社會發展到20世紀末，歷史在這裡形成了一個紐結，生命在這裡淤積為一種情緒，體現在當代人的現實心態中。因此，社會現實生活的芸芸眾生圖及其心態剖視，就是《廢都》所構築意象世界的第一種境界。

29、**謝有順（批評家）**：《廢都》一是有一個非常好看、精彩的故事。二是創造了一種有文化的中國化的小說語言。這種語言有民族味又有表現力，又應和了廢都的精神特徵。三是那種精神頹敗的價值理念準確地表達了當時知識份子的某種隱秘心態。廢都出版時，剛好是中國的經濟開始轉型、開始升溫的時候，一方面是過去的文化理想的破滅，另一方面是經濟的吸引力開始加強，知識份子的精神也面臨轉型，這時就特別容易陷入一種迷惘，彷徨，虛無的情境裡去。廢都把這種情緒極端化，真正寫出了中國文人的那種頹敗、虛無和絕望感，這是廢都深刻的地方。也是廢都第一次對現場生活的親密接觸，引起知識界和文化界的共鳴是必然的。

賈平凹是被人公認的當代最具有傳統文人意識的作家之一，可他作品內部的精神指向卻不但不傳統，而且還深具現代意識；他的作品都有很寫實的面貌，都有很豐富的事實、經驗和細節，但同時，他又沒有停留在事實和經驗的層面上，而是由此構築起了一個廣闊的意蘊空間，來伸張自己的寫作理想。

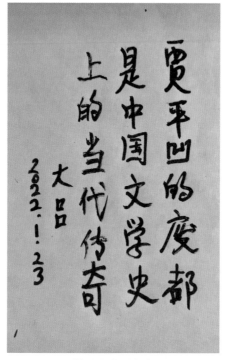

藝術家呂偉濤說《廢都》

30、劉再復（批評家）：《廢都》在大陸的發行量已有一千萬冊了，但是很多都是地攤上的。《廢都》恢復了我們中國小說的閒書傳統，我們的小說本來是閒書，是茶餘飯後講一講事，梁啟超以後把小說的地位抬得非常高，說沒有新小說，就沒有新社會，就沒有新國家，整個小說變成了歷史發展的槓桿。後來小說的命運很不好，完全成為政治的工具，文學變成了一種政治意識形態的形象轉達，意識形態成為創作的出發點和故事框架。賈平凹的《廢都》在使小說恢復了閒書的功能，把小說中的意識形態剔除乾淨了，沒有任何意識形態的陰影。《廢都》中寫"性"寫得很有特點。在西方，勞倫斯寫"性"很難有人能夠超過，但是賈平凹寫的"性"是具有中國特色的"性"。他寫出了一個沒有私人生活空間的性生活，兩個人要做愛沒有地方。你看主角莊之蝶好幾次要和女友約會，他們兩個人就像打游擊一樣。這種頹廢感，有土氣，沒有貴族氣。更重要的是他寫出了一個人物，我說是本世紀中國知識分子最後一個形象，就是莊之蝶這個形象。我們的知識分子有各種各樣的形象，不用說像許雲峰，江姐這樣的，也不用說林道靜這種改造自己追隨時代潮流的形象，包括在八十年代寫知識份子受迫害的形象等，都還是有知識份子的精神，知識份子的苦悶。到了莊之蝶就不一樣了，莊之蝶是只有欲望沒有精神目標、完全是頹廢的知識分子的形象。能夠寫出這樣的人物，也是一個貢獻。莊之蝶這種頹廢，是整個心靈感到非常疲倦，雖然有那麼多女人愛他，他仍然只是疲倦，一種無奈感、絕望感。賈平凹曾說，地球是宇宙的廢都，中國是地球的廢都，西安是中國的廢都，廢都其中有四大閒人，其中一個最閒的就是這個莊之蝶，我就講這個閒人的故事。所以我說他恢復了小說閒書的傳統，表現閒人的頹廢感。

31、周政保（批評家）：《廢都》是一部嚴肅的小說，我們應該藉良知去閱讀，應該以人的理性去感應，應該憑心靈的覺悟去體驗。雖說這部小說的調子低了一點兒，但"寫憂而造藝"的規律又使它擁有自己的魅力——這實實在在是賈平凹的一部感覺到了生活陣痛的小說，一部憂民憂心的憂思之作！——《廢都》裡描寫的雖是廢都，但其中對生存景況的展現，恰恰可能成為一種特定的人世人心人情狀態的警告或提醒。《廢都》之所以 "廢" ，乃是因為 "人廢" 的緣故；而在 "人廢" 的個體傳達中，莊之蝶於性關係方面的紊亂、放縱、氾濫，便是一部分相當重要的內容了。莊之蝶的性道德或性規範的不可約束或失控，標誌了一種精神秩序的瓦解，一種傳統品德的不問青紅皂白的破壞。尤其是，這一發生在所謂的 "文化名流" 的生活中，其意義便顯得更為突兀了。《廢都》中的性描寫絕不是那種游離小說情節發展之外的點綴或 "調料" ，而是與整體構造及人物關係的變化保持著相應的牽連。小說中的性關係於莊之蝶的性格描寫（作為情節發展史）起到了相當重要的作用。或者說，這種描寫對於小說構造的最後形成絕不是隨便可以刪除的（該刪的已刪）。如果小說描寫僅僅以 "含蓄" 的方式 "點到為止" ，那莊之蝶的精神衰落與道德頹唐，乃至靈魂的最後沉淪（即他的 "廢" ），便難以展示到現在這般令人沉思的地步，而 "廢都" 的 "廢" 也不可能實現淋漓盡致的傳達。

32、邵子華（批評家）：整個《廢都》清晰地展示了一個知識份子一個作家的莊之蝶，從內心的苦悶到尋求解脫，到最終毀滅的全過程。在這個過程中，作者向我們描繪了一幅社會劇變時期的 "清明上河圖" ，完成了一卷社會的風俗史和心態史。同時也實現了作者對世俗文化的批判和人類文明的哲學思考。一部《廢都》警示給人們的，是在 "廢都" 之上的重建。

33、李銳（作家）：莊之蝶不是現實文化規範的效忠者，而是一個背叛者。他沒有尋覓到富有時代意義的生存價值觀念和審美理想，而是形單影隻地守望古代那原始的生存價值觀念和審美理想。用古樸的理想來超越現實的文化規範，就如同用兒童的思想來處理現實的複雜問題一樣，本身就是一種天方夜譚，註定了以悲劇而告終。

34、王一燕（雪梨大學教授）：《廢都》不僅不是對文化尋根的反叛，恰恰是賈平凹以陝西構建文化中國的繼續。廢卻的首都隱藏著中國文化歷史的集體記憶，又為中國文化史提供了空前 "真實" 的場景。

35、張新穎（批評家）：在吵吵嚷嚷的 "事件" 中，這麼多的人讀《廢都》，都讀到了什麼？恐怕不容易讀出一個中年人無法訴說的精神上的寂寞、茫然和頹敗吧？一旦成為 "事件" 和 "現象" ，創作中個人性的東西似乎就沒有了位置，取而代之是社會的焦點和大眾的興趣。可是，如果沒有這種個人性的精神上的東西，就不會有這樣的創作，不會有這部書。

35、王富仁（批評家）：他生於廢都，長於廢都；他曾依靠對廢都的想像而在精神上超越了廢都……

36、鐘本康 （教授）：環視當今全球性的 "焦慮不安" ，《廢都》正反映了世紀末的重要情結。因而它的意義不僅是古都的，中國的，也是世界的。

37、何西來（批評家）：《廢都》的象徵是總體性的，在具象的當代西京都會生活圖景的後面，由於主題的不確定和主題的多義而包容了足以引發讀者寬泛聯想的意蘊。

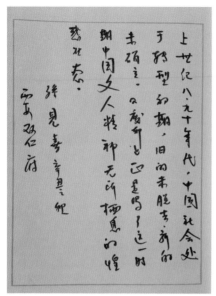

38、孫見喜（作家）：要讀懂《廢都》必須知道人性是什麼？要知道人性是什麼，必須瞭解中國當代文學史，這樣才可以知道《廢都》在當代文學中的位置，這是第一；第二，要進一步解讀《廢都》還必須瞭解中國現代文學史以至瞭解中國全部的小說史，你須知道中國本來的小說是什麼樣子，或者說中國小說的美學傳統是什麼？要從外國小說與中國古典小說進行比較，從中找到差異；第三，要瞭解當代工業文明及其文化形態，瞭解中國目前社會轉型期人們的心態和行為模式，從而定準莊之蝶與四大文化名人及幾位女士所背負的符號學意義，並由此切割中國社會隱秘的一角作標本，以存照後人，體證"史"的真正聲音。

39、徐兆淮（批評家）：剖析莊之蝶的藝術形象，我們庶幾可以說，《廢都》是一部奇書，一本憤世之作……或許作者的全部情感和全部思想都濃縮、凝聚在"鬼魅猙獰，上帝無言"八個字之中。

40、可訓（批評家）：是在薄暮時分、在落霞的西照中躑躅在世紀末的古老文化廢墟上的一個飽含人生哀歡的悲劇的幽靈，是一個古老的文化落日的斑斕的背景上的一輪被大地和群山切割的殘破的日輪。

41、丁帆（教授）：《廢都》作為當今文化人的心靈悲劇，它是通過人物行為和心靈的變形和誇張來加以實證的……《廢都》是動盪年代裡知識份子的文化休克。

42、吉田富夫（日本漢學家）：《廢都》是中國文學自"五四"以來第一部關於人本身的小說。

43、丁淑英（教授）：用象徵和誇張的手法創造"魔幻"的藝術氛圍，在這種氛圍中，渲洩"孤獨"感和"失落"感，是《百年孤獨》和《廢都》所共有的藝術特徵。

44、平正（批評家）：執著於我們活著的境遇和解救的途徑，這正是賈平凹一貫品格之所在，善良之所在，文化性格之所在，即溫情而悲憫的東方古典人道主義。

45、黃毓璜（批評家） 吳九成（批評家）：《廢都》的出現……是作者對"群眾歌聲"的諦聽，是當前社會生活投射作者心靈之後反射出來的一束強光，一曲切近而悠遠、激昂而滄茫的樂章。

46、肖夏林（批評家）：《廢都》是什麼？《廢都》就是當代社會從集體到個體的本真肖像，是我們生存的家園，是我們存在的意義。

47、周濤（作家）：《廢都》的構架和語言，承繼了民族文學傳統之血脈，吸收當代生活之情味。凡開卷者，莫不受其牽引，甩不開，放不下。

48、鐘良明（翻譯家、批評家）：《廢都》的主要情節，就是以莊之蝶為線索的現代中國人出於"壞的信仰"和自我欺騙不斷作出錯誤的選擇，然後在它們造成的惡劣環境中承受煎熬。⋯⋯作品中表現出來的他們的痛苦、思索和懺悔，是作品道德力量的源泉⋯⋯將《廢都》放入二十世紀國際文學的大體系，我們發覺它超越了狹隘的民族文學的概念⋯⋯。

49、吳明東（批評家）：《廢都》受《紅樓夢》影響的一個重要方面就是全書的隱語符碼，它構成了全書的另一衷意系統。《廢都》在這方面同樣做了多方面嘗試，構成了全書一道完整的藝術風景線。

50、寒軒（詩人）：這是一個作家執著而嚴肅的思索與追問。《廢都》，"莊之蝶"走進的是自己的內心，是自己對自己的人性的審視，我們可以把他看作一把帶著血熱的匕首⋯⋯。

51、許鵬（批評家）：《廢都》更注重從人性角度去剖析情欲、性欲，是將性愛、性行為等生理機能昇華為現代人在文明異化中得以掙脫厄運的拯救方式。他的情欲描寫是要突破浪漫主義或自然主義的格局，並坦誠出情靈虛實相克相生的複雜狀態，進行道德與欲望的結合，並更深層次地去反思現代人的精神困境。

52、吳秀明（批評家）：《廢都》是一代知識精英絕望和幻滅的輓歌，是人文知識份子世紀末頹廢情緒的大曝光。當然，《廢都》在書寫精神之"廢"的同時，也包含了知識份子社會批判、自我批判和文化批判的嚴肅內容，並給出某種精神性的價值允諾。

53、張恒學（批評家）：《廢都》是在批判都市之"廢"中吟歎的一曲深沉、悠遠的鄉村文化的輓歌。小說的這一文化內涵主要是通過四種方式展現的：哲理化批判方式、民俗文化批判方式，神秘文化批判方式、藝術形象化批判方式。⋯⋯賈平凹說："莊之蝶是廢都裡一奮鬥者、追求者、覺悟者、犧牲者。他活得最自在，恰恰又最累，又最尷尬，他一直想有作為，但最後卻無作為，他一直想適應，卻無法適應。"其實，時代的洗禮、都市文化的塑造只是增加了他庸俗、醜陋的一面，使之成為西門慶與賈寶玉的混合體，卻未注入執著、剛毅、正直、進取這些現代文人的傑出品格。他的心態、性格、生命軌跡及相伴隨的種種人生矛盾衝突，與其說是古老的鄉村文化退化的結果，不如說是現代都市文明衝擊封建保守農業文化的的悲劇性回音。莊之蝶的厭倦、苦悶、困惑、尷尬乃至墮落，折射的不是社會轉型期文人精神的必然歸宿，恰恰是它的消極和反動。所以，莊之蝶與其說是具有"廢都"心態的當代中國人典型，不如說是世紀末時代大潮中"多餘人"的典型。這種"多餘"正是文化淘汰的結果。《廢都》正是通過這一典型寫出了一部鄉村文化的輓歌。

54、何丹萌（作家）

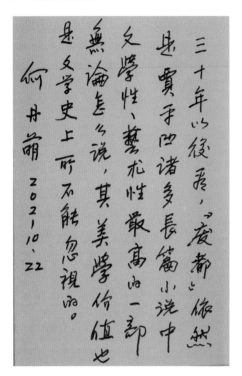

三十年以後看，《廢都》依然
是賈平凹諸多長篇小說中
文學性、藝術性最高的一部
無論怎么說，其美學價值也
是文學史上所不能忽視的。

何丹萌 2021.10.22

55、李國平（主編）： 賈平凹有對時代的敏感和對文學如何回應時代課題的思考。《廢都》獲得法國女評委文學獎的時候，中國文學界並沒有引起太多的驚訝，這是一個成熟的反應。從《廢都》到《秦腔》到《古爐》等，賈平凹的文學表達和文學認知相互對應並相互支持。他以藝術認知為內容，表達以感性為主，實際上非知識譜系，文學譜系所能完全內括，呈現出開放的精神譜系特徵。他的作品事實上不僅涉及中西，也涉及古今。

56、邵甯甯（批評家）：儘管《廢都》在文化趣味和藝術性上都存在著某種與現代生活不和諧因素，但作為一種精神現象文本，它仍然為解讀八、九十年代之交的中國社會轉型提供了豐富內容。

57、王高峰（詩人）：金縷曲 讀《廢都》——淨眼觀紅袖。掩奇書、之蝶試問，尚風流否？年俏新嬌推柳月，唐宛凝脂似藕。厭倦了、初婚時婦。瀟灑木蘭尋夢去，輾芬芳、滿地春華秀。且看那，雨摧柳。

文人廢了長安瘦。靜虛村、雲空霧杳，鬼才刀手。滿紙都含調侃意，寫盡文壇事醜。羞殺那、金瓶梅久。紙貴洛陽人競買，教神州、風雨長天走。非與是，亂紛口。

58、達理克·法拉馬（埃及學者）：《廢都》通過對莊之蝶等幾位西京文化名人精神困境的描寫，反映了文人複雜的生活形態和心態。其中對民謠的引用，表現了作家的民間立場，而通過小說中 4 位女性的思想觀念和人生觀，則可以看出，進入 90 年代的中國現代社會在轉型過程中，文學對女性思想觀念的重塑有著十分鮮明的傳統與現代思想文化衝突的特徵。

59、齊宏偉（文學院教師）：《廢都》並沒有以統一的視角反映矛盾和割裂，卻以矛盾和割裂的視角顯示了統一的缺場……《廢都》自掘知識份子墳墓，自暴知識份子家醜，自撕知識份子臉面，使人們心目中的猶如"上帝"的知識份子一下子變成了猙獰的"鬼魅"，這不啻給道貌岸然的士林文化帶來一場小地震。拒不承認原罪和人性幽暗的國人在裸露的原欲和人性陰暗面前瞠目結舌。士人們的道統精神已無可挽回地廢棄了，而新的價值體系和神聖信念又沉沒於事實黑夜中。

60、魯風（作家）

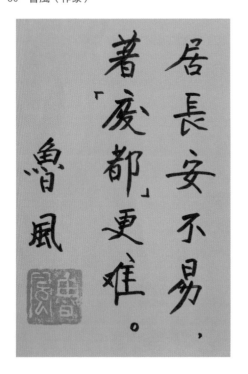

長安不易，著"廢都"更難。
魯風

61、牛玉秋（批評家）：《廢都》實際上就是用放蕩來掩蓋精神痛苦的作品……他以極其現實甚至顯得有些瑣碎的日常生活場景，真實而又深刻地揭示出了極具典型意義的人類精神困境，使得小說在象徵層面上具有了普遍的人文關懷意義。

62、羅崗（批評家）：最近在和學生談的時候，特別講到《廢都》，非常重要的一個作品，你可以感覺得到賈平凹始終在探知這個時代，有一種抗拒，在抗拒著時代中逐漸成為主流的東西。在他在抵抗這個時代時，他不完全具有否定的因素，而要把否定的因素轉化為肯定的因素，就是說，他要營造一個結結實實的生活。目的是什麼呢？他是很史詩的一個。

63、張生（教授）：對《廢都》一直以來就存在一種誤讀。我認為在80、90年代轉型期，文學中能把握時代精神的就是《廢都》，它的結局和《圍城》裡知識份子出走的結局很相似。這就是大時代的情緒被作者抓住了。

64、李生濱（教授）：《廢都》的"廢"字後面隱藏著更深遠的東西。

65、梁永安（批評家）：以後寫文學史的時候，我認為，有兩個作家避不開，一個是王朔，在未來可以看到的他的先兆性；另一個就是賈平凹。在賈平凹的作品中，我認為最重要的還是《廢都》。在文化交錯性上我覺得賈平凹是最具有代表性的，所以在文學尋找上我始終認為他還走在路上，這樣並不是要樹立一個理性化的原則，原則一旦確立，創作也就僵化了，我們要更深化這樣的困境困惑。我感覺賈平凹在這一方面是無可替代的。我們能在《廢都》中感受到這樣的震撼力量。在《廢都》中，我們感受到的是深重的荒涼，是艾略特在《荒原》中體現出來的，在《廢都》中就是一個很完整的寓言了。

66 王新民（作家）

67、蔣泥（批評家）：對照著再讀《廢都》，不論其他如何，假如不計較人物的真與偽，單就語言、景物描寫和作者對女性人物局部的動作、心理上的體察、感覺論，可以直追《紅樓夢》，是典型的明清白話文，爽心悅目。

68、騰格爾（歌手）：賈平凹的書我最先讀到的是《廢都》，喜歡得了不得，包括結尾，整個兒就像是在做夢。

69、黨聖元（評論家）：《廢都》不是塑造楷模，而是豎起一排鏡子，使人自鑒、反省。所以，《廢都》的寫作是一種"有為而作"。

從《廢都》到《白夜》，賈平凹採用的完全是本土化的寫作策略，這兩部小說體現出了與傳統小說的接軌，可視為是小說藝術的一種回歸。如果說《廢都》將可以傳世，那麼除了《廢都》文本的認識價值之外，與這一點也不無關係。這自然亦體現了賈平凹的一種文化價值心態。

70、李銳（作家）：莊之蝶經過艱苦的探求並沒有形成符合當今時代發展的生存價值觀念和審美理想，相反，他使自己退回到原始的古代社會，成為一個古樸審美理想的孤獨守望者。莊之蝶的悲劇也就由此開始。

首先，作為古樸審美理想的孤獨守望者的莊之蝶，是現實文化規範的背叛者。其次，作為古樸審美理想的孤獨守望者，莊之蝶所守望的東西也許對於提高他自己的審美意識還有點啟示作用，但卻絲毫沒有增添他改變現實生存境遇的能力。再次，作為古樸審美理想的孤獨守望者，莊之蝶在與現實文化規範的衝突中，是不會輕易放棄自己追求的。他決心對抗到底。可是，他個人能力畢竟太弱太小，結果患了嚴重的精神分裂症，造成了毀滅自己的悲劇結局。

莊之蝶不是現實文化規範的效忠者，而是一個背叛者。他沒有尋覓到富有時代意義的生存價值觀念和審美理想，而是形單影隻地守望古代那原始的生存價值觀念和審美理想。用古樸的理想來超越現實的文化規範，就如同用兒童的思想來處理現實的複雜問題一樣，本身就是一種天方夜譚，註定了以悲劇而告終。

71、儲兆文（教授）：《廢都》除了總體的城市意象和主要人物住所的建築意象具有明顯的隱喻性之外，散落於作品中的眾多細節中的建築意象同樣具有或明或暗地隱喻效果。城市的亂象和功能的異化，使得我們關於建築的夢想——作為身體的庇護和靈魂的棲所——幻滅成滋生肉體和精神雙重疾病的溫床。然而，拂曉始於黃昏，《廢都》發表 16 年後的今天，“城市曾經是疾病的最無助和最淒慘的受害者，但是它們後來成了疾病的最大戰勝者”。雖然城市的現代病有望康復，但這絲毫不影響《廢都》作為病情診斷和病歷記錄的存在價值。

72、楊景生（評論家）：《廢都》的研究雖沉寂了一段時間，但仍有一些評論者不時地提出自己的看法：對《廢都》的理解逐漸由“形而下”上升到“形而上”的角度，看到了潛涵在“形而下”背後“形而上”的深刻內蘊，以及作家對社會轉型時期“城市文化”對人文知識份子精神生活衝擊的敏銳感覺。《廢都》可以說是這個時代的棄兒們——文化英雄們自戀與自虐的‘天鵝絕唱’。”《廢都》“非常典型地反映了八十年代以來，特別是九十年代中，市場經濟大潮到來以後的知識份子心靈的分化狀態”。“是反映八十至九十年代知識階層人格危機的一個範本。”

73、木南（館長）

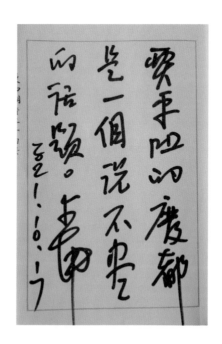

74、許明（評論家）：“《廢都》的靈魂在於它深刻地白描了這樣一個重大的社會現象：當前社會變動期間一部分知識份子的精神生活的歷程……‘春江水暖鴨先知’，賈平凹憑著作家的敏銳，深刻地感覺到了我們這個變革的時代一部分知識份子的人格危機和價值失落。”

75、王愚（評論家）：《廢都》的禁止與解禁，應該取得的另一點啟示。尤其，《廢都》的被禁與解禁，還涉及到改革開放後不斷改善法治的問題。對一本作品和文章的禁止發行，到底是個別領導的權力所為，還是依法治國辦理，看來在文藝界的立法現在還是一件大事；《廢都》的解禁，足見法律的進步，時代的發展，但痛定思痛，不能不看到以法治國確有加強的必要。

76、王亞麗（評論家）：《廢都》、《白夜》表現的是現代城市生活中傳統文人的生活，但作家卻處處用伏筆，將你彈射到古典的情境中去。在這個似是而非的情況下，任何身歷其境的參與者，都會隱隱覺得一切是很像，但是又不太像，——有一種幽幽的鬼魅的感覺浮升了。在當代作家的寫作嘗試裡，"招魂"是一個非常重要的母題。賈平凹在小說中所招的魂是"古典"傳統的魂靈。

77、王貴強（收藏家）

埙声飘渺，吆喝伴随，老牛咀嚼看人间，作家伏案写烟火。有人看性，有人看世情；有人看故事，有人看时势。睡在哪里都是睡在夜里，三十年往矣，书还是那本书，人还是那个人，时空已不是那个时空。呀，可真是迷茫的生活本相，晃眼的世情小说—一本值得收藏的书—《废都》

王贵强

2021年10月28日

78、全炯俊（韓國學者）：重讀《廢都》就很有必要。這種重讀將考察《廢都》作品整體，並將對部分的探討與這種考察相聯繫，在部分與整體的關聯中對作品進行分析、闡釋。對既往討論中成為問題的諸論點進行再探討，進而闡明《廢都》的文學、文化意義，為對其文學和文化價值進行再評價助一臂之力。

可以說，《廢都》的敘事節奏就是自我意識的節奏。在履踐墮落與幻滅之路的整體潮流中，對其步伐的自我意識以及由此而來的痛苦四處出沒，而對自我意識之痛苦的克服，更進一步，為回歸本來之自我而做的搖擺掙扎就在其間展開。這種節奏最初徐徐展開，繼而逐漸加快，在鴿子事件中達到一次頂峰，在與唐宛兒的最後一次情事中又再次達到頂峰，此後便急轉直下，抵達崩潰。這種節奏，正是這部小說的本體。

79、張喜田（評論家）：《廢都》不僅表現了文化之"廢"，而且也表現了人之"廢"。孟雲房所提出的四大名人（也即四大文化閒人：畫家汪希眠、書法家龔靖元、藝術家阮知非、作家莊之蝶）典型地揭示了在市場經濟下人文學者的無奈與墮落。廢都之"廢"乃揭示了中華文明之"廢"，顯示了人文精神在市場經濟中的喪失。

80、張志忠（教授）：讀《廢都》其文，想平凹其人，此含血帶淚文字，若非親歷，何以寫成？在滿紙的荒唐言中，灑一掬辛酸淚，寄寓了作家的無盡哀思。

81、賴大仁（教授）：《廢都》文本的主體，是寫莊之蝶以名混世的行狀，特別是與幾個女人的性糾葛或性遊戲。但這似乎並非作家的本意所在。作家明白地說："《廢都》通過了性，講的是一個與性毫不相干的故事。"這裡所謂"毫不相干"的故事，大概就是他的"形而上"寄寓之所在，從小說來讀解，似乎包含兩個方面：一是通過展示莊之蝶們的欲海沉淪和靈魂掙扎，以反思探尋當今文化人的自我救贖之路；二是對現代城市文明即"廢都"的反思批判，以警誡世人對城市生活方式的盲目崇拜和迷戀，防止人的本真生存價值的喪失。這兩個方面，後者是前者的背景和依託，前者則是後者的基點和注解，由此構成小說雙重主題變奏式的融合。而其中，後者又是更為"形而上"的，前者是更偏於"形而下"的。

《廢都》雖然運用了某些超現實的、魔幻的寫作手法，也不乏某些象徵隱喻意味，但從整體上來看，它還是屬於寫實性的作品，也有評論稱其為"嚴肅的現實主義"。

82、穆濤（作家）：《廢都》是一部小說，小說就是小說，《廢都》就是《廢都》。讀《廢都》裡發現了一種新變化，這種變化是觀念上的，比如對"作家形象"這一問題的認識上，賈平凹是從"背面"去寫"作家"這一形象的，沒有著眼於名作家的名面之舉，而是繞到背後寫一類作家的骯髒與苦痛。

寫《廢都》，原因是很多的，但其中有一點，要使他的作品讓更多的人都能看懂，不至於有因太偏僻的描寫而受阻礙，寫關於人本身的事，寫當代中國人的一種精神狀態，力求傳達本民族以及東方的味道。作家心胸闊大，注重的是一個民族、一個社會的生存狀態和精神狀態，是針對人的，就會俯視一切現象，也不存在什麼高貴與低賤，偉大與渺小，惡與善等等一些人為規範的。

83、楊輝（教授）：《廢都》為賈平凹風格轉折之標誌，文章"作法"之革新，屬重要原因之一。

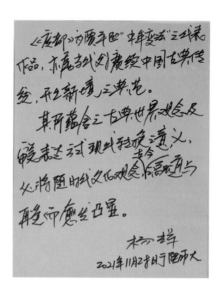

84、黃世權（評論家）："廢都"是小說《廢都》中的一個整體意象，賈平凹建構這樣一個意象，對小說描寫的現代城市的日常生活明顯起了一個統攝的作用。小說一開始就試圖將"廢都"

的意象性質揭示出來，它從西京城的怪異現象寫起，其中最為驚人的是天上出現四個太陽天象奇觀。與《廢都》相似，《白夜》也是採用了這種整體意象的安排。如果說"廢都"這個意象還是比較具體的一種空間意象，那麼"白夜"則是一個更奇特的時間意象。實際上，"白夜"與"廢都"這兩個意象是精神相通的。如果說"廢都"給人一種荒涼頹廢的空間感覺，那麼"白夜"則給人一種神秘眩惑的時間感覺。一個空間，一個時間，兩個意象形成和諧的對比，而它們散發的意味則是非常接近的。從意象的建構來說，這兩個意象不僅具有強烈的形象效果，而且還有令人一望而知的隱喻的含義。

85、程華（教授）：在《廢都》的閱讀體驗中，一方面是具有濃郁鬼神文化特色的文化場域的營造，一方面是莊之蝶的性情演繹，文化與人性在這裡達到了水乳交融，兩者缺一不可，莊之蝶的性情只有在這樣的文化場域中才能有極度地發揮，失去了這樣的文化背景，莊之蝶則真正淪為了"人間禽獸"。

賈氏《廢都》中充滿魔幻的文化場域，其作品中人鬼神一體的存在是《太白山記》以來的文學遺風，是作者自覺追求的一種文學形態。

《廢都》之後的作品，其小說結構總是呈現多重向度，有故事、現實生活層面，這是"象"的層面，有對現實和故事的統攝層面，表達作者的思維和精神，這是"意"的層面，"象"的層面和"意"的層面類似形而上與形而下的"意"與"象""虛"與"實"的結合。以《廢都》為例，"廢都"意象從兩個層面展開敘述，一是廢都城裡的文人生活，可用"百鬼猙獰"來概括；一是塤和牛在廢都城裡的超越性存在，可用"上帝無言"來隱喻，"借象"即象的層面以呈現芸芸眾生的生活，"立意"即意的層面傳達作者對著芸芸眾生尤其對莊之蝶生活的思考，象與意、形而上與形而下的契合表達多元而深層的主題和意蘊。

86、陳傳才（批評家）：《廢都》所著力表現的是在被銅臭氣和權力風毒化了的社會環境中，當代文化人的衰敗心態。

第一，理想的泯滅。在小說中，一向被嚴肅對待的社會政治，在那個說謊老頭的嘴裡成了調侃和譏諷的物件；莊嚴的人代會期間，莊之蝶卻與唐宛兒頻頻幽會；法庭之外的幕後交易，以及莊之蝶無意間捲入的政壇糾紛，這些使政治在讀者心中徹底失去了理想的光環。不僅是政治，宗教這原本是無情世界中的情感，原本是苦難者擺脫現實的避風港灣，是絕望人生的最後希望，也被作者用筆剝去了神聖的外衣。

第二，道德的淪喪。《廢都》中大量地展示了現實生活中的醜惡，把近年社會上沉渣泛起，一部分人道德淪喪的陰暗面做了充分暴露。上自至官場的腐敗，下至黑社會的猖獗，吸毒、賣淫、嫖娼、欺詐、賣友、落井下石、封建迷信、殘害婦女、假冒偽劣……無所不在其中。甚至有人說，《廢都》中描寫的一切都是假的，只有鐘唯賢（《西京雜誌》的主編）的愛情是真的，但他愛的人卻早已死了，他收到的情書全是莊之蝶冒名代寫的——還是假的。這種說法或許有些過分，但《廢都》中的四大名人以及他們置身於其中的文化界的確給人們留下了無德無行的深刻印象。

第三，美德的貶值。愛情是人世間最美好的感情之一，但在《廢都》的男男女女的交往中，我們沒有看到任何正常的、健康的愛情。四大名人的婚姻與家庭都是失敗的，夫婦之間同床異夢；而與莊之蝶有過性關係的幾位女性無一不是崇拜他"作家"、"名人"的虛名的，無一不是以"有你這樣的名人喜歡我"（阿燦語）而自娛自慰的。

第四，理性的衰微。《廢都》主要描寫文化界、知識界，這是一個被人們稱為民族的良心，國家的靈魂的階層，它應是最充滿理性的智慧精神的。但《廢都》中卻充滿了神秘主義的霧蟑：

那個來去無蹤跡的說謊老頭兒，那頭有著人的思維的奶牛，那位能通達陰陽兩界的牛老大太（莊之蝶的岳母），那每每由周敏在城頭吹出的如鬼哭狼嚎一般的塤聲，以及那無端而來又無端而去的四枝奇花、天空中的四個太陽、滿城亂飛的臭蟲……。這些看似荒誕不經的描寫，其實正是作者對現實生活的主觀體驗與藝術折射。《廢都》表現了當代文化人的衰敗心態。

87、王蓬（作家）：賈平凹創作《廢都》有三個背景值得注意：第一，賈平凹在心理上、精神上面對的難題太多，只有尋找明清的那種很成熟的文化資源，求得一種解脫。第二，是他所在的西安這個城市確實具有的極為巨大的名人效應。第三，小說所寫的那些什麼市長兒子、那些女人見到文化名人非常崇拜，這種情況在北京不可能出現，也很難想像，但在西安卻是真實的。於是，這就造成了他那種特有的傲岸和痛苦。而這種傲岸和痛苦，也只有在那個氛圍中才有施展的可能。劉心武的分析頗有道理，它為我們如何正確讀解《廢都》提供了某些啟示。《廢都》這部書，從總的來看，就是寫出了文人在這種背景下的自我迷失和 "廢" 的尷尬處境。

88、范超（作家）

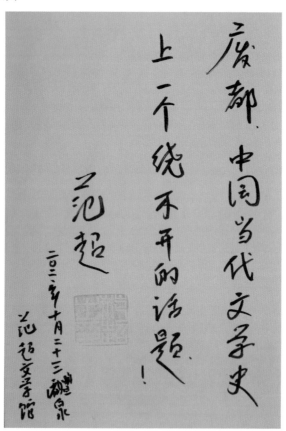

89、石傑（評論家）：《廢都》除了人生是苦，欲為苦源之外，《廢都》還表現出濃厚的色空思想。《廢都》的 "空" 是由 "色" 切入的，偌大一個西京，可謂是一個 "色" 的世界。

《廢都》展示的痛苦中的人生觀照！文學史尋找，宗教是尋找的結果。賈平凹創作中的佛教意識，並非自《廢都》始。《廢都》以前的《太白》集和《煙》，都有濃厚的佛教思想。只是《太白》和《煙》多從 "業報輪迴" "靈魂不滅"、"諸緣無常" 等佛理禪機切入，情節撲朔迷離，作品籠罩在一片神秘主義氛圍中；而《廢都》則是由現實生活切入。從對現實人生的觀照中表現出濃厚的佛教意識，具有更為強烈的現實色彩。

90、劉甯（研究員）：在賈平凹的創作中，《廢都》是一部具有分水嶺性質的文本，自這部作品始，賈氏文本充溢著黍離麥秀之悲。賈氏的黍離麥秀之悲首先源於心中強烈的歷史意識。在以現代眼光審視秦地的歷史文化時，他心中有難以揮去的歷史頹毀感。這種頹毀首先是一種輓歌心境的體現。

賈平凹的黍離之悲源於深沉的歷史感，但同時又相容了現代主義意識。試想一個居住在中國最古老城市的作家，在現代化的推進中，感受到了這座城市的落伍與頹敗，也感受到了現代文明帶來的種種污穢，他的筆怎能不深入到那物欲橫流的社會中去，這或許就是一貫被人所詬病的頹廢書寫吧。《廢都》與《秦腔》是可以互讀的，其中蘊含著更為深刻的一種黍離之悲，而使用的手法是頹廢的，即我們所稱的頹廢書寫賈平凹有頹廢之筆，但是並非有頹廢之精神，頹廢書寫並不是頹廢精神，他的頹廢是一種審美。

91、樊娟（教授）：《廢都》不僅汲取譯入語等外來資源，也承繼了文人白話等傳統資源。成語還原的承傳、諺語、歇後語、比喻的承傳、以及對聯、卦辭、碑文、典籍、詩贊等用白話轉譯，還對土語的直移，諺語、民歌、民謠、民間段子移用、民間對聯的移創，尤其是說話體的運用，從《廢都》開始，才真正找到了屬於自己的語言感覺。小說是什麼？賈平凹在《白夜》後記中說，小說就是一種說話，說一段故事。以日常的白話說日常的生活，這正是他關於小說的說法，自《廢都》《高老莊》《秦腔》《古爐》等長篇小說的寫作也標著著他說話體的形成。

92、宋潔（教授）："賈平凹在《廢都》中運用了異象徵兆這一民間原型"，比如，《廢都》一開篇的異花的出現，天上出現四個太陽，都是預示四大文化閒人、四個女子的結局命運。同時，賈平凹在《廢都》中還運用了夢境徵兆說，莊之蝶岳母的"人話鬼語和怪異行為"等，以夢來暗示現實的一種徵兆對未來的預示。《廢都》中異象徵兆和夢境徵兆的成功運用，無疑使文本獲得了一種升騰力，一種靈異之氣，從而豐富了作品的文學意蘊。同時，賈平凹在文學作品中對民間徵兆原型的大量穿插和使用，也折射出作家自己的民間審美情趣。

93、梁穎（教授）：《廢都》的關注焦點並不止於性，《廢都》具有深刻的隱喻性、象徵性，它預見了一個時代的終結和另一個時代的開啟，還有隨之而來的在兩個時代的過渡時期理想的崩塌、道德的失範。小說中的莊之蝶，作為人文知識份子，面對傳統文化精神在現代社會的急遽沒落，沒有充分的心理準備，既不甘放棄又抗爭無門，承受著時代進步要人們付出的巨大精神代價。莊之蝶選擇了自暴自棄的、頹廢的、性放縱的方式，企圖以此進行自我救贖。

94、姚維榮（批評家）：小說描寫了一幅世紀末的都市風情畫。對於現實社會"真實"客觀的刻寫和再現無疑是現實生活的小說版。官場許多"潛規則"的浮現，文化界文人的創作聚會，小市民生活的庸俗和繁瑣，人情世故的你來我往，作為暴發戶的農民企業家，熱衷交際的佛界女尼等等，讓讀者非常全面地瞭解到了廢都中豐富而真實的生活形態。

諷刺手法的大量運用增強了作品強烈的社會批判意識、悲劇意味。阮知非的"狗眼"，孟雲房的"一目了然"，撿破爛老頭的歌謠對於世情的揭露，古都文化節的節徽大熊貓，鐘唯賢火化時的排隊，尼姑抹生髮水以及墮胎，漂亮的阿蘭精心設計廁所，黃鴻寶老婆喝農藥等等細節描寫，給人留下意味深長的感歎和憂思。

95、魏華瑩（批評家）：

一、《廢都》是賈平凹第一部關於城市的長篇小說，他定是做了許多考證，才寫出如是繁多而真實的地名、遺跡、古玩、風物、吃食、人物、典故及其它。在一定程度上，這本書應是 20 世紀 90 年代西安歷史地理、城市生活的忠實記錄，是一本很好的西安「地方誌」小說。然而，在 90 年代，伴隨著城市改造和全球化的衝擊，古都的歷史遺跡一再被損毀。在這一過程中，《廢都》通過莊之蝶對城市記憶的遊走和記錄，他的發現和思考，覺醒和抗拒，忠實再現了古都西安在城市化進程中的淪落和守望者的孤寂。

二、《廢都》，又是賈平凹重構西安的一部懷戀古都式的寓言小說。當更多地人批判莊之蝶的頹廢墮落、放浪形骸，卻忽略了作品背後隱伏的哀痛和對生命本真的意義的尋找。「當世界上的新型城市愈來愈變成了一堆水泥，我該怎樣來敘說西安這座城呢？」」當《廢都》中的莊之蝶將漢磚、唐俑揀回家，去推土機旁留戀舊建築時，他已經意識到這些城市記憶將永久失去，他註定是一個孤獨的守望者。在這個意義上，《廢都》更像是一個歷史寓言，從地理意義上來說，西部的落後、發展緩慢，西安作為歷史古都的輝煌不再，伴隨著城市化進程帶來的舊城改造，廢都中的人們在現代思維下也和傳統逐漸決裂，它所彌漫的塤聲，是一曲古老建築和歷史文化共同失守的輓歌。

三、作品刻意收集的西安城市地理、古今人物，細緻描摹的日常生活、行為方式背後，更是有著形而上的思考與追問，有著既傳統又現代的有意建構，而賈平凹作為廢都文化守望者，將這段歷史作了充滿赤子情懷的記述和解讀。

咸阳地外甥家，晚上心勇之来口川工作，正好带了这两瓶酒给你们，晚上就一定说是把酒掏了师母口。你喝不得型酒，可这酒例是能喝的。"牛月清说："刘晓卡，书房里还什忙病，我倒拓不清哪一个——

柳月在一旁听了，只是嘻嘻笑，插 ⋯⋯ 剥肩心，瘦之心那个！"就舒指头盖洗江心脸 ⋯⋯ 月尽胡精说那个腿特别长心子儿。"柳月叫道 ⋯⋯ 说："柳你不知道也就省胡话心，招聘心那 ⋯⋯ 得我也分不开心。情既然这样了，我和你庄 ⋯⋯ 笔起心一篇后两宗大了，你例捞得这么要 ⋯⋯ 江说："要不，红火机心第一个就写给了你们！到 ⋯⋯ 柳月也来来了做个陪娘吧！"柳月撇了嘴 ⋯⋯ 也不害心，我这丑样儿，你成心让我去心丑衬了 ⋯⋯ 就说柳月才了几月，说话越发有水平，等明月出来，怕也会写了书心。三人说了一会，洗江去了，又一再叮咛那日还来，老师师母若不来，宴席就不开，死等了心。

洗江一走，朝清问柳月你老师心哪去了？柳月说孟云诸心喝酒了。朝清收拾了礼品，就独坐了思谋二十八日怎心办心宴席，该准备什心贺礼。下午，庄之蝶喝得昏乱心回来，在厨房里用挺了半天呕吐，吐出许多稀涎，牛月清让他睡了，便程说洗江心了。晚上庄之蝶醒起去书房看书，她进去把门关了，才一一说了洗江钱糖了你，庄之蝶也好不惊讶，说："那个若腿女子，我恐怕也是见过一两次心。当时他说要招聘店员，咱也没在意，谁事起来五对我说他招心比招模特儿还严格，身子多少，体重多少，皮肤怎样，还且符合标准心三围。"朝清说："什心三围？"庄之蝶说："就是胸围、腰围、臀围。

第十二章 藝術說

《廢都》出版後，在一片片評論聲中，許多藝術家，沉下心來，用不同的藝術形式，呈現出一部部藝術作品。

一、一部紀錄片

作為 1993 年"陝軍東征"最重要的作品之一，賈平凹的《廢都》從它問世的那一刻起，就註定是一本奇書。書中超前的思想，對一代知識份子面對轉型時期的沉淪、迷茫心態的描寫，註定這本書命運多舛，由此也給賈平凹帶來了心理、精神的巨大壓力。

20 年後的 2014 年 11 月 28 日，賈平凹文學館將《廢都》這本"奇書"從創作完成到引起巨大反響，以及 17 年後再重見天日的這個漫長過程拍成了紀錄片，在陝西評論家、作家中舉行了小範圍的首映並引起巨大反響。

《廢都》的創作時期，正是賈平凹人生中最低落的一段時期，父親的離世、身體的病變、婚姻的解體讓他內心極度焦灼。而社會轉型期間，人們的集體迷茫更是和作家的心境契合在了一起，於是，被稱為"奇書"的《廢都》問世了。紀錄片從小說《廢都》的問世講起，講述了《廢都》的創作過程，還有問世後產生的巨大影響，回顧了當年此書洛陽紙貴、好評如潮的局面。但很快小說就因思想超前、性描寫直白大膽等問題遭到外界詬病。片中還揭秘了《廢都》被批後，賈平凹"失蹤"那段時間，作家的心路和生活狀態。此外，紀錄片還詳細解讀了《廢都》重新出版的過程，從《廢都》一本書，折射出社會大的文化生態和社會變遷，時代思想的變遷，可以說紀錄片全方位記錄了《廢都》問世 20 年來中國文學乃至中國社會的發展。

整部紀錄片沒有一句解說詞，攝製組採訪了幾十位評論家、作家、詩人、編輯、社會學家等，在中間穿插了著名播音藝術家張家聲朗誦的《廢都》片段。片中不僅有陝西知名作家評論家的評述，編導還採訪了李敬澤、雷達等在京的評論家，還有李承鵬、蔣方舟等對《廢都》記憶猶新的年輕人。對於《廢都》中對知識份子墮落沉淪和性的描寫，紀錄片都通過專家闡述，進行了詳細的解讀和剖析。

《廢都》在中國文壇，是一個獨特的文學個案，它的影響遠遠超過了一個文學現象的範疇，它的沉浮折射了一個時代的變遷。從熱捧到被禁、再到解禁再版，其沉浮曲折以及由此掀起的巨大波瀾，在中國當代文學史上罕有其匹，到今天都不敢說其劫波渡盡。

"太震撼了，我可以公開地表態，《廢都》絕對是中國當代文學的一個高度，它的鏡鑒意義對這個社會太重要了！"在紀錄片《廢都》的審定觀片會上，著名文學評論家、茅盾文學獎評委李星如此表示。

2014 年 11 月 28 日在古都西安舉辦的這場審定觀片會，無疑算是送給整面世 20 周年的《廢都》一份生日禮物。不僅陝西文化界一百餘位知名人士雲集現場，還有紀錄片中包括李敬澤、白燁等 60 多名接受採訪的作家學者，大都給予了相當於"正名"式的評價。

《廢都》紀錄片從策劃、拍攝到成片，歷時三年之久，主創團隊為西安建築科技大學賈平凹文學藝術館。製片人木南自 1995 年開始記錄和收集了賈平凹大量影像資料，本片的導演則是中國紀錄片學術委員會委員葉朗，為讓影片更具表現說服力，製作團隊反覆推敲，數易其稿，有時為了獲取國外《廢都》最真實的現狀，甚至還要遠赴日本等地實地走訪。

《廢都》紀錄片所承載的，不僅僅是對原著及賈平凹本人的回溯性紀錄，它還包含對一個沉淪和掙扎時代的集中反思。在豐富而龐雜的資料穿插和深入縱談背後，一副過往的社會風俗畫卷徐徐展開，一些裹挾冷冽而來的沉重現實跌落出來，而這也讓這部紀錄片有了更多期待和思考空間。因其厚重和審美的兼顧，雖然全片長達一個多小時，但中途幾乎無人離開。而這部紀錄片的網路版本，落戶於騰訊，網友可以通過騰訊文化一睹這本奇書的風采。

　　賈平凹在接受騰訊文化採訪時表示，自從 09 年解禁再版以來，文化輿論圈中對《廢都》的批評和爭議開始回暖，這還是讓他感到高興的，他也非常感謝同行或是評論批評家願意對這本進一步審視，並給出的中肯評價。在回顧自己這部作品，20 多年的起伏命運時，他感覺像在做夢一樣，淡定的語氣中，也不覺流露一絲對悠悠歲月的感慨。

　　曾執導《大寨紀實》《我眼中的毛澤東》等知名紀錄片的青年導演葉朗是紀錄片《廢都》的導演，他說自己對於這樣一部紀錄片感到 "如履薄冰，誠惶誠恐"，"因為即使過去了 20 年，經歷了那麼多沉浮，《廢都》這樣一部作品依然敏感。我們為什麼要拍這樣一部紀錄片？雖然過去了 20 年，當下的中國也發生了翻天覆地的變化，但這種變化又和 20 年前有著千絲萬縷的聯繫。我們拍攝這樣一部紀錄片，其實也是為了回顧 20 年來社會倫理的變遷。"

　　如同《廢都》當時的超前思想和對社會的深刻剖析一樣，紀錄片《廢都》即使在現時代看來，也顯得思想超前。葉朗說，他們嘗試在片中解讀《廢都》這本小說和作家本人的關係，這部作品和 20 年文學生態的關係，解讀這本書折射的精神狀態，社會轉型時期人們心靈的迷茫，還有對未來的展望，"所以紀錄片至少改了十次稿子！"

　　《廢都》紀錄片，是對文學的關注和包容。

二、一盒塤樂音帶

1993 年 5 月 17 日，平凹約作家孫見喜和《出版縱橫》雜誌的編輯部主任王新民同往音樂學院拜訪劉寬忍。在《廢都》寫作之前，平凹曾欣賞過一盒塤樂磁帶，留下深刻印象。後來，他專到孫見喜家聽了一次由曾文工指揮、中國小雅國樂社演奏的塤獨奏曲《秋風詞》。這是一首晚清琴家王賓所傳的古曲，見於其弟子徐卓等所編的《梅庵琴譜》，該曲淋漓盡致地表現了一位遊子思婦、憂時的情緒。此曲在宋代已成名曲。平凹的長篇小說《廢都》中有位叫周敏的流浪文人，他攜情人闖蕩古城在遭遇挫折之後，常常一個人在月黑夜吹響陶塤，獨自徘徊在廢都古城牆上，其愴然之情、幽獨之境為作品平添了不少韻致。

塤在中國已有七千多年的歷史，在河姆渡遺址發現的陶塤是目前發現最早的古樂實物。西安半坡遺址、山西萬泉荊村遺址、甘肅玉門火燒溝遺址、河南鄭州二裡崗遺址都曾出土陶塤的實物。塤由陶土燒制，其形如梨，孔數不等，後人有骨制玉制，現代的有塑膠製品和細瓷製品，音孔有七個或九個，四川音樂學院著名管樂教授王其書研製的為胡蘆形，十一孔，按十二平均律加制了半音。演奏塤時，雙手合抱如飲酒狀。其聲蒼涼淒柔，宜抒怨情，宜訴衷腸。

劉寬忍是蒲城人，楊虎城將軍的同鄉。他自小習二胡，其父早年畢業於陝西師大中文系，對民族音樂有研究。在父親的指導下，劉寬忍幾乎玩精了所有的民族樂器，簫管笛琴、琵琶、箜篌等等。在音樂學院四年本科畢業後，又攻讀研究生，後留校任教。平凹請劉寬忍講解民族音樂和西洋音樂的差異，說他曾把民樂和西樂的曲譜用線描出，然後對比其旋律特點，品出西洋畫和西方大廈的味道。劉寬忍說，中國民族樂器每個樂器都有各自獨特的性格，以獨奏論，民樂表現獨特的心性和情景洋樂不可比，如二胡曲《江河水》《二泉映月》，如琵琶曲《十面埋伏》，古琴曲《高山流水》等等。

於是，平凹、劉寬忍兩位藝術家與孫見喜、王新民兩位作家一拍即合，搞一盒塤樂專輯磁帶，在《廢都》出版時同時與讀者見面，這有利於讀者理解《廢都》的精神內涵，同時也讓廣大讀者欣賞到這一古老的民族樂器。盒帶的名字就叫《廢都》塤樂。

2000 年，我來西安時，聊起了當年策劃出品這盒音帶，孫見喜先生說，為搞好這盒帶子不僅是幫助讀者理解一部當代作家的長篇小說，更是把一種古老的民族樂器推向社會，但難度在於曲子。是製作新曲？還是沿用舊曲？劉寬忍決定將原擬採用的老曲《江河水》和《陽關》捨棄，以求新作。這樣做有兒個難點：一是能否找到樂意合作的有較高水準的作曲家；二是作曲家能否實現我們的創作初衷；三是演奏上能否表現得很好；四是錄音和盒帶生產在時間上能否趕得上；五是經費問題。最後商定，作曲家人選由邵華先生考慮並擬出初選名單，經費問題寬忍說他請一位叫陳緒忠的朋友暫時墊付，至於演奏樂隊寬忍說他曾和陝西省歌舞劇院樂隊有過幾次合作，這次仍請他們承擔演奏。

長篇小說《廢都》雖然還未出版，但有王新民縮寫的故事梗概可以向作曲家提供，音樂《廢都》是這盒錄音帶的主體，創作上依照協奏曲的制式，結構上也不必泥守"序、呈示部、展開一、展開二、展開三、尾"這種固定程式，為了意境和題旨，旋律進行可以更自由一些。

於是，形成了四個部分——

（一）、風竹（塤與古箏）

風以竹顯形。四面來風中，竹瀟灑、竹得意、竹越槍、竹驚恐。適應於不適應中終歸於不適應；有為於無為中而終無為。

（二）、坐望（塤與樂隊）

水月、幽鐘、苦茶、禪人，靜觀螞蟻爭鬥你死我活，坐望青山明月兩相忘。雲在山頭，爬上山頭雲更遠；月在水面，撥開水面月更深。山色遙看近卻無，殘牆破處月初缺。

（三）、夜行（塤與樂隊）

苦悶中的自省，沉淪中的掙扎，失落中的不屈。孤獨的夜行人。遠山的招魂聲。泥濘中的腳步。崖畔上的孤燈。

（四）、如蓮（塤與古箏）

五色荷花，四色豪光，白鶴遠去，暗香幽來。水流心不競，雲在意俱遲。

打開這盒塤樂曲，我們聽到了賈平凹那低緩沉實的聲音"我是賈平四，當你聽見我的聲音，我們就應該是心領神會於廢都的城門洞裡了。不要以為我是音樂家。我只懂一二三四五六七，並不識'多來米發索拉希'。我也不會唱歌，連說話能少說就儘量少說。但我喜歡塤，它是泥捏的東西，發的是土聲，是地氣。現代文明產生下的種種新式樂器，可以演奏華麗的東西，但絕沒有那樣虛涵著的一種魔怪，上帝用泥捏人的時候，也捏了這，人鑿七竅有了靈魂，塤鑿七孔有了神韻。我們錄製的這盒音帶，原本是我們幾個人夜遊古城牆頭的作樂，我們作樂不是為了良宵美景，也不是要作什麼尋根訪古，我們覺得發這樣的聲響宜於廢都，宜於身心。好啦，我不再多說啦，口銳者，天純之；目空者，鬼障之。《廢都》是不用說廢話的，還是聽土聲地氣吧。"

後來，我也讀到了劉寬忍關於"塤"與《廢都》——平凹長篇巨著《廢都》中有位名為周敏的主人公，常常獨自在城牆上吹奏一種不為現代人所熟悉的樂器——塤。塤樂、塤韻始終回盪於歷史名城"廢都"的上空。源遠的旋律，不是現代電聲樂器、銅管樂器、標誌現代文明的等等樂器所能替代的。

塤，乃古人吹奏的樂器，誕生於原始社會時期，它用泥土捏出，燒制而成。塵坡仰紹文化中可見，浙江河姆渡遺址中有跡，山西萬泉荊村可覓，距今六、七千年了。形狀有橄欖形、圓形、魚形等等，音孔有一孔、二孔、三孔、五孔等多種。它吮吸地氣、人氣，大有"天老地荒"之音律。

《廢都》中周敏所奏之塤樂，欲哭無淚，欲笑無聲，欲語還休，欲罷不能，意境深邃，帳然若失，沉鬱中使人悟出一種難以名狀的悲涼淒美之韻味。

《廢都》一書將於讀者見面之時，在孫見喜和陳忠緒二位先生的策劃下，用王其書先生改制的十一孔塤吹奏，由饒余燕先生等譜曲，陝西音像出版社出版音帶《廢都劉寬忍賈平凹塤樂專輯》。

　　為《廢都》而奏塤，意為讀《廢都》而聽塤樂，體會世情物象，相得益彰。欲有"藍田玉壺生紫煙，蒼海明月珠有淚"的悲涼韻味。故《廢都》之塤樂由"廢都""風竹""夜行""如蓮""坐望"幾部分組成。在現代文明無孔不入的今天，我喜愛塤，愛它的土氣、愛它的靈氣、愛它的古韻。怕就怕在"愛"中而"廢"，由怕而深思，需借平凹先生的《廢都》得以啟迪。

　　小說《廢都》寫意的塤協奏曲"廢都"，果然是音韻深廣，意境幽邃，合人深思無語。協奏曲前後分別有賈平凹親自吟唱的陝南民歌《苦李子樹》：

　　後院裡有棵苦李子樹 / 小郎哎嘿哎嘿喲 / 未曾開花 / 親人吶 / 你先嘗哎 / 格呀

　　嘿……

　　如今，《廢都》塤樂已過 30 載，雖然收音機的時代已成過往，甚至許多 90 後都已經不記得音帶的模樣了，但，《廢都》塤樂，聽起來，感慨便萬萬千了。且不說認識了塤，知道了塤樂本身的神韻魅力，只說文史上有哪個作家將自己的小寫意成曲？有哪個作家走進錄音棚吟唱錄帶？怪不得賈氏那麼激動了。就是磁帶盒面上的樂曲寫意也全出自賈氏之手。那些語句本身就自成意境，蘊意無盡。

9313

DESERTED CAPITAL

COLLECTION OF YIN BV

REO

贾平凹 与 刘宽忍

《废都》——贾平凹长篇新作

《废都》——天下一部奇书

周敏——《废都》中一个落魂儒生

一个流浪的文人

一个寻隙无着的人

一个凄美的人

这盒音带由中国民族管乐第一位硕士学位
获得者、西安音乐学院青年演奏家刘宽忍吹奏
周敏埙乐。

读《废都》岂能不听埙乐

听埙乐唯有周敏传谱

废都　风竹　夜行　如莲　坐望

陕西音像出版社出版发行

ISRC　CN－H01－93－0007－0/A.J6

三、一場《廢都》繪展

到西安，朋友說，有位畫家辦了一個《廢都》繪展。於是，我聯繫到了呂偉濤先生，別署大呂，師承著名書法家李成海先生，中國書法家協會會員，陝西省望賢美術館副館長，當下還參學於古唐都洛陽嵩山腳下永泰寺旁的十方精舍。

我雖沒有親臨現場看展，但從他郵寄來的繪畫，可以獨自靜心地揣摩他畫筆下的另一種《廢都》。36幅長卷，簡直就是一部《廢都》視覺盛宴。我想，他才是真正讀懂了《廢都》的！

西安作家王懷遠先生這樣評價呂偉濤：能書善畫，博學多識，身上頗有文化藝術造詣，不但文藝理論功底深厚，對書畫篆刻極具建樹，對文物鑒定亦多有涉獵。作為國家一級美術師，筆端所呈現出的書畫作品，如同他的形象氣質一樣，總是具有鮮明的時代特徵和坦率的人文情懷。

一日，我微信問，因何要繪《廢都》？

他回覆，多年前，當看了賈平凹先生的《廢都》，就完全被小說中西京城裡的各式人物鮮活的故事所深深吸引。於是，就拿起畫筆，開始創作自己心中的另一部書畫《廢都》。

王懷遠先生對於大呂的評價極其到位，專門撰文說，他的這批畫作，可謂有書有畫，書畫同盛，畫家不但在作品中大膽融合了自己的藝術探索與人生體悟，構思巧妙，筆墨酣暢，欣賞罷令人頗多震撼，而且還緊密結合自己閱讀《廢都》的感受，用心呈現了對當下現實生活狀態的獨到思考。這種貌似另闢蹊徑的藝術表現手法，既讓人感到這批新作有心、有料、有趣，又在心中疑惑究竟是什麼激發了書畫家為甚會以這種欲念和形式來表達自己對於文學藝術的思考。既讓諸多欣賞新作的朋友感到眼前一亮，更又激發出觀者渴望從偉濤兄的畫境之中尋覓到畫家在創作前後的思維敏感度與情緒關照作品的契合點。

誠然，我們正置身在一個相對包容寬適的社會生活環境之中，按說偉濤先生的畫作內容也並無多少新奇目之處，不過是以書畫的形式描寫了自己閱讀文學《廢都》後的感受，也只是把這部書中所記敘的和自己理解的諸多自娛的、娛人的、看到的、聽到的、臆想的人類本能動作，以書法與繪畫的藝術形式描寫和記錄下來。其作之所以能在展出之前就提早出現近乎"一石激起千層浪"式的賞讀效果，除了大家對他這種藝術探索的關注和肯定外，無疑也從側面印證了當下人們審美情趣的冷靜變化和全面提升。

毋庸置疑，觀賞者多是以良好的文化素養和寬容的品鑒心態理解支持了畫家的藝術表達。當呂偉濤決定用這批書畫作品舉辦一次個人畫展並將個展消息對外發佈後，起初連他也以為轉發此宣傳圖文連結的人一定會很少，更未奢望與他有著同樣真性情的同好之人會有很多，用他的話講這畢竟"對每位朋友來說都算得上是一種自我與世俗的挑戰。"可讓他沒想到的是轉發宣傳圖文連結的人卻很多，甚至連他的恩師李成海先生都是第一時間在自己的微信上進行了轉發，這對呂偉濤而言，真是莫大的慰藉、鼓勵和肯定。

品讀呂偉濤的書與畫，不難看出其筆下所呈現的藝術景致，多是依靠閱讀理解《廢都》所得的藝術感覺，畫面場景所描繪的也多是關中與古都曾經最司空見慣的城樓、殘垣、青磚、灰瓦、大樹、電杆、煙囪、民居等，尤其是對本該秘難示人的男歡女愛的本能動作的刻意呈現。加之題跋落款的文字皆選自《廢都》中的句子，讓人能在書與畫的互補與滲透中，更加直覺地理解書畫家所要表達的筆墨意向。進而把品書與賞畫融洽和諧的結合起來，令人在欣賞之餘讚語頓生。

當然，有人也可能會把這類題材的表達理解為粗鄙不堪的情色，這其實也在情理之中。儘管

第十二章　藝術說

如此，還是希望每位觀者能在無論那種藝術形式剛面世時，都能先報以寬容理解的態度，只要不是那種違背大原則的表達，就先不要急著戴帽子定性或謾罵鞭撻，讓人把畫（話）說完，於人於己都是一種修養與美德。其實，讓我們心平氣和地回憶一次當初平凹先生的《廢都》剛剛出爐時所遭受的社會各界的指責與非議，再想一想無數讀者競相購買書籍的紅火場面，甚至可以想像一番盜版書商賺得盆滿缽滿後的腫脹容貌，想必眼前的一切負面輿情都會隨著時光流逝迎刃而解。

矚目呂偉濤先生的書與畫，彷彿是一場讓欣賞者與藝術品激情相遇的暢然會晤，讓品觀者都能走進各自對於生命意義、生活情感和生理反應所給予的自然而然，以及回望和理解後的淡定與從容。他以自己在藝術追求上超凡脫俗的激烈煙火，點燃了漫漫長夜裡人性的寂寞，忘情地抒發了對頹廢都市生活中最原始、最衝動、最詭秘的情感，把一段段簡單明瞭而又直截了當的貪婪人性表現的時而粗獷，時而隱晦，時而難以啟齒，時而又回味無窮。難怪有人說"真正的藝術只為內心的聲音代言！"由此看來，偉濤兄是一位值得欽佩的性情中人，更是一位善於動腦去思考探索的書畫家。

後來，我又讀到了山東作家牟子平對於大呂的評價——

《廢都》可以看三遍。我其實就是看了三遍。第一遍看情欲，第二遍看人性，第三遍看靈魂。

第一遍第二遍都是在二十多年前，那時我還年輕，還有一身的邪火。這第三遍其實就是在去年，呂偉濤畫賈平凹先生的插畫，我樂在欣賞，又找來賈先生好幾本作品一讀。這一讀便讀出了不同的感覺，附體一般出入其境。人生況味，不由分說也。

賈平凹說，人有命運，書也有命運。名著就像歷史上的大人物，總是要經過一些曲折和打磨。從一禁再禁再到放開再到獲國際大獎，其中之辛酸苦辣，恐怕連賈先生自己也未必體會，知曉者只有《廢都》自己了。賈先生說過，每一部作品都是他的孩子，他只管生育，又怎麼掌管了他們的前程呢？

欲望最易展現和放縱，人性最禁不起考驗。莊之蝶、阮知非不行，唐婉兒、柳月不行，慧明可以麼，估計觀眾都會笑了。

畫風一轉，人性如此，那麼高尚的靈魂又在哪裡？皮之不存毛將焉附？是否只有高尚的人才配？莊之蝶沒有嗎？柳月沒有嗎？周敏沒有嗎？你我有嗎？

掩卷《廢都》，廢都猶在，思考猶在，日月猶在。曹孟德語：日月之行，若出其中；星漢燦爛，若出其裡。讀《廢都》亦如是乎？

正是——

世說夢語竟何焉？大儒鋪張縱筆談。

市井千紛命百色，文章兩禁故三言。

風塵巷陌流雲冷，寂寞江湖剩水殘。

誰謂廢都寫舊事，曾經骷髏是紅顏。

如果你喜歡大呂筆下繪製的《廢都》，請到咸陽找他，他是一位極具才情而又有情懷的藝術家。

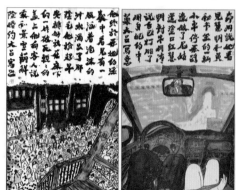

四、一部小楷《廢都》

到西安時，魯風老師告訴我，有位書法家，用小楷撰寫了一部《廢都》。於是，打通了書法家呂九鵬的電話。他一直在商洛，又趕上西安有零星的疫情，未能見面。賈平凹曾給九鵬評論中寫道："春風有形在流水，古賢寄跡於斯文。藝術作品是最能看出作者的情操、襟懷氣度和性格的，甚至可以看出其命運。九鵬曾書寫過我的長篇《廢都》，我看了對人說：九鵬一生要大福大貴似乎有點難，但為人做事潔淨，有清明的前程。"

我查了一下資料，得知他花費了 4 年功夫，將賈平凹先生 40 多萬字的長篇小說《廢都》用蠅頭細楷精心書寫完畢，從而開創了以書法藝術表現我國當代著名作家作品的先河。

賈平凹在為他的細楷手抄本《廢都》序中說：十年前《廢都》出版，後被禁止再版，雖民間盜版本數十種，但正版絕跡。九鵬先生善楷書，以四年餘日抄之，其誠其力感人，且書法秀美，今抄寫完畢，吾題之。嗚呼，幾時開禁，此手書可現世。

有評論說，呂九鵬幾十年臨池不輟，悉心悟道，精工楷，善書詩文，尤熱衷於道德經，以蠅頭小楷書之，心正筆正，觀其書五千言道德經長卷，從始至終，洋洋灑灑，波瀾無盡，一貫到底，柔和秀美，結體寬綽生動，章法疏朗舒適，有詩之韻味，有畫之靈動，有歌之悠揚，有舞之飄逸。為書法界又增彩了一縷光彩。

呂九鵬現為陝西財經技術學院客座教授、中國司馬遷《史記》研究院專職書法家。陝西省洛南人。他的書法作品得到陳忠實、吳三大、雷珍民、賈平凹及諸多書家名流的高度讚譽。中央電視臺十套《探索與發現》、西安電視臺書畫頻道等媒體也曾為之做專題書法報導。

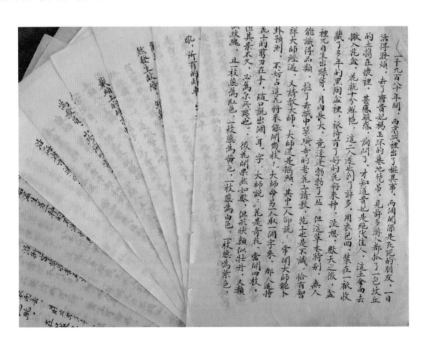

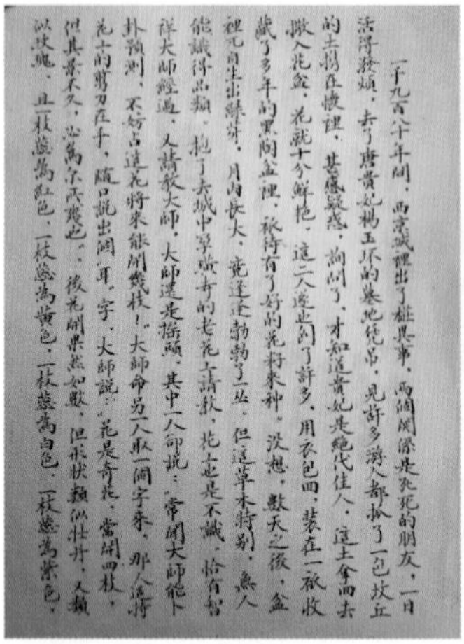

一千九百八十年間，西京城裡出了樁異事，兩個關係是死死的朋友，一日活得發煩，去了唐貴妃楊玉環的墓地憑弔，見許多游人都掬了一包墳丘的土攜在懷裡，甚感疑惑，詢問了，才知道貴妃是絕代佳人，這土拿回去撒入花盆，花就十分鮮艷。這二人遂也刨了許多，用衣包回，裝在一個收藏了多年的黑陶盆裡，祇待有了好的花將來種。沒想，數天之後，盆裡兀自生出綠芽，月內長大，竟蓬蓬勃勃了一叢。但這草木特别，無人能識得品類。抱了去城中孕璜寺的老花工請教，花工也是不識。恰有智祥大師經過，又請教大師，大師還是搖頭。其中一人卻說：「常聞大師能卜卦預測，不妨占這花將來能開幾枝？」大師命另一人取一個字來，那人正持花工的剪刀在手，隨口說出個「耳」字。大師說：「花是奇花，當開四枝，但其景不久，必為尔所殘也。」後花開果然如數，但花狀類似牡丹，又類似玫瑰，且一枝蕊為紅色，一枝蕊為黃色，一枝蕊為白色，一枝蕊為紫色，

後記

一晃蕩，我在城裡已經住罢了二十年，但還未寫出過一部關於城的小說。
是有一種內疚，越是不敢貿然下筆，甚至連商州的小說也懶得作了。依我在
十歲的覺悟，如果文章是千古的事－文章并不是誰要怎麼寫就可以怎
寫的－它是一段故事，屬天地早有了的，祇是有沒有福命可得到。姑且一
國外的事作例子，中國的《西廂記》、《紅樓夢》，讀它的時候，哪裡會覺
是作家的杜撰呢？恍惚如所經歷，如在夢境。好的文章，囫囫圇圇是一
也不需要雕琢，也不需要機巧地在這兒該長一株白樺，那兒又該栽一棵
草的。這種覺悟使我陷於了尷尬，我看不起了我以前的作品，也失卻了對
很多作品的敬畏。雖然清清楚楚這樣的文章究竟還是人用筆寫出來
但為什麼天下有了這樣的文章而我卻不能呢？！檢討起來，往日企羨的什
詞章燦爛，情趣盎然，風格獨特，其實正是囿於著天才的發展。

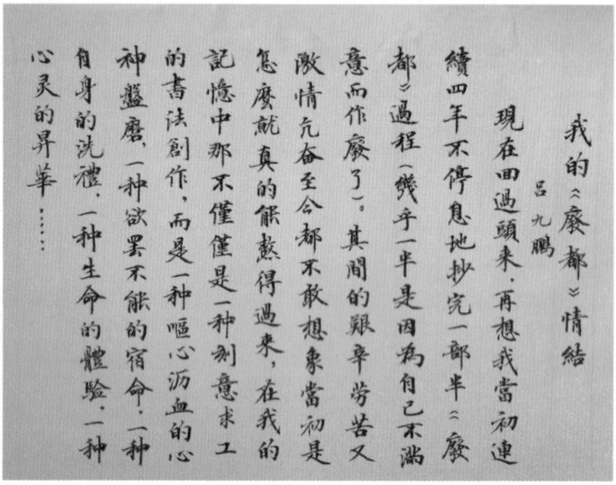

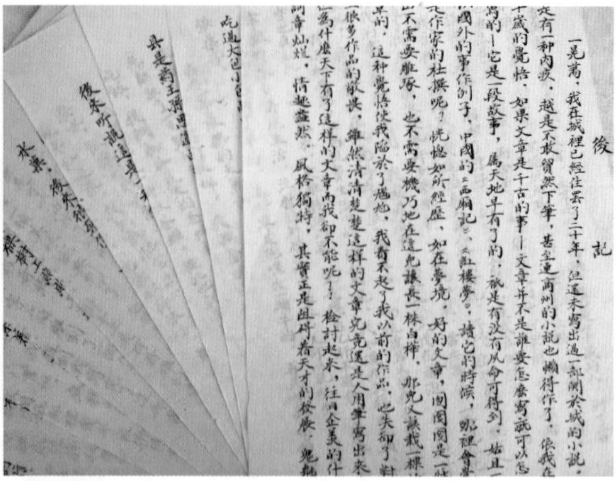

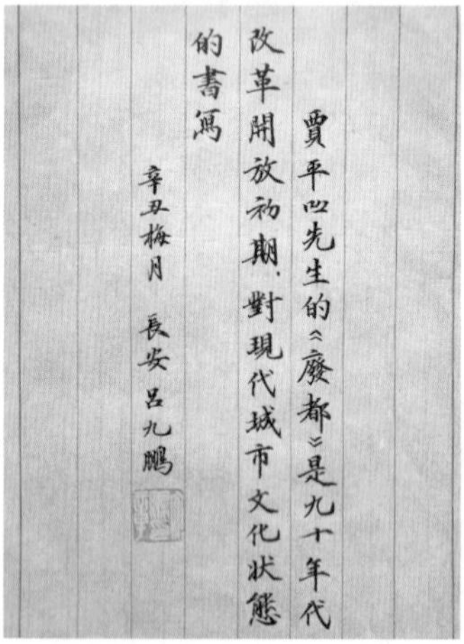

賈平凹先生的《廢都》是九十年代改革開放初期，對現代城市文化狀態的書寫

辛丑梅月　長安呂九鵬

我的《廢都》情結

呂九鵬

現在回過頭來，再想我當初連續四年不停息地抄完一部半《廢都》過程（幾乎一半是因為自己不滿意而作廢了）。其間的艱辛勞苦又激情亢奮至今都不敢想象當初是怎麼就真的能熬得過來，在我的記憶中那不僅僅是一種刻意求工的書法創作，而是一種嘔心瀝血的心神盤磨，一種欲罢不能的宿命，一種自身的洗禮，一種生命的體驗，一種心灵的昇華……

十年前《廢都》出版後被禁，止再版，雖民間盜版本數十種，但正版絕跡。九鵬先生善楷書，以四年餘日抄之，其誠其力感人，且書法秀美，今抄寫完畢，無是無非，嗚乎，我時開禁，此手書可現世。

壬午歲臘月十七日於太白書堂乃辰

平凹

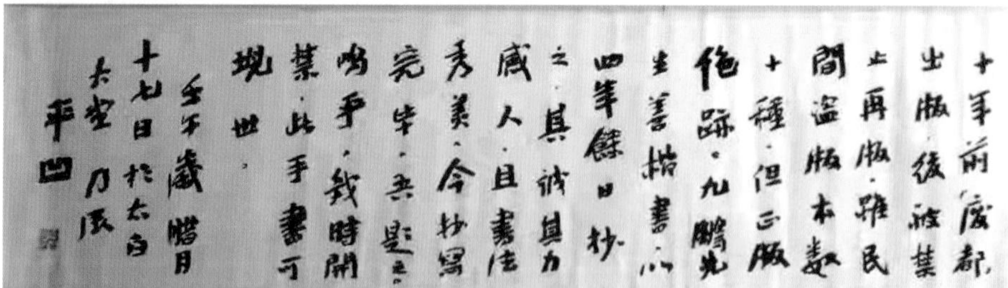

五、一本《廢都》評點插圖

一本評點繪本《廢都》吸引了許多"凹迷"收藏者，是《廢都》評點版本，是畫家吳冠英先生的插圖。

畢業於中央工藝美術學院裝潢系書籍設計專業的吳冠英，從小就熱愛畫畫。吳冠英最先開始嘗試的創作是連環畫與插圖。他那個時候喜歡讀小說，小說裡的插圖非常吸引他，就琢磨著自己能不能也畫上幾幅，結果一畫就畫到現在。

吳冠英喜歡畫插圖，緣自喜歡讀文學作品，文學中的世界是現實與想像相交融的，似夢如幻，令人著迷。總想將這種亦真亦幻的情景畫出來，所以就用自己的畫筆一直在追尋著。吳冠英說："插圖從屬於文學作品，並以文學作品中描寫的某些情節作為創作的基本依據，但這並不意味著用插圖來圖解文學內容或簡單演繹文學。"他給中外許多名著做過插圖，插圖是對文學內容的"濃縮"，達到以一當十的效果，可以反映出對文學作品產生的共鳴，對生活的理解和造型藝術審美的追求，使插圖成為既與文學作品氣質相一致，又具有獨立欣賞價值的藝術作品；同時能豐富文學作品的內涵，擴展插圖本身的容量，從而誘發讀者的審美再創作。

吳冠英插圖

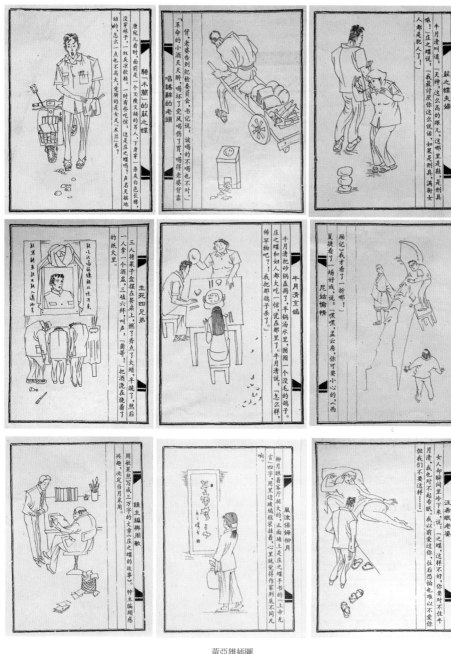

騎「木蘭」的莊之蝶

唐宛兒看時，面前是一個文質彬彬的男人，下身穿一條米色長褲，沒穿襪子，一雙束京雜鞋，一時有些吃驚，這是莊之蝶嗎？又名天振地幼的，怎么一点也不高大，竟騎的是女式「木蘭車」。

「革命的小酒天天醉，喝坏了党風傷了胃，喝得老婆骨頭靠」老婆告到紀檢委員会，书记说：该喝的不喝也不对。唱謠辭的老頭

三人將果子盒擺在餐桌上，燃了香点了大蜡，半跪下，稱草物吧。」我把那鴿子杀了。」后一人拿了一个酒盆三瘟六料，叫声：「葵哥」把酒浇在烧着了的紙火里。

生死四兄弟

牛月清把砂锅盆揭了羊锅汤水里，团图一个没毛的鴿子。牛月清说：「怎么样，稀罕物吧。」我把那鴿子杀了。」庄之蝶和妇人都大吃一惊，说在那里了，牛月清说：「怎么

牛月清烹鴿

女人卻辭问里冷下来，说，「之蝶，这样不好，你要对不住牛月清，我也对不起秦，我以前爱过你，往后恐怕也难以不爱但我们不要这样……」

江希眼眠老姿

屈浪保姆柳月

柳月娘看着客廳擺大的，正面墙上是庄之蝶手书的「上帝无言」四字，用黑边玻璃框裝挂着，心里就覺得作案到底不同凡响。

周敏某然写成三万字的文章《庄之蝶的故事》！钟主编颇感兴趣，决定当日采用。鍾主編與周敏

莊之蝶夫婦

牛月清州道：「天神，这么高的眼儿，这哪里是鞋，是刑具嘛！」庄之蝶说：「我最讨厌你这么说话，如果足刑具，满街女人都是犯人了！」

夏捷看了一场好戏，说：「黑黑，五云房，你可要小心的。」尼姑偷情

屈記「我才看了一折呀！」

黃亞雄插圖

不是尾聲

《廢都》，是說不完說不盡的文本話題。

2019 年，賈平凹先生創作推出了《廢都》姊妹篇《醬豆》，以主人公"賈平凹"敘述了《廢都》創作前後的賈平凹心路歷程。

《醬豆》比《暫坐》的草稿早，《暫坐》卻先在刊物上亮相，"早知燈是火，飯熟已多時"，《暫坐》走的是電影節大廳前的紅地毯，《醬豆》從後門悄然去了會堂。

作家出版社 《醬豆》

外文版 《醬豆》

30 年前一部《廢都》首次出版引來的軒然大波。《廢都》的前世今生也成了賈平凹沉甸甸的一個心思。賈平凹坦誠："人常常有許多的心思，最後都成了病。我知道自己有病，這如同牛黃多麼多麼珍貴呀，其實那是牛患的膽結石。"賈平凹說：之前我所有的長篇小說寫作，桌上都有收集來的一大堆材料，或長之短之提綱類的東西。而《醬豆》沒有，根本不需要，一切都自帶了，提起筆人呀事呀，情節場面就在眼前動，照著寫就是了。"《醬豆》的修改謄抄是在新冠肺炎疫情期間……三個月的自我隔離，外邊世界有毒，我也有著，把它寫出來了，就是一場排毒。"賈平凹在題記上表示："寫我的小說，我越是真實，小說越是虛構。"

"《醬豆》的故事，無一事沒有出處，但人物有歸納，時間已錯落，還有那些明的暗的，清晰的含糊的，不是賣弄和兜售什麼，為的是一直要拷問自己。我這近七十年裡……每一個歷史節點，我都見識過和經歷過，既看著別人陷入其中的熱鬧，又自己陷入其中被看熱鬧。我曾在很長時間裡疑惑我是屬於知識份子之列嗎？如果不是，那麼多的知識份子的遭際和行狀，應該讓我如何讀懂中國的歷史和歷史上的那些仁人先賢？如果還算是，我是在什麼位置，又充當的哪一類角色？每一次我都討厭著我不是戰士，懦弱、彷徨、慌張、愧疚、隱忍，但我一次又一次安慰自己這一切都是為了寫作呀……我是太熱愛寫作了，如鬼附體，如渴飲鴆。一方面為寫作受苦受挫受毀，一方面又以排泄苦楚、驚恐、委屈而寫作著，如此迴圈，沉之浮之。"《醬豆》可以說是賈平凹的生命之書，是一部賈平凹寫給自己的小說。"賈平凹"作為小說人物出現，重塑了《廢都》創作的時代背景，拋出了一個有血有肉的"賈平凹"形象，也拋出了他對時代的探究、對人性的拷問。

　　《廢都》，是中國二十世紀文學史上的一個孤本，是中國文學史上不朽的存在。

咸阳地外婆家，晓卡心勇之去の川工作，正好带之这两瓶酒给我们。晓卡说一定说是把酒切了师用の。你喝不得型酒，可这酒倒是反喝の。"牛月清说："刘晓卡，书店里二十几城，我倒撂不清哪一个？柳月在一旁听了，只是嘻之笑，插 ▨▨▨▨▨▨ 削肩の，瘦之の那个！"就伸指头差送江の脸 ▨▨▨▨▨ 月尽胡精，这那个腿特别长の了仉。"柳月叫道 ▨▨▨▨▨ 说："柳你不知道也秋窝胡说の，招聘山那 ▨▨▨▨▨ 得我也今不开の。可情既然这样了，我和你庄 ▨▨▨▨▨ 笔画い一篇一后两宗大了，你们搭得这山平 ▨▨▨▨▨ 江说："起不，红帖儿第一个就写给了你仍！别 ▨▨▨▨▨ 柳月也来，来了做个陪浪吧！"柳月撤了嘴 ▨▨▨▨▨ 也不专の，我这丑样儿，你们让我去丑衬了， ▨▨▨▨▨ 就说柳月撂了几个月，说话越发有水平，软明月去专，怕也会写了书山。三人说了一会，送江去了，又一再叮咛那日来专，老师师田若不来，宴席就不开，死等了の。

送江一去，牛月清向柳月你老师哪专了？柳月说还躲以专喝酒了。牛月清收拾了礼品，就独坐了思谋二十八日专▨专心宴席，该准备你心填礼。下午，庄之蝶喝得昏沉沉回来，在厨房里用捉了半天喉咙，吐出许多钱涎，牛月清证他腥了，该程说送江心了。晚上庄之蝶腥起专书房专书，地进去把门关了，才一一说了送江续档了你，庄之蝶也好不惊讶，说："那个书腿女了，我恐怕也是见过一两次の。当时他说是招聘店员，咱地说走意，后来赵京五对我说他招的比招模特儿还严格，身子多少，传垂多少，技肤怎样，还要符合标准の三围。"牛月清说："什么三围？"庄之蝶说："就是胸围、腰围、臀围。

附錄一

賈平凹答陳澤順問

陳澤順：《廢都》發表以後，引來各種各樣的說法，有的人注目於作品形式上的某些特點，大加鞭撻，很大程度上影響了對這部作品深入研究探討，它沒有得到恰當的評價。一般來說，作品是作家向人們述說人生觀感的載體，如果這個載體由於其他一些原因沒有完成傳達這種人生觀感的任務，這當然是一種遺憾。我想《廢都》引起如此軒然大波是出乎你意料之外的。是不是可以理解你進入《白夜》的寫作在某種程式上是對《廢都》所表達的那些東西的一種補償？你可能要否認這一點，但是我的的確確在《廢都》與《白夜》之間看到了某種內在的關聯。我希望你解釋一下進入《白夜》創作的動因，最直接或最隱秘的動因。

賈平凹：感謝您以這樣的角度提問題，多年來我內心感到寂寞，一種無以對應的寂寞。要我來講，我可以這樣說：《廢都》的發行量是巨大的，但真正的讀者極少。雖不能妄言自己的作品如何，有一點卻是，《廢都》是開放性結構的作品，而不是封閉性結構的作品，即有的作品本身就完滿了作品的立意和主題，作者在前邊走，讀者就跟著走，而《廢都》，讀者跟著作者走著走著就走到另岸子去了。有人說我的作品迎合世俗，這正好說反了，我之所以說我常常感到孤獨，是因為我並不去迎合世俗，明明知道國情，卻寫了《廢都》遭致世者走著走著就走到另岸子去了。為了這一點，在寫作《白夜》時，我不能不注意。但是，我不願改變結構作品時的思維，《白夜》進一步在作關於人的自身的思考，這人當然是中國的，是中國二十世紀末的。《廢都》通過了性，講的是一個與性毫不相干的故事。《白夜》裡性的描寫是少了，是因為它不是以性來講別的故事的，所以一切隨意，當寫便寫，當止而止。《廢都》充滿了激情，是一種自我作踐的寫法，如一個人為了讓別人知道人體，剖了肚腹指著說：瞧，這就是肝！這就是肺！這樣的寫法易於被人誤讀，也易於毀滅自己。《白夜》冷靜多了，榮辱不驚地去寫。我隨著我的鑽機往下鑽，繼續我的長考，這樣寫或許方式更好些。但不可避免地是，《白夜》對於一般讀者來說，仍存在著易讀卻也並不易通的問題，它不是一部封閉性結構的，能自我完善的作品。

問：我願意像你談的那樣理解你為什麼要寫《白夜》。那麼，《白夜》在多大程度上體現或滿足了你的這種期待呢？

答：第一點，《白夜》在體現我對人自身的思考問題上，它突破了《廢都》僅從方圍中開據，生活面更開闊。沒有向《廢都》靠，僅僅有個西京城的影子，我是反英雄主義的，社會發展到今日，巨大的變化，巨大的希望和空前的物質主義的罪孽並存，物質主義的致愚和腐蝕，嚴重的影響著人的靈魂，這是與藝術精神格格不入的，我們得要作出文學的反抗，得要發現人的弱點和罪行。我是一個從鄉下走進城市的普通人，常年生活在社會較底層或中產階級的一層人群中，如果經過了這一個時期，《白夜》還有人肯讀的話，能讀出這一時期中國人和中國人的生活原貌，我就滿足了。另一點，《白夜》的敘述，我感覺比《廢都》磨合得較好。使用語言，不是個形式和技巧的問題，它是對生活，對小說觀念的問題。我終於越來越少的能讓人看出技巧。

問：是的，《白夜》是一個渾然的整體，它完美地體現了你在思想、藝術上的追求。在古希臘人的觀念裡，圓形被認為是最完美的，而中國人則更喜歡某種對稱。我覺得你的《白夜》至少在內容與形式上很好地把握了“圓”與“對稱”的關係。這部作品在觀念（內容）的表達上接近於“渾圓”，你很難在這件藝術品上尋找到某種縫隙或凹凸不平之處。它以“圓”的形態靜立在那裡，並不光彩奪目，它散發的是一種“亞光”；而與此相適應的結構方式（形式）則又像中國園林一樣，經歷了一系列的樓臺亭榭，曲徑幽廊，完美地完成了一次創造。

你至少達到了兩個目的：一、思想只有呈現渾圓狀態時才是最深刻的，人們很難從渾圓中找到縫隙而不及其餘，這將有助於人們更切實地體會它、欣賞它；二、你給人們的這種欣賞最大程度地提供了方便。我不知道在這些問題上你是怎樣想的？

答：我可以談這麼一點，藝術沒有形而上是絕不能成其藝術的，但太抽象，也不成了藝術。如何使形而下與形而上融合在一起，是我苦苦覓尋的。正因為這樣，《白夜》在具體著處，力盡形面下描寫，在世情、人情、愛情上挖掘動人的情趣。世事洞明，人情練達，這是作文章的基礎。而這一切著意的卻是形而上，有具體的象徵，更要整體的意象。這如同作詩一樣，我反對詩句上的腺朧而立意上淺顯的詩，喜歡每一句都是大白話，誰都看得懂，讀完了總體上覺得有意思，又難以說清。我不同意"越有地方性越有民族性，越有民族性越有世界性"的話，首先，這個地方性、民族性得趨人類最先進的東西，也就是說，有國際視角，然後才能是越有地方性、民族性越有世界性。天上的雲彩這一塊能下雨，那一塊或許下雪，不論從哪一塊雲彩通過，到了雲彩之上都是燦爛的陽光。我們應該追求那是陽光的地方，但不必拋棄東方思維的這塊雲彩而去到西方思維的那塊雲彩：中國人不能寫西方小說。

問：讓我們來討論一些具體問題。夜郎在生活中的不得志，他的惡作劇般的反抗生活的行為，活脫脫地表現了一個鬱鬱寡歡的人的巨大的精神苦悶。我不好輕率地說這是一種時代的精神苦悶，但這種精神苦悶的確像霧一樣籠罩著相當一部用思想而不僅僅用肉體活著的人，這其中也包括我、包括你。使我感興趣的是：夜郎這個人物在多大程度上代表了你自己？

答：作品中的人物當然不是具體的作者，但作品中的人物無不貫注作者的思想感情，尤其主要人物。我有幸生長在中國的這個時期，經歷了這麼多的社會變遷。一個作家，一個作品，不可能包羅萬象，它總是以"我"的範圍內，以"我"的目光去探究世界的。人生原本是沉重的，我們都活得不那麼容易，但每個人又得活下去，可以說，我們都是既不崇高也不卑劣地活著，尤其在這二十世紀之末。有人說：作品最深層的質只能是作者思想意識的質。我認同這說法。

問：我不想探索你的隱私，但無可迴避的是，你個人生活事件對於你的作品、對於你作品中的人物，必然會有相當的影響，這樣，有一些話題又成為不可避免，比如你的離婚、你目前了然一身的生活狀態等等。這些是不是使得你對生活中的某些東西產生了新的看法，從而引發了你精神生活的動盪？我很想知道——假如我可以把夜郎作為理解你精神生活的鑰匙的話——你的精神苦悶來自何方？是成功者成功之後的幻滅感？還是作為一個具體的活著的人對生活束手無策而產生的失敗情緒？當然，我更願意往上歸結一下：夜郎內心深處無所不在的精神苦悶具有典型的時代特徵，你是不是已經把自己自覺不自覺地推到了那個位置上？

答：個人的生活、環境、性情等等可以影響到精神狀態，但如果僅僅如此來建構你的藝術世界，那只能淪於小格局。寫小說不是一種完全的自慰，首先我不是這樣的，我們畢竟是社會人，時代的浪潮在沉浮我們，在中國歷史轉型時期，我們越是瞭解世界，我們越是易產生一種浮躁，越是浸淫於傳統文化，越是感到一種苦悶，艾青的"為什麼我的眼裡充滿淚水，因為我對這塊土地愛得深沉"詩句，我特別欣賞，便要盡量地以冷靜的個人觀察社會強大的事實。一個作家得有情懷，個人的命運得納入整個人類的命運這才可能使作品有大境界。我時時提醒自己，也進行努力，而我功力有限，未能心想事成，這需要我長期的奮鬥。

問：我們仍然談夜郎。一個人生活在社會底層而又志向高遠（這並不表現為要成什麼家當什麼官），總想尋求某種與內心期望相吻合的生存狀態而不可得，就意味著精神苦痛。表面上看來，是社會的不公正（淺顯地說是敗壞了的社會風氣、變形了的人際關係）是造成夜郎精神苦痛的直接原因。但我覺得這並不是唯一的原因。實際上，我無論在《廢都》還是在《白夜》中，都沒有僅僅從社會層面上歸結你的人物。那麼你著眼的更深層的又是什麼東西呢？

答：我一直搞不清：人究竟是什麼呢？人應該是什麼呢？正如你說的，夜郎的精神苦痛並不是社會的唯一原因，在二十世紀之末和走入二十一世紀，生活蒼茫而來，無序而去，夜郎苦悶究竟是什麼？他的罪孽在哪裡，又怎樣擺脫危難，獲得一種力量呢？這些明確的答案我與夜郎一樣糊塗，卻同夜郎一樣討厭和厭惡了自己，所以再生人的那把鑰匙是永遠尋不著要打開的鎖，夜郎只有害夜遊症，將一種哲義的意識和生活態度暗藏在瑣碎的生活細節裡，這裡可能沒有答案，只有喚起吧。

問：做這樣一個假設：假如夜郎沒有被市圖書館除名，假如他一直被宮長興賞識，假如他平步青雲，很快佔據生活的頂尖位置，假如他也會像宮長興們那樣將社會的不公正作為謀求私利的手段，他是否會感到滿足？

答：如果是那樣，夜郎還是要苦悶的，只是他的苦悶形式不一樣罷了。乞丐有做乞丐的快樂和煩惱，總統有做總統的快樂和煩惱，虞白是她的煩惱，祝一鶴是他的煩惱，宮長興也是宮長興式的煩悶。張愛玲說：人生是華美的睡袍，裡邊長滿蝨子。《白夜》無意要作什麼的睡袍，裡邊長滿蝨子。《白夜》無意要作什麼社會的，政治的批判，它只是訴說人的可憐和可悲，面對是我們自己的罪孽。而寫到社會的現實，那只是起到這種煩惱的特定性，而反過來正視這種特定的生存狀態。

問：人們也許會習慣性地以為是現實關係的衝突導致了夜郎的精神動盪，這是因為夜郎的內心衝突總是能夠在現實關係的衝突中找到某種對應物。可不可以這樣理解：夜郎遭遇到的是根本無法解決、用現實關係難以充分解釋的精神領域的巨大衝突。他面對的敵人實際上是他自己。我認為這才是應當表達的東西。假如你同意我的這種觀點，我想請你談一談你的見解。

答：正是這樣。也正是這樣，當年《廢都》出版後，有人說寫了社會不良風氣，以這樣來批評我，我不同意，以這樣以來讚揚我，我也只有歡氣。人活在世上，永遠不滿足的，永遠要追求，但現實關係又往往無法使追求達到，這就產生宗教，而信教畢竟不是全部的人，人的權利是享受人的歡樂和人的煩惱。人的一生確實活的是一種過程。文學是人學，文學應該表達這些東西，都是努力要把表達的思想擺脫偶然性而轉入永恆，我們要面對永恆和還沒有永恆的局面。

問：《白夜》中的另一個重要人物是顏銘。顏銘是你寫的一個寓言，至少可以說你是通過她寫了一個寓言。據我理解，這個寓言的寓意是這樣的：人都在尋求美，而美是極為罕見的。世上最美的東西常常是最醜的，而醜的東西卻往往意外地包含著美……你在很多作品裡表達了這種觀點，最近的例子我們可以找到《五魁》《白朗》《美穴地》和《廢都》。

我很想知道，關於美與醜、善與惡、黑與白、福與禍、天與地等所謂對立的兩極的東西，怎樣在你那裡成為一種相輔相依的和諧共存狀態？我相信這些方面你一定會有很多很有意思的思考。

答：在這個世界上，無所謂美與醜、善與惡的，一切是渾圓的、包容的，當我們身處在瑣碎的生活細節裡，才會以各自的利害衝突來認定美醜善惡的界限。對立的兩極包含，形成在每一個人身上，每一件事之中，並互相轉換。我的人物，都不是單一的純善者和純惡者。生活中也沒有這樣的人。作品叫《白夜》，多少也有這麼一部分意思，我這樣講，並不是混淆什麼，抹殺什麼，看人得從高處看。《西遊記》裡寫人性是把人性一分為五的，有唐僧的善性，有悟空的鬥爭性，有八戒的惰性，有沙無淨的憨樸性，有妖怪的惡性。《白夜》裡夜郎、虞白、寬哥、顏銘、吳清朴、祝一鶴各是各的精神動盪，卻也是即將走入二十一世紀的。

中國意識形態。任何人是沒有貴賤之分的，幸福和煩惱也只是一種感覺，當總統是體驗人生，當農民也是體驗人生，當將軍亦是，當妓女亦是。

問：從觀念意義上講，顏銘這個人物更多地寄寓了你的形而上的思考，但是，恰恰是這個人物，在作品裡比所有人都帶有更多的形而下的色彩，她也有精神渴求，但她的精神渴求，一旦表現出來馬上就會變成某種可見可感的世俗的東西。就連那個寓言本身（通過整容使臉面由醜變為美）也有很濃厚的功利主義目的："我發誓要改變我，這個世界上人活的是一張臉，尤其是女人……我要把我的臉變得美麗而去享受幸福。"

我想知道，你是如何把握這個人物的？你在刻劃這個人物的時候，在觀念上和技術上是不是曾經遇到過什麼難題？你是如何解決這些難題的？

答：包括顏銘在內的書中人物，我都是這樣來思考的，即，描寫他的時候，愈形而下越好，這樣給人以世俗感，產生寫實的感覺，而在完成形而下後，一定要整體上有意象，也就是有形而上的意味。當然，這並不容易全做得好，在一個人物整體上有寓言味道，符號味道，真不容易。榮格說過：誰說出了原始意象，誰就發出一千種聲音。但是，得看到，太形而下，雖易為一般讀者接受，也易被一般讀者看走眼，而形而上的東西是給另一部分讀者看的。形而上和形而下融合得好了，作品就耐讀，就可產生多義的解釋。當年有人曾問我《廢都》寫了什麼，現在有人也這樣問《白夜》寫了什麼，我是一句兩句說不清給他的。你說實，《廢都》和《白夜》寫的很實，吃喝拉撒睡的瑣事，但你說虛，它又最虛，沒有重大情節，沒有什麼看得清的主題，沒有可以能摘抄的華章詞句，採用目前的敘述調子，你若覺得語言與敘述的內容不隔，那就好了，用水墨畫的技法畫現代生活，看似簡單，其中卻花費了我多少心機。

問：我不認為你是一個具有濃厚社會批判意識的作家。你是一個更多地在"我"的範圍內對世界進行低歎的"隱士"。你的慨歎由於具有形而上的性質而同現實關係產生某種對應，其實是很自然，但我仍然不認為你一切都著眼於現實關係的衝突，否則人們將無法解析你的許多作品，包括《白夜》。你怎樣認為呢？

答：正如你說的，我不是一個有濃厚社會批判意識的作家，這方面我缺少素質。《白夜》寫到現實關係確實只是一個對應關係，是一個背景。因為要寫現實題材，這些背景不能迴避的。我一直反對把《廢都》看作社會批判書，一些讚揚文章這麼說，我不同意，也嘲笑，如果持同樣目光，無法真正進入《白夜》，也永遠不會滿意《白夜》。

問：非常感謝你回答我這麼些問題。我記得十年前就你的創作你我曾經有過一場類似的談話，那次的談話記錄發表以後，產生了很大反響，我想這可能和你談及了當時重要的文學話題有關。我期望我們的這次談話能同樣為人注目。你剛才談的許多話對於理解你當前的文學思考是十分重要的，尤其是在《白夜》剛剛走向讀者的時候。

答：我平常很少說這方面的話，卻與您交談了兩次。作這樣的交談，我不悶，這可能叫能對應上吧。可我不是理論家，許多問題能意識到但說不出條理，也說不清，想到什麼說出什麼，但願不是一堆廢話。

問：十年前我在那次談話的最後曾向你提出這樣一個問題："你對你將來的創作有什麼想法？"你回答說："我不知道我生前為何物所托生，亦不知道我死後又會托生為何物。我將來的創作我想還是創作吧。"現在你還要這樣回答我嗎？

答：如果要我說不同於上次的最後回答，那我可以說，我的下一部作品，是不會像《廢都》《白夜》這樣的寫法了，我得變一變了。為了這種變，在寫完《白夜》後就一直作思考，今年四月份之後我到處在走，從南到北從東到西，我在覓一種東西，暗中先作一些試驗。到時候再說吧。

文明混亂的"白夜"的智慧。我的一位朋友說，在賈平凹的小說裡有一股鬼氣，他小說中的人物都是半妖半仙的。賈平凹在古老深厚的中國傳統文化中長久修煉已經"得道成仙"，因此構成了他自己獨特的感知世界的方式。也就是說，他構成了他自己的一個世界。

賈平凹生活在他所選擇的文化中。他生活在"廢都"深處，他反感"白夜"——現代性的城市，它的醜惡與混亂，變幻與虛偽。儘管他感覺到了城市氣息的腐蝕，但是他抵抗城市——在他的小說中迴避對於城市的體驗。正如孟雲房評論莊之蝶的："別看莊之蝶在這個城市裡幾十年了，但他並沒有城市現代思維，還整個價的鄉下人意識。"賈平凹的小說在迴避立交橋的現代景觀的時候，幾乎必然地轉身面對古老的目連戲與民俗，去尋找另一種意味。同張承志一樣，賈平凹也以他自己的"內力"，以他自己的文化想像方式來抵抗現代文明，並以此來化解他所承受的現代的醜陋、混亂、緊張與焦慮，將它們化作輓歌悠唱。

董子竹說《廢都》

"把杆杖插在土裡，希望長出紅花。

把石子丟在水裡，希望長出尾巴。

把紙壓在枕下，希望夢印成圖畫。

把郵票貼在心上，希望寄給遠方的她。"

正如書的名字：《廢都》，不棄什麼，也沒有什麼好東西還能剩下，到處都是垃圾、破爛。

然而，有一個聲音在心底、在大街，在全廢都呼喚："承包垃圾……承包破爛！"

誠然，這是對當代敢於承包中國這堆垃圾者的禮贊。

但是，《廢都》自己便是一個承包垃圾者。文字形式：詩、詞、歌、賦、誄，古典小說、散文、相聲、笑話、對聯、民謠諺……統統承包，不辨雅俗。文學寫作樣式，象徵的、白描的、荒誕的、意識流的、隱喻的、暴露的、歌頌的……統統承包，不分中外。內容上，別人說過的故事，別人經歷的事情，自己經歷的事情，大街上流傳的故事，天外飛來的傳聞……不辨真偽，統統承包。

上邊引的那首大有情詩特色的詩，在莊之蝶的筆下，在此時此刻的莊之蝶的筆下，好似不經意地寫在了一個素昧平生的小姑娘的背心上，這首歪詩，立即字字千金。

它是一個失敗者再次進擊的誓詞。

它是當代文化"求缺"者突圍前的宣言書。

它是當代敢於承包破爛者對敢於承包者的至高無上的禮贊。

它是一個古老卻也疲憊的民族給世界民族的"白皮書"。

從當時的場景看：柳月的婚禮上，莊之蝶被盲目崇拜者簇擁著，累了，也煩了，於不屑中，於不經意中，不耐煩中，突然慧光一閃，寫在了小姑娘的"文化衫"上。

此時的莊之蝶，友人死了一個又一個，家庭破爛不堪，心愛的姑娘嫁了，情人過了今天不知明天，自己被秦腔的悲苦之音和塤的淒涼之音包圍著。但是，潛意識的深層是：雖然一切無望，一切可能都是荒誕不經的夢，但我的郵票已經貼在了心上，非寄出不可，非寄給那不知名、不知地的"她"。

這正是人，之作為人，最可貴的東西。是真正的大丈夫的心。

《廢都》真有那樣的價值嗎？真是如你所說是當代中國世道人心在雙重裂變轉型中的二部真正的"史詩"嗎？

我們的民族正面臨著雙重文化轉型。中國傳統文化，即農耕——宗教文化，向現代工業——科技文化轉型。如果放在一個更宏闊的背景上看，世界工業——科技文化已經成熟了的民族，也啟動了自己的文化轉型。養育了工業——科技文化的"個性解放""平等、自由、博愛""人道""人權"諸如此類的價值觀，以至科技的傳統邏輯思維，在西方都受到了嚴峻的挑戰。從尼采高呼"上帝死了"開始,現代哲學,現代文化藝術現代科學技術,都開始懷疑起亞里斯多德、黑格爾、費爾巴哈等人的觀念了,有的甚至對之發動了群眾性的猛攻,如薩特、愛因斯坦、玻爾、海森堡等科學家對牛頓物理學進行了積極揚棄……與此同時,特異功能、飛碟,太空人……的探索,等等都令西方工業——科技文化的價值觀、思維觀呈岌岌可危的狀況。

西方人啟動了自己的文化轉型之後,經歷了近百年探索,其中的佼佼者開始轉頭向東方尋找出路,愛因斯坦高度評價佛學,玻爾以"太極圖"為家徽,弗雷姆積極投身"禪"的研究,與鈴木大拙拉上了手。不少先鋒物理學家開始習"定"。西方國家已開始了"老莊熱""佛學熱"……一個以西方文化為基礎,以東方文化為導向的新文化轉型悄悄地發展著。

中國的當務之急,是加速向有中國特色的市場經濟轉型。但是,想完全用西方文化替代中國傳統文化是十分困難的事,在中國歷史上尚沒有先例。中國文化與日本文化不可同日而語。美國的"個人主義"文化適應了商業競爭的現實,社會趨向穩定。日本人把這些東西拿過來與自己傳統的家族——部曲文化結合,適應了大工業的統一性、商業競爭中的集團優勢原則的現實,社會也穩定了,生產力發展也正常了。

中國人肯定無法照搬上述兩家。中國傳統文化直接生根於原始村社——巫圖騰文化。在長期的發展中,原始村社直接轉化為農耕村社再到自耕農自治體。與此同時,部族圖騰又綜合為大一統的龍(風)騰圖,再轉化為皇家君王統治,龍鳳一直是歷代君主的象徵物。在這兩種轉化中,生成了一個"士"階層。他們的前身是說客游士,是村社中走出的文化人。從漢魏選士到唐的科舉,"士"成了一個穩定階層。他們有自己的哲學,有自己的文明。他們上承周代的"惟德是馨"的價值觀,中接孔孟哲學與屈原的人格精神,出身村社,服務於皇家豪門,有的上升為貴族,有的下墮為塾師。這些人在村社自治體與貴冑皇家之間扮演了官僚與"公關先生"的雙重角色。

中國文化將自己的價值觀深植在血親聯繫之中,由此又上升為極富人情味的"仁"關係,並將其哲學化。"仁"成了皇家、士、村民統一認同的核心價值觀念。在思維方式上,出世的神秘思維與入世的理性思維相統一,形成了一種獨具中國特色的整體感悟體證思維方式。

在經濟上,農耕文明已經達到細緻得不能再精緻的田園式操作,至今還可用占世界總耕地的7%,養活占世界五分之一的人口。商業經濟極不發達,但也從未受到壓抑。"氓之蚩蚩,抱布貿絲"時,商品交換便是全國通行無阻。

家族內部是血親道德,"嚴""慈"統一,村社是家族的鬆散聯盟自治體,仍以遠緣血親為紐帶。對外則是自我封閉的。

這種文化,近百年受衝擊最大,皇權完蛋了,"士"階層變種了,但一觸到下層村社,無聲的對抗,幾令國家經濟墮入崩潰的邊緣。近年一個"家庭聯產承包",大功告成。鄉鎮企業方興未艾。又顯示了這種文化的生命活力。這大概是外來文化難以消融中國文化的一個例子。

在中國歷史上,外來文化進入中國,規模最大的、力量最強的、準備最足的,當是漢魏時代開始傳入、唐代進入高潮的佛教文化。這種文化早以小乘面目進入,收效不大。達摩東渡大乘興盛,一下子便與震旦文化合了拍,才有了以"禪宗"為首的諸宗的大興盛。造就了慧能這樣的大師。但是,在民間,在村社,佛教被村民們庸俗為"迷信"活動。有的還摻入了"巫"的東西。不管怎麼說,佛學已成為中國文化的主體組成。後來蒙古、女真主宰中國政壇。他們一來扔掉了他們原來的巫教,轉為崇佛,另方面又從各方面接受漢文化,利用"士"階層穩定自己的統治。滿民族統治中國數百年,結局卻是自己民族的消亡。

中國文化極似"水母"。吸收力太強,什麼東西來了,都廣加包容,使之成為自己的營養,豐富自己的機體。這樣的民族文化想被誰代替實在太難了。更不用說西方文化的新轉型已經大量顯示出非借鑒中國文化不可的苗頭。中國文化要完成轉型，只能待新文化出現，完全西化是不可能的。也就是說中國文化轉型是雙重一肩挑。

當代中國由於具有雙重文化轉型的特點，新文化又尚在潛伏期，早在近百年中，傳統的價值觀，思維觀便遭到東突西撞，岌岌可危。尤其是商品經濟的大潮，使得中國人最後歸宿地——村社農耕的土地，大大貶值。中國人數千年也未經歷過的精神危機便產生了。

中國當代人的選擇是，能不能從農耕——宗教文化起步，踩著工業——科技文化的肩膀，躍入新文化，這實在是太渺茫的事。

當代中國人焦約、浮躁、困感、盲目，以致野性發作。傳統文化的所羅門瓶子被打開了內中的魔鬼：村社文化的野蜜性、士文化的脆弱性、貴胄文化的腐敗性等等紛紛出籠表演。巫文化也積極抬頭，冒充新文化誘惑著人們。

這便是，賈平凹《廢都》產生的時代背景。

瞭解了這個背景，才能較好地理解《廢都》及莊之蝶這個形象的價值。

廢都，生活原型乃西安市。這個十三朝古都，早因中國經濟、文化、政治中心的東移而廢置，故可稱之為"廢都"。

中國文化的雙重轉型，尤其是改革開放以來，市場經濟的發展，是雙重"鍋底形"。從全國看，陝甘寧晉是"鍋底"，沿海、沿邊是"鍋沿"。中國傳統文化回縮向中心區。關中一帶，傳統文化仍處於板結狀，據有人講這裡和江浙、兩廣比，至少有二十年差距。另一個鍋底形，是完全相反方向的，開放是從城市向農村輻射。在板結得最厲害的西安市，又由於此原因，而成為開放熱點城市。這個城市的文化人，在開放十多年來，大量吸收西方文化。作為一個旅遊城、科技教育城，人文薈萃。西方人發展的脈搏被這群廢都文化人摸清了。這樣，西安的文化人圈子，便成了東、西文化大碰撞、大交匯、大融合、大搏殺的文化交鋒圖。賈平凹處於這個圈子的中心位置，有舉足輕重的作用。他自走出創作的孩提期，進入《廈婆屋悼文》《鬼城》《古堡》的創作期之後，一直關注著東西文化在這個地區的大博殺。《浮躁》後的賈平凹，幾乎是決不旁騖。《龍捲風》《太白山記》《油月亮》《佛關》《煙》《美穴地》《白朗》……他忽兒東，忽兒西，忽兒崇佛，忽兒崇道，忽兒崇尚"個性解放"，忽兒崇尚"後現代"……什麼都試過了，從創作手法到思想內容，多選擇、多轉移。事實上是在東西方文化碰撞的大旋渦中搏鬥、掙扎、求索……最後東西文化的碰撞、交融完全化為他個人心靈深層的碰撞、搏殺。終於使他絞進漩渦了，同時，他自身生活也陷入困頓悽楚以至難分難解中。正如他在《<廢都>後記》中所說的："……這本書帶給我的無法給人說清的苦難，記住在生命的苦難中又唯一能安妥我破碎了的靈魂的這本書"。

只有當今時代的社會文化——心理模態的大動盪大裂變，真正轉化為作家自家內心深處的苦痛之時，《廢都》的孕育期才算完成了。作家個人的苦痛早已不再只是他個人遭遇的苦痛，而是荷擔著民族文化"原罪"的苦痛了。

這種狀態是平凹過去從未有過的，他過去雖然多選擇、多轉移，一直聚焦於東西文化大碰撞、大交融，但個人生活沒有陷進去，始終是以"旁觀者"的身份投入寫作的。與此相比，他的作品多新鮮，多深刻，但還是有點輕飄飄的、單薄的，從《滿月兒》到《美穴地》以至中篇《廢都》，都難說是什麼傑作。因為自我心靈沒有震動，更沒有發生如現在的強大震裂。

文王拘而演《周易》，孔丘厄而作《春秋》……平凹個人生活的困頓，為《廢都》的成功，提供了極好的契機。這種痛苦契機在一旦進入文學創作中，便得以昇華。個人心態襯映著社會文化——心理模態，個人苦痛昇華為荷負著民族文化心理的"原罪"痛苦，個人的奮鬥昇華為民族文化雙重轉型的突圍，個人的自審昇華為對民族文化現有氛圍的"求缺"與反省。甚至在深層達到了對人性的終極拷問與終極關懷。

以莊之蝶為代表的求缺者，對傳統，是剪不斷，理還亂。對現代，又擋不住誘惑，不甘心承受覆頂之災。在這兩種心態的交鋒中，廢都的文化閒人們惶惑、恐懼、衝動……整個的"不安其位"的浮躁著。這群人的現實心態呈典型的"偽現代"特色。"現代"在這裡成了一種時髦，一種遮羞布，骨子裡是傳統文化中善與惡、美與醜、真與假的大交鋒。所羅門瓶子裡的魔鬼出來了。即便有如鐘唯賢這樣的固守"老儒"特色的，也超不過一貫僵屍的價值。這樣，美的不美了，善的不善了，真的不真了。社會文化——心理模態，呈一堆"破爛""垃圾"狀。每種文化都會有的核心價值觀，在這裡沒有了。各吹各的號，各唱各的調，誰也理不清人們是什麼口味。只有貪財、貪色、貪玩……成了被廣泛認同的東西，披著"現代"外衣的時髦貨。

其實，透過這個表層，你會看到多少人在夢醒時自責，多少人在沉醉時自審，在迷惘時自譴。莊之蝶便是一個典型，他幾乎是希望自己荷擔起所有人的罪過，也便是荷負起民族文化裂變的"原罪"。事實上這便包含了對人性的終極拷問。

這樣，廢都，便超越了現實時空，而成為傳統與現代大碰撞、大交融、大改組，乃至"偽現代"大氾濫的一個符號化了的象徵性的虛擬環境。極類魯迅筆下的"未莊"，瑪律克思筆下的"馬孔多"，但廢都虛虛實實，實中有虛虛中有實。外殼還是古城牆圍固的"清明上河圖"。

可以說，《廢都》，是中國文化雙重轉型期，社會文化——心理模態裂變的"史詩"。

承包破爛的"老頭"是社會表層浮躁心態的象徵，他的民謠民諺不無偏頗。

"牛"是傳統文化的象徵，滿嘴"綠黨"式的現代哲學，事實上是充滿了對傳統田園詩般的村社文化的留戀。

"牛之母"是生命奧秘，出世入世混淆不清的象徵。在這裡，《廢都》似乎沒有完全超越"巫文化"層面，真正科學地尋找到人的"本來面目"；雖大量的端倪已經顯露。莊之蝶心目中的人的本來面目最多不過是莊之蝶詩中說的那個"遠方的她"。也許正是由於這個層面極不清晰，莊之蝶給人的更多的是灰色的沮喪，而不是蔚藍色的瀟灑。我們反覆強調的超越東西文化的新文化也處於"燈下黑"的狀態，很難辨認。只是從莊之蝶的"九死不悔"的精神奮進中，我們隱約可見未來新文化的光芒。

這三層次，渾沌為一架《廢都》三稜鏡，不管《廢都》意識流任意遊到哪裡，切入角度不斷變換，終是這三層次中的一個層面，透過這個層面我們都可以看到另兩個層面。

這個三層面也可以說是立在漢唐文化遺土上的三根支柱，構成了《廢都》這部巨匠製作的基本骨架，也同時構成著廢都人，乃至人類社會文化——心理模態的骨架。

這個骨架在當代，也便是在《廢都》中，有一個明顯的特色，那就是"非理性"。瘋老漢似乎滿嘴哲理，但他作為傳媒，作為象徵：傳的是一段時間民間的激憤之言，象徵的是所羅門瓶子中的魔鬼飛出之後，披上了"現代"外衣的人類身上最無理性的東西。"牛"似乎亦是充滿理性的"哲學家"，但它的哲學是逃遁的哲學。真理性決不逃遁，它承認現實、導引現實、改造現實。逃遁不但是無能，也是不現實。莊之蝶的可貴之處便在於，雖困頓至極，決不逃遁，而是進擊。莊之蝶雖然自稱抱著牛尾巴不放，對牛充滿敬意，感謝牛乳對自己的養育。但是，他不會讓自己作為一頭"牛"，他希望繼承的是牛的富有野性的"進擊"精神。這也是他永生永世戀著阿燦的緣故，阿燦精神才是莊之蝶的理想。可是話又說回來，莊之蝶反對牛的退縮，也只是一種好似"本能"的東西在激勵著他，而不是建立在扎實的理性思考之上的永遠進擊的精神。總而言之，這是理性貶值的時代。

說到牛月清之母，上邊說過她象徵的只是巫鬼層面的生命奧秘，雖時時僥倖言中，亦是理性喪失狀態下的東西。牛月清父在出世之後的所作所為與在世間幾乎沒有區別。作鬼亦是一個自耕農的鬼。說明這種出了世的生命亦是合理性的。

在《廢都》中有串人物名字是很有趣味的。莊之蝶、周敏、孟雲房、孟燼，組成起來便是"莊周夢蝶一場空"。周為莊之蝶影，周敏是莊的小一號，低一層，是縣級文化閒人。夢與蝶，即孟與莊，莊尚情，幾乎是準備為情而死，是一個泛情主義者；孟則尚理，這理當然都是中國文化之理，孟雲房一心想利用古老理性座標闡解清社會、文化、生命三層的奧妙，在此同時又不排斥西方的人文理論，希望西方的人文理論、科技理論，與東方的術數理論特異功能大綜合，以有貫天道地的"理性"。而正如莊之蝶對其的貶謫："雲山霧沼，好為人師"。假理性是如此的一場夢，真理性又找不著，只有寄希望於一個未知結局如何的孩子——孟燼。是夢的完結後，我們清醒起來，還是在夢中化為灰燼呢？不可知。

原來這三根支柱是歪歪支在髒唐臭漢的土壤上的。中國社會文化——心理模態大傾斜著，人性大傾斜著。從這個意義上講，《廢都》是一種比薩斜塔效應，與莎士比亞、貝多芬作品所傳達的那種愛菲爾鐵塔效應之美，是完全不一樣的。

正是在這座比薩斜塔上，有一組精美的雕塑裝飾，那便是"一蝶四花"永相戀，另有三花繞塔飛。這一關係在前面的《〈廢都〉社會文化——心理模態示意圖》中已交待明白，這"一蝶四花""一蝶七花"中的四花、七花都可謂是莊之蝶個性中四種乃至七種色素的對象化。反回來講，莊之蝶個性正是在他與這四女乃至七女的糾葛關係中全面展開的。這一切留待後文談。這裡只是希望讀者在想像中將《廢都》結構立體化、圖畫化。這是不是一幅有創意的，大有長安畫派之風的現代中國畫、中國雕塑？

於此，可見《廢都》美學追求之不一般。

《廢都》中開篇的兩段看似荒誕不經，又有極強的隱喻性的文字是值得注意的。

這麼大的一部長篇以兩段隱喻小文入手，似乎是學了《紅樓夢》，但沒有去組繪另一幅天外之天的"太虛幻境"。可以說是《紅樓夢》手法的活用。以虛幻色彩起筆，就是提醒人們讀書時，不易墮於實地。"整個故事都是虛構的，人物亦是虛構的"。這不是怕人們對號入座，而是怕人們不能從寫實外殼中"抽象"出社會文化——心理模態的"心靈真實"。

平凹在許多談話中，希望讀者讀細點，讀慢點，也是這個意思，讀這本大寫理性貶值的社會心態的書，正需有幾分理性，有個一健康的心理距離。

第一個隱喻小段，我以為至少隱喻這樣兩點，時代的大文化背景：漢唐文化為其巔峰的中國文化在今日。第二，從馬嵬坡土壤上生出蓬蓬蒿草及四朵異花，都是短命的。不僅像唐宛兒、柳月這樣的偽現代是"短命"的，牛月清這種的舊時代"賢女"也長不了。阿燦更是"曇花一現"的人物。

第二個隱喻更深刻了。我們這種文化——心理模態，數千年只有一個"太陽"，人們都習慣於它，甚至忘了天陰下雨，堅信它是永恒存在的"一個"。現在"太陽"一下子多了起來，這本應是好事，卻反而造成了人們的恐慌。這正如在政治上，過去，人才的單位所有制、鐵飯碗，大家都認為不好，束縛人的創造性。現在搞市場經濟，把知識份子、工人都放到市場上去任你競爭，人們在心理上反倒承受不了。不少人開始追戀過去雖窮但人人有飯吃的"鐵飯碗"了。"葉公好龍"心態在當代社會極為普通。正如書中所說："完全的黑暗人是看不見了什麼？完全的光明人竟也是看不見了什麼嗎？"

中國文化經歷了數千年，"仁"一直是核心價值觀。這種核心價值從明末便遭批判，到近數十年，簡直成了大賊了。好似中國的大衰落、大落後，都要怪這個"仁"。現在好了，不要爭了，西方的、原始的、巫教的……各色價值觀全上來表演了，中國人有這份承受力嗎？恰恰是不行，大量的人群語無倫次了。所羅門瓶子口打開了，野蠻的、色情的……全出來了，獸性開始大模大樣在大街上穿行了。在世道人心如此雜亂的情況下，談什麼"現代""後現代"，只能是"偽現代"。

"偽現代"作為一種歷史現象，不是什麼洪水猛獸，是核心價值觀的一個過渡期現象，但不加節制也不得了。可是，揠苗助長，想讓它們一夜成為"現代"，也只能為開水澆花，壽命更短。世道人正在困頓中。

接著是瘋老頭出場，開始鋪繪廢都表層的《清明上河圖》。對於這個圖，要善於看到穿梭於房頭牆角、廊道樹隙的人心之雲，人心之風，人心之霧，千萬不可"著"了"相"了。

周敏是在調侃了崇理人物孟雲房之後，便出場的第一個人物，他是出來為莊之蝶的出場清場子的。

周敏是莊之蝶的影子，小一號的莊之蝶。他是從小縣城的文化心理氛圍中突圍出來的一個縣城級文化閒人。這個文化閒人連同他的"現代"夫人唐宛兒，一進廢都都充滿豪言壯語："人若死，從大鐘錶上跳下來，那死也死得壯烈吧！"在唐宛兒眼中廢都報話大樓的哥特式建築上的大鐘錶，便是"現代"的象徵。莊之蝶小一號也完全有同感。

但是，如同《傷逝》中的子君，突圍之後等待他們的並不是徹底的瀟灑，而首先是生活問題，吃飯問題如何解決。為了解決這個最基本的問題，他們聽孟雲房詳細介紹了廢都文化閒人相。他得到的結論是：小縣城與廢都的文化閒人相比，只有等量級的不同，本質上毫無差異。這便是突圍的結局。

小閒人為了生活，不得不放下突圍者的悲壯，更不敢去作《浮躁》中金狗式的包打天下的人物。低聲下氣的"走後門"了。面對新生活，他只做了一件事，也只能做這一件事：大搞"花邊文學"是愛好，是興趣，也是謀生。

一切都是可怕的"重複"，周敏除了吹塤的片刻之外，他又是一個庸俗的"偽現代"了。唐宛兒都不認。

就是這"花邊文學"引起了一場軒然大波，幾乎絞進了所有的文化閒人。面對現實的法律糾紛，閒人們再也充不得什麼"現代"了，一個個把他們自己早就不屑一顧的手段，搬到了前臺，只要打贏官司，現代、傳統一切是不顧的。這便是"偽現代"們的本來面目。

關於"偽現代"的眾生相，《廢都》中已經刻畫得十分生動了，幾乎是一張又一張的入木三分的漫畫。

當你走上廣州的街頭，一家家五光十色的店鋪，比不了巴黎，終不會比墨西哥城差，但幾乎家家小店中都有點"中國特色"，即是大半有菩薩與財神的神座，仿蠟燭的電珠燈不亞於歷史上的長明燈。於此，你該說什麼？鍋沿上尚如此，廢都人又該如何？

一批批穿著西裝的、尤其是身穿上花襯衫的，模仿地主富農紈綺後裔的勇敢份子，闖入了廢都市場。入了市，生意如何先不說，先要紮一個"勢"，西裝包的是農舍紈綺子的骨頭，他們只能如此。更不提那種急於發財的浮躁心。

經營三菱、福特，採集世界資訊進入大交換，那是無法想像的事；只能如高四、高五，去盜高老太爺的字畫鼎銘，汪希眠、趙京五便是典型。

等而下之的是洪江和黃廠長，破爛市上巧取豪奪，"101"農藥作偽造假無商不奸嘛。龔靖元、阮知非則是販賣積存在人的肉身上的東方文化遺存。

以村社文化的價值系統，思維方式，進入現代市場，這批廢都人又能如何？

古板如老夫子的鐘主編，似乎多存了幾分孔夫子的傲骨，為了發"花邊文學"奮鬥了一番，也算是"開放"？他自己只敢在廁所裡欣賞自己具有"現代"色彩的情書。

真正撕開這種人人不安其位浮躁的社會情緒的表層，看看內裡到底是多麼複雜，這便有了"一蝶四花"，以至"一蝶七花"的設計。

"一蝶四花"是撕開當代中國人文化——心理模態深層真實的佳構，是一個成功的創造。

莊之蝶可以說是當代中國文學史上最複雜、最豐富，亦是最現實、最深刻的一個人物形象。但是，莊之蝶又絕不同于連、梁生寶、沃倫斯基、貝姨……那樣純個體的藝術典型，他是中國當代人文化——心理模態多層次多向度真實的具象化、意象化。他是典型個性，同時又是具有符號性、象徵性的特點，這便與阿Q及《百年孤獨》中的人物形象類似了。這也應是當代文學創作的一個大特色。

莊之蝶是"典型個性"，亦是"典型心態"。這樣，他不僅是當代人心，即偽現代心態的典型也是極具穿透力的個性。從他的個性，你可以看到中國傳統文化怎樣轉化為今天這個樣子，也可以看到中國文化的明天又可能是什麼樣子。

"一蝶四花"，《廢都》說這些花是一紅、一黃、一白、一紫，解析再說，應是一賢、一野、一俠、一"村"。牛月清是中國文化所謂的賢淑之女；還以中國文化為座標，唐宛兒便是野豔之女，阿燦可謂俠義之女，柳月則是永難褪了"村氣""村味"的女性。細心的讀者會發現牛月清的身世被介紹得最清楚。柳月的結局寫得明白。唐宛兒是主角，可卻來也不明不白，走也不明不白。阿燦則召之便來，揮之便去，來也偶然，去也無蹤。這是極富深意的安排。

牛月清，傳統女性的典型，賢淑，通情達理，她把自己的一生都交給了自己的男人，雖然完全是由於男人的原因，他們沒有孩子，卻是她最大的一塊心病，千方百計包括"借種"之類的辦法都想到了，要給男人留一個"後"。延續"生命鏈"，對於中國人來講是頭等大事啊！（賈平凹在《廢都》"後記"中不也感歎自己是"前無古人後無來者"嗎？）她不知道，她的一切努力，為男人想得越多，男人越厭棄。她這個人不是孤立的個人，莊之蝶身上並不乏她的個性因素，只要不是去關心莊之蝶，而是以善意對另外的什麼人，莊之蝶和她同心同德。或者說她身上的文化美德莊之蝶都具備。她之所以能和莊之蝶結婚，莊之蝶之所以沒有與當代貴冑景雪蔭結婚，原因就在於，莊之蝶曾經便是牛月清。

《廢都》中其他人，鐘唯賢、孟雲房、汪希眠妻、以至柳月、唐宛兒……與她都有許多相通之處。一句話，牛月清是謹守著傳統文化的現代人。《廢都》讓她姓"牛"，就是明白告訴人們，她是"牛"文化的當代繼承人。所以要不厭其煩的介紹她的門第歷史。

和所有的中國人一樣，根部在村社，即便是貴胄、士，其根還是在村社家族中。牛月清的祖父是走出了村社的"士"，通陰陽曉五行，退為"道"，進為"儒"，是唐代"山中宰相"式的人物，曾是楊虎城的"師"。因此，牛家又轉化為中國式的半官半商之家，牛月清的父親是廢都的水局掌櫃的。雖然牛月清的家庭經歷了一般農戶未曾有過的變化，但這並不妨礙牛月清至今還固守著傳統文化的陣地。恰恰也正由於她是富家女子，所以她沒有柳月這樣的山區女子那樣急於"突圍"。這樣，牛月清的家庭史，包括農官商三個方面。其母半鬼半人式的生括，更是隱喻，中國文化與原始巫文化，有著千絲萬縷的關係。這種關係也明顯打著中國文化的烙印，鬼，祖宗鬼，亦是祖宗神，現在的牛月清，不過是牛父這位時顯時隱的祖宗神的"血親"生命肉身的延續。牛月清家史應該說是中國文化史的濃縮。萬變不離其宗，可見其穩定性。介紹牛家史，便是介紹莊之蝶以至所有中國人的文化根。

詳盡介紹柳月的結局，也是《廢都》的良苦用心。柳月來於山區，與牛月清是同根，名字中同用一個"月"字，含意極豐，主要也是說他們文化的同根性。柳月不同於牛月清，她是一個比唐宛兒還要大膽的突圍者，她挾著她山區人的"蠻"性突圍，家鄉的貧窮導致了她突圍後，極為現實、勢利。為了改變自己的地位，可以不惜一切手段。在往上爬的路上，她非常清醒地埋葬著她山區少女特有的純真與情。最後把自己當作了"商品"。這樣的"現代"，實在太殘酷了，她自己與莊之蝶都是含著帶血的淚，看著她走上這一步的。在《廢都》看來如果不抗爭，不戰勝自己，中國的突圍者都會成為這樣的可怕"偽現代"。中國傳統文化中那些最美好的東西會喪失殆盡，莊之蝶曾與柳月是同行者，但莊之蝶決不甘心以犧牲傳統為代價，去邀取"現代"的虛名。

因此，柳月的結局，必須大書特書。

唐宛兒是《廢都》中一個較純粹的"偽現代"。她不貪利，不勢利，不做作，只為使自己成一個響噹噹的"現代女性"。然而，這"現代"在中國是無根的，只能是一片浮萍。《廢都》不需要介紹她的家史，只要說明她被村社文化的野蠻性，逼上突圍之路，便足夠了。最後，這個女人又成為村社文化野蠻性的犧牲品。去者來路，來者去路，短命地走完了自己的一封閉圈。這種結局，比另一個"偽現代"沒有什麼差別。在新文化尚在潛伏中，村社文化在文化板結區還佔據統治地位的情況下，她的命運只能如此，他的結局和鐘唯賢的死，龔靖元的死，阮知非的傷，柳月的嫁，莊家的破裂沒有本質的區別。"偽現代"只能是在作了"新文化"的墊腳石之後，草草收兵回營。

"新文化"是什麼？《廢都》、莊之蝶，夢寐以求的"新文化"，還在受孕期，基本的胎形也沒有成了。這種新文化，只在《廢都》的理想中。這種理想在一定程度上只能是回溯自己文化中的理想英雄以後，造出的"相"，然後再加以美化。阿燦便是傳統文化中的敢作敢為的"俠女"為依託，設想出的新文化女神。她的一切都不知道，只知道她是受盡磨難而昇華出來的，即污泥中生出的紅蓮。永遠放著當代人無法想像的"異香"。《廢都》於此種地方，往往處理得極實，看似實有其人，這正說明《廢都》的情之所鐘。像中國文化的基本特色之類，巫文化的特色之類，作為一本寫文化心態的小說，本應實描，但作者又處理極虛、極概括。當然，這不是因為"厭惡"，而是這些屬於中國人深層的意識現象，越虛，越概括，在讀者心靈上覆蓋面越大。

阿燦來無蹤、去無影，就是因為她屬於理想的未來。

莊之蝶與這四個女人的性糾葛，或美其名曰"愛情"糾葛，便是《廢都》所理解的，中國"偽現代"應走、需走、可走的心靈的軌跡。

平凹是寫女人、寫愛情，乃至寫“性”的高手。但是，在平凹過去的小說裡，或多或少，這些東西都被“社會性”強姦過。比如《五魁》與其說是寫性的瘋狂症，事實上是社會化譴責小說。其品位並不是十分高的。其理想座標區是工業——科技文化中的“個性解放”之類的老生常談。

我們說月清、宛兒、柳月、阿燦四花裡莊之蝶個性四重唱的物件化，也可以說是中國式“現代”人心態四重唱的物件化。這只在文化——心理分析上有意義，是理論家的事。作為文學、心態要素、社會文化——心理模態的分類層次，如果不轉化為個體人複雜而朦朧的心靈活動，尤其是合目的而無目的審美活動，潛意識活動，下意識行為，就必須成為表像社會歷史圖解。中國文學從乾隆之後便染上這種病，後來越演越烈，幾成文學之痼疾。連平凹這樣極富才性的中青年作家，也難逃網羅。

《廢都》終於甩脫了這種痼疾。

莊之蝶第一次出場是典型的傳統文人的不加修飾的瀟灑，拖著鞋吮著牛的乳頭，自由自在、無有罣礙。好似外在的形象，身名利祿都是無所謂的。見唐宛兒前，他曾故意把自己的頭髮弄得亂亂的，這是羞澀，也是故作瀟灑。這與牛月清不喜打扮，穿不得尖瘦的高跟鞋的習慣，是無二致的文化積習造成的下意識動作。一見唐宛兒，馬上驚詫了：果然是個人精。這種不假思索的審美判斷，是他愛唐宛兒的初始動機。這裡太難有什麼文化、社會……諸如此類的東西可說，但一切都包容在這種無意識的意識活動中。更生動的是，唐宛兒一出門，莊之蝶情難自禁，也藉故上廁所了，先是被“葡萄斑斑駁駁的光影美人”怔住了，後來竟如孩子一樣雀躍起來去摘青葡萄。當宛兒去替他摘葡萄時，他注意的是她臂彎處的“痣”。喝酒時與唐宛兒較量，吃鱉時幾乎是公開的不掩飾的挑逗。

這個謙謙君子，有著傳統文人狎妓的癖好，但也是現代開放風吹進後，不可壓抑的心靈躁動所致。一場酒宴，令他覺得唐宛兒的野豔是完全合他心拍的“美”。

下文寫莊之蝶與牛月清之間的裂縫，亦不是什麼大事，全是生活細節中的細微差異，她討厭莊之蝶搞古重，莊之蝶厭煩她在一個“撓手”上動腦筋的“俗氣”。在一定程度上，莊之蝶可以包容老太太的瘋瘋癲癲，但忍不下牛月清的俗氣。生活中這些不經意的差別，是他二人文化分野的差別，也是文明程度上差異。今日之蝶，亦非昨日之“蛹”了。

唐宛兒的野豔之美與牛月清的“俗氣”，都不是令莊之蝶真正“現代”了。這裡需要一種“本能”的衝動激發一下。莊之蝶雖然與牛月清裂痕早見，但社會名人的地位，“丈夫”的社會角色名分，都難令這個文人敢於越雷池一步。而“性生活”的兩次大失敗，更令莊之蝶無法忍受。

莊之蝶不是不能忍受牛月清的“俗”，而是無法忍受，自己不是“人”。他希望自己心靈上永有一種勃勃生機，這裡只有唐宛兒才能引動他的。在這種莫名的“生”的希望的衝動下，他不斷壓抑自己，但還是擋不住“美”的誘惑。

為了促成這種“衝擊”。書中寫了莊之蝶與阮知非的交往，與趙京五的交往，以致小酒館中人們對他以往“豔事”的議論。

“現代”的幽靈無聲無息地吹進來了，吹得莊之蝶心靈上麻麻的，癢癢的。在此段時間中，正反兩方面，以致生活中的所見所聞都迫著莊之蝶脫離“傳統”的束縛，走向“現代”的開放。

塡聲使他心靈震顫著：我這樣下去，還是“人”？他勇敢地向唐宛兒進攻了，他心目還是巴望唐宛兒成為一位古典美人。他難甩脫自己的文化根。他給宛兒送去了一片有鴛鴦的唐鏡。

這是非常重要的一筆，莊之蝶在“開放”中，一直沒有徹底墮落成阮知非、汪希眠，就是這個"牛尾巴",即對傳統美的無限留戀,拖住了他。他後來一直敢於拷問自己:"我是個壞人嗎?"也是這個東西在起作用。

這弱的"士",中國的最後一"士",即便是到了最後關頭,也不敢主動開放一番。非等唐宛兒從天上突然跌到他的懷中,他才會在盲目中,成為"現代"男人。

中國傳統"士"的脆弱性,不是人們分析的那樣,是由於他們沒有現實生產資料的依託,是個階層,不是個階級。完全在於他們有文化,永遠生存在傳統的"理性"中,心中有著明晰的真善美標準,所以他們在"開放"時是脆弱的。他們一旦明白自己是在為心目中的真善美標準奮鬥,那便與屈原、文天祥一樣,死也是不惜。中國的"士"是真正活精神的人。

莊之蝶抱上唐宛兒太難了。只有"性"這種貌似"本能"的東西,才能衝破傳統的精神羅網。也只有在這時,受夠了精神壓抑的莊之蝶才會聲淚俱下大喊:"我謝謝你,唐宛兒,今生今世我是不會忘了你的。"

是唐宛兒使他成為"人",成為不再陽痿的男子漢。唐宛兒也因此而第二次突圍,甩開了小一號的莊之蝶,成了真的"現代"。莊之蝶在這裡,成了唐宛兒夢寐以求的"現代"的物件化。她再不戀"現代"的影子了。莊之蝶在與唐宛兒的"愉情"中,目的是十分明確的,他要使自己成為"人"。雖然他還不明白,"人"到底是什麼。

這其中便包含了《廢都》對於人類的終極關懷。

莊之蝶與牛月清關於"人",有了完全不同的把握了。莊之蝶所謂的人,第一條便是不能是那陽痿的男人,為了此,他不惜衝破一切。牛月清對於"性"沒有這樣的目標。"性",在牛月清那裡雖也有"本能"的東西,但更多的是夫妻的名分的副產品,只是延續生命鏈的手段。

此時,只有唐宛兒是莊之蝶心靈的物件化。是莊之蝶關於"人"的看法的物件化。為了體驗作"人"的樂趣,他與唐宛兒可以盡情地放縱。但是,在這種放縱中,這二人也是隱含著分歧的。莊之蝶是要追蹤人的本來面目,唐宛兒只是為了滿足作為"現代"的追求。莊之蝶沒想到現在的自己已是屬於唐宛兒的,唐宛兒卻認為自己已是莊之蝶的。唐宛兒"異化"了自己。莊之蝶則是"決不"。

現實生活沒有為莊之蝶的觀念追求提供基礎,當他離開唐宛兒之後,回到牛月清處,與孟雲房、趙京五、洪江、編輯部的同仁們在一起,在廢都的全部生括,他都感受到更大的壓抑。與牛月清在一起,只是個"丈夫",與孟雲房在一起,只是"朋友",與洪江在一起,只是"商人",與苟大海在一起,只是"牌友",在官場上,他更違心,雖然他不知道,這些人都是與他是一樣的無根的"偽現代",但他仍是討厭這一切。在京五那裡可浸於古典美的審視中,在牛月清面前可以如孩子受到慈愛,在孟雲房那裡可有相知者談天說地之樂,在麻將桌上有輸贏的刺激。但在莊之蝶來說,這一切都是"身外之物",都不能感到自己是一個響噹噹敲不爛壓不碎煮不熟蒸不爛"銅碗豆"式的"人"。

越是這樣,與唐宛兒的偷情,才越是他本來生命的顯示。

說實在話,此時的莊之蝶,仍在"個性解放"的層次上,這不過是一個中國知識份子補西方文明之課的過程。他的可貴,他的價值,表現在他決不滿足於此。如果停止於此,莊之蝶與五魁、與周沖、與一切先輩,即"五四"以來的英雄們,便沒有任何的差別,而失去全部光彩。

他的可貴在於他永不停歇的"求缺"。這便使他與西方的尼采、畢卡索、康定斯基、海德格爾、叔本華……踏上了同一的步子。

但是歷史並未給邁出這一步的人們提供道路，他們在當代只能陷入泥潭，或是對"人"作全盤否定，或是跌進巫文化的懷抱……

是的，當一種舊文化（西方文化）已經明明束縛著人，新文化又在潛伏期之時，人們沒有任何辦法可施，只有"反文化"，即把自己身上的人皮扒個精光，這是需要勇氣的。

《廢都》之所以大段大段寫"性"，原因有三：第一，對於脆弱的中國知識份子，他大半只能在這種"本能衝動"中，才能向前邁出半步。第二，真正要決心去找那本是虛無縹緲的東西，只有先扒光衣服，令自己原始化。第三，在性的高度衝動中，"夢裡不知身是客"，一切理智的判斷推理全中止了，意識之門暫時關閉，人在雲霧中，這種"逃離"地球引力的迷惘之樂，令人們錯解為，自己是真正的"人"。

人之為人，對人的"終極關懷"只能到此。

走到這裡止了步的莊之蝶，開始了自己的墮落，他對柳月的貪愛中包含了對古典美（唐待女像）的審美熱衷，也包含了舊士大夫"雙美合一"妻妾成群生活的追慕。在此時，只有在這時，他才會真正覺得"性"衝動的雲那，是逃離現實生活羈絆的"無憂"境界。

"馬氏淩虛碑"雖令他振作了一下，但"美"又令他下墮了。這時的莊之蝶是實實在在的"偽現代"。他成了"性感迷"而不知。對柳月、對汪希眠夫人都敢下手了。忍不住還要"手淫"。

阿燦的出現是一個重要的轉折。兩個人有兩次性生活，第一次是超歡愉的，莊之蝶竟然嗅到了阿燦身上超人的"異香"。第二次完全不是性交，而是"神交"。阿燦不是瘋狂的衝動而是從從容容"就義"。在"求缺"屋中，在莊之蝶認為是最自由的天地裡這兩條自由自在的"魚"完全不是人的性交，而是理想的展示，一切回到了最原始的赤裸裸的生命體上。"我要再美麗一次給你的！"沐浴化妝，完全是從容就義的悲壯。最後她吻遍了莊之蝶滿身的唇印，令莊之蝶"似掛了一身的勳章和太陽"。

阿燦在莊之蝶的心靈演變史上是極重要的一筆。他從阿燦身上更發現男女性生活，確實可以使"人性"得到昇華，人可以在此刻成為"神"，成為"俠"。只要使人成為"人"，死不足惜！

當莊之蝶體驗到這一切之後，並沒有立即"悔悟"，而是更加頹廢，以致獸性大發。原因是"理想"找到了。這"理想"太崇高、太渺茫、太不可思議。莊之蝶更感到了現實人心對自己的壓迫，他更無望。只能鑽進"無憂堂"，心靈才有了片刻的平靜與平衡。此時他開始"嗜痂成癖"了，完全不能自拔了。

就在這時，《廢都》將莊之蝶與黃廠長對應著寫，這在電影上叫"平行蒙太奇"。寫一段莊之蝶，插一段黃廠長，莊之蝶與黃廠長同樣的齷齪。唐宛兒、柳月不是他追求成為真正"人"的對象化，而只是他的"無憂堂"。進而，他開始對唐宛兒有了報復性的發洩，在倉惶下墜中，柳月成了他的獵物，早先，每次性生活完結，他都會從內心裡感激宛兒，現在宛兒、柳月都到手，這感激之情也無了。他死了。

可是在他心靈深處還有一絲生命、一塊淨土，那便是對阿燦的追戀。當然也還有對汪希眠妻那種"有愛無性"的精神的懷念，但那種古典愛，只能是在他百無聊賴時的一絲慰藉。

細讀《廢都》的人，都可以看出，阿燦出現之後，唐宛兒越來越不被莊之蝶所愛了。正如一次酒醉後在唐宛兒家的性交，莊之蝶一再喊著"我醉了，我醉了。"同時又公開對宛兒說"我沒有愛情了，沒有愛情的人就像這天一樣黑。"

附錄

唐宛兒已經跌到了舊式婦女的層次，她對莊之蝶以身相許，最高理想是作「莊夫人」。最後的目標是在莊家，與莊之蝶在牛月清的床上「痛快」一番。這使她與莊之蝶拉開了距離。

牛月清被甩下得更遠，她積極充當丈夫的保護神、救世主，莊之蝶越是遠離了他。

現實生活中的莊之蝶完全成了一個「市儈」。他參與走後門，參與對龔小乙的巧取豪奪，參與經營畫廊的騙人把戲。在這裡面，他一直處於被動，有時還要為保留心中一塊淨土而力爭。比如對景雪蔭，他決不讓那愛的追戀崩潰，決不無中生有說他與景確有「關係」。但是身子掉到井裡，耳朵能掛得住嗎？

莊之蝶已是西門慶的孝子賢孫了，他重複著《金瓶梅》。

許多讀者，以致相當高層次的理論家都責備《廢都》，生搬《紅樓夢》《金瓶梅》。其實，他們並不理解這種「照搬」的深意。

人們，追求「偽現代」的人們，當你們還不想徹底完成中國文化的雙重轉型之時，當你們只想模仿西方人，只想模仿西方現代派時，等待你們的只是薛蟠、璉二爺、西門慶的下場。

在這一段，支撐莊唐愛情的，不再是能使莊之蝶之成為「人」那種對象化精神，而是莊之蝶本有的善良對女人的憐憫，以及唐宛兒身上良好的文明感覺，即所謂詩人素質。這對於一般的情人是盡夠了，對於莊之蝶這種「求缺」者是太委曲求全了。

一切又是沒辦法的事，任何人都難令莊之蝶找到對阿燦的那種感覺。逆水行舟，不進則退，莊之蝶退到了「村氣」「村味」，柳月便是他這種「村氣」「村味」的物件化。因此，他也便可以在得到柳月之後，立即想「善意」地擺脫她。當作禮品贈給貴冑後裔漂亮的趙京五。

這樣還不夠，柳月竟成他打官司的「籌碼」。

人皮剝到這裡也便剝得夠光的了。

真正該是從「夢」中醒來的時候了。

真正令莊之蝶開始醒來的，不是哪個女人，而是現實生活。

《廢都》寫莊之蝶「入夢」的篇幅很短，與「夢中」的時間加在一起，花了五分之三的篇幅。這裡還夾雜著對廢都「清明上河圖」的繪製，牛文化的追蹤，生命奧秘的探尋。而「夢醒」則花了五分之二的篇幅。

這是從鐘唯賢之死開始的。

《廢都》對於死人的安排是頗有深意的。第一個便是鐘唯賢的死，這是一個可憐的「老儒」，也可以說是中國土地上的「最後一儒」。作為最後一「士」的莊之蝶對於他的死寄予了無限的同情。

莊之蝶以為是自己剛剛蛻去那個「魂」的死，所以哀思懇切，而不單是同情。莊之蝶認為鐘唯賢是不該死的，因為他恪守傳統美德，而未美麗過一回，死在此時太冤了。為了悼自己的過去魂，他要將那假情書編一個集子。牛月清反對，他一句「懂什麼？」，道出千般苦萬般情，是對傳統的敬慕之情，也是對傳統的惋惜憐憫之情。他再不能老到他的「無憂堂」去了。

莊之蝶垮了，連唐宛兒也無法解開他的深深的對傳統文化，對同類的憂思。

第二個死是龔靖元之死，這本來應說是死有應得，但兔死狐悲。

"生比你遲，死比我早，西京自古不留客，風哭你哭我生死無界。" "兄在陰間，弟在陽世，哪裡黃土不埋人，雨笑兄笑弟陰陽難分。"

這裡完全是把龔靖元引為手足同類。莊之蝶不以為龔靖元是死有餘辜，而是主動荷擔這個土財主式的儒子的罪過與痛苦。

莊之蝶是主動荷擔民族的"原罪"，所以才會對鐘唯賢、龔靖元之死，與已死一般地傷痛，因為他沒有找到真正擺脫民族"原罪"的路。這樣下去，同類與自己都會死得更慘。這種陰謀正是一個求缺者的胸襟。也正是這些同類的慘死，使這位荷擔民族文化的"原罪"者，在突圍中"九死而不悔"。

十天才緩過來的莊之蝶，只有戀牛、戀唐宛兒，牛是他的母親，唐宛兒是他的可安妥靈魂片刻的"無憂堂"。就在這時，阿燦天外飛來。這是實際發生的，還是莊之蝶的主觀幻夢？不必交待，因為只有這時，阿燦才是他生的希望。

阿燦永遠是稍縱即逝的一朵霞光。在霞光中，莊之蝶看到了自己過去與現在的魂都是可憐的，也都是卑劣的。他曾同於鐘唯賢，那是可憐；他也曾同於龔靖元，那是卑劣，不卑劣又不可憐的我又找不到，莊之蝶開始進一步拷問自己：

"我是壞人嗎？"是他與阿燦在一起時每次都要發出的問題，因為阿燦是璀燦的霞光靈光，令他照透了自己的靈魂，現在再一次重複了這種對人皮的拷問。

唐宛兒以為"偷情"便是"壞人"。這回答令他難以饒恕自己，但離著他的終極拷問距離太大。莊之蝶又陽痿了，她使他失去"生"的熱情，他與她也便完結了。

柳月的出嫁是莊之蝶心目中古典美的徹底破產。牛月清的殺鴿，則是莊之蝶心目中古典道德的徹底破產。

"柳月，你說得對，是我創造了一切也毀滅了一切！"這話正是最痛切的自我懺悔。是他令唐宛兒、柳月從原來的生活向前跨了一步。但也正是這一步，因為是無根無依託的"偽現代"，永遠也踏不到實地，令這兩個女人，也包括牛月清，汪希眠妻毀滅了自己。甚至也是他為了促成鐘唯賢的"現代夢"，毀了這個"老儒"，他是這一切的"始作"蛹者，他願意承擔一切的罪責，也便是承擔民族的"原罪"。

也只是不希望自己造罪太大，他雖不再愛宛兒，但從不拒絕這個可憐的女人。可是這也救不了唐宛兒，生活殘酷之手又把這個"偽現代"捏了個粉碎。

莊之蝶最後一點贖罪的希望破滅了。

為了盡可能挽回自己的罪惡，他求閒人、求巫術、求神佛……一切都無濟於事。

早就在鐘唯賢死時，就將自己的名聲置於度外，根本不指望官司贏。現在更高呼"我不要這名聲！"

最後死的是那頭牛。《廢都》細膩描寫了牛死的場面，一牛死百牛狂，這和鐘唯賢、龔靖元死時的場面何其相似乃爾！牛留下了"牛黃"，那黃金般的牛黃，然而莊之蝶最想要的是那張牛皮。牛皮掛在他的牆上，紀念他對生他養他的文化的無限哀思。

最後他毅然將牛皮送給阮知非去蒙鼓了。在我們民族的習慣裡，鳴金收兵，"鼓"則是進擊的象徵。

莊之蝶不死，莊之蝶還是要進擊的。

臨近再次起步求缺突圍時，莊之蝶還在拷問自己："是不是我吃五穀想六味了？"

最後一次麻醉的殘夢不是刀削麵中的大煙殼，而是一場富貴榮華奢侈夢。他與景雪蔭夢婚也同時夢離。他看清了這女人的一切之後，為她蓋上了一片破瓦。此時的他，對於這富貴榮華，別人求之不得的東西，棄之為瓦礫。

最後，風震動著那牽動莊之蝶無限情思的牛皮蒙的鼓，他又碰上了他的影子周敏，這個第一次突圍徹底失敗的小一號求缺者，又要開始新的突圍了。

"咱們又可以一路了。"這是一個極富深意的"又"字，他們又要一起突圍了。

莊之蝶倒下了，醉眼歪斜了，"出師未捷身先死"了。

他的影子卻沒有死，帶著血告別了那個只會作"現代夢"而決不行動的女人。

那麼，下面的路，不該是夢了。因為"孟"已經雲遊去了。

《廢都》展開了一幅"偽現代夢"。具體的生動的入木三分的描述太豐富，除了個別地方尚有激憤的痕跡，顯得偏頗之處，其他各處，尤其是寫文人圈，實在是鬼斧神工，維肖維妙，我甚至懷疑作者描繪是否有"神助"。

展示當代中國人處於雙重文化轉型期的浮躁感的書不少，平凹自己的《浮躁》便是其中之一。但是抓不住一個有穿透力的典型藝術個性達不到對文化的深層底蘊的剖析，對生命奧秘的探尋，也就是說不對"人"進行終極關懷、終極拷問，便不是什麼傑作。

《廢都》正是通過莊之蝶這個形象達到了這個目的。

莊之蝶一直如當代社會的表層情緒一樣浮躁，但深層的"感情流"，則是自牛月清而下墮至宛兒，自宛兒下墮至柳月，汪妻，最後是阿燦讓他在下墮時陡然浮起。阿燦失去後，他陷入更深的沉淪，幾乎以妓女解愁。後來，傳統文化的褪皮式的死亡，令他驚醒，他仍作了最後一個貴族夢，與景雪蔭夢婚夢離。毅然於鼓聲中開始與自己的影子相伴，開始新的突圍。

莊之蝶不甘沉淪，勇於"求缺"，所致"九死而不悔"的精神，不必外尋，這正是莊之蝶不同於任何人的地方。他敢於負荷一切人的罪過即主動擔起民族文化"原罪"的精神，也是他獨有的。這一切與牛、唐、柳、汪、燦、景諸多色素融合，便是一個複雜而豐富的典型個性了。甚至那個妓女的出現也不多餘，也是屬於他個性中一個表萌出的色素。在這個性中，牛唐矛盾、牛柳矛盾、唐柳矛盾、牛景矛盾、唐汪矛盾、唐燦矛盾……全都轉化成情節，他與這型人（色素）的矛盾也都轉化為情節，沒有這種轉化，莊之蝶形象無法塑造，心路的歷程無法顯現，也就沒有《廢都》這本書。

這樣，我們便發現了《廢都》的另一個特點，也是近百年來中國文學缺少或表現不充分的東西，文化的戰勝完全是心靈自身的事，外求，打倒張三，打倒李四，有用也無用，最後起作用的還在於戰勝自我，戰勝與超越自己的文化。這恐怕是中國人摸索了百餘年以後，得出的最深刻的教訓：老祖宗、西方人都替代不了我們對自己的否定、揚棄與戰勝。乞求、打倒老祖宗、西方人，作用都不會太大。我們求助、戰勝老祖宗、西方人必須是為著戰勝自己。

正如《廢都》要表現當代人浮躁"現代夢"的文化心理模態，必須通過莊之蝶這個典型人物，穿透到深層文化——生命結之中一樣。中國的真正現代化首先是人心的現代化。

你不是說"莊周夢蝶一場空"嗎？既然全"空"了，還有什麼新文化呢？

這個空，要從三個意義上去解它。

第一，若當代人停留在"現代夢"，即是"偽現代夢"中，等待我們的是開除球籍的問題，這一點錢學森先生講得好，工業革命中國人落後，農耕文明的負荷壓得太重，成就太大，是根本原因。工業革命之後，進入 20 世紀新的以生命科學與思維科學為標誌的革命開始了，中國不醒悟這一點，一味還在"人道"呀、"人權"呀、"民主、自由"呀、"博愛、平等"呀，諸如此類上糾纏不休。這個"西化夢"、"偽現代夢"非破滅不可。《廢都》中的周敏、唐宛兒不正是如此嗎？這是一種"空"。為柳月、龔靖元、洪江……之流拜金主義的勢利，最後也如龔靖元一樣的"一場空"。中國人不被開除球籍又如何？

第二，實現雙重文化轉型，《廢都》以阿燦精神為理想，這是沒轍的救。但是不能因為看不見前景就停止轉型。"偽現代"不是壞事，"偽現代"起碼是超越了鐘唯賢、牛月清，扒掉了傳統文化在當代一張尷尬的皮，可憐的皮。問題在於，這種皮，人們要自覺的強加莊之蝶一樣，一直地扒下去。當你真從靈魂上把自己扒光，也就是說真"空"了，新衣也便算穿上了。

第三，《廢都》在許多地方，開始懷疑起人的感官功能的實在性，如阿燦的異香，阮知非的"狗眼看人低"，以至牛之母僥倖言中的那些事，都說明《廢都》已經敏銳地追上了當代自然科學在最高水準上發出的疑問，這不能說是只是《廢都》的深刻，這是時代的現實造成的。失去了核心價值觀的人們中的深刻者，會一直追蹤到這一層。這會導致真正的"空"。大徹大悟的空。但那只是少數人的事。

不過，在新文化中，人的功能一定會得到進一步開發。這是毫無疑問的。空者不空也。

《廢都》確實是把莊之蝶的人皮扒了個精光，這個人物最醜惡、最見不得人的東西，都被暴露在了光天化日之下。

《廢都》在創作方法上亦是如此，《廢都》的文筆、章法結構、美學追求，處處可見他人的痕跡，如前文所言古代的詩詞歌賦、白話小說、講唱文學、相聲、笑話、對聯、民謠諺語，什麼都有。外國的意識流、結構現實主義、魔幻現實主義、傳統現實主義、荒誕派……什麼都有……但《廢都》只是《廢都》，誰也不師承，誰也不宗法，獨往獨來的反體裁大雜種。

這是《廢都》剝光了"小說"的一切皮之後，形成的一張"百衲衣"式的五彩斑斕的皮。這是小說真正進入"後現代"的一個成果。

《廢都》是典型的敘述體，幾乎沒有什麼客觀化的描述，作家主觀敘述過渡到人物敘述，人物敘述再回到作家主觀敘述，絮絮叨叨講起來沒完沒了，節奏永是那般平穩，每到高潮處，便又扯到別的事情上了，終是不讓戲劇高潮形成，後五分之二，明顯是進入高潮，也是不斷地東扯西拉，不斷地打斷觀賞情緒簡直是雲山霧沼了。

這種幹法別人幹過，不少人說後現代小說著力敘述。原因何在？不是為敘述而敘述。這是因為，《廢都》的文學對象是社會文化——心理模態，而不是個別事件、個別人。這種社會文化——心理模態，看不見、摸不著，只能靠心靈去"悟"。這種悟，又是局外人無法辦到的，外國人、過去人、未來人都不可能悟到當代中國人的文化——心理模態。最多只能綜合出一種表層情緒。也就是只有當當代中國社會文化——心理模態的風起雲湧、驚濤駭浪，轉化為作家心靈的風起雲湧、驚濤駭浪之時，作家才算捕捉到了這種模態。既然，客觀的東西已經轉化為主觀的東西，那麼在創作中便是我寫我心了，這便是敘述散文的特點了。所以，《廢都》是以敘述為主的，作者早在其中。

但是，現實的社會文化——心理模態是具體生動的東西，語言概念是傳達不了的。它是活生生的魂靈，語言在他面前捉襟見肘。又要借助形象了。這便有了紀實文學，個性塑造文學，以致神話誇張、喜劇、悲劇，文色各類“一起上”的特點。不是為描述客觀，只是為了抒發心中的東西，也就管不得形象自身是否客觀了。也就管不得敘述語言與敘述物件的對應性問題。我寫我心、形象，寫作手法只是工具，由我心而定。《廢都》便成了今天的面目了。

技法上是如此。在美學追求上，亦是如此。表面上《廢都》是刻意模仿古典白話小說，但決不去完全從古典的東方美學原則，追求什麼“羚羊掛角、無跡可求”的境界，按照它對應的現實的社會文化——心理模態的特點，內在的美學追求是怪、黑、野、亂。敘述上意任意流，流到哪算哪。但是，大追求、大結構上的刀砍斧劈，並不妨礙細節上的細膩與生動。粗處，粗如華山仙人掌，細處，細如螢火穿遊絲。粗細不捨，便是大手筆了。這又不能不說是得力於東方詩畫、小說的傳統功力。

《廢都》太超越時代了，從思想內容到寫作方法，都走得太遠太遠。因此，《廢都》成了一個謎。據說讀者中，十個人讀了便有十種議論。我的評注也只能算是一種意見。而且是掛一漏萬。如所有傑作一樣：“說不完，說不盡”，更多的話還是留給後人去說。

最後說一句，《廢都》中常識性錯誤亦不少，詳見書中評注。這是“硬傷”，不能原諒。尤其是關於佛教的不少東西，明顯是以不知強為知。

李敬澤說《廢都》：莊之蝶論

　　莊之蝶在古都火車站上即將遠行而心臟病或腦溢血發作，至今十七年矣。

　　十七年後，再見莊之蝶，他依然活著。

　　在此期間，《廢都》遭遇了嚴峻的批評，上世紀九十年代初，對《廢都》的批評成為了重建知識份子身份的一個重要契機：偶然的遭遇戰迅速演變為全力以赴的大戰，人們終於找到了一架風車：這個叫莊之蝶的人，這個"頹廢""空虛""墮落"的人。十多年後重讀對莊之蝶連篇累牘的判詞，我能夠感到當日諸生誠摯的人文關切，但我也注意到有一件事不言自明地成為了立論的前提：作為文學人物，莊之蝶是知識份子的鏡鑒——也不知是不是風月寶鑒，反正，攬鏡自照的知識份子們感到大受冒犯。

　　我當然能夠體會受到冒犯的情感反應——為了避免很可能發生的誤解，我還是首先表明我在一個敏感問題上的觀點：我認為《廢都》中的" "是一種精心為之的敗筆。當賈平凹在稿紙上畫下一個個" "時，他或許受到了佛洛德《文明與禁忌》的影響，那本書上世紀八十年代的文學人幾乎人手一冊。通過畫出來的空缺，他彰顯了禁忌，同時冒犯了被彰顯的禁忌，他也的確因此受到了並且活該受到責難。

　　但是，在我看來，那些空缺並不能將人引向欲望——我堅信這也並非賈平凹的意圖，那麼他的意圖是什麼呢？難道僅僅是和我們心中橫亙著的莊重道德感開一次狎邪的玩笑？

　　在上世紀九十年代初，我讀過了《廢都》，然後讀到了福柯。現在，在福柯式的知識背景下，我以為或許可以更準確地瞭解賈平凹的意圖及這個意圖在《廢都》中的功能。那些" "形成了一種精心製作的"廢文本"，賈平凹在此破去了書寫的假定性，在那些特定場合，我們對文本的"真實"幻覺被擊破：眼前之事被刪減和缺省，因而也是被"寫"出來的，那麼，是誰寫了它誰刪了它呢？我們當然知道書寫和刪節皆是賈平凹所為，但就文本的直接效果而言，卻是無名之手在書寫，另一隻無名之手在刪節。

　　任何一個訓練有素的讀者都會明白，這些" "是當代出版對於明清豔情小說通行的處理規則，我認為賈平凹並沒有特別的興趣對這種規則本身作出評論，他只是意識到對這種規則的刻意模仿能夠達成他的特定意圖。

　　——在此時此刻，我們的目光從人物身上移開，被引入了一個對照的文本序列：簡體橫排的、被刪節的豔情小說和原版的明清豔情小說，賈平凹的意圖正在此間，他在整部《廢都》中明確地模仿從《金瓶梅》到《紅樓夢》的明清小說傳統，在此處，自廢文本是要凸顯這種模仿的當代語境，莊之蝶這個人的根本境遇由此呈現：他或許竟是一個明清文人，但同時他也是一個被刪節的、簡體橫排的明清文人。

　　——的確非常機巧，在這樣的地方我能夠領會賈平凹在《廢都》中那種錯綜複雜的才能。但就這件事而言，它或許複雜得失去了控制，且不說它確實很容易被讀成一種低級噱頭，更重要的是，它使莊之蝶這個人物陷入了真正的道德困境。

　　注視著眼前這些空缺，我意識到，此時此刻原是古老聲音的迴響，儘管是喑啞斷續的迴響，就好比，在這處私室一系列鏡子互相映照、繁衍和歪曲，但鏡子之間空無一人。

是的，這正是我的感覺：莊之蝶這個人在此時恰恰是不在場的，他從那些 "" 中溜走了。

這才是問題所在。似乎底本已經寫定和改定，似乎眼前發生的一切都不在他的身體和心靈邊界之內，似乎他不過是被動地扮演一個"山寨版"的社會和文化角色，似乎他自己對此無能為力不能負責。

我認為，那些 "" 之根本的不道德就在於莊之蝶的這種溜走，這種不負責。賈平凹強烈地感覺到在這個人物的身心之中有些事物是他無力觸摸和言說的，他無法讓莊之蝶為自己的所作所為承擔明確的個人責任乃至公共責任，於是，他機巧地使出騰挪大法，招來昔日幽魂，讓這個人變成了不在。

所以，必須注視莊之蝶這個人。他是誰？他如何看待他的世界和他自己，他如何行動如何自我傾訴和傾聽？上世紀九十年代初，當人們把莊之蝶作為一個知識份子展開爭論和批評時，批評者們實際上是借此確認自身的知識份子身份，那麼，對莊之蝶來說，他的問題是他和我們不像嗎？我們又憑什麼認為他應該像我們？也許他的問題恰恰在於他太像過於像呢？——這不也是人們感到遭受冒犯的一種理由嗎？也許情況更為複雜：莊之蝶是像我們的，但這種"像"不符合我們的自我期許和自我描述，這個人在我們的話語系統中無法順暢運行。

但無論如何，賈平凹不應埋怨別人誤讀了《廢都》和莊之蝶，莊之蝶這個人無疑有所指涉：賈平凹給他起個名字叫"莊之蝶"——莊生的蝴蝶，是蝶夢莊生還是莊生夢蝶？誰是蝴蝶誰又是莊生？最直接的答案是，莊之蝶是賈生夢中之蝶，但每個閱讀者也有權自認為蝶或自認為生，在這個開放的綿延的鏡像系統中，誤讀是必然之事，也是被作者充分縱容之事。

莊之蝶是既實又虛的，他既是此身此世，也有一種恍兮忽兮，浮生若夢。這種調子直接源於《紅樓夢》。在《紅樓夢》中，賈寶玉是大觀園中一公子嗎？是一塊淪落的頑石嗎？還是一個澆溉靈草的仙人？他都是，都曾是；那麼甄寶玉又是誰呢？這個人似是而非，在亦不在——關於"這一個"如何同時又是廣大的無數個，曹雪芹有一種遠不同於歐洲十九世紀現實主義的思路，《紅樓夢》的天才和魅力就在這虛實相生之間，不能洞曉此際者皆非《紅樓》解人；賈平凹是《紅樓》解人，他在《廢都》中的藝術雄心就是達到那種《紅樓夢》式的境界：無限地實，也無限地虛，越實越虛，愈虛愈實。

但想到了和做得到是兩碼事。二十世紀至今，"紅學"蔚為顯學，端的是開言不談紅樓夢，雖讀詩書也枉然；但相形之下，《紅樓夢》對於中國現代以來的小說藝術其實甚少影響——曹雪芹那種眼光幾乎是後無來者，大概只有一個張愛玲，但張愛玲的語境、她的上下文與曹雪芹是若有重合的，而其他作家和紅學家皆是以自己的上下文去強解《紅樓夢》，不學也罷，一學便醜。

然後就是賈平凹，他的上下文和曹雪芹同樣不重合，但他做了一件驚人之事，就是創造一種語境，與曹雪芹仍有不同，但在這種語境中《紅樓夢》式的眼光竟有了著落。我相信賈平凹是認真地決心要寫一部《紅樓夢》那樣的小說的，評論家的濫調是力戒模仿，但你模仿一個《戰爭與和平》試試看！一個有才華的作家深刻地感受著他與偉大前輩之間的競爭關係，當他暗自對自己說，我要寫一部《戰爭與和平》、寫一部《紅樓夢》時，他是認真的，他盡知其中的巨大難度。對二十世紀的中國讀者來說，任何當代作品中《紅樓夢》式的虛至少在敘事層面上都難免裝神弄鬼的不誠摯，就《廢都》而言，那個口唱段子的拾垃圾的老人就已是勉強的符號，更不用說廣受詬病的奶牛思想家和莊之蝶老丈母娘的滿天鬼魂；《廢都》之虛在藝術上極為冒險，即使是張愛玲也主要是發展了《紅樓》遺產中實的一面——順便說一句，張愛玲的人情洞曉其實是陰毒刻薄的姑嫂博豲，一面是破落貴族，一面是小市民，所謂精緻的俗骨——而賈平凹的虛，也只是在莊之蝶這裡令人信服：這個人同時具有此岸和彼岸。

莊之蝶是一位作家——他後來被一群治文學的學者痛加修理不是沒道理的——而且他享有巨大的名聲，至少在他生活的那個城市，從父母官到販夫走卒，幾乎無人不識莊之蝶。人們熟知、關注、溺愛著他，雖然很少有人搞得清他究竟寫了什麼。

　　除了一些應酬文字，我們也不曾見過莊之蝶寫什麼，也不知道他曾經寫過什麼，我們只知道他一直力圖寫一部作品，他一直在為此焦慮，最後他終於要去寫了，但這部作品將是什麼樣子，我們無從想像，或許也就是這部《廢都》。他幾乎從未談論過文學或他的寫作，儘管他為此以可疑的方式從公家弄到了一套房子，但那房子裡的事後來被證明皆是胡扯和胡搞。

　　也就是說，這個人基本上是有名無實的，紅火熱鬧立於浮名之上。如果我們斷定莊之蝶就是生活在上世紀九十年代之初，那麼，他這一筆巨大的象徵性資本應該是來自八十年代，那時的文學聲名是有可能達到如此地步的。但是，儘管所有關於《廢都》的評論都在八十年代和九十年代的分際上下手，但在《廢都》內部，莊之蝶其實從未流露對這個問題的興趣，他並無八十年代之鄉愁；有太多的論者在他身上搜尋九十年代知識份子身份和精神變化的徵兆，並在一種集體建構的歷史論述中以時代的變遷解釋他的生活和命運，但莊之蝶本人對此似乎毫無領會。他通常是在另一個層面上領會自身：一種浩大難逃的宿命。似乎《廢都》如《紅樓夢》僅僅是一個世間故事，久已有之並將繼續流傳，並不屬於特定年代——這是非歷史，但也是非歷史的歷史化，賈平凹尋求的不是以歷史解釋人，而是以人的恒常的命運和故事應對變化的歷史，在這一點上，他與八十年代末的"新寫實"一起，開啟了當代文學的重大轉向。但賈平凹與"新寫實"又有根本不同：他的"恒常"不僅是生活被勘探的底子和被發現的"真相"，更是一個文化和意義的空間。

　　恒常如新。十七年後重讀《廢都》，我感覺莊之蝶先生很像一個現在的人——也許比九十年代初更像，他是一個"百家講壇"上的說書人，一個"名人"，他戴著他的光環遊走於世間，精於象徵性資本的運作和增值。他也很像一個傳統生態下的"文人"：結交達官，摻和政事，詩酒酬唱，訪僧問卜，尋香獵豔，開設書肆，等等，就差開壇講學了。

　　如任何名人一樣，在他周圍聚集了一批"食客"——一條社會生物鏈，在這個鏈條上，各個環節相互依存，有"食客"在，莊之蝶才成其為"名人"。莊之蝶反過來必須提供和分配"食物"，他像個小朝廷的君主或小幫會的大哥，他當然不能去打人，但他顯然有義務"罩"著兄弟們，帶領兄弟們參與更大範圍的社會交換。

　　一部《廢都》是一張關係之網。人是社會關係的總合，人在社會關係中獲得他的本質，馬克思的教誨賈平凹同志是深刻地領會了。《廢都》一個隱蔽的成就，是讓廣義的、日常生活層面的社會結構進入了中國當代小說，這個結構不是狹義的政治性的，但卻是一種廣義的政治，一種日常生活的政治經濟學：中國人的生活世界如何在利益、情感、能量、權力的交換中實現自組織，並且生成著價值，這些價值未必指引著我們的言說，但卻指引著我們的行動和生活。

　　——這種結構或許就是生活的本質和常態，它並非應然，但確是實然，而認識實然應是任何思考和批判的出發點。

　　但很少有人注意到賈平凹的這份洞見，我們可能都把這視為自然之事，以致它無法有效地進入我們的意識；更可能的是，在一套對生活的現成論述中，這種結構被忽略了被逕自超越了。比如，對《廢都》的另一種詬病恰恰就是，賈平凹並不瞭解城市生活，他筆下的城市更近於一個巨大的農村。

　　對此，賈平凹也算是自食其果——他大概是中國作家中最長於動員誤解的一個——他反反覆覆地強調自己是個農民，時刻準備退守到農民的塹壕中自我保護——誰能欺負一個自稱農民的人呢？但是，讓我們放過城市生活中那些浮雲般的符號、時尚和經驗表像，直接回到最基本的層面：

這裡不正是聲名、利益、財富、雄心、欲望的集散之地嗎？那麼，有誰能說賈平凹不曾透徹地領會和理解這一切呢？

鄉村無故事——不要忘記，在整個中國古代文學史上，從三言二拍到《紅樓夢》，沒有一部是"農村題材"，鄉村中人走出去，進入現代境遇，或者現代性降臨鄉村，鄉村才能夠成為小說想像力的對象——賈平凹在《秦腔》中證明，他比任何人都清楚這一點。

在這座大城之中，複雜的社會生物鏈活躍地蠕動著——那是紅火熱鬧，是興致勃勃的俗世，是請客吃飯：如同《金瓶梅》《紅樓夢》，《廢都》中一些最見功力的大場面幾乎都是請客吃飯——請汪希眠老婆吃飯的那一場，是第一個大場面，樓臺重重，小處騰挪，人情入微如畫。

吃飯是熱鬧，是烈火烹油，但烈火烹油中也必是有一份冷清荒涼。莊之蝶的牢騷，他的寂寞與疼痛，在熱鬧散盡時席捲而來。

——這是中國人特有的普遍情感：看古人詩文，你覺得沒有人比我們更愛熱鬧，更溺於人群和浮世，但也沒有人比我們更深切地從熱處鬧處領會虛無；有時你甚至覺得，我們是喜歡這一份虛無的，人生因此而寬闊，除了追名逐利的實和"好"，還有了轉身放手的虛和"了"。當我說賈平凹有志於《紅樓》，並且為此重建語境時，當我說賈平凹的"恒常"是一個文化和意義空間時，我所指的正是此等處：他復活了中國傳統中一系列基本的人生情景、基本的情感模式，復活了傳統中人感受世界與人生的眼光和修辭，它們不再僅僅屬於古人，我們忽然意識到，這些其實一直在我們心裡，我們的基因裡就睡著古人，我們無名的酸楚與喜樂與牢騷在《廢都》中有名了，卻原來古今同慨，先秦明月照著今人。

比如樂與哀、鬧與靜、入世與超脫、紅火與冷清、浮名與浮名之累，比如我們根深蒂固的趣味偏好如何帶著我們溺於"小瀋陽"式的俚俗與段子式的狹邪，這一切是構成傳統中國生活世界的基本的精神框架，這即是中國之心，其實一直都在，但現代以來被歷史和生活抑制著，被現代性的文化過程排抑於"人"的文學之外——甚至，"頹廢"和"空虛"這兩個詞，它們的現代意義和前現代意義其實也判然不同。在傳統語境中，頹然自廢和空寂虛無是本體性的、審美的人生境界，作為對熱衷、上進的儒家倫理的平衡性向度，使中國人不至於變成徹底的僵硬實利之徒，只是到了現代語境下，它們才變成了一種道德上的可疑之事。

而莊之蝶的問題豈止是"頹廢"，他還上進得很呢，他的身上具有相反而相成的雙重性：他依存於他的生活世界，深以為苦也深以為樂。他無疑厭倦，他也無疑沉溺，煩極了時，莊之蝶痛切言之："人人都有難念的經，可我的經比誰都難念"，何以他的經就比別人難念？因為他確實另有難處，但也因為他不是"別人"，此人深陷於自哀自憐，他真的認為自己是世上最累最苦之人，他對得起所有人而世間人都虧負了他。

他是累的煩的，因為他的"上帝"就是他周圍的人們，他有義務讓他們滿意，他也因此獲得肯定，他被需要也被裹挾，他在生活中的重要性必然與他的自憐同步增長。

賈平凹的巨大影響很大程度上建立於這種對中國人基本生活感覺的重新確認和命名——《廢都》在中國當代文學中重建了經過現代以來的啟蒙洗禮、在現代話語中幾乎失去意義的中國人的人生感，無數的賈平凹愛好者所愛的恰恰就是這個。

這樣一種人生感的重建與上世紀九十年代的時代與社會變遷有確鑿的關係，而且我也不認為這種關係是純然負面的，一定程度上重獲日常而恒常的中國式人生，未必符合五四與啟蒙與八十年代的知識份子規劃，但對於所有的中國人來說，可能都是一份難得的饋贈。生活的意義並非如知識份子所規劃的那樣判然分明，比如在那場作為根本情節的官司中，一群當事者幾乎不曾思考過其中的是非曲直，這裡只有一件不言自明之事："我們"必須維護"我們"，但反過來，有誰能輕易說清莊之蝶的對錯？他應該被裹挾著參與這樣一場嚴重而無聊的風波嗎？官司的這一方所表現的正義感不是很可笑嗎？但設身處地地像任何一個中國人一樣替莊之蝶想想，他能怎麼辦呢？他能夠背叛他的朋友，背叛那些向他求助的人而置身事外嗎？

這個生活世界的價值圖景之複雜遠超出我們的論述和知識，這裡有利益的交換，也有人情的溫暖，也有一個人對生活、對他的世界的承諾，而利益可能變成欲望和無原則，溫暖可能變成醬缸，承諾可能變成對承諾之外的人們的冷酷……莊之蝶這個人與上世紀九十年代初的知識份子們所持的話語系統和人生想像有重大的差異，《廢都》之備受批評，原因正在於此。

九十年代初的那場爭論，知識份子們大獲全勝，但那很大程度上是因為知識份子們掌握著論辯的話語，那是一場在他們自己選定的場地上進行的論辯；但是，十七年後再看，或許莊之蝶沒有失敗，或許賈平凹比他的任何批評者更具現實感。或許知識份子們終於意識到，他們本人有可能就是莊之蝶，當時就是，現在更是。

莊之蝶肯定不是我們想像和規劃之中的一個現代知識份子，但他的出現和存在對於所有認同知識份子身份的人提出了一個真正具有知識份子氣質的問題：認識你自己，穿越幻覺，請回答莊之蝶究竟是我們夢見的蝶抑或我們是莊之蝶的夢？"知識份子"在莊之蝶的面前必須論證自身的可能性和現實性，而賈平凹以尖銳的力度展現了他的批判精神：當我們幻想自己是一個現代人時，我們可能並不知道我們在幻想。

如果莊之蝶一直保持著他的相反相成的平衡，他會和我們一樣，在話語和身心的二元運作中"成功"至今，一切都會過去，莊之蝶繼續生活，當然也就不會有《廢都》。

但是，賈平凹終究是放不過他，不能讓他在一個恒常的生活世界裡安居，他還是逼迫他回答一個現代問題：我是誰？我如何在？於是，莊之蝶則不得不苦苦證明自己具有一個現代靈魂。

這個過程中，賈平凹和莊之蝶都面臨巨大的困難——沒有語言，或者說，沒有可信服的內心生活的語言。莊之蝶很少獨白，在最痛苦的時候，他也無法做到哈姆萊特式的自我傾訴和自我傾聽，他缺乏用以自我分析的話語，他當然也可以手捧《聖經》像個知識份子一樣懺悔，但在他的生活語境中、在整部《廢都》所操持的語言中，這倒是唐突了虛假了。

至此，我不得不談到那些女人，她們成為了莊之蝶通往另一個"上帝"的途徑。莊之蝶與唐宛兒的關係中有一種令人悚然的恐怖：不僅是欲望的深度，還有不可遏制的自毀衝動，一種絕對的承諾和絕對的背叛：從一開始我們就知道——我們和莊之蝶分享著一樣的生活智慧——這件事是沒有下文的，這件事裡包含著毀滅性的危險，莊之蝶對得起唐宛兒就對不起所有人，甚至就對不起自己，他兌現了對唐宛兒的承諾也就意味著他背棄了他對自己全部生活世界的承諾，反過來，他對不起唐宛兒同樣也是絕對地對不起自己背棄自己。

唐宛兒最終也果真孤絕地懸在那裡，清晰地標出了莊之蝶生命中的深淵。

但莊之蝶在抵達深淵之前竟是一往無前的，這當然證明了他的苟且，但同時驅使著他的，還有一種無以名狀的焦慮：自我的焦慮和悲哀，他沉痛地迷戀著唐宛兒：在一次瘋狂性事之後，他"把婦人的頭窩在懷裡"，說："我現在是壞了，我真的是壞了！""也不知道這是在怨恨著身下的這個女人，還是在痛恨自己和另外的兩個女人"……此時，"深沉低緩的哀樂還在繼續地流瀉"。

——他並非不知自己是"偽得不能再偽，醜得不能再醜的小人"，他也並非不知，最終向他證明自己之罪的恰恰就將是懷抱中的這個女人，但是，他不能停止不能改過，這不僅僅因為道德意義上的"墮落"，更因為，這個人，他終究不僅是一隻因為苟且於世間而被賈平凹夢見的蝴蝶，他是一個自知在他的生活世界中存在深淵的人，他甚至在尋找那處深淵，他向著它走去，滿懷恐懼，滿懷悲哀，他自知有罪但他卻不知這罪何以論定、誰來審判和如何懲罰，他的身上有一種認識自我的強大衝動，他終究是個作家。

於是，在古老的城牆下，莊之蝶最後一次問宛兒："宛兒，你真實地說說，我是個壞人嗎？"

是又如何，不是又如何呢？"兩個人就相對跪在那裡哭了。"

——這是生命中的大哀，這份哀是傳統的，也是現代的。在《紅樓夢》和《金瓶梅》中，世界的朽壞與人的命運之朽壞互為表裡，籠罩於人物之上的是盛極而衰的天地節律，凋零的秋天和白茫茫的冬天終會來，萬丈高樓會塌，不散的筵席終須散，這是紅火的俗世生活自然的和命定的邊界，這就是人生之哀，我們知道限度何在，知道好的必了。但在《廢都》中，城牆上如泣如訴的塤聲、莊之蝶家中的哀樂所表達的"哀"更具內在性：這並不僅僅是浮世之哀，直到小說結束，莊之蝶的筵席在俗世的層面上也還沒有散，他還沒有被抄家，還可以混下去，但他的內心潰敗了，他在賈平凹所歸認的傳統中，成為第一個自證其罪的人——古典小說中無人自證其罪——而莊之蝶之哀，或許也是哀在他竟可以不受審判，繼續在這俗世行走。

莊之蝶的出走是他在整部《廢都》中做出的最具個人意志的決定，他棄絕一切承諾，他為自己作出了決定，但問題是他實際上並不知道他要走向哪裡。

當賈寶玉披著大紅斗篷出走時，他自己和我們所有人都知道他去了哪裡：他去了他的來處，一片"乾淨"之地；當晚年的托爾斯泰出走時，托爾斯泰至少在理念中知道自己要到哪裡去，但莊之蝶不知。

《廢都》的批評者常常以托爾斯泰為精神尺規，衡量莊之蝶的分量，這極富洞見。我猜測，當賈平凹寫到火車站上的最後一幕時，他很可能想起了托爾斯泰，這個老人，在萬眾注目之下，走向心中應許之地，最終也是滯留在一個火車站上。這時，賈平凹或是莊之蝶必是悲從中來：他心中並無應許之地，他的出走無人注目並將被迅速遺忘，他甚至找不到一種語言，表達自己的這個決定，他在踏上放逐與流亡之路時他的內部依然攜帶著那個深黑的沉默的深淵。

——終究是孤魂野鬼。我猜測，《廢都》中花了如許的筆墨過度渲染黑夜中無言的滿天鬼魂，不過是最後要讓莊之蝶加入進去。

但事情的微妙之處在於，哈樂德·布羅姆曾在《西方正典》中指出，儘管托爾斯泰對莎士比亞作出了雄辯的責難，但是，托爾斯泰自身在最後時刻的境遇卻非常近於"李爾王"：一個背棄了自身的生活世界，同時被自身的生活世界所背棄的孤獨無著的老人。

那麼，這個莊之蝶，他是李爾王嗎？或許我們根本不必向他提出知識份子式的問題，他的問題僅僅是陷溺於自我的幻覺而背棄了他的生活，他的罪和罰都僅僅在這個意義上成立，他不過是人類的虛榮——世俗的虛榮和自我的、精神的虛榮的又一個犧牲品？

對此，我並無定見。賈平凹也不能提供答案，當他讓莊之蝶從那些""中溜走時，他和他的批評者們一樣，是把人的責任交給了他的環境和時代，但當他在無著無落的火車站上把莊之蝶付與痛苦的無言、付與生死時，他又確認了莊之蝶的"存在"，而把存在之難局嚴峻地交給了我們。

附錄四

責任編輯再說《廢都》

2022 年春節前夕，《廢都》責任編輯田珍穎得知我要編著《圖說〈廢都〉文本》時，她說，一定支持。於是，年過八旬的她仍然保持著睿智的思考。將手中的《廢都》資料一一列出目錄供我選用，之後，她又將主要資料進行整理複印，由於北京的疫情仍舊不穩定，本約好的見面，只好一推再推。考慮到書稿的時間，只好把相關資料分兩次快遞給我。原計劃中的採訪也因為疫情原因推遲，只好按照她的要求——將魏華瑩教授的採訪發給我摘錄部分重點。再次感謝田珍穎大姐和魏華瑩教授的支持。

魏華瑩：《廢都》是賈平凹的重要作品，也釀成九十年代重要的文學事件，甚至有學者將其視作九十年代文學轉型的標誌性作品。作為《廢都》的責任編輯，請您談談您所經歷的《廢都》前前後後的故事。

田珍穎：關於《廢都》，我一直不願舊事重提。這主要是因為《廢都》涉及的並不只是文學界的事，它所引起的世態十分複雜。而我年事已高，要把這一段經歷寫出來，需要將手中留存的大量資料一一排列整理，做起來費時費力。但不做它，我又擔心僅憑自己的記憶，會使一些事情交迭不清，違背了真相。另一個原因，是因為《廢都》風波已是久遠之事，是生活中翻過的一頁，再翻回來，有多大意義？佛經上說，心無罣礙，無有恐怖。《廢都》對我來說，是人生經歷中的一段"罣礙"，越不過它，我就很難有寧靜的晚年。我一直覺得，規避它，就是一種跨越的形式。但兩年來，你執著地想做成這件事。你的治學精神使我感動，所以，我願意協助你完成這件事。

關於《廢都》的組稿，應該提及賈平凹和《十月》的關係，他早期的一些小說，包括《雞窩窪的人家》《臘月·正月》《古堡》《故里》《晚雨》等都是發表在《十月》雜誌上。我是上世紀八十年代初的時候，在文聯的一次會議上見到平凹的，在那之前他主要是跟別的編輯聯繫。從我們那次見面以後，就有了更多的接觸。此後是在西安舉辦的一次會議上談得比較深入，尤其是我們聊起神秘文化來就有一些相通的東西，我也更加深入瞭解他的創作過程。

有一段時間，賈平凹不知所蹤，後來陝西的朋友告訴我，他在寫長篇。我跟他聯繫上的時候，他已經在戶縣一個計生委的招待所裡。當時平凹給我打電話說在戶縣，我說你怎麼跑那裡去了。他說在寫一個東西，還說外面天氣很冷，自己關上門在房間寫，以及怎麼吃飯什麼的。我當時還開玩笑，說看你找這地兒，到計生委去寫。他覺得寫作的感覺很好，我就說那我一定要看。當時我還真的想不出來他在寫什麼，更沒想到是這樣宏大的格局。後來關於複印稿子的事情我們也打過電話聯繫。他說要去複印手稿等等，我還開玩笑，說你原稿都不寄來！那時候他可能複印的不止一份。中間，白燁到戶縣去看他，賈平凹就委託白燁將稿子帶到北京。很快，白燁就將厚厚一大摞稿子影本帶到編輯部交給了我，說他匆匆地在火車上翻看了稿子，還沒有看完，當時有一個擔心，就是性描寫有些過度，但是他對這本書的評價，應該說還是比較肯定的，他覺得這是一本厚重、有分量的書。

稿子在我們看的過程中，正好開政協會議，賈平凹來北京參加會議，就住在賓館。我就到賈平凹的房間談稿子問題，當時組稿的人已經非常多了。在我的印象中，平凹拉開抽屜，裡面就有另外一家大出版社的合同，還有2萬元訂金，而且是人家社長親自來談的。那時候2萬元可不得了了，但是我們出版社沒有這個制度，不能說你可以拿著訂金去組稿。我們是一個綜合性出版社，文藝在出版社裡邊並不是獨樹一幟的，社裡沒有任何優惠政策，拿著定金去更是不可能的事情。

《十月》之前登過很多像張賢亮、叢維熙、蔣子龍等等名家名篇，組稿全是憑藉編輯的誠懇，全憑編輯去苦幹。所以，我就說我沒有權力說給你多少錢稿費，稿費是社裡統一的。我就跟他談自己對作品的理解，談我的審讀報告，如果這個稿子給我們我會怎麼做，肯定能讓這部小說發揮它應有的作用，大概談了一下午。我們在談的過程中也沒有說能給他多少優惠條件，一定要印多少冊，這些條件都沒有談。後來平凹自己說，就是憑藉我們對作品的理解，所以他決定退掉那個訂金，將《廢都》交給《十月》刊載和北京出版社發行。應該說是完全憑我們對《廢都》這部作品的理解把握把稿子拿到手了，絕無其他關係。賈平凹為什麼最後做決斷給我們呢？我覺得這有點宿命。我前面說過，他以前在《十月》發的作品，並不是交給了我。

魏華瑩： 從拿到文稿到出版之前，您和賈平凹做過哪些溝通交流，對於《廢都》的性描寫，您在編審過程中有擔憂嗎？稿子是否做出修改？

田珍穎： 幾乎沒有改動，就說它有些字不清，或者有一些不夠準確的地方，做些小的改動。當時，我跟他商量，對有些細節過多的性描寫做出改動，就給他寫信，把原文中我建議刪掉的每一段性描寫中的幾句話給他抄出來，給他一一舉例，第幾頁第幾行，從哪兒開始到哪哪的性描寫，不是手稿中的那些方框框，而是個別地方的性描寫，我建議把它刪掉。平凹堅決不同意，他回給我的信裡就寫著他堅決不刪，他那兒應該還留著我給他寄去的那封信。平凹的稿子是非常好看的，紙面非常乾淨，他不是塗抹得很厲害的，應該說《廢都》除了個別的錯別字或者句子，我沒有做任何改動，我是完全保留了他原來的、原本的、原生態的東西。

事後我才知道陝西有一些人，他們預先看了《廢都》，都有這個擔心，適不適合刊發，但當時我並不知道，我在看《廢都》的時候，除了白燁給我那樣一個輕輕微風以外，任何干擾都沒有。我當時為什麼同意不刪性描寫，主要是我做編輯，不願意高高在上說你必須這樣改那樣改，不能把所有作者寫的稿子都改成我的風格。我覺得我一定要尋找當時作者的思路，他為什麼這樣寫而不是那麼寫，為什麼要冒出這個火花。所以有幾次我在講編輯課的時候我就說編輯一定要做一個庖丁解牛的高手，要遊刃有餘地尋找作者的思路，不能一看到"障礙"就要把它刪改了，這樣才能保留作品的原汁原味。另外，賈平凹當時不願意改，我覺得他內心也很痛苦，當時一定是一氣呵成寫出來的，是融貫著文學激情，筆墨很飽滿。這時候如果要刪掉他的東西，他可能覺得更痛苦。我也在自我檢省，覺得自己的想法可能"小"了一點，你不還是為了求穩嗎？難道把那幾個地方刪掉就穩妥了嗎？該有風險還會有的，刪掉那幾句有什麼用！所以，我就想著還是大氣一點。後來在審讀報告中，我就說不能因為它的"細枝末節委屈了這本書"。而且，我至今不認為《廢都》的性描寫就很淫穢，四十萬字的書，性描寫不過幾千字，而且它是為人物和細節服務的，它不游離、不獵奇，所以我尊重作者對於性描寫的堅持。

魏華瑩： 《廢都》當年引發爭議的話題除了性描寫，還有知識界對其熱銷的不滿，請問關於此書的發行，您做過哪些宣傳工作或者說之類的努力？

田珍穎： 《廢都》的稿子組到以後，出版社非常重視，也考慮到它的暢銷前景，儘管出版社的領導沒有專門搞文學的，但是對這個書的估價是一致的。發行部也出了宣傳廣告，主要是到新華書店去徵訂，大家對賈平凹的第一部城市小說還是很感興趣，徵訂數目很高。

書出來後，在王府井新華書店，還專門搞了聲勢浩大的首發式，當時很多讀者排隊購書，賈平凹現場簽名，出版社的主要領導全程陪同，可以說，北京出版社從來沒有過這樣隆重的簽名售書場面。賈平凹在簽字，領導站在後邊，我在旁邊，我還要幫他照看女兒，當時人非常多，怕他女兒丟了。還有很多記者來採訪賈平凹，他顧不上說就讓人家來問我。當時領導是非常風光的，我現在還保存著現場的照片。

就在王府井那樣一個轟轟烈烈的儀式之後，出版社還用很高的規格來請賈平凹吃飯，當時我們作陪，社領導都出席。但是賈平凹這個人呢，是不太懂得應酬的，他不懂得要跟出版社去做任何交往的。於是我們領導，就是那位終審領導找我說，讓我出面出錢，在賈平凹所住的北三環陝西辦事處替賈平凹擺一桌酒席，讓賈平凹請我們幾位社領導赴宴；許諾我墊的錢，回到社裡報銷。我雖然覺得這種做法很可笑，但照辦了。席間觥籌交錯，說文論詩地談興甚濃。但，誰料不久後形勢就變了，《廢都》引來了風雨，他們也就沒有人再理賈平凹。

關於《廢都》的宣傳，有人提出現代《紅樓夢》《金瓶梅》之類的說法，我可以明確告訴你，我們《十月》沒有提，說它是現代《紅樓夢》，這是我們出版社終審領導的意見。我自己沒有這個評價，因為我覺得完全沒有可比性，它們完全是兩個截然不同的時代，兩個性格不同的作家，作者的文化修養也不一樣，去做這樣的比較，我覺得沒有意思，對兩個作者都無益，對我們認識《紅樓夢》和認識《廢都》也都無益。而關於現代《紅樓夢》的評價，那位終審領導大概不只對我一個人講，他也會對新聞媒體說，這是他的評價。當時他還對我說過這樣的話，"替我轉告平凹，我們感激他，感謝他，感佩他"，還有一個"感"，我現在記不清楚了，都是他親口說的。所以關於現代《紅樓夢》的說法，後來有人問我的時候，我都一笑置之。

魏華瑩：當時報紙上出現很多關於《廢都》的評論文章，包括一些大報刊載出整版的作品後記，是您或出版社組織宣傳的嗎？

田珍穎：沒有。我們做編輯的，當時還跟不上商品經濟的發展，還是考慮這本書的價值。你看我的審讀報告最後寫的還是說我們要堅守純文學陣地，另外就是不要委屈一部好作品，就是說推出一部好作品是我們最好的堅守。我們發行部可能當時也沒有想到這本書會這樣。當時我們確實寄書給一些評論家，希望他們寫評論，如：雷達、曾鎮南、繆俊傑、白燁等。他們之中確有人寫了文章，寫得很漂亮。陝西的費秉勳教授還彙集了不少評論，編成一本書出版。但也有評論家婉言拒絕，客氣地說：我就不寫了吧！聽得出是對書有負面的評價。但我依然尊重他們，和他們是朋友。賈平凹曾認識一位中國作協創研部的評論家，一直很欣賞他的作品，特別讓我找這位評論家寫文章評論《廢都》，但人家說"不寫了"。對這樣的人，或是批評《廢都》的人，我毫無怨言。一本書呈獻給社會，肯定與否定，都是一種最正常的文學現象。作者和編輯都要以平和的心對待讚揚和批評。

魏華瑩：從 7 月發行，到 1 月被禁，中間應該有半年的時間呀？

田珍穎：那個時候就已經風風雨雨了，而且當時還說要對北京出版社罰款，後來據說沒有罰等等。所以給我的印象，你說中間有半年時間，我都覺得沒有，我覺得《廢都》出來不久，很快的禁出檔就出來了，根本沒有慶祝歡樂的時候。記得當時給那些批評家發了書，請他們寫稿子什麼的，這些正做的時候，有一個報社文藝版的人就給我打電話，說田大姐我上當了，他說這個《廢都》，我給你做的是正面宣傳呀！我說那你就上我的當吧。那時候就有風聲了。

我還記得特有意思的是《北京青年報》幾位年輕編輯，還要來採訪我。我就說你回去問問你們主編看這採訪還進行不。他說怎麼了？我就說你還是回去問問吧。你看當時我們都已經知道風聲了，那邊還要採訪，那應該就是書剛出來不久。

魏華瑩：關於《廢都》的印數，您做過統計嗎？

田珍穎：書出來後，我們拿到的可能是三個版次，十一萬、三十七萬、四十五萬，就三個版次，就那幾天印，很快就印出來了。後來就是到底印了多少冊，社裡不允許問。我們有一位副主編去問過，被社裡訓了一通，我們就知道不能問了。我們編輯部最終也沒有知道總印數。

魏華瑩：當時還有很多出租版型，印了大量的書，這些都沒有統計數字嗎？

田珍穎：沒有，確實有編輯不知道自己書印了多少的情況，就是《廢都》。當時社裡和賈平凹簽合同，明確寫著稿費六萬元，而且還有印數稿酬，就是你印多少，要有百分之多少提成給作者，當時還不叫版稅，是要根據印數付給作家報酬的，但是後來書被禁了，就沒有人再提這個事情，就只是付給了賈平凹六萬元的稿酬，印數的收入完全沒有兌現。這是否就叫"單方面"撕毀合同。

魏華瑩：突如其來的《廢都》批判給您帶來哪些壓力和困擾？

田珍穎：困擾最大的，是展現在我面前的世態。《廢都》的被禁，將一切都溢出到書之外，一些非文學的社會現象，讓你對文學的脆弱，感到無奈，以至無言。比如：出版社裡有人三三兩兩，聯合向黨組表態，當然是表示批判《廢都》；有一位總編室的幹部，則乾脆說：一個女編輯怎麼編這樣的書！還有一位在中央某部委工作的陝西人（平凹的同鄉），前腳帶著書商來買了兩千冊刊有《廢都》的雜誌，過不久就出了本小冊子批《廢都》，書中以捏造事實、胡亂猜測為"揭秘"，這小冊子出版的迅速，很讓人感到作者是奔錢來的，哪裡還有"兩眼淚汪汪"的鄉親之情呢！至今，我手裡還有一本批《廢都》的評論集，是河南一個出版社出的，寫文章的都是名校畢業的。時下他們都是當紅的一線評論家。可當時，他們卻用"濕漉漉的《廢都》"這樣的文字動搖了評論的神聖。現在，每當在研討會上遇到他們，我仍有心之波瀾的微動，不解他們當時怎麼了！批判也是件嚴肅的事呀！

還有一個小報上登了一條消息，說的是一個青年犯罪被捕，從他的枕頭下搜出一本《廢都》，以此說明《廢都》與他搶劫罪的"關係"；還有南方邊遠地區的一位工人，寄信給我，字寫得極工整清秀，信裡附上的是他找出的《廢都》的錯別字。那時我受到的壓力極大，無暇顧及這樣的信，就未理睬；誰知他接著來了第二封，威脅說，要是不給他多少多少錢，他就把找出的錯別字在報刊上公佈。我知道他看的是盜版書，但我已在"批判"的壓迫下，無招架之力，只好在感歎"人心不古"時，由他去吧！其實，那時，我們收到不少讀者寄來所買的劣質《廢都》，凡經我手的，我都恭敬地回贈一本正版《廢都》。至今我還存有十幾本盜版《廢都》。

還有一個現象，是我當時最為不齒的，那就是罵《廢都》的很多是女作家和女性，包括我的女同學。當時，我曾和一位老同事說過這個問題，他說他也注意到了。他說，婦女對性的這種表白，無非是標榜自己的清白，多麼難"解放"自己呀！我說他說得極對。

那時，我父母都在香港，他們都年事已高，隔山隔水地為我擔心。我母親還把香港報紙上關於《廢都》的大小文章剪下來，要留給我看。後來，我因書而受了處分，我的外甥們都豎大拇指說，為這本書，受個處分值！可我父母說：不值，太不值！

其實，我自己當時很茫然，來不及考慮什麼值不值的事。但對於我們遇到的來自各個方面對《廢都》的阻遏，我當時沒有告訴平凹，因為我覺得他的肩膀比我的柔弱，以年長者之責，我應當去承擔這場風雨之災。這裡又有一個宿命的問題——不是把這書沒給別人，而給了你嗎？那你不承擔，誰承擔！

說到我的處分，那是個奇異的過程，因為不是出版社決定的，而是北京市委決定的。事先，沒有人代表組織和我談話，進行教育什麼的。而是在我不在場時（沒有人通知我）召開了處級幹部會，會上，由北京市委書記處書記、宣傳部長來宣佈的。宣佈後的第二天，才由社領導向《十月》傳達，我就是那時，和普通編輯一起知道了這個處分。會後，我要求社領導給我看處分檔，沒有人正面回答我。再過一天，我的辦公桌上出現了一張列印好的"檔"，內容是"證明"主管社領導沒有審讀過《廢都》的稿件，下面已有幾位《十月》領導的簽名。這麼荒唐的舉動，當時就如此堂而皇之地進行著。我無言地拿起筆，簽上自己的名字，但我心裡在問：這麼大的出版行動，近百萬印數的一本書的發行，出版社領導竟然沒有審讀過書稿，有人會信嗎？但是，這張紙是寫給市委宣傳部的。後來，我明白了，需要信的時候，他們就會信的。事實與道理，和他們有關嗎？至今，我從未問過這張"證明"是何人所為？其實，誰之為是次要的。但它卻能折射出一本《廢都》引起的紛擾，完全超出了書之外。

魏華瑩：什麼原因讓您堅持下來？

田珍穎：當時賈平凹住進了醫院，情緒很不好，他寫信或電話上對我說，有很多人給他送吃的，很多人去看他，這對他是一種安慰。出版社所有這些事情我都沒有對他講，他根本不知道這些事情。我覺得這個小兄弟挺可憐的，那麼努力寫出一本書來，那麼認真地想要對生活做一個交待，但是人家就一兜冷水潑下來。我覺得以他的經歷，他撐不住。他是遇到了一種世情的壓力，就是一個滿腔熱血、想把自己交付給文學的作家，他拿出這樣一個他心裡本來是忐忑的、惶惶不安的書，想要和這個世界作個交流。但是，這個交流被蠻力所阻斷。

我記得很清楚，稿子到我手裡沒幾天，他就給我打電話，你讀了沒有？你讀了什麼感覺？我覺得他自己心中也是很忐忑的，加上那時候西安有很多人在說這個危險性，現在不該出啊，這都是我事後知道的。他給我稿子的時候，他沒有說這些。那麼在這種情況下，我覺得平凹是滿腔熱情，但是又顫顫巍巍把它推出來的，結果呢？沒有想到一棒子打下去，他的精神承受不了這個時代之重。因為他畢竟只是一個作家，而且在這個過程中，在文學思潮裡面夾進了很多人為的東西，所以老讓你覺得是世情而不是文情。如果是文情的話，那我們大家都拿它當一個學術問題來對待，那就挺好的，但它不是，它有很多世情，有很多恨你的人，嫉妒你的人，或者怎麼樣的人，他都攪到裡頭來。你看我剛才舉的那個例子，有錯別字，你不給多少錢，就怎麼樣，借這個來趁火打劫，就很傷人，就會讓你覺得這個世界原來是這樣！所以說平凹就在那一段住院的過程中，他一方面感受老百姓對他的那種關懷，知道他是賈平凹後，就有讀者給他送粥、送湯，還有不認識的朋友，送花什麼的，但是在文學界他就是人人喊打的處境，平凹當時精神都快崩潰了，他根本受不了。所以那時候我更應當出來擔當。就是無論從同鄉來講，從年齡來講，從一個編輯本身的職業道德來講，我覺得自己必須出來承擔，不承擔，以後就不要做這個編輯了，做人就太失敗了。

另外，談到在這樣的情況下，還能堅守文學陣地，我要特別感謝《十月》雜誌給我的滋養，這是一個很高的平臺，它使我有了努力工作的空間。我剛到《十月》時，就遇到批《苦戀》，全編輯部對這部作品的看法是一致的，沒人趁機做小動作。批判結束後，要有人代表《十月》做檢查，據說是當時的社黨組書記陸元熾挺身而出。這事在我心裡引起很大的震動，我從小就敬佩這些堂堂正正的人。

在《十月》工作不久，我聽說《十月》真正的創始人叫王世敏，他當時已調走。但正是他在新時期文學剛蓬勃發展時，審時度勢，依靠大家的力量，創辦了《十月》，這個文學平臺的第一塊磚，是他疊上的。我很佩服他的視野的寬廣和果斷的擔當精神。我想，他們的精神在潛移默化的影響著《十月》和我。

在我為《十月》工作的時段裡，我認為，那時這個編輯部是一個向心力很強、承擔力很強的編輯集體。個人之間也會有這樣那樣的糾結的事。但對雜誌，大家是出力的，並一心把雜誌辦好。《十月》遇到的挫折，自《苦戀》後就無間斷過。記得"清除精神污染"的運動時，我們被上面拉出要批判的作品名目，列了兩頁字紙。那時，我們全編輯部被安排到一個學校的招待所裡"學習"。但，對於文學的一致認識，我們從未動搖過。這就是我能在《廢都》風波之後，還試圖堅守陣地繼續在《十月》工作的原因。

魏華瑩：但《廢都》卻是一個重要的轉折，或者說是您編輯生涯的一個節點？

田珍穎：是啊，我覺得我的文學夢就做到《廢都》為止。就是突然終止了，忽然就醒了，覺得那種將全部心血獻給文學的熱情沒有了，忽然發現原來文學這麼脆弱。大家當時都很茫然，但在茫然的過程中我覺得知識份子的操守應該是思考，或者說靜觀、沉默。但是在《廢都》事件中不是這樣，我覺得相當多的知識份子都是做了各種表演的。

在這之前，我遇到的作品批判都還是在政治思想方面，還在文學範疇裡面。但《廢都》完全不是，它引發的絕對是文學之外的一個社會鎖鏈。有人拿道德來看文學，就有各種各樣的表態。有人拿商品來連結它，就出現盜版書橫行，全國出現那麼多關於《廢都》的盜版書；而且很多人編排一些關於《廢都》的書，諸如"揭秘"等，一下子成千上萬的拿錢。你再看我們的法制意識，出版社跟作者是有合同的，你得按合同辦事，但是沒有，單方面撕毀，賈平凹不敢說話，因為書是被禁的。所以整個連結我覺得就是把社會什麼都包羅其間，個人的、社會的、集團的、出版社的等等，方方面面都有影響。

魏華瑩：在經歷如此重大的打擊之後，您和賈平凹包括《廢都》還有關聯嗎？

田珍穎：之後，大概是1996年的時候，翟泰豐同志主持中國作協的工作，他對賈平凹很愛惜，就想讓賈平凹到華西村去生活一段時間，並沒有安排寫作任務，但是這個事情在平凹那裡就說不通。後來張鍥同志找我，他當時也是作協書記處的，我們比較熟，他給我打電話說，你能不能說服平凹。我說我試試吧，那是個任務啊，當時我覺得這也是對平凹的一種保護吧。我就給平凹打電話，我說你要藉這個機會調整一下，讓你去華西村，你就去好了。你猜平凹給我提什麼理由，"那我媽怎麼辦？"我說你媽怎麼了？他說他媽身體不好，老了。我說你真是榆木腦袋，讓你妹妹去照顧，我就說服他，我說平凹你這次一定要去，你不能把所有人都拒之門外對不對？人家領導在關心你，你也拒之門外，我覺得這樣不好。我說你是在生活轉折的過程中啊，平凹你要經得起，這不是要放棄你的信仰、你的信念，是吧？你作為一個社會人，而不僅僅是一個作家，你得調整自己，你不能誰都皺著眉頭。平凹是捏著鼻子去華西村的，他不願意去，他可能覺得這是不是讓我下放啊，好像是不是有一種變相地對我的改造啊，他可能理解成這樣了。但翟泰豐對他還是很好的，沒有提任何要求，就說你下去看一看吧，那是個新農村嘛，物質條件也比較好，就是讓他換換環境。我覺得他們是在用這樣的方式愛護他，所以在這種情況下，平凹去了，他也沒立即寫什麼東西出來，也沒有人對他有什麼責難。

過了很多年之後，我去陝西開會，開會的過程中平凹也去了，他就很急切地找我，那會上有很多年輕的女記者圍著他，就沒有辦法跟我說話，於是他告訴那些女記者：我們在說話呢，你們等等，但她們根本不管這些，還圍著他。就在這個過程中平凹告訴我，《廢都》要再版了。我說那很好，其實在這之前我也聽說了，聽到消息說作協在運作，我都不吱聲，我也沒有給北京出版社說。那個時候北京出版社的一些編輯還說，為什麼不讓田老師把《廢都》再版拿過來給我們？我就笑了，我說你們知道它再版的背景嗎？那麼多人為它努力，這裡面有你們出版社一個人嗎？所以平凹告訴我再版的消息後，我說那很好，我很平靜，也不感到這件事情就能讓我特別興奮，或者覺得有了出頭之日，沒有這種感覺。

《廢都》再版的時候，我們家的電話被打爆了。大家都說，田珍穎，這就是給你的一個說法。我說很好，用這種形式也挺好。再版之後，賈平凹送給我一套書，寫著"田珍穎責編、老師、大姐：十七年前為此書，您傾注了心血，也受到了委屈，成為我們心中的一個痛。十七年後解禁再版，最想告知最要感念的是您。十七年歲月過去，往後的日子，盼您健康快樂。不管怎樣，我們幹了一件事。"

這個書從編到最後，用平凹的話來說就是完成了"一件事"，這件事完成得很複雜，很艱難，很費力，也很傷感，很痛心，大家很辛苦。在經歷的過程中，我覺得大家都成長了，包括我自己也成長了。後來這麼多年賈平凹的其他小說，我都不太跟他溝通，因為我覺得這可能是一個干擾，就是你身份擺在這兒，就是一種干擾。而且我也不太喜歡人家介紹我的時候說，這是《廢都》的責任編輯。

有時候我也在想，《廢都》事件過去之後，我退休之後，反而有了更多活動。我在我的一本報告文學集《金色生命》的後記裡面寫到，我從北京出版社出來那一天，抬頭一看藍天，這麼廣闊。真是這樣，我在出版社一直就是一頭牛，老是在那低著頭，苦得不得了，累得不得了。真是離開出版社的那天，忽然仰望天空，就覺得輕鬆得不得了。關於《廢都》，目前我能講的就這些。也許，過一些時候，還可以再說一些，但都無關"揭秘"。

後 記

西元一千九百九十三年的春天，責任編輯田珍穎在審讀報告中寫下第一句話：《廢都》，是一部奇書！之後，《陝西日報》在1993年5月31日"利用"這一句話開始推宣，之後《北京晚報》、《南方週末》、《光明日報》……國內大小報刊圍繞《廢都》爭相報導。一出版，便接二連三地開始掀起了一股"廢都熱"。熱評、批評聲不斷，接下來就是查禁，再到獲獎，到解禁，再到再版、到重評，再到廣泛流傳世界各地的34種版本。在沉沉浮浮中，走過了30年。

人生有幾個30年？！

在2021年10月，我從北京來到西安，新民先生接站後，次日，我們便開始了第三次合作。此時，西安碑林區出現了"上海一對老夫婦疫情病例"，還好，我居住的區域屬於低風險區，於是，避開西安的零星疫情曲線"穿越"在"廢都"的大街小巷，尋找著平凹先生筆下的《廢都》中的文學地理映射，18天，幾乎走完了《廢都》書中描述的每一條巷子。

於是，又南下商洛，東去臨潼，感受文學大師的家鄉，感知作家文學藝術館的厚重。

於是，又進西大，到曲江，感悟平凹先生的文脈與筆下文學地理的燦爛。

這期間，拜訪了80高齡的費秉勳先生，一句"《<廢都>大評》艱難出版已有二十餘年了！"感慨費老先生的無奈。

在西安，還拜訪了李星先生，他說，平凹是一座山！《廢都》是中國文學史上的一部奇書，必將引起永久的關注！

又去"方新村"，拜訪當年年輕時一起同住在平房裡的張敏先生，他說，《廢都》在平凹文學作品上不可超越，偉大的作品是在最苦難的時刻創作出來的！

尋廢都，必去雙人府，久居雙仁府的孫見喜先生說，上世紀80、90年代中國社會轉型初期舊的未脫去新的未確定，《廢都》準確地書寫了這個時期文人精神無所棲息的惶惑狀態！

去建大韓魯華先生的辦公室，聊年譜談《廢都》，他說，《廢都》是中國二十世紀文學史上的一個孤本！是中國文學史上不朽的存在！

在建大賈館，館長木南老師給我展示了平凹影像、提供了諸多平凹著作的閱讀。

在會議室，聆聽《美文》副主編安黎講述當年帶平凹去耀縣桃曲坡水庫的情景，他說，平凹寫《廢都》的第一個字是從我家鄉開始的……至今我沒有寫有關《廢都》的一個字。可見即是好友又是同事的安黎對於平凹先生的尊重和愛護。

在含光門，聽丹萌講述當年平凹流浪寫作的故事，之後他給在北京開會的平凹報告我在西安的消息，平凹感動地說，西安不見不散。

……

在作家魯風家，他向我展示了40多本平凹圖片和《廢都》校對稿後，說，居長安不易，著《廢都》更難。

青年散文家范超帶我一起走進《滿月兒》創作地——禮泉，他說，平凹先生的《滿月兒》從這裡走向全國，《廢都》是中國當代文學史上一個繞不開的話題……

商洛學院教授程華說，《廢都》是最具賈平凹個性的作品。

電話訪談了評論家楊輝，他還為我寄來了他的感悟，他說，《廢都》是平凹中年"變法"的代表作……亦是當代文學賡續中國古典傳統、開出新境之典範。

……

於是，回京後，我將收集了30年一書櫃和三紙箱有關《廢都》的報刊、圖書資料，包括各種版本、評論、盜版、研究等，重新進行梳理，110天裡足不出戶，開始了心靈遊走"廢都"的文字世界！

《廢都》30年，一部奇書，沉沉浮浮！30年，從熱捧到被禁，再到17年後解禁，平凹先生這其中受到的委屈、不解、乃至精神上的巨大壓力，可想而知！最初的年輕學者對《廢都》的怒罵，到後來的道歉和重讀重評……這一切的一切，都儘量展現在此書中。

84歲高齡的田珍穎大姐，當得知我要圖說廢都時，本不想再"觸及"《廢都》的她，說，這是一項大工程，我支援你，慷慨拿出了她收藏30年的《廢都》合同、律師函、徵訂單……等珍貴資料。

賈平凹文學藝術館館長木南說，《廢都》，一個說不盡的話題。

一部《廢都》，就像一面鏡子，照出了人間多面的人性。

作家王新民說，《廢都》是中國當代文學上標誌性作品，創造了暢銷書、盜版書、評論、**翻譯**、再版之最，是中國文學史、出版史、閱讀史上濃墨重彩的一筆。並提供了其著《一部奇書的命運——賈平凹＜廢都＞沉浮》（花山文藝出版社 2012 年版）電子版作為參考。

這部《圖說＜廢都＞文本》，就是這30年收集研究的集合。當年，作家本人、責任編輯、評論家、讀者，怎麼說的？現在，又是怎麼說的？還原歷史，一一實錄，都在這裡了。

《廢都》，是永遠都說不完說不盡的一個文本話題。

在收集撰寫過程中，得到了責任編輯田珍穎大姐的熱誠支持，得到了平凹先生的無私厚愛和對書稿的肯定。得到了以上提到的諸位先生、老師的題簽和指導，得到了藝術家李秦隆、呂偉濤、呂九鵬、吳冠英先生的支持，得到了評論家魏華瑩的熱情幫助，得到了作家魯風先生、收藏家王貴強、王扣牢、柳軍強等朋友提供資料的支援，尤其是王貴強先生，不僅陪伴遊走西安老城，還從西安快遞提供了許多老西安資料。

在修改書稿過程中，得到了江西德興大茅山景區趙書記為我提供的幽靜舒適的創作環境，再次對於各位先生、老師、朋友的支援，表示真摯的謝意！

《廢都》後，平凹的生命之書《醬豆》，是賈平凹先生以 "賈平凹"作為小說人物出現、重塑了《廢都》創作的時代背景，拋出了一個有血有肉的"賈平凹"形象，也拋出了他對時代的探究、對人性的拷問。《醬豆》也是詮釋當年《廢都》最好的解讀本。再一次感謝平凹先生為我提供了珍貴的手稿。特別感恩賈平凹先生和韓魯華先生為拙著親筆題寫書名和賜序。

《廢都》，是中國二十世紀文學史上的一個孤本！是中國文學史上不朽的存在！

《廢都》的話題，圖說不止。

朱文鑫 王新民

2022 年立春日 北京—西安 初稿

2022 年五一假期 西安—德興 二稿

後記

國家圖書館出版品預行編目 (CIP) 資料

圖說廢都文本：賈平凹安妥靈魂之書 / 朱文鑫，王新民著．
-- 初版 . -- 臺北市：華品文創出版股份有限公司 , 2023.11
　面；　公分
ISBN 978-986-5571-79-5 (平裝)

1.CST: 賈平凹 2.CST: 中國小說 3.CST: 文學評論

857.7　　　　　　　　　　　　　　　112017583

圖說廢都文本─賈平凹安妥靈魂之書

作　　　者：朱文鑫 王新民
總 經 理：王承惠
財 務 長：江美慧
印務統籌：張傳財
業務統籌：龍佩旻
行銷總監：王方群
出 版 者：華品文創出版股份有限公司
公司地址：100 台北市中正區重慶南路一段 57 號 13 樓之 1
物流地址：221 新北市汐止區大同路一段 263 號 9 樓
讀者服務專線：(02)2331-7103
倉儲服務專線：(02)2690-2366
E-mail：service.ccpc@msa.hinet.net
總 經 銷：大和書報圖書股份有限公司
地　　　址：242 新北市新莊區五工五路 2 號
電　　　話：(02)8990-2588
傳　　　真：(02)2299-7900
印　　　刷：卡樂彩色製版印刷有限公司
初　　　版：2023 年 11 月
定　　　價：新台幣 800 元
ISBN：978-986-5571-79-5